CYCLOPE

DU MÊME AUTEUR

RENFLOUEZ LE TITANIC, J'ai lu, 1979.
L'INCROYABLE SECRET, Grasset, 1983.
PANIQUE A LA MAISON-BLANCHE, Grasset, 1985

CLIVE CUSSLER

CYCLOPE

roman

traduit de l'américain par
MICHEL LEDERER

BERNARD GRASSET
PARIS

L'édition originale de cet ouvrage a été publiée en 1986
par Simon & Schuster, Inc., à New York, sous le titre :

Cyclops

Aux huit cents Américains disparus avec le Leopoldville *près de Cherbourg, la veille de Noël 1944. Oubliés de beaucoup, demeurés dans le souvenir de quelques-uns.*

CYCLOPS

PROLOGUE

9 mars 1918,
mer des Caraïbes.

Le *Cyclope* avait moins d'une heure à vivre. Dans quarante-huit minutes exactement, il allait s'abîmer avec ses 309 passagers et membres d'équipage. Rien pourtant ne laissait présager cette horrible tragédie. La mer était calme, le ciel limpide et même les mouettes qui planaient dans son sillage depuis plusieurs jours semblaient indifférentes, leur instinct comme émoussé par la chaleur.

La légère brise qui soufflait parvenait tout juste à agiter le drapeau américain accroché à l'arrière. A 3 h 30 du matin, la plupart des passagers et des hommes qui n'étaient pas de service dormaient. Quelques-uns cependant, pour échapper à l'atmosphère étouffante qui régnait dans les cabines, déambulaient sur le pont supérieur ou, accoudés au bastingage, regardaient l'étrave du navire fendre les flots noirs.

Le lieutenant John Church fixait d'un air absent l'un des larges hublots circulaires de la passerelle du *Cyclope*. Il assurait le quart de minuit à 4 heures et avait du mal à rester éveillé. Il remarqua que les vagues devenaient un peu plus hautes, mais il ne voyait encore aucune raison de réduire la vitesse.

Bien que poussé par un courant favorable, le charbonnier lourdement chargé filait à peine neuf nœuds. Il aurait eu besoin d'une sérieuse révision et ne marchait plus que sur sa machine de bâbord. En effet, peu après son départ de Rio de Janeiro, celle de tribord avait rendu l'âme et l'officier mécanicien avait annoncé qu'on ne pourrait pas la réparer avant l'arrivée à Baltimore.

Church était un homme mince d'une trentaine d'années aux cheveux prématurément blanchis. Il avait navigué sur de nombreux navires et fait quatre fois le tour du monde, mais le *Cyclope* était bien le plus étrange bâtiment sur lequel il ait servi depuis douze ans qu'il appartenait à la Navy. C'était son premier voyage sur ce bateau âgé de huit ans, et de curieux événements s'étaient succédé.

Depuis qu'on avait quitté le port d'attache, un homme était tombé à la mer et avait été déchiqueté par l'hélice de bâbord, puis il y avait eu la collision avec le croiseur *Raleigh* qui, heureusement, n'avait provoqué que des avaries mineures aux deux bâtiments. Il y avait aussi cinq prisonniers à bord dont un, condamné pour le meurtre d'un matelot, qui devait rejoindre la prison de Portsmouth dans le New Hampshire. A l'entrée du port de Rio, le bateau avait failli heurter un récif et quand l'officier de barre avait accusé le commandant d'avoir mis son navire en danger en changeant de cap, il avait été placé aux arrêts. Finalement, on se retrouvait avec un équipage mécontent, une machine en panne et un commandant qui noyait ses soucis dans l'alcool. En se remémorant tous ces incidents, Church pressentait un désastre.

Il fut tiré de sa rêverie par des bruits de pas derrière lui. Il se retourna et se raidit en voyant entrer le commandant.

Le capitaine de corvette George Worley était un personnage sorti tout droit de *l'Ile au trésor*. Il lui manquait juste le bandeau sur l'œil et la jambe de bois. C'était un véritable colosse au cou de taureau et aux mains larges comme des battoirs. Guère pointilleux sur le chapitre du règlement de la Navy, il se promenait presque toujours en pantoufles, chapeau melon et caleçons longs. Church ne l'avait vu en uniforme que lorsqu'il se rendait à terre pour des missions officielles.

Worley grogna un salut, puis s'avança pour taper sur le baromètre d'un doigt épais. Il étudia l'aiguille, et hocha la tête.

— Pas trop mal, fit-il avec un léger accent germanique. Les vingt-quatre heures qui viennent s'annoncent bien. Avec un peu de chance, on aura une mer calme, du moins jusqu'à ce foutu passage du cap Hatteras.

Worley alla ensuite dans la salle des cartes et examina la ligne tracée au crayon qui indiquait la route du *Cyclope* et sa position approximative.

— Modifiez le cap de cinq degrés au nord, ordonna-t-il. On va contourner le Grand Banc de Bahama.

— Nous sommes déjà à vingt milles à l'ouest du principal canal, fit observer Church.

— J'ai mes raisons pour éviter les voies de navigation, répliqua Worley d'un ton bourru.

Le lieutenant se contenta d'un signe à l'adresse de l'homme de barre qui exécuta les instructions. Avec le changement de cap, le bâtiment se mit à rouler lourdement.

— Il commence à y avoir un peu de mer, constata Church.

— Ce n'est pas rare dans ces parages, expliqua le commandant. On approche de l'endroit où le courant Nord équatorial rejoint le Gulf Stream. J'ai connu ici des mers d'huile et d'autres jours des creux de plus de six mètres.

Church allait dire quelque chose, mais il s'interrompit et tendit l'oreille. Un bruit métallique lui parvint. Worley semblait ne rien avoir entendu. Le lieutenant se dirigea vers la cloison du fond et examina le pont du *Cyclope*.

C'était un bâtiment fabriqué à Philadelphie en 1910 et assez grand pour son époque. Ses sept cales pouvaient contenir jusqu'à 10 500 tonnes de charbon, mais pour ce voyage, il transportait 11 000 tonnes de manganèse. La coque s'enfonçait de trente bons centimètres au-dessus de la marque de Plimsoll. Pour Church, le bâtiment était dangereusement surchargé.

Sur l'arrière, on distinguait les vingt-quatre mâts de charge. Le lieutenant sursauta soudain.

Le pont, par le milieu, semblait monter et descendre au rythme des vagues.

— Mon Dieu, souffla-t-il. La coque est en train de plier.

Worley ne se donna pas la peine de regarder.

— Ne vous inquiétez pas. Il en a vu d'autres.

— Oui, mais pas à ce point-là, insista Church.

Le commandant se laissa tomber dans un large fauteuil en osier qu'il avait fait installer et posa les pieds sur l'habitacle.

— Ne vous en faites pas pour ce bon vieux *Cyclope,* dit-il. Il continuera à naviguer bien après notre mort à tous les deux.

Ces paroles ne calmèrent pas les appréhensions de Church. Au contraire.

***

Après avoir achevé son quart, Church se rendit dans la cabine radio pour prendre un café avec l'opérateur de service, Sparks, comme on les appelait toujours à bord des bateaux. L'homme leva les yeux.

— Bonjour, lieutenant, lança-t-il.

— Des nouvelles des bâtiments qui croisent dans les parages ?

Sparks souleva ses écouteurs.

— Pardon ?

Church répéta sa question.

— Seulement deux radios de navires marchands qui jouent aux échecs.

— Vous devriez vous joindre à eux.

— Je préfère les dames, répliqua Sparks.

— Les deux bâtiments sont loin ?

— Leur signal est assez faible…je dirais une bonne centaine de milles.

— Appelez-les et demandez-leur comment est la mer dans le coin, demanda Church.

— Je ne peux pas, répondit le radio avec un geste d'impuissance.

— Votre émetteur ne marche pas ?

— Si.

— Alors je ne comprends pas.

— Ordre du capitaine Worley, expliqua Sparks. Après le départ de Rio, il m'a appelé dans sa cabine et m'a demandé de n'émettre aucun message sans son autorisation avant notre arrivée à Baltimore.

— Il vous a donné ses raisons ?

— Non, monsieur.

— Plutôt bizarre.

— J'ai l'impression que c'est en rapport avec cette grosse légume qu'on a embarquée à Rio.

— Le consul général ?

— J'ai reçu cet ordre juste après son arrivée à bord et...

Le radio s'interrompit et remit ses écouteurs. Il inscrivit quelque chose sur un bloc, puis se tourna avec un visage grave.

— Un signal de détresse.

— Position ?

— Vingt milles au sud-est des récifs d'Anguilla.

Church se livra à un rapide calcul.

— Ça les situe à environ cinquante milles de nous. Quoi d'autre ?

— Nom du bâtiment, le *Crogan Castle.* Proue enfoncée. Superstructure gravement endommagée. Prend l'eau. Demande assistance immédiate.

— Proue enfoncée ? s'étonna Church. Comment ça ?

— Ils n'ont pas précisé, lieutenant.

L'officier se dirigea vers la porte.

— Je vais informer le commandant. Dites-leur que nous arrivons à toute vapeur.

Le radio eut une expression peinée.

— Je ne peux pas, lieutenant.

— Faites ce que je vous dis, ordonna Church. J'en assume toute la responsabilité.

Il se précipita dans la coursive et grimpa à la passerelle. Worley n'avait pas quitté son fauteuil et lisait un vieux magazine tout écorné.

— Sparks a capté un SOS, annonça Church. A moins de cinquante milles. Je lui ai dit de répondre et d'annoncer que nous nous détournions pour nous porter à leur secours.

Worley jaillit de son fauteuil et saisit l'avant-bras de Church qui ne s'attendait pas à une pareille réaction.

— Vous êtes fou ! hurla le capitaine. Qui vous a permis d'aller à l'encontre de mes ordres ?

— Mais, commandant, nous ne pouvons pas ignorer un bâtiment en détresse !

— Si !

Le lieutenant était abasourdi.

— C'est une des règles élémentaires entre gens de mer, insista-t-il. Nous devons répondre à leur SOS.

— Ils coulent ?

— Le message dit qu'ils prennent l'eau.

Worley lâcha enfin le bras de Church.

— Ils n'ont qu'à pomper, conclut-il.

L'homme de barre et l'officier de quart avaient assisté à la scène, frappés de stupeur. Ce dernier fit un mouvement comme pour intervenir. Le capitaine se tourna alors vers lui et aboya :

— Vous, occupez-vous de votre cap !

Church lança un regard furieux à Worley.

— Je m'oppose à votre attitude, déclara-t-il. Et je demande que ce soit inscrit dans le journal de bord.

— Je vous préviens...

— Et je souhaite également qu'il y soit mentionné que vous avez ordonné au radio de n'émettre aucun message.

— Vous avez dépassé les bornes, monsieur, fit le capitaine d'une voix sèche. Considérez-vous aux arrêts et veuillez ne plus quitter votre cabine.

— Continuez comme ça, riposta Church qui ne se contrôlait plus, et vous vous retrouverez bientôt tout seul pour manœuvrer ce rafiot de malheur.

Worley n'eut pas le temps de réagir. Le *Cyclope* plongea en avant. Chacun, automatiquement, agrippa l'objet le plus proche de lui pour assurer son équilibre. Les tôles gémirent et de sinistres craquements se firent entendre.

— Sainte Mère de Dieu, murmura l'homme de barre.

— Fermez-la ! hurla Worley tandis que le bâtiment se redressait. Le *Cyclope* a connu pire.

La vérité apparut alors à Church dans toute son horreur.

— Le *Crogan Castle*, fit-il d'une voix rauque. Le navire qui a envoyé le signal de détresse. Ils ont dit que l'avant était enfoncé et la superstructure endommagée.

Worley le dévisagea sans comprendre.

— Et alors ?

— Vous ne saisissez donc pas ? Il a dû être heurté par une énorme vague.

— Vous délirez, monsieur. Regagnez votre cabine et que je ne vous revoie plus avant notre arrivée au port.

Church serra les poings. Il hésita un instant, puis réalisa que toute discussion avec Worley serait inutile. Il sortit sans un mot.

Il descendit sur le pont. Les vagues avaient diminué et la mer était d'un calme trompeur. Il se dirigea vers l'arrière et constata que les câbles actionnant les treuils et autres équipements auxiliaires frottaient contre le bastingage tandis que le bateau se soulevait sous la houle.

Il décida alors d'aller vérifier si la cargaison de manganèse était correctement arrimée. Les étais protestaient et craquaient, mais semblaient tenir.

Il continuait pourtant à éprouver un certain malaise. Il était éreinté et il lui fallut faire appel à toute sa volonté pour ne pas rejoindre sa couchette et oublier dans le sommeil les problèmes du bateau. Il se rendit dans la salle des machines pour s'assurer qu'on ne signalait aucune montée d'eau dans la sentine. Tout était en ordre. Après tout, la confiance que Worley portait à son navire était peut-être justifiée.

Il longeait une coursive en direction du carré pour y prendre une tasse de café quand la porte d'une cabine s'ouvrit. Le consul général américain au Brésil, Alfred Gottschalk, hésita sur le seuil et dit quelques mots à une personne à l'intérieur. Church regarda par-dessus son épaule et aperçut le médecin du bord qui examinait un homme allongé sur une couchette. Le malade avait l'air épuisé et son visage d'adolescent surmonté d'une forêt de cheveux blancs avait un teint jaunâtre. Ses yeux grands ouverts exprimaient une peur mêlée de souffrance. C'étaient des yeux qui avaient vu trop de choses. Cette scène venait ajouter une nouvelle touche d'étrangeté au voyage du *Cyclope.*

En tant qu'officier de pont avant le départ de Rio de Janeiro, Church avait assisté à l'arrivée sur le quai d'une caravane de voitures. Le consul général était descendu d'une limousine conduite par un chauffeur et avait surveillé en personne le chargement de ses malles. En dépit de sa silhouette ronde et presque comique, il se dégageait de lui une impression indéfinissable d'autorité. Ses cheveux argentés étaient coupés très court, à la prussienne, et ses fins sourcils s'accordaient à sa moustache soigneusement taillée.

Le second véhicule du convoi était une ambulance. On en avait extrait une civière qu'on avait montée à bord. Church n'était pas parvenu à distinguer les traits du malade en raison de la moustiquaire qui lui dissimulait le visage. Gottschalk, lui, ne s'était intéressé qu'au camion à transmission par chaînes qui fermait la marche. Il avait suivi avec inquiétude les opérations tandis qu'on soulevait une grande caisse oblongue à l'aide d'un des mâts de charge du navire pour la déposer dans la cale avant. Worley était alors apparu comme sur un signal et avait supervisé la fermeture de l'écoutille. Il avait ensuite accueilli Gottschalk à bord et l'avait accompagné à sa cabine. On avait presque aussitôt largué les amarres et le bateau avait quitté le port en direction de la pleine mer.

Le consul général se retourna et aperçut Church qui se tenait dans la coursive. Il sortit de la cabine et ferma la porte derrière lui.

— Je peux vous aider, lieutenant... ? demanda-t-il d'un air soupçonneux.

— Church, monsieur. Je viens de terminer une tournée d'inspection du navire et je me rends au carré pour y prendre une tasse de café. Me ferez-vous l'honneur de vous joindre à moi ?

Une expression de soulagement traversa le visage de Gottschalk et il eut un petit sourire.

— Pourquoi pas ? Je n'arrive jamais à dormir plus de quelques heures d'affilée. Ça énerve beaucoup ma femme.

— Elle est restée à Rio ?

— Non. Elle est déjà rentrée aux Etats-Unis. Je quitte mon poste au Brésil et j'espère bien terminer ma carrière à Washington.

L'homme semblait nerveux sans raison. Il prit Church par le bras.

— Avant de boire ce café, lieutenant, pourriez-vous avoir l'obligeance de me conduire dans la cale réservée aux bagages ?

L'officier le dévisagea un instant avant de répondre :

— Bien sûr, monsieur, si vous y tenez.

— Merci, fit Gottschalk. J'ai simplement besoin de quelque chose qui se trouve dans mes malles.

Church, même s'il considérait cette requête comme un peu inhabituelle, se contenta de hocher la tête, puis de se diriger vers l'avant du navire avec, dans son sillage, le petit consul bedonnant. Arrivé devant une écoutille, il souleva le panneau et fit signe au consul de descendre par une échelle qu'il éclaira à l'aide de sa lampe. En bas, Church alluma les lumières qui projetèrent une lueur blafarde dans la cale.

Gottschalk se dirigea droit sur la caisse maintenue par des chaînes cadenassées à des boulons rivés au pont. Il resta un moment planté devant avec une expression de respect tandis que ses pensées semblaient se transporter dans un autre lieu, un autre temps.

Church, pour la première fois, examina la caisse de près. Elle ne portait aucun signe distinctif et il estima qu'elle mesurait environ un mètre sur trois. Il savait par ailleurs qu'elle était très lourde, pour avoir assisté à son chargement. Sa curiosité était maintenant éveillée.

— Je peux vous demander ce qu'elle contient ?

Le regard de Gottschalk demeurait rivé sur la caisse.

— Une pièce d'archéologie destinée à un musée, répondit-il sans autre précision.

— Ça doit avoir beaucoup de valeur.

Le consul général garda le silence. Un coin du couvercle avait attiré son attention. Il mit ses lunettes, puis ses mains commencèrent à trembler.

— On l'a ouverte ! souffla-t-il.

— Impossible, fit le lieutenant. Les chaînes sont tellement tendues qu'elles ont laissé des marques sur le bois.

— Mais regardez ici, répliqua Gottschalk. On voit bien que le couvercle a été forcé.

— Ces entailles ont dû être faites au moment de la fermeture de la caisse.

— Elles n' étaient pas là quand je l'ai inspectée il y a deux jours. Un de vos hommes y a touché !

— Vous vous inquiétez pour rien, le rassura Church. Quel intérêt pourrait bien porter un membre de notre équipage à un vieil objet qui doit peser deux tonnes ? Et puis, qui possède les clés des cadenas en dehors de vous ?

Le consul s'agenouilla et saisit l'un des cadenas. L'arceau métallique lui resta dans la main. Au lieu d'être en fer, il était en bois. Le petit homme rond eut soudain l'air terrifié. Il se releva lentement et regarda autour de lui avec une expression affolée. Il murmura un seul mot :

— Zanona.

L'enfer, alors, se déchaîna. Ce fut une minute d'horreur absolue. Le meurtre du consul général se déroula si rapidement que Church demeura paralysé sur place.

Une silhouette jaillit des ténèbres et bondit sur la caisse. L'inconnu était en uniforme de la Navy, mais ses cheveux noirs et lisses, ses pommettes proéminentes et ses yeux sombres dénués de toute expression ne laissaient aucun doute sur la race à laquelle il appartenait.

Sans un bruit, l'Indien d'Amérique du Sud transperça la poitrine de Gottschalk à l'aide d'une sorte de lance. Le consul général ne tomba pas tout de suite. Il tourna lentement la tête vers Church et essaya de dire quelque chose. Seul un infâme gargouillis et une mousse rosâtre franchirent le seuil de ses lèvres. Il s'effondra et l'Indien posa un pied sur son corps pour retirer sa lance.

Le lieutenant n'avait jamais vu le meurtrier, qui n'appartenait pas à l'équipage. C'était sans doute un passager clandestin. On ne lisait ni colère ni haine sur le visage mat, seulement un total détachement. Il empoigna son arme et sauta en silence à bas de la caisse.

Church se prépara au combat. Il évita adroitement la pointe acérée et projeta sa lampe à la tête de l'Indien. Le lourd cylindre de métal fracassa la mâchoire de l'assaillant et le lieutenant décocha un terrible coup de poing. La lance tomba au sol. Church s'en empara aussitôt et la leva en l'air.

A cet instant, le pont s'inclina brusquement de près de soixante degrés et Church lutta pour conserver son équilibre. Il se retrouva plaqué contre la cloison avant et le corps inerte de l'Indien vint rouler à ses pieds. Alors, terrorisé, il vit la caisse libérée de ses chaînes glisser impitoyablement vers lui, écrasant d'abord l'assassin du consul, puis lui broyant les jambes contre la paroi de fer. Sous le choc, le couvercle s'ouvrit.

Church, hypnotisé, contempla l'intérieur. Le spectacle incroyable qui s'offrit à ses yeux fut la dernière image qu'il emporta de ce monde.

Sur la passerelle, le capitaine Worley vivait des événements plus terrifiants encore. On avait l'impression que le *Cyclope* plongeait dans un abîme sans fond. Son arrière se souleva et les hélices sortirent de l'eau. Les feux de navigation du bâtiment se reflétèrent contre un énorme mur d'eau noire qui occultait les étoiles.

Des entrailles du navire jaillit un sourd grondement pareil à un tremblement de terre. Worley n'eut même pas le temps de formuler la terrible pensée qui lui était venue à l'esprit. Les épontilles avaient cédé et le minerai de manganèse avait glissé vers l'avant, déséquilibrant le charbonnier.

L'homme de barre, pétrifié, fixait par le hublot cette colonne liquide, plus haute qu' un immeuble de dix étages, qui se précipitait sur eux à la vitesse d'une avalanche. Des millions de tonnes d'eau s'écrasèrent sur la partie avant du bateau, inondant le pont et la superstructure. Les portes cédèrent et des paquets de mer envahirent la passerelle. Worley, comme paralysé, était incapable de se préparer à l'inévitable.

La vague colossale balaya le navire. Les tôles rivetées de la coque furent déchirées comme de simples feuilles de papier. Le *Cyclope* s'enfonça encore sous la formidable pression de cette masse d'eau. Il n'allait plus remonter.

Le bateau agonisant continua à sombrer jusqu'à ce que sa coque disloquée et les hommes prisonniers à l'intérieur viennent reposer sur le fond de l'océan. Pour toute marque de son tragique destin, il ne restait plus qu'une nuée de mouettes intriguées.

PREMIÈRE PARTIE

LE PROSPERTEER

PROSPERTEER

Chapitre premier

10 octobre 1989,
Key West, Floride.

Le dirigeable était suspendu, immobile dans l'air tropical, pareil à un poisson dans un aquarium. Son avant était niché contre le filin d'amarrage et il se balançait lentement sur sa roue d'atterrissage. C'était un vieux ballon fatigué. Son enveloppe jadis argentée avait viré au blanc sale et était rapiécée de partout. La nacelle, cette cabine de pilotage qui pendait sous son ventre, avait un aspect d'antiquité marine avec ses vitres jaunies par l'âge. Seuls ses deux moteurs Wright Whirlwind de 200 chevaux soigneusement restaurés paraissaient neufs.

A l'inverse de ses cadets qui survolent aujourd'hui les stades, son enveloppe était en aluminium au lieu de polyester enduit de caoutchouc, soutenue par douze anneaux qui ressemblaient à d'énormes côtes. Il mesurait 45 mètres de long et renfermait 5 660 mètres cubes d'hélium qui lui permettaient, sans vents contraires, de filer au milieu des nuages à près de 100 kilomètres-heure. Il s'appelait à l'origine ZMC-2, pour *Zeppelin Metal Clad nº 2*, et avait été construit à Detroit pour le compte de l'US Navy en 1929. Très en avance pour son époque, il était demeuré en service jusqu'en 1942 pour être ensuite désarmé et oublié.

Pendant quarante-sept ans, le ZMC-2 avait croupi dans un hangar abandonné le long des pistes d'une base aérienne navale désaffectée près de Key West en Floride. Puis en 1988, l'endroit avait été vendu à un groupe financier présidé par un magnat de la presse, Raymond LeBaron, qui avait l'intention d'en faire une station balnéaire.

Peu après être arrivé de Chicago où se trouvait le siège de sa société pour inspecter la base qu'il venait d'acquérir, LeBaron était tombé sur les vestiges rouillés du ZMC-2. Intrigué, il avait fait remettre en état le dirigeable pour l'utiliser à des fins publicitaires et l'avait rebaptisé *Prosperteer* d'après le magazine financier qui était à la base de son empire, nom qu'il avait fait peindre en énormes lettres rouges sur le flanc de l'appareil.

LeBaron avait ensuite appris à piloter le *Prosperteer*, un véritable défi. Prédire les humeurs de cette antique poche de gaz et se battre avec ses caprices aérodynamiques dépassaient de loin toutes les joies qu'il éprouvait aux commandes de n'importe lequel des cinq jets de sa société. Il profitait de chaque occasion pour échapper à ses conseils d'administration et se rendre à Key West afin de se balader dans le ciel des Caraïbes. Le dirigeable était bientôt devenu un spectacle familier autour des îles Bahamas.

LeBaron, cependant, comme la plupart des décideurs, avait toujours un tas de projets en tête et après environ une année son intérêt pour le ballon avait commencé à faiblir.

Seulement un soir, dans un bar du bord de mer, il avait rencontré un vieux pirate du nom de Buck Caesar qui dirigeait une minable compagnie de renflouage au nom ronflant de *Exotic Adventures & Co.*

Au cours d'une conversation arrosée de nombreuses tournées de rhum glacé, Caesar avait prononcé ce mot magique qui n'avait cessé d'enflammer l'imagination des hommes et de provoquer de terribles ravages : TRÉSOR.

A entendre toutes ces histoires de galions espagnols bourrés d'or qui reposaient sur le fond de la mer des Caraïbes, même LeBaron avec sa rigueur et son sens des affaires avait été accroché. Les deux hommes avaient scellé leur association par une poignée de main.

Le financier s'était alors tourné à nouveau vers le *Prosperteer* qui constituait une plate-forme idéale pour repérer d'en haut d'éventuelles épaves. Les avions, en effet, allaient trop vite tandis que les hélicoptères avaient des temps de vol limités et troublaient la surface de l'eau avec leurs pales. Le dirigeable, lui, pouvait rester en l'air deux jours entiers tout en se déplaçant pratiquement au pas. D'une altitude de quatre cents pieds, on parvenait à détecter un objet jusqu'à une profondeur d'une trentaine de mètres par mer claire et belle.

L'aube se levait sur le détroit de Floride tandis que l'équipe au sol s'affairait autour du *Prosperteer* pour effectuer les opérations de contrôle d'avant décollage. Le soleil naissant éclairait l'enveloppe encore couverte de rosée matinale. Le dirigeable se trouvait au milieu d'une piste en béton couverte de mauvaises herbes et il se balançait au bout de son filin d'amarrage sous la légère brise qui soufflait du détroit.

La plupart des membres de l'équipe étaient jeunes, bronzés et décontractés, en shorts, maillots de bain ou jeans. Ils ne prêtèrent guère attention à la longue Cadillac qui vint s'arrêter devant le gros camion servant à la fois d'atelier de réparations, de bureau pour le chef d'équipe et de centre de communications.

Le chauffeur ouvrit la portière et LeBaron descendit suivi de Buck Caesar qui se dirigea droit vers la nacelle du ballon, un rouleau de cartes marines sous le bras. LeBaron, un homme de soixante-cinq ans remarquablement bien conservé, dominait tout le monde du haut de son mètre quatre-vingt-dix. Ses yeux étaient couleur chêne vert, ses cheveux grisonnants négligemment coiffés et il avait ce regard distant et préoccupé de ceux dont les pensées se portent toujours à quelques heures dans l'avenir.

Il se pencha pour échanger quelques mots avec une jolie femme qui était restée dans la voiture. Il l'embrassa sur la joue, referma la portière, puis partit à grandes enjambées vers le *Prosperteer.*

Le chef d'équipe, vêtu d'une blouse blanche, s'avança et serra la main tendue du financier.

— Les réservoirs de carburant sont remplis, monsieur LeBaron. La check list est terminée.

— La flottabilité ?

— Il faudra compter environ deux cent cinquante kilos de plus en raison de l'humidité.

LeBaron réfléchit un instant.

— Il s'allégera avec la chaleur.

— Les commandes devraient mieux répondre à présent. D'autre part, les câbles du gouvernail de profondeur montraient des traces de rouille et je les ai fait changer.

— Les conditions météo ?

— Bonnes avec quelques nuages. Faibles risques de pluie. Vous aurez un vent de face de huit kilomètres-heure.

— Donc vent arrière pour le retour. Je préfère ça.

— Même fréquence radio que la dernière fois ?

— Oui, répondit LeBaron. Nous vous communiquerons notre position en clair toutes les demi-heures. Si nous repérons une épave prometteuse, nous émettrons en code.

— Très bien.

Sans rien ajouter, le financier escalada l'échelle conduisant à la cabine et s'installa dans le siège du pilote. Il fut bientôt rejoint par son copilote, Joe Cavilla, un homme d'une soixantaine d'années au regard triste qui ouvrait rarement la bouche sauf pour bâiller ou ricaner. Sa famille avait quitté le Brésil pour s'installer aux Etats-Unis quand il avait seize ans et il s'était engagé dans la Navy où il avait piloté des dirigeables jusqu'en 1964, date à laquelle le dernier appareil avait été officiellement désarmé. Cavilla avait tout simplement débarqué un jour et LeBaron, impressionné par ses compétences, l'avait aussitôt engagé.

La troisième personne à être du voyage, c'était Buck Caesar. Il affichait un éternel sourire sur son visage tanné de vieux loup de mer, mais il avait des yeux malins et une musculature de boxeur. Il était penché au-dessus d'une petite table et étudiait ses cartes, traçant une série de carrés autour d'un secteur situé près du canal de Bahama.

LeBaron fit démarrer les moteurs. L'équipe au sol commença à décrocher les sacs de lest suspendus à la nacelle, puis un homme brandit une manche à air au bout d'une longue perche pour indiquer la direction exacte du vent.

LeBaron adressa un signal au chef d'équipe. On enleva la cale devant la roue d'atterrissage, détacha le filin du système d'amarrage et enfin les hommes qui tenaient les cordes à l'avant les lâchèrent tous ensemble. Le financier mit alors les gaz et tourna la grande roue du gouvernail à côté de son siège. Le *Prosperteer* pointa son museau épaté vers le ciel et commença lentement à s'élever.

Les hommes au sol le regardèrent s'éloigner au-dessus des eaux vertes du détroit, puis leur intérêt se porta un instant sur la limousine et la silhouette féminine qu'on reconnaissait derrière les vitres teintées.

Jessie LeBaron partageait la passion de son mari pour l'aventure, mais c'était une femme pragmatique qui n'avait nul désir de perdre son temps à chasser d'hypothétiques trésors. Vive et dynamique, munie d'un vaste répertoire de sourires, elle approchait de la cinquantaine mais paraissait à peine quarante ans. Elle avait un corps un peu lourd mais ferme, un visage lisse et des cheveux poivre et sel qu'elle ne jugeait pas utile de teindre. Quant à ses yeux, ils étaient grands et noirs, dépourvus de cette expression un peu vide que laisse en général la chirurgie esthétique.

Lorsqu'elle eut perdu de vue le dirigeable, Jessie parla dans l'interphone de la Cadillac :

— Angelo, ramenez-moi à l'hôtel, je vous prie.

Le chauffeur, un Cubain très brun de peau au visage anguleux, porta deux doigts à sa casquette et s'exécuta.

A l'intérieur du camion climatisé, le chef d'équipe et l'opérateur radio commencèrent à recevoir les messages du ballon. Comme convenu, LeBaron émettait toutes les demi-heures, indiquant sa position, les changements météorologiques, et décrivant les bateaux qu'ils survolaient.

Puis, à 14 h 30, ce fut le silence. Le radio tenta d'appeler le *Prosperteer*, mais ne reçut pas de réponse. A 17 heures toujours rien. A 18 heures, sans nouvelles du dirigeable, le chef d'équipe appela les garde-côtes.

Ce que personne ne savait, ni ne pouvait soupçonner, c'est que LeBaron et ses amis à bord du *Prosperteer* venaient de plonger au cœur d'un mystère plus profond encore qu'une chasse au trésor.

Chapitre 2

Dix jours plus tard, le président des Etats-Unis, à bord de sa limousine, contemplait pensivement le paysage qui défilait, en pianotant sur son genou. Son regard ne s'arrêtait pas sur les haras du Maryland, ni sur les robes luisant dans le soleil des pur-sang qui gambadaient au milieu des prés vallonnés. Son esprit était occupé à retracer les curieux événements qui l'avaient amené à la Maison-Blanche.

En tant que vice-président, il avait prêté serment pour occuper la plus haute fonction du pays lorsque son prédécesseur avait été contraint de démissionner après avoir reconnu souffrir de troubles mentaux*. Dieu merci, les médias ne s'étaient pas livrés à une enquête trop approfondie. Bien sûr, il y avait eu les interviews habituelles de conseillers de la Maison-Blanche, de parlementaires et de psychiatres de renom, mais rien n'avait transpiré d'un éventuel complot. L'ancien président avait quitté Washington pour se retirer dans son ranch du Nouveau-Mexique respecté et aimé de tous. La vérité était demeurée le secret d'un petit noyau.

* Voir *Panique à la Maison-Blanche*, du même auteur, éd. Grasset.

Le nouveau chef de l'exécutif était un homme énergique qui mesurait un peu plus d'un mètre quatre-vingts et pesait près de cent kilos. Il avait un visage carré, des traits fermes et un front en général plissé de concentration alors que ses yeux gris étaient parfois traversés d'un éclair de malice. Ses cheveux argentés étaient toujours soigneusement coiffés, avec une raie sur le côté qui lui donnait l'air d'un banquier du Kansas.

Il n'était nullement l'objet d'un culte, mais n'était pas dénué de charme ni de prestance. En politique avisé, il s'était entouré d'une équipe d'hommes et de femmes compétents qui s'efforçaient de travailler en harmonie avec le Congrès plutôt que d'ambitieux qui ne voyaient que leurs intérêts personnels.

Ses pensées se reportèrent progressivement sur le panorama environnant tandis que le chauffeur, un membre des Services secrets, tournait en direction d'un grand portail bordé d'une barrière blanche. Un garde en uniforme et un agent des Services secrets reconnaissable à ses lunettes de soleil et à son costume trois pièces sortirent de la loge. Ils se contentèrent de jeter un coup d'œil à l'intérieur de la voiture avec un petit signe de tête. L'agent se pencha sur le minuscule émetteur radio attaché à son poignet comme une montre-bracelet et dit simplement :

— Le patron arrive.

La limousine emprunta l'allée circulaire du Country-Club du Congrès, longea les courts de tennis sur la gauche et s'arrêta devant le clubhouse.

Elmer Hoskins, le responsable de la sécurité, s'avança pour ouvrir la portière arrière.

— C'est une journée idéale pour le golf, monsieur le Président, dit-il.

— Vous savez, je ne pourrais pas faire pire sous un mètre de neige, répliqua le Président avec un sourire.

— J'aimerais bien descendre en dessous de 80.

— Moi aussi, fit le locataire de la Maison-Blanche en suivant Hoskins le long du clubhouse. Je fais cinq de plus depuis que j'occupe le Bureau ovale.

— Ça reste malgré tout un excellent score pour quelqu'un qui joue seulement une fois par semaine.

— Sans compter que j'ai de plus en plus de mal à me concentrer sur les coups.

Le directeur du golf vint lui serrer la main en déclarant :

— Reggie a vos clubs. Il vous attend au départ du premier trou.

Ils prirent place dans une voiture électrique pour se diriger vers l'un des plus beaux parcours de golf du pays. Reggie Salazar, un Hispano-Américain petit et sec aux yeux noirs les attendait près d'un énorme sac de cuir bourré de clubs.

Il ne fallait pas se fier à son physique. Le caddie était capable de traîner son sac de près de vingt-cinq kilos tout au long des dix-huit trous du parcours sans la moindre fatigue. A l'âge de treize ans, il avait porté dans ses bras sa mère malade avec sa petite sœur de trois ans attachée dans son dos pour franchir clandestinement la frontière mexicaine. Après l'amnistie décrétée en 1985, il avait sillonné les terrains de golf au service des professionnels. Il avait le don de saisir toutes les particularités d'un parcours et de choisir instantanément le fer approprié à un coup difficile. Salazar était aussi un sage et un philosophe. Le Président l'avait pris cinq ans plus tôt pour un tournoi réservé aux membres du Congrès et depuis ils étaient devenus de bons amis.

Salazar était toujours vêtu comme un paysan, pantalon de toile, chemise à carreaux et grand chapeau de paille.

— *Saludos,* monsieur le Président, lança-t-il. Vous voulez marcher ou on prend la voiture ?

Le Président serra la main tendue.

— Je crois qu'un peu d'exercice me ferait du bien. On verra après le neuvième trou.

Il expédia la première balle à environ cent quatre-vingts mètres, au bord du fairway. Maintenant, il ne pensait plus aux problèmes de la nation, mais au coup qui allait suivre.

Il joua en silence jusqu'à ce qu'un putt lui valût de réussir le par. Il tendit alors son putter à Salazar et lui demanda avec un sourire :

— Alors, Reggie, vous avez une idée pour me faciliter les rapports avec le Capitole ?

— Trop de fourmis noires, répondit le caddie avec une moue méprisante.

— Des fourmis noires ?

— Tous ces gens qui portent des costumes sombres et courent partout. Moi, je ferais une loi disant que les parlementaires ne peuvent se réunir qu'une année sur deux. Comme ça, ils causeraient moins d'ennuis.

Le Président éclata de rire.

— Je connais au moins deux cents millions d'électeurs qui applaudiraient à votre suggestion.

Ils continuèrent le parcours, suivis à distance respectueuse par deux agents des Services secrets dans une voiture électrique tandis qu'une bonne dizaine d'autres surveillaient le terrain. Le Président était content. Au neuvième trou, son score était de 39. Ce qu'il considérait comme un petit triomphe.

— On va s'arrêter un peu avant d'attaquer les neuf derniers, fit-il. Je crois que je vais fêter ça avec une bière. Vous m'accompagnez ?

— Non, je vous remercie, monsieur. Je vais en profiter pour nettoyer vos clubs.

Le Président lui tendit le putter.

— Comme vous voulez, Reggie. Mais j'insiste pour que vous preniez un verre avec moi quand on aura terminé le parcours.

Salazar était rayonnant.

— C'est un honneur pour moi, monsieur le Président.

Il partit en direction de la cabane des caddies.

Vingt minutes plus tard, après s'être entretenu quelques instants au téléphone avec le secrétaire général de la Maison-Blanche et avoir vidé une bouteille de Coors, le Président rejoignit Salazar qui était installé au départ du dixième trou dans la voiture électrique, le chapeau rabattu sur les yeux. Il avait enfilé une paire de gants.

— Bon, voyons si je peux descendre en dessous de 80, lança le Président avec excitation.

Salazar, sans un mot, lui présenta un driver.

Le Président prit le club et l'examina d'un air surpris.

— C'est un coup assez court, fit-il. Vous ne croyez pas qu'un bois 3 conviendrait mieux ?

Les yeux baissés, le visage dissimulé par le chapeau, Salazar se borna à secouer la tête en silence.

— C'est vrai, vous le savez mieux que moi, reconnut le Président de bonne grâce.

Il s'approcha, se mit en position et tapa. La balle s'envola, passa au-dessus du fairway et atterrit à une distance considérable du green.

Perplexe, le chef de la Maison-Blanche récupéra son tee, puis remonta dans la voiture.

— C'est bien la première fois que je vous vois donner le mauvais club.

Le caddie ne répondit pas. Il pressa l'accélérateur et prit la direction du dixième trou. A mi-chemin, il se baissa et plaça un paquet juste devant son passager.

— Un petit snack au cas où vous auriez un creux ? demanda aimablement celui-ci.

— Non, monsieur. Une bombe.

Le Président ne parvint pas à réprimer un mouvement d'irritation.

— Si c'est une plaisanterie, Reggie...

Les mots s'étouffèrent dans sa gorge tandis que le chapeau de paille se soulevait sur les yeux bleus d'un inconnu.

Chapitre 3

— Laissez vos mains où elles sont, ordonna l'étranger calmement. Je suis au courant du signe que vous êtes censé adresser aux agents des Services secrets au cas où vous estimeriez votre vie en danger.

Le Président était comme paralysé, mais plus curieux qu'effrayé. Il demeura silencieux, les yeux rivés sur le petit paquet.

— Votre tentative est stupide, fit-il enfin. De toute façon, vous n'y survivrez pas.

— Il ne s'agit pas d'un assassinat. Si vous suivez mes instructions, il ne vous sera fait aucun mal. D'accord ?

— Vous ne manquez pas d'audace, monsieur.

L'inconnu ne releva pas et continua à expliquer d'un ton professoral :

— Il s'agit d'une bombe à fragmentation qui provoque des ravages dans un rayon de vingt mètres. Si vous tentez d'alerter vos gardes du corps, je la fais exploser à l'aide du détonateur électronique à mon poignet. Maintenant, continuez votre parcours comme si de rien n'était.

L'homme arrêta la voiture à quelques pas de la balle, descendit puis jeta un coup d'œil en direction des agents des Services secrets qui, à son grand soulagement, semblaient surtout occupés à surveiller la forêt autour du terrain. Il prit le sac et en tira un fer 6.

— Décidément, vous ne connaissez rien au golf, fit le Président avec une pointe de satisfaction. Passez-moi un 9.

L'inconnu s'exécuta et regarda le Président jouer son coup d'approche, puis putter pour mettre la balle dans le trou. Ils remontèrent dans la voiture et l'occupant de la Maison-Blanche put examiner l'homme installé à ses côtés.

Les mèches de cheveux blancs qui dépassaient du chapeau et les rides autour des yeux indiquaient le voisinage de la soixantaine. L'homme était mince, presque frêle, et sa silhouette ressemblait assez à celle de Reggie Salazar sauf qu'il mesurait près de dix centimètres de plus que lui. Il avait un visage étroit, vaguement scandinave. Il s'exprimait avec correction et ses manières étaient celles de quelqu'un habitué à donner des ordres. Il ne paraissait cependant ni violent, ni animé d'intentions meurtrières.

— J'ai l'impression absurde que vous vous êtes livré à cette mise en scène uniquement pour me dire quelque chose, déclara le Président.

— Pas si absurde que ça. Vous êtes très perspicace, mais je n'en attendais pas moins d'un homme dans votre position.

— Mais enfin, qui êtes-vous ?

— Pour faciliter la conversation, appelez-moi Joe. Et je vais vous épargner d'autres questions. Nous arrivons près des toilettes. (Il se tut un instant et tira de sous sa chemise un mince dossier qu'il tendit à son passager.) Entrez-y et examinez ce document. Vous avez huit minutes, pas une de plus. Sinon vous risqueriez d'attirer les soupçons de vos gardes du corps et je n'ai pas besoin de vous décrire ce qui se passerait alors.

La voiture électrique s'immobilisa et, sans un mot, le Président pénétra dans les toilettes. Huit minutes plus tard il en sortait, l'air profondément troublé.

— C'est une histoire de fous !

— Certes non.

— Je ne comprends pas pourquoi vous avez monté un scénario pareil pour m'obliger à lire de la science-fiction bon marché !

— Ce n'est pas de la science-fiction.

— Alors c'est une escroquerie.

— La Colonie Jersey existe bien, affirma tranquillement Joe.

— Oui, et l'Atlantide aussi !

— Vous faites maintenant partie d'un cercle très fermé, fit Joe avec un petit sourire ironique. Vous n'êtes que le second président à être mis au courant. Je vous suggère à présent de reprendre votre parcours et j'en profiterai pour vous donner des explications complémentaires. Je n'aurai pas le temps d'entrer dans les détails, mais de toute façon, vous n'avez pas besoin de tout savoir.

— D'abord une question.

— Allez-y.

— Reggie Salazar ?

— Il dort comme un bébé dans la cabane des caddies, répondit le soi-disant Joe.

— J'espère pour vous que c'est la vérité.

— Quel club ? se contenta de demander le faux caddie avec sarcasme.

— Donnez-moi un fer 4.

Le Président joua mécaniquement, mais la balle s'éleva bien et vint rouler à quelques mètres du trou. Il rendit le club à Joe et s'assit lourdement dans la voiture.

— Eh bien voilà, commença l'inconnu en repartant. En 1963, deux mois seulement avant sa mort, le président Kennedy a rencontré un groupe de neuf hommes qui lui ont proposé de lancer un projet top secret sous couvert du programme spatial. C'étaient en quelque sorte les « membres fondateurs », de jeunes et brillants scientifiques, des hommes d'affaires, des ingénieurs et des hommes politiques qui avaient tous remarquablement réussi dans leurs domaines respectifs. Kennedy s'est laissé convaincre et a été jusqu'à créer une agence gouvernementale pour financer indirectement l'opération qui avait pour nom de code « Colonie Jersey ». Les hommes d'affaires se sont arrangés pour trouver de l'argent en plus des sommes allouées à l'agence en question tandis qu'on installait des laboratoires de recherches à travers tout le pays en utilisant généralement des entrepôts désaffectés. On est parvenu ainsi à économiser des fortunes tout en échappant aux questions que la construction de vastes complexes aurait pu amener.

— Mais comment l'opération a-t-elle pu demeurer secrète ? s'étonna le Président. Il a bien dû y avoir des fuites.

Joe haussa les épaules et expliqua :

— Une technique toute simple. Chaque équipe de recherche travaillait sur un projet précis. Le vieux truc de la main droite qui ignore ce que fait la gauche. Le matériel était sous-traité chez de petits fabricants. Le plus difficile, c'était de coordonner les différentes étapes au nez et à la barbe de la NASA sans que ses techniciens se doutent de quoi que ce soit. Nous avons placé des hommes à nous à des postes clés dans les centres spatiaux de Cap Canaveral et de Houston, de même qu'au Pentagone, pour bloquer toute enquête embarrassante.

— Vous voulez dire que le département de la Défense ignore tout de cette affaire ?

— Ç'a été la partie la plus facile, répondit Joe avec un sourire. L'un des « membres fondateurs » était un officier d'état-major de haut rang. Peu importe son nom, en tout cas, il n'a eu aucun mal à créer une mission militaire supplémentaire au milieu du labyrinthe bureaucratique du Pentagone.

Le Président joua le coup suivant comme un somnambule, puis il retourna à la voiture et dévisagea le faux caddie.

— Je n'arrive pas à croire que la NASA ait pu être à ce point abusée ! lança-t-il.

— Là aussi, l'un des principaux directeurs de l'administration spatiale faisait partie des « membres fondateurs ». Il était pour l'installation d'une base permanente plutôt que pour une politique essentiellement axée sur quelques vols habités vers la lune, mais il savait que la NASA ne pouvait pas lancer simultanément deux programmes de cette ampleur. Il est donc devenu membre de la Colonie Jersey. Le projet a été tenu secret pour qu'il n'y ait pas d'interférences de la Maison-Blanche, du Congrès ou des militaires. Et comme l'avenir l'a prouvé, ce fut une sage décision.

— En résumé, les Etats-Unis sont solidement implantés sur la lune, c'est bien ça ?

— Oui, monsieur le Président, c'est bien ça.

Le chef d'Etat n'arrivait pas à saisir toutes les implications de cette révélation.

— Ça me paraît incroyable qu'une telle opération ait pu être menée à bien en passant à travers toutes les mailles du filet et en demeurant secrète pendant vingt-six ans.

Le regard de Joe se perdit au-delà du fairway.

— Il me faudrait des mois pour énumérer les problèmes, les retards et les tragédies que nous avons connus. Sans parler des percées technologiques qui nous ont permis de fabriquer de l'eau grâce à un procédé de réduction de l'hydrogène, d'un système d'extraction d'oxygène et d'une centrale électrique dont la turbine fonctionne au nitrogène liquide. Il y a eu aussi l'équipement et le matériel mis en orbite par une agence spatiale privée financée par les « membres fondateurs », puis la construction d'un véhicule lunaire de transfert pour amener le tout de l'orbite terrestre à la Colonie Jersey.

— Et personne n'a rien remarqué ?

— Ce qui était présenté à l'époque comme de gros satellites de communication se composait en réalité de morceaux de ce véhicule de transfert, chacun d'eux transportant également un homme dans une capsule individuelle. Je passe sur les dix années qui ont été nécessaires pour mettre ce programme au point et sur les énormes difficultés de l'assemblage du véhicule. Disons simplement que nous avons utilisé pour cette opération l'un de nos laboratoires spatiaux abandonnés et que nous avons conçu un moteur ultra-léger fonctionnant à l'énergie solaire et à l'oxygène. En tout cas, nous avons réussi.

Joe laissa le Président jouer puis reprit :

— Ensuite, il a fallu transborder tout ce matériel en orbite jusqu'à un site choisi sur la lune. La Colonie Jersey a récupéré ainsi tout ce qui traînait dans l'espace, y compris un vieux laboratoire orbital soviétique. Dès le départ, on a eu affaire à une opération pratiquement improvisée. Des pionniers de l'espace, le pas le plus important dans l'évolution depuis que le premier poisson s'est hissé sur la terre ferme il y a plus de trois cents millions d'années. Mais, bon sang, on a gagné ! Pendant que nous parlons, dix hommes vivent et travaillent dans un environnement hostile à 385 000 kilomètres d'ici !

Joe avait l'expression d'un visionnaire. Il se secoua, regarda sa montre, puis reprit :

— Nous ferions mieux de nous dépêcher sinon les agents des Services secrets vont commencer à se demander ce qu'on fabrique. Voilà, en gros vous savez tout. Je vais tâcher de répondre à vos questions pendant que vous finissez le parcours.

— Mon Dieu, souffla le Président en le considérant avec effroi. Je ne parviens toujours pas à y croire.

— Désolé de vous avoir mis au courant de façon si brutale, mais c'était indispensable.

— Où se trouve exactement la Colonie Jersey ?

— En étudiant les photos prises par les sondes Orbiter et lors des missions Apollo, nous avons repéré un geyser de vapeur dans une région volcanique de l'hémisphère Sud de la face cachée de la lune. Un examen minutieux a montré qu'il s'agissait d'une large grotte, un endroit idéal pour l'installation.

— Vous avez dit qu'il y avait dix hommes là-haut ?

— Effectivement.

— Mais les rotations, les relèves ?

— Pas de rotations.

— Seigneur, ça signifie donc que l'équipe qui a assemblé le transporteur lunaire est dans l'espace depuis six ans ?

— C'est juste, acquiesça Joe. L'un d'eux est mort et sept sont venus les rejoindre dès que la base a pu les recevoir.

— Et leurs familles ?

— C'étaient tous des célibataires qui ont accepté librement cette mission.

— Vous avez dit aussi que je n'étais que le second président à être au courant ?

— Exact.

— Cacher une telle opération au chef de l'exécutif de la nation est une insulte à sa charge.

Les yeux bleus de Joe s'assombrirent et il regarda son interlocuteur avec une gravité teintée de mépris.

— Les présidents sont des animaux politiques, déclara-t-il. Nixon aurait pu utiliser la Colonie Jersey comme manœuvre de diversion pour se sortir de l'affaire du Watergate. La même chose pour Carter et le fiasco des otages en Iran. Et Reagan pour rehausser son image tout en jouant les matamores avec les Russes. Et je n'ose surtout pas penser à ce que le Congrès ferait du projet, aux débats interminables qui auraient lieu pour savoir s'il ne valait pas mieux dépenser ces crédits pour la défense, la culture ou les œuvres sociales. J'aime mon pays, monsieur le Président, et je me considère comme un patriote, mais je n'ai plus confiance dans le gouvernement.

— Mais c'est l'argent des contribuables que vous avez détourné !

— Un argent que les bénéfices scientifiques retirés de l'opération rembourseront au centuple. Mais n'oubliez pas que des personnes privées et des sociétés ont participé pour moitié au financement et, j'ajouterai, sans la moindre idée de profit ou d'avantages personnels. Les entreprises sous contrat avec la défense ou l'espace ne peuvent pas en dire autant.

Le Président ne chercha pas à polémiquer. Il posa sa balle sur un tee et frappa en direction du dix-huitième green.

— Puisque vous n'avez pas confiance en nous, pourquoi venir me raconter tout ça à moi ? demanda-t-il avec amertume.

— Parce que nous avons peut-être un problème. (Joe tira une photo du dossier.) Un de nos contacts m'a procuré un cliché pris par un avion espion de l'US Air Force qui effectuait un vol de surveillance au-dessus de Cuba.

Le Président se dispensa de demander des précisions sur le « contact » en question.

— Je ne remarque rien, fit-il simplement.

— Etudiez bien la zone située près de la côte nord de l'île.

Le Président mit ses lunettes pour examiner la région indiquée.

— On dirait le ballon Goodyear, dit-il enfin.

— Non, c'est le *Prosperteer*, un vieux dirigeable appartenant à Raymond LeBaron.

— Je croyais qu'il avait disparu dans la mer des Caraïbes il y a une quinzaine de jours.

— Dix jours, pour être précis. Le ballon, deux hommes d'équipage et lui.

— Dans ce cas, cette photo a été prise avant.

— Non. Elle a exactement huit heures.

— C'est donc que LeBaron est vivant.

— J'aimerais le penser, mais toutes les tentatives pour contacter le *Prosperteer* par radio ont échoué.

— Quel rapport entre LeBaron et la Colonie Jersey ?

— LeBaron était l'un des « membres fondateurs ».

Le Président se pencha en avant.

— Et vous Joe, vous êtes l'un des neuf qui ont été à l'origine du projet ?

Le faux caddie ne répondit pas. Ce n'était pas nécessaire. La vérité se lisait sur son visage.

Le chef d'Etat se détendit un peu et demanda :

— Alors ce problème ?

— Dans dix jours, les Soviétiques vont nous sortir leur dernier lanceur et l'expédier dans l'espace avec un module lunaire habité six fois plus grand et plus lourd que celui de nos astronautes pour le programme Apollo. La CIA a dû vous donner tous les détails.

— Effectivement, reconnut le Président.

— Vous savez donc sans doute aussi qu'au cours de ces deux dernières années, ils ont placé trois sondes automatiques en orbite autour de la lune pour étudier et photographier les sites d'alunissage possibles. La troisième et dernière s'est écrasée sur la surface de la lune. La seconde a eu un problème de moteur et a explosé. Quant à la première, elle a fonctionné correctement, du moins au début. Elle a fait douze fois le tour de la lune, puis quelque chose s'est détraqué. Après s'être replacée en orbite terrestre pour préparer sa rentrée dans l'atmosphère, elle n'a plus répondu aux instructions du sol. Pendant dix-huit mois, les ingénieurs soviétiques se sont évertués à la ramener intacte. Nous ne savons pas s'ils ont pu récupérer les informations qu'elle avait accumulées et nous n'avons aucun moyen de le savoir. Finalement, ils sont parvenus à allumer les rétrofusées, mais au lieu de la Sibérie, leur sonde Selenos 4 est arrivée dans la mer des Antilles.

— Quel rapport avec LeBaron ?

— Il était parti à la recherche de cette sonde soviétique.

Le Président afficha un air de doute.

— D'après les rapports de la CIA, les Russes l'ont repêchée au large de Cuba.

— Un écran de fumée. Ils ont fait semblant, mais en réalité, ils n'ont jamais pu la retrouver.

— Et vous croyez savoir où elle est ?

— Nous avons localisé un site, oui.

— Mais pourquoi vouloir à tout prix ces photos avant les Russes ? Il y en a des milliers qu'ils peuvent consulter s'ils le désirent.

— Oui, mais celles-là ont été prises avant l'installation de la Colonie Jersey. Et la nouvelle sonde soviétique parviendra sans aucun doute à la repérer.

— Et alors ?

— Je pense que si le Kremlin découvre la vérité, la première mission des Russes sur la lune sera d'attaquer et de capturer notre base pour l'utiliser à leur profit.

— Je ne crois pas. Le Kremlin sait que nous serions alors en mesure d'exercer des représailles contre l'ensemble de son programme spatial.

— Vous oubliez, monsieur le Président, que notre projet est top secret. Personne ne peut accuser les Russes de s'emparer de quelque chose qui n'est pas censé exister.

— Ce sont de simples suppositions.

Le regard de Joe se durcit.

— Peu importe, fit-il sèchement. Nos astronautes ont été les premiers à marcher sur la lune. Et nous avons été les premiers à y établir une colonie. La lune appartient aux Etats Unis et nous nous battrons contre quiconque tentera de nous l'enlever.

— Nous ne sommes plus au XIVe siècle, répliqua le Président, épouvanté. Nous n'allons pas prendre les armes pour tenir les Russes ou n'importe qui à distance de notre satellite. En outre, les Nations unies ont déclaré que personne n'a le droit de revendiquer la lune ou aucune des planètes.

— Est-ce que le Kremlin se conformerait aux décrets de l'ONU à notre place ? Moi, j'en doute. (Joe tira un putter du sac.) Le dernier trou, monsieur le Président.

Le locataire de la Maison-Blanche prit le club d'un air absent.

— Je saurai bien vous en empêcher, fit-il.

— Comment ? La NASA n'est guère en mesure d'expédier un régiment de Marines sur la lune. A cause de vous et de vos prédécesseurs, la NASA a concentré tous ses efforts sur les stations orbitales. Et le retard pris à la suite de la tragédie de *Challenger* n'a rien à y voir.

— Je ne peux pas vous laisser déclencher une guerre dans l'espace qui risquerait de s'étendre à la terre entière.

— Vous n'avez pas le choix.

— Vous vous trompez peut-être au sujet des Russes.

— Espérons-le, répliqua Joe. Mais je les soupçonne d'avoir déjà tué Raymond LeBaron.

— Et c'est pour cette raison que vous avez décidé de me mettre dans la confidence ?

— Si le pire se produit, au moins vous serez au courant et vous pourrez élaborer une stratégie en vue des graves événements qui ne manqueront pas de suivre.

— Et si je vous fais arrêter par mes gardes du corps et que je dévoile tout sur la Colonie Jersey ?

— Dans ce cas, Reggie Salazar est un homme mort. Révélez le projet avec les duplicités, les mensonges, les détournements de fonds et aussi les pertes en vies humaines qui ont été nécessaires à sa réalisation, et tout sera mis sur votre compte, à dater du jour où vous êtes entré pour la première fois au Sénat. Vous serez éjecté de la Maison-Blanche plus vite que Nixon, à condition, bien sûr, que vous viviez assez longtemps.

— Seriez-vous en train de me faire du chantage ? (Jusqu'à présent le Président avait réussi à conserver son sang-froid, mais maintenant il bouillait de rage.) Je n'hésiterai pas un instant à sacrifier Salazar pour préserver l'intégrité de la fonction présidentielle.

— Je vous demande deux semaines et vous pourrez ensuite annoncer au monde entier l'existence de la Colonie Jersey. Vous aurez tout le loisir de poser au héros. Deux semaines et vous aurez les preuves de la plus importante réalisation scientifique du siècle.

— Après toutes ces années ? Pourquoi ?

— Parce que c'est la date que nous avions prévue pour le retour sur terre des créateurs de la Colonie Jersey avec leur moisson de renseignements scientifiques récoltée durant vingt ans de recherche spatiale, informations sur les sondes lunaires et météorologiques, résultats d'innombrables expériences biologiques, chimiques et atmosphériques, sans compter une masse de photos et des kilomètres de bandes vidéo racontant la fondation par l'homme d'une civilisation planétaire. La première phase du projet est achevée. Le rêve des « membres fondateurs » est devenu réalité. La Colonie Jersey appartient dorénavant au peuple américain.

Le Président jouait pensivement avec son putter.

— Qui êtes-vous ? demanda-t-il enfin.

— Faites appel à vos souvenirs. Nous nous sommes rencontrés il y a longtemps.

— Comment pourrai-je vous contacter ?

— J'organiserai une nouvelle rencontre quand je le jugerai nécessaire.

Joe prit le sac de clubs dans la voiture et se dirigea vers un étroit sentier menant au clubhouse. Il fit quelques pas, puis s'arrêta et revint en arrière.

— A propos, je vous ai menti, dit-il. Ce n'est pas une bombe, mais un cadeau des « membres fondateurs ». Une nouvelle boîte de balles de golf.

Le Président le considéra d'un air furieux.

— J'espère que vous finirez en enfer, Joe ou qui que vous soyez !

— Ah, et une chose encore... félicitations.

— Félicitations ?

L'homme qui se faisait appeler Joe lui tendit la carte sur laquelle était noté le score.

— J'ai tout marqué. Vous avez fait 79.

Chapitre 4

La planche à voile filait sur les vagues écumantes avec la vitesse et la grâce d'une flèche tirée dans la brume. C'était un moyen de navigation à la fois efficace et merveilleux, une simple coque de polyéthylène autour d'un noyau de mousse de plastique rigidifié qui lui conférait souplesse et légèreté.

La planche se composait d'une voile triangulaire rouge avec une bande bleue montée sur un mât d'aluminium et d'un wishbone tubulaire auquel s'agrippaient deux mains longues et fines à la peau bronzée et aux paumes calleuses.

Dirk Pitt était fatigué, plus fatigué que son esprit engourdi ne l'admettait. Il avait des bras et des jambes de plomb tandis que son dos lui faisait de plus en plus mal à chacune des manœuvres. Il éprouvait l'envie de mettre le cap sur la plage la plus proche et de s'allonger au soleil.

Par la fenêtre pratiquée dans la voile, il repéra la bouée orange qui marquait le dernier bord de la course marathon de 30 milles autour de la baie de Biscayne, vers le phare du cap de Floride et Key Biscayne. Il vira adroitement autour de la bouée puis, rencontrant une brise fraiche qui soufflait du nord à près de vingt nœuds, la planche à voile fendit la mer agitée à une vitesse proche de trente milles à l'heure.

Pitt était un peu étonné de constater que sur quarante et un concurrents dont la plupart avaient bien quinze ans de moins que lui, il était en troisième position, à seulement une vingtaine de mètres des leaders.

Les voiles multicolores se livraient à un véritable ballet sur les flots bleu-vert. L'arrivée près du phare était en vue. Pitt observa attentivement la planche qui le précédait, guettant le bon moment pour attaquer. Mais alors qu'il allait tenter de passer, son adversaire prit mal une vague et chuta. Pitt était maintenant en deuxième position et il ne restait plus qu'un demi-mille à parcourir.

C'est à cet instant qu'une ombre menaçante passa dans le ciel sans nuages et que Pitt entendit, légèrement sur sa gauche, un bruit de moteur à hélice. Il leva la tête et ses yeux s'écarquillèrent de surprise.

A une centaine de mètres de là, occultant le soleil comme une impossible éclipse, un dirigeable descendait lentement, son museau épaté pointé droit sur la flottille des véliplanchistes. Le ballon semblait aller à la dérive. Ses deux moteurs tournaient au ralenti, mais il était poussé par la forte brise. Les participants à la régate, impuissants, regardaient le monstre foncer vers eux.

La nacelle heurta la crête d'une vague et le dirigeable rebondit en l'air juste devant le concurrent de tête. Ne pouvant manœuvrer à temps, le jeune homme, âgé tout juste de dix-sept ans, sauta à l'eau une seconde avant de voir le mât et la voile de sa planche déchiquetés par l'hélice de tribord du ballon.

Pitt tira un bord et se lança dans une course parallèle à celle du ballon fou. Du coin de l'œil, il lut le nom peint en énormes lettres rouges sur le flanc : le *Prosperteer.* La porte de la cabine était grande ouverte. Il ne discerna aucun mouvement à l'intérieur. Il cria, mais sa voix se perdit dans le bruit des moteurs et du vent. Le dirigeable continua à filer devant lui.

Pitt eut le pressentiment d'un désastre. Le *Prosperteer* se dirigeait vers la plage qui n'était située qu'à quelques centaines de mètres de là, droit sur le Sonesta Beach Hotel. Ce n'était pas tant l'impact qui était à craindre, que les colonnes de flammes qui n'allaient pas manquer de jaillir des réservoirs éventrés sur les clients assoupis dans leurs chambres ou installés dans le patio.

Surmontant son épuisement, Pitt dirigea sa planche de façon à passer juste sous le nez du ballon. La nacelle toucha une nouvelle vague et l'hélice lui projeta une pluie d'embruns salés dans les yeux. Un instant aveuglé, il faillit tomber. Il s'accroupit pour équilibrer le frêle esquif lancé à pleine vitesse. La foule des baigneurs regardait le ballon approcher en faisant de grands gestes.

Il fallait que la synchronisation soit parfaite. Il n'y aurait pas de seconde tentative. S'il ratait son coup, il avait toutes les chances de finir broyé par les hélices. Il se sentit pris de vertige. Il était à bout de forces et savait que ses muscles mettaient trop de temps à répondre aux instructions de son cerveau. La planche se glissa sous l'étrave du dirigeable.

Il bondit.

Ses mains se refermèrent sur les cordes qui pendaient de l'avant du *Prosperteer*, mais glissèrent sur la surface humide en lui arrachant la peau. Il jeta une jambe autour du filin et s'accrocha avec toute l'énergie qui lui restait. Le ballon, sous ce poids supplémentaire, perdit un peu d'altitude et Pitt disparut sous la surface. Il parvint à se hisser de quelques centimètres pour maintenir sa tête hors de l'eau.

Ce n'était pas lui qui, à mains nues, pourrait arrêter le monstre des airs. Il allait lâcher prise quand ses pieds touchèrent le fond. Le ballon le traînait derrière lui et il avait l'impression de faire du ski nautique par gros temps. Puis il fut précipité sur le sable chaud de la plage. Il leva les yeux et aperçut la petite digue qui bordait l'hôtel à une trentaine de mètres devant lui.

Mon Dieu, pensa-t-il. Il n'y a plus rien à faire. Dans quelques secondes, le *Prosperteer* va s'écraser sur le bâtiment et vraisemblablement exploser. Et ce n'était pas tout. Les énormes hélices allaient se disloquer sous le choc et les fragments métalliques frapper la foule comme autant de shrapnels meurtriers.

— Pour l'amour du ciel, venez m'aider ! hurla Pitt.

Les gens sur la plage demeuraient cloués sur place, fascinés par l'étrange spectacle. Soudain, deux jeunes filles et un adolescent bondirent pour s'emparer d'une des autres cordes, aussitôt suivis d'un maître nageur et d'une femme d'un certain âge. Le charme fut alors brisé et une vingtaine de personnes se précipitèrent. On aurait dit une tribu d'indigènes à demi dévêtus attaquant un brontosaure devenu fou.

Ainsi freiné, le dirigeable pivota et l'énorme gouvernail décrivit un arc de 180 degrés pour se braquer droit sur l'hôtel tandis que la roue sous la cabine effleurait la végétation et que les pales des hélices déchiquetaient les branches et les feuilles des arbres.

Le vent qui soufflait de la mer poussait irrémédiablement le *Prosperteer* au-dessus du patio. Il écrasa les parasols et les tables, l'arrière pointé sur le quatrième étage de l'hôtel. Les filins échappèrent aux mains qui les tenaient et un sentiment d'impuissance s'abattit sur la foule. Le combat semblait perdu.

Pitt, agrippant toujours sa corde, se redressa et courut vers le palmier le plus proche. Dans une tentative désespérée, il enroula le filin autour du tronc élancé, priant de toutes ses forces pour qu'il tienne le coup.

La corde se tendit brusquement. Le palmier frémit, se courba et plia lentement. Les gens retenaient leur souffle. Puis, avec une lenteur infinie, l'arbre se redressa et reprit sa position initiale. Les racines avaient résisté et le ballon s'immobilisa à moins de deux mètres du mur de l'hôtel.

Deux cents personnes poussèrent des vivats et se mirent à applaudir. Nulle équipe victorieuse n'avait jamais reçu ovation plus spontanée. Le personnel de l'hôtel arriva et forma un cordon pour écarter les curieux des hélices qui tournaient toujours.

Le corps mouillé de Pitt était maculé de sable. Encore essoufflé, il avait maintenant conscience de la douleur qui traversait ses paumes brûlées par la corde. Les yeux rivés sur le *Prosperteer*, il put l'étudier pour la première fois à loisir. C'était à l'évidence un vieux modèle qui datait de bien avant les ballons Goodyear.

Il traversa le patio au milieu des tables et des fauteuils renversés, puis grimpa dans la nacelle. Les membres de l'équipage étaient restés harnachés à leurs sièges, immobiles et muets. Pitt se pencha au-dessus du pilote et coupa les moteurs. Ils toussèrent une ou deux fois, puis se turent tandis que les hélices s'arrêtaient progressivement.

Il régnait à présent un silence de mort.

Pitt examina l'intérieur de la cabine avec une grimace. Il n'y avait aucun signe d'avarie et les commandes paraissaient en état de marche. C'était l'équipement électronique qui l'étonnait. Gradiomètres pour la détection de métaux et sonars pour l'étude des fonds, bref tout le matériel nécessaire aux recherches sous-marines.

Il n'avait pas conscience des visages qui l'observaient par la porte de la cabine, pas plus qu'il n'entendait approcher les hurlements des sirènes. Il se sentait détaché, momentanément désorienté. L'atmosphère chaude et humide était imprégnée de l'horrible odeur de corps en décomposition.

L'un des membres d'équipage était affalé devant une petite table, la tête posée sur les bras comme s'il dormait. Ses vêtements étaient mouillés et pleins de taches. Pitt le secoua légèrement par l'épaule. La chair était molle et sans consistance. Un frisson glacé lui courut dans le dos.

Il se tourna vers les spectres installés aux commandes. Leurs visages disparaissaient sous une nuée de mouches et des lambeaux de chair pendaient de leurs membres. Les corps étaient gonflés comme des baudruches. L'humidité et la chaleur des tropiques accéléraient considérablement le processus de putréfaction.

Les cadavres en décomposition dans le *Prosperteer* s'étaient dressés d'une tombe inconnue pour devenir le macabre équipage d'un dirigeable charnier investi d'une mission fantôme.

Chapitre 5

Le Dr Calvin Rooney, coroner de Dade County en Floride, vétéran de l'US Army et diplômé de la Medical School de Harvard, pratiquait une autopsie de routine quand le shérif Tyler Sweat entra dans le laboratoire. C'était un homme de taille moyenne un peu rêveur aux épaules légèrement voûtées et au visage reflétant un mélange de tristesse et de détermination.

— En quel honneur l'ennemi implacable du hors-la-loi consent-il à descendre jusqu'à la modeste demeure d'un non moins modeste médecin légiste ? demanda Rooney avec gaieté. Vous êtes déjà en tournée électorale ?

— Non. Il s'agit d'une identification par d'importants personnages. J'aimerais que vous vous en occupiez.

— Les cadavres du dirigeable, en déduisit Rooney.

Sweat hocha la tête.

— Madame LeBaron est venue examiner les restes.

— Je lui conseillerais d'y renoncer. Le cadavre décomposé de son mari n'est pas un spectacle bien joli à voir pour quelqu'un qui n'a pas l'habitude de côtoyer la mort.

— Je lui ai dit qu'aux yeux de la loi l'identification des vêtements suffisait, mais elle insiste. Elle a même amené un secrétaire du gouverneur pour lui ouvrir les portes.

— Où sont-ils ?

— Ils attendent au bureau de la morgue.

— Les médias ?

— Une nuée de journalistes de presse et de TV qui s'agitent partout comme des fous. J'ai ordonné à mes hommes de les regrouper dans le hall.

Rooney poussa un soupir, ôta sa blouse et la jeta en travers d'une chaise.

— Bon, fit-il. Finissons-en. J'ai encore deux autopsies à terminer.

A cet instant, l'orage tropical éclata et les coups de tonnerre se répercutèrent contre les parois. Le médecin enfila une veste de sport et resserra sa cravate. Ils sortirent. Sweat, les yeux baissés, semblait étudier les motifs de la moquette du couloir.

— Une idée sur la cause du décès de LeBaron ? demanda-t-il.

— Trop tôt pour le savoir. Les résultats du labo ne sont guère concluants. Je voudrais procéder à d'autres analyses. Il y a un tas de trucs qui ne collent pas. Je reconnais que pour moi c'est encore une énigme.

— Aucune hypothèse ?

— Rien que je pourrais mettre dans un rapport. Le problème, c'est cette décomposition incroyablement rapide. J'ai rarement vu des tissus se désagréger aussi vite, sauf peut-être une fois en 1974.

Sweat n'eut pas le temps de demander des précisions car ils étaient arrivés au bureau de la morgue. Ils entrèrent et le secrétaire du gouverneur, un type arrogant en costume trois pièces, bondit sur ses pieds. Avant même qu'il n'eût ouvert la bouche, le coroner l'avait classé dans la catégorie des imbéciles suffisants.

— Pourrions-nous en terminer rapidement, shérif, fit-il d'un ton sec. Madame LeBaron est très éprouvée et désirerait retourner à son hôtel le plus rapidement possible.

— Je comprends sa douleur, répondit Sweat d'une voix traînante. Mais je ne devrais pas avoir à vous rappeler qu'il existe certaines lois que nous ne pouvons contourner.

— Et moi je vous rappelle que le gouverneur s'attend à ce que vous fassiez le maximum pour épargner des formalités inutiles à madame LeBaron.

Rooney s'émerveilla de la patience de Sweat qui se contenta d'écarter le secrétaire de son chemin comme s'il s'était agi d'un vulgaire importun.

— Je vous présente notre coroner, le docteur Rooney. Il vous assistera pour l'identification.

Jessie LeBaron n'avait pas l'air le moins du monde éprouvée. Elle était assise bien droite dans un fauteuil orange, la tête haute. Le médecin, pourtant, devinait en elle une fragilité qu'elle parvenait à maîtriser à force de volonté. Il était habitué à ces circonstances tragiques qu'il avait vécues des centaines de fois dans sa carrière et il parla instinctivement d'une voix douce.

— Madame LeBaron, je sais combien vous souffrez et je m'efforcerai de vous aider de mon mieux, fit-il. Mais d'abord, je tiens à vous rappeler qu'en identifiant les effets de votre mari, vous aurez satisfait aux exigences des lois en vigueur. Ensuite, je dois vous préciser que tous les signes particuliers dont vous vous souviendrez, comme cicatrices, fractures ou autres, me faciliteront beaucoup la tâche. Et enfin, je vous demande avec une insistance respectueuse de ne pas examiner ses restes. Même si le visage est encore identifiable, la décomposition a fait son œuvre. Je suis certain que vous préférerez vous rappeler monsieur LeBaron tel qu'il était avant sa mort.

— Je vous remercie, docteur Rooney, répondit Jessie. Je vous suis reconnaissante de vos conseils, mais je veux être sûre que mon mari est bien mort.

Le médecin hocha tristement la tête, puis désigna une table sur laquelle étaient posés des vêtements, des portefeuilles, des montres et autres effets personnels.

— Vous avez identifié ceux qui appartenaient à monsieur LeBaron ?

— Oui.

— Il ne peut y avoir de doute ?

— Pas en ce qui concerne le portefeuille et son contenu. Quant à la montre, c'était un cadeau que je lui avais offert pour notre premier anniversaire de mariage.

Rooney s'avança pour l'examiner.

— Une Cartier en or avec des chiffres romains en...en diamants, c'est bien ça ?

Elle se contenta d'acquiescer d'un signe de tête.

— En dehors des affaires de votre mari, madame LeBaron, reconnaissez-vous des objets ayant appartenu à Buck Caesar ou Joseph Cavilla ?

— Je ne me souviens pas des bijoux qu'ils portaient, mais je suis certaine que ces vêtements étaient ceux que Buck et Joe avaient sur eux la dernière fois que je les ai vus.

— Nos enquêteurs ne leur ont trouvé aucun proche parent, intervint Sweat. Vous nous aideriez beaucoup en nous indiquant à qui appartenaient les vêtements respectifs.

Pour la première fois, Jessie LeBaron donna l'impression de flancher.

— Je...je ne sais plus. Je...je crois que le short en toile et la chemise à fleurs étaient à Buck. Le reste devait être à Joe Cavilla. (Elle se tut un instant.) Pourrions-nous voir le corps de mon mari à présent ?

— Vous ne changerez donc pas d'avis ? demanda Rooney.

— Non. En aucun cas.

— Vous feriez mieux de faire ce que madame LeBaron demande, déclara alors le secrétaire du gouverneur qui ne s'était toujours pas présenté.

Rooney consulta le shérif du regard, puis haussa les épaules d'un air résigné.

— Si vous voulez bien me suivre. Le corps se trouve dans la salle réfrigérée.

Ils s'arrêtèrent devant une porte très épaisse munie d'une petite fenêtre. Le coroner ouvrit et un courant d'air glacial les frappa. Jessie ne put réprimer un frisson. Un employé de la morgue apparut et les conduisit vers l'une des portes carrées alignées dans le mur. Il la rabattit, tira une table de chrome coulissante, puis se recula.

Rooney prit un coin du drap recouvrant le corps, puis hésita. C'était cet instant qu'il détestait dans son travail. Les gens réagissaient devant les cadavres de quatre manières différentes. Il y avait ceux qui vomissaient, ceux qui s'évanouissaient, ceux qui poussaient des cris hystériques, mais c'était la quatrième catégorie qui intriguait le médecin légiste. Ceux qui demeuraient figés sur place, comme transformés en statues, et qui ne manifestaient pas la moindre émotion. Il aurait donné un mois de son salaire pour connaître les pensées qu'ils avaient alors à l'esprit.

Il souleva le drap.

Le secrétaire du gouverneur jeta un coup d'œil, émit un gémissement pitoyable et s'effondra dans les bras du shérif. La putréfaction avait accompli ses sinistres ravages.

Quant à Jessie, sa réaction fut surprenante. Elle contempla un long moment cette pauvre chose pourrissante étalée devant elle, puis inspira profondément. Son corps s'arqua. Elle leva les yeux, sans ciller, et déclara d'une voix parfaitement calme :

— Ce n'est pas mon mari.

— Vous en êtes sûre ? demanda doucement Rooney.

— Regardez vous-même, répondit-elle d'un ton monocorde. La naissance des cheveux ne correspond pas, ni les os. Raymond avait un visage anguleux. Celui-là est beaucoup plus rond.

— Mais la décomposition des chairs déforme la structure faciale, expliqua le médecin.

— Examinez aussi les dents.

Rooney se pencha.

— Je ne vois rien de spécial.

— Les plombages sont en argent.

— Je ne vous suis pas.

— Ceux de mon mari étaient en or.

Là, il n'y avait plus à discuter. Un homme comme LeBaron ne se serait jamais contenté de soins dentaires au rabais.

— Mais la montre et les vêtements que vous avez identifiés ?

— Je me moque de ce que j'ai identifié ! s'écria Jessie. Cet amas répugnant n'est pas Raymond LeBaron !

Ce soudain accès de rage stupéfia le coroner qui la regarda quitter la salle comme une tornade. Le shérif remit le secrétaire à l'employé de la morgue, puis se tourna vers Rooney.

— Qu'est-ce que vous en dites ?

— Je ne sais pas, répondit le médecin en secouant la tête.

— J'ai l'impression qu'elle a été choquée. C'était probablement trop pour elle et elle s'est mise à délirer. Vous le savez sans doute mieux que moi, la plupart des gens n'arrivent pas à accepter la mort d'un être aimé. Elle a fermé son esprit et refusé d'accepter la vérité.

— Elle ne délirait pas.

Sweat l'étudia un instant.

— Comment appelez-vous ça, alors ?

— De grands talents de comédienne.

— Et qu'est-ce qui vous fait dire ça ?

— La montre, répondit Rooney. L'un de mes assistants travaille le soir dans une bijouterie pour se payer ses études. Il l'a remarqué tout de suite. La montre Cartier que madame LeBaron a offerte à son mari est un faux, l'une de ces reproductions bon marché fabriquées illégalement à Taiwan ou au Mexique.

— Et pourquoi une femme qui peut signer sans sourciller un chèque d'un million de dollars aurait-elle offert une imitation sans valeur à son mari ?

— Raymond LeBaron était un homme de goût. Il l'aurait certainement reconnue pour ce qu'elle était. La question c'est de savoir pourquoi il l'aurait quand même portée.

— Vous croyez donc qu'elle jouait la comédie et qu'elle a menti à propos de l'identification du corps ?

— Je dirais qu'elle s'était préparée à ce qu'elle allait voir, répondit Rooney. Et je parierais ma nouvelle Mercedes que les analyses génétiques, l'examen de la dentition et des moulages que j'ai pris de ce qui restait des empreintes digitales et expédiés au labo du FBI confirmeront qu'elle a raison.

Il se retourna et contempla un instant le cadavre avant de conclure :

— Et que ce n'est pas le corps de Raymond LeBaron.

Chapitre 6

Le lieutenant Harry Victor de la police de Dade County se radossa dans son fauteuil pivotant et étudia les photos prises à l'intérieur de la cabine de pilotage du *Prosperteer*. Quelques minutes plus tard, il releva ses lunettes sur son front et se frotta les yeux.

Victor était un homme d'ordre, le seul flic du département qui aimait vraiment rédiger des rapports. Alors que la plupart de ses collègues passaient leurs week-ends à regarder les sports à la télé ou à se détendre au bord d'une piscine en lisant des romans policiers, Victor, lui, préférait étudier les dossiers des affaires non résolues.

Et celle du *Prosperteer* était la plus extraordinaire à laquelle il se fût trouvé confronté en dix-huit ans de carrière. Trois morts qui tombent du ciel à bord d'un antique dirigeable, ce n'était certes pas courant dans les annales criminelles. On ne possédait guère d'indices et l'autopsie des trois cadavres à la morgue n'avait pas permis de déterminer où ceux-ci avaient passé ces dix jours.

Il remit ses lunettes et allait de nouveau s'attaquer aux clichés quand le téléphone sonna. Il décrocha.

— Oui ?

— Vous avez un témoin pour une déclaration, annonça la réceptionniste.

— Faites-le monter, dit Victor.

Il referma le dossier contenant les photos et le laissa au milieu du bureau métallique sur lequel il n'y avait que le téléphone et une petite plaque avec son nom. Il coinça le récepteur contre son oreille comme s'il recevait un appel, puis se tourna légèrement en direction de la porte donnant sur le couloir.

Une femme en uniforme apparut sur le seuil du vaste bureau des homicides et tendit le bras en direction de Victor. L'homme de grande taille qui l'accompagnait hocha la tête et s'approcha. Le lieutenant lui fit signe de prendre place sur la chaise en face de lui et feignit de continuer sa conversation avec son interlocuteur invisible. C'était un vieux truc qui lui laissait une bonne minute pour examiner un témoin ou un suspect et en tracer le profil. Et surtout, c'était l'occasion de détecter des manies ou des tics éventuels dont il pouvait ensuite tirer profit.

Il nota mentalement la description du témoin. Age 37/38 ans, taille environ 1,87 mètre, poids 85 kilos à deux ou trois kilos près, cheveux noirs légèrement ondulés sans trace de gris, teint hâlé par une exposition au soleil tout au long de l'année, sourcils noirs et assez touffus, nez aquilin, lèvres pleines avec les coins relevés sur un éternel sourire. L'homme était vêtu d'un blazer bleu clair, d'un pantalon de toile blanc et d'un polo jaune pâle à col ouvert. Il avait manifestement bon goût et s'habillait bien, style décontracté, mais sans ostentation. Non fumeur dans la mesure où nul paquet de cigarettes ne semblait gonfler les poches de sa veste ou de sa chemisette. Il gardait les bras croisés, preuve de calme et d'indifférence, et avait des mains longues et fines. Il ne portait ni bague ni autre bijou, seulement une drôle de montre de plongée orange avec un large bracelet de métal.

Ce client ne ressemblait décidément pas aux autres. Ceux qui se tenaient à sa place devenaient en général nerveux après quelques instants. Certains masquaient cela par une attitude arrogante, mais la plupart commençaient à s'agiter, jetaient des coups d'œil autour du bureau, par la fenêtre, aux illustrations accrochées au mur ou aux autres policiers au travail tout en changeant sans cesse de position, croisant et décroisant les jambes. Pour la première fois, Victor se sentait un peu mal à l'aise, comme si c'était lui qui se trouvait en état d'infériorité. Son numéro n'avait pas l'air de prendre.

L'inconnu n'était pas troublé le moins du monde. Il étudiait le lieutenant avec une lueur d'amusement dans ses yeux verts au pouvoir magnétique qui parurent le traverser, puis ne voyant rien d'intéressant, ils se posèrent d'abord sur le tableau derrière lui et ensuite sur le téléphone.

— J'ai le même appareil, fit-il alors d'une voix unie. Si vous désirez que votre correspondant vous entende, je vous suggérerais d'appuyer sur l'un de ces boutons.

Victor baissa les yeux. L'une des quatre touches était bien allumée, mais elle n'était pas enfoncée.

— Vous êtes très observateur, monsieur... ?

— Pitt. Dirk Pitt. Vous êtes bien le lieutenant Victor avec qui j'ai rendez-vous ?

— Oui, répondit le policier en reposant le téléphone. Vous êtes donc la première personne à avoir pénétré dans la cabine du *Prosperteer ?*

— Effectivement.

— Merci d'être venu, surtout si tôt un dimanche. J'aimerais que vous nous aidiez à éclaircir certains points.

— Je suis à votre disposition. Ce ne sera pas trop long ?

— Disons une demi-heure. Vous êtes pressé ?

— Je dois prendre un vol pour Washington dans deux heures.

— Alors nous avons tout le temps. (Victor sortit un magnétophone portatif d'un tiroir.) Allons dans un endroit un peu plus intime.

Il conduisit Pitt par un long couloir vers une petite pièce sommairement meublée d'un bureau avec un cendrier et de deux fauteuils. Le lieutenant s'assit et glissa une cassette vierge dans l'appareil.

— Ça ne vous dérange pas que j'enregistre notre conversation ? J'écris terriblement mal et aucune de nos secrétaires n'arrive à déchiffrer mes pattes de mouche.

Pitt haussa les épaules pour signifier qu'il n'y voyait pas d'inconvénient.

Le policier plaça le magnétophone au centre du bureau, puis le mit en marche.

— Nom ? demanda-t-il.

— Dirk Pitt.

— Adresse ?

— 266 Airport Place, Washington D.C. 20001.

— Numéro de téléphone où on peut vous joindre ?

Pitt donna le numéro de son bureau.

— Profession ?

— Directeur des projets spéciaux de la National Underwater and Marine Agency*.

— Pourriez-vous décrire les événements dont vous avez été témoin l'après-midi du samedi 20 octobre ?

Pitt raconta l'arrivée du dirigeable au-dessus des planches de la régate, sa course folle accroché au filin et le sauvetage de dernière minute qui avait évité la catastrophe et l'avait amené à pénétrer dans la cabine de pilotage.

— Vous n'avez touché à rien ?

— Seulement aux boutons d'allumage et de contact. Et j'ai aussi posé la main sur l'épaule du cadavre assis à la table du navigateur.

— C'est tout ?

— Le seul autre endroit où j'aurais pu laisser mes empreintes, c'est sur l'échelle d'accès à bord.

— Et sur le dossier du siège du copilote, fit Victor avec un sourire

* NUMA : Agence nationale sous-marine et maritime.

suffisant. Probablement quand vous vous êtes penché au-dessus des commandes pour couper les moteurs.

— Bon travail. La prochaine fois je penserai à mettre des gants.

— Le FBI s'est montré très coopératif.

— J'admire la compétence. D'où qu'elle vienne.

— Vous n'avez rien emporté ?

Pitt lui lança un regard aigu.

— Non, fit-il.

— Quelqu'un aurait-il pu entrer et s'emparer d'un objet quelconque ?

— Non, répondit Pitt. Dès que je suis sorti, les gardes de sécurité de l'hôtel ont interdit l'accès à la cabine. La personne qui y a pénétré après moi était un policier en uniforme.

— Qu'est-ce que vous avez fait ensuite ?

— J'ai demandé à un des maîtres nageurs de l'hôtel d'aller récupérer ma planche qui dérivait au large. Il a eu la gentillesse de la déposer à la maison des amis chez qui je suis descendu.

— A Miami ?

— Coral Gables.

— Je peux vous demander ce que vous faisiez en ville ?

— Je venais de terminer une mission d'exploration pour la NUMA et j'avais décidé de m'offrir une semaine de vacances.

— Vous avez reconnu quelqu'un parmi les cadavres ?

— Je ne vois pas comment. Je n'aurais pas reconnu mon propre père dans l'état où ils étaient.

— Aucune idée de leur identité ?

— Je présume que l'un d'entre eux était Raymond LeBaron.

— Vous êtes donc au courant de la disparition du *Prosperteer ?*

— Les médias ont couvert l'événement en long et en large. Seul un ermite aurait pu ne pas en entendre parler.

— Aucune idée de l'endroit où le ballon et son équipage ont pu se cacher pendant dix jours ?

— Aucune.

— Pas même une vague hypothèse ? insista Victor.

— Ce pourrait être un énorme coup de pub. Une vaste campagne pour promouvoir les publications du groupe LeBaron.

Une lueur d'intérêt s'alluma dans les yeux du lieutenant.

— Continuez, fit-il.

— Ou encore un plan astucieux pour une vaste opération boursière. Vendre un gros paquet d'actions LeBaron avant sa disparition, racheter quand les cours se seraient effondrés, puis revendre quand ils auraient remonté au moment de sa réapparition miraculeuse.

— Et comment expliquez-vous leur mort ?

— L'affaire a raté.

— Pourquoi ?

— Demandez au coroner.

— C'est à vous que je le demande.

— Ils ont dû manger du poisson avarié dans l'île déserte sur laquelle ils se sont échoués, répondit Pitt qui commençait à se lasser de ce petit jeu. Je ne sais pas, moi. Si vous voulez à tout prix un scénario, engagez quelqu'un de compétent.

Victor poussa un soupir de découragement.

— J'ai cru une seconde que vous teniez peut-être quelque chose. Mais nous ne sommes pas plus avancés qu'avant. Nous n'avons pas la moindre piste.

— Ça ne m'étonne pas, fit Pitt avec un sourire indifférent.

— Comment avez-vous fait pour trouver tout de suite les commandes permettant de couper les moteurs ? demanda le policier, ramenant l'interrogatoire à des sujets plus précis.

— J'ai piloté au moins une vingtaine d'avions différents au cours de mon service dans l'US Air Force et dans la vie civile. Je savais où regarder.

Cette réponse parut satisfaire Victor.

— Une dernière question, monsieur Pitt. Quand vous avez aperçu le dirigeable pour la première fois, de quelle direction venait-il ?

— Il dérivait, poussé par un vent du nord-est.

Le lieutenant éteignit le magnétophone.

— Bien, fit-il. Ce sera tout. En cas de besoin, je peux vous joindre au numéro que vous m'avez indiqué ?

— Oui et si je ne suis pas là ma secrétaire aura mes coordonnées.

— Merci pour votre aide.

— De rien. Je crains de ne pas vous avoir appris grand-chose, répondit Pitt.

— Nous devons nous raccrocher au plus petit indice. LeBaron était un personnage important et nous avons un tas de gens sur le dos. Et il faut que ce soit l'affaire la plus étrange qu'on ait jamais eu à démêler.

— Je ne vous envie pas. (Pitt regarda sa montre et se leva.) Je ferais mieux de partir si je veux arriver à temps à l'aéroport.

Victor l'imita et lui serra la main.

— Si vous trouvez une autre idée de complot, monsieur Pitt, n'hésitez pas à m'appeler. J'adore les contes fantastiques.

Pitt, arrivé sur le seuil de la pièce, se tourna et lança avec une expression malicieuse :

— Vous voulez une piste, lieutenant ? Alors fouillez toujours par là. Un vieux ballon comme le *Prosperteer* a besoin de plusieurs milliers de mètres cubes de gaz pour prendre l'air. Et après une semaine, la plus grande partie aurait dû fuir à travers l'enveloppe et le clouer au sol. Vous me suivez ?

— Ça dépend où vous voulez en venir.

— Le dirigeable n'aurait jamais pu se matérialiser ainsi près de Miami sans qu'un équipage expérimenté et muni du matériel nécessaire ne l'ait regonflé environ quarante-huit heures auparavant.

Victor avait l'air éberlué.

— Qu'est-ce que vous nous suggérez ?

— De vous mettre à la recherche d'une station-service du coin capable de faire un plein de cinq mille mètres cubes d'hélium.

Pitt disparut dans le couloir.

Chapitre 7

— Je déteste les bateaux, protesta Rooney. Je ne sais pas nager et j'attrape le mal de mer rien qu'à regarder par le hublot d'une machine à laver.

Le shérif Sweat lui tendit un double Martini.

— Tenez, fit-il. Ça vous aidera à tenir le coup.

Le coroner jeta un regard sur les eaux de la baie et vida d'un trait la moitié de son verre.

— Vous ne comptez pas sortir en mer, quand même ?

— Non, juste une petite promenade autour de la baie.

Sweat disparut à l'intérieur de la cabine de son bateau à la coque d'un blanc étincelant et, quelques instants plus tard, le pont se mettait à trembler sous les vibrations du puissant moteur diesel de 260 chevaux. Le shérif remonta pour larguer les amarres puis, se faufilant au milieu des yachts ancrés dans le port, ils se dirigèrent vers la baie de Biscayne.

Lorsqu'ils arrivèrent aux bouées qui marquaient l'entrée du chenal, Rooney éprouva le besoin de se donner encore un peu de courage.

— Où rangez-vous le remontant ? demanda-t-il.

— Dans la cabine. Servez-vous. Il y a des glaçons dans le casque du scaphandrier.

Le coroner réapparut un moment après et lança :

— Bon, et maintenant si vous m'expliquiez, Tyler ? Nous sommes dimanche et vous ne m'avez pas privé d'un bon match de football pour me montrer Miami Beach depuis la baie, je suppose ?

— Effectivement. La raison, c'est que j'ai entendu dire que vous aviez terminé votre rapport sur les trois cadavres du dirigeable la nuit dernière.

— A trois heures du matin pour être exact.

— Je pensais que vous voudriez m'en parler.

— Mais enfin, Tyler, qu'est-ce qu'il y a donc de si urgent pour que ça ne puisse pas attendre demain ?

— Il y a environ une heure, j'ai reçu un appel d'un fédé de Washington. (Sweat se tut un instant pour réduire un peu la vitesse.) Il m'a dit qu'il appartenait à un service dont je n'ai jamais entendu parler. Je passe sur l'arrogance de ces types du Nord. En tout cas, il a demandé qu'on remette les corps aux autorités fédérales.

— Lesquelles ?

— Il a refusé de les nommer et s'est réfugié dans le vague quand j'ai insisté.

Rooney était soudain très intéressé.

— Il n'a pas précisé pourquoi ils voulaient les cadavres ?

— Il a prétendu que c'était top secret.

— Vous avez refusé, naturellement ?

— J'ai répondu que j'allais réfléchir.

La tournure des événements combinée à l'alcool commençait à faire oublier sa peur de l'eau au médecin légiste. Il remarqua pour la première fois les lignes élancées du bateau en fibre de verre.

— Il s'appelle comment ? demanda-t-il.

— Qui ?

— Le bateau.

— Ah, le bateau. Le *Southern Comfort*. C'est un 12 mètres, vitesse de croisière quinze nœuds. Fabriqué en Australie.

— Pour en revenir à l'affaire LeBaron, dit Rooney en buvant une gorgée de Martini. Vous allez vous exécuter ?

— Je serais plutôt tenté, répondit le shérif avec un sourire. Nous n'avons pas la moindre piste sérieuse, les médias en font tout un cirque, j'ai jour et nuit le bureau du gouverneur sur le dos et pour couronner le tout, il y a de fortes chances pour que le crime ait été commis hors de ma juridiction. C'est vrai, j'ai bien envie de refiler le bébé à Washington, mais d'un autre côté je suis plutôt têtu et je persiste à croire qu'on arrivera peut-être à déchiffrer cette foutue énigme.

— Et qu'est-ce que vous attendez de moi ?

Le shérif se tourna vers le coroner et le dévisagea un instant avant de répondre :

— Que vous me racontiez ce qu'il y a dans votre rapport.

— Mes conclusions ne font qu'épaissir le mystère.

Sweat ralentit pour laisser passer un petit voilier avec quatre adolescents à bord.

— Dites toujours.

— Bien. Mais si ça ne vous ennuie pas, je vais commencer par la fin, d'accord ?

Le shérif acquiesça.

— Au départ, j'ai vraiment pataugé. Surtout parce que je ne regardais pas où il fallait. J'ai connu un cas semblable il y a quinze ans. On a trouvé le cadavre d'une femme assise dans le patio de sa maison. Son mari a déclaré qu'ils avaient beaucoup bu la nuit précédente et qu'il avait été se coucher, pensant qu'elle ne tarderait pas à le suivre. Quand il s'était réveillé le matin, il l'avait cherchée et découverte morte à l'endroit où il l'avait laissée. Ça avait toutes les apparences d'une mort naturelle, pas de marques de violence, aucun signe d'empoisonnement, juste une grande quantité d'alcool dans le sang. Ses organes semblaient en assez bon état et elle n'avait aucune trace de maladie antérieure ou de troubles graves. Pour une femme de quarante ans, elle avait un corps de vingt-cinq . J'étais dans le noir le plus complet. Puis les pièces du puzzle ont commencé à s'assembler. La lividité cadavérique, cette sorte de décoloration de la peau, est en général d'une teinte violacée, mais chez elle, elle était plutôt rose, ce qui indique une mort par empoisonnement au cyanure ou au protoxyde de carbone, ou encore par hypothermie. J'ai également détecté une hémorragie du pancréas. En procédant par élimination j'ai écarté les deux premières hypothèses et c'est finalement la profession du mari qui m'a mis sur la voie. Les preuves n'étaient peut-être pas formelles, mais elles ont suffi au juge pour qu'il lui mette cinquante ans.

— Et qu'est-ce que faisait le mari ? demanda Sweat.

— Il conduisait un camion pour le compte d'une société de surgelés. Un plan bien combiné. Il lui a fait ingurgiter de l'alcool jusqu'à ce qu'elle tombe ivre morte puis l'a transportée dans son camion qu'il ramenait tous les soirs, a branché le système de réfrigération et a attendu qu'elle gèle. Une fois la pauvre femme passée de vie à trépas, il l'a réinstallée dans le fauteuil du patio et a été se coucher.

Le shérif le regarda sans comprendre.

— Vous ne voulez pas insinuer que les gens du ballon sont morts de froid ? fit-il.

— Si, précisément.

— Vous en êtes sûr ?

— A quatre-vingts pour cent, oui.

— Vous vous rendez compte à quel point ça a l'air incroyable ? lança Sweat, semblant ne s'adresser à personne en particulier. Trois hommes disparaissent au-dessus de la mer des Caraïbes par une température de plus de trente degrés et ils meurent de froid ! Personne ne va avaler ça, doc. Nous n'avons même pas un camion réfrigéré sous la main.

— Il faudra quand même enquêter dans cette direction.

— Et pourquoi donc ?

— Le rapport du FBI est arrivé. Jessie LeBaron avait raison. Ce n'est pas son mari qui se trouve à la morgue. Et les deux autres cadavres ne sont pas ceux de Buck Caesar et de Joseph Cavilla.

— Mon Dieu, qu'est-ce qui va encore me tomber dessus, gémit Sweat. Qui sont-ils alors ?

— Leurs empreintes ne figurent pas dans le fichier du FBI. Probablement des étrangers.

— Vous avez découvert quelque chose qui pourrait faciliter leur identification ?

— Je peux vous donner leur taille et leur poids, vous montrer des radios de leurs dents et de leurs anciennes fractures. Leur foie suggère qu'ils ne crachaient pas sur les boissons alcoolisées et leurs poumons qu'ils étaient tous trois de gros fumeurs, et des fumeurs de cigarettes sans filtre à en juger par leurs dents et leurs doigts. C'étaient aussi de gros mangeurs. Leur dernier repas se composait de pain bis, de fruits et de betteraves. Deux d'entre eux avaient autour de la trentaine et le troisième plutôt la quarantaine. Ils étaient dans une condition physique au-delà de la moyenne. Je ne vois rien d'autre.

— C'est toujours un début.

— En attendant, il reste la disparition de LeBaron, Caesar et Cavilla.

Sweat allait dire quelque chose quand une voix de femme jaillit du haut-parleur de la radio de bord. Le shérif répondit, puis se régla sur la fréquence qu'on lui indiquait.

— Désolé pour cette interruption, s'excusa-t-il auprès de Rooney. C'est un appel urgent.

Le coroner hocha la tête, puis descendit dans la cabine se servir un nouveau verre. Quand il remonta sur le pont, Sweat était en train de raccrocher le téléphone, rouge de fureur.

— Les salauds ! cracha-t-il.

— Qu'est-ce qui se passe ?

— Ils les ont emmenés ! ragea le shérif en frappant la barre du poing. Ces ordures de fédés sont arrivés à la morgue et ont emporté les cadavres du ballon.

— Mais il y a des procédures légales à suivre ! s'étonna Rooney.

— Six hommes en civil et deux officiers fédéraux ont débarqué avec les autorisations nécessaires, ont fourré les corps dans trois boîtes d'aluminium remplies de glace et se sont envolés avec à bord d'un hélicoptère de la Navy.

— Quand ça ?

— Il y a moins de dix minutes. Harry Victor, le détective qui dirige l'enquête, dit qu'ils ont profité de ce qu'il était parti boire un café pour fouiller son bureau et s'emparer des dossiers concernant l'affaire.

— Et mon rapport d'autopsie ?

— Disparu aussi.

Les cocktails avaient mis le coroner dans un état quelque peu euphorique.

— Finalement, ils vous ôtent une sacrée épine du pied, non ?

La colère du shérif se calma.

— Dans un sens, je ne peux pas nier qu'ils me rendent service, mais c'est leur façon de faire qui me fout en rogne !

— Il y a quand même une petite consolation, marmonna Rooney qui commençait à avoir du mal à tenir debout. L'Oncle Sam n'a pas tout eu. Il y a autre chose.

— Quoi ?

— Un truc qui ne figure pas dans mon rapport. Un résultat de labo trop effarant pour être mis par écrit.

— Enfin, de quoi vous voulez parler ?

— De la cause des décès.

— Hypothermie. Vous l'avez déjà dit.

— Oui, mais je ne vous ai pas raconté le meilleur. Je ne vous ai pas précisé à quand remontaient ces décès, bafouilla Rooney.

— A quelques jours, non ?

— Pas du tout. Ces pauvres types ont été congelés il y a beaucoup plus longtemps.

— C'est-à-dire ?

— Entre un et deux ans.

Sweat considéra le coroner d'un air incrédule. Celui-ci affichait un sourire de carnassier et il souriait encore quand il se pencha par-dessus bord pour vomir tripes et boyaux.

Chapitre 8

Dirk Pitt n'habitait ni une maison classique, ni une luxueuse résidence dans un parc surplombant les avenues bordées d'arbres de Washington. Il n'avait pas de jardin, pas de voisins avec des enfants qui pleurent et des chiens qui aboient. Il vivait dans un vieux hangar d'aviation aux limites de l'aéroport international de la capitale fédérale.

Environné de mauvaises herbes, avec ses cloisons de tôle ondulée en mal de peinture et marquées par les intempéries, il paraissait à première vue abandonné. Un examen plus attentif révélait la présence d'une rangée de fenêtres sous l'immense toit incurvé, mais bien que sales et poussiéreuses, elles n'étaient pas cassées comme l'étaient généralement celles d'un bâtiment désaffecté.

Pitt remercia l'employé de l'aéroport qui l'avait amené en voiture depuis le terminal, puis il jeta un coup d'œil autour de lui pour vérifier qu'on ne le regardait pas avant de tirer un minuscule émetteur de sa poche et de prononcer une série de commandes vocales destinées à couper les systèmes de sécurité et ouvrir la petite porte de côté qui paraissait ne pas avoir servi depuis plus de trente ans.

Il entra. Sur le sol de béton étincelant étaient alignées près d'une quarantaine de voitures de collection, un antique aéroplane et un wagon de chemin de fer du début du siècle. Il s'arrêta pour regarder avec tendresse le châssis d'un coupé sport Talbot-Lago en cours de restauration. La voiture avait été presque entièrement détruite par une explosion et il était bien déterminé à la remettre en état.

Il se dirigea ensuite vers le mur du fond et monta un escalier circulaire qui conduisait à ses appartements. Sa montre indiquait 2 h 15 de l'après-midi, mais il avait plutôt l'impression d'être le soir. Il défit ses bagages et décida de travailler malgré tout quelques heures à la Talbot-Lago et de prendre une douche après. Il avait déjà enfilé une salopette et ouvrait sa boîte à outils quand une sonnerie stridente retentit dans le hangar. Il sortit de sa poche un combiné sans fil.

— Allô ?

— Monsieur Pitt ? demanda une voix féminine.

— Lui-même.

— Un instant, je vous prie.

Pitt attendit près de deux minutes, puis il coupa la communication et s'attaqua au delco de la voiture. Cinq minutes passèrent et le téléphone sonna à nouveau. Il prit l'appel, mais ne dit rien.

— Vous êtes toujours là, monsieur ? demanda la même voix.

— Oui, répondit Pitt avec indifférence en coinçant l'appareil contre son épaule tout en continuant à travailler.

— Je suis Sandra Cabot, la secrétaire particulière de madame Jessie LeBaron. Vous êtes bien Dirk Pitt ?

Pitt n'aimait guère les gens qui n'étaient pas capables de passer eux-mêmes leurs coups de fil.

— Oui, fit-il.

— Madame LeBaron désirerait vous rencontrer. Pourriez-vous être chez elle à quatre heures ?

— Vous ne perdez pas de temps, on dirait.

— Pardon ?

— Désolé, mademoiselle Cabot, mais j'ai une voiture dont il faut que je m'occupe. Si madame LeBaron daignait venir ici, nous pourrions avoir un entretien sur place.

— Je crains que ce ne soit pas possible. Elle donne dans la soirée un cocktail auquel doit assister le secrétaire d'Etat. Elle ne peut absolument pas s'absenter.

— Un autre jour, alors.

Il y eut un silence glacial, puis mademoiselle Cabot déclara sèchement :

— Vous ne comprenez pas.

— Vous avez raison, je ne comprends pas.

— Le nom de LeBaron ne vous dit rien ?

— Pas plus que Smith, mentit Pitt.

La secrétaire parut un instant décontenancée.

— Madame LeBaron...

— Bon, cessons ce petit jeu, l'interrompit Pitt. Je sais parfaitement qui est Raymond LeBaron et je vais nous éviter à tous les deux de perdre notre temps en précisant que je n'ai rien à ajouter au mystère de sa disparition et de sa mort. Présentez mes sincères condoléances à madame LeBaron. C'est tout ce que j'ai à lui offrir.

Cabot poussa un profond soupir, puis lâcha :

— Je vous en prie, monsieur Pitt, elle vous sera très reconnaissante de votre visite.

Le « je vous en prie » avait dû lui écorcher les lèvres.

— Très bien, fit-il. J'essaierai de me libérer. Vous pouvez me communiquer l'adresse ?

Son arrogance revint avec la réponse :

— J'enverrai le chauffeur vous prendre.

— Si ça ne vous dérange pas, je préférerais venir avec ma propre voiture. Je deviens vite claustrophobe dans les limousines.

— Puisque vous insistez, fit-elle avec raideur. La demeure se trouve au bout de Beacon Drive dans Great Falls Estates.

— Bien, c'est noté.

— Oh, à propos, quelle est la marque de votre véhicule ?

— Pourquoi ?

— Pour prévenir le garde au portail.

Pitt hésita, puis son regard se posa sur une voiture garée près de la large porte.

— Une vieille décapotable, répondit-il enfin.

— Vieille ?

— Oui, une 1951.

— Dans ce cas, veuillez avoir l'obligeance d'utiliser le parking réservé aux domestiques. C'est à droite en entrant.

— Vous n'avez jamais honte de la façon dont vous traitez les gens ?

— Je n'ai à avoir honte de rien, monsieur Pitt. Nous vous attendons à quatre heures.

— Vous aurez terminé avec moi quand les invités commenceront à arriver ? demanda Pitt d'une voix lourde de sarcasme. Je ne voudrais embarrasser personne avec mon tas de ferraille qui traîne dans le coin.

— Ne vous inquiétez pas, répondit-elle avec une pointe d'irritation. La réception ne débute pas avant 8 heures.

Quand Sandra Cabot eut raccroché, Pitt se dirigea vers la décapotable et l'examina un long moment. Puis il souleva le plancher sous le siège arrière et brancha le chargeur de batterie. Il retourna ensuite à la Talbot-Lago et reprit tranquillement où il en était resté.

***

A 20 h 30 précises, le garde de service au portail de la résidence des LeBaron accueillait un couple dans une Ferrari jaune et vérifiait les noms sur la liste des invités avant de lui faire signe de passer. Ensuite venait une limousine dans laquelle avait pris place Daniel Fawcett, le conseiller du Président, en compagnie de son épouse.

Le garde était habitué aux berlines exotiques et à leurs illustres occupants. Il leva les bras au-dessus de sa tête, s'étira et bâilla. Soudain, il se figea et demeura bouche bée en se trouvant face à la plus grosse voiture qu'il eût jamais vue.

C'était un véritable monstre qui mesurait plus de six mètres de long et devait bien peser trois tonnes. Le capot et les portières étaient gris argent, les pare-chocs bordeaux métallisé. C'était un cabriolet dont la capote une fois repliée était totalement invisible et ses lignes pures et élancées lui conféraient une élégance rarement égalée.

— Ça, c'est une bagnole, finit par déclarer le garde admiratif. Quelle marque ?

— Daimler, répondit Pitt.

— On dirait une marque anglaise.

— C'en est une.

L'homme hocha plusieurs fois la tête, puis reporta son attention sur la liste des invités.

— Votre nom, s'il vous plaît, demanda-t-il.

— Pitt.

— Je ne vous trouve pas. Vous avez une invitation ?

— Madame LeBaron et moi avions rendez-vous un peu plus tôt dans la soirée.

Le garde entra dans la loge pour vérifier.

— Effectivement, monsieur. Votre rendez-vous était pour quatre heures.

— Lorsque j'ai appelé pour annoncer que je serai en retard, elle m'a dit de venir pour la réception.

— Bon, puisque vous êtes attendu, fit l'homme toujours sous le charme de la Daimler, allez-y. Je vous souhaite une bonne soirée, monsieur.

Pitt le remercia d'un signe de tête, puis remonta silencieusement l'allée dans l'immense voiture. Le bâtiment principal de la résidence des LeBaron se trouvait en haut d'une petite colline qui surplombait un court de tennis et une piscine. Comme souvent dans la région, il s'agissait d'une demeure coloniale à deux étages avec une série de colonnes blanches soutenant le toit au-dessus d'une vaste véranda, et des ailes qui s'étendaient de part et d'autre. Sur la droite, un bosquet de pins dissimulait à moitié une maison plus modeste avec un garage. Le quartier des domestiques, supposa Pitt. De l'autre côté, à gauche de la demeure, il y avait un énorme bâtiment en verre illuminé par des lustres de cristal suspendus au plafond. Des fleurs et des plantes exotiques entouraient une vingtaine de tables tandis qu'un petit orchestre jouait, installé sur une scène près d'une cascade. Pitt était sincèrement impressionné. C'était le cadre idéal pour une réception par une fraîche soirée d'octobre. Raymond LeBaron ne manquait pas de goût. Il arrêta la Daimler devant la serre et un valet en livrée s'approcha aussitôt avec l'expression d'un charpentier devant une forêt de séquoias.

Tandis qu'il descendait et réajustait la veste de son smoking, Pitt remarqua qu'une petite foule s'était rassemblée près de la paroi transparente de la serre et semblait discuter avec animation en désignant la superbe décapotable. Il montra au voiturier où se trouvaient les vitesses, puis franchit les portes de verre. L'orchestre jouait doucement, le genre de musique avec peu de cuivres et beaucoup de cordes. Une femme vêtue avec élégance à la dernière mode accueillait les invités.

C'était sans doute Jessie LeBaron. Elle semblait parfaitement à son aise et, symbole de grâce et de classe, était la preuve vivante qu'une femme pouvait être encore très belle à cinquante ans. Elle portait une tunique vert et argent avec des perles sur une longue robe-fourreau de velours.

Pitt s'approcha et s'inclina légèrement.

— Bonsoir, fit-il avec son plus beau sourire.

— Quelle est donc cette extraordinaire voiture ? demanda Jessie.

— Une Daimler, moteur 5,4 litres, 8 cylindres en ligne, carrossée par Hooper.

Elle sourit à son tour et tendit la main.

— Merci d'être venu, monsieur... (Elle hésita, l'examinant avec curiosité.) Pardonnez-moi, mais je n'ai pas l'impression de vous avoir déjà rencontré.

— C'est parce que nous n'avons jamais posé les yeux l'un sur l'autre, répliqua-t-il envoûté par cette voix de gorge chaude et sensuelle. Je m'appelle Pitt, Dirk Pitt.

L'expression de la jeune femme se modifia imperceptiblement.

— Vous avez quatre heures et demie de retard, monsieur Pitt. Vous avez eu un empêchement imprévu, peut-être ?

— Non, madame LeBaron. J'ai au contraire soigneusement calculé mon arrivée.

— Vous n'étiez pas invité à la réception, monsieur Pitt. Il va vous falloir partir.

— Quel dommage, fit Pitt d'un air abattu. Je n'ai pas souvent l'occasion de porter mon smoking.

Le visage de Jessie reflétait à présent le mépris. Elle se tourna vers une femme qui portait de grandes lunettes et se tenait légèrement à l'écart. Sandra Cabot sans doute, pensa Pitt.

— Trouvez Angelo et dites-lui de mettre ce monsieur dehors.

Une lueur malicieuse dansa dans les yeux verts de Pitt.

— Vous savez, je ne fais pas toujours preuve de bonne volonté. Vous préférez que je parte discrètement ou que je provoque un petit esclandre ?

— Je pense que la discrétion serait souhaitable.

— Pourquoi avoir demandé à me rencontrer ?

— Pour une affaire qui concerne mon mari.

— Je ne le connaissais absolument pas et je ne peux rien vous apprendre sur sa mort que vous ne sachiez déjà.

— Raymond n'est pas mort, affirma-t-elle.

— En tout cas quand je l'ai vu dans le dirigeable, il donnait bien l'impression de l'être.

— Ce n'était pas lui.

Pitt se contenta de lui lancer un regard sceptique.

— Vous ne me croyez pas ?

— Ce n'est pas mon problème.

— J'espérais que vous m'aideriez.

— Vous avez une drôle de façon de solliciter de l'aide.

— Il s'agit d'un dîner officiel pour une œuvre de bienfaisance, monsieur Pitt. Vous n'avez rien à y faire. Nous pourrons nous voir demain.

Pitt décida de ravaler sa colère.

— Qu'est-ce que faisait votre mari au moment où il a disparu ? demanda-t-il brusquement.

— Il cherchait le trésor de l'El Dorado, répondit-elle en jetant un coup d'œil nerveux en direction de ses invités. Il croyait qu'il avait sombré avec un bateau appelé le *Cyclope*.

Pitt n'eut pas le temps de réagir car Cabot revenait en compagnie d'Angelo, le chauffeur cubain.

— Au revoir, monsieur Pitt, fit Jessie en s'apprêtant à prendre congé de lui pour aller saluer un couple de nouveaux arrivants.

Pitt haussa les épaules et offrit son bras à Angelo en disant :

— Faisons les choses officiellement. Vous me mettez dehors.

Puis il se tourna vers Jessie et lança :

— Une dernière chose, madame LeBaron. Je n'accepte pas d'être traité ainsi. Inutile donc de me contacter. Ni demain ni un autre jour.

Pitt se laissa ensuite conduire par Angelo jusqu'à l'allée où était garée la Daimler. Jessie regarda disparaître la longue voiture, puis se mêla à ses invités.

Douglas Oates, le secrétaire d'Etat, s'entretenait avec le conseiller du Président, Daniel Fawcett, quand elle s'avança vers eux.

— Magnifique réception, Jessie, la félicita-t-il.

— Superbe, renchérit Fawcett. Personne ne donne de plus belles fêtes dans tout Washington.

Les yeux de la jeune femme brillèrent et ses lèvres pleines esquissèrent un sourire chaleureux.

— Merci, messieurs, fit-elle.

Oates désigna la porte d'un petit signe de tête.

— J'ai rêvé ou c'est bien Dirk Pitt que j'ai vu sortir de cette façon ? demanda-t-il.

— Vous le connaissez ? demanda Jessie avec surprise.

— Bien sûr. Pitt est le numéro 2 de la NUMA. C'est lui qui a renfloué le *Titanic* pour le compte du département de la Défense.

— Et qui a sauvé la vie du Président en Louisiane, ajouta Fawcett.

Jessie pâlit.

— Je l'ignorais, fit-elle.

— J'espère que vous ne l'avez pas fâché, fit le secrétaire d'Etat.

— J'ai peut-être été un peu...un peu impolie, admit-elle.

— Vous envisagez bien de faire des recherches offshore en dessous de San Diego ?

— Oui. Des études préalables indiquent la présence d'une nappe inexploitée dans la région et c'est une de nos sociétés qui possède les droits de forage. Pourquoi ?

— Vous ne savez pas qui est à la tête de la commission sénatoriale chargée des gisements pétroliers sous-marins ?

— Si, naturellement. C'est...

Jessie s'interrompit et parut effondrée.

— Le père de Dirk, acheva Oates. Le sénateur de Californie George Pitt. Sans son appui et l'aval de la NUMA pour les problèmes d'environnement, vous n'avez pas la moindre chance d'obtenir les droits de forage.

Chapitre 9

Trente minutes plus tard, Pitt garait la Daimler sur son emplacement réservé devant le grand immeuble tout en verre qui abritait le siège de la NUMA. Il entra et prit l'ascenseur jusqu'au neuvième étage. Les portes s'ouvrirent et il déboucha au milieu d'un véritable capharnaüm d'appareillages électroniques, le cœur du réseau de communication et d'information de la NUMA.

Hiram Yaeger leva les yeux de son bureau en demi-cercle encombré d'une forêt d'ordinateurs et sourit.

— Salut Dirk, fit-il. Vous ne saviez pas où aller avec votre smoking ?

— La maîtresse de maison m'a décrété *persona non grata* et m'a fait mettre dehors.

— Quelqu'un que je connais ?

Ce fut au tour de Pitt de sourire. Il examina Yaeger. Le petit génie des ordinateurs était un rescapé du mouvement hippie du début des années 70. Il avait de longs cheveux blonds ramenés en queue de cheval et une barbe broussailleuse qui lui dévorait le visage. Quant à sa tenue, tant au travail qu'en dehors, elle se composait d'un blouson et d'un pantalon de jean, celui-ci fourré dans des bottes de cow-boy.

— Je ne vous imagine pas fréquentant les mêmes cercles que Jessie LeBaron, répondit enfin Pitt.

Yaeger émit un petit sifflement.

— Vous vous êtes fait jeter d'une fête de chez Jessie LeBaron ? Mon vieux, vous allez devenir une sorte de héros chez les prolétaires opprimés.

— Vous vous sentez d'humeur à vous livrer à une petite recherche ?

— Sur elle ?

— Non, lui.

— Le mari ? Celui qui a disparu ?

— Oui. Raymond LeBaron.

— Une nouvelle opération clandestine ?

— Appelez-la comme vous voudrez.

— Dirk, fit Yaeger en le regardant par-dessus ses petites lunettes cerclées, vous êtes un beau salaud, mais je vous aime bien. J'ai été embauché pour établir un réseau informatique de niveau mondial et créer des archives sur l'histoire et les sciences maritimes, seulement chaque fois que je me retourne, vous vous pointez et me demandez d'utiliser mes superbes réalisations à des fins plus que douteuses. Et moi, je marche. Vous savez pourquoi ? Parce que je suis encore plus malhonnête que vous. Bon et maintenant vous voulez que je creuse jusqu'où ?

— Jusqu'au fond. Il me faut tout sur son passé, les bases de son empire financier, etc.

— Raymond LeBaron était plutôt discret en ce qui concerne sa vie privée. Il a pu effacer ses traces.

— Je m'en doute, mais ce ne sera pas la première fois que vous sortirez des squelettes du placard.

L'informaticien hocha pensivement la tête.

— C'est vrai. Vous pensez à l'histoire de ces armateurs, les Bougainville, il y a quelques mois. Une vraie rigolade, si j'ose dire*.

— Encore une chose.

— Oui ?

— Un bateau appelé le *Cyclope*. Vous pouvez me sortir tout ce qu'on a sur lui ?

* Voir *Panique à la Maison-Blanche, op. cit.*

— Pas de problème. Rien d'autre ?

— Non, je crois que ce sera tout, répondit Pitt.

Yaeger le dévisagea un instant.

— Si vous me parliez un peu de ce qui se mijote cette fois-ci ? lança-t-il. Je n'arrive pas à croire que vous vous intéressez aux LeBaron simplement parce que vous vous êtes fait virer d'une réception mondaine. Prenez exemple sur moi. Je me suis fait éjecter des endroits les plus sordides de la ville et je n'en fais pas une maladie.

Pitt éclata de rire.

— Bien sûr que je ne cherche pas à me venger. Je suis juste curieux. Jessie LeBaron a dit quelque chose qui m'a paru bizarre à propos de la disparition de son mari.

— J'ai lu un truc là-dessus dans le *Washington Post.* On y parle du dirigeable de LeBaron et de votre intervention qui a évité une catastrophe. Alors, qu'est-ce qu'elle a dit ?

— Elle a affirmé que son mari n'était pas parmi les cadavres que j'ai découverts dans la cabine.

L'informaticien parut ne pas comprendre.

— Mais c'est absurde, fit-il. Si le vieux LeBaron est parti à bord de son antiquité, il est raisonnable de penser qu'il s'y trouvait toujours à son retour.

— Pas à en croire sa veuve éplorée.

— Vous pensez à une histoire d'héritage ou d'assurance ?

— Je ne sais pas. En tout cas, étant donné que cette mystérieuse affaire s'est passée au-dessus de l'océan, il y a des chances pour que la NUMA soit appelée à participer à l'enquête.

— Et dans ce cas on sera prêts ?

— Quelque chose comme ça, oui.

— Et le *Cyclope* ? Qu'est-ce qu'il a à voir là-dedans ?

— Sa femme m'a dit que LeBaron était à sa recherche quand il a disparu.

Yaeger se leva de son fauteuil.

— Bon, alors allons-y, fit-il. Pendant que je prépare un programme, vous n'avez qu'à regarder ce que nous avons sur ce bateau dans les dossiers.

Il conduisit Pitt dans une petite salle équipée d'un large moniteur encastré dans le mur du fond et lui fit signe de s'installer derrière une console avec un clavier d'ordinateur. Il se pencha ensuite au-dessus de son épaule pour appuyer sur une série de touches.

— Nous avons installé un nouveau système la semaine dernière, expliqua-t-il. Le terminal est connecté à un synthétiseur vocal.

— Une machine qui parle ?

— Oui. Elle comprend plus de dix mille commandes verbales, fait les réponses appropriées et peut pratiquement tenir une conversation. La voix est étrange, un peu comme celle de Hal, l'ordinateur géant de *2001.* Mais vous vous y habituerez. On l'appelle Chance.

— Chance ?

— Oui, parce qu'il y a toujours une « chance » qu'elle nous fournisse la bonne réponse.

— Très drôle.

— Bon, si vous avez besoin de moi, je suis au terminal central. Vous décrochez et vous faites le 47.

Pitt considéra l'écran qui projetait une lueur bleutée, puis il prit un micro et déclara prudemment :

— Chance, je m'appelle Dirk. Tu es prête à effectuer quelques recherches pour moi ?

Il se sentait un peu idiot. Comme s'il s'adressait à un arbre et qu'il en attendît une réponse.

— Bonjour, Dirk, fit une voix grinçante, vaguement féminine. Je suis prête.

Pitt respira un grand coup, puis se jeta à l'eau :

— Chance, je voudrais que tu me dises tout ce que tu sais d'un bateau nommé le *Cyclope*.

Cinq secondes de silence et l'ordinateur répondit :

— Il me faut plus de précisions. Mes mémoires contiennent des données sur cinq *Cyclope* différents.

— Celui-là avait un trésor à son bord.

— Désolée, aucune mention de trésor dans leurs manifestes.

« Désolée ? » Pitt n'arrivait pas à croire qu'il s'entretenait avec une machine.

— Si je peux me permettre une petite digression, Chance, je dirai que tu es un ordinateur très sympathique.

— Merci pour le compliment, Dirk. Et au cas où cela vous intéresserait, je peux également faire des effets sonores, imiter des animaux ou chanter, quoique pas très bien.

Pitt éclata de rire.

— Un autre jour, Chance. Pour en revenir au *Cyclope*, celui que je cherche a probablement coulé dans la mer des Caraïbes.

— Dans ce cas, il n'en reste plus que deux. Un petit steamer qui s'est échoué à Montego Bay, Jamaïque, le 5 mai 1968, et un charbonnier de l'US Navy, équipé pour le transport de charbon ou de minerai, perdu corps et biens entre le 5 et le 10 février 1918.

Raymond LeBaron ne se serait certainement pas donné tout ce mal pour retrouver un navire échoué dans un port il y a seulement vingt ans, raisonna Pitt. L'histoire du charbonnier de la Navy lui revint à l'esprit. Sa disparition était considérée comme l'un de ces mystères liés au célèbre Triangle des Bermudes.

— Occupons-nous du bâtiment de la Navy, décida-t-il.

— Si vous désirez que je vous sorte les données sur imprimante, Dirk, il vous suffit d'appuyer sur la touche PTR. D'autre part, si vous voulez bien regarder l'écran, je pourrai vous projeter les photographies disponibles.

Pitt s'exécuta et l'imprimante se mit en route. Fidèle à sa parole,

Chance afficha sur le moniteur une photo du *Cyclope* ancré dans un port quelconque.

Le bâtiment, avec sa forêt de mâts de charge et son enchevêtrement de filins, paraissait si lourd et disgracieux qu'on se demandait comment il avait pu un jour flotter. D'autre part, et c'était étrange, on ne voyait aucun marin sur le pont, comme si le navire était désert. Un vrai bateau fantôme.

Pitt se pencha ensuite sur le listing et lut :

Lancement : 7 mai 1910 par William Cramp & Sons, Philadelphie.
Tonnage : 19 360 tonnes de déplacement.
Longueur : 162,6 mètres (plus long que les cuirassés de son époque).
Largeur : 19,5 mètres.
Tirant : 101 cm.
Vitesse : 15 nœuds (3 nœuds de plus que les Liberty ships de la Seconde Guerre mondiale).
Armement : 4 canons de 4.
Equipage : 246.
Capitaine : G.W. Worley, services auxiliaires de la Navy.

Il nota que Worley avait commandé le *Cyclope* depuis sa mise en service jusqu'à sa disparition. Il regarda à nouveau l'écran.

— Tu as d'autres photos de lui ? demanda-t-il à Chance.

— Oui. Trois prises du même angle, une de l'avant et quatre de l'équipage.

— Voyons celles de l'équipage.

Le moniteur afficha aussitôt l'image d'un homme adossé à un bastingage, qui tenait une fillette par la main.

— Le capitaine Worley et sa fille, précisa Chance.

C'était un grand costaud aux cheveux clairsemés et à la moustache soigneusement taillée qui portait un costume sombre, une cravate et des chaussures vernies. Il fixait l'objectif de l'appareil qui avait capté son image soixante-quinze ans plus tôt. Quant à la petite fille blonde à côté de lui, elle avait une robe chasuble et un petit chapeau et serrait contre elle une poupée d'aspect très rigide.

— De son vrai nom Johann Wichman, continua d'elle-même Chance. Né en Allemagne et entré illégalement aux Etats-Unis en sautant d'un navire marchand à San Francisco en 1878. On ignore comment il a réussi à falsifier ses papiers. Pendant qu'il commandait le *Cyclope*, il habitait à Norfolk, Virginie, avec sa femme et sa fille.

— Est-ce qu'il aurait pu travailler pour les Allemands en 1918 ?

— Aucune preuve. Vous voulez les rapports de l'enquête des autorités navales sur la tragédie ?

— Imprime-les. Je les étudierai plus tard.

— La photo suivante est celle du lieutenant David Forbes, l'officier de pont, annonça Chance.

Forbes en tenue de cérémonie posait devant une voiture que Pitt jugea être une Cadillac 1916. Il avait une figure allongée de lévrier, un nez effilé et des yeux clairs dont il était impossible de déterminer la couleur sur le cliché en noir et blanc. Il avait le visage glabre, des sourcils en accent circonflexe et des dents légèrement proéminentes.

— Quel genre d'homme était-ce ? demanda Pitt.

— Son dossier était irréprochable jusqu'à ce que Worley l'eût fait mettre aux arrêts pour insubordination.

— Pour quelles raisons ?

— Le capitaine Worley a modifié le cap déterminé par le lieutenant Forbes et a failli provoquer le naufrage du bateau en entrant dans la baie de Rio. Quand Forbes lui a demandé pourquoi il avait agi ainsi, Worley est entré dans une fureur noire et l'a confiné dans ses quartiers.

— Forbes était encore aux arrêts lors du dernier voyage ?

— Oui.

— Qui avons-nous ensuite ?

— Le lieutenant John Church, officier en second.

La photo montrait un petit homme en civil d'aspect presque frêle assis à une table de restaurant. Il avait l'expression épuisée d'un paysan après une journée de labeur dans les champs, mais son regard semblait dénoter un certain sens de l'humour. Il avait un front haut surmonté de cheveux grisonnants repoussés en arrière.

— Il paraît plus âgé que les autres, constata Pitt.

— Il n'avait en fait que vingt-neuf ans, précisa Chance. Engagé dans la Navy à seize ans, il a ensuite gravi tous les échelons.

— Des problèmes avec Worley ?

— Rien dans son dossier.

Le dernier cliché représentait deux hommes au garde-à-vous dans une salle de tribunal. Il n'y avait aucune trace d'appréhension sur leurs visages et ils affichaient plutôt une attitude de défi. Celui de gauche était grand et efflanqué avec des bras très musclés. Quant à l'autre, il avait tout d'un ours.

— Cette photo a été prise au cours du procès en cour martiale du chauffeur de première classe James Coker et du chauffeur de deuxième classe Barney DeVoe pour le meurtre du chauffeur de troisième classe Oscar Stewart. Ces trois hommes servaient sur le croiseur US *Pittsburgh*. Coker, celui de gauche, a été condamné à la pendaison, sentence exécutée au Brésil. DeVoe, celui de droite, à une peine de cinquante à quatre-vingt-dix-neuf ans de réclusion à purger dans la prison navale de Portsmouth, New Hampshire.

— Quel rapport ont-ils avec le *Cyclope ?* demanda Pitt.

— Le meurtre a été commis pendant que le *Pittsburgh* était à Rio de Janeiro. Et quand le capitaine Worley est arrivé au port, on lui a demandé de ramener DeVoe et quatre autres prisonniers aux Etats-Unis sur le *Cyclope.*

— Et ils sont restés à bord jusqu'à la fin ?

— Oui.

— Pas d'autres photos des membres de l'équipage ?

— Il existe sans doute des albums de famille et autres sources privées, mais c'est tout ce que j'ai dans mes dossiers.

— Résume-moi les événements qui ont conduit à la disparition du bateau.

— Par oral ou par écrit ?

— Tu ne peux pas imprimer et parler en même temps ?

— Désolé, mais je ne peux le faire que l'un après l'autre. Lequel préférez-vous en premier ?

— Le récit oral.

— Très bien. Un instant que je rassemble les données.

Pitt commençait à se sentir vidé. La journée avait été longue. Il profita de cette interruption pour appeler Yaeger et lui demander un café.

— Comment vous entendez-vous avec Chance ?

— Je ne suis plus très loin de penser qu'elle est bien réelle.

— Du moment que vous ne vous mettez pas à fantasmer sur son corps électronique…

— Je n'en suis pas encore là. Et vous, où vous en êtes avec LeBaron ?

— C'est ce que je craignais, répondit l'informaticien. Il a effacé toutes les traces de son passé. Rien de précis, juste quelques informations remontant à l'époque où il n'était pas encore devenu le sorcier de Wall Street.

— Intéressantes ?

— Pas vraiment. Il est d'une famille assez riche. Son père possédait une chaîne de quincailleries. J'ai l'impression que Raymond et lui ne s'entendaient pas très bien. Dans ses biographies publiées par la presse, il n'est nulle part question de sa famille.

— Vous avez découvert l'origine de sa fortune ?

— C'est assez vague. Avec un associé du nom de Kronberg, il possédait au milieu des années 70 une petite société de sauvetage. Il semble qu'ils aient réussi à tenir pendant quelques années avant de faire faillite. Et c'est deux ans plus tard que Raymond LeBaron a lancé son magazine.

— Le *Prosperteer ?*

— Oui.

— On sait qui le soutenait financièrement ?

— Non, répondit Yaeger. A propos, Jessie est sa seconde femme. La première s'appelait Hillary. Elle est morte il y a deux ans. Je n'ai absolument rien sur elle.

— Continuez à chercher.

Pitt raccrocha au moment où Chance déclarait :

— Je suis prête.

— Alors allons-y.

— Le *Cyclope* a appareillé pour son dernier voyage le 16 février 1918 de Rio de Janeiro vers Baltimore, Maryland. Il y avait à son bord l'équipage habituel composé de 231 matelots et 15 officiers, plus 57 hommes du *Pittsburgh* devant regagner la base navale de Norfolk, les 5 prisonniers y compris DeVoe et enfin le consul général américain en poste à Rio, Alfred L. Gottschalk, qui retournait à Washington. Sa cargaison était constituée de 11 000 tonnes de manganèse.

Chance marqua un légère pause, puis reprit :

— Après une brève escale à Bahia pour prendre le courrier, le bateau a fait une escale impromptue le 4 mars dans Carlisle Bay sur l'île de la Barbade. Worley a prétendu qu'il avait besoin de se ravitailler en charbon et en provisions pour rejoindre Baltimore, mais l'enquête a déterminé que c'était loin d'être indispensable. Après la perte du navire, le consul américain à la Barbade a fait état de rumeurs concernant le comportement inhabituel de Worley, d'étranges événements survenus à bord et une possible mutinerie. Le *Cyclope* a été vu pour la dernière fois le 4 mars 1918 alors qu'il quittait la Barbade.

— Il n'y a plus eu de contact après ? demanda Pitt.

— Vingt-quatre heures plus tard, un cargo du nom de *Crogan Castle* signalait de graves avaries provoquées par une énorme vague déferlante. Son SOS a été capté par le *Cyclope*. Le dernier message du charbonnier annonçait : « Sommes à 50 milles au sud et arrivons à toute vapeur. »

— C'est tout ?

— Oui.

— Le *Crogan Castle* avait communiqué sa position ?

— Oui. 23° 30' de latitude nord, 79° 21' de longitude ouest, ce qui le place à une vingtaine de milles au sud-est d'un banc de récifs appelés les récifs d'Anguilla.

— Le bâtiment a coulé lui aussi ?

— Non. Les rapports indiquent qu'il a réussi tant bien que mal à gagner La Havane.

— On a retrouvé des débris du *Cyclope ?*

— Les recherches intensives de la Navy n'ont rien donné.

Pitt demeura silencieux tandis que Yaeger entrait dans la pièce, posait une tasse de café à côté de la console, puis se retirait en silence. Il but quelques gorgées, puis demanda à Chance de lui remontrer la photo du *Cyclope*. Il l'étudia un long moment.

Ensuite, il décrocha le téléphone, fit un numéro et attendit. La pendule digitale de la console marquait 23 h 55, mais la voix de son correspondant était chaleureuse et enjouée.

— Dirk ! rugit le Dr Raphael O'Meara. Ça fait plaisir de t'entendre ! Tu as de la veine, je viens juste de rentrer d'un chantier au Costa Rica.

— Tu as encore trouvé tout un chargement de vieilles poteries ?

— Non, juste des caches précolombiennes renfermant des objets d'art sensationnels dont certains remontent à trois siècles avant Jésus-Christ.

— Dommage que tu ne puisses pas les garder.

— Je sais. Toutes mes trouvailles vont au Museo Nacional de Costa Rica.

— Tu es un homme généreux, Raphael.

— Ce ne sont pas des dons, Dirk. Tu n'ignores pas que les résultats de mes fouilles reviennent de droit au pays où elles ont lieu. Ça fait partie de leur patrimoine national. Enfin, je ne vais pas ennuyer un vieux loup de mer comme toi avec mes histoires. Qu'est-ce qui me vaut l'honneur de t'avoir au bout du fil ?

— J'ai besoin de toi pour identifier un trésor.

— Tu sais bien que le mot « trésor » n'existe pas pour un archéologue, répliqua O'Meara avec une note de sérieux dans la voix.

— A chacun sa croix, fit Pitt. Tu viens prendre un verre avec moi ?

— Maintenant ? Tu sais quelle heure il est ?

— Je sais surtout que tu es un oiseau de nuit. Allez, indique-moi un endroit près de chez toi.

— Qu'est-ce que tu dirais du Old Angler's Inn sur MacArthur Boulevard ? D'ici une demi-heure ?

— Parfait.

— Tu peux me préciser à quel trésor tu penses ?

— Celui dont tout le monde rêve.

— Ah, et c'est lequel ?

— Je te le dirai tout à l'heure.

Pitt raccrocha et examina une nouvelle fois le *Cyclope*. Le bateau dégageait une impression de solitude et de mort. Pitt ne put s'empêcher de se demander quels étaient les terribles secrets qu'il avait emportés dans sa tombe marine.

— Vous voulez d'autres renseignements ? demanda Chance, interrompant le cours morbide de ses pensées. Ou vous avez terminé ?

— Je crois que ça suffira pour ce soir, répondit-il. Tu as été parfaite et je t'embrasse.

— Merci, Dirk, mais je ne suis pas physiologiquement à même de recevoir un baiser.

— Je ne t'en adore pas moins.

— Je suis à votre entière disposition chaque fois que vous aurez besoin de moi.

Pitt éclata de rire.

— Bonne nuit, Chance.

— Bonne nuit, Dirk.

Ah, si seulement c'était une femme de chair et de sang, pensa-t-il avec un petit soupir mélancolique.

Chapitre 10

— Un Jack Daniel's sec, annonça Raphael O'Meara. Et un double. C'est bien le meilleur médicament que je connaisse après un séjour dans la jungle !

— Tu es resté combien de temps au Costa Rica ? lui demanda Pitt.

— Trois mois. Et il a plu sans arrêt.

— Un gin-tonic avec une rondelle de citron, commanda Pitt à la barmaid.

— Alors comme ça, tu rejoins les rangs des pilleurs d'épaves, lança l'archéologue à travers la barbe épaisse qui lui dissimulait la moitié du visage. Dirk Pitt chasseur de trésor ! Je n'aurais jamais cru voir ça un jour !

— Mon intérêt est purement académique.

— Bien sûr. C'est ce qu'ils disent tous. Suis mon conseil et laisse tomber. On perd plus d'argent qu'on n'en gagne dans ces sortes d'entreprises. Les gens qui ont trouvé de vrais trésors au cours de ces quatre-vingts dernières années se comptent sur les doigts de la main. L'aventure, la richesse, ce ne sont que des mythes.

— Je suis tout à fait d'accord avec toi.

O'Meara haussa les sourcils.

— Alors qu'est-ce que tu veux savoir ?

— Tu as entendu parler de Raymond LeBaron ?

— Le vieux casse-cou richissime, le génie de la finance qui édite le *Prosperteer ?*

— Lui-même. Il a disparu il y a quinze jours dans un ballon quelque part au-dessus des Bahamas.

— Comment peut-on disparaître dans un ballon ?

— Je ne sais pas, mais lui, il a réussi. Tu as bien dû entendre parler de cette affaire ?

— Non, répondit O'Meara en secouant la tête. Je n'ai pas regardé la télé, ni lu un journal depuis trois mois.

On leur apporta leurs verres et Pitt résuma brièvement les circonstances de cette mystérieuse disparition. La plupart des clients étaient partis et ils avaient le bar pratiquement pour eux tout seuls.

— Et tu crois que LeBaron se trimbalait dans son antique machin à gaz à la recherche d'une épave bourrée d'or ?

— D'après sa femme Jessie, oui.

— Quel bateau ?

— Le *Cyclope.*

— Ça me dit quelque chose. Un charbonnier de la Navy qui s'est évaporé en pleine mer il y a soixante-dix ans. Mais sa cargaison ne devait pas avoir une grande valeur.

— LeBaron, apparemment, possédait des informations contraires.

— De quel trésor s'agirait-il ?

— De l'El Dorado.

— Tu plaisantes !

— Je ne fais que répéter ce qu'on m'a dit.

L'archéologue se tut un instant, l'expression rêveuse.

— *El hombre dorado*, fit-il enfin. L'homme d'or, ou doré, en espagnol. La légende, ou la malédiction, qui enfièvre l'imagination des hommes depuis quatre cent cinquante ans.

— Il n'y a aucune part de vérité ?

— Toutes les légendes sont basées sur une réalité, mais comme toutes les autres, celle-là a été déformée et embellie pour devenir un véritable conte de fées. L'El Dorado est à l'origine de la plus longue chasse au trésor jamais menée. Des milliers d'hommes sont morts à sa recherche.

— Explique-moi un peu cette histoire.

Après une nouvelle tournée, l'archéologue, le regard perdu dans un lointain passé, commença de raconter :

— Les conquistadores espagnols ont été les premiers à entendre parler d'un homme doré qui régnait sur un royaume d'une incroyable richesse situé quelque part dans les jungles montagneuses à l'est des Andes. Selon les rumeurs, il vivait dans une cité interdite en or avec des rues pavées d'émeraudes, gardée par une armée de belles et farouches amazones. Oz, à côté, aurait ressemblé à un bidonville. C'était sans doute fortement exagéré, mais il n'en reste pas moins que les El Dorados ont existé. C'était une longue lignée de rois qui adoraient un dieu sanguinaire et vivaient au bord du lac Guatavita en Colombie. Chaque fois qu'un nouveau souverain venait à régner sur son empire tribal, son corps était enduit de résine, puis couvert de poussière d'or, d'où la légende de l'homme doré. Ensuite, on le plaçait sur une sorte de radeau cérémoniel chargé d'or et de pierres précieuses qu'on amenait au milieu du lac et là, le nouveau monarque lançait toutes ces richesses à l'eau en guise d'offrande à ce dieu dont le nom m'échappe.

— Le trésor n'a jamais été retrouvé ?

— On a tenté à plusieurs reprises de drainer le lac, mais sans succès. En 1965, le gouvernement colombien a déclaré Guatavita zone d'intérêt culturel et interdit toutes les opérations de renflouage.

— Et la cité dorée ?

— Jamais retrouvée non plus, répondit l'archéologue en faisant signe à la barmaid de servir une nouvelle tournée. Beaucoup l'ont cherchée et beaucoup sont morts. Nikolaus Federmann, Ambrosius Dalfinger, Sebastián de Belalcázar, Gonzalo et Hernán Jiménez de Quesada, tous sont partis à la découverte de l'El Dorado et tous n'ont trouvé qu'un destin tragique. De même que Sir Walter Raleigh. La fabuleuse cité de l'El Dorado et le plus grand trésor de tous les temps demeurent perdus à jamais.

— Attends une seconde, fit Pitt. Le trésor au fond du lac n'est pas perdu, lui.

— C'est vrai, mais c'est en quelque sorte la menue monnaie, expliqua O'Meara. L'autre, le seul et le vrai, n'a jamais été retrouvé. A deux exceptions près, personne n'a seulement posé les yeux dessus. L'unique description qu'on en possède est celle d'un moine qui a débouché de la jungle dans un campement espagnol sur l'Orénoque en 1675. Avant de mourir une semaine plus tard, il a raconté qu'il faisait partie d'une expédition portugaise à la recherche de mines de diamants. Il était le seul survivant des quatre-vingts membres de la colonne. Il a dit qu'ils étaient tombés sur une ville déserte entourée de hautes falaises et défendue par une tribu qui se donnait le nom de Zanonas. Les Portugais se sont installés dans la cité pendant trois mois et ils ont commencé à mourir les uns après les autres. Ils ont alors découvert, mais trop tard, que les Zanonas n'étaient pas ces amicaux sauvages qu'ils croyaient, mais des cannibales qui les empoisonnaient pour les manger. Seul le moine a réussi à s'échapper. Il a décrit les vastes temples et édifices divers, les étranges inscriptions et aussi ce trésor légendaire qui a conduit tant d'hommes avides à leur tombe.

— Un véritable homme en or, risqua Pitt. Une statue.

— Tu y es presque, fit O'Meara. Tu brûles, mais tu te trompes de sexe.

— Je me trompe de sexe ?

— Oui, répondit l'archéologue. *La mujer dorada*, la femme dorée. Ou plus communément, La Dorada. Tu vois, le nom a d'abord été appliqué à un homme et à une cérémonie, puis plus tard à une cité et enfin à un empire. Au fil des ans, c'est devenu un terme pour désigner n'importe quel endroit où il suffit de se baisser pour ramasser une fortune. Comme c'est souvent le cas, le mythe masculin est devenu générique tandis que le féminin tombait en désuétude. Les féministes n'apprécient pas, mais c'est comme ça. Encore un verre, Dirk ?

— Non merci. Je vais rester sur celui-là.

O'Meara commanda un Jack Daniel's et reprit :

— En tout cas, tu connais l'histoire qui est à l'origine du Taj Mahal. C'est un empereur mogol qui a fait ériger ce tombeau à la mémoire de sa femme. Il est arrivé la même chose pour un roi précolombien dont on ne connaît pas le nom. Selon la légende, la femme était la plus aimée parmi les centaines de sa cour. Un événement extraordinaire est apparu dans le ciel, probablement une éclipse ou la comète de Halley, et les prêtres ont exigé son sacrifice pour apaiser les dieux en colère. On l'a donc tuée en lui arrachant le cœur au cours d'une grande cérémonie.

— Je croyais que seuls les Aztèques faisaient ça.

— Les Aztèques n'avaient pas le monopole des sacrifices humains. Toujours est-il que le roi a ensuite réuni ses artisans et leur a ordonné de construire une statue à son image pour qu'il puisse ensuite l'élever au rang de déesse.

— Le moine l'a décrite ?

— Oui et en détail. A en croire son histoire, elle mesure près de un mètre quatre-vingts et se dresse entièrement nue sur un socle de quartz rose. Elle est en or massif. Tu te rends compte, elle doit peser près d'une tonne ! Et, enchâssé dans sa poitrine, à la place du cœur, il y a un énorme rubis que l'on peut estimer à environ douze cents carats.

— Je ne suis pas un expert, intervint Pitt, mais je sais que les rubis sont les pierres précieuses qui ont le plus de valeur et que trente carats est déjà une rareté. Douze cents, ça paraît à peine croyable !

— Et ce n'est pas tout, reprit O'Meara. La tête de la statue est une énorme émeraude taillée de la plus belle eau. Je n'ose même pas penser à son poids en carats, mais ça doit bien se situer autour d'une quinzaine de kilos. Tu t'imagines cette merveille dans la plus grande salle du Musée d'histoire naturelle de Washington !

— Je me demande quelle peut être sa valeur.

— On peut dire sans risque de se tromper qu'elle est littéralement inestimable.

— Et il y a un deuxième homme qui a vu la statue ? demanda Pitt.

— Oui, le colonel Ralph Morehouse Sigler, un drôle de personnage dans la lignée des explorateurs d'antan. Officier du génie de l'armée britannique, il a bourlingué à travers tout l'empire à surveiller les frontières et bâtir des forts aussi bien en Afrique qu'aux Indes. C'était également un géologue confirmé qui passait ses permissions à prospecter à droite et à gauche. Je ne sais pas s'il était particulièrement doué ou chanceux, mais en tout cas il a découvert plusieurs gisements de chromite en Afrique du Sud et des veines de pierres précieuses en Indochine. Il est devenu très riche, mais n'a pas eu le temps d'en profiter. Quand l'Allemagne et la France sont entrées en guerre, il a été affecté sur le front à la construction de fortifications.

— Il n'est donc venu en Amérique du Sud qu'après la guerre ?

— Non. Au cours de l'été 1916, il a débarqué d'un bateau à Georgetown dans ce qui était alors la Guyane britannique. Il semblerait qu'un quelconque ministre anglais ait eu la brillante idée d'envoyer des expéditions à travers le monde à la recherche de mines d'or destinées à financer le conflit en cours. Sigler a donc été rappelé du front pour aller explorer le territoire sud-américain.

— Tu penses qu'il avait entendu parler de l'histoire du moine ? demanda Pitt.

— Rien dans son journal ou sa correspondance n'indique qu'il croyait en l'existence d'une cité perdue. Ce type n'était pas un chasseur de trésors. Il cherchait des minerais et ne s'intéressait pas aux richesses archéologiques. Au fait, tu n'as pas faim, Dirk ?

— Justement, si. Je viens de me rappeler que je n'avais pas eu le temps de dîner.

O'Meara appela la barmaid et réussit à la persuader de leur servir une assiette de crevettes sauce cocktail en dépit de l'heure tardive.

— Bon, où en étions-nous ? reprit-il ensuite.

— Sigler et La Dorada.

— Ah, oui. Donc, après avoir formé un détachement de vingt hommes, pour la plupart des soldats britanniques, Sigler s'est enfoncé dans la jungle et pendant des mois on n'a plus entendu parler de lui. Les Anglais, pressentant un désastre, ont envoyé plusieurs expéditions à leur recherche, mais personne n'a retrouvé trace des disparus. Finalement, presque deux ans plus tard, une équipe américaine qui étudiait le terrain pour la construction d'une voie de chemin de fer est tombée sur Sigler à environ huit cents kilomètres au nord de Rio de Janeiro. C'était le seul survivant du groupe.

— Mais c'est à une distance énorme de la Guyane britannique !

— Oui. Plus de trois mille kilomètres à vol d'oiseau.

— Il était dans quel état ?

— Plus mort que vivant à en croire ceux qui l'ont retrouvé. Ils l'ont transporté jusqu'à un village qui possédait un petit hôpital et ont envoyé un message au consulat américain le plus proche. Quelques semaines plus tard, les secours arrivaient de Rio.

— Anglais ou américains ?

— Là, il y a un truc bizarre, répondit l'archéologue. Le consulat britannique a prétendu n'avoir jamais été informé de la réapparition de Sigler. On raconte que c'est le consul général américain en personne qui est venu l'interroger. Toujours est-il que Sigler a de nouveau disparu. Il se serait, dit-on, échappé de l'hôpital pour regagner la jungle.

— Ça ne me paraît pas logique qu'il ait décidé de tourner le dos à la civilisation après les deux années d'enfer qu'il avait dû vivre.

O'Meara haussa les épaules.

— Comment savoir ?

— Sigler a quand même pu faire le récit de son expédition ?

— Il délirait la plupart du temps. Certains témoins ont rapporté par la suite qu'ils l'avaient entendu bredouiller des phrases où il était question d'une immense cité entourée de hautes falaises et envahie par la jungle. Sa description correspondait assez à celle du moine portugais. Il a même réussi à dessiner un croquis de la femme en or qu'une infirmière a gardé et qui se trouve maintenant à la bibliothèque nationale du Brésil. J'ai eu l'occasion d'y jeter un coup d'œil et je peux t'assurer que le modèle doit être quelque chose de vraiment fabuleux.

— Elle serait donc restée au cœur de la jungle ?

— Justement, tout le problème est là, fit l'archéologue en soupirant. Sigler a prétendu que ses hommes et lui avaient volé la statue et l'avaient traînée pendant une trentaine de kilomètres jusqu'à un fleuve tout en repoussant les attaques des Indiens Zanonas. Le temps de construire un radeau et de charger La Dorada à bord, ils n'étaient plus que trois. L'un est mort de ses blessures un peu plus tard et l'autre s'est noyé dans les rapides.

Pitt, bien que fasciné par cette histoire, commençait à avoir du mal à garder les yeux ouverts.

— La question, c'est de trouver où Sigler a pu cacher la femme dorée, fit-il.

— Si seulement je le savais !

— Il n'a laissé aucun indice à ce sujet ?

— L'infirmière a cru comprendre à travers son délire que le radeau s'était brisé et que la statue était tombée à l'eau à quelques centaines de mètres de l'endroit où on l'a retrouvé. Mais ne fonde pas trop d'espoirs là-dessus. Il n'avait plus toute sa tête et les chasseurs de trésor sondent en vain le lit du fleuve avec des détecteurs de métal depuis des années.

Pitt fit tournoyer les glaçons dans son verre. Il croyait savoir ce qui était arrivé à Ralph Morehouse Sigler et à La Dorada.

— Le consul général américain a bien été la dernière personne à voir Sigler vivant ? demanda-t-il lentement.

— Le mystère s'épaissit à partir de là, mais pour autant qu'on puisse en être sûr, la réponse est oui.

— Essayons un peu de combler les trous du récit. Ça se passe donc en janvier et février 1918. D'accord ?

O'Meara acquiesça et lui jeta un regard étrange.

— Et ce consul général était ce même Alfred Gottschalk qui a péri quelques semaines plus tard à bord du *Cyclope.* Toujours d'accord ?

— Tu en es sûr ? s'écria l'archéologue, abasourdi.

— Gottschalk a probablement entendu parler de la mission de Sigler par son collègue britannique. Quand il a reçu le message des gens du chemin de fer annonçant que Sigler était vivant, il l'a gardé pour lui et s'est rendu sur place avec l'espoir de soutirer à l'explorateur des informations utiles pour son pays. Mais ce qu'il a appris a dû balayer ce qui lui restait de scrupules et il a décidé de s'approprier le trésor.

Pitt but une gorgée et reprit :

— Il a donc remonté la statue du fleuve, puis l'a fait transporter avec Sigler jusqu'à Rio de Janeiro. Il a effacé toutes les traces de son forfait en achetant le silence de ceux qui étaient en mesure de parler de Sigler et probablement en tuant les hommes qui l'avaient aidé à repêcher la statue. Ensuite, usant de son influence auprès de la Navy, il a pu faire embarquer discrètement Sigler et la statue à bord du *Cyclope*. Le navire a sombré et son secret avec lui.

O'Meara le considéra un instant avec perplexité.

— Mais ça, tu ne peux quand même pas en être certain !

— Sinon, pourquoi LeBaron serait-il parti à la recherche de ce qu'il pensait bien être La Dorada ?

— Là, tu marques un point, admit le géologue. Mais tu soulèves une autre question. Pourquoi Gottschalk ne s'est-il pas simplement débarrassé de Sigler après avoir récupéré la statue ?

— Elémentaire, mon cher Raphael. Le consul général était rongé par la fièvre de l'or. Il avait La Dorada, mais il voulait aussi la cité d'émeraude. Sigler était la seule personne vivante pouvant lui dire où elle se trouvait et éventuellement l'y conduire.

— J'aime beaucoup la façon dont tu raisonnes, Dirk. Ça mérite une dernière tournée !

— Trop tard, ils sont en train de fermer et j'ai l'impression qu'ils aimeraient bien qu'on les laisse aller se coucher.

O'Meara prit un air faussement abattu.

— Tu vois, la vie primitive a du bon, dit-il. Pas d'horaires, pas d'heures de fermeture. (Il vida les quelques gouttes de bourbon qui restaient au fond de son verre.) Alors, qu'est-ce que tu comptes faire maintenant ?

— Rien de bien compliqué, répondit Pitt avec un sourire. Retrouver l'épave du *Cyclope.*

Chapitre 11

Le Président était matinal. Il se réveillait en général vers 6 heures et faisait une demi-heure de culture physique avant de prendre sa douche suivie d'un léger petit déjeuner. Selon un rituel qui remontait à l'époque de sa lune de miel, il se glissa hors du lit et s'habilla en silence tandis que son épouse continuait à dormir.

Il enfila un jogging, puis alla récupérer une petite mallette de cuir dans un placard du salon attenant. Après avoir déposé un baiser sur le front de sa femme, il prit l'escalier de derrière qui descendait au gymnase de la Maison-Blanche situé sous la terrasse ouest.

La vaste salle équipée d'une grande variété d'instruments était déserte à l'exception d'un homme à la carrure impressionnante qui, allongé sur un banc, soulevait des haltères. Il poussait des grognements et la transpiration perlait à la racine de ses cheveux blancs et drus coupés en brosse. Il avait un torse comme une barrique, des bras et des jambes pareils à des troncs d'arbre, bref le physique d'un lutteur de foire sur le retour.

— Bonjour, Ira, fit le Président. Je suis content que tu aies pu venir.

Le colosse reposa son haltère, se leva et serra la main du Président.

— Ça me fait plaisir de te voir, Vince.

Le locataire de la Maison-Blanche sourit. Pas de courbettes, pas de « Monsieur le Président », pas de salamaleks. Ira Hagen, fidèle à lui-même, n'avait pas changé. Le vieil agent secret bourru ne s'inclinait devant personne.

— J'espère que tu ne m'en voudras pas de te recevoir ainsi.

Le rire de Hagen se répercuta contre les murs du gymnase.

— Tu sais, on m'a confié des missions dans des endroits pires que ça.

— Comment vont les affaires avec le restaurant ?

— Formidables. Surtout depuis qu'on s'est spécialisés dans la cuisine américaine. Service impeccable et ambiance feutrée. Serveurs en smoking, bougies sur les tables, décor ultra-chic et plats présentés à la manière européenne. Et le mieux, c'est que les gens mangent plus vite qu'avant et qu'on a une meilleure utilisation des tables.

— Et tu rentres juste dans tes frais pour la nourriture en réalisant tous tes bénéfices sur les vins et les alcools, c'est ça ?

Hagen éclata à nouveau de rire.

— Vince, t'es un type bien et peu importe ce que les médias racontent à ton sujet. Quand tu ne seras plus qu'un vieux politicien fini, fais-moi signe et on ouvrira une chaine de restos !

— Les enquêtes te manquent, Ira ?

— Parfois.

— Tu étais le meilleur agent que le département de la Justice ait jamais eu, affirma le Président. Jusqu'à la mort de Martha.

— Remuer la boue ne semblait plus guère intéresser le gouvernement et j'avais trois filles à élever. Tu comprends, les exigences du boulot m'éloignaient souvent de la maison pendant plusieurs semaines de suite.

— Comment vont les filles ?

— Très bien. Tes trois nièces sont bien mariées et m'ont déjà donné cinq petits-enfants.

— Dommage que Martha n'ait pu les connaître. De mes quatre sœurs et de mes deux frères, c'était ma préférée.

— Je ne pense pas que tu m'aies fait venir de Denver à bord d'un jet de l'Air Force pour me parler du bon vieux temps. Alors, qu'est-ce qui se passe ?

— Tu n'as pas perdu la main ?

— Et toi, tu sais encore monter à vélo ?

Ce fut au tour du Président de s'esclaffer.

— A question stupide...

— Les réflexes sont peut-être un peu plus lents, mais la tête fonctionne toujours aussi bien.

Le chef d'Etat lui passa la mallette.

— Etudie ça pendant que je fais quelques exercices.

Hagen s'épongea le front à l'aide d'une serviette et alla s'installer sur un vélo d'appartement qui fléchit sous son poids. Il ouvrit l'attaché-case, puis se plongea dans la lecture.

— Alors, qu'est-ce que tu en penses ? vint enfin lui demander le Président.

Hagen haussa les épaules tout en continuant à lire.

— Ça ferait un bon scénario de série télévisée. Fonds secrets, vastes opérations clandestines et base sur la lune ignorée de tous. Le genre de trucs que H.G. Wells aurait adoré.

— Tu crois que c'est un canular ?

— Disons que j'aimerais le croire. Tout le monde réagirait de la même façon, non ? Avec une histoire pareille, on fait tous figure de mutants sourds et muets. Mais un canular dans quel but ?

— A part un plan pour escroquer le gouvernement, je ne vois pas.

— Laisse-moi finir de lire. Le dernier dossier est rédigé à la main.

— C'est la conversation sur le parcours de golf que j'ai retranscrite telle que je me la rappelle. Désolé pour mes pattes de mouche, mais je n'ai jamais pu apprendre à taper à la machine.

Hagen lui lança un regard interrogateur :

— Tu n'as parlé de ça à personne, pas même aux membres de ton conseil de sécurité ?

— Je suis peut-être un peu paranoïaque, mais ce « Joe » s'est glissé au travers des mailles du filet tissé par mes Services secrets comme un renard dans un poulailler et il a prétendu que les « membres fondateurs » occupaient de hautes fonctions à la NASA et au Pentagone. Dans ce cas, ils ont également infiltré les services de renseignements et la Maison-Blanche.

Hagen étudia attentivement le récit du Président sur les événements du golf, puis se leva et alla s'installer sur un banc.

— L'homme qui est assis à côté de toi dans la voiture électrique sur cet agrandissement, c'est ce Joe ?

— Oui. En regagnant le clubhouse, j'ai remarqué un photographe du *Washington Post* qui avait pris des clichés de mon parcours au téléobjectif. Je lui ai demandé d'avoir la gentillesse de m'envoyer un agrandissement à la Maison-Blanche pour que je puisse le dédicacer à mon caddie.

— Excellente idée. (Hagen examina longuement la photo, puis la reposa.) Bon, qu'est-ce que tu attends de moi, Vince ?

— Que tu trouves les noms des « membres fondateurs ».

— C'est tout ? Pas d'informations sur la Colonie Jersey ou de preuves de son existence ?

— Quand je saurai qui ils sont, je les ferai convoquer et interroger, répondit le Président d'une voix sourde. Alors on verra bien jusqu'où leurs tentacules se sont glissés.

— Si tu veux mon avis, tu devrais tous les décorer.

— C'est peut-être ce que je ferai, répliqua l'occupant du Bureau ovale avec un mince sourire. Mais pas avant de les avoir empêchés de déclencher une sanglante bataille pour la conquête de la lune.

— Bon, pour résumer, tu ne peux faire confiance à personne de la CIA, du FBI ou de ton entourage officiel et tu m'engages comme détective privé, c'est ça ?

— Exactement.

— Tu me donnes combien de temps ?

— Le vaisseau spatial soviétique doit se poser sur la lune dans neuf jours. Il me faut un maximum de temps pour prévenir tout conflit éventuel entre leurs cosmonautes et nos colons qui pourrait dégénérer en une guerre de l'espace que nous ne pourrions plus stopper. Il faut convaincre les « membres fondateurs » de faire marche arrière. Bref, je voudrais que tu me les livres au moins quarante-huit heures avant l'alunissage des Russes.

— Huit jours. Ce n'est pas beaucoup pour dénicher neuf hommes.

Le Président eut un geste d'impuissance.

— On n'a rien sans rien.

— Un certificat déclarant que je suis ton beau-frère ne me permettrait guère de franchir les barrages légaux et administratifs. Il me faut une couverture en béton.

— Tu t'en trouveras une. Un laissez-passer Alpha 2 devrait t'ouvrir la plupart des portes.

— Pas mal, fit Hagen. Le vice-président n'a droit qu'à un 3.

— Je te donnerai aussi un numéro de téléphone sûr où tu pourras me joindre jour et nuit. Tu me feras un rapport quotidien. Okay ?

— Okay.

— D'autres questions ?

— Raymond LeBaron, vivant ou mort ?

— On ne sait pas. Sa femme a vu le corps découvert dans le dirigeable et a affirmé que ce n'était pas celui de son mari. Elle avait raison. J'ai demandé à Sam Emmett, le directeur du FBI, de s'occuper des cadavres entreposés à la morgue de Dade County en Floride. Ils sont en ce moment en cours d'examen à l'hôpital militaire Walter Reed.

— Je peux voir le rapport du coroner du coin ?

Le Président resta muet d'étonnement avant de lancer :

— Tu ne négliges vraiment aucun détail, Ira. Comment sais-tu qu'il en existe un ?

— On a bien dû ordonner une autopsie, non ?

— Bon, je t'en ferai parvenir une copie.

— Et également une des analyses labo de Walter Reed.

— D'accord.

Hagen rangea tous les dossiers dans la mallette sauf la photo prise sur le terrain de golf qu'il examina une nouvelle fois.

— Bien sûr, tu sais qu'on ne retrouvera peut-être jamais Raymond LeBaron ?

— J'ai en effet envisagé cette possibilité.

Hagen mit soudain le cliché sous les yeux du Président.

— Tu ne le reconnais pas ? demanda-t-il.

— Franchement non, mais il m'a dit qu'on s'était déjà rencontrés il y a longtemps.

— Notre équipe de base-ball à l'université. On était trois à en former l'ossature, toi, moi et Leonard Hudson.

— Hudson ! s'exclama le Président, incrédule. Ainsi Joe serait Leo Hudson. Mais Leo était gros ! Il devait bien friser les cent kilos.

— Il est devenu un fana de macro je ne sais quoi, a perdu trente kilos et s'est mis à courir des marathons. Tu ne t'es jamais tellement intéressé à tes anciens copains, mais moi je suis resté en contact avec eux. Tu te souviens, Leo était le petit génie de la bande. Il remportait un tas de concours avec ses projets. Plus tard, après être sorti de Stanford bardé de diplômes, il a été nommé directeur du Laboratoire national de physique Harvey Pattenden dans l'Oregon. Il travaillait sur les fusées et les systèmes spatiaux bien avant tout le monde.

— Il faut que tu me l'amènes, Ira. Ensuite, Hudson nous conduira aux autres.

— J'aurais besoin d'une pelle et d'une pioche pour ça.

— Je ne comprends pas. Tu veux dire qu'il est sous terre ?

— Oui. Mort et enterré.

— Depuis quand ?

— Depuis 1965. Un avion de tourisme qui s'est abîmé dans les eaux du fleuve Colombia.

— Qui est Joe alors ?

— Leonard Hudson.

— Mais tu viens de dire...

— Son corps n'a jamais été retrouvé. Pratique, non ?

— Ainsi, il avait tout organisé à l'avance, fit le Président sous le choc de la révélation. Ce salaud a simulé sa propre mort pour diriger clandestinement le projet Jersey.

— Une brillante idée quand on y pense. Pas de comptes à rendre, pas d'ordres à recevoir et la possibilité de prendre n'importe quelle identité qui l'arrange. Une personne qui n'existe pas a les mains beaucoup plus libres que le citoyen moyen dont le nom, la date de naissance, les signes particuliers et les vilaines habitudes sont stockés dans les mémoires de milliers d'ordinateurs.

Après quelques secondes de silence, le Président conclut d'un ton lugubre :

— Trouve-le-moi, Ira. Ramène-moi Leonard Hudson avant que l'enfer ne se déchaîne !

⁂

Le secrétaire d'Etat Douglas Oates acheva la lecture de la longue lettre de trente pages, puis examina à nouveau la structure de chaque paragraphe comme s'il essayait de lire entre les lignes. Il leva enfin les yeux sur Victor Wykoff, son adjoint.

— Ça me paraît authentique, fit-il.

— C'est également l'avis de nos experts, déclara Wykoff. La sémantique, le discours décousu, les phrases hachées, tout concorde.

— Pas de doute, c'est tout à fait du Fidel, mais ce qui m'intrigue, c'est le ton de la lettre. Il est presque suppliant.

— Je ne suis pas d'accord. On dirait plutôt qu'il insiste sur le secret absolu en s'efforçant de nous faire comprendre l'urgence du problème.

— En tout cas, les implications de sa proposition sont proprement stupéfiantes.

— Mes services l'ont étudiée sous tous les angles, dit Wykoff. Castro n'a rien à gagner à monter un bateau.

— Vous m'avez précisé qu'il avait utilisé des moyens détournés pour nous faire parvenir ce document ?

— Effectivement, acquiesça Wykoff. Je sais que ça peut paraître incroyable, mais les deux émissaires qui l'ont remis à notre bureau de Miami prétendent qu'ils ont quitté clandestinement Cuba pour les Etats-Unis à bord d'un ballon dirigeable.

Chapitre 12

Les montagnes dénudées et les bords déchiquetés des cratères lunaires se matérialisèrent devant les yeux d'Anastas Rykov qui, allongé sur un coussin, était penché au-dessus du stéréoscope. Le paysage désolé de la lune se déroulait en couleur et en trois dimensions sous le regard attentif du géophysicien soviétique. Pris d'une hauteur de cinquante-quatre kilomètres, les clichés montraient tous les détails du sol jusqu'aux plus petites pierres.

Rykov étudiait les photos qui défilaient lentement sous le stéréoscope. Le procédé était comparable à celui du montage d'un film, mais plus simple. Il avait à portée de main une commande qui lui permettait d'arrêter les bobines et d'agrandir la zone qu'il désirait examiner de plus près.

Les images avaient été reçues grâce à des instruments très sophistiqués installés à bord d'un vaisseau spatial russe qui avait effectué le tour de notre satellite. Des scanners pareils à des miroirs réfléchissaient la surface de la lune sous la forme d'un prisme qui la fractionnait en longueurs d'ondes spectrales digitalisées en 263 nuances différentes de gris avec le noir commençant à 263 pour devenir blanc à 0. Ensuite, l'ordinateur de bord les convertissait en une sorte de patchwork d'éléments picturaux sur des bandes haute densité. Les données transmises par le vaisseau spatial en orbite étaient alors imprimées par laser en noir et blanc sur un négatif avant d'être filtrées par des longueurs d'ondes bleues, rouges et vertes. Enfin, tout était coloré par ordinateur en continu sur deux feuilles de papier photo qu'on superposait pour le visionnage stéréoscopique.

Rykov ôta ses lunettes et frotta ses yeux injectés de sang. Il était 23 h 57 et cela faisait neuf jours et neuf nuits qu'il scrutait les pics et les cratères lunaires pratiquement sans dormir. Il passa la main dans ses cheveux noirs, prenant conscience qu'il ne s'était ni lavé ni changé depuis le début du projet.

Il lutta contre sa fatigue et se remit au travail pour examiner une petite zone de la face cachée de la lune, d'origine volcanique. Il ne restait plus que quelques centimètres avant que le rouleau de photos ne s'arrête brusquement. Ses supérieurs ne lui avaient pas communiqué les raisons de cette brutale coupure et il supposait que c'était dû à un mauvais fonctionnement des scanners.

La surface criblée de trous et de petits sillons ressemblait un peu à un épiderme boutonneux sous une loupe et était de teinte brun clair plutôt que gris. Le bombardement continuel des météorites avait creusé cratères sur cratères.

Rykov faillit passer à côté. Ses yeux décelèrent bien une anomalie, mais son esprit engourdi fut à deux doigts d'ignorer le signal. Il ramena malgré tout l'image en arrière et agrandit une zone située près d'un repli de terrain au fond d'un petit cratère. Trois minuscules objets apparurent.

C'était incroyable. Le géophysicien s'arracha au stéréoscope, respira profondément pour chasser les brumes de fatigue qui lui obscurcissaient le cerveau, puis regarda à nouveau.

Ils étaient encore là. L'un des objets était une pierre, les deux autres, des silhouettes humaines.

Rykov demeura un instant comme paralysé, puis, sous le choc, ses mains se mirent à trembler et son estomac se noua. Vacillant, il se redressa, se dirigea vers un petit bureau et ouvrit un carnet qui renfermait les numéros de téléphone privés des membres du Commandement militaire spatial soviétique. Il dut s'y reprendre à deux fois pour composer le bon numéro.

— Allô ? répondit enfin une voix ensommeillée.

— Général Maxim Yasenin ?

— Oui. Qui êtes-vous ?

— Vous ne me connaissez pas. Je m'appelle Anastas Rykov. Je suis géophysicien et je travaille sur le projet lunaire Cosmos.

Le chef des missions spatiales militaires soviétiques ne cacha pas sa fureur d'être ainsi dérangé.

— Qu'est-ce qui vous prend de me téléphoner à cette heure de la nuit ? aboya-t-il.

Rykov savait qu'il outrepassait ses fonctions, mais il n'hésita pas un instant :

— En analysant les photos prises par Selenos 4, je suis tombé sur quelque chose qui défie l'imagination. Je pensais que vous voudriez être le premier informé.

— Vous êtes ivre, Rykov ?

— Non, général. Fatigué, mais sobre comme un Sibérien.

— A moins que vous ne soyez un parfait imbécile, vous savez certainement que vous allez avoir de gros ennuis pour être passé par-dessus la tête de vos supérieurs.

— Ce que j'ai découvert est trop important pour être confié à qui que ce soit en dehors de vous.

— Allez vous coucher, mon vieux, et demain matin vous serez dégrisé, dit Yasenin. Je vous fais la faveur d'oublier ce regrettable incident. Bonne nuit.

— Attendez ! s'écria le géophysicien, repoussant toute prudence. Si vous ne m'écoutez pas, je n'aurai pas d'autre choix que d'informer Vladimir Polevoï de ma découverte.

Un silence glacial accueillit cette déclaration, puis Yasenin finit par demander :

— Qu'est-ce qui vous fait penser que le chef de la Sécurité de l'Etat acceptera de parler à un fou ?

— Quand il aura vérifié mon dossier, il s'apercevra que je suis un membre respecté du parti et un scientifique tout à fait sain d'esprit.

Le général, sa curiosité éveillée, décida d'entendre Rykov jusqu'au bout.

— Bon, fit-il. Allez-y, racontez. Qu'est-ce que vous avez donc déniché de si important pour notre mère patrie qui ne puisse être transmis par les voies hiérarchiques habituelles ?

— J'ai la preuve qu'il y a quelqu'un sur la lune, répondit Rykov d'une voix parfaitement calme.

*
**

Trois quarts d'heure plus tard, le général Yasenin arrivait au Centre spatial de géophysique. C'était un homme grand et fort au visage rougeaud qui portait un uniforme constellé de décorations. Il avait des cheveux gris, des yeux petits et durs. Il entra sans bruit dans le laboratoire photo, le menton projeté en avant.

— C'est vous Rykov ? demanda-t-il sans préambule.

— Oui, répondit celui-ci d'un ton ferme.

Ils s'étudièrent un instant en silence, ni l'un ni l'autre ne faisant mine de tendre la main. Rykov finit par désigner le stéréoscope.

— Par ici, général, fit-il. Allongez-vous sur ce coussin de cuir et collez votre œil à l'oculaire.

Yasenin s'installa au-dessus du montage photo, puis demanda :

— Qu'est-ce que je suis censé voir ?

— Examinez bien la petite zone que j'ai entourée, répondit le géophysicien.

Le général régla l'appareil et, le visage impassible, regarda. Une minute plus tard, il leva la tête avec une expression étrange, puis se pencha à nouveau sur l'appareil. Il se redressa lentement et considéra Rykov d'un air stupéfait.

— Ce n'est pas un trucage, fit-il d'une voix étranglée.

— Non, général. Ce que vous voyez est bien la réalité. Deux silhouettes humaines en scaphandre qui braquent quelque chose sur Selenos 4.

Yasenin n'arrivait toujours pas à en croire ses yeux.

— Ce n'est pas tout à fait impossible, admit-il enfin. D'où pourraient-ils venir ?

Rykov haussa les épaules.

— Je ne sais pas. Si ce ne sont pas des astronautes américains, ce ne peuvent être que des extraterrestres.

— Je ne crois pas aux contes de fées.

— Mais comment les Américains auraient-ils pu envoyer des hommes sur la lune sans que les médias et nos services de renseignements aient été au courant ?

— Supposez qu'ils aient laissé des hommes et du matériel sur place au cours du programme Apollo. C'est concevable.

— Leur dernier alunissage officiel a été Apollo 17 en 1972, lui rappela Rykov. Aucun être humain n'aurait pu survivre dix-sept ans dans l'environnement lunaire sans être ravitaillé.

— Je ne vois rien d'autre, insista le général.

Il se pencha de nouveau au-dessus du stéréoscope et examina attentivement les silhouettes dans le cratère. Le soleil venait de droite, projetant leurs ombres sur la gauche. Ils portaient des combinaisons blanches et on apercevait les visières vert foncé des casques. Ceux-ci étaient d'un modèle qu'il ne connaissait pas. Il distinguait nettement les empreintes de pas qui disparaissaient dans l'ombre noire projetée par le bord du cratère.

— Je sais ce que vous cherchez, général, intervint le géophysicien. J'ai déjà examiné le fond du cratère, mais je n'ai décelé aucune trace de leur engin spatial.

— Ils sont peut-être descendus à pied.

— Les parois sont pratiquement à pic et hautes de plus de trois cents mètres.

— Alors je ne vois aucune explication, admit Yasenin.

— Regardez bien l'appareil qu'ils tiennent tous les deux et pointent sur Selenos 4. On dirait une énorme caméra munie d'un long téléobjectif.

— Non, fit le général. Là, vous êtes dans mon domaine. Ce n'est pas une caméra, mais une arme.

— Un laser ?

— Rien de si récent. A première vue, un lanceur de missiles sol-air de fabrication américaine. Un Lariat type 40, je dirais. Seize kilomètres de portée sur terre et probablement beaucoup plus dans l'atmosphère raréfiée de la lune. Devenu opérationnel auprès des forces de l'OTAN il y a environ six ans. Tant pis pour votre théorie des extraterrestres.

Rykov était abasourdi.

— Mais chaque gramme compte pour les vols spatiaux ! s'écria-t-il. Pourquoi s'encombrer d'un objet aussi lourd et inutile qu'un lance-missiles ?

— Les hommes du cratère, eux, lui ont trouvé une utilité. Ils s'en sont servis contre Selenos 4.

Le géophysicien réfléchit un instant.

— Ça expliquerait pourquoi les scanners ont cessé de fonctionner une minute plus tard. Ils ont été endommagés...

— Par un missile, termina Yasenin à sa place.

— On a eu de la chance que les scanners aient pu transmettre les données digitalisées avant le crash.

— L'équipage n'a pas eu cette chance, lui.

Rykov dévisagea le général, pas très sûr d'avoir bien entendu.

— Mais Selenos 4 n'était pas habitée !

Yasenin tira un étui en or de sa poche, choisit une cigarette et l'alluma avec un briquet en argent.

— Bien sûr que Selenos 4 n'était pas habitée, dit-il ensuite.

— Mais vous avez dit...

Le général sourit froidement.

— Je n'ai rien dit.

Le message était clair. Rykov comprit qu'il valait mieux ne pas insister.

— Désirez-vous un rapport sur ce que nous avons vu ici ce soir ? se contenta-t-il de demander.

— Oui. Un original et pas de copies pour dix heures demain matin sur mon bureau. Et, Rykov, considérez qu'il s'agit d'un secret d'Etat de la plus haute importance.

— Je n'en parlerai à personne d'autre que vous, général.

— Parfait. Le parti pourrait bien vous manifester sa reconnaissance.

Le géophysicien ne put s'empêcher d'éprouver un sentiment de fierté. Il ne courait pas après les honneurs, mais aimait sincèrement son travail.

Yasenin retourna au stéréoscope, fasciné par l'image de ces hommes sur la lune.

— Ainsi la guerre des étoiles a commencé, murmura-t-il pour lui-même. Et ce sont les Américains qui ont ouvert les hostilités.

Chapitre 13

Pitt abandonna toute idée de déjeuner et prit une des barres de céréales qu'il gardait toujours dans un tiroir de son bureau. Il commença de grignoter tout en continuant à étudier une grande carte marine étalée devant lui, maintenue par un bloc et deux livres sur les naufrages historiques ouverts au chapitre du *Cyclope.* La carte couvrait une zone du Vieux Canal de Bahama, délimitée au sud par l'archipel de Camagüey, un groupe de petites îles au large de Cuba, et au nord par les hauts-fonds du Grand Banc de Bahama. Dans le coin supérieur gauche, il y avait le banc de Cay Sal dont la pointe sud-est englobait les Cayos de Anguilla.

Il se renversa un instant dans son fauteuil, puis se pencha à nouveau au-dessus de la carte, tailla un crayon et saisit un compas pour mesurer vingt milles nautiques à l'aide de l'échelle imprimée en bas du document. Il reporta ensuite cette distance depuis la pointe des Cayos de Anguilla, fit un repère au crayon et, à partir de là, traça un arc de cercle de cinquante milles de rayon vers le sud-est. Il inscrivit *Crogan Castle* à côté de la marque, puis *Cyclope* avec un point d'interrogation sous l'arc de cercle.

Logiquement, si l'on se référait à la position du bâtiment en détresse au moment où il avait envoyé son SOS et à la distance indiquée par le *Cyclope* dans sa réponse, c'était au-dessus de cette zone que le charbonnier avait coulé.

Le seul problème, c'était que l'histoire de Raymond LeBaron ne collait pas.

Compte tenu de sa propre expérience en la matière, Pitt était convaincu que le magnat de la presse s'était livré des centaines de fois au même exercice que lui, intégrant en outre les données concernant les courants marins, les conditions météo au moment de la catastrophe et la vitesse probable du bateau de la Navy. Mais la conclusion demeurait toujours la même. Le *Cyclope* aurait dû sombrer au milieu du canal par 260 brasses de fond, c'est-à-dire bien trop profondément pour être localisé. Sauf par un poisson.

Pitt examina la carte d'un air pensif. A moins que LeBaron n'ait disposé d'informations ignorées de tous, qu'est-ce qu'il pouvait bien chercher ? Certainement pas le *Cyclope* et certainement pas depuis un dirigeable. Un sous-marin aurait été beaucoup plus adapté. Sans oublier que la zone des recherches n'était qu'à une vingtaine de milles de Cuba, un endroit où il ne faisait pas bon se balader dans un ballon qui constituait une cible de choix pour les canonnières de Castro.

L'interphone interrompit le cours de ses réflexions. Il pressa une touche et lança :

— Oui ?

— Sandecker. Vous pouvez passer à mon bureau ?

— J'arrive dans cinq minutes, amiral.

— Je vous en donne deux, pas plus.

L'amiral James Sandecker était le directeur de la National Underwater and Marine Agency. C'était un homme plutôt petit au corps sec et noueux. A l'approche de la soixantaine, ses cheveux et sa barbe en pointe avaient conservé leur teinte rouge flamboyante. Surveillant sa forme avec un soin presque maniaque, il s'imposait un régime d'exercices physiques très strict. Sa carrière dans la marine s'était plus distinguée par une efficacité tatillonne que par l'élaboration de stratégies de combats navals.

Il n'était pas très populaire au sein des cercles mondains de Washington, mais les hommes politiques le respectaient pour son intégrité et son sens de l'organisation.

Il accueillit Pitt d'un simple signe de tête puis, avec un geste de la main en direction d'une femme installée dans un fauteuil de cuir en face de lui, il déclara :

— Dirk, je crois que vous connaissez madame Jessie LeBaron.

La femme du financier leva les yeux avec un sourire ironique. Pitt s'inclina légèrement et lui serra la main.

— Oui, mais je préférerais oublier que je connais madame LeBaron, fit-il d'une voix neutre.

Sandecker haussa les sourcils.

— Vous pourriez peut-être m'expliquer ?

— C'est ma faute, dit Jessie en fixant Pitt droit dans les yeux. Je me suis très mal conduite envers monsieur Pitt hier soir. J'espère qu'il voudra bien accepter mes excuses et me pardonner mes mauvaises manières.

— Vous n'avez pas besoin de faire preuve de tant de formalisme, madame LeBaron. Et puisque nous sommes de vieux copains, vous pouvez m'appeler Dirk. Quant à vous pardonner, ça va me coûter combien ?

— Mon intention était de vous engager, répondit-elle, ignorant le sarcasme.

Pitt, un peu surpris, se tourna vers Sandecker.

— Bizarre, fit-il. Je croyais pourtant faire toujours partie de la NUMA.

— L'amiral Sandecker a aimablement consenti à vous libérer pour quelques jours à condition, bien sûr, que vous acceptiez.

— Que j'accepte quoi ?

— De retrouver mon mari.

— Pas question.

— Puis-je vous demander pourquoi ?

— J'ai d'autres projets.

— Vous refusez de travailler pour moi parce que je suis une femme, c'est ça ?

— Votre sexe n'a rien à y voir. Disons simplement que je ne peux pas travailler pour quelqu'un que je ne respecte pas.

Un silence embarrassé suivit ces paroles. Pitt observa l'amiral. Il faisait une petite grimace, mais ses yeux pétillaient. Le salaud, ça l'amuse ! pensa-t-il.

— Vous m'avez mal jugée, répliqua enfin Jessie.

Elle était rouge de confusion, mais son regard avait la dureté de la pierre.

— Je vous en prie, intervint Sandecker. Déclarons une trêve, voulez-vous ? Je vous suggère de prendre rendez-vous un soir et de régler votre différend devant un bon repas, d'accord ?

Jessie et Pitt se dévisagèrent un long moment, puis celui-ci répondit avec un large sourire :

— D'accord, du moment que c'est moi qui paye.

Jessie ne put s'empêcher de sourire à son tour.

— Laissez-moi un peu de ma dignité et partageons l'addition, voulez-vous ?

— Marché conclu.

— Bon, maintenant revenons-en au problème qui nous préoccupe, dit Sandecker toujours aussi pragmatique. Avant que vous n'arriviez, Dirk, nous évoquions diverses théories concernant la disparition de monsieur LeBaron.

Pitt se tourna vers la jeune femme et demanda :

— Vous êtes sûre que les corps retrouvés dans le dirigeable n'étaient pas ceux de monsieur LeBaron et de son équipage ?

— Absolument.

— Vous savez, moi aussi je les ai vus. Il ne restait plus grand-chose d'identifiable.

— L'homme à la morgue était plus musclé que Raymond, précisa Jessie. Et il portait une imitation de montre Cartier, le genre de copie bon marché fabriquée à Taiwan. J'avais offert une vraie Cartier à mon mari pour le premier anniversaire de notre mariage.

— J'ai effectué quelques enquêtes de mon côté, ajouta l'amiral. Le coroner de Miami a confirmé la déclaration de madame LeBaron. Physiquement, les cadavres de la morgue ne correspondent pas aux trois hommes qui se sont envolés à bord du *Prosperteer*.

Le regard de Pitt alla de Sandecker à Jessie LeBaron. Il comprit qu'il allait se trouver impliqué dans une affaire qui s'annonçait mal, avec ses aspects émotionnels qui risquaient d'entraver la rigueur de l'observation et la logique des faits.

— Substitution des corps. Bijoux personnels remplacés par des faux, fit-il enfin. Vous voyez une explication, madame LeBaron ?

— Non, pas la moindre.

— Vous saviez qu'entre le moment où le ballon a disparu et celui où il a réapparu au-dessus de Key Biscayne, les réservoirs de gaz ont dû nécessairement être remplis ?

Elle ouvrit son sac et en tira un Kleenex qu'elle roula en boule entre ses mains.

— Quand la police en a eu terminé avec le *Prosperteer*, le chef d'équipe de mon mari l'a inspecté sur toutes les coutures. J'ai son rapport, si vous désirez l'étudier. Vous êtes très perspicace. Il a découvert que les réservoirs avaient effectivement été remplis, mais pas avec de l'hélium. Avec de l'hydrogène.

— De l'hydrogène ? s'étonna Pitt. On n'en a plus utilisé depuis l'incendie du *Hindenburg*. Bon, alors qu'est-ce que vous attendez de moi ?

Sandecker lui lança un regard perçant.

— J'ai entendu dire que vous vouliez vous mettre à la recherche du *Cyclope*.

— Ce n'est un secret pour personne, répondit Pitt.

— Il faudra que vous le fassiez pour votre propre compte. Sans les hommes ni le matériel de la NUMA. Le Congrès pousserait des hurlements s'il apprenait que j'ai financé une chasse au trésor avec des fonds publics.

— Je comprends très bien.

— Maintenant, est-ce que vous êtes disposé à écouter la proposition que j'ai à vous faire ?

— Mais certainement.

— Bon. Je ne vais pas vous raconter un tas d'histoires sur la nécessité de garder cette conversation pour vous. Disons simplement qu'à la moindre fuite je saute. Vu ?

— Puisque vous le dites.

— Vous deviez conduire une mission d'exploration des fonds marins dans la mer de Béring, au large des Aléoutiennes le mois prochain. Je vous ferai remplacer par Jack Harris qui s'occupe actuellement des projets d'exploitations minières. Pour parer à toute question ou enquête ultérieure gênante pour la NUMA, vous êtes en congé exceptionnel jusqu'à ce que vous ayez retrouvé Raymond LeBaron.

— Retrouver Raymond LeBaron ! répéta Pitt d'une voix lourde de sarcasme. Un jeu d'enfant ! La piste est vieille de deux semaines et ne cesse de se refroidir au fil des heures. Pas de motifs, pas d'indices, rien qui permette de deviner pourquoi et comment il a disparu, ni qui a organisé ça. Comme mission impossible, on ne fait pas mieux.

— Voulez-vous au moins essayer ? demanda Sandecker.

Pitt contempla longuement le plancher de teck du bureau, imaginant une mer tropicale située à trois mille kilomètres de là. Il détestait être confronté à une énigme à laquelle il n'entrevoyait pas la moindre solution. Sandecker le savait et il savait aussi qu'il accepterait le défi. L'inconnu était un appât auquel Pitt ne résistait guère.

— Si j'accepte, il me faut la meilleure équipe scientifique à bord d'un bâtiment ultra-performant. Plus les appuis financiers et politiques nécessaires et, en cas de besoin, une assistance militaire.

— Dirk, j'ai les mains liées. Je ne peux rien pour vous.

— Quoi !

— Vous avez très bien entendu. La situation exige que les recherches soient menées avec un maximum de discrétion. Il faudra agir sans le soutien de la NUMA.

— Vous voulez rire ? s'écria Pitt. Vous me demandez à moi, agissant seul, de réussir là où la moitié de la Navy, de l'Air Force et des garde-côtes ont échoué ? Enfin, bon Dieu, ils n'ont pas été foutus de retrouver un ballon dirigeable de quarante-cinq mètres de long avant qu'il ne réapparaisse comme par enchantement. Qu'est-ce que vous attendez de moi ? Que je parte dans un canoë avec un radiesthésiste ?

— Non, répondit l'amiral avec patience. Simplement que vous refassiez le même trajet que LeBaron à bord du *Prosperteer*.

Pitt s'assit lourdement sur le divan de la pièce.

— C'est un plan insensé, lança-t-il, incrédule. (Il se tourna vers Jessie.) Vous y êtes pour quelque chose ?

— Je ferais n'importe quoi pour retrouver mon mari, répondit-elle simplement.

— Une véritable histoire de fous, dit Pitt en se levant pour arpenter nerveusement la pièce. Pourquoi ce secret ? Votre mari était un personnage important, le confident des riches et des célèbres, un homme qui entretenait des rapports étroits avec des membres du gouvernement et c'était le gourou financier des dirigeants des plus grosses sociétés. Alors pourquoi vous adresser à moi ? Pourquoi serais-je le seul à pouvoir me mettre à sa recherche ?

— Dirk, lui expliqua Sandecker, l'empire financier de Raymond LeBaron touche des centaines de milliers de personnes et en ce moment tout est arrêté parce qu'il est toujours porté disparu. On ne sait pas s'il est mort ou vivant. Le gouvernement a abandonné les recherches parce qu'on a déjà dépensé cinq millions de dollars en vain et que les membres du Congrès hurleraient au scandale si on continuait à dilapider ainsi l'argent des contribuables.

— Et le secteur privé ? Les associés de LeBaron ?

— De nombreux chefs d'entreprises respectaient LeBaron. mais à un moment ou un autre, il a descendu en flammes la plupart d'entre eux dans ses éditoriaux. Ils ne dépenseraient pas un *cent* ni ne consacreraient une seconde de leur temps pour se mettre à sa recherche. Quant aux hommes de son entourage, ils ont plus à gagner de sa mort.

— De même que notre amie Jessie ici présente, fit Pitt en la regardant.

Elle eut un mince sourire et répliqua :

— Je ne peux certes pas le nier, mais le gros de sa fortune revient à des œuvres charitables et à d'autres membres de sa famille. Il n'en est pas moins vrai que mon héritage demeure substantiel.

— Vous devez bien avoir un yacht, madame LeBaron. Pourquoi ne pas engager une équipe de détectives et partir sur les traces de votre mari ?

— Il y a des raisons pour lesquelles il m'est impossible de faire trop de publicité autour de cette affaire, des raisons que vous n'avez pas besoin de connaître. L'amiral et moi pensons qu'il existe une chance, aussi faible soit-elle, pour que trois personnes parviennent à refaire discrètement le trajet du *Prosperteer* dans des conditions identiques et découvrent ainsi ce qui est arrivé à Raymond.

— Pourquoi se donner tout ce mal pour rien ? demanda Pitt. Chaque îlot, chaque récif dans le rayon de vol du dirigeable a déjà été passé au crible. Je ne pourrai pas faire mieux.

— Quelque chose aura peut-être échappé aux avions ou aux bâtiments de la Navy.

— Cuba par exemple ?

Sandecker secoua la tête.

— Castro aurait prétendu que LeBaron avait violé l'espace aérien cubain sur les instructions de la CIA et il aurait annoncé la capture du ballon au monde entier. Non, il y a sans doute une autre explication.

Pitt alla à la fenêtre et contempla une flottille de voiliers qui participaient à une régate sur l'Anacostia.

— Comment savoir où concentrer nos efforts ? demanda-t-il sans se retourner. La zone de recherche couvre plusieurs milliers de kilomètres carrés et il faudrait des semaines pour tout examiner.

— J'ai les notes et les cartes de mon mari, fit Jessie.

— Il les a laissées avant de partir ?

— Non, on les a retrouvées dans le dirigeable.

Pitt, les bras croisés, observa en silence les bateaux, s'efforçant d'appréhender la situation dans son ensemble.

— On part quand ? demanda-t-il enfin.

— Demain matin à l'aube, répondit l'amiral.

— Vous tenez toujours à ce que ce soit moi qui dirige l'opération ?

— Oui, fit simplement Jessie.

— Bien, dans ce cas il me faut deux vieux routiers pour m'accompagner. Ils travaillent tous les deux à la NUMA. C'est ça ou rien.

Le visage du directeur de la NUMA s'assombrit.

— Je vous ai déjà expliqué...

— Vous avez eu la lune, amiral, et maintenant vous voulez Mars. Nous nous connaissons depuis suffisamment longtemps et vous savez très bien que je n'opère pas sur des bases bancales. Peu importe comment, mais vous n'avez qu'à les mettre eux aussi en congé exceptionnel.

Sandecker n'était pas en colère, pas même agacé. S'il y avait quelqu'un pour qui le mot « impossible » n'existait pas, c'était bien Pitt. Il n'avait plus d'autres cartes à jouer et il s'exécuta.

— D'accord, fit-il tranquillement. Vous avez vos deux hommes.

— Encore une chose.

— Oui ?

Pitt se tourna avec un sourire sans joie. Son regard se posa d'abord sur Jessie, puis sur l'amiral.

— Je n'ai jamais piloté de ballon dirigeable, fit-il.

Chapitre 14

— J'ai l'impression que vous agissez derrière mon dos, déclara avec son franc-parler habituel Sam Emmett, le directeur du FBI.

Le Président qui le recevait dans le Bureau ovale le considéra un instant, puis répondit avec un sourire :

— Vous avez tout à fait raison, Sam. C'est exactement ce que je suis en train de faire, mais ne vous inquiétez pas. Ni le FBI ni vous n'êtes en cause.

— Dans ce cas, pourquoi ne pas me mettre au courant ? lança Emmett en étouffant son indignation.

— D'abord, il s'agit essentiellement d'un dossier concernant les affaires étrangères.

— Martin Brogan et la CIA ont été consultés ?

— Non, Martin aussi est tenu en dehors. Je vous en donne ma parole.

— Et ensuite ?

Le chef d'Etat n'était pas disposé à se laisser manœuvrer.

— Ensuite, c'est mon affaire, répliqua-t-il.

Emmett se raidit.

— Si le Président désire ma démission...

— Je ne désire rien de tel, le coupa le locataire de la Maison-Blanche. Vous êtes l'homme le plus qualifié pour demeurer à la tête du FBI. Vous avez accompli un excellent travail et j'ai toujours été l'un de vos plus ardents défenseurs. Maintenant, si vous tenez à ramasser vos billes et rentrer chez vous parce que vous estimez que votre fierté a été blessée, allez-y, ne vous gênez pas. Vous me démontrerez simplement que je me suis trompé à votre sujet.

— Mais si vous n'avez plus confiance...

— Bon sang, attendez une seconde, Sam ! Ne dites rien que vous pourriez regretter demain. Je ne mets en cause ni votre loyauté ni votre compétence. Personne ne cherche à vous poignarder dans le dos. Cette affaire ne concerne tout simplement pas le FBI ou la CIA. Bref, c'est à vous de me faire confiance, du moins jusqu'à la semaine prochaine. Alors, c'est d'accord ?

Une partie de ses craintes apaisées, Emmett haussa les épaules et revint sur sa décision.

— D'accord, monsieur le Président, vous avez gagné. Statu quo.

Le Président poussa un profond soupir.

— Je vous promets de ne pas vous laisser tomber, Sam.

— Je vous remercie.

— Bon, maintenant reprenons au début. Où en êtes-vous avec ces trois cadavres ramenés de Floride ?

Le directeur du FBI, tout malentendu dissipé, se détendit visiblement. Il ouvrit son attaché-case, en tira un dossier relié en cuir et déclara :

— Voici le rapport détaillé du labo de pathologie de Walter Reed. L'examen pratiqué a été très précieux pour nous aider à identifier les corps.

Le chef de la Maison-Blanche le regarda d'un air surpris.

— Vous les avez donc identifiés ?

— C'est l'analyse de la pâte de bortsch qui nous a mis sur la voie.

— La pâte de quoi ?

— Vous vous rappelez que le coroner de Dade County a attribué la cause des décès à l'hypothermie ou à la congélation ?

— Oui.

— Eh bien, la pâte de bortsch est une infecte ration alimentaire qu'on donne aux cosmonautes soviétiques. Les estomacs des trois cadavres en étaient bourrés.

— Vous êtes en train de me raconter que Raymond LeBaron et les deux hommes de son équipage ont été échangés contre trois cosmonautes russes décédés ?

Emmett acquiesça :

— Oui. Et nous avons même pu avoir leurs noms grâce à un transfuge, un ancien médecin collaborant au programme spatial soviétique. Il avait eu l'occasion de les examiner à plusieurs reprises.

— Quand est-il passé de notre côté ?

— En août 87.

— Il y a un peu plus de deux ans, donc.

— Effectivement. Les cosmonautes retrouvés à bord du dirigeable de LeBaron s'appellent Serguei Zochenko, Alexander Youdenich et Ivan Ronsky. Youdenich était un bleu et les deux autres des vétérans avec deux vols spatiaux à leur actif.

— Je donnerais cher pour savoir comment ils ont atterri dans ce foutu ballon !

— Malheureusement, nous n'avons rien qui permette d'éclaircir ce mystère. En ce moment, les seuls Russes en orbite autour de la terre sont les quatre cosmonautes de la station Saliout 9 et les gens de la NASA qui suivent le vol affirment qu'ils sont en excellente santé.

Le Président hocha la tête.

— Ce qui nous laisse les cosmonautes restés au sol.

— Oui, mais c'est là que l'affaire se complique, fit le directeur du FBI. D'après le laboratoire médico-légal de Walter Reed, les trois hommes qu'ils ont examinés sont probablement morts congelés dans l'espace.

— On peut le prouver ?

— Non, répondit Emmett. Mais plusieurs indices le donnent à penser, à commencer par la pâte de bortsch et les analyses indiquant que les trois hommes ont respiré un air à haute teneur en oxygène et passé énormément de temps en apesanteur.

— Ce ne serait pas la première fois que les Russes lanceraient des hommes dans l'espace et ne parviendraient pas à les récupérer. Ils tournaient peut-être depuis des années et ne seraient retombés sur terre que récemment.

— Je ne connais que deux cas où les Soviétiques auraient eu des pertes, fit le directeur du FBI. Le cosmonaute dont la capsule s'est prise dans le parachute de rentrée et qui s'est écrasé en Sibérie à huit cents kilomètres-heure. Et les trois membres de l'équipage du Soyouz qui sont morts à cause d'une fuite d'oxygène due à une écoutille défectueuse.

— Les catastrophes qu'ils n'ont pas pu cacher, précisa le Président. La CIA a enregistré la mort d'au moins trente cosmonautes depuis le début de leur programme spatial. Neuf d'entre eux sont encore là-haut à dériver dans l'espace. De notre côté, nous ne pouvons pas le dévoiler sans mettre en danger nos sources de renseignements.

— On sait, mais ils ne savent pas qu'on sait, c'est ça ?

— Précisément.

— Ce qui nous ramène aux trois cadavres de cosmonautes que nous avons à Washington, fit Emmett.

— Et aux multiples questions qui en découlent, à commencer par savoir d'où ils viennent.

— Je me suis documenté auprès du Centre de commandement de la défense aérospatiale. Les techniciens affirment que les seuls engins russes assez grands pour contenir un équipage en dehors des stations orbitales sont les sondes lunaires Selenos.

Au mot « lunaire », le Président tressaillit.

— Qu'est-ce qu'on sait de ces sondes ? demanda-t-il.

— Ils en ont envoyé trois et aucune n'est revenue. Les gens du Centre pensent que ce n'est pas tout à fait normal que les Russes aient échoué trois fois de suite pour de simples vols orbitaux autour de la lune.

— Vous croyez qu'elles étaient habitées ?

— Oui, répondit Emmett. Les Soviétiques se complaisent dans le secret. Comme vous l'avez fait vous-même remarquer, ils ne reconnaissent pratiquement jamais leurs échecs. Et pour eux, éviter tout battage publicitaire autour de leur alunissage prochain n'était qu'une simple précaution de routine.

— Bon, d'accord. Mais si l'on suppose que les trois corps proviennent d'une des sondes Selenos, où se serait-elle posée ? Sûrement pas à l'endroit prévu au-dessus des steppes du Kazakhstan.

— Je dirais quelque part à Cuba ou dans les environs.

— Cuba ? (Le Président réfléchit un instant, puis secoua la tête.) Les Russes ne permettraient jamais que leurs héros nationaux, morts ou vivants, soient utilisés pour une quelconque affaire d'espionnage.

— Ils ne le savent peut-être pas.

Le chef d'Etat lança un regard intrigué à son interlocuteur.

— Expliquez-vous, demanda-t-il.

— Supposons que leur engin spatial ait eu un ennui et soit retombé à Cuba ou dans le coin après sa rentrée dans l'atmosphère. A peu près au même moment, LeBaron et son dirigeable arrivent sur les lieux à la recherche d'un trésor disparu avec un navire et sont capturés. Ensuite, pour je ne sais quelle raison, les Cubains remplacent LeBaron et son équipage par les cadavres des cosmonautes et réexpédient le ballon en Floride.

— Vous vous rendez compte à quel point votre histoire paraît incroyable ?

Emmett éclata de rire.

— Bien sûr, mais avec les faits dont nous disposons, je n'ai guère mieux à vous proposer.

Le Président s'appuya à son dossier et contempla le plafond du Bureau ovale.

— Vous savez, dit-il enfin, vous avez peut-être mis le doigt sur quelque chose.

Le directeur du FBI eut l'air perplexe.

— Comment ça ? s'étonna-t-il.

— A mon tour de me livrer à des hypothèses. Supposons que Fidel Castro essaye de nous dire quelque chose.

— Il aurait choisi une drôle de façon de nous faire parvenir son message.

Le locataire de la Maison-Blanche prit un stylo et commença à griffonner sur un bloc.

— Fidel Castro n'a jamais été un adepte des subtilités diplomatiques.

— Vous voulez que je poursuive l'enquête ? demanda Emmett.

— Non, répondit simplement le Président.

— Vous persistez à ne pas mettre le FBI au courant ?

— Comme je vous l'ai déjà dit, Sam, cette affaire ne concerne pas le département de la Justice. Je vous suis reconnaissant de votre aide, mais à présent ce n'est plus de votre domaine.

Emmett referma son attaché-case et se leva.

— Je peux vous poser une question délicate ?

— Allez-y.

— Maintenant que nous avons établi un lien, aussi ténu soit-il, entre les Cubains et la disparition de Raymond LeBaron, pourquoi le président des Etats-Unis conserve-t-il cette information pour lui et interdit-il à ses services officiels de continuer l'enquête ?

— Excellente question, Sam. D'ici quelques jours, nous aurons peut-être tous deux la réponse.

Peu après le départ d'Emmett, le Président fit tourner son fauteuil et fixa longuement la fenêtre. Il avait le funeste pressentiment qu'il existait un rapport entre la Colonie Jersey et les accidents des sondes lunaires soviétiques.

Chapitre 15

Ira Hagen, au volant de sa voiture de location, s'arrêta devant le portail et présenta un laissez-passer gouvernemental. Le garde de service téléphona au centre des visiteurs du Laboratoire national de physique Harvey Pattenden pour vérification, puis fit signe au visiteur qu'il pouvait entrer.

L'homme du Président remonta l'allée et parvint à trouver une place dans le parking bondé de véhicules multicolores. Les bâtiments du laboratoire, à l'architecture ultra-moderne, étaient entourés de collines verdoyantes plantées de pins et de rochers moussus.

Une séduisante réceptionniste installée derrière un vaste bureau en demi-cercle leva les yeux et lui sourit tandis qu'il traversait le hall.

— Je peux vous être utile ? demanda-t-elle.

— Thomas Judge. J'ai rendez-vous avec le docteur Mooney.

Elle décrocha son téléphone, dit quelques mots, puis acquiesça :

— Effectivement, monsieur Judge. Si vous voulez bien passer par notre centre de sécurité. On vous dirigera ensuite.

— Vous pourriez d'abord m'indiquer où sont les toilettes ?

— Bien entendu, répondit-elle avec un geste du bras. La première porte à droite de la fresque.

Hagen la remercia et se dirigea vers une œuvre d'art massive représentant un vaisseau spatial futuriste qui fonçait entre deux planètes bleues. Il s'enferma dans une cabine, puis ouvrit son attaché-case pour en tirer un bloc-notes dont il couvrit une page du milieu de signes cabalistiques et de diagrammes détaillant les systèmes de sécurité qu'il avait repérés depuis son entrée dans le bâtiment. Un bon agent secret n'aurait jamais rien consigné ainsi par écrit, mais il pouvait se permettre de prendre des risques dans la mesure où le Président répondrait de lui si sa couverture venait à être percée à jour.

Quelques instants plus tard, il pénétrait dans une salle aux parois de verre occupée par quatre gardes en uniforme qui surveillaient une rangée de vingt moniteurs alignés contre une cloison. L'un des hommes quitta sa console pour s'approcher du comptoir.

— Vous désirez ?

— J'ai rendez-vous avec le docteur Mooney.

Le garde consulta une liste.

— Effectivement, monsieur. Vous êtes sans doute Thomas Judge. Puis-je voir vos papiers ?

Hagen lui présenta son permis de conduire ainsi que son laissez-passer gouvernemental. On lui demanda ensuite de bien vouloir ouvrir son attaché-case et, après une fouille rapide, il eut encore à signer une feuille indiquant l'heure de son arrivée et de son départ probable avant de se voir remettre un badge de plastique à agrafer sur sa poitrine.

— Le bureau du docteur Mooney se trouve derrière cette double porte vitrée.

Dans le couloir, Hagen s'arrêta un instant et mit ses lunettes pour examiner deux plaques de bronze apposées au mur. Chacune représentait un homme de profil. La première était dédiée au Dr Harvey Pattenden, fondateur du laboratoire, et comportait un bref résumé de ses principales réalisations dans le domaine de la physique. Mais c'était la seconde qui intriguait le visiteur avec cette inscription :

A la mémoire du
DR LEONARD HUDSON
1926-1965
Dont le génie créatif doit
être un exemple pour tous.

Pas très original, se dit le faux Judge. Il devait cependant reconnaître qu'Hudson jouait son rôle de disparu jusque dans les moindres détails.

Il pénétra dans un premier bureau et eut un chaud sourire à l'intention de la secrétaire, une femme d'un certain âge aux vêtements stricts et d'allure réservée.

— Monsieur Judge, vous pouvez entrer, fit-elle. Le docteur Mooney vous attend.

— Merci beaucoup.

Earl J. Mooney avait trente-six ans et il était plus jeune qu'Hagen ne s'y était attendu lorsqu'il avait étudié son dossier. Son parcours était étonnamment semblable à celui d'Hudson, même esprit brillant et mêmes études tout aussi brillantes, accomplies en outre à la même université. Un adolescent plutôt enveloppé qui avait minci pour devenir directeur des labos Pattenden. Il étudiait son visiteur de ses yeux verts tout en lissant une moustache à la Pancho Villa. Vêtu en décontracté d'un sweat-shirt blanc et d'un jean, il ne correspondait guère à l'image qu'on se faisait de la rigueur intellectuelle.

Il se leva de son bureau encombré de papiers, de dossiers divers et de bouteilles de Pepsi vides pour serrer vigoureusement la main de Hagen.

— Asseyez-vous, monsieur Judge, dit-il. Et expliquez-moi en détail l'objet de votre visite.

L'homme du Président se laissa tomber dans un fauteuil et répondit :

— Comme je vous l'ai dit au téléphone, j'appartiens au département du Trésor et nous avons mandat d'examiner votre comptabilité.

— Et de qui émane cette demande ?

— Du sénateur Henry Kaltenbach.

— J'espère qu'il ne s'imagine pas que les laboratoires Pattenden sont mêlés à une fraude fiscale quelconque, déclara Mooney soudain sur la défensive.

— Pas du tout. Vous connaissez la réputation du sénateur. Il voit des détournements de fonds publics partout. Ses chasses aux sorcières constituent une excellente publicité pour sa campagne électorale. Tout à fait entre nous, nous sommes nombreux au Trésor à souhaiter qu'il se prenne un jour à son propre piège et cesse de nous envoyer courir après des fantômes. Encore qu'il me faille lui rendre justice et reconnaître que nous avons malgré tout découvert quelques cas plus que douteux chez d'autres groupes d'experts.

Mooney s'empressa de rectifier :

— Nous préférons être considérés comme un laboratoire de recherches.

— Bien sûr. En tout cas, nous devons nous livrer à quelques vérifications.

— Il faut que vous sachiez que nos travaux touchent des domaines très sensibles.

— Je sais. Etudes de fusées et armes nucléaires de la troisième génération dont la puissance se concentre en rayons de radiation pouvant voyager à la vitesse de la lumière et détruire des cibles situées loin dans l'espace.

Mooney le considéra avec surprise.

— Vous me paraissez très bien informé, monsieur Judge.

Hagen se contenta de hausser les épaules et de répondre :

— Il ne s'agit que d'un schéma général que mon supérieur m'a communiqué. Je suis expert-comptable, pas physicien. Je travaille sur du concret et non sur des abstractions. Ne vous inquiétez pas, vos secrets sont en sûreté avec moi. Mon boulot consiste seulement à rassurer les contribuables sur l'usage qui est fait des fonds gouvernementaux.

— Et en quoi puis-je vous aider ?

— J'aimerais m'entretenir avec les responsables de vos services comptables, administratifs et financiers. Mes audits doivent arriver de Washington d'ici deux semaines et je vous demanderai de nous réserver quelque part un endroit tranquille, de préférence pas trop loin des archives.

— Vous pouvez être assuré de mon entière coopération. Naturellement, il faudra que vos hommes et vous soyez munis de toutes les autorisations nécessaires.

— Naturellement.

— Je vais moi-même vous présenter aux personnes que vous souhaitez interroger.

— Encore une chose, fit Hagen. Est-ce qu'il nous sera possible de travailler en dehors des heures de bureau ?

Le directeur du laboratoire sourit.

— Vous savez, les chercheurs n'ont en général pas d'horaire. Nombre d'entre nous travaillent souvent vingt-quatre heures sur vingt-quatre et il m'est arrivé parfois de passer trente heures d'affilée à résoudre un problème. Ça permet en outre de mieux utiliser le temps de nos ordinateurs.

— Est-ce que je pourrai me livrer à quelques vérifications préliminaires entre maintenant et, disons, dix heures ce soir ?

— Je ne vois rien qui s'y oppose, répondit Mooney. Si vous désirez manger quelque chose, nous avons une cafétéria ouverte toute la nuit et vous trouverez toujours un garde à proximité en cas de besoin.

— Surtout pour m'empêcher d'accéder aux zones sensibles, non ? conclut Hagen avec un éclat de rire.

Le directeur sourit poliment, puis il se leva en déclarant :

— Bon, si vous voulez bien me suivre.

— Simple curiosité, poursuivit le soi-disant Judge qui demeura assis dans son fauteuil. J'ai déjà entendu parler de Harvey Pattenden. C'est bien lui qui travaillait avec Robert Goddard ?

— Oui. Le docteur Pattenden a inventé plusieurs des moteurs de nos premières fusées.

— Par contre, le nom de Leonard Hudson ne me dit rien.

— Un type assez exceptionnel, expliqua Mooney. Il a ouvert la voie en dessinant les plans de la plupart de nos vaisseaux spatiaux plusieurs années avant qu'on soit en mesure de les construire et de les expédier dans l'espace. Je me demande jusqu'où il serait allé s'il n'avait pas prématurément disparu.

— Il est mort comment ?

— Dans un accident d'avion. Il se rendait à un séminaire à Seattle en compagnie du docteur Gunnar Eriksen quand leur petit appareil a explosé en plein vol et s'est abîmé dans la Columbia.

— Qui était cet Eriksen ?

— Un grand savant. Peut-être le plus remarquable astrophysicien que ce pays ait jamais produit.

Hagen sentit son intérêt s'éveiller.

— Il travaillait sur un domaine particulier ? demanda-t-il.

— Oui. La morphologie géolunaire synoptique pour colonisation industrielle.

— Vous pourriez me traduire ?

— Bien sûr, fit Mooney en riant. Eriksen était obsédé par l'idée d'implanter une colonie sur la lune.

Chapitre 16

Dix heures plus tôt suivant le décalage horaire, soit deux heures du matin heure de Moscou, quatre hommes étaient serrés autour d'une cheminée qui chauffait une petite pièce du Kremlin. L'endroit était faiblement éclairé et dégageait une impression morbide. La fumée des cigarettes se mêlait à celle d'un unique cigare.

Georgi Antonov, le président du Soviet suprême, contemplait pensivement les flammes qui dansaient dans l'âtre. Il avait quitté son épais manteau après un léger souper et passé un vieux pull marin, puis s'était déchaussé et avait posé négligemment les pieds sur une ottomane couverte de broderies.

Vladimir Polevoï, chef du Comité pour la Sécurité de l'Etat, et Serguei Kornilov, directeur du programme spatial soviétique, portaient des costumes sombres faits à Londres sur mesures tandis que le général Yasenin était, lui, en grand uniforme.

Polevoï posa le rapport et les photos sur une petite table basse, puis secoua la tête avec stupéfaction.

— Je ne comprends pas comment ils ont pu réussir cette opération en gardant un secret absolu.

— Une telle percée technologique me paraît inconcevable, ajouta Kornilov. Je n'y croirai pas avant d'avoir de nouvelles preuves.

— Toutes les preuves nécessaires sont réunies sur ces clichés, affirma Yasenin. Le rapport de Rykov ne laisse pas la moindre place au doute. Etudiez attentivement les photos. Ces deux silhouettes sur la lune sont réelles. Il ne s'agit en aucun cas d'illusions provoquées par des ombres ou créées par un défaut du balayage scanner. Elles existent bel et bien.

— Les combinaisons spatiales ne sont pas celles des astronautes américains, déclara Kornilov. Et les casques sont de forme différente.

— Je ne discuterai pas sur les détails, répondit le général. En tout cas, il n'y a pas à se tromper au sujet des armes qu'ils tiennent à la main. Ce sont des lance-missiles de fabrication américaine.

— Mais alors où est leur vaisseau spatial ? insista Kornilov. Et leur module lunaire ? Ils ne peuvent pas s'être matérialisés comme ça sur la lune !

— Je partage votre perplexité, intervint le directeur du KGB. Il est absolument impossible que les Américains aient déposé des hommes et du matériel sur la lune sans que nos services de renseignements aient été au courant. Et puis nos stations de surveillance n'auraient pas manqué de détecter les mouvements dans l'espace.

— Et ce qu'il y a de plus bizarre encore, ajouta le chef du Kremlin, c'est que les Américains n'ont jamais annoncé cet exploit. Quel intérêt auraient-ils eu à le tenir secret ?

Kornilov hocha la tête.

— Raison de plus pour mettre en doute le rapport de Rykov.

— Vous oubliez un élément capital, fit alors le général Yasenin. Selenos 4 a été portée manquante juste après que ses scanners eurent repéré les silhouettes qui figurent sur les clichés. Je crois sérieusement que notre sonde spatiale a été touchée par des missiles sol-air qui ont traversé sa coque. La capsule s'est trouvée alors brusquement dépressurisée et c'est ainsi que nos cosmonautes sont morts.

Polevoï le dévisagea avec stupéfaction.

— Quels cosmonautes ?

Yasenin et Kornilov échangèrent un regard surpris.

— Il y a donc des choses que même le KGB ignore, constata le général.

Polevoï fixa le responsable du programme spatial droit dans les yeux et lui demanda :

— Selenos 4 était une sonde habitée ?

— Oui. Ainsi que Selenos 5 et 6. Chacune comportait un équipage de trois hommes.

Le chef du KGB se tourna alors vers le président Antonov.

— Vous étiez au courant ?

— Oui, acquiesça le numéro un soviétique. Mais vous savez bien, Vladimir, que certains aspects du domaine spatial ne relèvent pas de la sécurité de l'Etat.

— Vous n'avez pourtant pas perdu un instant pour venir me trouver quand votre précieuse sonde lunaire est retombée et a disparu dans la mer des Antilles, répliqua Polevoï avec colère.

— Il s'agissait de circonstances imprévisibles, expliqua patiemment Yasenin. Après son retour de la lune, il a été impossible de reprendre le contrôle de Selenos 4 pour permettre son entrée dans l'atmosphère. Les techniciens de notre centre spatial se sont contentés de la considérer comme une simple sonde inhabitée en perdition et après une année au cours de laquelle elle a orbité autour de la terre, ils ont effectué une nouvelle tentative. Cette fois, les systèmes de guidage ont bien répondu, mais la manœuvre n'a que partiellement réussi. Selenos 4 est retombée à quinze mille kilomètres du point d'impact prévu. Il était impératif de tenir secrète la mort de nos héroïques cosmonautes et il était normal que le KGB intervienne à ce moment-là.

— Ce qui fait combien de cosmonautes disparus au total ? demanda Polevoï.

— Il faut des sacrifices pour assurer la grandeur de l'Union soviétique, murmura Antonov avec philosophie.

— Et aussi pour couvrir les échecs de notre programme spatial, constata amèrement le directeur du KGB.

— Inutile de discuter, trancha le chef du Kremlin. Selenos 4 a apporté une immense contribution à la nation avant de s'abîmer dans la mer des Caraïbes.

— Où elle n'a toujours pas été retrouvée, ajouta Polevoï.

— Exact, acquiesça Yasenin. Mais nous avons récupéré les résultats des analyses du sol lunaire et c'était le but principal de la mission.

— Vous ne pensez pas que les systèmes de surveillance américains ont enregistré sa descente et repéré l'endroit où elle est tombée ? Et s'ils ont alors décidé de remonter Selenos 4, il est probable qu'elle se trouve déjà quelque part en lieu sûr.

— Il est en effet à peu près certain qu'ils ont suivi la trajectoire de descente, répondit le général. Mais leurs analystes n'avaient aucune raison de croire que Selenos 4 était autre chose qu'une sonde scientifique programmée pour retomber dans les eaux cubaines.

— Il y a pourtant une faille dans votre scénario, répliqua Polevoï. Les Etats-Unis se sont livrés à des recherches intensives dans cette zone pour retrouver Raymond LeBaron à peine quelques jours après la chute de Selenos 4. Je soupçonne fort cette opération de n'être qu'une couverture destinée à récupérer notre engin spatial.

— J'ai bien lu votre rapport et vos analyses à propos de la disparition de LeBaron, intervint Kornilov. Mais je ne vous suivrai pas dans vos conclusions. Je n'ai noté nulle part que les Américains aient effectué des recherches sous-marines et les équipes ont déjà été rappelées. LeBaron et ses hommes sont toujours portés disparus et considérés comme morts par l'ensemble de la presse américaine. Cette affaire n'était qu'une pure coïncidence, rien d'autre.

— Alors nous sommes d'accord pour penser que Selenos 4 et ses cosmonautes gisent quelque part au fond de la mer. (Antonov s'interrompit pour souffler un rond de fumée.) La seule question qui reste, c'est de savoir si nous admettons ou non la possibilité de l'existence d'une base américaine sur la lune et, si oui, quelle doit être notre ligne d'action.

— Je crois fermement qu'elle existe, affirma Yasenin.

— Nous ne pouvons pas négliger cette hypothèse, approuva Polevoï.

Le chef du Kremlin se tourna vers Kornilov.

— Et vous, Serguei ?

— Le lancement de Selenos 8, notre premier engin habité devant se poser sur la lune, est prévu pour dans sept jours, répondit lentement le directeur du programme spatial. Nous ne pouvons pas abandonner cette mission comme nous l'avons fait quand les Américains nous ont pris de vitesse avec leur programme Apollo. Nos dirigeants d'alors ne voyaient aucune gloire à devenir la deuxième nation au monde à envoyer des hommes sur la lune et nous avons dû renoncer. C'était une grave erreur de placer l'idéologie au-dessus du progrès scientifique. Aujourd'hui, nous possédons un lanceur tout à fait fiable capable d'amener une station spatiale avec huit hommes à bord sur le sol lunaire. Les bénéfices à en retirer tant sur le plan militaire que politique sont considérables. Si nous voulons établir définitivement notre suprématie dans l'espace et devancer les Américains sur Mars, il faut continuer. Je propose de programmer les systèmes de guidage de Selenos 8 pour que son équipage soit déposé tout près de l'endroit où se trouvent les astronautes américains dans leur cratère, puis qu'on les élimine.

— Je suis entièrement de l'avis de Kornilov, déclara le général Yasenin. Les faits parlent d'eux-mêmes. Les Américains se livrent à une véritable agression impérialiste dans l'espace. Les photos que nous avons étudiées prouvent qu'ils ont déjà détruit un de nos vaisseaux spatiaux et assassiné son équipage. Et je crois que les cosmonautes de Selenos 5 et 6 ont connu le même sort. Les preuves sont irréfutables. Nos cosmonautes seront abattus sans pitié s'ils tentent de planter le drapeau rouge sur la lune.

Il y eut un long silence. Chacun demeura plongé dans ses réflexions. Polevoï fut le premier à reprendre la parole.

— Vous proposez donc que nous attaquions les premiers ?

— Oui, répondit Yasenin. C'est une occasion en or. Pensez qu'en nous emparant de leur base lunaire et de toute la technologie accumulée, nous allons faire progresser de dix ans notre propre programme spatial.

— Oui, mais la Maison-Blanche ne manquera pas d'organiser une campagne de presse contre nous et de nous faire condamner par l'ensemble des nations comme ce fut le cas pour le vol 007 de la KAL, protesta le directeur du KGB.

— Ne vous inquiétez pas, ils garderont le silence sur cette affaire, le rassura Yasenin. Comment pourraient-ils annoncer la perte de quelque chose qui n'est pas censé exister ?

— Le général a raison sur ce point, fit Antonov.

— Vous vous rendez compte que nous pourrions être accusés d'avoir déclenché la guerre dans l'espace, l'avertit Polevoï.

— Ce sont les Etats-Unis qui ont frappé les premiers. Notre devoir est de répliquer. (Yasenin se tourna vers le numéro un soviétique.) C'est à vous de prendre la décision, camarade président.

Le chef du Kremlin resta un moment à contempler les flammes, puis il posa son havane dans un cendrier et baissa les yeux sur ses mains saisies d'un léger tremblement. Son visage d'habitude coloré était gris. Il n'était plus question d'hésiter. Les forces du mal l'emportaient. Les conséquences des terribles événements qui allaient suivre risquaient de lui échapper, mais il ne pouvait pas laisser ainsi le pays se faire publiquement bafouer par les impérialistes américains.

Il considéra les hommes présents dans la pièce puis, hochant la tête d'un air las, déclara d'un ton empreint de gravité :

— Pour la Russie et pour le Parti, qu'on arme les cosmonautes et qu'on leur donne l'ordre d'abattre les Américains.

Chapitre 17

Après avoir été présenté à huit personnes différentes par le Dr Mooney et avoir dû subir quelques interminables bavardages, Hagen se retrouva enfin dans une petite pièce où il se mit à taper furieusement sur une antique machine à calculer. Les scientifiques et les techniciens se servent d'ordinateurs et de calculettes, mais les comptables, très conservateurs, continuent à préférer les instruments du passé.

Le responsable du département financier était diplômé de la Texas School of Business et venait de la Navy ainsi que le prouvaient ses diverses médailles et les photos des bâtiments à bord desquels il avait servi placardées aux murs de son bureau. Hagen avait détecté une lueur de malaise dans son regard, mais c'était une réaction tout à fait normale de la part de n'importe quel directeur financier qui voit débarquer des experts du Trésor.

Il n'avait rencontré ni mauvaise volonté, ni hésitation quand il avait demandé à vérifier les factures de téléphone des trois dernières années. Son expérience comptable au sein du département de la Justice se limitait à avoir photographié des documents compromettants au milieu de la nuit, mais il possédait suffisamment le jargon du métier pour tromper son monde. Quiconque serait entré dans le bureau et l'aurait surpris à prendre des notes tout en examinant attentivement la bande qui sortait de la machine à calculer l'aurait considéré comme un vieux pro.

Quant aux chiffres qui figuraient sur cette bande, ce n'étaient rien d'autre que des chiffres. Les notes, par contre, représentaient un diagramme précis des emplacements et angles des caméras de surveillance installées entre son bureau et celui de Mooney. Il inscrivit également deux noms et ajouta en face de chacun d'eux un certain nombre d'observations. Le premier était celui de Raymond LeBaron, le second celui de Leonard Hudson. Maintenant, il en avait un troisième : Gunnar Eriksen.

Il était persuadé que ce dernier avait également simulé sa mort en compagnie de Hudson et qu'il s'était fait rayer du monde des vivants pour travailler sur le projet Colonie Jersey. Il savait aussi que Hudson et Eriksen n'avaient sans doute jamais rompu complètement leurs liens avec les laboratoires Pattenden. Ils devaient probablement se servir d'une façon ou d'une autre des facilités offertes par leurs remarquables équipes scientifiques. Il était sûr qu'il existait quelque part un fil menant aux « membres fondateurs ».

Les documents téléphoniques d'une entreprise employant trois mille personnes remplissaient plusieurs cartons. Tout était sévèrement contrôlé. Quiconque utilisait un téléphone pour des raisons tant personnelles que professionnelles devait noter chaque appel. Les examiner tous aurait exigé des semaines et Hagen décida de ne s'intéresser qu'aux coups de fil passés par Mooney, surtout ceux destinés à de lointains correspondants.

L'homme du Président n'avait pas ce talent qu'il connaissait à certains pour déceler les irrégularités, mais il possédait une sorte d'instinct qui le trompait rarement.

Il recopia six numéros auxquels le directeur des laboratoires avait téléphoné plusieurs fois au cours de ces trois derniers mois. Deux d'entre eux figuraient comme appels personnels, les autres comme professionnels. C'était pour le moment la seule piste susceptible de le conduire à un autre des « membres fondateurs ».

Soucieux de se conformer aux règles, il appela le standard et demanda une ligne, promettant de noter chaque appel. Les quatre premiers numéros ne donnèrent rien. Le cinquième était celui d'un certain Anson Jones. Hagen hésita un instant avant de le composer, un peu découragé par ses échecs précédents. Il se décida enfin.

— Allô ?

— Monsieur Jones, je m'appelle Judge.

— Pardon ?

— Judge. Thomas Judge. J'appartiens au département du Trésor et nous procédons à une enquête fiscale auprès des laboratoires de physique Pattenden.

— Je ne connais aucun Pattenden. Vous avez dû vous tromper de numéro.

— Le nom de Earl Mooney vous dit quelque chose ?

— Absolument pas.

— Il vous a pourtant appelé trois fois au cours de ces deux derniers mois.

— Il doit s'agir d'une erreur de la compagnie de téléphone.

— Mais vous êtes bien Anson Jones, au 303.54...

— Pas du tout. Le nom et le numéro sont faux.

— Avant que vous ne raccrochiez, j'ai un message pour vous.

— Un message ?

Hagen respira un grand coup, puis lâcha d'une traite :

— Dites à Leo que Gunnar veut qu'il paye pour l'avion. Vous avez bien compris ?

Il y eut un long silence à l'autre bout du fil, puis son correspondant lança d'une voix un peu rauque :

— Vous êtes cinglé, ou quoi ?

— Pas du tout. Au revoir, monsieur Jones.

En plein dans le mille !

Il appela le dernier numéro de sa liste par acquis de conscience. Le répondeur automatique d'une firme d'agents de change l'invita à laisser ses coordonnées. Rien à espérer de ce côté-là.

Il exultait. Mooney n'était pas l'un des « membres fondateurs », mais d'une façon ou d'une autre il était en rapport avec eux, peut-être comme une sorte d'officier subalterne placé sous les ordres du haut commandement.

Il composa alors un numéro à Chicago et attendit quelques secondes. Après quatre sonneries, une femme décrocha et annonça d'une voix suave :

— Hôtel Drake.

— Thomas Judge à l'appareil. Je voudrais confirmer une réservation pour demain soir.

— Un instant, monsieur Judge, je vous passe la réception.

Hagen répéta sa demande. Comme il devait arriver tard dans la nuit, on le pria de communiquer le numéro de sa carte de crédit. Il donna celui du téléphone d'Anson Jones à l'envers.

— Très bien, monsieur. Votre chambre est retenue pour demain soir.

— Merci.

Quelle heure pouvait-il bien être ? Un coup d'œil à sa montre lui apprit qu'il était près de minuit. Il referma son attaché-case, enfila son manteau et tira de sa poche un briquet dont il dévissa la cartouche. Ensuite, il prit dans la doublure de son pardessus un instrument composé d'une tige munie d'un petit miroir à son extrémité qui ressemblait à celui utilisé par les dentistes.

L'homme du Président tendit l'oreille, puis se dirigea vers la porte du bureau. Serrant la mallette entre ses genoux, il s'immobilisa sur le seuil et passa le miroir dans le couloir. Il était désert. Le faux Judge inclina alors l'instrument jusqu'à ce qu'il reflète le moniteur installé au bout du couloir, puis il plaça le briquet contre l'encadrement de la porte et pressa la molette.

Dans la salle de surveillance située derrière le hall d'entrée, l'un des écrans devint soudain neigeux. Le garde en poste devant la console s'empressa de vérifier les circuits électriques.

— J'ai un problème avec le 12, annonça-t-il.

Le chef de la sécurité sortit de son bureau et vint se planter en face du moniteur.

— Des interférences, fit-il. Les grosses têtes du labo d'électrophysique ont dû recommencer leurs trucs.

Les interférences cessèrent brusquement pour recommencer un instant après sur un autre moniteur.

— Bizarre, murmura le responsable de la sécurité. Ça ne s'était jamais produit deux fois de suite.

Quelques secondes plus tard, l'image revenait sur l'écran, ne montrant rien d'autre qu'un couloir désert. Les deux hommes se consultèrent du regard, puis haussèrent les épaules.

Hagen coupa son brouilleur miniature dès qu'il eut franchi le seuil du bureau de Mooney et refermé la porte derrière lui. Il se dirigea sur la pointe des pieds vers la fenêtre et tira les rideaux. Puis il enfila une paire de gants de plastique et alluma le plafonnier.

Il était passé maître dans l'art de fouiller une pièce. Il se désintéressa des endroits les plus évidents comme les tiroirs, les classeurs, les répertoires téléphoniques ou autres agendas pour aller droit à la bibliothèque. Moins de sept minutes plus tard, il avait trouvé ce qu'il était venu chercher.

Mooney était peut-être l'un des plus brillants physiciens des Etats-Unis, mais il était naïf. Le petit carnet était dissimulé au milieu d'un ouvrage d'un certain Horace DeLiso intitulé *la Mécanique céleste dans sa véritable perspective.* Le contenu était rédigé dans un code basé sur des équations mathématiques. Pour l'homme du Président c'était de l'hébreu, mais il se rendait parfaitement compte de l'importance du document. En n'importe quelle autre occasion, il se serait contenté de photographier les pages du carnet, puis de le remettre à sa place, mais cette fois il préféra l'empocher, conscient du fait que de toute façon il n'aurait jamais pu le déchiffrer à temps.

Les gardes se débattaient encore avec les moniteurs quand le faux agent du Trésor se présenta au comptoir et demanda avec un sourire :

— Vous désirez que je signe le registre de sortie ?

Le responsable de la sécurité s'avança, l'air perplexe.

— Vous venez du département financier ?

— Oui.

— On ne vous a pas vu sur les écrans de contrôle.

— Je n'y peux rien, fit Hagen innocemment. Je suis parti de mon bureau et j'ai longé les couloirs jusqu'ici. Je ne sais pas quoi vous dire d'autre.

— Vous n'avez rencontré personne ? Ou rien remarqué d'anormal ?

— Non. Juste les lumières qui ont vacillé deux ou trois fois.

Le garde hocha la tête.

— Des interférences en provenance du labo d'électrophysique. C'est bien ce que je pensais.

Hagen signa le registre, puis déboucha dans la nuit claire en sifflotant.

DEUXIÈME PARTIE

LE CYCLOPE

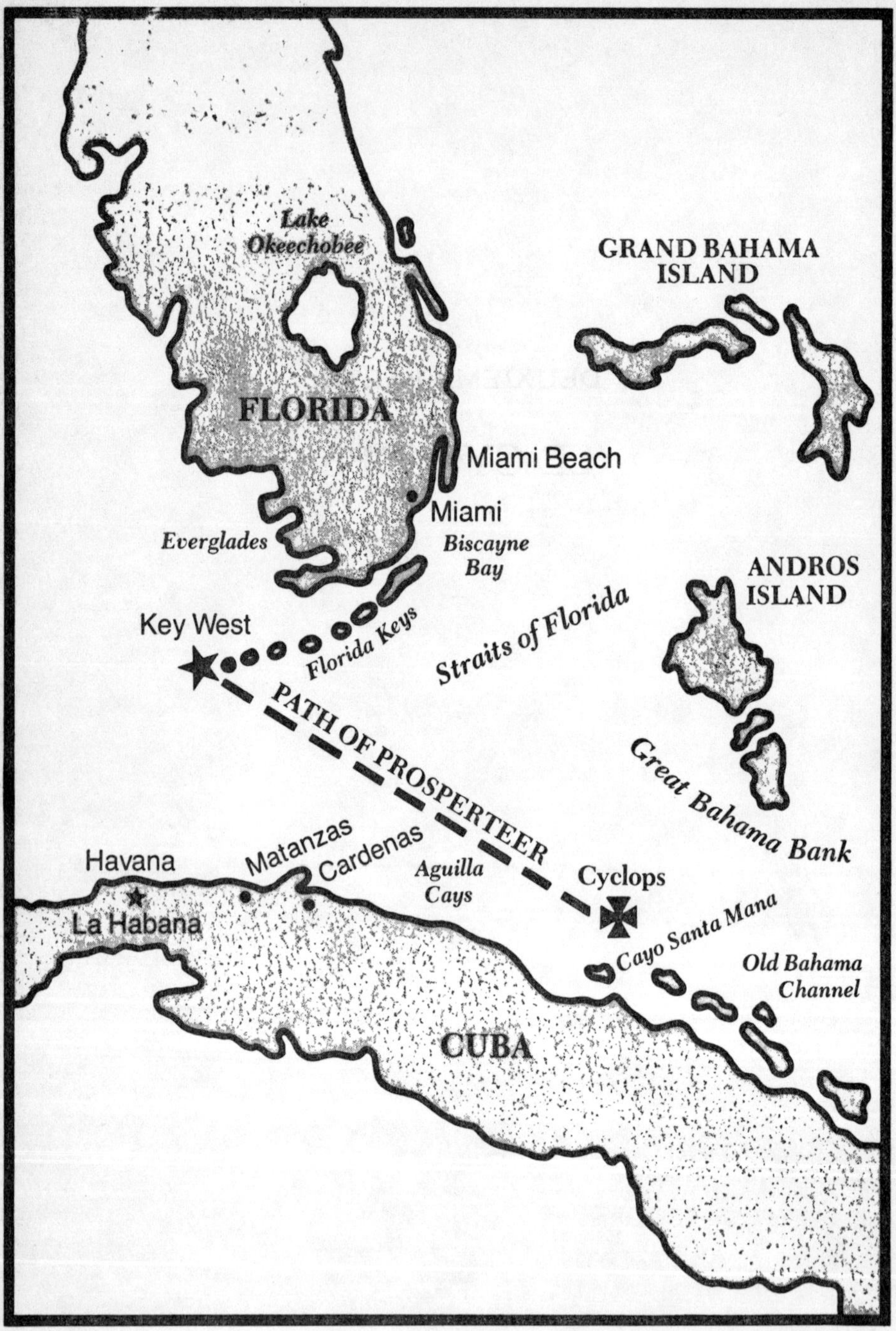

Lake Okeechobee
FLORIDA
GRAND BAHAMA ISLAND
Miami Beach
Miami
Everglades
Biscayne Bay
ANDROS ISLAND
Key West
Florida Keys
Straits of Florida
PATH OF PROSPERTEER
Great Bahama Bank
Havana
Matanzas
Cardenas
Aguilla Cays
Cyclops
La Habana
Cayo Santa Mana
Old Bahama Channel
CUBA

Chapitre 18

25 octobre 1989,
Key West, Floride.

Pitt était allongé sur le dos et, sentant percer sous sa chemise le froid du béton de la piste, il regardait se balancer le *Prosperteer*. Le soleil se levait à l'horizon et éclaboussait d'orange l'enveloppe fatiguée du dirigeable qui, dans l'imagination de Pitt, ressemblait à une sorte de fantôme d'aluminium à la recherche d'un cimetière à hanter.

Il n'avait pratiquement pas dormi durant le vol qui l'avait conduit de Washington à Key West et avait passé son temps à étudier les cartes de Buck Caesar couvrant la région du Vieux Canal de Bahama et à retracer la route empruntée par Raymond LeBaron. Il ferma les yeux pour s'efforcer de revivre en pensée le sinistre voyage effectué par le *Prosperteer*. Ou bien les réservoirs de gaz avaient été remplis depuis un navire, hypothèse peu probable, ou bien la réponse à l'énigme de la disparition de LeBaron se trouvait quelque part à Cuba.

Une idée, cependant, le poursuivait, une idée qu'il ne cessait de repousser inconsciemment, mais qui revenait toujours, de plus en plus claire au fur et à mesure qu'elle se précisait. Puis il comprit.

Les recherches pour retrouver le magnat de la presse constituaient une diversion.

La conclusion logique et rationnelle lui échappait encore, mais cette affaire s'intégrait à un plan plus vaste. Il y réfléchissait encore quand une ombre tomba brusquement sur lui.

— Tiens, tiens, fit une voix familière. On dirait la Belle au bois dormant.

— Plutôt un ours en train d'hiberner, ajouta une autre voix que Pitt reconnut aussitôt.

Il ouvrit les yeux et, se protégeant du soleil, examina un instant les deux hommes souriants qui se tenaient au-dessus de lui. Le plus petit des deux, un costaud au torse de lutteur et aux cheveux noirs et bouclés, était son vieil ami et adjoint aux Projets spéciaux de la NUMA, Al Giordino.

Al saisit la main tendue de Pitt et le releva sans effort apparent.

— Départ dans douze minutes, annonça-t-il.

— Notre pilote inconnu est arrivé ?

Le troisième homme, un peu plus grand et beaucoup plus mince que Giordino, secoua la tête et répondit :

— Aucun signe de lui.

Rudi Gunn portait d'épaisses lunettes et, avec ses grands yeux bleus, ressemblait à un bibliothécaire chétif obligé de faire des heures supplémentaires pour gagner correctement sa vie. Les apparences, cependant, étaient trompeuses. Gunn était le responsable des projets océanographiques de la NUMA et, tandis que l'amiral Sandecker se battait avec le Congrès et les méandres de la bureaucratie fédérale, c'était lui qui assurait les opérations quotidiennes de l'agence. Pitt ressentait comme une importante victoire d'avoir obtenu de Sandecker la présence de Gunn et de Giordino à ses côtés.

— Si on veut partir à la même heure que LeBaron, il va falloir qu'on pilote nous-mêmes, fit Giordino avec insouciance.

— On devrait pouvoir se débrouiller, affirma Pitt. Tu as étudié les manuels de vol ?

Son adjoint acquiesça :

— Oui. Il faut seulement cinquante heures de vol pour obtenir un brevet. Les commandes ne sont pas trop difficiles à manier, mais assurer par grand vent la stabilité de cette espèce de chaussette hypertrophiée exige quand même un peu d'entraînement.

Cette description colorée fit sourire Pitt qui demanda :

— L'équipement est à bord ?

— Oui, répondit Gunn. Et solidement arrimé.

— Dans ce cas, je pense qu'on peut y aller.

Ils se dirigèrent vers le *Prosperteer.* Le chef d'équipe de LeBaron descendit de la cabine du pilote pour les accueillir. Il dit quelque chose à l'un de ses hommes, puis les salua de la main.

— Il est prêt à partir, messieurs.

— Les conditions météo sont proches de celles de son précédent voyage ? demanda Pitt.

— Monsieur LeBaron avait un vent contraire sud-est de 8 kilomètres-heure. Vous allez trouver un vent de 13 kilomètres-heure, alors pensez à compenser. D'autre part, on signale un ouragan d'arrière-saison du côté des îles Turks et Caicos. Les types de la météo l'ont baptisé Little Eva parce qu'il n'a pas plus de 90 kilomètres de diamètre. Selon les prévisions, il devrait virer au nord en direction de l'archipel des Carolines. Si vous faites demi-tour au plus tard à 14 heures, Little Eva devrait vous fournir un gentil petit vent arrière pour vous ramener à la maison.

— Et sinon ?

— Sinon quoi ?

— Si nous ne faisons pas demi-tour à 14 heures ?

Le chef d'équipe eut un petit sourire pour répondre :

— Je ne vous conseille pas d'être pris dans un orage tropical avec des vents de 80 kilomètres-heure, du moins pas dans un ballon vieux de soixante ans.

— Je vous crois sur parole, fit Pitt.

— Par vent debout, on n'atteindra pas la zone des recherches avant 10 h 30, calcula Gunn. Ça ne nous laisse pas beaucoup de temps.

— Effectivement, intervint Giordino. Mais comme on connaît la route empruntée par LeBaron, on devrait tomber tout de suite dessus.

— Tout ça me paraît bien juste, murmura Pitt comme pour lui-même. Trop juste.

Les trois hommes de la NUMA étaient sur le point de monter à bord quand la limousine de LeBaron vint s'arrêter à côté du dirigeable. Angelo en descendit et alla ouvrir la portière arrière. Jessie LeBaron s'extirpa de son siège et apparut dans le soleil vêtue d'un ensemble style safari avec ses cheveux retenus par un bandeau de couleur vive à la mode des années 30. Elle portait un sac de voyage en cuir beige.

— Tout est prêt ? lança-t-elle d'un ton enjoué en passant devant eux pour grimper à l'échelle de la cabine de pilotage.

Gunn lança un regard noir en direction de Pitt.

— Tu ne m'avais pas prévenu qu'on partait pour un pique-nique, fit-il.

— Je n'étais pas au courant, répliqua le directeur des Projets spéciaux en levant les yeux sur Jessie qui se tenait sur le seuil de la cabine.

— C'est ma faute, déclara la jeune femme. J'avais oublié de signaler que c'était moi le pilote.

Giordino et Gunn semblaient pétrifiés. Quant à Pitt, il affichait une expression légèrement amusée.

— Raymond m'a appris à piloter le *Prosperteer,* reprit Jessie. J'ai plus de quatre-vingts heures de vol et j'ai mon brevet.

— On ne peut pas prendre une femme à bord, déclara Gunn avec une ferme résolution.

— Je vous en prie, madame LeBaron, la supplia le chef d'équipe. Nous ne savons pas ce qui est arrivé à votre mari. Ce voyage pourrait être dangereux.

— Nous utiliserons le même système de communications que Raymond, fit-elle comme si elle n'avait pas entendu. Si nous trouvons quelque chose d'intéressant, nous émettrons en clair. Pas de code, cette fois.

— Tout ça est ridicule, lâcha sèchement Gunn.

Pitt haussa les épaules.

— Après tout, fit-il. Je suis plutôt pour.

— Tu n'y penses pas !

— Pourquoi ? répondit Pitt avec un sourire sardonique. Je suis partisan de l'égalité entre l'homme et la femme. Elle a autant que nous le droit de se faire tuer.

***

Le *Prosperteer* s'éleva lentement, mètre après mètre, pour atteindre enfin une altitude qui le mettait à l'abri des tourbillons. Les hommes de l'équipe au sol, immobiles, regardèrent le ballon disparaître, le cœur étreint d'un sinistre pressentiment, puis ils se dirigèrent vers le camion pour se regrouper autour de la radio.

Le premier message arriva à 7 heures. Pitt expliqua les difficultés rencontrées au départ. Jessie n'avait pas suffisamment tenu compte de la charge supplémentaire représentée par l'équipement que Giordino et Gunn avaient chargé à bord.

Ensuite, et jusqu'à 14 heures, Pitt maintint un dialogue constant, comparant ses observations avec celles qui avaient été enregistrées au cours du vol de LeBaron.

Le chef d'équipe s'empara alors du micro et lança :

— *Prosperteer*, ici Mammy. A vous.

— Je vous écoute, Mammy.

— Pouvez-vous me communiquer votre position satellite VIKOR ?

Pitt s'exécuta et le chef d'équipe nota la position sur une carte avant de reprendre :

— Très bien, *Prosperteer,* vous êtes sur la bonne route. Vous vous trouvez à cinq milles au sud de Cayo Guinchos sur le banc de Bahama. A vous.

— J'ai la même chose, Mammy.

— Les vents ?

— A en juger par la crête des vagues, je dirais qu'on a quelque chose comme force 6 sur l'échelle de Beaufort.

— Ecoutez-moi bien, *Prosperteer.* La météo a émis un nouveau bulletin à propos de Little Eva. Elle a doublé de vitesse et obliqué à l'est. L'alerte est déclenchée sur les Bahamas du Sud et si elle continue comme ça, elle sera sur la côte est de Cuba dans la soirée. Je répète : Little Eva a viré à l'est et se dirige vers vous. Laissez tomber, *Prosperteer,* et faites demi-tour.

— Okay, Mammy. On met le cap sur les Keys.

Pitt resta silencieux pendant une trentaine de minutes. A 14 h 35, le chef d'équipe l'appela :

— *Prosperteer,* répondez. A vous.

Pas de réponse.

— *Prosperteer,* ici Mammy. Vous me recevez ?

Toujours rien.

L'atmosphère à l'intérieur du camion était devenue soudain étouffante. Les secondes s'égrenèrent dans un silence angoissé tandis que le chef d'équipe s'efforçait désespérément de contacter le dirigeable.

Mais le *Prosperteer* ne répondait plus.

Le chef d'équipe reposa brusquement le micro et, à la stupéfaction de ses hommes, bondit hors du véhicule. Il se précipita vers la limousine garée non loin et ouvrit fiévreusement la portière.

— Ils ont disparu ! s'écria-t-il. On les a perdus ! La même chose que la dernière fois !

L'homme installé sur le siège arrière se contenta de hocher la tête et de déclarer calmement :

— Continuez à essayer de les joindre.

Tandis que le chef d'équipe regagnait en hâte le camion, l'amiral James

Sandecker saisit un téléphone encastré dans le dossier du siège et composa un numéro.

— Monsieur le Président ?

— Oui, amiral.

— Ils sont portés manquants.

— Compris. J'ai informé l'amiral Clyde Monfort, de l'état-major des forces des Caraïbes. Il a déjà placé les bateaux et les avions en état d'alerte autour des Bahamas. Je vais immédiatement lui donner l'ordre de lancer une opération de recherche et de secours.

— Je vous en prie, insistez auprès de Monfort sur le caractère urgent de cette affaire. J'ai appris que le *Prosperteer* avait disparu sur le passage prévu d'un ouragan.

— Rentrez à Washington, amiral, et ne vous inquiétez pas. Vos hommes et madame LeBaron seront sans doute localisés et récupérés d'ici quelques heures.

— Je m'efforcerai de partager votre optimisme, monsieur le Président. Merci beaucoup.

S'il y avait une chose que Sandecker avait apprise au cours de sa longue carrière, c'était qu'il ne fallait jamais se fier à la parole d'un homme politique. Il donna un autre coup de téléphone depuis la limousine.

— Amiral James Sandecker. Je voudrais parler à l'amiral Monfort.

— Tout de suite, amiral.

— Jim, c'est bien vous ?

— Oui. Bonjour, Clyde. Ravi de vous avoir au bout du fil.

— Bon sang, ça fait bien deux ans que vous ne m'avez pas appelé ! Qu'est-ce qui se passe ?

— Dites-moi, Clyde, vous avez bien été mis en état d'alerte en vue d'une mission de sauvetage du côté des Bahamas ?

— Qui vous a raconté ça ?

— J'ai entendu des bruits.

— Je ne suis au courant de rien. La plupart de nos forces des Caraïbes se livrent à un exercice de débarquement à la Jamaïque.

— La Jamaïque ?

— Oui. Une petite démonstration de force destinée à impressionner les Russes et les Cubains. Faire croire à Castro qu'on se prépare à l'envahir un de ces jours.

— Et on va le faire ?

— Jamais de la vie ! Cuba est la meilleure preuve de l'échec économique du communisme et il vaut mieux que ce soit l'Union soviétique plutôt que nous qui aille gaspiller douze millions de dollars par jour pour aider Castro.

— Vous n'avez pas reçu l'ordre de surveiller un dirigeable parti des Keys ce matin ?

Il y eut un lourd silence, puis l'amiral Monfort répondit :

— Je ne devrais sans doute pas vous le dire, Jim, mais j'ai effectivement reçu des consignes verbales au sujet de ce dirigeable. On m'a demandé de tenir nos bateaux et nos avions à l'écart des Bahamas et de mettre le black-out sur toutes les communications en provenance de cette zone.

— L'ordre émanait directement de la Maison-Blanche ?

— Ne m'en demandez pas trop, Jim.

— Merci de m'avoir mis au courant, Clyde.

— De rien. Tâchons de nous voir lors de mon prochain séjour à Washington.

— Ce sera avec plaisir.

Sandecker raccrocha. Son visage était blanc de rage et ses yeux lançaient des éclairs.

— Que Dieu leur vienne en aide, murmura-t-il, les dents serrées. On s'est tous fait avoir.

Chapitre 19

Jessie avait les traits tirés et son visage ovale aux pommettes hautes était pâle tandis qu'elle concentrait toute son attention à lutter contre les rafales de vent et de pluie qui fouettaient l'enveloppe du dirigeable. Ses bras lui faisaient mal à force de tirer sur les commandes et, avec le poids supplémentaire de l'eau qui s'accumulait, il devenait pratiquement impossible de piloter le ballon dans de bonnes conditions. Elle commençait à ressentir les premiers frissons glacés de la peur.

— Il va falloir qu'on mette le cap sur la terre la plus proche, annonça-t-elle d'une voix mal assurée. Je ne pourrai plus le maintenir longtemps dans ces turbulences.

Pitt la considéra un instant, puis lâcha :

— La terre la plus proche, c'est Cuba.

— Je préfère la prison à la mort.

— Attendez encore un peu, fit Pitt qui était installé dans le siège à côté d'elle. La tempête va nous ramener vers Key West.

— Avec notre radio en panne, personne ne saura où concentrer les recherches si le *Prosperteer* s'abîme en mer.

— Vous auriez dû y penser avant de renverser votre café sur l'émetteur et provoquer un court-circuit.

Elle lui jeta un coup d'œil en coin. C'était incroyable ! Il était tranquillement assis là à regarder par le hublot avec des jumelles pendant que Giordino faisait de même de l'autre côté et que Gunn étudiait les coordonnées communiquées par l'ordinateur VIKOR pour tracer leur route sur une carte, tout en allant de temps à autre examiner les enregistrements d'un gradiomètre Schonstedt, un appareil qui permettait de détecter les masses métalliques en mesurant l'intensité magnétique. Les trois hommes semblaient parfaitement détendus, comme s'ils n'avaient pas le moindre souci au monde.

— Vous avez entendu ce que j'ai dit ? demanda-t-elle, au bord de l'exaspération.

— Oui, oui, nous avons entendu, répondit Pitt.

— Je ne peux plus contrôler le ballon avec ce vent. Il est trop lourd. Il va falloir lâcher du lest, sinon on va tomber.

— On a déjà lâché tout le lest il y a une heure.

— Dans ce cas, débarrassez-vous de cette ferraille que vous avez chargée à bord, ordonna-t-elle en désignant un tas de caisses d'aluminium arrimées sur le pont supérieur.

— Désolé, mais cette ferraille, comme vous dites, doit rester à portée de main.

— Mais on perd de l'altitude !

— Faites de votre mieux.

Jessie tendit le bras vers le pare-brise.

— Cette petite île par tribord est Cayo Santa María. Derrière, c'est Cuba. Je vais mettre cap au sud et on va tenter notre chance avec les Cubains.

Pitt se tourna brusquement vers elle et la dévisagea de ses yeux verts dans lesquels brillait une lueur de colère.

— Vous étiez volontaire pour cette mission, lança-t-il sèchement. Alors vous irez jusqu'au bout !

— Réfléchissez un peu, Pitt ! répliqua-t-elle tout aussi sèchement. D'ici une demi-heure, l'ouragan nous aura réduits en pièces.

— Je crois que j'ai repéré quelque chose, s'écria alors Giordino.

Pitt se leva pour aller voir.

— Dans quelle direction ? demanda-t-il.

— On vient de passer au-dessus. Environ deux cents mètres derrière nous.

— Et c'est un gros ! s'exclama Gunn. L'aiguille s'affole dans tous les sens !

— Virez sur bâbord, ordonna Pitt à Jessie. Et reprenez le chemin d'où on vient.

La jeune femme ne discuta pas. Saisie par l'excitation de la découverte, elle sentait sa fatigue s'envoler. Elle s'accrocha aux commandes et fit tourner l'appareil sur bâbord, se servant du vent pour faciliter la manœuvre. Une rafale s'engouffra dans l'enveloppe d'aluminium. L'appareil frémit, la nacelle oscilla dangereusement, mais les bourrasques faiblirent et les plans stabilisateurs entrèrent en jeu tandis que le dirigeable, enfin, se retrouvait par vent arrière.

Un silence religieux s'était abattu sur la cabine. Gunn déroula une ligne depuis le gradiomètre qui, quatre cents pieds plus bas, vint effleurer la crête des vagues, puis il tourna son attention vers l'enregistreur, guettant le moment où l'aiguille allait tracer une courbe horizontale.

— On y est presque, annonça-t-il soudain.

Giordino et Pitt, sans se soucier du vent, se penchèrent par les hublots. La mer était de plus en plus mauvaise et l'écume gênait la visibilité. Jessie se débattait avec les commandes pour tenter de réduire les violents soubresauts du dirigeable qui ressemblait maintenant à une baleine en train de lutter pour remonter les rapides du Colorado.

— Ça y est, je le tiens ! s'écria alors Pitt. Il repose sur un axe nord-sud à une centaine de mètres par tribord.

Giordino traversa la cabine pour vérifier de son côté.

— Okay, je l'ai aussi, annonça-t-il.

— Vous voyez les mâts de charge ? demanda Gunn.

— Les contours sont assez nets, mais je ne distingue aucun détail. Il doit se trouver par environ vingt-cinq mètres de fond.

— Je dirais plutôt trente, corrigea Pitt.

— C'est le *Cyclope* ? lui demanda anxieusement Jessie.

— Trop tôt pour le savoir. (Il se tourna vers Gunn.) Note la position VIKOR.

— Voilà, c'est fait.

— Et maintenant, pilote, faites un nouveau passage, ordonna Pitt à la jeune femme. Et cette fois, tâchez de bien survoler la cible.

— Pourquoi ne pas me demander aussi de changer le plomb en or ? répliqua-t-elle avec hargne.

Il s'approcha et lui déposa un petit baiser sur la joue.

— Vous vous en tirez à merveille, fit-il. Encore un dernier effort et je vous relaye aux commandes.

— Pas la peine de prendre ce ton condescendant, riposta-t-elle avec une brusquerie que démentait la lueur qui dansait au fond de ses yeux. Contentez-vous de me dire quand il faudra que j'immobilise ma machine.

Quelle femme ! pensa Pitt et, pour la première fois, il se surprit à envier Raymond LeBaron. Il retourna vers l'arrière et posa la main sur l'épaule de Gunn.

— Prends le clinomètre et vois si tu peux te faire une idée des dimensions.

— Okay.

— Si c'est bien le *Cyclope*, intervint Giordino, on pourra dire que tu as eu un drôle de coup de pot.

— Oui, beaucoup de chance et un peu de réflexion, reconnut son ami. Sans oublier que Raymond LeBaron et Buck Caesar nous avaient déjà ouvert la voie. Le problème, c'est de savoir pourquoi l'épave du *Cyclope* se trouve tellement à l'écart du principal couloir de navigation.

— On ne le saura sans doute jamais, fit Giordino en haussant les épaules.

— On revient sur la cible, annonça Jessie.

Gunn régla la distance sur le clinomètre, puis colla son œil au viseur afin de mesurer la longueur de l'objet qui reposait par le fond. Il eut toutes les peines du monde à assurer la stabilité de l'instrument pendant que la jeune femme livrait un terrible combat contre les éléments déchaînés.

— Impossible d'avoir la largeur. On ne voit pas s'il est debout ou couché sur le flanc, déclara-t-il en étudiant les résultats.

— Et la longueur totale ?

— Entre 160 et 165 mètres.

— Ça colle, fit Pitt avec un soulagement visible. Le *Cyclope* faisait 163 mètres.

— Si on pouvait descendre un peu, je devrais obtenir des mesures plus précises.

— Allez, un dernier passage, Jessie, lança Pitt.

— Je ne crois pas, répondit-elle en désignant le hublot avant. Nous avons droit à un comité d'accueil.

Son expression resta calme, presque trop calme, tandis que les trois hommes, pétrifiés, regardaient un hélicoptère se matérialiser au milieu des nuages à environ mille pieds au-dessus du dirigeable. L'espace de quelques secondes, il parut demeurer là, immobile, pareil à un faucon guettant sa proie. Puis il s'approcha, grossissant à vue d'œil, et vira sur la gauche pour prendre un cap parallèle à celui du *Prosperteer.* Dans les jumelles, on distinguait nettement les visages du pilote et du copilote, de même que les doigts serrés autour des crosses des armes automatiques qui dépassaient par la porte latérale ouverte.

— Et ils ont amené des amis avec eux, annonça froidement Gunn.

Il avait les jumelles braquées sur une canonnière cubaine qui, à environ quatre milles droit devant, fendait les vagues dans un grand sillage d'écume.

Giordino, sans un mot, commença à arracher les courroies qui arrimaient les caisses d'aluminium et à déverser leur contenu sur le pont aussi vite que le lui permettaient les mouvements du ballon. Gunn vint l'aider tandis que Pitt entreprenait d'assembler une sorte d'écran.

— Ils brandissent une pancarte rédigée en anglais, s'écria Jessie.

— Qu'est-ce qu'elle dit ? demanda Pitt sans lever les yeux.

— « Suivez-nous et n'utilisez pas votre radio », lut-elle. Qu'est-ce que je fais ?

— Puisque nous ne pouvons pas utiliser notre radio, contentez-vous de leur sourire en agitant le bras. Espérons qu'ils ne tireront pas s'ils voient que vous êtes une femme.

— A ta place je n'y compterais pas trop, grogna Giordino.

— Et continuez à survoler l'épave, ajouta Pitt.

Jessie était de plus en plus inquiète en voyant ce qui se préparait à l'intérieur de la cabine. Livide, elle balbutia :

— Nous ferions mieux de leur obéir.

— Qu'ils aillent se faire foutre !

Pitt déboucla le harnais de sécurité de la jeune femme qu'il écarta des commandes. Giordino lui passa une paire de bouteilles d'air comprimé qu'il ajusta sur les épaules de Jessie tandis que Gunn lui tendait un masque, des palmes et un gilet de sauvetage.

— Vite, mettez ça, ordonna-t-il.

— Qu'est-ce que vous fabriquez ? demanda-t-elle sans comprendre.

— Vous voyez bien, lui expliqua Pitt. On va aller se baigner.

— On va quoi !

Ses grands yeux noirs reflétaient plus la stupéfaction que la peur.

— Pas le temps d'entrer dans les détails. Disons que c'est notre seule chance de rester en vie. Maintenant, faites ce qu'on vous dit et allongez-vous derrière cet écran.

Giordino contemplait d'un air dubitatif le voile opaque d'à peine deux ou trois centimètres d'épaisseur.

— Espérons que ça va marcher, murmura-t-il. Je n'aimerais pas trop me trouver dans le coin si une balle touchait un réservoir.

— Ne crains rien, le rassura Pitt tandis que tous trois enfilaient en hâte leurs équipements de plongée. Plastique à ultra-haute résistance. Garanti pour arrêter n'importe quel projectile jusqu'à vingt millimètres.

Sans plus personne aux commandes, le ballon désemparé allait à la dérive. Il se cabra sous l'assaut du vent et chacun se précipita instinctivement vers la prise la plus proche.

Il n'y eut pas de sommations. Le commandant de l'hélicoptère cubain qui ne se trouvait plus qu'à une trentaine de mètres, imaginant dans les mouvements désordonnés du ballon une tentative de fuite, ordonna à ses hommes d'ouvrir le feu. Un déluge de balles s'abattit sur le côté tribord du *Prosperteer*. La nacelle fut aussitôt réduite en miettes. Les antiques hublots de verre jauni explosèrent en une pluie d'éclats tandis que les commandes et le tableau de bord se transformaient en un magma informe d'où jaillissaient des gerbes d'étincelles provoquées par les courts-circuits.

Pitt, carrément couché sur Jessie, couvert par Gunn et Giordino, écoutait le son mat des projectiles qui s'écrasaient contre l'écran pare-balles. Les Cubains changèrent alors de tactique et concentrèrent leur tir sur les moteurs. Les feuilles d'aluminium furent immédiatement déchiquetées et volèrent en morceaux. Les moteurs toussèrent, puis s'arrêtèrent en crachant des torrents d'huile au milieu d'une épaisse fumée noire.

— Les réservoirs ! se mit à hurler Jessie au milieu du vacarme infernal. Ils vont exploser !

— Ne vous inquiétez pas, lui cria Pitt. Les Cubains ne se servent pas de balles incendiaires et les réservoirs sont en néoprène et se ressoudent automatiquement en cas de déchirure.

Giordino rampa parmi les caisses renversées pour y prendre ce qui, aux yeux de la jeune femme, ressemblait à une sorte de container tubulaire. Il se mit à le pousser devant lui sur le plancher dangereusement incliné.

— Tu as besoin d'aide ? lança Pitt.

— Si Rudi pouvait me tenir...

Gunn n'avait pas besoin d'autres explications. Il plaqua ses pieds contre une cloison et agrippa les jambes de Giordino à hauteur des genoux.

Le dirigeable était complètement à la dérive, l'avant pointé vers les vagues. Il n'avait plus aucune portance et commença à piquer du nez tandis que les Cubains arrosaient son enveloppe de toutes parts. Les ailerons stabilisateurs luttaient encore, mais le *Prosperteer* était perdu.

Il n'allait cependant pas mourir seul.

Giordino extirpa du tube un lance-roquettes M-72, chargea des projectiles de 66 millimètres puis, avec d'infinies précautions, passa le canon par le hublot et visa soigneusement.

Stupéfaits, les hommes de la canonnière, qui n'était plus qu'à un demi-mille du théâtre des événements, virent l'hélicoptère se désintégrer dans un véritable geyser de flammes. L'explosion assourdissante fut suivie d'une pluie de morceaux de métal tordus qui s'abîmèrent dans les flots en grésillant au contact de l'eau.

Le dirigeable agonisait, pivotant lentement sur son axe. De l'hélium s'échappait de son enveloppe lacérée tandis que ses anneaux commençaient à se briser, pareils à du bois sec. Puis, comme pour son dernier souffle, le *Prosperteer* sembla se soulever avant de s'effondrer sur lui-même telle une coquille vide et de venir heurter les vagues furieuses.

Tout se déroula alors très vite. En moins de vingt secondes, dans un horrible grincement, les deux moteurs furent arrachés de leurs supports, de même que les montants qui soutenaient la nacelle. Pareils à ceux d'un jouet fragile piétiné par un enfant coléreux, les rivets qui maintenaient encore l'ensemble lâchèrent et l'appareil, d'un seul coup, se disloqua.

La nacelle s'enfonça dans les profondeurs de l'océan et l'eau s'engouffra par les hublots cassés. Le ballon, comme poussé par un poing géant, disparut à son tour sous la surface. La cabine, alors, se détacha, puis se mit à tomber telle une feuille morte, entraînant dans son sillage un amas inextricable de fils et de câbles. Ce qui demeurait encore de l'enveloppe de duralumin suivait, ressemblant à quelque improbable raie géante en proie aux spasmes de l'agonie.

Un banc d'églefins surgit de sous la masse au moment où elle heurtait le fond, soulevant des nuages de sable fin.

Ensuite, il n'y eut plus que le silence de la tombe, brisé seulement par le léger gargouillis de l'air qui s'échappait.

Au-dessus, au milieu des éléments déchaînés, l'équipage de la canonnière, encore sous le choc, sillonnait les lieux de la catastrophe à la recherche de survivants éventuels. Ils ne trouvèrent que des nappes d'huile qui allaient en s'élargissant.

Le vent, avec l'ouragan qui approchait, atteignait force 8. Les vagues formaient des creux de plus de cinq mètres et interdisaient les recherches. Le commandant du bâtiment n'avait plus d'autre choix que de regagner le plus rapidement possible Cuba et l'abri d'un port, laissant derrière lui une mer démontée.

Chapitre 20

Le nuage opaque qui entourait l'épave du *Prosperteer* fut lentement emporté par le courant. Pitt se redressa et regarda autour de lui au milieu des décombres de la nacelle. Gunn était assis, adossé à un morceau de cloison demeuré intact. Sa cheville gauche était enflée et atteignait la taille d'une noix de coco, mais il aspirait consciencieusement l'air par son embout. Il leva la main et fit le signe de la victoire.

Giordino se releva en titubant, puis se tâta le côté droit. Une cheville foulée et sans doute quelques côtes cassées, se dit Pitt. Le résultat aurait pu être pire. Il se pencha au-dessus de Jessie. Ses yeux, sous son masque, paraissaient vides, mais sa poitrine qui se soulevait régulièrement indiquait une respiration normale, bien qu'un peu rapide. Il lui examina les bras et les jambes sans découvrir de traces de fractures. Hormis quelques meurtrissures qui prendraient sans doute de jolies teintes arc-en-ciel dans les vingt-quatre heures, elle ne paraissait pas blessée. A cet instant, comme pour le lui confirmer, elle lui prit la main et la serra légèrement.

Rassuré, Pitt s'occupa alors de lui. Toutes ses articulations jouaient de même que ses muscles, et il n'avait rien de cassé. Il ne s'en tirait pourtant pas tout à fait indemne. Une belle bosse ornait son front et il ressentait une certaine raideur dans la nuque. Heureusement, personne ne semblait saigner. Il n'aurait plus manqué que les requins !

Pitt se préoccupa de leur problème immédiat : sortir de la cabine. La porte était coincée, ce qui n'avait rien d'étonnant après toutes les épreuves qu'elle avait subies. Il s'assit devant, empoigna le battant et poussa de toutes ses forces à l'aide de ses pieds. Avec la pression de l'eau, il avait le sentiment de lutter contre une énorme masse de caoutchouc. A la sixième tentative, alors qu'il sentait l'épuisement le gagner, la porte céda enfin.

Giordino émergea le premier, le visage entouré d'une nuée de bulles jaillies de son respirateur. Il se redressa, se planta dans le sable et, se préparant à la douleur qui allait sans doute lui traverser la poitrine, donna un grand coup de talon. Pitt et Gunn passèrent alors par la porte un gros paquet encombrant, puis huit réservoirs d'air en acier.

Dans la cabine de pilotage, Jessie souffrait le martyre. Ses oreilles lui faisaient horriblement mal. Elle se boucha le nez et souffla violemment. Après plusieurs vaines tentatives, ses oreilles, enfin, se débouchèrent et elle en éprouva un tel soulagement qu'elle sentit les larmes lui venir aux yeux. Elle serra les dents autour de son embout et aspira goulûment une profonde bouffée d'air. Une main se posa alors sur la sienne, une main ferme aux paumes calleuses. Elle leva la tête. Sous son masque, les yeux verts de Pitt paraissaient plissés par un sourire. Il lui fit signe de le suivre.

Il la conduisit alors dans le grand vide liquide. Elle regarda les bulles s'élever en tourbillonnant vers la surface agitée. En dépit du vent et des vagues, la visibilité au fond de l'eau atteignait près de soixante mètres et la jeune femme distinguait nettement la carcasse du dirigeable qui gisait non loin de la nacelle. Quant à Gunn et Giordino, ils n'étaient nulle part en vue.

Pitt, d'un geste, lui indiqua de rester près des réservoirs d'air et du paquet à l'allure si bizarre. Il consulta la boussole à son poignet, puis s'éloigna dans le brouillard bleuté. Jessie se laissa dériver lentement. Une terrible impression de solitude s'abattit sur elle, mais disparut presque aussitôt au retour de Pitt. Il l'appela de la main et se mit à nager. Elle s'empressa de le rejoindre.

Le fond de sable blanc fit place à des coraux peuplés de poissons aux formes étranges dont les couleurs vives étaient comme gommées par les particules en suspension dans l'eau qui filtraient les rouges, les orange et les jaunes pour ne laisser que des verts et des bleus ternes. Ils avançaient en battant des pieds, observés au cœur de cette jungle aquatique par une nuée de chétodons et autres centrisques.

Soudain, Jessie saisit la jambe de Pitt et lui montra quelque chose. Juste au-dessus d'eux, un banc de barracudas se laissait paresseusement dériver. Il devait bien y en avoir deux cents et tous mesuraient plus d'un mètre. Brusquement, comme sur un signal, ils s'approchèrent et vinrent encercler les nageurs pour les examiner avec curiosité de leurs yeux fixes. Puis, décidant sans doute que les deux humains ne méritaient pas un tel intérêt, ils disparurent en un clin d'œil.

Quand Pitt se retourna, il vit Rudi Gunn se matérialiser au milieu du rideau turquoise. Rudi leur demanda d'un geste de se dépêcher de le rejoindre, puis fit le V de la victoire.

Ils avaient compris. Gunn, d'un vigoureux coup de palme, s'éleva au-dessus des coraux, suivi de Pitt et de Jessie.

Ils avaient parcouru environ une centaine de mètres quand Gunn ralentit brusquement, se plaça à la verticale et tendit comme un index accusateur.

Pareils à ceux d'un château hanté émergeant des brumes de la lande écossaise, les contours fantomatiques du *Cyclope* se dessinaient, sinistres et maléfiques, au milieu des eaux glauques.

Chapitre 21

Pitt avait déjà exploré de nombreuses épaves et avait été le premier homme à poser les yeux sur celle du *Titanic* , mais à contempler ainsi ce bateau de légende, il ne put réprimer un frisson. Il n'ignorait pas que c'était le tombeau de plus de trois cents personnes et cela ne faisait qu'accentuer son malaise.

L'épave était couchée sur le côté bâbord avec une gîte d'environ 25 degrés, l'avant pointé vers le nord. Elle ne ressemblait à rien de ce qui était supposé se trouver au fond de la mer et la nature avait entrepris de jeter un voile de sédiments et d'organismes marins sur l'intruse.

La coque entière et la superstructure disparaissaient sous un amas de plantes et coquillages de toutes sortes, éponges, bernaches, anémones ou algues qui ondulaient dans le courant avec la grâce des bras élancés d'une danseuse. A l'exception de sa proue tordue et de trois mâts de charge brisés, le navire était étonnamment intact.

Ils trouvèrent Giordino occupé à gratter la paroi en haut de la poupe. Il se retourna à leur approche et leur montra le résultat de ses efforts. Le nom du bateau s'inscrivait en grandes lettres en relief. C'était bien le *Cyclope.*

Pitt consulta sa montre de plongée au cadran orange. Il semblait y avoir une éternité que le dirigeable s'était abîmé en mer, mais en fait il ne s'était écoulé que neuf minutes depuis qu'ils avaient réussi à s'extirper de la cabine de pilotage. Il devenait impératif d'économiser leurs réserves. Ils avaient encore à fouiller l'épave et il restait juste assez d'air comprimé dans les bouteilles pour les paliers de décompression. La marge de sécurité allait être dangereusement étroite.

Il vérifia le niveau des bouteilles de Jessie et examina ses yeux. Ils paraissaient vifs et clairs. La jeune femme respirait lentement et avec aisance. Elle leva le pouce pour indiquer que tout allait bien, puis lui adressa un clin d'œil. Elle semblait avoir oublié qu'elle avait frôlé la mort à bord du *Prosperteer.*

Il lui rendit son clin d'œil. On dirait vraiment qu'elle s'amuse, pensa-t-il.

Communiquant par signes, les quatre plongeurs se placèrent en éventail au-dessus du gouvernail, puis commencèrent à explorer l'épave. Les portes de la passerelle ne subsistaient plus que sous la forme de quelques planches pourries tandis que le pont de teck était rongé par les vers. Toutes les surfaces planes étaient recouvertes d'une épaisse couche de sédiments pareille à un linceul de poussière.

Le mât de poupe se dressait, nu et solitaire. Le drapeau américain avait depuis longtemps été emporté. Les deux canons étaient pointés vers l'arrière, muets et sinistres, tandis que les cheminées jumelles semblaient veiller sur un cimetière de manches à vent et de câbles rouillés qui étaient demeurés enroulés autour des treuils. Chaque recoin, chaque débris, offrait un abri à un oursin, un crabe ou autre créature de la mer.

Pitt, pour avoir étudié les plans du *Cyclope*, savait qu'il était inutile de s'intéresser à la partie arrière du bâtiment. Les cheminées surplombaient la salle des machines et les quartiers de l'équipage. S'ils devaient trouver la statue de La Dorada quelque part, ce serait probablement dans la cale réservée aux bagages qui se situait sous le château avant. Il fit signe à ses compagnons de poursuivre leurs recherches en direction de la proue.

Ils longèrent lentement la passerelle, enjambant les cales à charbon, se faufilant au milieu des mâts de charge qui projetaient vers la surface leurs flèches squelettiques. Il était évident que le *Cyclope* avait rencontré une fin brutale. Les vestiges pourrissants des canots de sauvetage étaient incrustés pour l'éternité dans les bossoirs et la superstructure paraissait avoir été écrasée par un poing monstrueux.

L'obscurité qui régnait dans les profondeurs de la passerelle donnait le frisson. Pitt alluma sa lampe de plongée et pénétra lentement à l'intérieur, prenant garde à ne pas soulever de nuages de vase avec ses palmes. Une faible lueur filtrait par les hublots sales. Il nettoya le cadran de l'horloge du navire. Les aiguilles ternies étaient arrêtées sur 12 h 21. Il alla ensuite examiner le grand compas. L'eau n'avait pas pénétré à l'intérieur et l'aiguille flottait dans le kérosène, fidèlement pointée sur le nord magnétique. Il nota que le bateau marchait au cap 340.

Jessie se trouvait à quelques mètres derrière Pitt lorsqu'elle laissa échapper un cri étouffé à glacer le sang. Il se retourna d'un bloc, l'imaginant aux prises avec un requin, mais elle ne faisait que désigner frénétiquement quelque chose qui dépassait de la vase.

Deux crânes humains, grimaçants, semblaient le contempler de leurs orbites vides. Les restes d'un troisième homme d'équipage gisaient autour de la barre et un os du bras était même encore accroché à la roue. Pitt se demanda s'il s'agissait du commandant Worley.

Il n'y avait rien d'autre à voir. Pitt et Jessie empruntèrent une coursive qui menait aux quartiers des passagers. Au même instant, Gunn et Giordino disparaissaient par l'écoutille d'une des petites cales.

La couche de vase était bien moins épaisse dans cette partie du navire. La coursive donnait sur un long couloir bordé d'étroites cabines. Chacune contenait une ou deux couchettes, un lavabo de porcelaine, des lambeaux d'effets personnels et les squelettes de leurs occupants. Pitt perdit bientôt le compte des morts.

Sa lampe heurta une conduite et s'éteignit brusquement. Les ténèbres autour d'eux étaient si épaisses et étouffantes qu'ils auraient pu se croire dans un cercueil. Pitt n'avait aucune envie de s'attarder dans ce tombeau marin qu'était le *Cyclope* et il s'empressa de rallumer sa torche. Le faisceau lumineux éclaira une colonie d'éponges jaunes et rouges accrochées aux cloisons de la coursive.

Ils comprirent que ce n'était pas là qu'ils trouveraient la statue de La Dorada et ils reprirent ce couloir de la mort en sens inverse pour se diriger à nouveau vers le château avant. Giordino les attendait devant une écoutille à moitié ouverte qu'il désigna d'un geste de la main. Pitt se glissa par l'ouverture, faisant attention à ne pas accrocher ses bouteilles, puis il commença à descendre les barreaux d'une échelle dangereusement rouillée.

Il traversa ce qui ressemblait à une soute à bagages puis, se faufilant au milieu des débris de toutes sortes, se dirigea vers la lueur fantomatique projetée par la lampe de Gunn. Il passa au-dessus d'une pile d'ossements. La mâchoire d'un crâne pendait comme pour un dernier cri de terreur silencieux. Pitt détourna les yeux.

Il trouva Gunn en train d'examiner l'intérieur d'une grande caisse à demi rongée. Les squelettes de deux hommes étaient coincés entre ce coffre et la cloison.

Un instant, persuadé d'avoir découvert le plus inestimable des trésors de la mer, il sentit les battements de son cœur s'accélérer. Puis Gunn releva la tête et Pitt lut dans son regard toute l'ampleur de sa déception.

La caisse était vide.

Ils fouillèrent la soute de fond en comble et tombèrent sur un incroyable spectacle. Dans la profondeur des ténèbres, pareil à une poupée désarticulée, gisait un scaphandre. Les bras étaient en croix et les pieds pris dans des bottes lestées de plomb qui ressemblaient à celles de la créature de Frankenstein. La tête et le cou étaient protégés par un casque de cuivre terni et, sur le côté, lové comme un serpent mort, il y avait ce cordon ombilical constitué du tuyau d'air et du câble qui reliaient le plongeur à la surface. Ils avaient été sectionnés à environ deux mètres au-dessus du branchement du casque.

La couche de vase qui recouvrait l'appareil de plongée prouvait qu'il était là depuis de nombreuses années. Pitt tira un couteau de la gaine plaquée contre sa cuisse droite et s'en servit pour forcer l'ouverture du casque. Il arracha la visière et dirigea le rayon de sa lampe à l'intérieur. Protégée des ravages du temps et de l'océan par la combinaison de caoutchouc et l'étanchéité du scaphandre, la tête avait conservé des touffes de cheveux et des lambeaux de chair.

Pitt et ses compagnons n'étaient pas les premiers à avoir percé les redoutables secrets du *Cyclope.* Quelqu'un les avait devancés et s'était emparé du trésor de La Dorada.

Chapitre 22

Pitt jeta un coup d'œil sur sa vieille montre de plongée, calcula rapidement les paliers de décompression, puis ajouta une marge de sécurité de soixante secondes pour chacun.

Après avoir abandonné le *Cyclope,* ils avaient utilisé les réserves d'air comprimé demeurées près de la cabine du dirigeable, puis avaient entamé la lente remontée vers la surface. Gunn et Giordino s'étaient chargés de l'encombrant et mystérieux colis.

L'épave du *Cyclope,* condamnée à l'oubli, s'éloignait sous eux. Dans moins de dix ans, la coque rouillée commencerait à s'effondrer sur elle-même et d'ici un siècle, l'océan impitoyable l'aurait recouverte d'un épais linceul de vase et il ne resterait plus pour témoigner de la tragédie que quelques débris incrustés de corail.

En haut, la mer était déchaînée. Au palier de décompression suivant, ils perçurent les turbulences provoquées par les énormes vagues et se serrèrent les uns contre les autres. Il n'était pas question de s'arrêter au niveau − 6. Leurs réserves d'air étaient pratiquement épuisées et la mort par noyade les guettait. Ils n'avaient pas d'autre choix que de faire surface le plus vite possible et de tenter leur chance au milieu de la tempête.

Jessie paraissait calme et détendue, mais Pitt comprit qu'elle ne soupçonnait en réalité rien des dangers qui les attendaient. Elle ne pensait qu'au ciel qu'elle allait enfin revoir.

Il vérifia une dernière fois l'heure, puis donna le signal de la remontée. Jessie s'accrocha à sa jambe tandis que Gunn et Giordino traînaient toujours le paquet derrière eux. La luminosité augmenta brusquement et Pitt, levant les yeux, eut la surprise de distinguer déjà un tourbillon d'écume à moins d'un mètre de lui.

Il creva la surface au creux d'une lame et fut aussitôt emporté comme un fétu de paille par une véritable muraille d'eau. Le vent hurlait à ses oreilles et les embruns lui fouettaient le visage. Il arracha son masque. Le ciel, à l'est, était couvert de gros nuages noirs et menaçants qui filaient au-dessus de la mer dont la teinte virait au gris. La tempête avançait à une allure terrifiante.

Jessie se matérialisa à ses côtés. Ses yeux s'agrandirent puis, lâchant l'embout de son respirateur, elle désigna le ciel de plus en plus sombre et lança d'une voix tremblante :

— Qu'est-ce qui se passe ?

— L'ouragan, cria Pitt pour se faire entendre au milieu du tumulte. Il arrive beaucoup plus vite que prévu.

— Oh, mon Dieu !

— Débarrassez-vous de vos bouteilles et de votre ceinture de plomb.

Il n'avait eu besoin de rien dire à ses deux autres compagnons. Ils avaient déjà ôté leur équipement et entrepris de défaire le paquet qu'ils n'avaient toujours pas lâché. Les nuages étaient sur eux et, au cœur d'un univers de cendres, le vent redoubla soudain de violence, soulevant un rideau d'écume.

Le colis qu'ils avaient obstinément traîné avec eux depuis le *Prosperteer* s'ouvrit brusquement et prit la forme d'un canot pneumatique équipé d'un moteur hors bord de 20 chevaux protégé par une enveloppe en plastique étanche. Giordino s'occupa aussitôt du moteur pendant que Gunn lançait un filin à Pitt qui le passa sous les bras de Jessie. Tandis qu'on la halait vers la petite embarcation, il se mit à nager. Les embruns salés lui brûlaient les yeux, mais il put s'apercevoir que la mer démontée allait emporter le bateau loin de lui.

Giordino se pencha, saisit Jessie par les poignets et la hissa à bord sans plus d'efforts apparents que s'il s'était agi d'un bar de cinq kilos. Pitt, quelques secondes plus tard, sentit plus qu'il ne vit le filin heurter son épaule. Il eut juste le temps de distinguer le visage souriant de Giordino, ses mains qui empoignaient la corde, puis il se retrouva au fond du bateau, haletant et recrachant un peu de l'eau qu'il avait avalée.

— Une minute de plus et je ne pouvais plus te rattraper, lui cria Giordino.

Maintenant, ce qu'ils risquaient surtout, c'était de se retourner. Tant que le moteur n'aurait pas démarré pour lui assurer un minimum de stabilité, leur frêle esquif serait à la merci des vagues qui ne cessaient de grossir. La force du vent était inouïe. Il était pratiquement impossible de se tenir debout et les embruns leur criblaient le visage avec la violence d'une tempête de sable. Le canot de caoutchouc était devenu le jouet de l'océan furieux, mais il luttait avec vaillance.

Pitt s'agenouilla au fond de l'embarcation et, le dos au vent, tendit le bras gauche. C'était un vieux truc de marin en vigueur dans l'hémisphère Nord. Sa main gauche désignait à présent le centre de l'ouragan. Il estima qu'ils s'en trouvaient légèrement à l'écart. Ils ne pourraient donc pas compter sur le répit accordé par l'œil du cyclone qui passait à une bonne quarantaine de milles au nord-ouest. Le pire était encore à venir.

Giordino fit enfin signe qu'il avait réussi à mettre le moteur en route. Personne ne l'avait entendu partir dans les rugissements des bourrasques. Pitt mit ses mains en porte-voix et hurla à l'oreille de son adjoint :

— Va dans le sens de la tempête !

Toute autre solution eût été suicidaire. La force du vent combinée à celle des vagues les aurait écrasés comme une coque de noix. Leur seul espoir était de se laisser porter par l'ouragan en offrant le moins de résistance possible.

Giordino hocha sombrement la tête et mit les gaz. Le bateau tournoya, puis fila comme une balle sur la mer maintenant blanche d'écume. Ils s'aplatirent tous sur le plancher, sauf le petit Italo-Américain qui, un bras enroulé autour du filin, s'accrochait de toutes ses forces à la poignée du moteur pour tenter de garder le cap.

Le jour tombait et d'ici une heure il ferait nuit. L'atmosphère était étouffante et ils avaient du mal à respirer. Pitt enfila le masque de Gunn et souleva la tête. Il eut l'impression de se trouver en plein milieu des chutes du Niagara.

Giordino sentait le désespoir le gagner tandis que l'ouragan faisait rage autour d'eux. C'était déjà un miracle d'avoir survécu si longtemps. Il luttait contre les éléments déchaînés avec une énergie farouche, mais il savait que la fin n'était plus qu'une question de minutes, une heure avec beaucoup de chance. Il se permit un coup d'œil en direction de ses compagnons. Pitt lui adressa un sourire d'encouragement puis, se redressant à nouveau, continua à essayer de regarder devant lui. Giordino ne put s'empêcher de se demander ce qu'il observait ainsi.

Pitt étudiait les vagues. A la façon dont elles déferlaient depuis quelques instants, il comprit que le fond remontait. La tempête les poussait vers des eaux moins profondes.

Il s'efforçait de percer le mur de vagues devant lui et, lentement, comme une photo en noir et blanc qu'on développe, des images floues commencèrent à prendre forme. Celles de rochers noirs contre lesquels l'océan se brisait dans des geysers de blanc. Il vit des paquets de mer projetés à une hauteur vertigineuse puis, entre deux de ces déferlements d'enfer, une petite barrière de corail qui courait parallèlement aux rochers et protégeait une large plage de sable fin. Il ne pouvait s'agir que de l'île cubaine de Cayo Santa María.

Il n'eut aucun mal à imaginer le sort qui les attendait, leurs corps déchiquetés contre les récifs ou les rochers. C'est alors qu'il l'aperçut. L'infime espoir de sortir vivant de ce cauchemar.

Giordino aussi l'avait vu, un étroit goulet entre les brisants. Il tenta de diriger le bateau dans cette direction sans se faire beaucoup d'illusions sur ses chances d'y parvenir.

En l'espace de trente secondes, ils furent propulsés sur plus d'une centaine de mètres en avant. La mer au-dessus de la barrière bouillonnait d'écume sale et la force du vent avait encore augmenté tandis que les embruns et la nuit qui approchait rendaient la visibilité pratiquement nulle. Jessie était devenue livide. Son regard, un instant, rencontra celui de Pitt. Il lui prit doucement la taille et la serra contre lui.

Une énorme vague s'avançait sur eux. Gunn ouvrit la bouche pour hurler un avertissement, mais aucun son n'en jaillit. La masse d'eau s'abattit sur la petite embarcation avec une violence incroyable. Gunn fut littéralement arraché au filin qui le maintenait et Pitt le vit tournoyer dans les airs comme un cerf-volant au milieu de la tempête.

Ils fonçaient droit sur les récifs environnés d'écume. Le corail lacéra le caoutchouc et, durant de longues secondes, ils se retrouvèrent complètement submergés, puis le fidèle canot pneumatique remonta à la surface. Ils avaient franchi la barrière et n'étaient plus séparés des remparts noirs et luisants que par un étroit bras de mer.

La tête de Gunn émergea à quelques mètres d'eux. Pitt se pencha, le saisit par les courroies de son gilet de sauvetage et le hissa à bord. Il était temps. Une nouvelle vague se formait.

Giordino s'agrippa au moteur qui, imperturbable, continuait à cracher la puissance de ses vingt chevaux. Inutile d'être devin pour se rendre compte que le frêle esquif allait être réduit en miettes.

Ils n'étaient plus qu'à une encablure de la brèche entre les rochers quand la lame fut sur eux.

Pitt leva les yeux. La muraille menaçante était là et la mer bouillonnait autour des brisants comme un chaudron maléfique. Le bateau se trouva emporté par la vague et, un instant, Pitt crut qu'ils allaient la chevaucher comme des surfeurs, mais elle retomba brusquement et s'écrasa contre les rochers dans un fracas assourdissant, projetant en l'air l'embarcation et ses occupants pour les précipiter au cœur du maelström.

Pitt entendit dans un brouillard le cri de Jessie. Il tenta de répondre, mais les ténèbres se refermèrent autour de lui.

Chapitre 23

L'homme qui avait présidé à la création de la Colonie Jersey était allongé sur le divan d'un bureau situé à l'intérieur du quartier général secret du projet. Les yeux fermés, il réfléchissait à la conversation qu'il avait eue sur le terrain de golf.

Leonard Hudson savait très bien que le chef de l'exécutif n'allait pas se contenter de rester tranquillement assis à attendre une prochaine rencontre surprise. C'était un gagneur qui ne laissait jamais rien au hasard. Ses contacts à la Maison-Blanche et dans les services de renseignements n'avaient noté aucune agitation particulière, mais Hudson était persuadé que le Président cherchait d'une façon ou d'une autre le moyen de remonter jusqu'aux « membres fondateurs ».

Il avait l'impression de sentir le filet se resserrer autour de lui.

Sa secrétaire frappa doucement, puis passa la tête par la porte.

— Pardonnez-moi, fit-elle. Mais M. Steinmetz est en ligne et désirerait vous parler.

— J'arrive dans une minute.

Hudson remit de l'ordre dans ses pensées. Pareil à un ordinateur, il classait un problème dans sa mémoire avant de passer au suivant. Il n'avait aucune envie d'argumenter avec Steinmetz, même si celui-ci se trouvait à près de quatre cent mille kilomètres de là.

Eli Steinmetz était le genre d'ingénieur qui surmontait un obstacle en concevant une solution mécanique, puis en la réalisant de ses propres mains. C'était pour ses dons d'improvisation qu'Hudson l'avait choisi pour diriger la Colonie Jersey. Diplômé de Caltech et muni d'un doctorat du MIT, il avait supervisé des chantiers dans la moitié des pays du globe, y compris l'URSS.

Contacté par les « membres fondateurs » pour construire la première base permanente sur le sol lunaire, Steinmetz avait mis près d'une semaine à prendre sa décision, quelque peu effrayé par l'ampleur du concept et les problèmes de logistique posés. Il avait fini par accepter, mais à ses propres conditions.

C'était lui et lui seul qui sélectionnerait les membres de l'équipe qui s'installerait sur notre satellite. Il n'était pas question de pilote ou d'astronaute vedette. Le vol serait dirigé depuis le sol, ou par des ordinateurs. A bord, il n'y aurait que des hommes indispensables à l'édification de la base. Les trois premiers à débarquer en compagnie de Steinmetz pour mettre en œuvre le projet avaient été des architectes et des spécialistes de l'énergie solaire. Ils avaient été rejoints quelques mois plus tard par un biologiste, un géochimiste et un botaniste. D'autres savants et techniciens avaient suivi au fur et à mesure qu'on avait eu besoin de leurs talents dans leurs domaines respectifs.

Au début, Steinmetz avait été considéré comme trop âgé pour cette mission. Il avait cinquante-trois ans quand il avait posé pour la première fois le pied sur la lune et en avait maintenant cinquante-neuf. Hudson et les autres « membres fondateurs » avaient fini par donner la préférence à l'expérience et n'avaient depuis jamais regretté leur choix.

Hudson contemplait à présent l'image de Steinmetz sur le moniteur vidéo. L'ingénieur brandissait une bouteille munie d'une étiquette écrite à la main. Au contraire des autres colons, Steinmetz ne portait pas la barbe et avait le crâne entièrement rasé. Il avait un teint mat qui s'accordait à ses yeux couleur ardoise et, bien que juif américain de la cinquième génération, il serait passé inaperçu dans une mosquée.

— Qu'est-ce que vous dites de notre indépendance économique ? lança-t-il. Château-Lunaire Chardonnay, 1989. Pas vraiment un premier cru. On avait juste assez de raisin pour quatre bouteilles. Il aurait fallu le laisser mûrir encore un an dans la serre, mais on était trop impatients.

— Je vois que vous faites même les bouteilles, nota Hudson.

— Oui. Notre usine chimique pilote est maintenant opérationnelle. Nous avons accru notre production, de sorte que nous pouvons dorénavant traiter près de 2 tonnes de sol lunaire pour fabriquer environ 100 kilos de métal brut ou 250 kilos de verre en quinze jours.

Steinmetz semblait installé devant une longue table basse au centre d'une petite grotte. Il ne portait qu'une mince chemise de coton et un short.

— Vous avez l'air parfaitement à l'aise, constata Hudson.

— Notre priorité numéro un en arrivant. Vous vous rappelez ?

— Fermer hermétiquement l'entrée de la grotte et pressuriser l'intérieur pour être en mesure de travailler dans de bonnes conditions sans le handicap de lourds scaphandres.

— Vous ne pouvez pas imaginer le soulagement qu'on éprouve à passer des vêtements normaux après avoir vécu dans ces maudites boîtes pendant huit mois, fit Steinmetz.

— Murphy a enregistré les écarts de température et s'est aperçu que le taux d'absorption de chaleur des parois de la caverne avait tendance à augmenter. Il vous suggère d'envoyer un homme dehors pour abaisser d'un demi-degré l'angle des panneaux solaires.

— Je vais m'en occuper.

Il y eut un instant de silence, puis Hudson déclara :

— Ça ne sera plus très long maintenant, Eli.

— Beaucoup de changements sur terre depuis que je suis parti ?

— Pas tellement. Juste un peu plus de pollution, de voitures et de gens.

Steinmetz éclata de rire.

— Vous cherchez à me faire rempiler pour cinq ans, Leo ?

— Certainement pas. Vous allez être reçu au moins comme Lindbergh quand vous débarquerez.

— Je ferai emballer et charger tous les dossiers à bord du module lunaire vingt-quatre heures avant le décollage.

— J'espère que vous n'avez pas l'intention de déboucher votre bouteille de vin de lune pendant le voyage de retour ?

— Non. On fera notre pot d'adieu suffisamment à l'avance pour éliminer toute trace d'alcool de nos organismes.

Hudson aurait préféré trouver un biais pour aborder le sujet qui le préoccupait, mais il décida finalement d'y aller carrément.

— Juste avant votre départ, il va falloir vous occuper des Russes, annonça-t-il d'un ton neutre.

— Nous en avons déjà parlé, répliqua fermement Steinmetz. Il n'y a aucune raison de croire qu'ils vont se poser à moins de trois mille kilomètres de la Colonie Jersey.

— Repérez-les et éliminez-les. Vous avez les armes et le matériel nécessaires à une telle expédition. Leurs savants ne seront pas armés et s'il y a une chose à laquelle ils ne s'attendront pas, c'est bien d'être attaqués par des gens se trouvant déjà sur la lune.

— Mes compagnons et moi n'hésiterions pas un instant à nous défendre en cas de besoin, mais il n'est pas question d'aller tuer des hommes sans défense qui ne représentent aucune menace.

— Ecoutez-moi bien, Eli, le supplia Hudson. La menace est réelle. Si les Soviétiques découvrent d'une façon ou d'une autre l'existence de la Colonie Jersey, ils l'investiront aussitôt. Vous rentrez sur terre moins de vingt-quatre heures après l'arrivée des cosmonautes russes et la base sera déserte. L'occasion sera trop belle pour eux.

— J'en suis tout aussi conscient et tout aussi navré que vous, répondit Steinmetz. Malheureusement, nous ne pouvons plus retarder notre départ. Nous avons déjà été bien au-delà de nos limites et je ne peux pas demander à ces hommes d'attendre encore six mois ou un an que vos amis soient en mesure de nous envoyer une fusée pour nous ramener. C'est un simple coup de malchance que les Russes aient annoncé leur projet trop tard pour nous permettre de changer la date de notre retour.

— La lune est à nous, répliqua Hudson d'une voix tremblante de rage. Les Américains ont été les premiers à poser le pied sur son sol et nous avons été les premiers à y établir une colonie !

— Enfin, bon Dieu, Leo, la lune est assez grande pour tout le monde. Et puis ce n'est pas précisément un paradis ! A l'extérieur de cette caverne, les écarts de température entre le jour et la nuit peuvent atteindre jusqu'à 250 degrés. Ecoutez, même si les cosmonautes soviétiques tombaient par hasard sur cette base, ils n'en retireraient pas tellement de renseignements. Toute la moisson d'informations accumulées au cours de ces années, nous la ramenons avec nous, et ce que nous sommes obligés de laisser derrière nous, nous pouvons toujours le détruire.

— Ne dites pas de bêtises. Pourquoi détruire ce qui peut être utilisé par la prochaine colonie, une colonie permanente ?

A 384 000 kilomètres de distance, Steinmetz vit sur le moniteur placé devant lui le visage d'Hudson devenir rouge de colère.

— Je vous ai exprimé clairement ma position, Leo, dit-il. Nous défendrons la Colonie Jersey s'il le faut, mais ne comptez pas sur nous pour former une patrouille et aller tuer d'innocents cosmonautes. Détruire une sonde inhabitée, c'est une chose, mais tirer sur un être humain parce qu'il met le pied sur un territoire où il a tout à fait le droit de se trouver, c'est une autre chose.

Un silence embarrassé suivit cette déclaration. Hudson s'y était attendu de la part de Steinmetz qui, certes, n'était pas un lâche, mais qui était surtout un humaniste. Il finit par lancer :

— Et supposez que les Russes alunissent dans un rayon de quatre-vingts kilomètres ? Est-ce que ça prouverait à vos yeux qu'ils ont bien l'intention d'occuper la base ?

Steinmetz, peu enclin à faire des concessions, se redressa dans son fauteuil de pierre taillée.

— Dans ce cas, on verra bien.

— Personne n'a jamais remporté de victoire en jouant la défensive, lui rappela Hudson. S'ils se posent tout près et manifestent la volonté évidente d'investir la base, est-ce que vous accepterez enfin de passer à l'attaque ?

Steinmetz inclina sa tête rasée en signe d'assentiment et répondit :

— De toute façon, vous me placez le dos au mur et ne me laissez guère le choix.

— L'enjeu est trop important, conclut Hudson. Vous n'avez effectivement pas d'autre choix.

Chapitre 24

Pitt reprit connaissance. Il souleva douloureusement les paupières et s'efforça de concentrer son regard sur l'objet le plus proche. Il resta près d'une trentaine de secondes à contempler d'abord la peau ridée par un séjour prolongé dans l'eau de sa main gauche, puis le cadran orange de sa montre de plongée comme si c'était la première fois de sa vie qu'il la voyait.

Dans la pénombre crépusculaire, les aiguilles lumineuses marquaient 6 h 34. Il n'y avait donc que deux heures qu'ils s'étaient extirpés de la cabine du dirigeable reposant au fond de l'océan.

Le vent continuait à rugir avec fureur et les embruns auxquels se mêlaient de lourdes gouttes de pluie lui fouettaient le dos. Il essaya de se redresser, mais eut l'impression que ses jambes étaient prises dans un bloc de ciment. Il baissa les yeux. Ses pieds étaient enfoncés jusqu'aux chevilles dans le sable mouillé.

Il demeura un moment allongé à reprendre ses forces comme une épave jetée là par les flots déchaînés. Les rochers se dressaient autour de lui, pareils à des géants immobiles. Sa première pensée cohérente fut que Giordino avait réussi, qu'il était par miracle parvenu à les faire passer par cette minuscule brèche au milieu des brisants.

Puis, à travers les hurlements de la tempête, il entendit Jessie appeler faiblement. Il dégagea ses jambes, s'agenouilla et, vacillant sous l'assaut des bourrasques, recracha toute l'eau de mer qu'il avait avalée.

Il rampa jusqu'à la jeune femme qu'il trouva assise, l'air hébété, les cheveux plaqués sur le front, la tête de Gunn reposant sur ses genoux. Elle le regarda approcher avec des yeux vides qui, soudain, s'agrandirent de soulagement.

— Merci mon Dieu, souffla-t-elle.

Pitt lui entoura les épaules pour la réconforter, puis s'occupa de Gunn. Il était évanoui. Sa cheville avait maintenant la taille d'un ballon de football, une profonde balafre ornait son front et il était couvert de coupures occasionnées par les coraux, mais sa respiration régulière indiquait qu'il n'avait rien de grave.

Pitt examina la plage. Aucun signe de Giordino. Le cœur étreint d'une mortelle angoisse, il surprit un éclair orange au milieu des vagues. C'était la carcasse du bateau pneumatique devenu le jouet du flux et du reflux. Il se précipita dans l'eau et, sans se soucier des lames qui déferlaient, plongea sous le canot en lambeaux et se mit à tâtonner à l'intérieur avec la frénésie du désespoir. Ses doigts ne rencontrèrent que le caoutchouc déchiqueté. Il décida cependant de ramener l'embarcation vers la plage pour être tout à fait sûr.

Les vagues faillirent à plusieurs reprises le renverser, mais il réussit néanmoins à tirer le canot disloqué vers le bord. Le manteau d'écume qui l'entourait se déchira et il distingua deux jambes qui dépassaient du plancher de l'embarcation. Incrédule, en état de choc, il se refusait à accepter la mort de son fidèle ami. Sans se préoccuper un instant des coups de boutoir de l'ouragan, il dégagea comme un fou le corps de Giordino dont la tête était enfouie dans un flotteur encore intact. Il fut saisi d'un espoir insensé.

Al était peut-être encore vivant.

Il se pencha au-dessus de son visage, craignant de le découvrir bleui par la mort. Il n'en était rien et il avait au contraire conservé ses couleurs tandis qu'un souffle s'échappait de ses lèvres, certes faible et rauque, mais un souffle quand même. Le vigoureux petit Italo-Américain avait survécu par miracle grâce au peu d'air accumulé dans le flotteur.

Pitt se sentit brusquement épuisé, vidé tant physiquement que mentalement. Il titubait dans la tempête et seule la volonté inflexible de sauver ses compagnons l'empêcha de se laisser emporter. Lentement, ignorant la douleur qui transperçait son corps couvert d'estafilades et de meurtrissures, il prit Giordino sous les bras pour le soulever. Les quatre-vingt-dix kilos de son adjoint lui semblèrent peser une tonne.

Gunn, revenu à lui, demeurait blotti contre Jessie. Il jeta un regard interrogateur à Pitt qui s'approchait, vacillant dans l'ouragan sous le poids de Giordino.

— Il faut se mettre à l'abri du vent, cria-t-il. Tu peux marcher ?

— Je vais l'aider, répondit Jessie à sa place.

Elle saisit Gunn par la taille, planta ses pieds fermement dans le sable et le releva.

Pitt se dirigea vers une rangée de palmiers qui bordait la plage, se retournant tous les vingt pas. Jessie, qui avait gardé son masque, était la seule à pouvoir conserver les yeux ouverts pour regarder devant elle. Elle soutenait Gunn qui boitait lourdement, les paupières fermées pour se protéger des tourbillons de sable.

Ils atteignirent les arbres, mais n'y trouvèrent aucun répit. Les violentes rafales pliaient les palmiers jusqu'au sol et les noix de coco arrachées fusaient avec la vitesse et la force de boulets de canon. L'une d'elles effleura l'épaule de Pitt qui eut une grimace de souffrance. Il avait l'impression de se trouver à la lisière d'un champ de bataille.

Il tourna la tête pour tenter de se repérer, puis fit quelques pas en avant et se heurta brusquement à une clôture. Jessie et Gunn vinrent le rejoindre. Il examina l'obstacle sans y découvrir la moindre brèche. Il n'était pas question non plus de l'escalader car elle était haute de plus de trois mètres et couronnée de plusieurs rangées de barbelés. Il remarqua alors un petit isolateur de porcelaine. La clôture était donc censée être électrifiée.

— Par où on va ? demanda Jessie.

— Passez devant, lui cria Pitt dans l'oreille. Je ne vois pratiquement rien.

Elle se dirigea vers la gauche, soutenant toujours Gunn, et le petit groupe, luttant contre le vent, poursuivit sa marche.

En dix minutes, ils parcoururent à peine cinquante mètres. Pitt n'en pouvait plus. Il ne sentait plus ses bras et était sur le point de lâcher Giordino. Il ferma les yeux et continua d'avancer en s'appuyant légèrement contre la clôture, certain à présent que la tempête avait provoqué la coupure du courant.

Il entendit Jessie hurler quelque chose et entrouvrit un œil. La jeune femme tendait frénétiquement le bras. Il se laissa tomber à genoux, allongea avec précaution son ami toujours inconscient sur le sol, puis tenta de regarder dans la direction indiquée. Un palmier avait été déraciné par l'ouragan et projeté comme un javelot monstrueux contre la clôture qu'il avait arrachée à cet endroit.

La nuit tomba avec une soudaineté effrayante et le ciel fut aussitôt d'un noir d'encre. Ils franchirent la barrière renversée en aveugles et, Jessie en tête, mus par une sorte d'instinct ainsi que par la volonté farouche de ne pas renoncer, ils continuèrent à marcher, butant à chaque pas sur un nouvel obstacle. Pitt avait jeté Giordino en travers de ses épaules et s'accrochait à la ceinture du maillot de bain de Gunn pour ne pas se perdre dans l'obscurité.

Cent mètres. Encore cent mètres. Et brusquement, comme aspirés par le sol, Gunn et Jessie disparurent. Pitt se recula, tomba en arrière et poussa un gémissement en recevant sur lui tout le poids de Giordino. Il se dégagea, puis tâtonna dans les ténèbres.

Ses deux compagnons avaient glissé le long du talus d'une route située à près de deux mètres en contrebas. Il parvenait à distinguer vaguement leurs silhouettes.

— Vous êtes blessés ? cria-t-il.

— Difficile à savoir dans l'état où on est déjà, répondit Gunn d'une voix hachée par le vent.

— Jessie ?

— Ça va... du moins je crois.

— Vous pouvez m'aider avec Al ?

— Je vais essayer.

— Envoie-le-nous, fit Gunn. On devrait y arriver.

Pitt amena le corps inanimé de Giordino au bord du talus, puis le laissa doucement glisser en le tenant par les bras. Les deux autres le réceptionnèrent et Pitt descendit alors la pente à son tour. Quand Al fut confortablement allongé par terre, Pitt regarda autour de lui pour faire le point de la situation.

La route encaissée formait un abri contre le vent et les tourbillons de sable, de sorte qu'on pouvait enfin ouvrir les yeux. Le revêtement était fait de coquillages concassés et c'était apparemment une voie peu fréquentée. On ne distinguait aucune lumière, ce qui était normal dans la mesure où tous les habitants avaient dû évacuer les lieux à l'approche de l'ouragan.

Jessie et Gunn étaient à la limite de l'épuisement et Pitt ne valait guère mieux. Ce répit était une véritable bénédiction pour eux tous.

Deux minutes plus tard, Giordino poussait un grognement. Il se redressa lentement, s'assit et regarda autour de lui.

— Bon Dieu, qu'est-ce qu'il fait noir, murmura-t-il en secouant la tête.

Pitt vint s'agenouiller à côté de lui.

— Bienvenue au royaume des morts-vivants.

Al leva la main pour effleurer du bout des doigts le visage de son ami qu'il ne voyait pas dans les ténèbres.

— Dirk ?

— En chair et en os.

— Jessie et Rudi ?

— Ils sont là tous les deux.

— Là ? C'est-à-dire ?

— A environ un kilomètre de la plage. (Pitt ne jugea pas utile de lui expliquer maintenant comment ils avaient survécu et étaient arrivés jusqu'à cette route.) Où es-tu blessé ?

— Partout. J'ai la cage thoracique qui me brûle. Je dois avoir l'épaule gauche démise et le genou droit aussi. Et enfin la nuque me lance terriblement. Merde, je croyais pourtant que j'arriverais à passer au travers des brisants. Désolé d'avoir loupé mon coup.

— Tu me croiras si je te dis que sans toi on servirait déjà de nourriture aux poissons ? (Pitt sourit, tâta doucement le genou blessé de Giordino, s'assurant qu'il ne s'agissait en fait que d'un ligament déchiré, puis s'occupa de son épaule.) Pour tes côtes, ton genou et ton crâne épais, je ne peux rien faire. En revanche, tu as bien l'épaule déboîtée et si tu t'en sens le courage, je peux essayer d'arranger ça.

— Vas-y, mais fais vite.

Pitt prit une profonde inspiration et tira d'un coup sec. L'articulation se remit en place avec un bruit de bouchon tandis que Giordino étouffait un cri qui s'acheva sur un soupir de soulagement.

Il alla ensuite explorer un peu les environs et, trouvant une branche de pin que le vent avait arrachée, il la donna à Gunn pour lui servir de béquille. Jessie le saisit par le bras pour l'aider tandis que Pitt relevait Giordino et le soutenait par la taille.

Cette fois, le directeur des Projets spéciaux se plaça à la tête de la petite procession et, se fiant au hasard, prit à droite. Ils longèrent la route en se tenant le plus près possible du talus pour se protéger des assauts furieux de la tempête qui ne faiblissait toujours pas.

Une heure passa. Pitt estima qu'ils avaient dû parcourir tant bien que mal un kilomètre et il allait ordonner une halte quand Giordino s'arrêta si brusquement qu'il perdit l'équilibre et tomba lourdement sur la route.

— Un barbecue ! s'écria-t-il. Vous sentez ? On fait griller de la viande dans le coin !

Pitt renifla. Les effluves étaient faibles mais bien réels. Il releva son adjoint et ils repartirent. L'odeur de steak se faisait plus forte à chaque pas. Quelques centaines de mètres plus loin, ils se retrouvèrent devant un portail massif dont les barreaux de fer forgé représentaient des dauphins. Un mur surmonté de tessons de verre se perdait dans l'obscurité de part et d'autre d'un poste de garde où il n'y avait personne. Compte tenu de l'ouragan, cela n'avait rien d'étonnant.

Le portail qui s'élevait à plus de trois mètres était fermé, mais pas les petites portes sur le côté. Ils entrèrent. Un peu plus loin, la route se terminait sur une allée circulaire conduisant à une imposante bâtisse qui se dessinait dans l'obscurité. Ils s'approchèrent et distinguèrent les contours d'une espèce de château dont la terrasse et les ailes étaient recouvertes d'une couche de terre où poussaient de petits palmiers et autres plantes tropicales. La façade, dépourvue de fenêtres, comportait uniquement une immense porte d'acajou sculptée de motifs en forme de poissons.

— On dirait un temple égyptien à moitié enfoui dans le sable, constata Gunn.

— Sans cette porte, déclara Pitt, on croirait un dépôt militaire.

— Pas du tout, leur expliqua Jessie. Il s'agit d'une demeure isolée selon une méthode pratiquée dans la région. La terre constitue un excellent isolant et protège des hautes températures et des intempéries. Un peu le même principe que ces anciennes huttes dans la prairie américaine.

— On dirait qu'elle est déserte, déclara Giordino.

Pitt tourna la poignée. Le battant s'ouvrit. Les effluves de nourriture provenaient de quelque part à l'intérieur.

— En tout cas, ça ne sent pas comme s'il n'y avait personne, fit-il.

Le hall était carrelé, un peu comme un patio, et éclairé par de grands chandeliers. Les murs étaient en blocs de lave noire taillée et, pour toute décoration, il y avait une fresque sinistre représentant un homme qui pendait de la gueule bardée de crocs d'un monstre marin. Ils s'avancèrent de quelques pas et Pitt referma la porte derrière eux.

Les rugissements de la tempête qui faisait rage dehors et le souffle saccadé des respirations semblaient ajouter encore au silence de mort qui régnait dans la maison.

— Il y a quelqu'un ? appela Pitt.

Il répéta deux fois sa question. Pas de réponse. Un couloir sombre s'ouvrait devant lui, mais il hésita. Une autre odeur s'élevait à présent. Celle du tabac, plus forte même que celle des cigares de l'amiral Sandecker. Pitt n'était pas un expert en la matière, mais il savait que plus les cigares étaient chers, plus ils sentaient mauvais. En l'occurrence, il devait s'agir de havanes de première qualité.

Il se tourna vers ses compagnons.

— Qu'est-ce que vous en pensez ? demanda-t-il.

— Est-ce qu'on a le choix ? répondit Giordino.

— Oui. On peut ressortir d'ici tant qu'il est encore temps, tenter notre chance au milieu de l'ouragan et quand il commencera à se calmer, essayer de voler un bateau pour regagner la Floride...

— Ou nous précipiter droit dans la gueule des Cubains, l'interrompit Gunn.

— Exactement.

Jessie secoua la tête et le considéra avec une lueur de tendresse dans le regard.

— On ne peut pas ressortir, fit-elle sans la moindre trace de peur dans la voix. La tempête va encore durer plusieurs jours et aucun de nous dans l'état où nous sommes ne survivrait plus de quelques heures dans de telles conditions. Je propose que nous tentions notre chance auprès du gouvernement castriste. Le pire qui puisse nous arriver, c'est d'être mis en prison le temps que le département d'Etat négocie notre libération.

Pitt se tourna vers Gunn :

— Qu'est-ce que tu en penses, Rudi ?

— On est complètement crevés, Dirk. La logique est du côté de Jessie.

— Et toi, Al ?

Giordino haussa les épaules.

— Mon vieux, tu n'as qu'un mot à dire, et je rejoins les States à la nage ! Bon, maintenant pour être honnête, je crois qu'on est à bout. C'est dur à admettre, mais je pense qu'on ferait effectivement mieux de jeter l'éponge.

Pitt étudia un instant ses compagnons. Décidément, il n'aurait pas pu trouver meilleure équipe pour affronter une situation difficile et il ne fallait pas être sorcier pour deviner que c'était pour le moins ce qui les attendait !

— Bien, fit-il alors avec un pâle sourire. Allons nous faire inviter à la fête.

Ils s'engagèrent dans le couloir et passèrent peu après sous une arcade qui donnait sur un vaste salon décoré en style colonial espagnol. D'immenses tapisseries étaient accrochées au mur qui représentaient des galions sillonnant une mer au coucher du soleil ou bien précipités contre des récifs par les éléments déchaînés. Le mobilier, lui, était plutôt du genre marin. La pièce était éclairée par de vieilles lanternes de cuivre aux verres colorés et un feu flambait dans l'imposante cheminée, faisant régner une température de serre.

Il n'y avait personne en vue.

— Horrible, murmura Jessie. Notre hôte a des goûts épouvantables.

Pitt leva la main pour réclamer le silence.

— Des voix, chuchota-t-il. Elles proviennent de cette arcade entre les deux armures.

Ils empruntèrent un nouveau couloir faiblement éclairé par des chandeliers disposés tous les trois ou quatre mètres. Des rires d'hommes et de femmes leur parvinrent. De la lumière filtrait par une épaisse tenture qui leur barrait le chemin. Ils hésitèrent un instant, puis l'écartèrent.

Ils se trouvaient devant une longue salle à manger occupée par une quarantaine de convives qui s'interrompirent au milieu de leur conversation pour dévisager les quatre apparitions avec l'air stupéfait et effrayé de villageois face à des extraterrestres.

Les femmes étaient élégamment vêtues, en robe du soir pour la plupart, tandis que la moitié des hommes étaient en smoking et l'autre en uniforme. Les serveurs s'étaient figés comme sur l'image arrêtée d'un film et un silence irréel s'abattit. On aurait dit une scène tirée tout droit d'un mélodrame hollywoodien du début des années 30.

Pitt réalisa que ses compagnons et lui devaient former un tableau saisissant avec leurs vêtements trempés et en lambeaux, leurs corps couverts de blessures et d'ecchymoses. Une bande d'éclopés aux cheveux collés sur le front qui devaient ressembler à des rats noyés rejetés par un fleuve pollué.

Il se tourna vers Gunn et lui demanda :

— Comment dit-on « Désolés de vous déranger » en espagnol ?

— Tu sais bien que je ne parle pas un mot d'espagnol !

Pitt se rendit alors brusquement compte que presque tous les hommes en uniforme étaient des officiers soviétiques de haut rang. Il ne semblait y avoir qu'un seul Cubain parmi eux.

Jessie, quant à elle, paraissait tout à fait dans son élément. Elle était impériale, très grande dame, même avec son ensemble safari haute couture en loques.

— L'un de vous, gentlemen, aurait-il enfin l'obligeance d'offrir un siège à une dame ? lança-t-elle.

Elle n'eut pas le temps de recevoir une réponse. Une dizaine d'hommes armés de mitraillettes de fabrication soviétique firent irruption dans la pièce et vinrent les entourer. Ils avaient les lèvres serrées et des yeux de glace au milieu de visages insondables.

Giordino, qui avait toute l'apparence d'un type qui vient de recevoir le chargement d'une benne à ordures sur la tête, se redressa douloureusement et, après avoir examiné un instant ceux qui les mettaient ainsi en joue, demanda sur le ton de la conversation :

— Tu as déjà vu des figures aussi aimables ?

— Non, répondit Pitt avec l'ébauche d'un sourire sarcastique. Pas depuis Little Big Horn.

Jessie n'avait rien entendu de cet échange. Comme hypnotisée, elle se fraya un passage au milieu des gardes et s'arrêta près du bout de la table pour dévisager l'un des convives, un homme grand aux cheveux grisonnants, qui la regardait avec une expression de totale stupéfaction.

Elle repoussa ses cheveux mouillés et, prenant une pose quelque peu provocante, déclara d'une voix à la fois douce et autoritaire :

— Sois un amour, Raymond, et sers donc un verre de vin à ta femme.

Chapitre 25

Hagen stoppa devant l'entrée principale du Centre d'opérations spatiales.

Ce projet de 2 milliards de dollars, construit sur 250 hectares et employant près de 5 000 personnes, contrôlait tous les vols spatiaux, tant civils que militaires, ainsi que les programmes de satellites. En moins de dix ans, ce qui était jadis une prairie où broutaient de paisibles troupeaux était devenu la « capitale mondiale de l'Espace ».

Il exhiba son laissez-passer, puis se dirigea vers le parking où il se gara en face d'une porte latérale de l'imposant bâtiment. Il ne descendit pas de voiture et se contenta d'ouvrir son attaché-case pour en sortir un bloc-notes qu'il ouvrit à une page sur laquelle figuraient déjà trois noms. Il en ajouta un quatrième.

Raymond LeBaron .... introuvable.
Leonard Hudson .... idem.
Gunnar Eriksen .... idem.
Général Clark Fisher .... Colorado Springs.

Le coup de téléphone qu'il avait passé à l'hôtel Drake depuis les laboratoires Pattenden avait alerté un de ses vieux amis du FBI qui avait découvert que le numéro du soi-disant Anson Jones était celui, figurant sur la liste rouge, de la résidence d'un officier de la base de l'US Air Force de Peterson, située à l'extérieur de Colorado Springs. La demeure était occupée par le général à quatre étoiles Clark Fisher, l'homme qui était à la tête du Commandement spatial militaire.

Se présentant comme un employé du contrôle sanitaire, Hagen s'était vu ouvrir les portes de la maison par la femme du général. Par chance, celle-ci avait profité de son arrivée inopinée pour se plaindre d'une armée d'araignées qui avaient envahi les lieux. Il l'avait écoutée avec toute l'attention requise et lui avait promis d'utiliser l'arsenal à sa disposition pour éliminer les vilaines bêtes. Puis, pendant qu'elle s'activait dans la cuisine à essayer une nouvelle recette, il avait fouillé le bureau de son mari.

Il n'y avait rien découvert, sinon que Fisher se conformait strictement aux consignes de sécurité. Il n'y avait rien dans ses tiroirs, ses classeurs, ou sa bibliothèque susceptible d'intéresser un quelconque agent soviétique ou lui-même. Il avait donc décidé d'attendre le soir pour passer au peigne fin son bureau du centre spatial. Il était sorti par la porte de derrière et Mme Fisher, qui parlait au téléphone, s'était contentée de lui adresser un petit signe de la main. Il s'était arrêté un instant et l'avait entendue qui demandait au général de prendre une bouteille de sherry en rentrant.

Hagen remit son bloc dans l'attaché-case et en tira une boîte de Coca ainsi qu'un épais sandwich. La température s'était considérablement rafraîchie depuis que le soleil avait disparu derrière les Rocheuses. L'ombre du pic Pike s'étendait au-dessus de la plaine, projetant un voile de ténèbres sur le paysage.

L'homme du Président ne s'intéressait pas à la beauté du panorama. Il était préoccupé par le fait de ne posséder aucun élément sérieux sur ne serait-ce qu'un seul des « membres fondateurs ». Trois des personnages de sa liste se cachaient Dieu sait où et le quatrième, jusqu'à preuve du contraire, était encore présumé innocent. Pas d'indices concrets, seulement un numéro de téléphone et l'intime conviction que Fisher faisait partie de la conjuration baptisée Colonie Jersey. Il fallait d'abord s'en assurer, mais le problème, c'était surtout qu'il avait désespérément besoin d'une piste qui pourrait le conduire au maillon suivant.

Il interrompit le cours de ses pensées pour regarder dans le rétroviseur. Un homme en uniforme d'officier supérieur passait la porte latérale que lui tenait un sergent. C'était un type grand et athlétique dont l'épaule s'ornait de quatre étoiles et qui était assez beau, dans le genre Gregory Peck. Le sergent l'accompagna jusqu'à une voiture de l'Air Force qui attendait, rangée contre le trottoir, puis lui ouvrit la portière arrière.

Quelque chose avait éveillé l'attention de Hagen. Il se redressa et regarda carrément par la vitre latérale. Fisher se baissait pour monter dans la voiture. Il avait un attaché-case. C'était bien ça ! Au lieu de le tenir normalement par la poignée, le général le serrait contre lui comme s'il renfermait un trésor.

L'homme du Président ne voyait pas d'objections à modifier ses plans. Il improvisa sur-le-champ, abandonnant l'idée de fouiller le bureau de Fisher. De toute façon, si son intuition l'avait trompé, il pourrait toujours revenir. Il démarra et se glissa derrière la voiture du général.

Le chauffeur de Fisher tourna à droite en quittant la base. Hagen le suivit au milieu du trafic, puis quand celui-ci se fit plus fluide, il accéléra pour se placer juste derrière la voiture. Il resta un certain temps ainsi, guettant la réaction éventuelle du sergent au volant. Celui-ci ne sembla pas remarquer qu'il était filé et Hagen soupçonna qu'il n'avait pas reçu de formation spéciale.

A la sortie d'un virage, les lumières d'un centre commercial apparurent. Hagen jeta un coup d'œil à son compteur. Le sergent roulait tranquillement à quelques kilomètres en dessous de la vitesse autorisée. Il déboîta et accéléra pour dépasser la voiture du général avant de tourner en direction du centre commercial, espérant que Fisher n'avait pas oublié que sa femme lui avait demandé de ramener une bouteille de sherry.

La voiture de l'Air Force passa sans s'arrêter.

— Merde ! murmura Hagen.

Bien sûr, comme n'importe quel militaire, il allait sans doute l'acheter au PX, le magasin de l'armée !

Il se trouva quelques instants coincé par une femme qui reculait pour partir, puis finit par démarrer en trombe et rejoindre la route. Heureusement, le général avait été retardé par un feu rouge et il put de nouveau le doubler.

Le pied au plancher, Hagen s'efforça de prendre le maximum d'avance. Trois kilomètres plus loin, il ralentit pour emprunter la petite route qui menait à l'entrée principale de la base de Peterson. Il présenta son laissez-passer au MP de garde et lui demanda :

— Où est le PX ?

Le MP tendit le bras :

— Au deuxième stop, vous prenez à gauche en direction du château d'eau. Vous verrez, c'est un grand bâtiment gris. Vous ne pouvez pas vous tromper.

Hagen le remercia et démarra au moment où Fisher se présentait à son tour. Il roula doucement et alla se garer dans le parking du PX, entre une Jeep Wagoneer et une camionnette Dodge qui le dissimulait aux regards. Il éteignit les phares et sortit en laissant le moteur tourner.

Il se dirigea à pas lents en direction de la voiture du général, qui était arrivée juste après lui, se demandant si celui-ci allait descendre pour acheter lui-même le sherry ou bien envoyer le sergent.

L'homme du Président sourit. La question ne se posait pas. Le général, bien entendu, envoya le sergent.

Il arriva à la voiture au moment où le chauffeur poussait la porte du PX. Il jeta un rapide coup d'œil autour de lui pour s'assurer qu'il n'y avait personne en vue puis, sans la moindre hésitation ni geste inutile, il tira une petite matraque en caoutchouc d'une poche spéciale cousue sous la manche de son blouson, ouvrit la portière arrière et frappa sèchement. Pas de temps à perdre en présentations mondaines. La matraque atteignit Fisher à la pointe du menton.

Hagen arracha l'attaché-case posé sur les genoux du général, claqua la portière, puis se dirigea tranquillement vers sa voiture. L'action n'avait pas duré plus de quatre secondes.

Il quitta le PX en direction de l'entrée de la base tout en se livrant à un rapide calcul. Fisher allait être KO une vingtaine de minutes, une heure peut-être. Quant au sergent, il allait lui falloir entre quatre et six minutes pour trouver la bouteille de sherry, la payer et regagner la voiture. Et encore cinq minutes avant que l'alerte ne soit donnée, à condition que le sergent remarque tout de suite que le général était évanoui sur le siège arrière et avait été attaqué.

Hagen était content de lui. Il serait sorti de la base et déjà à mi-chemin de l'aéroport de Colorado Springs quand la police militaire comprendrait ce qui s'était passé.

⁂

Une neige précoce se mit à tomber juste après minuit sur le sud de l'Etat du Colorado. Elle commença par fondre au contact du sol, mais bientôt une couche de verglas se forma, recouverte un peu plus tard d'un manteau blanc. Le vent se leva à l'est, forcit, et les petites routes, devant la menace de blizzard, furent fermées à la circulation.

A l'intérieur d'un petit jet Lear anonyme parqué à l'écart du terminal, Hagen étudiait le contenu de l'attaché-case du général Fisher. Il s'agissait essentiellement de documents confidentiels traitant des opérations quotidiennes du centre spatial. L'un des dossiers concernait le vol de la navette spatiale *Gettysburg* qui avait été lancée de la base de Vandenberg en Californie seulement deux jours auparavant. Il sourit en découvrant un magazine porno glissé au milieu des pages, mais le gros lot, c'était bien un petit carnet de cuir noir qui comportait en tout 39 noms et numéros de téléphone. Pas d'adresses ni autres précisions. Seulement les noms et les numéros répartis en trois groupes, le premier de 14 noms, le deuxième de 17 et le troisième de 8.

Aucun ne lui était familier. Après tout, c'était peut-être simplement les noms d'amis ou de relations de Fisher. Il étudia ceux de la dernière liste jusqu'à ce que les lettres se brouillent sous l'effet de la fatigue.

Soudain, le nom inscrit en tête sembla lui sauter au visage. Pas le nom en fait, mais le prénom.

Stupéfait et furieux d'avoir laissé échapper quelque chose d'aussi évident, un code tellement simple que personne n'y aurait pensé, il recopia la liste sur son bloc en ajoutant les vrais noms à la suite des faux. Ce qui donnait :

Gunnar Monroe/Eriksen
Irwin Dupuy
Leonard Murphy/Hudson
Daniel Klein
Steve Larson
Ray Sampson/LeBaron
Dean Beagle
Clyde Ward

Huit au lieu de neuf ! Mais il secoua aussitôt la tête, navré de ne pas avoir songé tout de suite que le général Clark Fisher n'allait pas faire figurer son propre nom sur une liste qu'il avait lui-même établie !

Il touchait au but, mais sa joie était atténuée par l'épuisement. Il y avait vingt-quatre heures qu'il n'avait pas dormi. Le pari qu'il avait tenté en s'emparant de l'attaché-case du général Fisher avait payé. Au lieu d'une piste, il en tenait maintenant cinq, les noms des « membres fondateurs » qui lui manquaient. Il ne lui restait plus qu'à associer les prénoms aux numéros de téléphone et l'affaire était dans le sac.

Il ne suffisait pas de prendre ses désirs pour des réalités. Il avait commis une faute de débutant en alertant le général Clark Fisher, alias Anson Jones, par ce coup de téléphone passé depuis les laboratoires Pattenden. Il s'était bien dit qu'il s'agissait d'une manœuvre astucieuse destinée à affoler les conspirateurs et les contraindre à commettre une erreur dont il pourrait tirer profit, mais il se rendait compte à présent que c'était surtout un acte de vanité doublé d'une bonne dose de stupidité.

Fisher, si ce n'était déjà fait, allait alerter les « membres fondateurs ». Hagen n'y pouvait plus rien. Le mal était fait. Il n'avait plus d'autre choix que de foncer.

Il regardait fixement la cloison devant lui quand le pilote de l'appareil passa la tête dans la cabine et déclara :

— Excusez-moi de vous déranger, monsieur Hagen, mais les conditions météo s'aggravent. La tour de contrôle vient de me prévenir qu'ils vont fermer l'aéroport. Si on ne décolle pas tout de suite, on risque de ne plus avoir l'autorisation avant demain après-midi.

Hagen hocha la tête.

— Inutile de traîner ici plus longtemps.

— Vous pouvez me communiquer notre destination ?

L'homme du Président, étudiant ses notes, réfléchit un instant. Il décida de garder Hudson pour la fin. En outre, son numéro de téléphone, celui de Eriksen et celui de Daniel Klein, ou quel que soit son nom, indiquaient qu'ils se trouvaient tous trois dans la même région. Il reconnut le code inscrit entre parenthèses devant le numéro de Clyde Ward et choisit de commencer par lui car il habitait seulement à quelques centaines de kilomètres au sud de Colorado Springs.

— Albuquerque, répondit-il enfin.

— Bien monsieur. Si vous voulez attacher votre ceinture, décollage dans moins de cinq minutes.

Dès que le pilote eut regagné le cockpit, Hagen ôta son pantalon et s'installa dans une couchette. Il dormait déjà quand les roues de l'appareil quittèrent la piste enneigée.

Chapitre 26

Dan Fawcett, le secrétaire général de la Maison-Blanche, inspirait à tous une certaine crainte. Il détenait en effet un immense pouvoir. C'était le gardien du Saint des Saints, l'homme par qui passaient pratiquement tous les documents ou notes destinés au Président. Et personne, pas même les membres du cabinet ou les leaders du Congrès, n'avait accès au Bureau ovale sans son approbation.

L'époque où l'on discutait encore les décisions était depuis longtemps révolue, aussi Fawcett ne savait-il pas comment réagir en face du regard furieux que lui adressait l'amiral Sandecker planté devant son bureau. Jamais il n'avait vu quelqu'un à ce point en colère, et encore l'amiral semblait faire des efforts pour se maîtriser !

— Désolé, amiral, répéta-t-il. Mais l'agenda du Président est très chargé et je ne vois aucun moyen de vous ménager un rendez-vous aujourd'hui.

— Introduisez-moi immédiatement, exigea Sandecker, les lèvres serrées.

— Impossible, répondit fermement Fawcett.

Le directeur de la NUMA plaqua ses mains sur le bureau et, se penchant en avant à presque le toucher, il lança à la figure du secrétaire général :

— Dites à ce fumier qu'il vient de faire tuer trois de mes meilleurs amis et à moins qu'il ne me donne tout de suite une bonne raison de faire le contraire, je sors d'ici, je convoque une conférence de presse et je dévoile suffisamment de magouilles pour que son administration en soit marquée jusqu'à la fin de son mandat. Vous m'avez bien compris, Dan ?

Fawcett était comme paralysé.

— Vous ne feriez que nuire à votre propre carrière, balbutia-t-il. A quoi ça vous servirait ?

— Vous n'avez pas écouté. Je vais donc recommencer. Le Président était responsable de la mort de trois de mes amis les plus proches. Dont un que vous connaissiez. Il s'appelait Dirk Pitt. Et sans lui, le Président ne serait plus qu'un cadavre au fond de l'océan au lieu d'occuper la Maison-Blanche. Alors maintenant je veux savoir pourquoi Dirk est mort. Et tant pis si ça doit me coûter mon poste à la NUMA.

Le visage de Sandecker était si proche du sien que Fawcett aurait été prêt à jurer que sa barbe rousse était animée d'une vie propre.

— Pitt est mort ? murmura-t-il. Je ne savais pas...

— Allez dire au Président que je suis là, le coupa l'amiral d'une voix tranchante. Il me recevra.

Le secrétaire général mit quelques secondes à assimiler cette terrible nouvelle.

— Je vais informer le Président au sujet de Pitt, déclara-t-il lentement.

— Ne vous donnez pas cette peine. Si je suis au courant, c'est qu'il l'est aussi. Nous puisons nos renseignements aux mêmes sources.

— Il me faut un peu de temps pour m'informer, dit Fawcett.

— Vous n'avez pas le temps, répliqua Sandecker, intraitable. Le budget du nucléaire civil doit être présenté demain au Sénat. Pensez à ce qui pourrait se produire si le sénateur George Pitt apprenait que le Président était responsable du meurtre de son fils. Je n'ai pas besoin de vous décrire ce qui arriverait au cas où le sénateur cesserait de soutenir la politique de la Maison-Blanche.

Fawcett avait compris. Il contempla un instant ses mains croisées dont les jointures avaient blanchi, puis il se leva de son bureau et se dirigea vers le couloir.

— Suivez-moi, amiral, dit-il. Le Président est avec le secrétaire à la Défense Jess Simmons. Ils devraient avoir terminé d'un instant à l'autre.

Sandecker attendit devant le Bureau ovale pendant que Fawcett entrait en s'excusant, puis allait glisser quelques mots à l'oreille du Président. Deux minutes plus tard, Jess Simmons sortait. L'amiral lui adressa un bref salut et, sur un signe de Fawcett, entra dans la pièce.

Le Président se leva de son bureau et vint serrer la main de Sandecker. Son visage était impassible et il soutint sans broncher le regard de son visiteur.

Il se tourna ensuite vers son secrétaire général.

— Vous voudrez bien nous excuser, Dan ? fit-il. Mais j'aimerais m'entretenir en particulier avec l'amiral Sandecker.

Fawcett, sans un mot, s'exécuta et referma la porte derrière lui.

Le chef de la Maison-Blanche désigna un fauteuil et dit avec un sourire :

— Nous pourrions peut-être nous asseoir ?

— Je préférerais rester debout, répliqua sèchement le directeur de la NUMA.

— Comme vous voudrez.

Le Président s'installa dans un profond fauteuil, croisa les jambes puis, sans préambule, reprit :

— Je suis désolé pour Pitt et les autres. Mais nous n'avions pas prévu ça.

— Puis-je, avec tout le respect que je vous dois, savoir enfin ce qu'est cette histoire de fous ?

— Dites-moi, amiral, me croiriez-vous si je vous affirmais que lorsque je vous ai demandé votre coopération pour envoyer une équipe à bord du dirigeable, il s'agissait de bien autre chose que de partir à la recherche d'une personne disparue ?

— Seulement si vous me fournissiez de solides explications.

— Et croiriez-vous en outre que madame LeBaron était investie d'une mission dans le cadre d'un plan très complexe destiné à ouvrir un dialogue direct entre Fidel Castro et moi-même ?

Sandecker contempla un instant son interlocuteur, ravalant sa colère. Il ne se sentait pas le moins du monde intimidé par l'homme qui était en face de lui. Il avait déjà vu passer plusieurs présidents dont il connaissait les faiblesses. Il n'y en avait aucun qu'il eût placé sur un piédestal.

— Non, monsieur le Président, je ne croirais rien de tout cela, répondit-il avec une pointe de sarcasme. Si mes souvenirs sont exacts, vous possédez en la personne de Douglas Oates un secrétaire d'Etat très compétent appuyé par un département d'Etat capable parfois de se montrer à la hauteur. J'aurais tendance à penser que ce sont eux les plus désignés pour communiquer éventuellement avec Castro par les voies diplomatiques existantes.

Le Président eut un sourire désabusé.

— Il y a des moments où des négociations entre des pays qui n'entretiennent pas, disons, des relations trop amicales, doivent se dérouler en dehors des circuits habituels. Vous devez sans doute le savoir ?

— Effectivement.

— Vous ne vous mêlez pas de politique, d' affaires d'Etat, pas plus que vous n'appartenez à un clan quelconque ou que vous ne fréquentez les soirées mondaines de Washington, n'est-ce pas, amiral ?

— C'est exact.

— Mais si je vous donne un ordre, vous obéirez ?

— Oui, monsieur le Président, j'obéirai, répondit Sandecker sans l'ombre d'une hésitation. A moins, bien entendu, qu'il ne s'agisse d'un ordre contraire à la loi, à la morale ou à la Constitution.

Le locataire de la Maison-Blanche réfléchit un instant, puis hocha la tête et montra à nouveau le fauteuil devant lui en déclarant :

— Je vous en prie, amiral. Mon temps est limité, mais je vais vous expliquer brièvement ce qui se passe.

Il attendit que son visiteur se fut installé avant de reprendre :

— Il y a cinq jours, un document hautement confidentiel rédigé de la main de Fidel Castro est sorti clandestinement de La Havane pour parvenir à notre département d'Etat. En gros, il s'agissait d'une proposition destinée à jeter les bases de relations positives et constructives entre Cuba et les Etats-Unis.

— Ça ne me surprend pas, fit Sandecker. Il n'a cessé de chercher à améliorer ses rapports avec nous depuis que le président Reagan l'a foutu dehors de la Grenade.

— Exact, reconnut le chef de l'exécutif. Mais jusqu'à maintenant, le seul accord auquel nous soyons parvenus, c'est sur l'augmentation des quotas de dissidents cubains autorisés à émigrer vers les Etats-Unis. Cette fois, il s'agit de tout autre chose. Castro nous demande notre aide pour se libérer du joug soviétique.

L'amiral le considéra avec scepticisme.

— La haine que porte Castro aux Etats-Unis est quasi obsessionnelle. Vous savez bien qu'il continue à se livrer à des exercices en prévision d'une nouvelle tentative d'invasion de notre part ! Quant aux Russes, ils ne sont pas près de se laisser mettre à la porte. Cuba est leur seule base dans l'hémisphère occidental et si dans un instant de folie ils décidaient brusquement de cesser toute aide, l'économie de Cuba s'effondrerait aussitôt. L'île ne possède pas les ressources suffisantes pour assurer son autonomie. En aucun cas je ne me fierais à la parole de Castro.

— C'est vrai que l'homme est pour le moins d'humeur changeante, admit le Président. Mais ne sous-estimez pas ses intentions. Les Soviétiques doivent faire face à leur propre crise économique. Le budget militaire du Kremlin est arrivé à un point tel qu'ils ne peuvent même plus l'assumer. Le niveau de vie des Soviétiques est le plus bas des pays industrialisés et ils n'ont pas atteint les objectifs qu'ils s'étaient fixés dans les domaines de l'agriculture, de l'industrie ou des exportations. Ils ne peuvent plus distribuer d'aides massives aux pays du bloc de l'Est et en ce qui concerne Cuba, ils en sont à exiger de plus en plus tout en donnant de moins en moins. L'époque des milliards de dollars de subventions, des prêts à taux préférentiels et des fournitures d'armes à des prix défiant toute concurrence appartient au passé.

Sandecker ne paraissait pas convaincu.

— A la place de Castro, j'aurais l'impression de faire une mauvaise affaire, dit-il. Le Congrès n'acceptera jamais de voter des subventions pour Cuba et les douze millions d'habitants de l'île pourraient à peine survivre sans biens et marchandises importés.

Le Président consulta la pendule sur la cheminée.

— Je n'ai plus que quelques minutes, déclara-t-il. En bref, ce n'est pas tellement le chaos économique ou la contre-révolution que craint Castro. Il s'inquiète surtout de l'influence soviétique qui touche maintenant le cœur même de son gouvernement. Les gens de Moscou s'infiltrent partout et attendent patiemment le moment où ils seront en mesure de contrôler le pays tout entier. Castro vient seulement de se rendre compte que ses amis du Kremlin cherchent en fait à l'évincer du pouvoir. Son frère Raúl, alerté, a pu constater à sa grande stupéfaction que nombre des officiers de l'armée cubaine sont pratiquement aux ordres de l'Union soviétique.

— Je trouve ça très surprenant. Les Cubains détestent les Russes et les deux peuples ont des conceptions de l'existence radicalement opposées.

— Cuba n'a certes jamais eu l'intention de devenir un pion dans le jeu du Kremlin, mais depuis la révolution, des milliers de jeunes Cubains ont effectué leurs études dans les universités soviétiques et beaucoup d'entre eux, plutôt que de rentrer à Cuba pour se voir attribuer par l'Etat un poste qui ne leur plairait pas ou sans avenir, se sont laissé tenter par les propositions russes. Les plus corrompus, ceux qui ont placé leur bien-être au-dessus de leurs sentiments patriotiques, ont été jusqu'à trahir Castro en secret et faire serment d'allégeance à l'Union soviétique. Et vous pouvez vous fier aux Russes pour tenir leurs promesses. Ensuite, grâce à leur influence grandissante au sein du gouvernement cubain, ils ont pu faire nommer de plus en plus d'hommes à eux aux postes clés.

— Mais Castro reste l'idole de son peuple, objecta Sandecker. Et je n'imagine pas les Cubains laissant les Russes s'emparer ainsi de tous les leviers sans réagir.

Le visage du Président devint grave.

— Le véritable danger, c'est que les Russes fassent assassiner les frères Castro et rejettent la responsabilité du meurtre sur la CIA. C'est assez facile à réaliser dans la mesure où il est de notoriété publique que la CIA s'est déjà livrée à de pareilles tentatives dans les années 60.

— Et après le Kremlin n'a plus qu'à installer un gouvernement fantoche, c'est ça ?

— Oui, acquiesça le chef de la Maison-Blanche. Ce qui nous ramène à sa proposition de pacte américano-cubain. Castro ne veut pas effrayer les Russes et les pousser à agir avant d'avoir notre accord pour les chasser des Caraïbes. Malheureusement, après l'ouverture faite dans notre direction, il n'a jamais répondu aux tentatives de communication émanant de Douglas Oates ou de moi-même.

— Le vieux truc de la carotte et du bâton.

— C'est bien ce que je crois.

— Et où interviennent les LeBaron dans l'histoire ?

— Le hasard, répondit le Président avec une pointe d'ironie. Comme souvent. Raymond LeBaron est parti à la chasse au trésor dans son dirigeable. En fait, il avait un autre objectif, mais qui ne concerne pas la NUMA, ni vous personnellement. Le destin a voulu que Raúl Castro se trouve précisément en tournée d'inspection des réseaux de défense quand LeBaron a été repéré par les systèmes de détection cubains. Il a aussitôt pensé que ce contact pourrait être utile et ordonné à ses forces armées d'intercepter le ballon et de l'escorter jusqu'à une base aérienne située près de la ville de Cárdenas.

— Je devine le reste, dit Sandecker. Les Cubains ont regonflé le dirigeable, dissimulé à bord un émissaire porteur du document américano-cubain, puis l'ont fait repartir en comptant que les vents allaient le ramener vers les Etats-Unis.

— C'est presque ça, fit le chef de l'exécutif avec un sourire. Sauf qu'ils n'ont pas voulu s'en remettre aux caprices du vent. Un proche de Fidel et un pilote se sont glissés à bord avec le document et ont conduit le dirigeable jusqu'à quelques milles de Miami où ils ont sauté à l'eau pour être repêchés par un yacht qui les attendait.

— Je serais curieux de savoir d'où provenaient les trois cadavres que nous avons retrouvés dans la cabine de pilotage, déclara l'amiral.

— Il s'agissait d'une mise en scène macabre destinée à nous prouver la bonne foi de Castro. Je n'ai pas le temps d'entrer dans les détails.

— Et les Russes ne soupçonnent rien ?

— Pas encore. Le sentiment de supériorité qu'ils éprouvent à l'égard des Cubains a tendance à les aveugler.

— Raymond LeBaron est donc vivant et se trouverait quelque part à Cuba ?

Le Président eut un petit geste d'impuissance.

— Je ne peux que l'espérer, répondit-il. D'après les sources de la CIA, les services de renseignements soviétiques ont demandé à interroger LeBaron. Les Cubains se sont exécutés et on ne l'a plus revu depuis.

— Vous n'allez pas faire tout ce qui est en votre pouvoir pour obtenir la libération de LeBaron ? s'étonna le directeur de la NUMA.

— La situation est déjà suffisamment délicate. Quand le pacte sera signé, je suis certain que Castro demandera aux Russes de lui remettre LeBaron et qu'il le fera relâcher.

Le Président s'interrompit pour consulter une nouvelle fois la pendule, puis reprit :

— Je suis déjà en retard pour ma réunion avec mes conseillers. (Il se leva, se dirigea vers la porte, puis se tourna vers son visiteur.) Je vais terminer rapidement. Jessie LeBaron a été mise au courant de la situation et a appris par cœur la réponse que nous avons décidé d'apporter à Castro. Notre plan était de faire revenir le ballon vers Cuba avec un autre membre de la famille LeBaron à bord, une sorte de signal pour indiquer à Castro que ma réponse lui parvenait par le même mode que celui qu'il avait adopté pour sa proposition. Mais quelque chose n'a pas marché. Vous avez croisé Jess Simmons en entrant. Il venait me parler des photos prises par nos moyens de reconnaissance aérienne. Au lieu d'intercepter le dirigeable et de l'escorter jusqu'à Cárdenas, l'hélicoptère de patrouille cubain a ouvert le feu sur lui puis, pour une raison inconnue, a explosé. Les deux appareils se sont abîmés en mer. Vous devez comprendre, amiral, qu'il m'était impossible d'envoyer des secours en raison de la nature exceptionnelle de cette mission. Je suis sincèrement désolé pour Pitt. J'ai envers lui une dette que je ne serai jamais en mesure de rembourser. Il ne nous reste plus qu'à prier pour que Jessie LeBaron, vos autres amis et lui aient par miracle survécu.

— Personne ne peut survivre en mer sur le passage d'un ouragan, répliqua Sandecker d'un ton acide. Pardonnez-moi, monsieur le Président, mais même un enfant aurait réussi à monter une meilleure opération.

Une expression peinée envahit le visage du locataire de la Maison-Blanche. Il s'apprêta à dire quelque chose, mais sembla se raviser et, ouvrant la porte, se contenta de lancer :

— Désolé, amiral, mais je dois partir à présent.

Le Président n'ajouta pas un mot et sortit du Bureau ovale, abandonnant Sandecker à ses sombres pensées.

Chapitre 27

Le plus fort de l'ouragan Little Eva longea l'île puis vira au nord-est en direction du golfe du Mexique. Le vent tomba à soixante kilomètres-heure, mais il allait falloir attendre encore un jour ou deux avant de voir revenir les douces brises du sud.

Cayo Santa María semblait dépourvue de toute forme de vie, humaine ou animale. Dix ans plus tôt, dans un soudain accès de générosité, Fidel Castro avait fait don de cette île à ses alliés communistes pour manifester l'étendue de sa bonne volonté. Il s'était ensuite permis de provoquer la Maison-Blanche en la déclarant territoire soviétique.

Les habitants avaient été gentiment mais fermement priés de faire leurs valises pour aller s'installer à Cuba tandis que des unités du GRU (*Glavnoye Razvedyvatelnoye Upravleniye*, le Conseil de renseignements de l'état-major soviétique), le bras militaire du KGB, prenaient possession des lieux et entreprenaient la construction d'installations souterraines secrètes. Bâti par étapes successives et toujours sous couvert de l'obscurité, le complexe avait pris lentement forme sous le sable et les palmiers. Les avions espions de la CIA avaient bien survolé la région, mais n'avaient détecté ni installations de défense, ni livraisons de matériel lourd par voie aérienne ou maritime. Les agrandissements des clichés qu'ils avaient pris ne montraient que quelques vestiges de routes qui semblaient ne mener nulle part. On continuait à surveiller l'île par principe, mais rien n'indiquait la présence d'une menace quelconque pour la sécurité des Etats-Unis.

Quelque part dans le sous-sol de l'île, à l'abri du vent, Pitt se réveilla dans une petite pièce. Il était allongé sur un lit très confortable qui baignait dans la lumière crue d'un éclairage au néon. Hormis une belle collection d'ecchymoses, des articulations douloureuses et un sourd mal de tête, il se sentait plutôt bien. Il resta un moment à contempler le plafond grisâtre, se remémorant les événements de la veille : la rencontre surprise de Jessie avec son mari, les gardes qui les emmenaient, Giordino, Gunn et lui, vers une infirmerie où une doctoresse russe bâtie comme un lutteur avait soigné leurs blessures, le repas constitué d'un ragoût de mouton à peine comestible et enfin son arrivée dans cette pièce équipée d'un lit, d'un lavabo et de toilettes, où on l'avait enfermé.

Il glissa les mains sous les draps pour tâter ses membres. Il était entièrement nu, couvert de pansements. Il s'assit dans son lit, posa ses pieds sur le sol de béton et demeura ainsi quelques instants à réfléchir. Une envie naturelle vint lui rappeler qu'il était toujours un être humain et il se leva. Il aurait donné cher pour boire une tasse de café. On lui avait laissé sa montre de plongée dont le cadran digital indiquait 11 h 55. Dans la mesure où il n'avait jamais dormi de sa vie plus de neuf heures d'affilée, il supposa que c'était 11 h 55 du matin.

Une minute plus tard, il était penché au-dessus du lavabo et s'aspergeait la figure d'eau froide. La serviette posée à côté était rêche et peu absorbante. Il alla ouvrir l'armoire et découvrit à l'intérieur une chemise et un pantalon kaki suspendus à un cintre ainsi qu'une paire de sandales. Avant de s'habiller, il se débarrassa des bandes entourant ses plaies qui commençaient à se cicatriser et constata avec plaisir qu'il retrouvait une partie de sa liberté de mouvement. Il passa les vêtements, puis se dirigea vers la porte. Elle était fermée à clé et il se mit à cogner du poing sur l'épais panneau métallique. Ses coups résonnèrent contre les murs de béton.

Un adolescent qui semblait à peine âgé de dix-neuf ans et qui était en treillis de l'armée soviétique ouvrit pour se reculer aussitôt, braquant un pistolet mitrailleur. Du canon de son arme, il désigna un long couloir vers la gauche et Pitt s'y engagea. Ils passèrent devant d'autres portes métalliques et le prisonnier se demanda si Gunn et Giordino se trouvaient derrière l'une ou l'autre d'entre elles.

Ils s'arrêtèrent près d'un ascenseur dont les portes étaient maintenues ouvertes par un second garde. Ils entrèrent et Pitt sentit la cabine monter. Il leva les yeux sur l'indicateur lumineux. La construction comportait cinq étages. Plutôt imposant comme installation, songea-t-il. L'ascenseur s'immobilisa et les portes automatiques coulissèrent.

Le directeur des Projets spéciaux de la NUMA et son escorte débouchèrent dans une pièce voûtée dont le sol était recouvert d'une épaisse moquette. Des étagères bourrées de centaines de livres s'élevaient jusqu'au plafond le long de deux des murs. La plupart des ouvrages étaient en anglais et parmi eux figuraient nombre de best-sellers de ces dernières années. La cloison du fond était occupée par une grande carte de l'Amérique du Nord. Pitt avait l'impression de se trouver dans une sorte de bibliothèque privée. Sur le dessus de marbre d'un imposant bureau ancien s'étalaient les derniers numéros du *Washington Post,* du *New York Times* et du *Wall Street Journal.* Empilés sur des tables basses de chaque côté de la porte, il y avait des tas de magazines techniques et scientifiques dont *Computer Technology, Science Digest* et le *Air Force Journal.* La moquette était couleur lie-de-vin et il y avait six fauteuils de cuir vert soigneusement disposés tout autour.

Le garde, toujours sans un mot, remonta dans l'ascenseur, laissant Pitt dans la pièce déserte.

Celui-ci ne se donna pas la peine d'examiner les murs. Il savait qu'une caméra vidéo dissimulée quelque part filmait sans doute ses mouvements. Il décida de se livrer à un test. Il se mit à tituber comme un ivrogne, fit rouler ses yeux dans leurs orbites, puis s'écroula par terre.

Moins de quinze secondes plus tard, une porte dérobée dont l'encadrement se confondait parfaitement avec les lignes marquant la longitude et la latitude sur l'immense carte murale s'ouvrit en silence sur un petit homme mince vêtu d'un impeccable uniforme de l'armée soviétique. Il vint s'agenouiller près de Pitt et se pencha au-dessus de lui.

— Vous m'entendez ? demanda-t-il en anglais.

— Oui, lâcha Pitt.

Le Russe se dirigea vers une table et versa un peu du contenu d'une carafe en cristal dans un verre assorti. Il souleva la tête de l'Américain.

— Tenez, buvez, ordonna-t-il.

— Qu'est-ce que c'est ?

— Du Courvoisier. C'est excellent pour ce dont vous souffrez, répondit l'officier soviétique sans la moindre trace d'accent.

— Je préfère le Rémy-Martin, fit Pitt en prenant le verre. A la vôtre.

Il but jusqu'à la dernière goutte, puis se releva en souplesse et alla s'installer dans l'un des fauteuils.

Le Russe eut un sourire amusé.

— Vous semblez vous être remis très rapidement, monsieur...

— Snodgrass, Elmer Snodgrass. De Moline, dans l'Illinois.

— Charmante petite ville du Middle-West, fit l'officier en s'asseyant derrière son bureau. Je me présente, Peter Velikov.

— Général Velikov si j'en crois les insignes de l'uniforme que vous portez.

— Tout à fait exact, acquiesça le Soviétique. Désirez-vous un autre cognac ?

Pitt refusa d'une signe de tête, puis étudia l'homme qui se trouvait en face de lui. Il estima que Velikov ne devait pas mesurer plus de 1,65 mètre, qu'il pesait dans les 55 kilos et approchait la cinquantaine. Une certaine dureté semblait percer sous son masque amical. Il avait des cheveux noirs coupés court avec des tempes grisonnantes et un début de calvitie. Ses yeux étaient d'un bleu très pur et son visage au teint clair avait un profil plutôt romain que slave. Avec une toge et une couronne de laurier, Pitt l'imaginait très bien en César.

— J'espère que vous ne vous offusquerez pas si je me permets de vous poser quelques questions, fit Velikov avec une grande politesse.

— Mais pas du tout. Je n'ai pas d'autres rendez-vous de la journée.

Un éclair traversa le regard du Russe.

— Et si vous commenciez par m'expliquer comment vous êtes arrivé sur Cayo Santa María ? demanda-t-il.

Pitt eut un geste d'impuissance.

— Inutile de vous faire perdre plus longtemps de vos précieuses minutes, fit-il. Autant avouer tout de suite. Je suis le président de la société CIA. Mon conseil d'administration et moi avons loué un ballon dirigeable pour notre campagne promotionnelle et voulions lancer au-dessus de Cuba des bons de réduction pour nos lessives car nous avions entendu dire qu'il existait là un important marché. Malheureusement, nos clients potentiels n'ont pas semblé apprécier notre stratégie commerciale et nous ont tiré dessus.

Le général Velikov considéra l'Américain avec une expression de tolérance teintée d'irritation. Il mit des lunettes et ouvrit une chemise posée sur son bureau.

— Je vois dans votre dossier, monsieur Pitt, Dirk Pitt, si je ne m'abuse, que vous passez pour posséder un certain sens de l'humour.

— On précise aussi que je suis un menteur congénital ?

— Non, mais il semblerait par contre que vous ayez un curriculum vitae des plus remarquables. Quel dommage que vous ne soyez pas de notre côté.

— Allons, général, un non-conformiste aurait-il un avenir à Moscou ?

— Je crains bien que non, effectivement.

— Je vous félicite pour votre honnêteté intellectuelle.

— Et maintenant, si vous me disiez la vérité ?

— A condition que vous soyez prêt à l'entendre.

— Vous pensez que cela m'est impossible ? fit Velikov.

— Oui, si vous partagez cette manie qu'ont les communistes de voir des complots de la CIA partout.

— Vous me paraissez avoir une bien piètre opinion de l'Union soviétique, monsieur Pitt.

— Citez-moi une chose qui pourrait me faire changer d'avis ? Nous sommes à l'aube du XXIe siècle et votre gouvernement agit encore comme en plein milieu des années 30.

Velikov ne cilla pas, mais il était manifeste qu'il n'avait pas l'habitude de recevoir de leçons d'un homme qu'il considérait comme un ennemi de son pays. Il examina Pitt avec l'expression d'un juge qui s'apprête à prononcer une sentence de mort. Puis il eut l'air de se raviser.

— Je veillerai à ce que vos critiques soient transmises au Politburo, fit-il sèchement. Maintenant, si vous avez terminé, monsieur Pitt, je serais très heureux d'apprendre comment vous êtes arrivé ici.

Pitt désigna la table avec la carafe et dit :

— Je crois que je prendrais volontiers un autre cognac, finalement.

— Je vous en prie, servez-vous.

L'Américain se versa une bonne dose d'alcool, puis revint s'asseoir.

— Ce que je vais vous dire est la stricte vérité, commença-t-il. Je veux que vous compreniez que je n'ai aucune raison de mentir. A ma connaissance, je ne suis investi d'aucune mission de renseignement de la part de mon gouvernement. Vous me suivez, général ?

— Parfaitement.

— Le magnétophone qui est caché quelque part enregistre bien ?

Velikov eut la courtoisie d'acquiescer.

Pitt raconta alors en détail l'histoire du ballon à la dérive, sa rencontre avec Jessie LeBaron dans le bureau de l'amiral Sandecker, les derniers moments du *Prosperteer* et enfin leur terrible combat contre les éléments déchaînés. Naturellement, il passa sous silence l'épisode où Giordino avait abattu l'hélicoptère cubain et leur découverte de l'épave du *Cyclope*.

Lorsqu'il eut fini, le général soviétique ne leva même pas la tête. Il continua de feuilleter le dossier sans le moindre changement d'expression, comme s'il se trouvait à des années-lumière de là et n'avait rien entendu.

Pitt, lui aussi, pouvait jouer à ce petit jeu. Il prit son verre de cognac, se leva et alla prendre un exemplaire du *Washington Post*, notant avec une légère surprise qu'il portait la date du jour.

— On dirait que vous avez un service postal particulièrement efficace, fit-il.

— Pardon ?

— Vos journaux datent à peine de quelques heures.

— Cinq, pour être précis.

L'alcool commençait à faire de l'effet sur son estomac vide. Après un troisième verre, la situation lui paraissait moins désespérée. Il décida de passer à l'attaque.

— Pourquoi gardez-vous Raymond LeBaron prisonnier ? lança-t-il.

— Pour le moment, il est notre hôte.

— Ça n'explique pas pourquoi il a été pendant quinze jours dans l'impossibilité de communiquer.

— Je n'ai rien à vous expliquer, monsieur Pitt.

— Comment se fait-il que LeBaron ait droit à des soupers fins en tenue de soirée alors que mes amis et moi sommes contraints de manger de la nourriture à cochons en vêtements de prisonniers ?

— Parce que c'est précisément ce que vous êtes tous, monsieur Pitt, des prisonniers. Monsieur LeBaron est un homme très riche et puissant dont la conversation est des plus intéressantes. Quant à vous, vous n'êtes qu'une nuisance. Votre curiosité est-elle satisfaite, maintenant ?

— Pas du tout, répondit Pitt en étouffant un bâillement.

— Comment avez-vous détruit l'hélicoptère de patrouille ? demanda brusquement Velikov.

— En crachant dessus, répliqua Pitt avec une grimace excédée. Qu'est-ce que vous attendiez d'autre de la part de quatre civils dont une femme à bord d'un antique dirigeable vieux de plus de quarante ans ?

— Les hélicoptères n'explosent pas tout seuls en plein vol.

— Il a peut-être été touché par la foudre.

— Dans ce cas, monsieur Pitt, si vous n'aviez pour toute mission que de rechercher monsieur LeBaron après sa disparition, ainsi qu'un vague trésor, comment expliquez-vous que dans son rapport le capitaine de la canonnière affirme d'une part que la cabine du ballon était à ce point déchiquetée par les balles que personne à l'intérieur n'aurait pu survivre, d'autre part qu'il a vu un trait de lumière jaillir du dirigeable juste avant que l'hélicoptère n'explose et enfin que les recherches sur les lieux n'ont permis de détecter aucun signe d'éventuels survivants ? Et pourtant, vous êtes apparus sur cette île comme par magie au milieu d'un ouragan pendant que nos patrouilles étaient obligées de se mettre à l'abri. Fort opportun, non ?

— Et vous, qu'est-ce que vous en pensez ?

— Ou bien le ballon était télécommandé, ou bien c'est une autre équipe qui a été tuée à son bord par les hommes de l'hélicoptère. En tout état de cause, madame LeBaron, vos amis et vous avez été déposés près du rivage par un sous-marin et en tentant de débarquer, vous avez été précipités contre les rochers et avez été blessés.

— Vous ne manquez pas d'imagination, général, mais vous n'y êtes pas du tout. La seule chose exacte, c'est que nous avons bien été précipités contre les brisants. De toute façon, vous avez oublié le plus important : un motif. Pourquoi quatre inoffensifs naufragés iraient-ils s'attaquer aux installations de cette île quelles qu'elles soient ?

— Je ne possède pas encore toutes les réponses, répondit Velikov avec un sourire désarmant.

— Mais vous avez bien l'intention de les obtenir ?

— Je ne suis pas homme à accepter les échecs, monsieur Pitt. Votre histoire, encore que passionnante, ne me paraît guère crédible. (Il pressa une touche de l'interphone posé sur son bureau.) Nous reprendrons bientôt cet entretien.

— Quand pensez-vous contacter notre gouvernement pour entamer les négociations à propos de notre libération ?

Velikov lui jeta un regard condescendant.

— Pardonnez-moi, fit-il. J'ai oublié de vous dire que votre gouvernement a été informé il y a une heure seulement.

— De notre sauvetage ?

— Non. De votre mort.

L'espace d'une seconde, Pitt ne comprit pas. Puis la vérité lui apparut. Sa mâchoire se crispa et ses yeux se vrillèrent à ceux de Velikov.

— Allez, général, accouchez !

— C'est très simple, répondit l'officier russe comme s'il tenait une conversation amicale dans un salon. Que ce soit par hasard ou à dessein, vous êtes tombés sur l'une de nos bases militaires les plus secrètes en dehors du territoire de l'Union soviétique. Je ne peux pas vous laisser repartir. Quand j'aurai appris la vérité, vous devrez tous mourir.

Chapitre 28

Hagen consacra une petite heure à son passe-temps favori, à savoir manger, et s'offrit un repas dans un restaurant mexicain, composé d'*enchiladas* et de *sopaipillas* accompagnés d'une tequila bien tassée. Il se rendit ensuite à l'adresse correspondant au numéro du dénommé Clyde Ward. Son contact auprès de la compagnie de téléphone lui avait précisé que le numéro figurant dans le carnet du général Fisher était celui de la cabine d'une station-service. Il regarda sa montre. Dans six minutes exactement, le pilote allait appeler depuis le Lear parqué à l'aéroport.

Le poste à essence, un self-service, se trouvait dans une zone industrielle près d'une gare de marchandises. Hagen se rangea devant une pompe recouverte d'une épaisse couche de poussière et descendit de voiture pour faire le plein, évitant de regarder en direction de la cabine située à l'intérieur du bureau.

Peu après avoir atterri à Albuquerque, il avait loué une voiture et, à l'aide d'un siphon, en avait vidé en partie le réservoir pour que sa démarche paraisse normale. Il fit donc le plein, revissa le bouchon, raccrocha le tuyau, puis se dirigea vers le bureau. Il entra et cherchait son portefeuille quand le téléphone sonna.

Il n'y avait qu'une seule personne à l'intérieur, un homme en train de réparer un pneu. Il s'essuya les mains dans un chiffon et alla répondre. Hagen écouta discrètement la conversation à sens unique :

— Ouais ?... Qui ?... Y a pas de Clyde ici... Ouais, j'suis sûr. Z'avez fait un faux numéro... Non, c'est bien l'numéro, mais ça fait six ans que j'bosse ici et y a jamais eu de Clyde.

Il raccrocha et s'avança vers la caisse avec un sourire.

— Combien ? demanda-t-il.

— Treize dollars cinquante-sept.

Pendant que l'employé lui rendait la monnaie sur vingt dollars, Hagen examina rapidement les lieux. Il ne put s'empêcher d'admirer le professionnalisme qui perçait sous ce décor, car c'était bien de ça qu'il s'agissait : un décor. Le bureau et le petit atelier derrière n'avaient pas vu un balai depuis des années. Des toiles d'araignée pendaient du plafond, les outils étaient criblés de rouille et les mains comme les ongles de l'homme n'avaient pas été en contact avec la moindre goutte de graisse depuis des lustres. Mais ce qui l'étonnait surtout, c'était le système de surveillance. Son regard averti avait détecté tout un réseau de fils électriques qui n'avaient aucune raison d'être dans un banal poste à essence. Il sentait partout la présence des micros et des caméras cachés.

— Je peux vous demander un service ? demanda-t-il en prenant sa monnaie.

— Ouais ?

— J'ai un drôle de bruit dans le moteur. Vous pourriez jeter un coup d'œil pour voir ce qui ne va pas ?

— Ouais, sûr. J'ai pas grand-chose d'autre à foutre.

Hagen nota la coupe de cheveux un peu trop soignée de l'homme ainsi que la légère bosse sur la jambe gauche de son pantalon.

Il avait garé sa voiture près de la pompe la plus éloignée du bureau. Il s'installa au volant, fit démarrer le moteur et alla ouvrir le capot. L'employé posa un pied sur le pare-chocs, puis se pencha au-dessus du radiateur.

— J'entends rien, fit-il.

— Venez de ce côté, c'est plus net.

Hagen qui tournait le dos à la rue était maintenant dissimulé aux éventuels regards électroniques venant du bureau par les pompes, la voiture et le capot levé.

Alors que le faux employé commençait à examiner le moteur, Hagen tira une arme d'un étui accroché derrière son dos et en glissa le canon carrément entre les fesses de l'homme.

— Ce que t'as dans le cul, c'est un 357 Magnum. Tu vois ce que je veux dire ?

L'inconnu se raidit, mais ne manifesta aucun signe de peur.

— Parfaitement, se contenta-t-il de répondre.

— Tu sais les dégâts que peut provoquer un 357 à cette distance.

— Parfaitement, répéta l'homme. Et qu'est-ce que vous voulez, l'ami ?

— Tiens, où est donc passé ton accent prolo ?

— Il va et vient.

Hagen, de sa main libre, retira un petit automatique Beretta calibre 38 plaqué juste au-dessus de la cheville du soi-disant pompiste.

— Okay, *l'ami,* et maintenant si tu me disais où je peux trouver Clyde ?

— Jamais entendu parler de lui.

L'homme du Président le frappa violemment du canon de son arme, juste en bas des reins.

Le faux employé étouffa un cri et lâcha d'une voix hachée :

— Vous travaillez pour qui ?

— Les « membres fondateurs ».

— Impossible !

Hagen cogna à nouveau. Le visage du pompiste se tordit de douleur et il poussa un gémissement.

— Qui est Clyde ?

— Clyde Booth, murmura l'homme entre ses dents.

— Plus fort, l'ami, je n'ai pas entendu.

— Il s'appelle Clyde Booth.

— Parle-moi un peu de lui.

— C'est censé être une sorte de génie. Il invente et fabrique des gadgets utilisés dans l'espace. Des trucs secrets pour le gouvernement. Je ne sais pas exactement, moi j'appartiens juste aux services de sécurité.

— On le trouve où ?

— L'usine est à quinze kilomètres à l'ouest de Santa Fe. Elle s'appelle QB-Tech.

— QB ?

— Oui, pour Quarter Back, répondit l'homme. Booth était l'un des meilleurs joueurs de football américain à ce poste dans l'équipe de l'université d'Arizona.

— Tu savais que je devais venir ?

— On nous a prévenus de nous méfier d'un gros type.

— Combien d'hommes en position autour de la station-service ? demanda Hagen.

— Trois. Un dans la rue dans le camion de dépannage, un sur le toit de l'entrepôt juste derrière et un dans la camionnette rouge garée à côté du petit restaurant en face.

— Pourquoi ils n'ont pas encore réagi ?

— Nous avions seulement l'ordre de vous suivre.

Hagen relâcha l'homme et remit son arme dans son étui. Puis il ôta les balles de l'automatique, le laissa tomber et l'expédia sous la voiture du bout du pied.

— Bien, fit-il. Maintenant tu vas vers le bureau. Doucement, sans courir.

Le faux pompiste n'avait pas encore parcouru la moitié du chemin que l'homme du Président avait déjà tourné le coin. Il prit quatre virages sur les chapeaux de roue pour semer la camionnette et l'engin de dépannage, puis fonça vers l'aéroport.

Chapitre 29

L'ascenseur, quelques étages plus bas, déposa Leonard Hudson au cœur du quartier général du projet Colonie Jersey. Il portait un parapluie dégoulinant de pluie et une drôle de mallette en noyer poli.

Il ne regarda pas autour de lui, se contentant de répondre aux saluts des hommes de son équipe par un bref signe de tête. Hudson n'était pas du genre nerveux ni soucieux, mais il était néanmoins préoccupé. Les rapports des autres « membres fondateurs » étaient éloquents. Un danger imminent les guettait. Quelqu'un était lancé sur leur piste et, méthodiquement, les traquait les uns après les autres. Un inconnu avait réussi à percer leurs défenses et maintenant la base lunaire, le projet Colonie Jersey tout entier, était en péril à cause de lui.

Il entra dans son bureau, un espace vaste mais austère, et y trouva Gunnar Eriksen qui l'attendait.

Celui-ci était assis sur un divan et buvait un café en fumant sa pipe. Son visage rond et lisse était sombre, mais ses yeux brillaient d'une lueur amicale. Il était vêtu d'une superbe veste de cachemire, avec un pull en V et un pantalon de lainage coordonnés, couleur feuille morte. On aurait pu facilement le prendre pour un vendeur de voitures de luxe.

— Vous avez parlé à Fisher et à Booth ? demanda Hudson en accrochant son parapluie et en posant sa mallette à côté du bureau.

— Oui.

— Aucune idée de qui ça pourrait être ?

— Pas la moindre.

— Bizarre qu'il ne laisse jamais d'empreintes, fit Hudson en venant s'installer près de son visiteur et en se servant un café.

Eriksen expédia un nuage de fumée en direction du plafond.

— Et encore plus bizarre que toutes les images que nous avons prises de lui avec les caméras vidéo soient floues.

— Il doit porter une sorte de petit brouilleur électronique.

— Il n'a de toute évidence rien du détective privé classique, réfléchit Eriksen. Sûrement un professionnel de haut vol bénéficiant de solides appuis.

— Il connaît toutes les ficelles du métier et est toujours muni des identités et des laissez-passer nécessaires. L'histoire qu'il a racontée à Mooney en se présentant comme contrôleur du département du Trésor était géniale. Même moi je l'aurais avalée !

— Qu'est-ce qu'on a sur lui ?

— Seulement des descriptions qui ne collent pas entre elles, sauf sur un point. Tout le monde s'accorde à dire que c'est un type plutôt enveloppé.

— C'est peut-être le Président qui a lâché ses services de renseignements après nous.

— Je ne crois pas, fit Hudson d'un air de doute. Si c'était le cas, on aurait affaire à une nuée d'agents secrets. L'homme, au contraire, paraît travailler seul.

— Vous pensez que le Président aurait pu engager discrètement un agent n'appartenant pas aux services gouvernementaux ?

— L'idée m'a effleuré, mais je n'y crois pas trop. Notre ami à la Maison-Blanche enregistre tout ce qui se passe dans le Bureau ovale et on connaît tous ceux qui appellent ou que le Président reçoit. Bien sûr, il y a toujours sa ligne privée, mais je n'ai pas l'impression que ce soit le genre de mission qu'on peut confier à quelqu'un par téléphone.

— Il y a une chose intéressante, fit Eriksen. L'homme a commencé son enquête à l'endroit même où l'idée de la Colonie Jersey nous est venue.

— C'est juste, reconnut Hudson. Il a fouillé le bureau d'Earl Mooney aux labos Pattenden et a réussi à trouver le numéro de téléphone du général Fisher. Il l'a appelé et a même fait une allusion à un certain avion à payer.

— Une référence très claire à la mise en scène de notre disparition, dit Eriksen d'un ton songeur. C'est donc qu'il a fait le rapprochement entre vous et moi.

— Ensuite, il s'est rendu dans le Colorado et a assommé Fisher pour lui voler un carnet contenant les noms et les numéros de téléphone des principaux responsables du projet Colonie Jersey, y compris ceux des « membres fondateurs ». Après, il a dû s'apercevoir du piège qu'on lui avait tendu au Nouveau-Mexique pour pouvoir le filer et il a disparu dans la nature. On a juste réussi à découvrir un petit indice. Nos hommes chargés de surveiller l'aéroport d'Albuquerque ont repéré un gros type arrivé dans un jet privé anonyme et reparti seulement deux heures plus tard.

— Il a bien loué une voiture et présenté des papiers d'identité quelconques, non ?

— Effectivement, mais on n'a rien pu en tirer, répondit Hudson d'un air désabusé. Il a utilisé un permis de conduire et une carte de crédit établis au nom d'un certain George Goodfly de La Nouvelle-Orléans qui, bien sûr, n'existe pas.

Eriksen secoua les cendres de sa pipe dans une soucoupe de verre, puis déclara avec une expression pensive :

— Etrange quand même qu'il ne soit pas allé directement à Santa Fe pour essayer de pénétrer le centre d'opérations de Clyde Booth.

— J'ai l'impression que pour le moment il se contente d'accumuler les faits.

— Mais qui peut bien le payer ? Les Russes ?

— En tout cas, pas le KGB, répondit Hudson. Ils n'envoient pas de messages sibyllins par téléphone, pas plus qu'ils ne se déplacent en jet privé. Non, notre homme agit vite, très vite. Comme s'il devait aboutir dans un délai très court.

Eriksen contempla un instant le fond de sa tasse, puis déclara :

— La mission spatiale soviétique doit arriver sur la lune dans cinq jours. C'est sûrement ça, son délai.

— Vous avez sans doute raison.

Eriksen leva les yeux.

— Vous devez donc reconnaître que ça ne peut être que le Président qui est derrière lui.

Hudson hocha lentement la tête.

— Je me refusais à l'envisager, dit-il d'une voix lointaine. Je voulais croire qu'il ferait tout pour protéger la Colonie Jersey des Russes.

— D'après ce que vous m'avez raconté de votre entretien, il ne serait pas prêt à nous pardonner si un conflit éclatait sur la lune entre nos hommes et les cosmonautes soviétiques. Pas plus qu'il ne déborderait d'enthousiasme en apprenant que Steinmetz a détruit trois vaisseaux spatiaux russes.

— Ce qui me gêne dans cette hypothèse, c'est pourquoi avec tous les moyens dont il dispose, le Président se serait contenté d'envoyer un homme seul sur nos traces ? fit Hudson.

— Parce qu'une fois admise la réalité de la Colonie Jersey, il a dû se rendre compte que nos partisans surveillaient tous ses faits et gestes, puis se dire avec raison que nous aurions beau jeu d'expédier ses enquêteurs sur toutes les fausses pistes possibles et imaginables. C'est un malin, le Président. Il a utilisé un joker qui a transpercé nos défenses sans nous laisser le temps de réagir.

— Il est peut-être encore temps de l'aiguiller lui aussi sur une fausse piste ?

— Non, c'est trop tard, expliqua Eriksen. L'homme du Président est en possession du carnet de Fisher. Il sait qui nous sommes et où nous trouver. Il représente un véritable danger. Il a commencé par le bas de l'échelle et ne va pas tarder à arriver aux derniers barreaux. Dès l'instant où ce gros type aura franchi cette porte, Leo, le Président agira pour empêcher tout risque de confrontation entre nos hommes de la Colonie Jersey et les cosmonautes soviétiques.

— Vous voulez suggérer qu'il faudrait l'éliminer ? fit Hudson.

— Non, répondit Eriksen. Mieux vaut ne pas provoquer le Président. Il suffira de le mettre quelques jours hors circuit.

— Je me demande où il va aller maintenant ?

Eriksen bourra méthodiquement sa pipe avant de répondre :

— Il a entamé sa chasse aux sorcières en Oregon et de là est passé au Colorado puis au Nouveau-Mexique. Je parierais que son prochain objectif est le Texas, plus précisément Houston où se trouve notre homme à la NASA.

Hudson enfonça rageusement une touche de son interphone en lançant :

— Dommage que je ne puisse pas être là-bas quand on va foutre la main sur ce salaud !

Chapitre 30

Pitt resta près de deux heures allongé sur son lit à guetter des bruits de pas devant sa cellule tandis qu'il entendait s'ouvrir et se refermer les portes métalliques dans le couloir. Le jeune garde vint lui apporter à manger et attendit qu'il eût fini. Il paraissait cette fois de meilleure humeur et n'était pas armé. Il avait laissé la porte ouverte, donnant ainsi l'occasion au prisonnier d'examiner la serrure.

C'était une serrure tout à fait ordinaire, sans chaîne ni verrou de sûreté. La petite pièce n'avait sans doute pas été destinée à servir de cellule.

Pitt remit sa cuillère dans un bol contenant une sorte d'infâme magma de poisson bouilli, puis le tendit au garde, plus intéressé par le mécanisme de fermeture de la porte que par cette nourriture infecte, première étape d'un processus psychologique destiné à abaisser ses mécanismes de défense mentale. Le Russe quitta la pièce et tira le battant derrière lui. Pitt tendit l'oreille et perçut nettement un seul et unique déclic.

Il s'agenouilla pour étudier attentivement la gâche, qui présentait une fente de quelques millimètres de large. Il fouilla la pièce à la recherche d'un objet mince et plat qu'il pourrait glisser dans l'interstice pour faire jouer le pêne.

Le sommier du lit était en bois. Rien à espérer de ce côté-là. Quant aux robinets du lavabo, ils étaient en céramique et les tuyaux, de même que ceux des toilettes, ne lui offraient aucune possibilité. L'armoire, par contre, était plus prometteuse. N'importe laquelle des charnières pourrait convenir, mais malheureusement impossible de défaire les vis à l'aide de ses seuls ongles.

Il réfléchissait au problème quand le garde entra à nouveau. Il jeta un regard soupçonneux autour de lui, puis fit brusquement signe à Pitt de l'accompagner. Ils empruntèrent un labyrinthe de couloirs gris et nus pour s'arrêter enfin devant une porte marquée du chiffre 6.

Pitt fut poussé sans ménagement à l'intérieur d'une petite pièce cubique qui dégageait une odeur nauséabonde. Le sol était en ciment avec un orifice d'écoulement au milieu. Les murs, eux, étaient peints dans une nuance de rouge sale qui s'accordait aux taches dont ils étaient constellés et qui brillaient dans la lueur blafarde projetée par l'ampoule nue qui pendait du plafond. C'était l'endroit le plus sinistre qu'il eût jamais vu.

Pour tout mobilier, il n'y avait qu'une chaise de bois couverte d'éraflures et les yeux de l'Américain se fixèrent sur l'homme qui y était assis. L'inconnu affichait une expression glaciale et il avait un torse et des épaules si puissants qu'ils en étaient déformés. Il avait par ailleurs le crâne rasé et son visage aurait pu paraître beau sans un nez cassé et aplati. Il portait une épaisse moustache et ses traits semblaient vaguement familiers à Pitt.

Sans même lever la tête, l'homme commença à énumérer toute une série de crimes dont Pitt était accusé, violation de l'espace aérien cubain, destruction d'un hélicoptère et meurtre de son équipage, espionnage au profit de la CIA, etc. La liste était longue et se terminait par l'accusation d'avoir pénétré illégalement dans une zone militaire interdite. L'inconnu s'exprimait avec un pur accent américain.

— Alors, qu'est-ce que vous répondez ? conclut-il.

— Je plaide coupable sur toute la ligne.

Une main monstrueuse avança une feuille de papier et un stylo.

— Signez vos aveux, je vous prie.

Pitt prit le stylo, posa le papier contre un mur et le signa sans le lire. L'homme reprit le document et l'examina.

— Je crois que vous avez fait une erreur, dit-il.

— Ah bon ?

— Vous ne vous appelez pas Benedict Arnold.

Pitt se frappa le front.

— Mais bien sûr, vous avez raison. Ça, c'était il y a huit jours. Cette semaine, c'est Millard Fillmore.

— Très drôle.

— Puisque le général Velikov a déjà informé le gouvernement américain de ma mort, je ne vois pas l'intérêt de cette confession, déclara Pitt en redevenant sérieux. C'est comme injecter de la pénicilline à un cadavre. A quoi pourrait-elle vous servir ?

— Disons d'assurance tous risques, d'instrument de propagande ou même de monnaie d'échange, répondit aimablement l'inconnu. Il peut y avoir un tas de raisons.(Il étudia une feuille qu'il avait à la main.) Je vois dans le dossier que m'a remis le général Velikov que vous avez dirigé le projet de renflouage de l'*Empress of Ireland* dans les eaux du Saint-Laurent*.

— C'est exact.

— Je me souviens d'y avoir moi-même participé.

Pitt le dévisagea. Il y avait bien quelque chose, mais il n'arrivait pas à mettre le doigt dessus. Il secoua la tête.

— Je ne me rappelle pas vous avoir eu dans mon équipe. Vous vous appelez comment ?

— Foss Gly, répondit lentement le colosse. Je travaillais avec les Canadiens qui essayaient de semer la pagaille dans vos opérations.

Une image traversa soudain l'esprit de Pitt. Celle d'un remorqueur amarré à un quai de Rimouski, au Québec. Il avait sauvé la vie d'un agent secret britannique en assommant ce même Gly à l'aide d'une clé à molette. Il se rappela aussi avec un certain soulagement que l'homme, alors, lui tournait le dos et ne l'avait donc pas vu.

— Dans ce cas, nous ne nous sommes jamais trouvés face à face, dit-il calmement.

Il guetta une réaction de la part de Gly, mais celui-ci ne cilla pas.

— Probablement pas, se contenta-t-il de dire.

— Vous êtes bien loin de chez vous.

* Voir *l'Incroyable Secret*, du même auteur, éd. Grasset.

L'homme haussa les épaules.

— Je suis près de ceux qui payent le mieux mes services.

— Même si c'est en roubles ?

— Convertis en or.

Gly poussa un profond soupir, puis se leva en faisant jouer son impressionnante musculature avant de reprendre :

— J'aimerais beaucoup poursuivre cette charmante évocation du passé, monsieur Pitt, mais je dois maintenant obtenir les réponses à un certain nombre de questions ainsi que votre signature au bas de cette confession.

— Je serai prêt à discuter de tous les sujets qui vous intéressent dès que j'aurai l'assurance que les LeBaron et mes amis pourront quitter librement cette île.

Le colosse ne répondit pas. Il regardait devant lui avec une expression qui frisait l'indifférence.

Pitt sentit venir le coup et se prépara à l'amortir, mais Gly ne se montra guère coopératif. Il se contenta de saisir son prisonnier à la base du cou, et d'exercer une pression d'abord légère, puis de plus en plus forte pour provoquer une douleur fulgurante.

Pitt agrippa le poignet de son tortionnaire et essaya de lui faire lâcher prise, mais autant vouloir déraciner un chêne à mains nues. Il serra les dents si fort qu'il crut qu'elles allaient se briser. La voix de Gly lui parvint à travers un voile de souffrance :

— Allez, Pitt, dites-moi simplement qui a organisé votre débarquement sur cette île et pourquoi. Pas besoin de subir d'autres tortures, à moins que nous ne soyez un masochiste professionnel. Croyez-moi, l'expérience peut être très, très désagréable. Dites au général ce qu'il veut savoir. De toute façon, ce que vous voulez taire ne changera pas la face du monde. Il n'y a pas des milliers de vies humaines en jeu, alors pourquoi attendre que je vous écrase tous les os les uns après les autres, que je vous arrache les articulations et que vos sinus ne soient plus qu'une bouillie sanguinolente ? Parce que, comprenez-moi bien, c'est exactement ce qui va vous arriver si vous persistez à ne pas répondre. Vu ?

Il desserra son étau et la douleur insoutenable s'atténua. Pitt vacilla un court instant et se massa l'épaule. Il étudia un moment Gly à travers la fente de ses paupières et comprit que peu importait ce qu'il raconterait : vérité ou mensonge, on ne l'en tiendrait pas quitte. Les tortures se poursuivraient jusqu'à l'épuisement de ses ressources physiques et mentales.

— Vous recevez une prime pour chaque aveu ? demanda-t-il avec une suave politesse.

— Je ne travaille pas à la commission, répondit le colosse non sans humour.

— D'accord, vous avez gagné, fit Pitt. Mon seuil de douleur est assez bas. Qu'est-ce que vous voulez que j'avoue ? Une tentative d'assassinat sur la personne de Fidel Castro ? Un complot pour convertir les conseillers soviétiques en démocrates ?

— La vérité, monsieur Pitt. Simplement la vérité.

— Je l'ai déjà dite au général Velikov.

— Effectivement. J'ai l'enregistrement de cette conversation.

— Dans ce cas, vous savez que madame LeBaron, Al Giordino, Rudi Gunn et moi espérions découvrir des indices concernant la disparition de Raymond LeBaron, tout en recherchant une épave qui est supposée renfermer un trésor. Je ne vois pas où est le mal.

— Le général Velikov considère qu'il s'agit d'une opération de diversion couvrant une mission plus confidentielle.

— Par exemple ?

— Une tentative pour communiquer avec les frères Castro.

— Le premier mot qui me vienne à l'esprit, c'est *absurde*. Si nos deux gouvernements désiraient négocier, il existe des moyens plus simples de le faire.

— Gunn nous a tout raconté, dit Gly. Vous deviez vous laisser dériver vers les eaux cubaines où vous auriez été faits prisonniers par la canonnière et une fois conduits sur l'île, vous auriez transmis des informations capitales au sujet des relations secrètes américano-cubaines.

Pitt était sincèrement abasourdi. Il ne comprenait pas.

— C'est une histoire à dormir debout ! s'exclama-t-il.

— Alors pourquoi étiez-vous armés et avez-vous abattu l'hélicoptère cubain ?

— Mais nous n'avions pas d'armes, mentit Pitt. L'appareil nous a tout simplement explosé à la figure pour une raison que j'ignore.

— Dans ce cas, expliquez-moi pourquoi le bâtiment cubain n'a retrouvé aucun survivant sur les lieux de l'accident ?

— Nous étions dans l'eau. Il faisait presque nuit et la mer était mauvaise. Je suppose qu'ils ne nous ont pas vus.

— Et pourtant vous avez été capables de nager pendant une dizaine de kilomètres au milieu d'un ouragan en restant tous groupés et en débarquant presque intacts sur Cayo Santa María ?

— On a eu de la chance, c'est tout.

— Et qui raconte des histoires à dormir debout maintenant ?

Pitt n'eut pas le temps de répondre. Sans l'ombre d'un avertissement, Gly lui balança son énorme poing dans les reins.

La douleur le traversa comme un fer chauffé au rouge et, tandis qu'il sombrait dans l'inconscience, il tendit la main vers Jessie, mais celle-ci se borna à éclater de rire sans faire le moindre geste pour lui porter secours.

Chapitre 31

Une voix grave lui parlait, presque à l'oreille. Les mots étaient vagues et lointains. Une nuée de scorpions escalada son lit et les horribles bêtes plantèrent leurs aiguillons venimeux dans son flanc. Il ouvrit les yeux. La lumière vive l'aveugla. Il avait l'impression d'avoir le visage mouillé et se crut en train de nager. Il projeta les bras en avant. La voix à côté de lui se fit plus distincte.

— Doucement, mon vieux, je ne fais que vous essuyer la figure.

Pitt ouvrit à nouveau les paupières et distingua le visage d'un homme aux cheveux gris, à l'expression soucieuse, penché au-dessus de lui. L'inconnu lui sourit.

— Vous souffrez beaucoup ?

— Ça brûle un peu, oui.

— Vous voulez boire ?

— Avec plaisir.

L'homme se redressa. Sa tête touchait presque le plafond. Il tira un gobelet d'un petit sac de toile et alla le remplir au lavabo.

Pitt s'assit avec d'infinies précautions. Il se sentait dans un triste état et réalisa brusquement qu'il avait faim. Depuis combien de temps n'avait-il pas mangé ? Il ne s'en souvenait même plus. Il accepta le gobelet avec reconnaissance et le vida d'un trait avant de lever les yeux sur son bienfaiteur.

— Le téméraire et richissime LeBaron, je présume ?

L'intéressé eut un sourire pincé et répondit :

— Je n'en suis pas particulièrement fier en ce moment.

— Vous n'êtes pas un homme facile à retrouver.

— Ma femme m'a raconté comment vous lui avez sauvé la vie. Je tiens à vous remercier.

— A en croire le général Velikov, il ne s'agit que d'un sursis.

Le sourire du magnat de la presse s'évanouit.

— Qu'est-ce qu'il vous a dit ?

— Il a dit, et je le cite, « vous devrez tous mourir ».

— Il vous a donné une raison ?

— Il paraît que nous sommes tombés sur une installation militaire soviétique ultra-secrète.

Une expression pensive apparut sur les traits de LeBaron.

— Le général Velikov vous a menti, fit-il après une courte hésitation. A l'origine, cette base a été construite pour écouter les communications ondes courtes échangées sur le territoire des Etats-Unis, mais avec le développement rapide des satellites espions elle s'est trouvée dépassée avant même d'être achevée.

— Comment avez-vous appris ça ?

— Ils m'ont laissé libre de circuler dans l'île, ce qu'ils n'auraient certainement pas fait s'il s'agissait d'une zone sensible. Je n'ai remarqué ni antennes ni traces d'équipements de communication sophistiqués. Et puis j'ai établi des liens amicaux avec un certain nombre de visiteurs cubains qui m'ont fourni des bribes d'informations. D'après moi, cet endroit est une sorte de retraite pour hommes d'affaires, un endroit discret où les cadres d' entreprises se réunissent pour discuter de leur stratégie commerciale de l'année à venir, avec la différence qu'ici ce sont des Cubains et des

Soviétiques occupant des fonctions importantes qui se rencontrent afin d'établir leur stratégie politique et militaire.

Pitt avait du mal à se concentrer. Son rein droit le faisait horriblement souffrir et la tête lui tournait. Il se dirigea en titubant vers les toilettes. Son urine était teintée de sang, mais pas trop. Il ne devait pas être très sérieusement touché.

— Il vaudrait mieux ne pas continuer cette conversation, dit-il. Ma cellule doit être truffée de micros.

— Je ne pense pas, répondit LeBaron en secouant la tête. Ce niveau du complexe n'a pas été conçu pour des conditions de détention très strictes. Vous savez, c'est un peu comme l'ancien bagne de l'île du Diable, un endroit d'où on ne peut pas s'échapper. Cuba se trouve à plus de trente kilomètres et les eaux dans le coin sont infestées de requins, sans compter que les courants vous emportent vers le large. Et de l'autre côté, la terre la plus proche, les Bahamas, est à quelque chose comme cent quatre-vingts kilomètres au nord-est. Vous pouvez abandonner tout rêve d'évasion.

Pitt s'assit doucement sur le lit.

— Vous avez vu les autres ? demanda-t-il.

— Oui.

— Comment vont-ils ?

— Giordino et Gunn sont ensemble dans une pièce au bout du couloir. Leurs blessures leur ont épargné une petite visite à la chambre 6. Jusqu'à maintenant, ils ont été assez bien traités.

— Et Jessie ?

LeBaron se raidit imperceptiblement.

— Le général Velikov nous a obligeamment attribué les appartements réservés aux visiteurs de marque. On nous permet même de dîner en compagnie des officiers.

— Je suis content que ni vous ni elle n'ayez été maltraités.

— C'est vrai, Jessie et moi avons beaucoup de chance.

LeBaron s'exprimait d'un ton monocorde et peu convaincu. Aucune lueur ne brillait dans ses yeux. Il n'avait rien de cet homme réputé pour son audace, son goût de l'aventure et ses fiascos comme ses succès retentissants dans le domaine des affaires. Il semblait complètement étranger au personnage débordant d'énergie dont les conseils étaient si recherchés par les financiers et la plupart des dirigeants de la planète.

— Et Buck Caesar et Joe Cavilla ? demanda Pitt.

Le magnat de la presse haussa tristement les épaules.

— Buck a échappé à ses gardes pendant la promenade et a tenté de fuir en se servant du tronc d'un palmier arraché comme radeau. Son corps, ou ce qu'il en restait après l'œuvre des requins, a été rejeté sur la plage trois jours plus tard. Quant à Joe, après plusieurs séjours dans la chambre 6, il est tombé dans le coma et il est mort sans reprendre connaissance. Je ne comprends pas, il n'avait aucune raison de ne pas répondre aux questions du général Velikov.

— Et vous-même, vous n'avez pas rendu visite à Foss Gly ?

— Non, cette expérience m'a été épargnée. Je ne sais pas pourquoi. Le général Velikov pense peut-être que je suis trop précieux en tant qu'éventuelle monnaie d'échange.

— Il n'a pas l'air de tenir le même raisonnement en ce qui me concerne, fit Pitt sombrement.

— Je voudrais pouvoir vous aider, mais le général Velikov est resté sourd à mes prières pour Joe. Je crains qu'il n'en soit de même pour vous.

Pitt se demanda vaguement pourquoi LeBaron parlait toujours de Velikov avec respect et en utilisant son rang dans l'armée soviétique.

— Je ne comprends pas la brutalité de ces interrogatoires, fit-il. Qu'est-ce qu'ils avaient à gagner à la mort de Cavilla ? Et qu'est-ce qu'ils espèrent me soutirer ?

— La vérité, répondit simplement LeBaron.

Pitt lui lança un regard pénétrant.

— La vérité telle que je la connais, c'est que vous avez disparu avec votre équipage en cherchant à retrouver le *Cyclope.* Votre femme, mes amis et moi sommes alors partis à notre tour à la recherche de l'épave dans l'espoir de découvrir un indice concernant votre disparition. Je ne vois pas ce qui cloche dans cette histoire.

LeBaron qui s'était mis à transpirer s'épongea le front avec sa manche.

— Ça ne sert à rien de discuter avec moi, Dirk, fit-il. Ce n'est pas moi qui ne vous crois pas. La mentalité russe, c'est de voir un mensonge sous chaque vérité.

— Vous avez parlé avec Jessie. Elle vous a certainement expliqué comment nous avons découvert le *Cyclope* et fini par atterrir ici.

Le financier ne put réprimer un tressaillement à la mention du *Cyclope.* Il parut vouloir s'éloigner de Pitt. Il empoigna son sac de toile et frappa contre la porte. Elle s'ouvrit presque aussitôt et il sortit.

*
**

Foss Gly attendait LeBaron dans la chambre 6. Il était assis sur cette même chaise, machine à tuer insensible à la douleur et à la mort, personnification du mal. Il sentait la viande en décomposition.

Le magnat de la presse s'avança en tremblant et lui tendit le sac. Le colosse fouilla à l'intérieur et en retira un petit magnétophone qu'il rembobina. Il se contenta d'écouter un court passage pour vérifier que les voix s'entendaient distinctement.

— Il s'est confié à vous ? demanda-t-il.

— Oui. Il n'a fait aucune tentative pour me dissimuler quoi que ce soit.

— Il travaille pour la CIA ?

— Je ne pense pas. Il est arrivé sur l'île par pur accident.

Gly se leva et empoigna LeBaron par le bourrelet qu'il avait autour de la taille, pinçant et tordant dans le même mouvement. Les yeux du financier s'écarquillèrent et il étouffa un hurlement. Il tomba à genoux sur le sol de ciment.

La brute se baissa pour lui souffler à la figure d'un ton menaçant :

— Essaye pas de jouer au malin avec moi, espèce d'ordure, sinon je vais m'occuper de ta jolie petite femme, compris ?

Chapitre 32

Ira Hagen déjoua les pronostics de Hudson et d'Eriksen en ne se rendant pas à Houston. Le détour ne s'imposait pas. En effet, l'ordinateur installé à bord du jet lui avait appris tout ce qu'il avait besoin de savoir. Le numéro de téléphone inscrit dans le carnet du général Fisher conduisait au bureau du directeur des Opérations en vol de la NASA, Irwin Mitchell, alias Irwin Dupuy. Quant à Steve Larson, un autre nom de la liste, une rapide enquête avait permis d'établir qu'il s'agissait en fait de Steve Busche, le directeur du Centre de recherches spatiales de la NASA en Californie.

La liste des « membres fondateurs » s'établissait à présent ainsi :

Raymond LeBaron .... Signalé pour la dernière fois à Cuba.
Général Mark Fisher ..... Colorado Springs.
Clyde Booth .... Albuquerque.
Irwin Mitchell .... Houston.
Steve Busche .... Californie.
Dean Beagle (?) .... Philadelphie (identité et adresse à vérifier).
Daniel Klein (?) .... Washington D.C. (idem).
Leonard Hudson .... Maryland (adresse à vérifier).
Gunnar Eriksen .... Maryland (idem).

Il ne lui restait plus que soixante-six heures. Il avait tenu le Président informé des progrès de son enquête et l'avait averti qu'il risquait de ne pas aboutir à temps. Le locataire de la Maison-Blanche avait déjà réuni une équipe composée d'hommes de confiance qui aurait pour mission de s'emparer des « membres fondateurs » et de les regrouper dans un lieu qu'il n'avait pas encore spécifié. Le seul atout de Hagen, c'était la proximité géographique des lieux de résidence des trois derniers noms de la liste. Il pariait sur le fait qu'ils se trouvaient tous trois au même endroit.

Hagen, cette fois, ne perdit pas de temps à louer une voiture en atterrissant à l'aéroport international de Philadelphie. Son pilote avait fait le nécessaire en vol et une limousine Lincoln l'attendait en bas de la passerelle. Pendant le trajet qui le mena le long du Schuylkill vers le parc national de Valley Forge, il rédigea son rapport au Président et établit un plan pour tenter de localiser le plus vite possible Hudson et Eriksen dont le numéro de téléphone conjoint n'était que celui d'un entrepôt désaffecté près de Washington.

Il referma son attaché-case tandis que la voiture passait devant le parc où l'armée de George Washington avait campé durant l'hiver 1777-1778. Les arbres commençaient tout juste à se parer des teintes fauves de l'automne. Le chauffeur prit une petite route qui serpentait à flanc de colline, bordée de vieux murs de pierre.

Le célèbre *Horse and Artillery Inn*, construit en 1790 pour servir à la fois de relais de diligence et de taverne, se dressait au milieu d'une pelouse en pente à l'ombre d'un bosquet d'arbres. L'auberge, considérée comme un lieu historique, était un pittoresque bâtiment de deux étages aux volets bleus tout à fait dans le style de l'architecture de l'époque. Hagen descendit de voiture et grimpa les marches de la véranda, avec ses fauteuils à bascule d'autrefois, et entra dans le hall rempli de meubles anciens groupés autour d'une grande cheminée où flambait un feu clair. Une jeune fille en costume colonial l'escorta jusqu'à une table de la salle à manger.

— Dean est là ? demanda-t-il avec naturel.

— Oui, monsieur, répondit aussitôt la jeune fille. Le sénateur est dans la cuisine. Vous désirez le voir ?

— Je lui serais très reconnaissant de me consacrer quelques instants s'il le peut.

— Voulez-vous consulter le menu entre-temps ?

— Avec plaisir.

Hagen examina le menu qui comportait des plats traditionnels américains, mais il n'avait pas vraiment l'esprit à manger. Serait-il possible, s'interrogeait-il, que Dean Beagle fût le sénateur Dean Porter qui avait jadis présidé la puissante commission des Affaires étrangères et avait de justesse perdu les primaires pour la course à la Maison-Blanche face à George McGovern ? Membre du Sénat pendant près de trente ans, Porter avait marqué la politique extérieure américaine avant de prendre sa retraite deux ans plus tôt.

Un homme chauve âgé de près de quatre-vingts ans sortit de la cuisine en s'essuyant les mains à son tablier et s'avança vers la table de Hagen.

— Vous souhaitiez me voir ?

L'homme du Président se leva.

— Sénateur Porter ?

— Oui.

— Je m'appelle Ira Hagen. Je suis moi-même restaurateur, spécialisé en cuisine américaine, mais je dois avouer que mes recettes sont loin d'être aussi créatives que les vôtres.

— Leo m'a prévenu que vous pourriez venir ici, lança Porter sans préambule.

— Vous ne voulez pas vous asseoir ?

— Vous restez dîner, monsieur Hagen ?

— C'était mon intention.

— Dans ce cas, permettez-moi de vous offrir une bouteille de vin local.

— Je vous remercie.

Porter appela la serveuse, lui passa la commande, puis se tourna vers Hagen et, le regardant droit dans les yeux, demanda :

— Combien d'entre nous avez-vous réussi à démasquer ?

— Vous êtes le sixième, répondit l'homme du Président.

— Vous avez de la chance de ne pas être allé à Houston. Leo vous avait préparé un petit comité d'accueil.

— Vous étiez parmi les premiers « membres fondateurs », sénateur ?

— Je me suis lancé dans l'aventure dès 1964 et j'ai contribué à assurer le financement secret de l'opération.

— Je vous félicite. Vous avez fait un travail remarquable.

— Et vous, vous travaillez pour le Président si j'ai bien compris ?

— C'est exact.

— Quelles sont ses intentions en ce qui nous concerne ?

— Vous rendre les honneurs que vous méritez tous, mais d'abord empêcher vos hommes sur la lune de déclencher une guerre.

La serveuse apporta une bouteille de vin blanc dans un seau à glace. Porter la déboucha en expert, se versa un verre, puis goûta.

— Excellent, fit-il.

Il servit alors son invité et commença à expliquer :

— Il y a quinze ans, monsieur Hagen, notre gouvernement a commis une erreur stupide en bradant notre technologie spatiale au nom de « l'amitié entre les peuples ». Souvenez-vous, c'était l'époque des programmes spatiaux communs entre Russes et Américains avec la rencontre des astronautes d'Apollo et des cosmonautes soviétiques en orbite. J'étais contre dès le début, mais l'affaire se passait au cours des années de détente et ma voix n'était qu'un cri dans le désert. Je ne faisais pas confiance aux Russes alors et je ne leur fais pas plus confiance aujourd'hui. Nous leur avons offert sur un plateau une technologie qui avait vingt ans d'avance sur la leur. Nous avons ainsi gaspillé quatre cents millions de dollars et je me suis promis que cela n'arriverait plus jamais. C'est la raison pour laquelle je n'accepterai pas sans réagir de laisser les Russes récolter tous les bénéfices de la Colonie Jersey. S'ils nous étaient supérieurs sur le plan technologique, il ne fait aucun doute dans mon esprit qu'ils nous évinceraient de la lune.

— Vous pensez donc comme Leo que les premiers Russes à poser le pied sur la lune doivent être éliminés ?

— Ils feront tout ce qui est en leur pouvoir pour s'emparer des données scientifiques accumulées par notre base lunaire. Soyez réaliste, monsieur Hagen. Vous ne voyez jamais nos agents voler des secrets technologiques aux Russes pour les transmettre à l'Ouest. Les Soviétiques comptent sur nos progrès dans ce domaine car ils sont incapables d'en réaliser eux-mêmes.

— Vous n'avez pas une bien haute opinion des Soviétiques, constata Hagen.

— Quand le Kremlin décidera vraiment de bâtir un monde meilleur au lieu de vouloir le diviser et le régenter, je changerai peut-être d'avis.

— Allez-vous m'aider à trouver Leo ?

— Non, répondit simplement le sénateur.

— Les « membres fondateurs » pourraient au moins accepter d'entendre le Président exposer son point de vue.

— C'est pour ça qu'il vous a envoyé ?

— Il espérait que je parviendrais à vous localiser tous pendant qu'il en est encore temps.

— Encore temps pour quoi ?

— Dans moins de quatre jours, les premiers cosmonautes soviétiques arriveront sur la lune. Si les hommes de votre Colonie Jersey les tuent, leur gouvernement pourrait se sentir justifié à abattre une navette spatiale ou bien notre laboratoire orbital.

Le sénateur le considéra avec une expression glaciale.

— Intéressante hypothèse, fit-il. Je pense qu'il ne nous reste plus qu'à attendre pour voir ce qui va se passer. Vous ne croyez pas ?

Chapitre 33

Pitt utilisa la boucle du bracelet de sa montre pour dévisser les charnières de l'armoire, puis glissa la partie plate de l'une d'elles entre la gâche et le pêne de la serrure. C'était presque parfait. Il ne lui restait plus qu'à attendre la venue du garde avec le dîner.

Il bâilla et alla se rallonger sur son lit. Ses pensées se tournèrent vers Raymond LeBaron. Le magnat de la presse ne lui était pas apparu à la hauteur de sa réputation, loin de là. Il avait donné l'impression d'un homme crevant de peur et n'avait pas rapporté la moindre parole de Jessie, d'Al ou de Rudi, qui n'avaient certainement pas manqué de lui transmettre des messages d'encouragement à son intention. Décidément, il y avait quelque chose de bizarre dans l'attitude de cet homme.

Il se redressa au bruit de la porte qui s'ouvrait. Le garde entra avec un plateau qu'il remit sans un mot au prisonnier. Le repas se composait d'un bout de pain rassis et d'une sorte de bouillon dans lequel flottaient quelques petits morceaux blanchâtres qui pouvaient passer pour du poulet bouilli.

Pitt avait faim et, surtout, il lui fallait conserver ses forces. Il se contraignit à avaler l'infecte mixture, manquant de vomir à plusieurs reprises. Il finit par tendre le plateau vide au garde qui le prit en silence et sortit en refermant la porte derrière lui.

Pitt sauta à bas de son lit et se précipita pour glisser l'une des charnières dans la serrure afin d'empêcher le pêne de jouer puis, dans le même mouvement, il pressa son épaule contre le battant et tapa légèrement dessus avec la seconde charnière, imitant le déclic de la serrure.

Dès qu'il entendit les pas du Russe s'éloigner dans le couloir, il entrouvrit la porte, arracha un morceau de sparadrap d'une bande qui entourait son bras blessé et le colla sur la clenche pour que la porte ne risque pas de se refermer.

Ensuite, il ôta ses sandales, les glissa dans sa ceinture puis sortit, tira doucement la porte, glissa un cheveu dans l'entrebâillement et s'avança dans le couloir désert en rasant la paroi. Il ne semblait y avoir aucun équipement de surveillance.

Son objectif était de retrouver ses amis et d'établir avec eux un plan d'évasion, mais après avoir parcouru une vingtaine de mètres, il découvrit un étroit puits avec une échelle qui se perdait dans les ténèbres. Il décida de voir où il conduisait. L'ascension parut durer une éternité et il comprit que cette issue de secours permettait probablement de déboucher à la surface de la base souterraine. Ses mains qui tâtonnaient dans l'obscurité rencontrèrent enfin une plaque au-dessus de sa tête. Il la souleva avec ses épaules, provoquant un claquement sec.

Il s'immobilisa en retenant son souffle. Cinq minutes passèrent. Rien. Il dégagea la plaque. Il était arrivé dans un garage où étaient rangés de nombreux véhicules militaires et civils. Le bâtiment était vaste et la forme des poutrelles d'acier soutenant le toit se devinait dans les ténèbres. Tout au bout se trouvait un bureau brillamment éclairé dans lequel deux Russes en treillis faisaient une partie d'échecs.

Pitt se glissa au milieu des voitures et passa en rampant sous les fenêtres du bureau pour atteindre la porte principale du garage. Il était parvenu jusqu'ici avec une facilité déconcertante, mais pour se heurter à une difficulté insurmontable. La serrure, en effet, était électrique et il n'existait aucun moyen d'ouvrir sans alerter les joueurs.

Il longea les parois à la recherche d'une autre issue tout en sachant qu'il s'agissait d'une cause perdue. Si cette construction était bien en surface comme il le pensait, elle était probablement recouverte de terre pour être dissimulée aux regards et ne comportait pas d'autre voie d'accès que cette grande porte par laquelle entraient ou sortaient les véhicules.

Il fit le tour du garage et, revenant à son point de départ, il allait renoncer quand il leva les yeux et repéra un conduit d'aération dont l'ouverture paraissait assez large pour laisser passer un homme.

Il grimpa en silence sur le toit d'un camion, puis se hissa sur une poutrelle. Il se glissa ensuite par le conduit et, quelques instants plus tard, il sentait enfin sur son visage l'air frais et humide du dehors. L'ouragan avait faibli et le vent, estima-t-il, ne soufflait plus qu'à environ trente kilomètres-heure. Le ciel n'était qu'en partie couvert et un mince croissant de lune permettait de distinguer vaguement les objets dans un rayon d'une trentaine de mètres.

Le problème était maintenant de franchir le haut mur d'enceinte qui protégeait la base. Les gardes avaient réintégré le poste à côté du portail et le chemin qu'ils avaient emprunté deux nuits plus tôt pour entrer lui était coupé.

La chance vint une nouvelle fois à son secours. Il découvrit un petit fossé d'écoulement qui passait sous le mur, mais se retrouva bloqué par une rangée de barreaux. Heureusement, ils étaient rongés par la rouille et il n'eut aucun mal à les écarter.

Trois minutes plus tard, Pitt courait au milieu des palmiers qui bordaient la route encaissée. Il n'y avait aucune trace de patrouilles, ni d'équipements électroniques de surveillance et les petits arbustes dissimulaient sa silhouette qui se découpait sur le sable clair. Il se dirigea à angle droit vers la plage et arriva à la clôture électrifiée.

Il la longea un instant jusqu'à la partie endommagée par l'ouragan. Elle avait été réparée, mais il reconnut l'endroit grâce au palmier tombé qui était demeuré sur place. Il s'agenouilla et commença à creuser dans le sable sous la clôture. Il s'escrima pendant près d'une heure avant d'obtenir un trou assez profond pour lui permettre de se glisser de l'autre côté.

Son épaule et ses reins le faisaient horriblement souffrir et il transpirait comme dans un sauna. Il essaya de retrouver son chemin jusqu'à la plage, près des brisants auxquels ils avaient de justesse échappé. Le paysage ne semblait plus le même sous la lune. Il arpenta le littoral et était sur le point d'abandonner quand son regard fut attiré par quelque chose qui luisait dans le sable. C'était le réservoir à essence du moteur du canot pneumatique. Quant au reste, il était enfoui à environ dix mètres de la laisse de haute mer. Il réussit à dégager le moteur et, le chargeant sur ses épaules, s'éloigna de la base soviétique en suivant le bord de l'eau.

Pitt n'avait pas la moindre idée de l'endroit où il allait cacher le moteur. Ses pieds s'enfonçaient dans le sable et, avec les trente kilos qu'il portait, il devait s'arrêter tous les cent mètres pour reprendre son souffle.

Il avait parcouru environ trois kilomètres quand il parvint devant une route recouverte de végétation qui passait entre des rangées d'habitations en ruine. La plupart n'étaient guère plus que des cabanes agglutinées autour d'un petit lagon, probablement un ancien village de pêcheurs. Pitt ne pouvait pas savoir qu'il s'agissait d'un de ces villages que les habitants avaient été contraints de quitter à l'arrivée des Russes.

Il posa le moteur avec un soupir de soulagement, puis se mit à fouiller parmi les maisons. Les murs et les toits étaient en général faits de tôles ondulées et de bouts de planches et il ne restait plus rien du mobilier. Il découvrit bien un bateau tiré sur la plage, mais le fond était complètement pourri.

Il envisagea un instant de construire un radeau, mais l'opération exigerait beaucoup trop de temps, sans compter qu'il devrait travailler dans l'obscurité et sans outils. Le résultat ne résisterait sans doute pas à la première vague.

Le cadran lumineux de sa montre indiquait 1 h 30. S'il voulait voir Giordino et Gunn, il ne devait pas trop s'attarder. Il se demanda où il allait trouver de l'essence pour le moteur, mais il n'avait plus le temps de chercher. Il calcula qu'il lui faudrait près d'une heure pour regagner sa cellule.

Il aperçut une vieille baignoire devant une barraque à demi effondrée, posa le moteur par terre, plaça la baignoire dessus pour le dissimuler et jeta sur l'ensemble quelques vieux pneus et un matelas éventré avant de s'éloigner à reculons en effaçant ses traces à l'aide d'une feuille de palmier sur une bonne centaine de mètres.

Le retour fut aisé. Il n'oublia pas de redresser les barreaux de la grille sous le mur d'enceinte, se demandant soudain pourquoi une base aussi secrète ne grouillait pas de gardes, mais il lui vint aussitôt à l'esprit que l'île était survolée en permanence par des avions espions américains qui avaient la fâcheuse manie de prendre depuis une altitude de 90 000 pieds des photos sur lesquelles il était possible de lire la marque d'une balle de golf.

Les Soviétiques avaient probablement jugé préférable de dissimuler leurs installations sous une apparence d'abandon. Ainsi, les dissidents fuyant le gouvernement de Castro ne s'y intéresseraient pas et d'éventuels commandos d'exilés ignoreraient cette petite île pour se concentrer sur Cuba. Comme personne n'y débarquait et que personne ne pouvait s'en échapper, les Russes n'avaient aucune raison d'établir un système de surveillance sophistiqué.

Pitt sortit du conduit d'aération, traversa le garage en silence et redescendit par le puits. Le couloir était désert. Il s'arrêta devant la porte de sa cellule et vérifia que le cheveu était toujours en place.

Il lui fallait maintenant retrouver Gunn et Giordino, mais il craignait de forcer sa chance. S'il était découvert, Velikov et Gly veilleraient à ce qu'il ne recommence plus, au besoin en l'exécutant sur-le-champ. D'un autre côté, il n'aurait peut-être plus jamais une occasion pareille. Les bruits résonnaient dans le couloir de béton et s'il ne s'aventurait pas trop loin, il entendrait approcher des pas suffisamment à l'avance pour être en mesure de regagner sa cellule.

La pièce d'à côté était une réserve de peinture. Il la fouilla un instant, mais n'y découvrit rien d'intéressant. Les deux suivantes étaient vides et la troisième contenait des fournitures de plomberie. Il ouvrit la porte de la quatrième et eut devant lui les visages éberlués de Gunn et de Giordino. Il se glissa à l'intérieur, veillant à ce que le pêne ne s'enclenche pas.

— Dirk ! s'écria Giordino.

— Chut !

— Content de te voir, vieux.

— Tu as vérifié s'il y avait des micros ? souffla Pitt.

— Dans les trente secondes qui ont suivi notre arrivée, répondit Gunn. Pas de micros, pas de caméras.

Pitt remarqua alors les marques violacées autour des yeux de son adjoint.

— Je vois que tu as fait la connaissance de Foss Gly dans la chambre 6.

— Nous avons eu une conversation fort passionnante. Un peu à sens unique, à vrai dire.

Pitt se tourna vers Gunn qui ne portait pas de traces apparentes.

— Et toi ? demanda-t-il.

— Il n'a pas jugé indispensable de me frapper, répondit Gunn en désignant sa cheville dont le plâtre avait disparu. Il s'est contenté de me tordre le pied.

— Jessie ?

Ses deux amis échangèrent un regard inquiet.

— Nous craignons le pire, se décida à répondre Gunn. Al et moi avons entendu une femme crier cet après-midi en sortant de l'ascenseur.

— Nous venions d'être interrogés par cette limace visqueuse de Velikov.

— C'est leur méthode habituelle, expliqua Pitt. Le général joue le rôle du gant de velours avant de vous remettre entre les pattes de Gly, la main de fer. (Il arpenta avec fureur le petit espace.) Il faut trouver Jessie et foutre le camp d'ici.

— Mais comment ? demanda Giordino. LeBaron nous a rendu visite et nous a répété plusieurs fois qu'il était impossible de s'évader de cette île.

— Notre roi de la finance ne m'inspire aucune confiance, répliqua Pitt. J'ai l'impression que Gly l'a terrorisé au point d'en faire son instrument.

— Je suis d'accord avec toi.

Gunn se tourna sur sa couchette pour soulager sa cheville cassée.

— Et comment comptes-tu quitter l'île ? demanda-t-il.

— J'ai récupéré le moteur du canot et je l'ai mis à l'abri au cas où je parviendrais à faucher un bateau.

— Quoi ? lâcha Giordino en dévisageant son ami avec incrédulité. Tu as réussi à sortir d'ici ?

— Ce n'a pas été précisément une promenade de santé, mais j'ai trouvé un chemin jusqu'à la plage.

— Impossible de voler un bateau, intervint calmement Gunn.

— Toi, tu sais quelque chose que je ne sais pas.

— Mes vagues notions de russe se sont révélées très utiles. J'ai appris quelques petites choses par les gardes et aussi en jetant un coup d'œil sur les papiers étalés sur le bureau de Velikov. Entre autres que l'île est ravitaillée de nuit par sous-marin.

— Mais pourquoi se compliquer ainsi la vie ? s'étonna Giordino. Les voies maritimes normales seraient plus efficaces, non ?

— Oui, mais elles exigeraient un minimum d'installations qu'on pourrait repérer d'en haut, expliqua Gunn. Je ne sais pas ce qui se passe ici, mais en tout cas les Russes tiennent drôlement au secret.

— C'est vrai, approuva Pitt. Ils se donnent beaucoup de mal pour que l'île paraisse déserte.

— Pas étonnant qu'ils aient été tellement affolés en nous voyant débarquer ici, fit Giordino pensivement. Ça explique l'interrogatoire et les tortures.

— Raison de plus pour foutre le camp d'ici et sauver notre peau.

— Et alerter nos services de renseignements, ajouta Gunn.

— Pour quand le départ ? demanda Giordino.

— Demain soir, après le festin servi par notre jeune ami russe.

Gunn lança un long regard à Pitt, puis déclara :

— Il va falloir que tu tentes le coup tout seul, Dirk.

— On est arrivés ensemble et on repartira ensemble.

Giordino secoua la tête.

— Tu ne peux pas nous porter tous les trois sur ton dos.

— Il a raison, fit Gunn. Al et moi ne sommes pas en état de parcourir plus de cinquante mètres. Il vaut mieux qu'on reste plutôt que de gâcher tes chances de réussite. Emmène les LeBaron et fonce vers les States.

— Je ne peux pas courir le risque de mettre Raymond LeBaron dans la confidence. Je suis à peu près sûr qu'il nous dénoncerait. Il a voulu me faire croire que l'île était une sorte d'endroit retiré pour mystérieux hommes d'affaires.

— Tenu par des militaires et où on torture les invités ? s'étonna Gunn.

— Laisse tomber LeBaron. (Les yeux de Giordino étaient noirs de fureur.) Mais pour l'amour du ciel, sauve Jessie avant que ce fumier de Gly la tue.

Pitt était saisi d'une mortelle indécision.

— Je ne peux pas partir en vous abandonnant tous les deux à la mort !

— Si tu ne pars pas, fit Gunn avec gravité, toi aussi tu mourras et il ne restera plus personne pour raconter ce qui se passe ici.

Chapitre 34

Le Président, après avoir inauguré un monument à la mémoire des soldats disparus avec le *Leopoldville* torpillé devant Cherbourg le soir de Noël 1944, serra les mains des survivants et autres vétérans de la division Panther. Il se dirigeait au milieu de la foule vers la limousine de la Maison-Blanche quand soudain il se figea.

— Emouvante cérémonie, monsieur le Président, lança une voix qu'il avait aussitôt reconnue. Pouvons-nous nous entretenir en privé ?

Leonard Hudson affichait un sourire ironique. Il ne ressemblait plus du tout à Reggie Salazar, le caddie. Il avait une barbe et des cheveux gris et portait un col roulé, une veste de tweed, un pantalon de flanelle brun foncé et des chaussures anglaises soigneusement cirées. On aurait dit une publicité pour une marque de whisky écossais.

Le Président se tourna vers l'un des membres des Services secrets qui se tenait à moins d'un mètre de lui et déclara :

— Cet homme m'accompagne jusqu'à la Maison-Blanche.

— C'est un grand honneur pour moi, monsieur, fit Hudson.

Le Président le dévisagea un instant, puis décida de poursuivre la comédie. Son visage s'éclaira d'un sourire amical et il s'écria :

— Je ne vais pas laisser passer l'occasion d'entendre à nouveau des histoires de guerre racontées par un vieil ami, n'est-ce pas *Joe ?*

*
**

Le cortège présidentiel tourna sur Massachusetts Avenue toutes sirènes hurlantes. Les deux hommes restèrent silencieux pendant deux bonnes minutes, puis Hudson demanda :

— Vous vous rappelez maintenant la première fois où nous nous sommes rencontrés ?

— Non, mentit le Président. Votre visage ne me dit absolument rien.

— Bien sûr, vous voyez tellement de monde...

— Pour être franc, j'ai surtout eu d'autres préoccupations à l'esprit.

Hudson balaya d'un geste l'hostilité évidente de son interlocuteur.

— Comme essayer de me faire jeter en prison ? lança-t-il.

— Je verrais plutôt un endroit plus approprié, un égoût par exemple.

— Vous n'êtes pas le chat, monsieur le Président, et moi je ne suis pas la souris. Vous vous imaginez sans doute que je me suis précipité dans la gueule du loup, en l'occurrence une voiture entourée par une armée de gardes du corps des Services secrets, mais j'ai pensé à protéger mes arrières.

— Encore le coup de la fausse bombe ?

— Non, quelque chose de différent cette fois. Une charge de plastic est placée sous la table d'un des grands restaurants de la ville. Dans huit minutes exactement, le sénateur Adrian Gorman et le secrétaire d'Etat Douglas Oates vont s'y installer pour un petit déjeuner de travail.

— Vous bluffez.

— Peut-être, mais peut-être pas. En tout cas, je ne crois pas que ma capture vaille la peine de prendre le risque d'un carnage.

— Qu'est-ce que vous voulez de moi ?

— Rappelez votre limier.

— Enfin, pour l'amour du ciel, cessez de vous exprimer par énigme.

— Dites à Ira Hagen d'arrêter son enquête avant qu'il ne soit trop tard pour lui.

— Qui ?

— Ira Hagen, un vieux copain à vous qui travaillait pour le département de la Justice.

Le Président regardait la vitre sans la voir, comme plongé dans ses souvenirs.

— J'ai l'impression qu'il y a une éternité que je n'ai pas parlé à Ira.

— Inutile de mentir, monsieur le Président. Vous l'avez engagé pour démasquer les « membres fondateurs ».

— Je l'ai quoi ? (Le chef de la Maison-Blanche parut sincèrement abasourdi, puis il éclata de rire.) Vous semblez oublier qui je suis ! D'un seul coup de téléphone je peux vous mettre le FBI, la CIA et au moins cinq autres services spéciaux aux fesses !

— Alors pourquoi ne l'avez-vous pas fait ?

— Parce que j'ai consulté mes conseillers scientifiques ainsi que des gens très compétents qui participent à notre programme spatial. Ils sont unanimes. La Colonie Jersey est un pur fantasme. Vous parlez bien, Joe, mais vous ne vendez que du vent.

Hudson se sentait perdre pied.

— Je vous jure devant Dieu que la Colonie Jersey existe bien, affirma-t-il d'une voix blanche.

— A mi-chemin entre Oz et Utopie, sans doute ?

— Croyez-moi, monsieur le Président, quand nos premiers colons reviendront de la lune et que vous annoncerez la nouvelle, vous provoquerez la stupéfaction et l'admiration du monde entier !

Le Président le considéra un instant avant de déclarer :

— Ce que vous voulez en réalité que j'annonce, c'est un soi-disant conflit avec les Russes sur la lune. Je me demande bien où vous voulez en venir. Vous êtes quoi, Joe, un agent de publicité de Hollywood qui essaye de lancer un film de science-fiction ou un échappé d'un asile de fous ?

Hudson laissa éclater sa colère.

— Espèce de crétin ! rugit-il. Vous ne pouvez pas ignorer comme ça la plus grande réalisation scientifique de tous les temps !

— Vous croyez ? Eh bien, regardez. (Le Président prit le téléphone qui le reliait au chauffeur de la limousine.) Roger, arrêtez-vous, voulez-vous. Monsieur descend ici.

De l'autre côté de la vitre de séparation, le membre des Services secrets qui servait de chauffeur hocha la tête pour indiquer qu'il avait compris, puis il informa les autres voitures. Une minute plus tard, le cortège tournait dans une petite rue tranquille et les voitures se garaient le long du trottoir.

Le Président tendit le bras et ouvrit la portière.

— Fin du voyage, Joe, annonça-t-il. Je ne sais pas à quoi rime cette histoire avec Ira Hagen, mais si jamais il lui arrivait quelque chose, je serais le premier à venir témoigner à votre procès pour jurer que je vous ai entendu proférer des menaces à son égard. A moins, bien sûr, que vous n'ayez déjà été condamné à mort et exécuté pour un attentat commis dans un célèbre restaurant.

Hudson, étouffant de rage, descendit lentement de la limousine. Il hésita un instant, puis lança d'un ton accusateur :

— Vous commettez une grave erreur.

— Ce ne sera pas la première fois, répliqua le locataire de la Maison-Blanche en le congédiant d'un geste.

Il se carra alors dans son siège avec un petit sourire de satisfaction. Son numéro avait été parfait. Hudson, complètement désorienté, ne saurait plus comment réagir. Avancer d'une semaine la cérémonie du *Leopoldville* avait été une idée de génie. Un inconvénient pour les vétérans qui y avaient assisté, mais une véritable aubaine pour ce vieux malin d'Ira Hagen.

Hudson, debout sur le trottoir, regarda le cortège s'éloigner.

— Maudit bureaucrate sans cervelle ! s'écria-t-il en levant le poing.

Une camionnette anonyme s'arrêta près de lui et Hudson monta. L'intérieur était aménagé avec des fauteuils de cuir disposés autour d'une table. Deux hommes en costume trois pièces lui lancèrent un regard interrogateur tandis qu'il se laissait tomber sur un siège.

— Alors ? demanda l'un d'eux.

— Ce salaud m'a jeté dehors, répondit Hudson avec exaspération. Il m'a raconté qu'il n'avait pas vu Ira Hagen depuis des années et qu'on pouvait toujours le tuer et faire sauter le restaurant.

— Ça ne m'étonne pas, fit le troisième personnage, un homme au visage rouge et au nez aquilin. Ce type est tellement pragmatique.

Gunnar Eriksen serrait sa pipe éteinte entre ses dents.

— Quoi d'autre ? fit-il.

— Il a prétendu que la Colonie Jersey était un canular.

— Il vous a reconnu ?

— Je ne crois pas. Il continue à m'appeler Joe.

— Il joue peut-être la comédie.

— Alors c'est qu'il a de véritables dons d'acteur.

Eriksen se tourna vers le troisième homme.

— Qu'est-ce que vous en pensez ?

— Hagen représente une énigme. J'ai surveillé de très près le Président et je n'ai enregistré aucun contact entre eux.

— Hagen n'aurait pas pu être engagé par le directeur de la CIA ou du FBI ? demanda Eriksen.

— Pas par les voies normales, en tout cas. La seule réunion que le Président ait tenue avec les gens des services spéciaux, c'est avec Sam Emmett du FBI. Je n'ai pas réussi à mettre la main sur le rapport, mais je sais que c'était à propos des trois cadavres retrouvés dans le dirigeable de LeBaron. Sinon, il n'y a rien eu.

— Il a sûrement fait quelque chose, affirma Hudson. Je crains que nous ne l'ayons sous-estimé.

— Comment ?

— Il savait que j'allais le recontacter et lui ordonner de rappeler Hagen.

— Qu'est-ce qui vous a amené à cette conclusion ? demanda l'homme au nez en bec d'aigle.

— Hagen lui-même, répondit Hudson. Aucun agent secret digne de ce nom n'attirerait ainsi l'attention sur lui. Et Hagen était l'un des meilleurs. Il devait avoir une solide raison pour se manifester ainsi par ce coup de téléphone au général Fisher et son petit entretien avec le sénateur Porter.

— Mais je ne vois pas où le Président voudrait en venir ? Il ne formule pas la moindre exigence ! s'étonna Eriksen.

— C'est bien ce qui m'inquiète, Gunnar, répondit Hudson. Je ne comprends pas ce qu'il aurait à y gagner.

*
**

Noyé au milieu de la circulation, un vieux camping-car portant des plaques de Georgie suivait la camionnette à distance. Installé à l'arrière devant une petite table, coiffé d'un casque muni d'écouteurs et d'un micro, Ira Hagen déboucha une bouteille de sauvignon californien, puis régla le bouton du récepteur à micro-ondes branché à un magnétophone.

Il souleva son casque et lança :

— Je ne les ai plus très bien. Rapprochez-vous.

Le chauffeur, une casquette de base-ball vissée sur le crâne, répondit sans se retourner :

— J'ai dû ralentir quand un taxi m'a coupé la route. Je les rattraperai au prochain bloc.

— Gardez le contact visuel jusqu'à ce qu'ils se garent.

— Qui sont ces types ? Des revendeurs de drogue ?

— Rien de si exotique, répondit Hagen. Ils sont simplement soupçonnés d'organiser des parties de poker itinérantes.

— Vous parlez d'une affaire, grogna le chauffeur sans comprendre l'allusion.

— Le jeu est toujours illégal dans cet Etat.

— Ouais, la prostitution aussi !

— Continuez à suivre la camionnette, fit l'homme du Président en adoptant un ton officiel. Et ne la laissez pas prendre plus d'un bloc d'avance.

La radio grésilla.

— Smith, ici Wesson.

— Je vous reçois, Wesson.

— On a Colt en visuel, mais on aimerait mieux descendre un peu. S'il se trouve à côté d'un véhicule de même couleur et qu'il passe sous des arbres ou derrière un immeuble, on pourrait le perdre.

Hagen se retourna et regarda en direction de l'hélicoptère par la vitre arrière.

— Vous êtes à quelle altitude ? demanda-t-il.

— La limite autorisée dans cette partie de la ville est de 1 300 pieds, mais le problème n'est pas là. Colt se dirige vers le Capitole et nous ne sommes pas autorisés à survoler cette zone.

— Restez à l'écoute, Wesson. Je vais vous obtenir une dérogation.

Hagen décrocha le téléphone installé dans le camping-car et, moins d'une minute plus tard, il rappelait le pilote de l'hélicoptère :

— Ici Smith, Wesson. Vous avez l'autorisation de voler à n'importe quelle altitude du moment que vous ne mettez pas de vies humaines en danger. Bien reçu ?

— Mon vieux, vous devez être une huile !

— Mon boss connaît les gens qu'il faut, c'est tout. Maintenant ne quittez pas Colt des yeux.

L'homme du Président souleva le couvercle d'un panier pique-nique, puis ouvrit une boîte de foie gras et se servit un verre de vin tout en continuant à écouter la conversation qui se déroulait dans la camionnette.

Il ne faisait aucun doute que l'un des trois hommes était Leonard Hudson. Le deuxième, c'était bien Gunnar Eriksen car on l'avait appelé par son prénom. Quant au troisième personnage, son identité demeurait un mystère.

Hagen butait maintenant sur cet obstacle. Il avait identifié huit des « membres fondateurs », mais le neuvième lui échappait. Et où se rendaient ces trois hommes dans la camionnette ? Quel genre d'endroit pouvait bien abriter le quartier général du projet Colonie Jersey ? Un nom stupide, d'ailleurs. Qui voulait dire quoi ? Un rapport quelconque avec l'Etat du New Jersey ? Il devait y avoir une explication logique qui permette de comprendre pourquoi rien n'avait jamais filtré de l'existence de la base lunaire, même dans les cercles du pouvoir. Et la clé, c'était sans doute la présence d'un personnage plus puissant encore qu'Eriksen ou Hudson. Peut-être le dernier nom de la liste des « membres fondateurs ».

— Ici Wesson. Colt vient de tourner sur Rhode Island Avenue.

— Bien reçu, répondit Hagen.

Il déplia une carte du district de Columbia et une autre de l'Etat du Maryland, puis traça une ligne rouge jusqu'à l'endroit où Rhode Island Avenue devenait la Highway 1 et obliquait au nord en direction de Baltimore.

— Vous avez une idée de l'endroit où ils se dirigent ? demanda le chauffeur.

— Pas la moindre, répondit l'homme du Président. A moins que...

L'université du Maryland, située à moins de vingt kilomètres du centre de Washington ! Hudson et Eriksen devaient sans doute s'être installés près d'un centre universitaire pour profiter de ses facilités de recherches.

— Wesson, ouvrez l'œil, lança-t-il dans le micro. Colt va peut-être vers l'université.

— Compris, Smith.

Cinq minutes plus tard, la camionnette quittait la route principale pour traverser la petite ville de College Park. Deux kilomètres plus loin, elle entrait dans un grand centre commercial dont le parking était bourré de véhicules. Toute conversation cessa soudain à l'intérieur de la camionnette. Hagen avait été pris par surprise.

— Merde ! jura-t-il entre ses dents.

— Wesson, s'annonça le pilote de l'hélicoptère.

— Je vous reçois.

— Colt vient de passer sous un auvent devant l'entrée principale. Je n'ai plus de contact visuel.

— Attendez qu'il réapparaisse et restez sur ses talons.

Hagen se leva alors pour se placer derrière le chauffeur du camping-car.

— Collez-lui au train, ordonna-t-il.

— Impossible. Il y a au moins six voitures entre lui et nous.

— Quelqu'un est sorti ?

— Difficile de savoir avec toute cette foule, mais il m'a bien semblé que deux ou trois types étaient descendus de la camionnette.

— Vous avez bien examiné celui qu'ils ont récupéré en ville ? demanda Hagen.

— Cheveux et barbe gris. Mince, environ un mètre soixante-quinze. Col roulé, veste de tweed, pantalon marron. Ouais, je le reconnaîtrais.

— Faites le tour du parking et tâchez de le repérer. Ses copains et lui changent peut-être de véhicule. Moi, je vais voir à l'intérieur.

— Colt démarre, déclara le pilote de l'hélicoptère.

— Continuez à le suivre, Wesson, fit Hagen. Je m'absente un moment.

— Bien reçu.

L'homme du Président bondit hors du camping-car et se fraya un passage à travers la foule en direction de l'entrée du centre commercial. Autant chercher trois aiguilles dans une meule de foin ! Il savait à quoi ressemblait Hudson et s'était procuré une photo de Gunnar Eriksen, mais l'un ou l'autre, ou les deux, étaient peut-être restés dans la camionnette.

Il se précipita d'une boutique à l'autre, scrutant tous les visages masculins, mais en vain. Après une heure de recherches infructueuses, il abandonna et alla arrêter le camping-car.

— Vous les avez retrouvés ? demanda-t-il, sachant d'avance la réponse.

— Non, répondit le chauffeur. Il m'a fallu presque dix minutes pour faire le tour complet. Il y a trop de trafic et la plupart des gens roulent au ralenti quand ils cherchent une place. Vos suspects ont très bien pu emprunter n'importe laquelle des sorties pendant que j'étais de l'autre côté.

Hagen frappa du poing contre la carrosserie, furieux d'avoir échoué si près du but.

Chapitre 35

Pitt, pour pouvoir dormir, grimpa en haut de l'armoire et dévissa les néons. Il sombra dans un profond sommeil et ne se réveilla que quand on lui apporta le petit déjeuner. Il se sentait en pleine forme et avala l'épais gruau comme si c'était son plat favori. L'absence de lumière semblait intriguer le garde, mais le prisonnier se contenta de hausser les épaules et de finir son bol.

Deux heures plus tard, on le conduisit dans le bureau du général Velikov. Il eut droit aux longues minutes d'attente destinées en principe à user ses défenses psychologiques. Les Russes manquaient décidément d'imagination ! Il entra dans le jeu en arpentant consciencieusement le sol.

Les prochaines vingt-quatre heures allaient être pour le moins décisives. Il savait qu'il était en mesure de sortir à nouveau de la base, mais il ne pouvait pas prévoir les obstacles éventuels, ni s'il serait encore capable de fournir les efforts physiques nécessaires après une autre séance avec Foss Gly.

Il était impossible de reculer. Il devait absolument quitter l'île cette nuit.

Velikov pénétra enfin dans la pièce et étudia un instant Pitt en silence. Il y avait une certaine dureté dans son regard. Il fit signe à son prisonnier de prendre place sur une chaise de bois qui n'était pas là la dernière fois. Quand il se décida à parler, ce fut d'un ton menaçant.

— Allez-vous signer une confession et avouer que vous êtes un espion ? demanda-t-il.

— Si ça peut vous faire plaisir.

— Ne jouez pas au plus fin avec moi, monsieur Pitt.

L'Américain ne put contenir sa rage plus longtemps ;

— Je hais les salopards qui torturent les femmes.

Le général haussa les sourcils.

— Expliquez-vous !

Pitt reprit à son compte ce que Gunn et Giordino lui avaient appris.

— Les bruits résonnent dans ces couloirs. J'ai entendu les cris de Jessie LeBaron.

— Vraiment ? (Le Russe se passa la main dans les cheveux.) Il me semble que vous devriez comprendre que vous avez tout avantage à coopérer. Si vous me dites la vérité, je veillerai à ce que le confort de vos amis soit amélioré.

— Vous connaissez la vérité. C'est pour ça que vous êtes dans une impasse. Quatre personnes vous ont donné la même version. Un professionnel de l'interrogatoire comme vous ne trouve pas ça bizarre ? Quatre personnes qui ont été torturées l'une après l'autre et qui persistent à fournir les mêmes réponses aux mêmes questions. Si j'avouais que je suis un espion, vous exigeriez ensuite que je reconnaisse un tas d'autres crimes contre votre si précieux Etat, y compris d'avoir craché sur un trottoir. Vos méthodes sont aussi archaïques que votre architecture ou votre économie. La vérité ? Mais vous êtes incapable d'accepter la vérité !

Velikov le considéra quelques instants avec un profond mépris, puis se contenta de déclarer :

— Je vous demande encore une fois de coopérer.

— Je ne suis qu'un ingénieur du génie maritime. Je ne suis détenteur d'aucun secret militaire.

— Ce qui m'intéresse, c'est seulement de savoir ce que vos supérieurs vous ont dit au sujet de cette île et comment vous êtes arrivé ici.

— A quoi bon ? Vous avez déjà fait clairement comprendre que mes amis et moi allions de toute façon mourir.

— Vous pourriez peut-être vivre un peu plus longtemps.

— Nous vous avons déjà dit tout ce que nous savions.

Velikov pianota avec agacement sur son bureau.

— Vous continuez à prétendre que vous avez atterri sur Cayo Santa Maria par hasard ?

— Oui.

— Et vous vous imaginez que je vais croire que parmi les milliers de petites îles et plages qui entourent Cuba, madame LeBaron a débarqué précisément sur celle où se trouvait son mari, et toujours par hasard ?

— Franchement, moi aussi j'ai eu du mal à le croire. Mais c'est bien ce qui s'est passé.

Le Russe dévisagea longuement son prisonnier.

— J'ai tout mon temps, monsieur Pitt, déclara-t-il enfin. Je suis convaincu que vous détenez des informations vitales. Nous nous reverrons quand vous aurez perdu un peu de votre arrogance.

Il pressa un bouton pour appeler le garde. Il souriait, mais d'un sourire sans joie, presque triste.

***

— J'espère que vous me pardonnerez ma brusquerie, fit Foss Gly. L'expérience m'a appris que c'est la surprise qui donne presque toujours les meilleurs résultats.

Aucune parole n'avait été échangée quand Pitt était entré dans la chambre 6. Il avait à peine fait un pas à l'intérieur que Gly, qui se tenait derrière la porte, l'avait frappé violemment au creux des reins. Il étouffa un cri et crut qu'il allait s'évanouir sous la douleur.

— Eh bien, monsieur Pitt, maintenant que j'ai toute votre attention, peut-être avez-vous quelque chose à me dire ?

— Oui. Que vous êtes un cas pathologique, murmura Pitt entre ses dents.

Il vit le poing partir et, accompagnant le coup de son mieux, il tituba, heurta le mur derrière lui et s'effondra, feignant de perdre connaissance. Il garda les yeux fermés et ne bougea plus. Il fallait absolument qu'il arrive à prévoir les réactions de ce tas de graisse sadique, à deviner quand et comment il allait à nouveau frapper. Les brutalités se poursuivraient sans répit. Son seul objectif, c'était de survivre à cet interrogatoire sans devenir infirme pour le restant de ses jours.

Gly se dirigea vers un lavabo crasseux, remplit un seau d'eau et le déversa sur le prisonnier.

— Allons, monsieur Pitt, fit-il. Je m'y connais en hommes. Vous savez encaisser mieux que ça.

Pitt se remit péniblement à quatre pattes, cracha du sang sur le ciment, puis poussa un gémissement plaintif tout à fait convaincant.

— Je vous ai déjà tout dit, balbutia-t-il.

Le colosse l'empoigna comme s'il n'était pas plus lourd qu'un enfant et le laissa tomber sur une chaise. Du coin de l'œil, Pitt le vit se préparer à frapper. Le coup l'atteignit à la tempe. Il ressentit une douleur fulgurante et fit à nouveau semblant de s'évanouir.

Autre seau d'eau, autre gémissement plaintif. Gly se pencha au-dessus de lui et colla son visage au sien.

— Pour qui travaillez-vous ? souffla-t-il.

Pitt serra sa tête douloureuse entre ses mains.

— J'ai été engagé par Jessie LeBaron pour essayer de retrouver son mari, répondit-il d'une voix hachée.

— Vous avez débarqué d'un sous-marin.

— Nous avons quitté la Floride dans un ballon.

— Votre but en venant ici était de réunir des informations sur le transfert de pouvoir à Cuba.

Pitt fronça les sourcils.

— Transfert de pouvoir ? Je ne comprends pas de quoi vous voulez parler.

Cette fois, la brute cogna au plexus, puis alla tranquillement s'asseoir en surveillant sa réaction.

Pitt se tétanisa. Il ne pouvait plus respirer et crut que son cœur s'était arrêté de battre. Il avait un goût de bile dans la bouche, sentait la sueur ruisseler sur son front et avait l'impression que ses poumons étaient en feu. Les murs de la pièce dansaient devant ses yeux et Gly paraissait lui sourire cruellement au bout d'un long tunnel.

— Quelles étaient vos instructions une fois sur Cayo Santa María ?

— Pas d'instructions, hoqueta-t-il.

Le tortionnaire se leva. Pitt se redressa, chancela un instant, puis posa un genou à terre en secouant la tête. Maintenant, il avait pris la mesure de Gly et repéré son point faible. Comme la plupart des sadiques, c'était fondamentalement un lâche. Défié sur son propre terrain, il s'avouerait vite vaincu.

Le colosse se préparait à frapper quand, soudain, il demeura cloué sur place. Pitt s'était redressé et, avec toute la force dont il était encore capable, il abattit le tranchant de sa main sur le nez de Gly, lui écrasant les cartilages et lui fracturant net l'arête. Il enchaîna de deux crochets au visage et d'un direct au foie. Autant s'attaquer à l'Empire State Building !

Tout autre que ce monstre se serait effondré. Lui, il recula juste de quelques pas sous le choc, devenu fou de rage. Le sang inondait son visage, mais il ne paraissait pas s'en soucier. Il brandit le poing et rugit :

— Je vous tuerai pour ça !

— Allez vous faire foutre !

Pitt lança la chaise à travers la pièce. L'autre se contenta de l'écarter du bras comme une mouche importune. Le prisonnier comprit alors que son geste avait libéré la fureur aveugle de la brute.

Gly arracha le lavabo du mur, le saisit à bout de bras et fit trois pas en direction de Pitt qui bondit sur le côté. Mais il avait réagi une fraction de seconde trop tard. La masse de porcelaine fonçait droit sur lui. Instinctivement, il leva les mains dans une vaine tentative pour se protéger.

Son salut vint de la porte. Le loquet accrocha un coin du lavabo et le fit dévier de sa trajectoire. Le battant s'ouvrit sous le choc et Pitt fut précipité dans le couloir. Il atterrit aux pieds du garde stupéfait. Des vagues de nausée le soulevèrent et il lutta de toutes ses forces pour ne pas sombrer dans l'inconscience. Il parvint à se remettre sur pied en s'aidant du mur.

Gly ramassa le lavabo et jeta à Pitt un regard meurtrier.

— Vous êtes un homme mort, Pitt, fit-il en ravalant sa fureur. Vous allez mourir lentement, très lentement, et vous me supplierez de mettre fin à votre agonie. A notre prochaine rencontre, je vais vous casser les os un par un et vous déchirer le cœur.

Il n'y avait aucune trace de peur dans les yeux de Pitt. La douleur s'effaçait pour laisser place à l'exultation. Il avait réussi à survivre. Il avait mal partout, mais il était entier.

— Moi, à notre prochaine rencontre, lança-t-il d'un ton vengeur, je prendrai une matraque.

Chapitre 36

Le garde aida Pitt à regagner sa cellule. Il s'endormit et se réveilla trois heures plus tard, puis resta un moment allongé à reprendre ses esprits.

Son corps et son visage étaient couverts de contusions, mais il n'avait rien de cassé. Il avait réussi. Il était vivant et entier.

Il s'assit et posa les pieds par terre. La tête lui tournait. Il attendit un peu, puis se leva et se livra à quelques exercices d'assouplissement. Il était épuisé. Il se contraignit néanmoins à continuer jusqu'à ce que ses muscles et ses articulations jouent plus librement.

Le garde lui apporta son dîner et repartit avec le plateau vide. Pitt parvint à nouveau à piéger la serrure, une manœuvre qu'il avait plusieurs fois répétée pour être sûr de ne pas rater son coup. Il écouta une seconde puis, n'entendant ni voix ni bruits de pas, il sortit dans le couloir.

Il ne pouvait pas se permettre de perdre de temps. La nuit serait courte et il avait beaucoup à faire. Il aurait bien voulu dire au revoir à Gunn et Giordino, mais chaque minute gaspillée diminuait ses chances de succès. D'abord, il fallait trouver Jessie.

Elle était dans la cinquième pièce qu'il visita, étendue sur une couverture sale. Son corps nu ne portait aucune trace de violence, mais son visage n'était plus qu'une masse sanguinolente. Gly l'avait humiliée dans ce qu'elle avait de plus précieux, sa beauté.

Il se pencha au-dessus d'elle et lui souleva la tête avec une expression de tendresse tandis que ses yeux lançaient des éclairs de fureur. Il brûlait d'envie de se venger, un désir brutal qui ne ressemblait à rien de ce qu'il avait connu. Il serra les dents et la réveilla doucement.

— Jessie. Jessie, vous m'entendez ?

Ses lèvres s'entrouvrirent en tremblant et son regard se fixa lentement sur lui.

— Dirk, gémit-elle. C'est vous ?

— Oui. Je vais vous sortir d'ici.

— Mais... mais comment ?

— J'ai découvert un moyen pour nous évader de la base.

— Mais l'île ? Raymond m'a dit qu'on ne pouvait pas s'échapper de l'île.

— J'ai caché le moteur du canot pneumatique. Si j'arrive à construire un petit radeau...

— Non ! souffla-t-elle.

Elle essaya de s'asseoir. Un air de décision se lisait même au milieu des chairs tuméfiées de son visage. Il la saisit tendrement par les épaules et l'aida à se redresser.

— Ne bougez pas, fit-il.

— Il faut que vous partiez seul.

— Je ne vous laisserai pas à la merci de cette brute.

Elle secoua la tête.

— Non. Je ne ferai qu'entraver vos mouvements.

— Désolé, répliqua Pitt. Que ça vous plaise ou non, je vous emmène.

— Vous ne comprenez donc pas, le supplia-t-elle. Vous êtes notre seul espoir. Si vous parvenez à rejoindre les Etats-Unis et que vous expliquiez au Président ce qui se passe ici, Velikov ne pourra plus nous tuer.

— Qu'est-ce que le Président a à voir dans cette affaire ?

— Plus que vous ne l'imaginez.

— Velikov avait donc raison. Il y a bien un complot.

— Ne perdez pas de temps à faire des suppositions. Partez, je vous en prie. En vous sauvant, vous pouvez nous sauver tous.

Pitt éprouva soudain un profond sentiment d'admiration pour Jessie. Elle avait l'air d'une poupée brisée, mais elle demeurait animée d'une volonté farouche et d'un courage à toute épreuve. Il se pencha et déposa un baiser sur ses lèvres éclatées.

— Je réussirai, affirma-t-il avec force. Promettez-moi de tenir le coup jusqu'à mon retour.

Elle esquissa un sourire qui s'acheva sur une grimace de douleur.

— Espèce de fou, murmura-t-elle. Vous n'arriverez jamais à atteindre Cuba.

— On verra bien.

— Bonne chance, souffla-t-elle. Et pardonnez-moi d'avoir gâché votre vie.

Pitt sourit, mais il avait les larmes aux yeux.

— C'est ça que les hommes aiment chez les femmes. Elles ne nous laissent jamais nous ennuyer une seconde.

Il l'embrassa à nouveau, sur le front cette fois, puis détourna la tête, les poings serrés.

⁂

Pitt, épuisé, arriva enfin en haut du puits de secours. Il se reposa une minute avant de soulever la plaque et de se glisser dans le garage obscur. Les deux soldats étaient plongés dans une nouvelle partie d'échecs. Ce devait être leur façon habituelle de tromper l'ennui de ces longues heures de veille. Ils n'avaient aucun danger à redouter et c'étaient probablement des mécaniciens plutôt que des gardes.

Les camions étaient équipés de jerrycans de vingt litres attachés sous le plancher. Pitt les sonda doucement du poing. La plupart étaient à moitié vides. Il tâtonna dans l'obscurité et trouva un tuyau de caoutchouc qu'il utilisa pour siphonner le réservoir d'un véhicule et remplir à ras bords deux jerrycans. Il ne pourrait pas porter plus. Le problème maintenant, c'était de les faire passer par la bouche d'aération.

Il prit une corde accrochée à un mur, l'attacha aux poignées des bidons d'essence puis, tenant l'autre bout, grimpa sur une poutrelle. Lentement, prudemment, il hissa les jerrycans jusqu'à lui, puis les fit glisser par le conduit.

Deux minutes plus tard, il était dans le fossé d'écoulement qui passait sous le mur d'enceinte. Il écarta les barreaux de la grille et se précipita dehors.

Le ciel était clair et un quartier de lune brillait au milieu des étoiles. Il n'y avait plus qu'une brise légère et l'air de la nuit était frais. Avec un peu de chance, la mer ne serait pas trop agitée.

Sans raison particulière, il longea cette fois l'autre côté de la route encaissée. Il avançait avec beaucoup de difficulté. Les deux jerrycans se faisaient de plus en plus lourds et ses pieds s'enfonçaient profondément dans le sable. Il devait s'arrêter tous les cent mètres pour reprendre son souffle et soulager ses bras douloureux.

Il trébucha et tomba à la lisière d'une clairière bordée par un épais rideau de palmiers. Il tâtonna autour de lui et ses doigts rencontrèrent une sorte de filet métallique qui disparaissait dans le sable. Intrigué, il se mit à ramper vers les limites de la clairière. Là, la grille de métal dépassait de quelques centimètres et entourait tout le périmètre. Le centre s'incurvait pour former comme une vaste cuvette. Il passa la main sur le tronc des palmiers.

Ils étaient faux. Les troncs et les feuilles étaient faits de tubes d'aluminium recouverts d'un plastique très ressemblant. Il y en avait plus de cinquante, parfaitement camouflés pour tromper les avions espions américains et leurs caméras indiscrètes.

Il se trouvait devant une énorme antenne parabolique de radio et de télévision et les faux palmiers n'étaient que les bras hydrauliques qui permettaient de la mettre en place. Il était stupéfait par les implications de cette découverte accidentelle. Il savait maintenant que le complexe enfoui sous le sable de cette île était en réalité un vaste centre de communications.

Mais à quoi pouvait-il bien servir ?

Pitt n'avait pas le temps d'y réfléchir, mais il était plus déterminé que jamais à recouvrer la liberté. Il reprit sa marche. Le village était plus loin qu'il le croyait et il était en sueur, pratiquement à bout de forces, quand il arriva enfin à l'endroit où il avait dissimulé le moteur sous la baignoire. Il posa les jerrycans, s'allongea sur le matelas éventré et dormit une heure.

Ce repos lui fit énormément de bien. Il était plus lucide et une idée germa dans son esprit, si simple qu'il se demandait comment il n'y avait pas pensé plus tôt.

Il transporta les bidons d'essence jusqu'au lagon, puis revint chercher le moteur. Au milieu d'une pile d'ordures, il trouva une petite planche qui ne paraissait pas trop pourrie. La dernière tâche était la plus difficile. Mais, comme dit le proverbe, de la nécessité naît l'invention.

Trois quarts d'heure plus tard, il avait réussi à tirer la vieille baignoire jusqu'au bord de l'eau.

Utilisant la planche comme traverse, il installa le moteur à l'arrière de la baignoire, puis nettoya le filtre à essence. Ensuite, grâce à une plaque de tôle qu'il avait tordue pour servir d'entonnoir, il remplit la nourrice. Et puis, en bouchant le trou de cet entonnoir de fortune, il disposerait d'une écope. Il fit sauter les quatre pieds de la baignoire avec une barre de fer et obtura l'écoulement à l'aide d'un chiffon.

Il tira dix fois sur la corde qui permettait de lancer le moteur avant que celui-ci, enfin, démarre en toussant. Il poussa alors la baignoire dans l'eau jusqu'à ce qu'elle flotte, puis grimpa dedans. Son propre poids ajouté à celui des deux jerrycans presque pleins en faisait une embarcation étonnamment stable. Il abaissa l'hélice et tourna la poignée des gaz.

L'étrange esquif traversa le lagon. La mer brillait sous la lune et elle était assez calme, avec des creux de moins d'un mètre. Pitt se concentra. Il lui fallait maintenant franchir la barre et mettre le plus de distance possible entre l'île et lui d'ici le lever du jour.

Il ralentit et étudia les vagues. Neuf s'écrasèrent l'une à la suite de l'autre, laissant un répit avant la dixième. Il mit alors les gaz à fond et se cala à l'arrière de la baignoire. La lame suivante déferla juste devant lui, l'aspergeant d'écume. La baignoire se souleva, tangua, puis l'hélice, à nouveau, mordit l'eau et l'embarcation de fortune fila sur la crête de la vague d'après qui n'avait pas encore eu le temps de s'écraser.

Pitt poussa un grand cri de joie. Il avait franchi la barrière de corail et le plus difficile était fait. Il savait qu'il ne pouvait maintenant être découvert que par accident. La baignoire était trop petite pour être repérée par les radars. Il ralentit afin d'économiser le moteur et l'essence, puis laissa sa main traîner dans l'eau, estimant sa vitesse à quatre nœuds. Au matin, il pourrait bien avoir quitté les eaux cubaines.

Il regarda le ciel, s'orienta, choisit une étoile pour se diriger, puis mit le cap sur le canal de Bahama.

L'entrée n'était qu'à [illegible]. Elle [illegible] et elle [illegible] et des [illegible]. Pit [illegible] maintenant [illegible] sur la [illegible] plus de distance [illegible]. Il [illegible] le lever du jour.

Il attendit et [illegible] les [illegible] face à la sortie de l'entrée [illegible] un temps avant le [illegible]. Il [illegible] cale du [illegible] de [illegible]. La [illegible] devant lui [illegible]. Le [illegible] se soulevait [illegible] nouveau, [illegible] par [illegible] sur la crête de la vague [illegible] de la [illegible].

Pit poussa un grand [illegible] de [illegible]. Il avait franchi la barrière. Le plus difficile était fait. Il n'avait qu'à ne [illegible] maintenant être découvert que par accident. La baleinière était trop petite pour être aperçue par les radars. Il [illegible] d'[illegible] le moteur et l'essence, puis hissa [illegible] en [illegible] sa vitesse à quatre nœuds. Au [illegible] il pourrait bien [illegible] les eaux calmes.

Il regarda le ciel [illegible], choisit une étoile pour se diriger puis mit le cap sur le canal de Panama.

TROISIÈME PARTIE

SELENOS 8

Chapitre 37

30 octobre 1989,
Kazakhstan, URSS.

Dans un éclair de lumière plus aveuglant que le soleil de Sibérie, Selenos 8 s'éleva dans le ciel d'un bleu limpide, arrachant du sol les 110 tonnes de la station lunaire. La fusée et ses quatre boosters crachèrent une immense flamme tandis qu'une épaisse fumée blanche enveloppait l'aire de lancement et que le fracas des moteurs ébranlait les vitres à vingt kilomètres à la ronde. Elle monta d'abord si lentement qu'elle paraissait presque immobile, puis elle accéléra et fila dans l'atmosphère.

Le président du Soviet suprême, Georgi Antonov, avait suivi le décollage depuis un blockhaus de verre à l'aide de puissantes jumelles montées sur un trépied. Serguei Kornilov et le général Yasenin étaient à ses côtés, suivant avec attention les communications échangées entre les cosmonautes et le centre spatial.

— Quel formidable spectacle ! murmura Antonov.

— Un lancement exemplaire, fit Kornilov.

— Tout se passe bien ?

— Oui, camarade Président. Tous les systèmes fonctionnent normalement. Le tir est impeccable.

Le numéro un soviétique regarda la fusée disparaître, puis se tourna vers ses compagnons et déclara :

— Eh bien, messieurs, cet exploit devrait éclipser le prochain vol de la navette spatiale américaine en direction de leur nouvelle station orbitale.

Yasenin acquiesça d'un signe de tête, puis posa sa main sur l'épaule de Kornilov.

— Félicitations, Serguei. Vous avez réussi à voler la vedette aux Américains au profit de notre pays.

— Je n'y suis pas pour grand-chose, se défendit le directeur du programme spatial. Par le simple jeu des mécanismes célestes, il s'est trouvé que notre fenêtre de lancement s'est ouverte plusieurs heures avant celle des Américains.

Antonov fixait le ciel, comme hypnotisé.

— Je suppose que les services de renseignements américains ne se doutent pas que nos cosmonautes ne sont pas ce qu'ils semblent être ?

— La couverture est parfaite, répondit le général sans hésitation. Le remplacement juste avant le départ de cinq scientifiques par des militaires spécialement entraînés s'est déroulé comme prévu et sans le moindre problème.

— J'espère que la substitution d'armes au matériel scientifique s'est aussi bien passée, intervint Kornilov. Les savants dont les expériences ont été annulées ont failli provoquer une émeute. Et les ingénieurs qui ont reçu l'ordre de modifier l'intérieur de la station en fonction des nouvelles données de poids et d'espace de stockage pour l'armement sont devenus fous furieux quand on a refusé de leur expliquer les raisons de ces changements de dernière minute. Il risque d'y avoir des fuites de leur côté.

— Ne vous inquiétez pas, fit Yasenin en riant. Les autorités spatiales américaines ne soupçonneront rien avant que les communications avec leur précieuse base lunaire soient coupées.

— Qui dirige notre commando ? demanda Antonov.

— Le major Grigory Leuchenko. Un expert de la guérilla. Le major a remporté de nombreuses victoires contre les rebelles d'Afghanistan. Je me porte personnellement garant de lui.

Le chef du Kremlin hocha pensivement la tête.

— Un excellent choix, général, approuva-t-il.

— Je suis persuadé que le major Leuchenko réussira.

— Vous oubliez les astronautes américains, général, lui rappela Kornilov.

— Comment ça ?

— Les photos montrent qu'ils sont armés eux aussi. J'espère que ce ne sont pas des fanatiques prêts à se battre jusqu'au dernier pour protéger leurs installations.

Yasenin le considéra avec un sourire indulgent.

— Allons, Serguei, fit-il. Des savants ne pourront rien contre des soldats formés à tuer.

*
**

A Moscou, Vladimir Polevoï, assis dans son bureau au siège du KGB, place Dzerzhinski, lisait un rapport du général Yasenin. Il ne leva pas la tête à l'entrée de Lyev Maisky, qui traversa la pièce et alla s'asseoir sans attendre d'y être invité. C'était l'adjoint de Polevoï pour les opérations étrangères du KGB, un homme banal au visage banal. Ses relations avec son supérieur étaient purement professionnelles et tous deux se complétaient à merveille.

Polevoï posa enfin sur lui un regard glacial.

— J'aimerais des explications, dit-il sèchement.

— La présence des LeBaron était tout à fait imprévue, répondit Maisky d'une voix tendue.

— Celle de madame LeBaron et de son équipe de chasseurs de trésors peut-être, mais certainement pas celle de son mari. Pourquoi Velikov l'a-t-il repris aux Cubains ?

— Le général a pensé que Raymond LeBaron pourrait être un pion utile dans les négociations avec le département d'Etat américain après la mise à l'écart des Castro.

— Ses bonnes intentions ont créé une situation dangereuse, constata le chef du KGB.

— Velikov m'a assuré que LeBaron était étroitement surveillé et qu'on lui avait fourni de fausses informations.

— Il existe néanmoins un risque qu'il découvre la véritable fonction de Cayo Santa María.

— Dans ce cas, il serait simplement éliminé.

— Et Jessie LeBaron ?

— A mon avis, ses amis et elle feront des boucs émissaires idéaux quand il s'agira de mettre sur le dos de la CIA les événements que nous projetons.

— Est-ce que Velikov ou nos agents résidents de Washington ont eu connaissance de plans des services spéciaux américains en vue d'infiltrer l'île ?

— Non, répondit Maisky. Aucun des membres de l'équipage du ballon n'a de liens avec la CIA ou les militaires.

— Attention, je ne tolérerai pas le moindre accroc, l'avertit Polevoï avec fermeté. Nous sommes trop près du but. Transmettez à Velikov.

— Ce sera fait.

On frappa à la porte et la secrétaire du chef du KGB entra. Sans un mot, elle lui tendit un papier, puis quitta la pièce.

Le visage de Polevoï s'empourpra de fureur.

— Merde ! jura-t-il. Quand on parle du loup...

— Pardon ?

— Une dépêche prioritaire de Velikov. L'un des prisonniers s'est évadé.

Maisky se tordit nerveusement les mains.

— Mais c'est impossible ! Il n'y a pas un seul bateau sur Cayo Santa María et s'il est assez fou pour essayer de s'enfuir à la nage, il finira ou noyé ou dévoré par les requins. Qui que ce soit, il n'ira pas loin.

— Il s'appelle Dirk Pitt et, d'après Velikov, c'est le plus dangereux du lot.

— Dangereux ou pas...

Le chef du KGB le fit taire d'un geste, puis se mit à arpenter son bureau avec agitation.

— Nous ne pouvons pas nous permettre de prendre le moindre risque, finit-il par déclarer. La date de notre opération cubaine doit être avancée d'une semaine.

Son adjoint secoua la tête.

— Nos bâtiments ne seront jamais à temps à La Havane et d'autre part, nous ne pouvons pas changer le jour de la cérémonie. Fidel et tous les principaux membres de son gouvernement seront réunis pour le discours.

Les dés sont jetés. Rhum-Cola doit ou être annulée ou se poursuivre comme prévu.

Polevoï était rongé par l'indécision.

— Rhum-Cola, quel nom stupide pour une opération de cette envergure !

— Raison de plus pour aller jusqu'au bout. Notre programme de désinformation a été déclenché et les rumeurs d'un nouveau complot de la CIA destiné à déstabiliser Cuba se répandent. L'expression « Rhum-Cola » est typiquement américaine et nul gouvernement étranger ne soupçonnera qu'elle a été concoctée à Moscou.

Le chef du KGB se résigna.

— Très bien, fit-il. Mais je n'ose pas penser aux conséquences si jamais ce Pitt survivait par miracle et parvenait à rejoindre le territoire des Etats-Unis.

— Il est déjà mort, affirma Maisky avec conviction. J'en suis sûr.

Chapitre 38

Le Président passa la tête dans le bureau de Daniel Fawcett.

— Ne vous dérangez pas Dan, fit-il. Je voulais juste vous prévenir que je montais déjeuner avec ma femme.

— N'oubliez pas que nous avons rendez-vous dans quarante minutes avec Doug Oates et les chefs des services spéciaux, lui rappela son secrétaire général.

— Je vous promets d'être à l'heure.

Le Président prit l'ascenseur qui menait à ses appartements, au premier étage de la Maison-Blanche. Ira Hagen l'attendait dans la suite Lincoln.

— Tu as l'air épuisé, Ira.

Hagen sourit.

— Je manque un peu de sommeil.

— Alors, où en sommes-nous ?

— Je possède maintenant l'identité des neuf « membres fondateurs ». Sept d'entre eux sont localisés. Seuls Leonard Hudson et Gunnar Eriksen sont encore dans la nature.

— Tu n'as pas pu suivre leur trace depuis le centre commercial ?

Hagen hésita.

— Non. Les choses ont mal tourné.

— La station lunaire soviétique a été lancée il y a huit heures. Je ne peux pas attendre plus longtemps. Je vais donner l'ordre de mettre la main sur les sept autres « membres fondateurs ».

— A qui ? A l'armée ou au FBI ?

— Ni à l'un ni à l'autre. C'est à un de mes vieux copains des Marines que je réserve cet honneur. Je lui ai déjà remis la liste que tu as établie. (Il s'interrompit un instant et dévisagea Hagen.) Tu m'as dit que tu avais identifié les neuf hommes, Ira, mais dans ton rapport il en manque un.

Hagen glissa la main dans sa poche comme à contrecœur et en retira une feuille de papier pliée en quatre.

— Je voulais d'abord être certain, dit-il. Un analyseur vocal a confirmé mes soupçons.

Le Président prit la feuille, la déplia et lut le nom écrit dessus à la main. Il enleva ses lunettes et se frotta les yeux comme s'ils l'avaient trahi, puis rangea le papier dans sa poche.

— Je pense que je m'en doutais depuis le début, mais que je ne pouvais me résoudre à admettre sa complicité dans cette affaire.

— Ne juge pas trop vite, Vince. Ces hommes sont des patriotes, pas des traîtres. Leur seul crime est de s'être tus. Prends le cas d'Eriksen et de Hudson. Ils se sont fait passer pour morts pendant toutes ces années. Pense aux souffrances qu'ils ont infligées à leurs parents et à leurs amis. Le pays ne leur sera jamais assez reconnaissant des sacrifices qu'ils ont consentis.

— Serais-tu en train de me faire la leçon, Ira ?

— Oui, monsieur le Président.

Le locataire de la Maison-Blanche prit alors conscience du débat intérieur qui agitait son vieil ami. Au fond de lui-même, il ne désirait pas la confrontation et demeurait encore indécis.

— Tu ne m'as pas dit toute la vérité, Ira.

— Je ne te mentirais pas, Vince.

— Mais tu sais où Hudson et Eriksen se cachent.

— Disons que je crois le savoir.

— Je peux te faire confiance pour me les amener ?

— Oui.

— Merci, Ira.

— Tu les veux où et quand ?

— Camp David, répondit le Président. Demain matin à huit heures.

— Nous y serons.

— Désolé, mais pas toi, Ira.

— Ecoute, Vince, tu me dois bien ça. Disons en récompense de mes services. Je tiens à être présent pour la scène finale.

Le chef de l'exécutif réfléchit un instant, puis conclut :

— Tu as raison, Ira. Je te dois bien ça.

***

Martin Brogan, le directeur de la CIA, Sam Emmett, celui du FBI, et le secrétaire d'Etat Douglas Oates se levèrent quand le Président entra dans la salle de conférence avec Dan Fawcett sur ses talons.

— Je vous en prie, messieurs, asseyez-vous, fit le locataire de la Maison-Blanche avec un sourire.

Ils échangèrent quelques propos anodins jusqu'à l'arrivée d'Alan Mercier, le conseiller pour les Affaires de sécurité.

— Désolé d'être en retard, fit celui-ci en s'installant. Je n'ai même pas eu le temps d'inventer une bonne excuse.

— Un homme qui fait preuve de franchise ! s'écria Brogan en riant. Quelle horreur !

Le Président posa son stylo sur le bloc devant lui.

— Bien, où en sommes-nous avec le pacte cubain ? demanda-t-il à Oates.

— Jusqu'à ce que nous puissions établir un dialogue secret avec Castro, c'est le statu quo.

— Y a-t-il une petite chance pour que Jessie LeBaron ait pu transmettre notre dernière réponse ?

Le directeur de la CIA secoua la tête.

— Je doute qu'elle soit parvenue à prendre contact. Nos sources n'ont plus entendu parler de rien depuis que le dirigeable a été abattu. Tout le monde s'accorde à penser qu'elle est morte.

— Des nouvelles des frères Castro ?

— Aucune.

— Et du côté du Kremlin ?

— Le conflit larvé qui oppose Antonov et Castro est prêt à éclater sur la place publique, répondit Mercier. Nos informateurs du ministère de la Guerre cubain disent que Castro va retirer d'un jour à l'autre ses troupes d'Afghanistan.

— Tout se recoupe, intervint Fawcett. Et Antonov ne le laissera pas faire sans réagir.

Emmett se pencha en avant et plaqua ses mains sur la table pour expliquer :

— Tout remonte à quatre ans plus tôt, quand Castro a reconnu ne pas pouvoir effectuer le moindre remboursement, même symbolique, de sa dette de dix milliards de dollars vis-à-vis de l'Union soviétique. Il a invoqué une situation économique difficile et a dû s'incliner quand Antonov lui a demandé d'envoyer des troupes en Afghanistan. Et pas seulement quelques compagnies, mais près de 20 000 hommes.

— La CIA estime les pertes à combien ? demanda le Président en se tournant vers Brogan.

— Nos chiffres sont d'environ 1 600 morts, 2 000 blessés et plus de 500 disparus.

— Mon Dieu, mais ça fait plus de vingt pour cent !

— Une raison supplémentaire pour les Cubains de détester les Russes, reprit le directeur de la CIA. Castro est dans la position de l'homme en train de se noyer entre d'un côté un canot qui prend l'eau dont l'équipage le menace et de l'autre un yacht de luxe dont les passagers agitent des bouteilles de champagne. Si nous lui lançons une corde, le Kremlin tire.

— En fait, ils comptent tirer de toute façon, ajouta Emmett.

— Savons-nous quand et comment doit avoir lieu cet assassinat ? demanda le Président.

Brogan parut un peu mal à l'aise pour répondre :

— Nos sources n'ont rien pu découvrir.

— Les mesures de sécurité qui entourent toute cette affaire sont les plus strictes que j'aie jamais vues, ajouta Mercier. Nos ordinateurs ont été incapables de déterminer des données sérieuses à partir des écoutes spatiales réglées sur l'opération. Nous ne possédons que des informations fragmentaires qui ne nous permettent pas d'avoir une idée précise de leurs plans.

— Savez-vous au moins qui en a la charge ? insista le Président.

— Le général Peter Velikov du GRU, considéré comme un expert dans l'art d'infiltrer et de manipuler les gouvernements du tiers monde. C'est lui qui est à l'origine du coup d'Etat au Nigeria il y a deux ans. Heureusement, le régime qu'il a mis en place n'a pas duré.

— Il opère depuis La Havane ?

— Cet homme est un mystère, répondit le directeur de la CIA. Velikov n'a pas été aperçu en public depuis quatre ans. Nous sommes absolument certains qu'il tire les ficelles depuis un QG secret.

Le visage du Président s'assombrit.

— Tout ce que nous avons, c'est une vague théorie. Le Kremlin projetterait d'assassiner Fidel et Raúl Castro, de nous en faire porter la responsabilité et de gouverner ensuite l'île par l'intermédiaire de fantoches qui prendraient leurs ordres directement de Moscou ? Allons, messieurs, je ne peux pas agir sur des suppositions. Il me faut des faits.

— Il s'agit d'une projection à partir de faits établis, se défendit Brogan. Nous possédons les noms des Cubains vendus aux Soviétiques et qui n'attendent que le moment de s'emparer du pouvoir. Toutes nos informations confirment la thèse de l'assassinat des Castro par le Kremlin. Et la CIA représente le bouc émissaire idéal car les Cubains n'ont pas oublié la baie des Cochons, ni les maladroites tentatives de la CIA pour faire tuer Castro par la Mafia durant l'administration Kennedy. Je vous assure, monsieur le Président, j'ai donné une priorité absolue à cette affaire. J'ai soixante agents à Cuba et en dehors de Cuba qui concentrent tous leurs efforts à percer le mur de secret dont s'est entouré Velikov.

— Et pourtant, nous sommes incapables de joindre Castro pour établir un dialogue que lui et nous souhaitons ?

— C'est exact, monsieur le Président, répondit Douglas Oates. Il refuse tout contact par les voies officielles.

— Il ne réalise donc pas que les jours lui sont sans doute comptés ? s'étonna le chef de la Maison-Blanche.

— Il ne sait plus très bien où il en est, expliqua le secrétaire d'Etat. D'un côté, il a le sentiment d'avoir derrière lui la grande masse du peuple cubain dont il est l'idole, et d'un autre côté, il ne parvient pas à appréhender pleinement la menace que les Soviétiques font peser sur sa vie et son gouvernement.

Le Président prit un air grave et déclara :

— Ainsi, ce que vous voulez me faire comprendre, c'est qu'à défaut d'obtenir des renseignements nouveaux ou de parvenir à joindre Castro pour tenter de lui faire entendre raison, nous ne pouvons que regarder, impuissants, Cuba tomber sous l'entière domination soviétique ?

— Oui, monsieur le Président, acquiesça Brogan. C'est exactement ce que nous voulons vous faire comprendre.

Chapitre 39

Hagen faisait du lèche-vitrines dans le centre commercial. L'odeur de cacahuètes grillées vint lui rappeler qu'il avait faim. Il s'acheta un paquet de pop-corn à un stand, puis reprit sa marche pour s'arrêter devant un magasin de télévision. Sur les écrans des appareils exposés en vitrine passait la vidéo-cassette du lancement récent d'une navette spatiale. Après le dramatique accident de *Challenger*, les vols avaient repris à une cadence accélérée et plus personne, en dehors des médias, ne s'y intéressait vraiment.

Il regarda un instant, puis repartit pour passer devant le studio d'une radio locale qui émettait depuis le centre. C'était la pause du déjeuner et les femmes étaient en majorité. Il remarqua deux hommes attablés à un fast-food qui ne semblaient pas porter de sacs et qui n'étaient pas vêtus comme les autres, mais plutôt dans le style décontracté du Dr Mooney des laboratoires Pattenden.

Il les suivit à l'intérieur d'un grand magasin. Ils prirent l'escalier roulant pour descendre au sous-sol, traversèrent les rayons, puis disparurent par un couloir marqué « Réservé aux employés ».

Une sonnette d'alarme tinta dans le crâne de Hagen. Il s'approcha d'un comptoir couvert de piles de draps, se débarrassa de son manteau et glissa un stylo derrière son oreille. Il attendit que le vendeur soit occupé par un client, puis s'empara d'une pile de draps et se dirigea vers le couloir que les deux hommes avaient emprunté.

Il y avait trois portes qui donnaient sur des vestiaires, deux sur des toilettes et une sur laquelle était inscrit : *Danger. Haute tension*. Il ouvrit cette dernière sans hésiter et entra. Un garde installé à un bureau leva les yeux, surpris.

— Hé, vous n'êtes pas...

Il n'eut pas le temps d'en dire plus. L'homme du Président lui lança les draps à la figure et l'assomma d'une manchette à la nuque. Il y avait deux autres gardes derrière une seconde porte et il les mit hors de combat en moins de quatre secondes. Ensuite, il se ramassa sur lui-même et pivota brusquement, prêt à bondir. Il se figea sur place.

Plusieurs dizaines de personnes, abasourdies, le regardaient.

Il se trouvait devant une salle qui semblait s'étirer jusqu'à l'infini, bourrée de gens, de bureaux, d'ordinateurs et de matériel de communication. Il ne s'était pas attendu à quelque chose d'aussi vaste. Revenu de sa stupeur, il fit un pas en avant et empoigna une secrétaire terrifiée pour l'arracher à sa chaise.

— Leonard Hudson ! lui hurla-t-il à la figure. Où est-il ?

— Le... le... b-b-bureau... avec la p-p-porte bleue, bégaya-t-elle.

— Merci infiniment, fit-il avec un large sourire.

Il relâcha la jeune fille et traversa la salle, l'expression mauvaise comme pour défier quiconque de s'interposer.

Personne ne bougea.

Arrivé devant la porte indiquée, Hagen se retourna et engloba du regard cette salle qui était le cœur du programme Colonie Jersey. Il ne pouvait s'empêcher d'admirer Hudson. C'était une idée de génie. L'endroit avait été construit en même temps que le centre commercial et avait ainsi pu être aménagé avec un maximum de discrétion. Quant aux savants, aux ingénieurs, aux techniciens et aux secrétaires qui travaillaient ici, tous pouvaient aisément se mêler à la foule des clients et leurs voitures se confondaient aux centaines d'autres garées sur le parking. Le coup de la station de radio était lui aussi génial. Qui aurait soupçonné qu'ils communiquaient avec la lune tout en diffusant le hit-parade à l'intention des adolescents du coin ?

Il poussa la porte et pénétra dans ce qui ressemblait à une cabine de contrôle.

Hudson et Eriksen lui tournaient le dos, installés devant un large moniteur vidéo sur lequel s'affichait le visage d'un homme au crâne rasé qui s'arrêta au milieu de sa phrase pour demander :

— Qui est cet homme derrière vous ?

Hudson jeta un coup d'œil par-dessus son épaule et lança d'une voix aussi glaciale que son regard :

— Bonjour, Ira. Je me demandais quand vous alliez venir.

— Entrez donc, fit Eriksen d'un ton tout aussi froid. Vous arrivez juste pour vous entretenir avec notre homme sur la lune.

Chapitre 40

Pitt avait quitté les eaux territoriales cubaines et se trouvait maintenant au milieu des principaux couloirs de navigation du canal de Bahama. Mais sa chance était en train de tourner. Aucun des bateaux qu'il croisa ne le vit. Il aurait fallu en effet un miracle pour qu'un officier de quart repérât cet étrange esquif au milieu des vagues. La vérité s'imposait à lui dans toute son horreur : la baignoire était bien trop petite pour être aperçue.

Ses mouvements se faisaient de plus en plus mécaniques. Il avait les jambes engourdies après pratiquement vingt heures passées accroupi dans la baignoire. Le soleil tropical tapait dur, mais Pitt était heureusement assez bronzé pour être à l'abri des coups de soleil.

La mer avait beau demeurer calme, il lui fallait sans cesse lutter contre la houle tout en écopant le fond de son embarcation de fortune. Il avait vidé les dernières gouttes d'essence dans la nourrice et rempli les deux jerrycans d'eau de mer pour servir de lest.

D'ici quinze à vingt minutes, le moteur s'arrêterait faute de carburant et ce serait la fin. La baignoire, devenue impossible à manœuvrer, ne tarderait pas à prendre l'eau puis à couler.

Pitt commençait à délirer. Il y avait plus de trente-six heures qu'il n'avait pas dormi et il luttait de toutes ses forces pour garder les yeux ouverts, tenant la poignée du moteur d'une main et écopant de l'autre comme dans un brouillard surréaliste. Pendant des heures et des heures, il avait scruté en vain l'horizon. Des requins s'approchèrent, intrigués par l'étrange spectacle. L'un d'eux, trop curieux sans doute, eut la nageoire déchiquetée par l'hélice. Pitt pensa les priver d'un repas en se laissant noyer, puis il repoussa cette idée saugrenue.

Le vent se levait. Une averse déposa un peu d'eau au fond de la baignoire. Il but et se sentit aussitôt mieux. Il se tourna vers l'ouest. La nuit serait là d'ici une heure. Sa dernière lueur d'espoir allait disparaître dans le soleil couchant.

Soudain, le moteur toussa, parut hésiter, puis repartit. Pitt ralentit autant qu'il l'osa, sachant qu'il ne faisait que retarder d'une minute ou deux l'inévitable.

Il se refusa à renoncer et continua à écoper, les bras de plus en plus douloureux. Il tiendrait jusqu'au bout, jusqu'à ce qu'une vague déferle sur le frêle esquif à la dérive et le fasse couler. Il vida l'un des jerrycans. Quand la baignoire sombrerait, il pourrait s'en servir comme bouée. Tant qu'il resterait capable de bouger ne serait-ce qu'un muscle, il n'abandonnerait pas.

Le moteur toussa une dernière fois, puis se tut. Pitt fut surpris par le silence qui régnait brusquement autour de lui. Il demeura assis dans sa petite embarcation ballottée par l'océan immense et indifférent, sous un ciel bleu sans nuages.

Il parvint à la garder à flot une heure encore dans le crépuscule. Il était si fatigué qu'il ne remarqua pas un petit mouvement à cinq cents mètres devant lui.

***

Le capitaine Kermit Fulton retira son œil du périscope avec une expression perplexe. Il se tourna vers l'officier à côté de lui dans la salle de contrôle du sous-marin *Denver.*

— Aucun contact ? demanda-t-il.

— Rien sur le radar, commandant. Le sonar a noté un petit contact, mais qui a disparu il y a à peu près une minute.

— Qu'est-ce qu'ils en pensent ?

L'officier posa la question par le téléphone intérieur. La réponse fut assez longue à venir.

— Ils disent que ça ressemble à un petit moteur hors-bord, pas plus de vingt chevaux.

— Il se passe quelque chose de bizarre là-haut, fit Fulton. Je tiens à aller voir. Réduisez la vitesse d'un tiers et modifiez le cap de cinq degrés à bâbord.

Un instant plus tard, il regarda à nouveau dans le périscope puis lentement, l'air incrédule, se recula.

— Donnez ordre de faire surface.

— Vous avez vu quelque chose ? s'étonna l'officier.

Le capitaine hocha la tête en silence.

Tous les hommes présents le dévisagèrent, guettant sa réponse. Ce fut l'officier qui se décida à lancer :

— Pourrait-on savoir de quoi il s'agit, commandant ?

— Je navigue depuis vingt-cinq ans et je croyais avoir presque tout vu, répondit Fulton. Mais je veux bien être pendu s'il n'y a pas là-haut, à près de cent milles de la terre la plus proche, un homme qui flotte dans une baignoire !

Chapitre 41

Depuis la disparition du dirigeable, l'amiral Sandecker n'avait pratiquement plus quitté son bureau. Il s'était plongé dans un travail qui avait fini par perdre toute signification à ses yeux. C'était la première fois qu'il se trouvait confronté à un drame personnel.

Pendant ses longues années de service dans la Navy, il s'était consacré entièrement à sa tâche, se faisant peu d'amis et n'ayant ni le temps ni le véritable désir d'établir des liens durables avec une femme. Il avait érigé, entre ses supérieurs comme ses subordonnés et lui, un véritable mur, pour poursuivre une carrière faite d'intégrité. Il était passé officier supérieur avant cinquante ans, mais avait le sentiment de végéter.

Lorsque le Congrès avait approuvé sa nomination à la tête de la National Underwater and Marine Agency, il était revenu à la vie. Il s'était lié d'une solide amitié avec trois hommes très dissemblables, qui lui manifestaient un respect qui n'interdisait pas les relations chaleureuses.

Les nombreux défis que la NUMA avait eu à relever avaient contribué à les rapprocher. Al Giordino, un extraverti qui prenait plaisir à se porter volontaire pour les missions les plus désespérées et à lui faucher ses cigares de luxe. Rudi Gunn, un amoureux de la perfection qui était passé maître dans l'organisation des programmes et qui ne parvenait pas à se faire d'ennemis, même en y mettant du sien. Et enfin, il y avait Pitt, Pitt qui avait plus que quiconque contribué à restaurer en lui le génie inventif et avec lequel il avait tissé des rapports presque paternels.

Pitt, c'était la joie de vivre et l'humour grinçant. Il ne pouvait pas entrer dans une pièce sans l'illuminer de sa présence. Sandecker ferma les yeux et s'adossa à son fauteuil de bureau pour chasser ces souvenirs et essayer de se détacher du passé. Mais son chagrin était trop profond. Perdre ces trois êtres chers à la fois, c'était terrible, impensable.

Le téléphone de sa ligne privée sonna. Il ouvrit les yeux, se frotta un instant les tempes, puis décrocha.

— Oui ?

— Jim, c'est bien vous ? J'ai obtenu votre numéro par un de nos amis communs au Pentagone.

— Pardonnez-moi, j'étais en train de réfléchir. Je ne reconnais pas votre voix.

— Clyde à l'appareil, Clyde Monfort.

Sandecker se raidit.

— Clyde, qu'est-ce qui se passe ?

— Un message d'un de mes sous-marins qui rentre d'un exercice de débarquement à la Jamaïque vient de me parvenir.

— En quoi me concerne-t-il ?

— Le commandant du bâtiment a recueilli un naufragé il y a moins de vingt minutes. Nos sous-marins nucléaires n'ont pas l'habitude de prendre des passagers, mais ce type a prétendu qu'il travaillait pour vous et il s'est fichu sérieusement en rogne quand on lui a interdit d'envoyer un message.

— Pitt !

— C'est ça, fit Monfort. C'est bien le nom qu'il a donné. Dirk Pitt. Comment pouviez-vous le savoir ?

— Merci, mon Dieu.

— Il est okay ?

— Oui, oui, pas de problème, répondit Sandecker avec impatience. Et les autres ?

— Il n'y avait pas d'autres. Pitt était tout seul dans une baignoire.

— Pardon ?

— Le commandant jure qu'il l'a retrouvé dans une baignoire équipée d'un moteur hors-bord.

Connaissant Pitt, l'amiral ne douta pas une seconde de la véracité de ce récit.

— Combien de temps pour le faire prendre par un hélicoptère et le déposer sur le terrain d'aviation le plus proche à destination de Washington ?

— Vous savez bien que c'est impossible, Jim. Je ne peux pas lui obtenir la permission de quitter le bord avant que le bâtiment n'ait rejoint sa base de Charleston.

— Ne quittez pas, Clyde. J'appelle la Maison-Blanche sur une autre ligne pour vous obtenir l'autorisation.

— Vous pouvez faire ça ? s'étonna Monfort.

— Ça et plus encore.

— Vous pourriez m'expliquer ce qui se passe, Jim ?

— Croyez-moi, mon vieux, il vaut mieux que vous restiez en dehors de l'affaire.

***

Il y avait ce soir-là un dîner à la Maison-Blanche en l'honneur de Rajiv Gandhi, le Premier ministre indien. Parmi la foule des invités, on notait la présence d'acteurs connus, de dirigeants syndicaux, de sportifs et de multimilliardaires.

Les anciens présidents Ronald Reagan et Jimmy Carter se comportaient comme s'ils n'avaient jamais quitté les lieux. Dans un coin du salon fleuri, le secrétaire d'Etat Douglas Oates échangeait des souvenirs de guerre avec Henry Kissinger tandis que le plus célèbre joueur de l'équipe des Houston Oilers qui venait de remporter le Super Bowl plongeait sans vergogne son regard dans le décolleté de Sandra Malone, la journaliste vedette d'ABC.

Le Président porta un toast, puis présenta à son hôte Charles Murphy, qui venait de survoler l'Antarctique dans un ballon à air chaud. La première dame du pays s'approcha alors de son mari, lui prit le bras et se dirigea vers la piste de danse en sa compagnie.

Un des secrétaires de la Maison-Blanche attira discrètement l'attention de Dan Fawcett, puis lui désigna la porte d'un signe de tête. Fawcett le rejoignit, l'écouta un instant, puis alla vers le Président.

— Pardonnez-moi, monsieur le Président, mais on vient d'apporter un texte du Congrès qui exige votre signature immédiate.

Le chef d'Etat avait compris. Il n'y avait pas de texte à signer. Il s'agissait d'un code indiquant une communication urgente. Il s'excusa auprès de son épouse, puis traversa le grand salon en direction d'un petit bureau particulier. Il attendit que Fawcett eût refermé la porte et décrocha le téléphone.

— Le Président à l'appareil.

— Amiral Sandecker, monsieur.

— Oui, amiral, qu'y a-t-il ?

— J'ai le chef des forces navales des Caraïbes sur une autre ligne. Il vient de m'informer qu'un de mes hommes qui avait disparu avec Jessie LeBaron a été repêché par un de nos sous-marins.

— On l'a identifié ?

— Oui, il s'agit de Dirk Pitt.

— Décidément, ce Pitt est indestructible ou alors c'est qu'il a une chance insolente, fit le Président avec une note de soulagement dans la voix. Dans combien de temps peut-il être ici ?

— L'amiral Monfort attend l'autorisation de mettre des moyens de transport prioritaires à sa disposition.

— Vous pouvez me le passer ?

— Un instant, monsieur.

Il y eut une seconde de silence suivie d'un déclic.

Le Président demanda alors :

— Amiral Monfort, vous m'entendez ?

— Oui, monsieur.

— Vous reconnaissez ma voix, amiral ?

— Parfaitement, monsieur le Président.

— Je veux que Pitt soit à Washington le plus rapidement possible. Vous avez bien compris ?

— Oui, monsieur. Je veillerai à ce qu'un chasseur de la Navy le dépose à la base d'Andrews avant le lever du jour.

— Bien. Et mettez le secret absolu sur cette affaire, amiral. Que le sous-marin reste en mer et que les pilotes et tous ceux qui ont été en contact de près ou de loin avec Pitt soient consignés pendant trois jours.

— Vos ordres seront exécutés, monsieur, répondit Monfort après une brève hésitation.

— Merci. Maintenant, repassez-moi l'amiral Sandecker, je vous prie.

— Je vous écoute, monsieur le Président.

— Vous avez entendu. L'amiral Monfort vous amènera Pitt sur la base d'Andrews avant l'aube.

— J'irai l'accueillir en personne.

— Parfait. Rendez-vous aussitôt avec lui par hélicoptère au siège de la CIA à Langley. Martin Brogan ainsi que des représentants de la Maison-Blanche et du département d'Etat l'attendront pour l'interroger.

— Il n'aura peut-être rien à nous apprendre.

— Vous avez sans doute raison, répondit le Président avec lassitude. J'en espérais trop. Je crois d'ailleurs que j'en espère toujours trop.

Il raccrocha avec un profond soupir, puis remit un peu d'ordre dans ses pensées et classa l'affaire dans un compartiment de son esprit, une technique que chaque occupant du Bureau ovale se devait un jour ou l'autre de maîtriser.

Fawcett le connaissait bien et il attendit patiemment avant de prendre enfin la parole :

— Il serait peut-être bon que j'assiste à ce débriefing, vous ne pensez pas ?

Le Président le considéra avec tristesse.

— Non. Vous venez avec moi à Camp David à la première heure.

Fawcett eut l'air interdit.

— Mais nous n'avons rien de pareil sur notre agenda. Presque toute la matinée est prise par des réunions avec les leaders du Congrès à propos du budget.

— Ils devront attendre. J'ai un rendez-vous beaucoup plus important demain matin.

— En tant que votre secrétaire général, puis-je vous demander avec qui ?

— Avec un groupe d'hommes qui se baptisent eux-mêmes « membres fondateurs ».

Fawcett dévisagea le Président. Sa bouche se tordit légèrement.

— Je ne comprends pas !

— Vous le devriez pourtant, Dan. Vous êtes l'un d'entre eux.

Laissant son secrétaire général abasourdi, le Président sortit pour rejoindre ses invités.

Chapitre 42

Le choc des roues sur la piste réveilla Pitt en sursaut. Dehors, il faisait nuit et par le petit hublot du jet de la Navy, il vit les premières lueurs orangées annoncer le jour naissant.

Il avait mal aux fesses après son séjour prolongé dans son embarcation de fortune et avait eu beaucoup de mal à s'endormir, changeant sans cesse de position. Il se sentait dans un état lamentable et avait besoin de boire autre chose que ces jus de fruits que le médecin du sous-marin l'avait contraint à ingurgiter.

Il se demanda ce qu'il ferait si jamais il remettait la main sur Foss Gly. Les châtiments les plus horribles lui paraissaient encore trop doux. L'idée des tortures que cette brute était sans doute en train d'infliger à Jessie, Giordino et Gunn le hantait. Il se reprochait de les avoir abandonnés.

Le bruit des réacteurs diminua et la porte s'ouvrit. Il descendit la passerelle avec raideur et l'amiral Sandecker qui l'attendait au pied le serra un instant dans ses bras. Cette manifestation tout à fait inhabituelle de la part de son chef ne manqua pas de l'étonner.

— Content de vous voir, se contenta alors de dire l'amiral d'une voix étranglée.

Il le prit par le bras et le conduisit vers une voiture garée non loin en expliquant :

— On vous attend au siège de la CIA à Langley pour vous interroger.

Pitt, brusquement, s'arrêta.

— Ils sont vivants, annonça-t-il simplement.

— Vivants ! s'exclama Sandecker avec stupeur. Tous ?

— Oui. Prisonniers des Russes et torturés par un traître.

L'amiral haussa les sourcils.

— Vous étiez à Cuba ?

— Non, dans une des petites îles autour. Il faut que les Russes apprennent le plus tôt possible que je suis en vie pour les empêcher de...

— Doucement, doucement, le coupa Sandecker. Je ne vous suis plus. Patientez jusqu'à votre arrivée à Langley et vous raconterez votre histoire dans tous les détails.

***

Il se mit à pleuvoir lorsqu'ils survolèrent la ville. Pitt regarda par le pare-brise de plexiglas s'étendre devant lui les hectares de forêt entourant cette structure de marbre gris et de béton qui était le centre nerveux de l'armée clandestine des Etats-Unis. D'en haut, l'édifice paraissait désert. Il n'y avait personne en vue et le parking était aux trois quarts vide. On ne voyait que la statue du plus célèbre espion du pays, Nathan Hale, qui avait commis l'erreur de se faire prendre et avait été exécuté par pendaison.

Deux hommes attendaient sur l'aire d'atterrissage avec des parapluies. Tout le monde se précipita à l'intérieur du bâtiment, puis Pitt et Sandecker furent conduits dans une grande salle de réunion où se trouvaient six hommes et une femme. Martin Brogan s'avança pour serrer la main de Pitt et le présenter aux autres.

Ces formalités accomplies, le directeur de la CIA entra aussitôt dans le vif du sujet :

— J'ai cru comprendre que vous avez eu un voyage mouvementé.

— Rien que je recommanderais à des touristes, répliqua Pitt.

— Je peux vous faire servir quelque chose à manger ou à boire ? Un café, un petit déjeuner peut-être ?

— Si vous aviez plutôt une bière fraîche...

— Bien sûr. (Brogan décrocha un téléphone et prononça quelques mots.) On vous l'apporte tout de suite.

La salle de conférence était tout à fait classique avec des murs de couleur beige, une moquette assortie et un mobilier bon marché. Il n'y avait ni tableaux ni photos. C'était une pièce anonyme, un endroit pour y travailler, rien d'autre.

Pitt se vit offrir un siège en bout de table. Il s'y installa avec précaution. Tous les regards étaient braqués sur lui et il avait l'impression d'être un animal dans un zoo.

Brogan lui adressa un sourire rassurant, puis déclara :

— Je propose que vous commenciez par nous raconter tout ce que vous avez vu et entendu depuis le début. Votre récit sera enregistré et transcrit, puis nous passerons aux questions. D'accord ?

La bière arriva. Pitt but une gorgée avec délices, puis entreprit de faire le récit des événements à partir du décollage de Key West à bord du ballon jusqu'à sa joie et son soulagement en voyant le sous-marin émerger à quelques encablures de la baignoire sur le point de couler. Il ne passa rien sous silence et prit tout son temps, n'omettant aucun détail, même mineur. Il lui fallut près d'une heure et demie pour conclure et tous l'écoutèrent sans l'interrompre.

Brogan proposa alors une courte pause pendant qu'on apportait des photos aériennes de Cayo Santa María, les dossiers de Velikov et de Gly ainsi que le texte de sa déposition. Le directeur de la CIA l'étudia pendant près de quarante-cinq minutes, puis lança la première question :

— Vous aviez des armes à bord du dirigeable. Pourquoi ?

— Nous pensions que l'épave du *Cyclope* se trouvait quelque part dans les eaux cubaines. Il nous paraissait préférable, à titre de précaution, de nous munir d'un écran pare-balles et d'un lance-missiles.

— Vous réalisez, naturellement, que votre attaque injustifiée contre l'hélicoptère de patrouille cubain est contraire à la politique du gouvernement ?

Question posée par un représentant du département d'Etat.

— Je me conforme à d'autres lois, fit Pitt avec un sourire sardonique.

— Et quelles lois, si je peux me permettre ?

— Des lois qui remontent à l'époque de l'Ouest sauvage et qu'on appelle légitime défense. Les Cubains ont tiré les premiers, je dirais une bonne dizaine de rafales, avant qu'Al Giordino réplique.

Brogan sourit. Ce type de la NUMA était un homme comme il les aimait.

— Ce qui nous intéresse surtout dans cette affaire, c'est votre description des installations soviétiques dans l'île. Elles n'étaient donc pas gardées ?

— Au niveau du sol, les seules sentinelles que j'ai vues étaient stationnées à l'entrée de la base. Il n'y avait pas de patrouilles sur les routes ou le long des plages. La seule mesure de sécurité consiste en une clôture électrifiée.

— Ce qui explique pourquoi les photos à infrarouges n'ont permis de détecter aucun signe d'activité humaine, intervint un analyste en étudiant les clichés.

— Ça ne ressemble pas aux Russes, intervint un autre membre de la CIA. Ils seraient plutôt du genre à attirer l'attention sur des installations secrètes par un luxe de précautions.

— Pas dans ce cas-là, dit Pitt. Ils tomberaient plutôt dans l'excès contraire. Le général Velikov m'a déclaré qu'il s'agissait de la base militaire la plus secrète hors du territoire soviétique. Et si je comprends bien, personne n'en avait encore entendu parler jusqu'à ce jour.

— Je dois reconnaître que nous nous sommes sans doute laissé abuser, fit Brogan. Si toutefois ce que vous nous avez décrit correspond à la réalité.

Pitt lui lança un regard froid, se leva, puis se dirigea vers la porte.

— Très bien, fit-il. Comme vous voulez, j'ai menti alors. Merci pour la bière.

— Puis-je vous demander où vous comptez aller ?

— Convoquer une conférence de presse, répondit Pitt en s'adressant directement au chef de la CIA. J'ai déjà perdu assez de temps avec vous. Plus tôt j'annoncerai mon évasion en exigeant la libération des LeBaron, de Giordino et de Gunn, plus tôt Velikov sera contraint de mettre fin à leurs tortures et de surseoir à leur exécution.

Un silence choqué accueillit cette déclaration. Personne ne pouvait croire que Pitt oserait sortir ainsi. Personne, sauf Sandecker. Il eut un petit sourire et prit la parole :

— Vous feriez mieux de ne pas insister, Martin. Vous tenez là une des plus belles affaires d'espionnage de ces dernières années et si personne dans cette pièce n'est capable de s'en apercevoir, je vous suggérerai de changer de métier.

Brogan était peut-être susceptible, mais c'était loin d'être un imbécile. Il alla arrêter Pitt sur le seuil de la salle.

— Pardonnez à un vieil Irlandais qui a été trop souvent échaudé, fit-il. Trente ans de ce boulot, ça vous rend plus incrédule que saint Thomas. Je vous en prie, aidez-nous à réunir les morceaux du puzzle. Ensuite, on verra ce qu'on peut faire pour vos amis et les LeBaron.

— Ça vous coûtera une autre bière.

Tous éclatèrent alors de rire. La glace était rompue et la séance de questions reprit.

— C'est Velikov ? demanda un analyste en montrant une photo.

— Oui, c'est bien le général Peter Velikov. Il s'exprime avec un accent américain impeccable. Ah, et j'ai failli oublier. Il possède mon dossier, y compris un profil de personnalité.

Sandecker se tourna vers Brogan.

— On dirait que notre ami Sam Emmett du FBI a une taupe dans ses services.

Le directeur de la CIA ne dissimula pas un sourire sarcastique.

— Sam ne va pas être particulièrement ravi de l'apprendre.

— On pourrait écrire un livre sur les exploits de Velikov, déclara un homme de forte stature. Quand vous aurez le temps, j'aimerais que vous me donniez un peu plus de détails sur le personnage.

— Ce sera avec plaisir.

— Et ça, c'est le spécialiste des interrogatoires musclés, ce Foss Gly ?

Pitt jeta un coup d'œil sur la photo qu'on lui présentait.

— Il a au moins dix ans de plus que sur ce cliché, mais c'est bien lui.

— Un mercenaire américain, né en Arizona, précisa l'analyste. Vous l'aviez donc déjà rencontré ?

— Effectivement, pendant le projet *Empress of Ireland* au cours de l'affaire du traité Nord-Américain*. Vous vous en souvenez peut-être ?

— Oui, acquiesça Brogan.

— Pour en revenir à l'installation secrète, intervint la seule femme de l'assistance. Nombre de niveaux ?

— Cinq à en croire les boutons de l'ascenseur. Tous souterrains.

— Une idée de son étendue ?

— Tout ce que j'ai vu, c'est ma cellule, le couloir, le bureau de Velikov et un garage. Ah, et aussi l'entrée des appartements supérieurs, une sorte de bâtiment décoré comme un château espagnol.

— Epaisseur des murs ?

— Je dirais un peu moins d'un mètre.

— Qualité de la construction ?

— Bonne. Pas de traces d'infiltrations ni de fissures dans le béton.

— Type de véhicules dans le garage ?

— Deux camions militaires. Le reste, des engins de terrassement, un bulldozer, une pelleteuse et un camion-nacelle.

La femme leva la tête.

— Excusez-moi, le dernier ?

— Un camion-nacelle, expliqua Pitt. Vous savez, ces camions équipés d'une plate-forme téléscopique dont on se sert pour élaguer les arbres ou réparer les lampadaires.

— Dimensions approximatives de l'antenne parabolique ?

— Difficile à estimer dans le noir. A peu près 300 mètres de long sur 200 mètres de large. Elle se met en position par l'intermédiaire de bras hydrauliques camouflés en palmiers.

— Pleine ou grillagée ?

— Grillagée.

— Circuits électriques, boîtes de dérivation, relais ?

— Je n'en ai pas vu, ce qui ne signifie pas qu'il n'y en a pas.

Le patron de la CIA avait écouté sans intervenir. Il leva la main et se tourna vers un homme d'allure studieuse assis à côté de lui.

— Qu'est-ce que vous en tirez, Charlie ?

— Pas assez de détails techniques pour en connaître l'utilisation

* Voir *l'Incroyable Secret, op. cit.*

exacte. Il y a en fait trois possibilités. Premièrement, une station d'écoute capable d'intercepter les signaux téléphoniques, radio et radar sur tout le territoire des Etats-Unis. Deuxièmement, une puissante station de brouillage installée dans l'attente d'un événement crucial, par exemple une attaque nucléaire, pour brouiller à ce moment-là toutes nos communications militaires et commerciales. Troisièmement, une installation destinée à faire passer de fausses informations à travers tous nos systèmes de communication. Mais le plus grave, compte tenu de la taille et de la complexité de l'antenne, c'est qu'il pourrait très bien s'agir des trois à la fois.

Le visage de Brogan se crispa. Qu'une telle opération d'espionnage ait pu être montée à moins de deux cents milles des côtes américaines dans un secret absolu n'était pas pour réjouir le responsable des services de renseignements qu'il était.

— Alors, dans le pire des cas, à quoi pourrait servir cette base ? demanda t il.

— Je soupçonne fort que ce soit en fait une très puissante installation électronique capable d'intercepter les communications radio et téléphoniques puis, grâce à une technologie basée sur le décalage, de permettre à une nouvelle génération de synthétiseurs informatisés d'imiter les voix dans le but de modifier le sens d'une conversation. Vous seriez surpris de constater à quel point vos paroles peuvent être déformées au cours d'un entretien téléphonique sans que votre correspondant s'en rende seulement compte. Oh, à propos, la Sécurité nationale possède ce même type d'équipement à bord d'un bateau.

— Ainsi, les Russes nous ont rattrapés, constata le directeur de la CIA.

— Leur technique est probablement plus rudimentaire que la nôtre, mais il semble bien qu'ils aient franchi un pas vers l'utilisation à grande échelle.

La femme reprit ses questions :

— Vous avez précisé que l'île était ravitaillée par sous-marins, vous en êtes sûr ?

— C'est ce que LeBaron m'a dit. Quant à moi, je n'ai remarqué aucune installation portuaire.

Sandecker jouait avec l'un de ses cigares sans l'allumer. Il le pointa sur Brogan.

— On dirait que les Russes ont pris des précautions inhabituelles pour échapper à votre réseau de surveillance, Martin.

— Leur crainte d'être découverts était évidente au cours des interrogatoires, dit Pitt. Velikov était persuadé que nous étions des agents à vous.

— On ne peut guère lui en vouloir, fit le patron de la CIA. Votre arrivée a dû lui foutre une trouille de tous les diables.

— Monsieur Pitt, pourriez-vous décrire les gens qui assistaient à ce dîner que vous avez interrompu ? demanda un homme en pull jacquard.

— En gros, il me semble qu'il y avait une quinzaine de femmes et un peu plus d'une vingtaine d'hommes...

— Des femmes ?

— Oui.

— Quel genre ? intervint la femme assise à la table.

— Féminin.

— Allons, vous savez très bien ce que je veux dire. Des épouses, de jolies célibataires ou des prostituées ?

— Sûrement pas des prostituées. La plupart étaient en uniforme, probablement des membres de l'état-major de Velikov. Celles qui portaient des alliances semblaient être les femmes des officiers et des civils cubains présents dans la pièce.

— Mais qu'est-ce que Velikov trafique ? s'interrogea Brogan à haute voix. Des Cubains et leurs épouses dans une base top secrète ? C'est ridicule !

Sandecker contemplait pensivement son cigare.

— Tout s'explique si on admet que Velikov a un autre objectif que l'espionnage électronique.

— Qu'est-ce que vous voulez suggérer, Jim ? demanda le chef de la CIA.

— L'île constituerait une base d'opération idéale pour préparer le renversement du gouvernement castriste.

Brogan le considéra d'un air stupéfait.

— Comment êtes-vous au courant ?

— Le Président m'a informé, répondit l'amiral avec une pointe de condescendance.

— Je vois, fit le directeur de la CIA qui manifestement ne comprenait plus rien.

— Ecoutez, je sais que c'est important, intervint Pitt. Mais chaque minute qui passe peut être fatale à Jessie, Al et Rudi. J'espère que vous allez tout mettre en œuvre pour les sauver. Vous pourriez commencer par annoncer aux Russes que je suis vivant et que vous êtes au courant de leur captivité.

Un silence gêné accueillit ces paroles. Tous à l'exception de Sandecker détournèrent le regard.

— Pardonnez-moi, fit froidement Brogan. Mais je ne pense pas que ce serait une bonne initiative.

Les yeux de l'amiral lancèrent des éclairs de fureur.

— Faites attention à ce que vous dites, Martin ! Je sens bien que vous avez je ne sais quel complot machiavélique en tête, mais je vous avertis, mon cher ami, qu'il faudra compter avec moi. Je ne vous permettrai pas de disposer ainsi de la vie de mes amis.

— Nous jouons gros jeu, se défendit le chef de la CIA. Laisser Velikov dans le noir pourrait se révéler beaucoup plus utile.

— Et sacrifier des vies humaines sur un simple pari ? dit Pitt d'un ton acerbe. Pas question.

— Ecoutez-moi un instant, fit Brogan. Je propose de laisser filtrer que nous savons que les LeBaron et vos hommes de la NUMA sont vivants. Ensuite, nous accuserons les Cubains de les garder prisonniers à La Havane.

— Comment pouvez-vous espérer que Velikov avale ce qu'il sait pertinemment être un mensonge ?

— Je n'espère rien lui faire avaler du tout. C'est loin d'être un imbécile. Non, il flairera un coup fourré et se demandera quelles sont les informations exactes que nous possédons sur son île. Et c'est tout ce qu'il pourra faire, se poser des questions. Nous, nous continuerons à brouiller les cartes en déclarant que nous sommes au courant grâce à des photos montrant votre canot pneumatique échoué sur les côtes cubaines. Cette manœuvre devrait assurer la sécurité des prisonniers tout en inquiétant Velikov. La pièce de résistance, ce sera la découverte du cadavre d'un certain Dirk Pitt par un pêcheur des Bahamas.

— Mais enfin, où voulez-vous en venir ? s'écria Sandecker.

— Tout n'est pas encore parfaitement au point, reconnut Brogan. Disons que l'idée de base, c'est de réexpédier discrètement Pitt sur Cayo Santa María.

⁂

Aussitôt le débriefing de Pitt terminé, le directeur de la CIA regagna son bureau pour appeler le Président. Il passa par tous les intermédiaires habituels et eut enfin son correspondant au bout du fil.

— Faites vite, Martin. Je pars tout de suite à Camp David.

— Nous venons de finir d'interroger Dirk Pitt.

— Il a pu vous être utile ?

— Il nous a livré le renseignement qui nous manquait.

— Le QG de Velikov ?

— Exactement.

— Bravo, excellent travail. Maintenant, vous pouvez lancer une opération d'infiltration.

— Je pensais à une solution plus radicale.

— Vous voulez dire annihiler la menace que cette base représente en dévoilant son existence au monde entier ? demanda le Président.

— Non. Plutôt y aller et la détruire.

Chapitre 43

A son arrivée à Camp David, le Président prit un petit déjeuner léger. Il faisait exceptionnellement chaud pour la saison, une sorte d'été indien, et il était en pantalon clair et chemisette.

Installé dans un fauteuil, il étudia les dossiers des « membres fondateurs ». Quand il eut parcouru le dernier, il se renversa en arrière et ferma les yeux pour réfléchir. Qu'allait-il pouvoir dire à ces hommes qui l'attendaient dans la grande salle à manger ?

Hagen entra dans le bureau et attendit un instant avant de déclarer :

— Je suis prêt, Vince.

Le Président s'arracha à son fauteuil.

— Autant en finir le plus vite possible, soupira-t-il.

Ils étaient tous réunis autour de la longue table. Il n'y avait pas de gardes et ce n'était pas nécessaire. Il s'agissait en effet de gens honorables qui n'avaient pas commis le moindre crime. Ils se levèrent respectueusement à l'entrée du Président, mais celui-ci leur fit signe de se rasseoir.

Ils étaient huit. Le général Fisher, Booth, Mitchell et Busche faisaient face à Eriksen, au sénateur Porter et à Dan Fawcett. Quant à Hudson, il avait pris place en bout de table. Seul manquait Raymond LeBaron.

Ils étaient vêtus avec décontraction et auraient très bien pu passer pour des golfeurs en train de bavarder dans le clubhouse. Ils étaient parfaitement calmes et détendus.

— Bonjour, monsieur le Président, l'accueillit le sénateur Porter. A quoi devons-nous l'honneur de cette mystérieuse convocation ?

Le chef de la Maison-Blanche s'éclaircit la gorge.

— Vous savez très bien pourquoi vous êtes ici. Alors inutile de perdre du temps.

— C'est pour nous féliciter, non ? lança Clyde Booth avec sarcasme.

— Tout dépendra, répliqua sèchement le Président.

— Dépendra de quoi ? demanda Eriksen sur un ton qui frisait l'insolence.

— Je crois savoir ce que veut le Président, intervint Hudson. C'est notre bénédiction pour l'autoriser à livrer aux Russes une partie de la lune.

— Oui et aussi une condamnation pour assassinat.

Les rôles étaient à présent inversés. Les huit hommes dévisageaient le Président d'un air de totale incompréhension.

Le sénateur Porter qui avait le sens de la repartie lança alors :

— Exécution style massacre de la Saint-Valentin ou poison dans la tasse de thé style *Arsenic et vieilles dentelles ?* Enfin, si je peux me permettre, monsieur le Président, à quoi faites-vous allusion ?

— A une bagatelle. La mort de neuf cosmonautes soviétiques.

— Ceux qui ont péri au cours des premières missions Soyouz ? s'étonna Dan Fawcett.

— Non. Les neuf Russes qui ont été tués à bord des sondes lunaires Selenos.

Hudson agrippa le bord de la table et réagit comme s'il venait de recevoir une décharge électrique.

— Les fusées Selenos étaient inhabitées !

— C'est ce que les Russes voulaient faire penser, mais en réalité il y avait trois hommes à bord de chacune d'elles. Si vous désirez les examiner, les restes de l'un des équipages se trouvent à la morgue de l'hôpital Walter Reed.

Ils ne parvenaient pas à y croire. Ils se considéraient comme des citoyens qui s'étaient sacrifiés pour leur pays et non comme des meurtriers.

Hagen était fasciné. Tout cela était nouveau pour lui.

— Si vous voulez bien m'écouter, je vais essayer de résumer la situation, reprit le Président. Tout d'abord, je tiens à dire que vous et vos hommes sur la lune avez relevé un formidable défi. Je ne peux que vous féliciter pour votre persévérance et votre génie, comme le monde entier le fera dans les semaines qui viennent. Malheureusement, sans le savoir, vous avez commis une terrible erreur. Dans votre zèle à brandir la bannière étoilée, vous avez ignoré le traité international régissant les activités sur la lune signé en 1984 par les Etats-Unis, l'Union soviétique et trois autres nations. Puis vous avez décidé de votre propre initiative de prendre possession de notre satellite et de le déclarer propriété privée. Seulement, pour ce faire, vous avez détruit trois sondes lunaires soviétiques. L'une d'entre elles, Selenos 4, a pu regagner la terre où elle est restée en orbite pendant dix-huit mois avant qu'on en reprenne le contrôle depuis le sol. Les techniciens russes ont tenté de la ramener dans les steppes du Kazakhstan, mais elle était endommagée et est retombée près de Cuba.

Le Président marqua une pause, puis poursuivit :

— Sous couvert d'une chasse au trésor, vous avez envoyé Raymond LeBaron pour essayer de la retrouver avant les Russes. Vous vouliez effacer les traces des dégâts infligés à la sonde par vos hommes sur la lune. Mais les Cubains ont pris tout le monde de vitesse et l'ont récupérée. Vous ne le saviez pas et les Russes l'ignorent toujours. A moins que...

Il laissa un instant sa phrase en suspens.

— ... à moins que Raymond LeBaron n'ait avoué l'existence de la Colonie Jersey sous la torture. Je sais de source sûre qu'il a été capturé par les Cubains et remis aux services de renseignements militaires soviétiques, le GRU.

— Raymond ne parlera pas, affirma Hudson avec violence.

— Il n'aura peut-être pas besoin de le faire, répliqua le locataire de la Maison-Blanche. Il y a quelques heures, des spécialistes auxquels j'ai demandé de réexaminer les signaux émis et reçus durant la rentrée de Selenos 4 dans l'atmosphère ont découvert que les données recueillies par la sonde sur la surface lunaire ont été transmises à une station située dans l'île de Socotra, près du Yémen. Je suppose, messieurs, que vous saisissez les implications de cette information.

— Nous voyons parfaitement où vous voulez en venir, fit le général Fisher d'un ton pensif. Les Soviétiques possèdent donc peut-être la preuve visuelle de l'existence de la Colonie Jersey.

— Exactement. Et ils ont sans doute su additionner deux et deux et en déduire que vos hommes là-haut ont un rapport avec les accidents des sondes Selenos. Vous pouvez être sûrs qu'ils vont prendre des mesures de représailles. Mais ils ne vont pas utiliser le téléphone rouge, protester par voie diplomatique ou publier des communiqués par l'intermédiaire de l'agence Tass ou de la *Pravda*. Non, la bataille pour la lune sera tenue secrète par les deux camps. Eh bien, messieurs les « membres fondateurs », le résultat c'est que vous avez déclenché une guerre qui sera peut-être impossible à arrêter.

Les hommes autour de la table étaient profondément choqués. Et aussi en colère, en colère simplement pour avoir négligé un élément dont, après tout, ils ne pouvaient pas avoir connaissance. La vérité dans toute son horreur leur apparut d'un seul coup.

— Vous avez parlé de représailles de la part des Russes, monsieur le Président, fit Dan Fawcett. Vous avez une idée de la forme qu'elles pourraient prendre ?

— Mettez-vous à leur place. Quand la station lunaire Selenos 8 a été lancée, il y avait déjà une semaine qu'ils étaient au courant. Si j'étais Antonov, j'aurais fait secrètement convertir la mission scientifique en mission militaire. Il ne fait guère de doute que quand Selenos 8 se posera sur la lune dans vingt-quatre heures, un commando spécial soviétique attaquera aussitôt la Colonie Jersey. La base aura-t-elle les moyens de se défendre ?

Le général Fisher consulta Hudson du regard, puis se tourna vers le Président avec un geste d'impuissance.

— Je ne sais pas, répondit-il. Nous n'avons jamais envisagé l'éventualité d'une agression armée contre la colonie. Pour autant que je m'en souvienne, ils ne disposent en tout que de deux pistolets et d'un lance-missiles.

— A propos, pour quand est prévu le départ de vos hommes ?

— Ils devraient décoller de la lune dans environ trente-six heures, répondit Hudson.

— Je suis curieux de savoir comment ils comptent regagner la terre, fit le Président. Leur véhicule lunaire ne convient pas pour un tel voyage !

Hudson sourit.

— Ils vont rentrer à Cap Canaveral à bord de la navette.

Le chef de l'exécutif soupira.

— *Gettysburg*. J'aurais dû m'en douter. Elle est déjà amarrée à notre station orbitale.

— Son équipage n'a pas encore été mis au courant, précisa Steve Busche, l'homme de la NASA. Mais une fois qu'ils se seront remis du choc en voyant nos hommes débarquer de leur véhicule de transport, ils ne seront que trop heureux d'accepter ces passagers supplémentaires.

Le Président dévisagea tour à tour chacun des « membres fondateurs » avec une expression empreinte de tristesse avant de murmurer :

— La vraie question, messieurs, c'est de savoir si les hommes de la Colonie Jersey seront encore en vie dans vingt-quatre heures.

Chapitre 44

— Vous croyez vraiment que c'est réalisable ? demanda Pitt.

Le colonel Ramon Kleist, un ancien du corps des Marines, se balança un instant sur ses talons en se grattant le dos à l'aide d'une badine, puis répondit :

— Tant qu'on peut se replier avec nos blessés, oui, je pense que la mission peut réussir.

— Un plan aussi complexe ne se déroulera jamais sans accroc, fit Pitt. Détruire la base et l'antenne plus descendre Velikov et toute son équipe, j'ai l'impression que vous visez un peu haut, non ?

— Vos observations et les photos prises par nos avions espions confirment l'absence de véritables défenses, fit le colonel.

— Combien d'hommes pour votre commando ?

— Trente et un, vous compris.

— Les Russes sauront qui a rasé leur base secrète. Vous allez mettre le feu aux poudres !

— Ça fait partie du plan, répondit Kleist avec désinvolture.

Le colonel se tenait droit comme un I et son torse puissant paraissait à l'étroit dans la chemisette à fleurs qu'il portait. C'était un homme au teint mat, approchant de la soixantaine. Il était né en Argentine, fils unique d'un officier SS réfugié dans ce pays après la guerre et de la fille d'un diplomate libérien. Envoyé poursuivre ses études dans une école privée new-yorkaise, il avait tout laissé tomber pour s'engager dans les Marines.

— Je croyais qu'il existait un accord tacite entre la CIA et le KGB. On ne tue pas vos agents si vous ne tuez pas les nôtres.

Kleist afficha un air d'innocence.

— Mais qui vous dit que c'est nous qui allons faire le sale boulot ?

Pitt se contenta de le dévisager, attendant la suite.

— La mission sera accomplie par des membres des Forces spéciales cubaines, expliqua le colonel. Ou pour être honnête, par des exilés bien entraînés en vrais treillis de combat cubains. Même leurs sous-vêtements et leurs chaussettes proviendront des stocks militaires cubains. Les armes, les montres et tout l'équipement seront de fabrication soviétique. Et pour ne rien négliger, le débarquement aura lieu sur le rivage côté Cuba.

— C'est vous qui dirigerez le commando ?

— Non, répondit Kleist avec un sourire. Je deviens un peu trop vieux pour cavaler sur les plages. L'équipe sera placée sous le commandement du major Angelo Quintana. Vous ferez sa connaissance à notre base de l'île San Salvador. Quant à moi, je serai à bord d'un submersible spécialement conçu pour ce genre de mission. La plupart des gens ignorent son existence. Vous verrez, c'est un bâtiment assez intéressant.

— Je ne suis pas vraiment ce que vous appelez un homme formé au combat.

— Votre boulot consiste seulement à introduire le commando dans la base et à le conduire jusqu'à la bouche d'aération permettant d'accéder au garage. Après, vous retournerez sur la plage et resterez à l'abri jusqu'à la fin des opérations.

— Le raid est prévu pour quand ?

— Le débarquement est fixé à 2 h 00 dans quatre jours.

— Quatre jours ! Ce sera peut-être trop tard pour sauver mes amis.

Le colonel eut l'air sincèrement désolé.

— Nous avons déjà tout resserré au maximum, fit-il. Les hommes ont subi un entraînement accéléré. Et il faut que le plan préparé à l'aide des programmes tactiques de nos ordinateurs soit absolument parfait.

— Et si jamais il y avait une faille ?

Le visage de Kleist se durcit.

— La faille, monsieur Pitt, c'est vous. Le succès ou l'échec de cette mission reposent entièrement sur vos épaules !

***

Les gens de la CIA ne laissaient rien au hasard. Pitt passa d'un bureau à un autre où diverses personnes le soumirent à un flot de questions. Le plan destiné à neutraliser Cayo Santa María se précisait. Sa rencontre avec le colonel Kleist avait eu lieu moins de trois heures après la réunion avec Martin Brogan. Il put se rendre compte qu'il existait des milliers de plans pour envahir chacune des îles des Caraïbes et chaque pays d'Amérique centrale et du Sud. Les ordinateurs, comme pour des jeux électroniques, fournissaient toute une série d'options. Il suffisait alors aux experts de sélectionner le programme le mieux adapté aux objectifs fixés, puis de l'affiner.

Pitt subit un examen médical complet avant d'être enfin autorisé à aller déjeuner. Le médecin le déclara en pleine forme, le bourra de vitamines et lui conseilla de se coucher de bonne heure.

Une femme assez grande aux cheveux nattés et aux pommettes saillantes lui servait d'escorte à travers le dédale des pièces. Elle s'était présentée sous le nom d'Alice, sans autre précision, et était vêtue d'un ensemble ocre sur un corsage de dentelle. Pitt la trouvait assez jolie et il se surprit à l'imaginer nue sur des draps de satin.

Il voulut donner un coup de fil. Les ordres étaient stricts : il n'était autorisé à le faire qu'à condition de dissimuler son identité et que son correspondant ne fût pas un proche. Alice le conduisit dans un petit bureau et il décrocha le téléphone relié au standard, demandant qu'on le mette en communication avec Weehawken Marine Products à Baltimore.

Après avoir exposé son problème à quatre interlocuteurs différents, on lui passa enfin le président du conseil d'administration, poste souvent réservé aux anciens patrons à l'âge de la retraite.

— Bob Conde, à l'appareil. En quoi puis-je vous être utile ?

Pitt adressa un clin d'œil à Alice et répondit :

— Jack Farmer, monsieur Conde. Je participe à des recherches subventionnées par le gouvernement et j'ai découvert un vieux casque de plongée dans une épave. J'espérais que vous pourriez m'aider à l'identifier.

— Je ferai de mon mieux, monsieur Farmer. Mon grand-père a fondé cette entreprise il y a près de quatre-vingts ans et nous avons conservé toutes nos archives. Vous avez le numéro de série ?

— Oui. Il était gravé sur une petite plaque devant. (Pitt ferma les yeux et revit le scaphandre avec le cadavre à l'intérieur du *Cyclope.)* Il y avait « Weehawken Products Inc., Modèle V, Numéro de Série 58-67-C ».

— Le casque standard de la Navy, répondit Conde sans hésiter. On le fabrique depuis 1916. Construit en cuivre filé avec ferrures en bronze, quatre hublots de verre.

— Vous en fournissiez à la Navy ?

— La plupart de nos commandes provenaient de la Navy. D'ailleurs, c'est encore le cas aujourd'hui. Le modèle V est toujours utilisé pour certains types d'opérations. Mais cet équipement-là a été vendu à une firme commerciale.

— Pardonnez ma question, mais comment pouvez-vous le savoir ?

— Le numéro de série. 58 est l'année de fabrication, 67 le numéro d'ordre et C correspond à « commercial ». En d'autres termes, il s'agit du 67e casque sorti de nos usines en 1958 qui a été acheté par une société commerciale de renflouage.

— Vous croyez qu'il y a une chance de retrouver son nom ?

— Ça risque de prendre une bonne demi-heure. Nous n'avons pas estimé utile de mettre ces vieilles factures sur ordinateur. Il vaut mieux que je vous rappelle.

Pitt consulta Alice du regard. Elle fit non de la tête.

— Le gouvernement n'est pas à une communication près, monsieur Conde. Je préfère rester en ligne.

— Comme vous voudrez.

Conde avait bien jugé. Il revint au bout du fil exactement trente et une minutes plus tard.

— Monsieur Farmer, annonça-t-il. L'un de nos comptables a trouvé le renseignement que vous m'avez demandé.

— Je vous écoute.

— Le casque ainsi que l'équipement complet ont été vendu à un particulier. Par pure coïncidence, je le connaissais. Il s'appelait Hans Kronberg. Un plongeur de l'ancienne école. Il avait attrapé une terrible maladie des caissons qui l'avait rendu infirme, mais n'avait jamais renoncé à plonger.

— Vous savez ce qu'il est devenu ?

— Pour autant que je m'en souvienne, il a acheté ce scaphandre pour une opération de renflouage quelque part du côté de Cuba. La maladie a dû finir par l'avoir.

— Vous ne vous rappelez pas qui l'avait engagé ?

— Non, ça fait trop longtemps, répondit Conde. Il s'était sans doute déniché un associé qui avait un peu d'argent. Son équipement habituel était vieux et rapiécé. Il vivait au jour le jour et gagnait à peine de quoi manger. Et voilà qu'il débarque ici et achète un équipement dernier modèle qu'il paie comptant.

— Merci de votre aide.

— De rien. Puis-je à mon tour vous demander où vous avez retrouvé ce casque ?

— A l'intérieur d'une épave près des Bahamas.

Conde avait compris. Il resta un instant silencieux, puis murmura :

— Ainsi ce vieux Hans n'est jamais remonté. Il avait toujours voulu finir comme ça.

— Vous ne voyez personne qui pourrait se souvenir encore de lui ?

— Pas vraiment. Il y aurait peut-être sa veuve. Elle continue à m'envoyer des cartes pour Noël. Elle est quelque part dans une maison de retraite.

— Vous savez où ?

— Il me semble que c'est à Leesburg en Virginie. Quant au nom, aucune idée. En parlant de nom, le sien c'est Hilda.

— Merci beaucoup, monsieur Conde. Vous m'avez rendu un grand service.

— Si jamais vous passez par Baltimore, monsieur Farmer, venez donc me dire bonjour. J'ai tout le temps pour bavarder maintenant que mes enfants m'ont gentiment évincé de la direction des affaires.

— Ce sera avec plaisir, répondit Pitt. Au revoir, monsieur Conde.

Il raccrocha et appela l'opératrice pour lui dire de téléphoner à toutes les maisons de retraite de la région de Leesburg jusqu'à ce qu'elle tombe sur celle où résidait une certaine Hilda Kronberg.

— Qu'est-ce que vous cherchez comme ça ? interrogea Alice.

— L'El Dorado, répondit Pitt avec un sourire.

— Très drôle.

— Le problème avec les gens de la CIA, c'est qu'ils ne comprennent pas la plaisanterie !

Chapitre 45

La camionnette d'un fleuriste remonta l'allée et s'arrêta devant l'entrée de service de la maison de retraite.

— Tâchez de ne pas traîner, lança Alice avec impatience. Il faut que d'ici quatre heures vous soyez dans l'île de San Salvador.

— Je ferai de mon mieux, répondit Pitt en descendant.

Il était en uniforme de livreur et portait un gros bouquet de roses dans les bras.

— Je me demande encore comment vous avez réussi à convaincre monsieur Brogan de vous laisser venir.

Pitt referma la portière en souriant.

— Question de rapport de forces.

Cette maison de retraite était l'endroit idéal pour y finir paisiblement ses jours. Il y avait un golf de neuf trous, une piscine en plein air chauffée, une élégante salle à manger et des jardins soigneusement entretenus. C'était loin de ressembler à un hospice pour vieillards nécessiteux et Pitt commençait à s'étonner que la veuve d'un plongeur qui tirait le diable par la queue pût s'offrir un tel luxe.

Il passa une porte et arriva devant la réception.

— J'ai un bouquet pour madame Hilda Kronberg, annonça-t-il.

La réceptionniste leva la tête. Elle était plutôt séduisante avec ses cheveux auburn et ses grands yeux bleus.

— Posez-les sur le comptoir, dit-elle gentiment. Je les lui ferai porter.

— Je dois les lui remettre en main propre. Elles sont accompagnées d'un message verbal.

La jeune fille désigna alors un couloir.

— Vous trouverez sans doute madame Kronberg au bord de la piscine. Ne vous inquiétez pas si elle ne vous répond pas, elle a parfois des absences.

Pitt la remercia, regrettant de ne pouvoir l'inviter à dîner. Il descendit une rampe qui conduisait à la piscine décorée comme un jardin hawaiien avec des blocs de lave noire et une chute d'eau.

Après s'être renseigné auprès de deux personnes âgées, il trouva Hilda Kronberg installée dans un fauteuil roulant, le regard fixé sur l'eau, l'esprit manifestement ailleurs.

— Madame Kronberg ?

Elle se protégea les yeux d'une main.

— Oui ?

— Je m'appelle Dirk Pitt et j'aimerais vous poser quelques questions.

— Monsieur Pitt, vraiment ? (Elle étudia son uniforme et le bouquet qu'il tenait dans les bras.) Et pourquoi un garçon qui livre des fleurs voudrait-il me poser des questions ?

Le mot « garçon » amusa Pitt. Il lui tendit le bouquet.

— C'est à propos de votre mari, Hans.

— Vous êtes avec lui ? lança-t-elle d'un ton soupçonneux.

— Non, je suis tout seul.

Hilda Kronberg était d'une maigreur effrayante et sa peau était presque transparente. Elle avait le visage lourdement maquillé et les cheveux teints. Quant aux bagues qui brillaient à ses doigts, elles auraient sans doute suffi à acheter une petite flotte de Rolls. Elle paraissait âgée d'environ soixante-quinze ans, mais devait bien en avoir quinze de moins. La veuve du scaphandrier était au bord de la tombe. Pourtant, lorsqu'elle sourit à la mention du nom de son époux, ses yeux aussi souriaient.

— Vous me semblez trop jeune pour avoir connu Hans, fit-elle.

— C'est monsieur Conde de chez Weehawken Marine qui m'a parlé de lui.

— Ah oui, Bob Conde. Hans et lui étaient des copains de poker.

— Vous ne vous êtes pas remariée après sa mort ?

— Si.

— Et vous continuez à porter son nom ?

— C'est une longue histoire sans intérêt pour vous.

— Quand avez-vous vu Hans pour la dernière fois ?

— C'était un jeudi, le 10 décembre 1958. Il s'embarquait à bord du paquebot *Monterey* à destination de La Havane. Hans ne cessait de courir après les chimères. Son associé et lui étaient lancés sur une nouvelle chasse au trésor. Il m'a juré que cette fois ils trouveraient assez d'or pour que je m'achète la demeure de mes rêves. Malheureusement, il n'est jamais revenu.

— Vous vous souvenez du nom de son associé ?

Le visage de la vieille dame se ferma brusquement.

— Qu'est-ce que vous cherchez, monsieur Pitt ? Qui vous a envoyé ?

— Je suis le directeur des Projets spéciaux de la National Underwater and Marine Agency, répondit-il. En fouillant l'épave d'un bateau appelé le *Cyclope,* je suis tombé sur un cadavre qui est probablement celui de votre mari.

— Vous avez retrouvé Hans ? s'étonna-t-elle.

— Je ne l'ai pas identifié avec certitude, mais le casque de plongée ramène à lui.

— Hans était un brave homme, fit-elle d'un air songeur. Il ne rapportait pas beaucoup d'argent à la maison, mais nous avons été heureux ensemble jusqu'à...jusqu'à sa mort.

— Quand je suis arrivé, vous m'avez demandé si j'étais avec « lui ». A qui pensiez-vous, madame Kronberg.

— Le honteux secret de la famille, monsieur Pitt. On s'occupe bien de moi. Il veille à tout et je n'ai pas à me plaindre. C'est moi qui ai décidé de me retirer du monde...

Elle se tut et son regard se perdit dans le lointain.

Pitt devait faire vite. Ne pas la laisser se réfugier dans son univers intérieur.

— Cet homme vous a dit que Hans avait été assassiné ?

Un éclair brilla dans les yeux de Hilda, puis elle secoua lentement la tête.

Pitt s'agenouilla à côté d'elle et lui prit la main.

— Son filin et son tuyau d'air ont été sectionnés pendant qu'il travaillait sous l'eau.

Elle ne parvint pas à réprimer un tremblement.

— Pourquoi me racontez-vous tout ça ?

— Parce que c'est la vérité, madame Kronberg. Je vous en donne ma parole. Celui qui se trouvait avec Hans l'a sans doute tué pour s'approprier sa part du trésor.

La vieille femme, très troublée, resta un long moment silencieuse.

— Vous êtes donc au courant pour le trésor de La Dorada ? murmura-t-elle enfin.

— Oui. Je sais comment il a atterri à bord du *Cyclope.* Et je sais aussi que Hans et son associé l'ont retrouvé.

Hilda se mit à jouer avec l'une de ses bagues.

— Au fond de moi-même, j'ai toujours été sûre que Ray avait tué Hans.

Pitt éprouva une immense stupeur tandis que la vérité lui apparaissait.

— Vous pensez que Hans a été assassiné par Raymond LeBaron ?

Elle acquiesça d'un petit signe de tête.

Assommé par cette révélation, il mit quelques secondes à se reprendre.

— Il l'a fait pour le trésor ? dit-il doucement.

— Non. Pour moi.

Il attendit la suite.

— C'est le genre de choses qui arrivent souvent, reprit-elle. J'étais jeune et jolie à l'époque. Vous pouvez imaginer que j'ai été un jour jolie, monsieur Pitt ?

— Vous l'êtes toujours.

— Je crois que vous avez besoin de lunettes, mais en tout cas, merci pour le compliment.

— Vous avez l'esprit vif aussi.

— On a dû vous dire à l'entrée que j'étais un peu timbrée, non ? fit-elle.

— La réceptionniste a laissé entendre que vous aviez des absences.

— Une petite comédie que j'adore jouer. Ça intrigue les gens. (Elle prit une expression lointaine.) Hans était un homme très gentil. Il avait dix-sept ans de plus que moi et l'amour que je lui portais était teinté de compassion en raison de son infirmité. Nous étions mariés depuis trois ans quand il a amené un soir Ray à dîner. Nous sommes devenus tous trois d'excellents amis. Ray et Hans se sont associés pour récupérer des objets dans des épaves et les revendre à des antiquaires ou des collectionneurs. Ray avait beaucoup d'allure à l'époque et nous n'avons pas tardé à avoir une liaison. (Elle hésita un instant, puis dévisagea Pitt.) Avez-vous déjà été amoureux de deux femmes à la fois, monsieur Pitt ?

— C'est l'une des rares expériences qui me manquent.

— C'est bizarre, mais je ne me sentais pas du tout coupable. Tromper Hans devenait une aventure très excitante. Je n'étais pas une mauvaise fille, vous comprenez, mais je n'avais jamais menti ainsi à une personne proche et je n'ai pas éprouvé le moindre remords. Aujourd'hui, je remercie le ciel que Hans ne l'ait jamais su.

— Vous pouvez me parler du trésor de La Dorada ?

— Après ses études à Stanford, Ray a passé deux ans dans les jungles du Brésil à chercher de l'or. Il a entendu parler pour la première fois de La Dorada par un topographe américain. Je ne me souviens pas des détails, mais il était persuadé qu'elle était à bord du *Cyclope* quand celui-ci a disparu. Hans et lui ont sillonné la mer des Caraïbes pendant deux ans avec un appareil à détecter le métal et ils ont fini par retrouver l'épave. Ray a emprunté de l'argent à sa mère pour acheter le matériel de plongée et un petit bateau de renflouage. Il est parti tout seul à Cuba pour préparer les opérations pendant que Hans finissait un boulot au large des côtes du New Jersey.

— Vous avez reçu une lettre ou un coup de téléphone de Hans après son départ à bord du *Monterey ?*

— Il a appelé une fois de Cuba. Il a simplement annoncé que Ray et lui partaient le lendemain sur le site de l'épave. Deux semaines plus tard, Ray est rentré et m'a dit que Hans était mort de la maladie des caissons et que son corps avait été remis à la mer.

— Et le trésor ?

— Ray me l'a décrit comme une grande statue en or massif. Il a réussi à la remonter et à la ramener à Cuba.

Pitt se releva, s'étira, puis s'agenouilla de nouveau à côté de la vieille femme.

— Bizarre qu'il ne l'ait pas rapportée avec lui aux Etats-Unis, fit-il.

— Il avait peur que le Brésil, l'Etat de Floride, le gouvernement fédéral, d'autres chasseurs de trésors ou des océanographes revendiquent La Dorada auprès des tribunaux et ne lui laissent plus rien. Sans compter le fisc, naturellement. Ray n'avait aucune envie de payer des millions de dollars d'impôts et il n'a parlé à personne de sa découverte en dehors de moi.

— Qu'est-ce qu'elle est devenue ?

— Ray a pris le rubis géant qui était à la place du cœur et l'a découpé en petites pierres qu'il a vendues séparément.

— La base de l'empire financier LeBaron, dit Pitt.

— Oui, mais avant que Ray ait eu le temps de récupérer la tête d'émeraude de la statue ou de faire fondre l'or, Castro est arrivé au pouvoir et il a été obligé de la cacher. Il ne m'a jamais dit où.

— Donc La Dorada se trouve encore quelque part à Cuba ?

— Oui. Je suis sûre que Ray n'a jamais pu retourner la chercher.

— Vous avez revu monsieur LeBaron ensuite ?

— Oh, mon Dieu oui, fit-elle gaiement. Nous nous sommes mariés.

— Vous avez été la première madame LeBaron ? s'écria Pitt avec stupéfaction.

— Pendant trente-trois ans.

— Mais je croyais que sa première femme s'appelait Hillary et qu'elle était morte il y a quelques années ?

— Ray s'est mis à préférer Hillary à Hilda en devenant riche. Il trouvait que ça faisait plus chic. Pour ma mort, c'est un petit arrangement personnel qu'il a pris quand je suis tombée malade. L'idée de divorcer d'une invalide lui faisait horreur. Il a donc enterré Hillary LeBaron et ressuscité Hilda Kronberg.

— C'est d'une cruauté inhumaine !

— La bonté n'a jamais étouffé mon mari, mais il savait se montrer généreux. Nous vivions des existences séparées. Je ne lui en veux pas. Et puis Jessie vient me voir de temps en temps.

— La seconde madame LeBaron ?

— Une personne charmante et attentionnée.

— Comment peut-il l'avoir épousée si vous êtes encore vivante ?

— La seule mauvaise affaire que Ray ait jamais faite, répondit-elle avec un large sourire. Les médecins lui ont annoncé que je n'en avais plus que pour quelques mois, mais je les ai bien possédés. Ça fait des années que je m'accroche.

— Voleur, assassin et en plus bigame !

Hilda ne chercha pas à l'excuser.

— Ray est un homme complexe, fit-elle simplement. Il prend beaucoup plus qu'il ne donne.

— A votre place, je me vengerais.

— C'est trop tard en ce qui me concerne, monsieur Pitt. (Une lueur brilla dans son regard.) Mais vous pourriez peut-être faire quelque chose pour moi.

— Je vous écoute.

— Retrouvez La Dorada, demanda-t-elle avec ferveur. Retrouvez la statue et offrez-la au monde entier. Qu'elle soit exposée en public. Ray en souffrira plus que s'il perdait son magazine. Et surtout, c'est ce que Hans aurait souhaité.

Pitt lui prit la main.

— Hilda, je vous promets de faire tout mon possible, murmura-t-il.

Chapitre 46

Hudson régla l'image et salua d'un signe de tête le visage que lui renvoyait l'écran.

— Eli, j'ai à côté de moi quelqu'un qui voudrait vous parler, dit-il.

— Trop heureux de voir enfin une nouvelle tête, lança joyeusement Steinmetz.

Un homme vint prendre la place de Hudson sous l'œil de la caméra vidéo et resta un instant à regarder sans parler.

— Vous êtes vraiment sur la lune ? demanda-t-il enfin.

— Prêt pour le spectacle ? fit Steinmetz avec un large sourire.

Il sortit du champ et prit la caméra pour la braquer vers une large baie de quartz et faire un lent panoramique sur le paysage lunaire.

— Désolé de ne pas vous montrer la Terre, mais nous sommes du mauvais côté.

— Je vous crois.

Le responsable de la Colonie Jersey reposa la caméra et alla se rasseoir. Il se pencha sur son moniteur et, soudain, son sourire s'effaça.

— Vous êtes bien celui auquel je pense ? demanda-t-il doucement, l'air perplexe.

— Vous me reconnaissez ?

— Vous ressemblez au Président et vous avez la même voix que lui.

Ce fut au tour du chef d'Etat de paraître amusé.

— Je ne savais pas si vous alliez me reconnaître. Je n'étais que sénateur quand vous avez quitté la terre et vous ne devez pas recevoir souvent les journaux dans le coin.

— Quand l'orbite de la lune le permet, nous pouvons nous brancher sur presque tous les satellites de communication. Pendant la dernière période de repos, les hommes ont regardé le plus récent Paul Newman et on se jette tous sur les informations comme des chiens affamés.

— La Colonie Jersey est une formidable réalisation. La nation sera fière de vous !

— Merci, monsieur le Président. Je suis malgré tout surpris que Leo ait dévoilé le pot aux roses et annoncé le succès du projet avant notre retour sur terre. Ça ne faisait pas partie du plan.

— La nouvelle n'a pas été rendue publique, expliqua le Président redevenu sérieux. En dehors de vous, de vos hommes sur la lune et des « membres fondateurs », je suis le seul à connaître votre existence. Avec les Russes peut-être.

Steinmetz le dévisagea à travers les 380 000 kilomètres d'espace qui les séparaient.

— Comment pourraient-ils savoir pour la Colonie Jersey ?

Le Président se tourna vers Hudson qui se tenait hors du champ de la caméra. Celui-ci lui fit non de la tête.

— Les sondes lunaires Selenos, répondit alors le chef de la Maison-Blanche sans mentionner le fait qu'elles étaient habitées. L'une d'elles a réussi à transmettre ses enregistrements en Union soviétique, avec sans doute la preuve de votre présence. Nous avons également des raisons de penser que les Russes vous soupçonnent d'avoir détruit leurs sondes depuis le sol lunaire.

Une lueur d'inquiétude s'alluma dans les yeux de Steinmetz.

— Vous croyez qu'ils vont nous attaquer, c'est ça ?

— Oui, c'est bien ça, acquiesça le Président. Selenos 8, la station soviétique, est en orbite autour de la lune depuis trois heures. Les ordinateurs de la NASA prévoient qu'elle va négliger un site d'alunissage sûr pour venir se poser de votre côté. Une opération risquée qui s'explique seulement s'ils ont un but bien précis.

— La Colonie Jersey.

— Il y a sept hommes à bord de leur module lunaire, poursuivit le Président. Compte tenu du fait qu'il faut deux pilotes expérimentés, il en reste donc cinq pour le combat.

— Nous sommes dix. Deux contre un, ce n'est pas si mal.

— Oui, mais ils sont mieux armés et mieux entraînés que vous. Ce sont sans aucun doute de véritables professionnels.

— Vous dépeignez une situation bien sombre, monsieur le Président. Que voulez-vous que nous fassions ?

— Vous avez déjà accompli plus qu'aucun de nous n'est en droit d'exiger de vous. Vous n'êtes pas de taille à lutter. Détruisez la base et partez avant que le sang coule. Je veux que vos hommes et vous reveniez sur terre recevoir les honneurs que vous méritez.

— Vous oubliez tout ce que nous avons enduré pour en arriver là !

— Ce sont vos vies qui sont en jeu !

— Il y a six ans que nous côtoyons la mort tous les jours, répondit lentement Steinmetz. Nous ne sommes plus à quelques heures près !

— Ne vous sacrifiez pas dans un combat perdu d'avance !

— Désolé, monsieur le Président. Je vais organiser un vote, mais je connais déjà le résultat. Mes hommes ne renonceront pas plus que moi. Nous allons rester et nous battre.

Le Président éprouva un sentiment de fierté mêlée de tristesse.

— Quelles sont les armes dont vous disposez ? demanda-t-il, résigné à l'inévitable.

— Notre arsenal se compose d'un vieux lance-missiles pour lequel nous n'avons plus qu'un projectile, d'un fusil M-14 et de deux pistolets de 22 mm que nous avions emmenés pour effectuer des tests de pesanteur.

— Mais ils vont vous écraser ! s'écria le Président d'un air misérable. Vous ne voyez donc pas ?

— Non, monsieur. Je refuse d'abandonner avec l'avantage.

— L'avantage ?

— Ce sont les Russes les visiteurs.

— Et alors ?

— Nous jouons sur notre terrain, expliqua Steinmetz avec une expression machiavélique. Et l'équipe qui reçoit est toujours favorisée.

*
**

— Ils se sont posés ! s'exclama Serguei Kornilov. Selenos 8 s'est posée sur la lune !

Dans la grande salle de contrôle du centre spatial soviétique, tous les techniciens et les scientifiques poussèrent des acclamations et applaudirent.

Le numéro un soviétique se trouvait, lui, dans la pièce d'observation réservée aux personnalités. Il leva une coupe de champagne.

— A la gloire de l'Union soviétique et du Parti, lança-t-il.

Le toast fut repris par les officiels du Kremlin et les officiers de haut rang qui se pressaient autour de lui.

— A notre première étape vers la conquête de Mars, ajouta le général Yasenin.

Antonov posa sa coupe vide sur un plateau, puis se tourna vers le général, le visage soudain grave.

— Quand le major Leuchenko doit-il avoir le contact avec la base lunaire ? demanda-t-il.

— Le temps de vérifier les systèmes de sécurité du module, d'effectuer une reconnaissance sur le terrain et de mettre ses hommes en position, je dirais environ quatre heures.

— A quelle distance se trouve la base ?

— Selenos 8 a été programmée pour se poser derrière une rangée de petites collines à moins de trois kilomètres de l'endroit où Selenos 4 a détecté les astronautes, répondit Yasenin.

— C'est vraiment très près, constata Antonov. Si les Américains ont suivi notre descente, Leuchenko aura perdu le bénéfice de la surprise.

— Il ne fait guère de doute qu'ils ont déjà compris quel était notre objectif.

— Et vous n'êtes pas inquiet ?

— Notre supériorité réside dans l'expérience de Leuchenko et notre puissance de feu, camarade président, répondit Yasenin avec l'expression d'un manager dont le poulain affronte un manchot sur le ring. Les Américains sont condamnés à perdre.

Chapitre 47

Le major Grigory Leuchenko, allongé sur le sol gris et friable de la lune, scrutait le paysage désertique qui s'étendait sous un ciel d'encre. Il avait l'impression de se trouver devant une immense mer de plâtre et éprouvait un étrange sentiment de familiarité.

Il combattit une forte envie de vomir. Ses hommes et lui souffraient tous de nausées car ils n'avaient pas eu le temps de s'habituer à l'état d'apesanteur et n'avaient subi aucun entraînement préalable, au contraire des cosmonautes. On s'était contenté de leur expliquer brièvement le fonctionnement des combinaisons spatiales, de leur décrire les conditions qu'ils allaient trouver sur la lune et de leur communiquer les coordonnées de la colonie américaine.

Il sentit une main se poser sur son épaule et parla dans l'émetteur de son casque sans se retourner :

— Qu'est-ce que vous avez repéré ?

Le lieutenant Dmitri Petrov tendit le bras en direction d'une vallée encaissée entre deux cratères à environ un kilomètre sur la gauche.

— Des empreintes de pas et de chenilles qui convergent vers cette zone d'ombre sous le bord du cratère de gauche. J'ai localisé trois ou peut-être quatre bâtiments.

— Des serres pressurisées, constata Leuchenko en regardant dans des jumelles montées sur un trépied. On dirait un peu de vapeur qui s'échappe du flanc du cratère. Ça y est je l'ai. Il y a une entrée creusée dans le roc, probablement un sas qui donne accès à leurs installations. Aucun signe de vie. Le périmètre extérieur semble désert.

— Ils pourraient s'être cachés pour nous tendre une embuscade.

— S'être cachés où ? lança le major en balayant le panorama d'un geste. Les rochers sont trop petits pour dissimuler un homme et il n'y a ni replis de terrain ni ouvrages défensifs apparents. Un astronaute en combinaison blanche serait aussi visible qu'un bonhomme de neige au milieu des cendres. Non, je suppose qu'ils se sont barricadés à l'intérieur de la base.

— Déplorable tactique.

— Ils ont quand même un lance-missiles.

— Oui, mais qui n'est guère efficace contre des hommes déployés en éventail.

— Exact, mais nous n'avons rien pour nous couvrir et nous ignorons s'ils disposent d'autres armes.

— Une concentration de feu sur l'entrée de la caverne pourrait nous permettre de le vérifier, suggéra le lieutenant.

— Les ordres sont d'éviter d'endommager la base, expliqua Leuchenko. Il va falloir...

— Quelque chose qui bouge, là ! s'écria Petrov.

Le major braqua ses jumelles. Un étrange véhicule était apparu de derrière une serre et se dirigeait vers eux. Un drapeau blanc accroché à une antenne pendait, immobile dans cet univers sans atmosphère. Il le regarda approcher. L'engin s'arrêta à une cinquantaine de mètres et un homme en descendit.

— Intéressant, fit-il. Les Américains veulent parlementer.

— C'est peut-être une simple ruse pour étudier notre dispositif offensif.

— Je ne crois pas. Ils ne demanderaient pas à entrer en pourparlers s'ils étaient en position de force. Leurs services secrets les ont sans nul doute avertis de notre arrivée et ils savent que nous sommes mieux armés qu'eux.

— Vous y allez ? s'étonna Petrov.

— Je ne vois aucun mal à discuter. Il semble avoir les mains vides. Je parviendrai peut-être à négocier leur reddition contre la livraison de la base intacte.

— Les ordres sont de ne pas faire de prisonniers.

— Je n'ai pas oublié, répliqua Leuchenko d'une voix tendue. On s'occupera de ce problème quand on aura atteint notre objectif. Dites aux hommes de garder l'Américain dans leur ligne de mire. Si je lève la main gauche, faites ouvrir le feu.

Il remit son arme au lieutenant, puis se redressa lentement. Sa combinaison et son équipement de survie contenant une recharge d'oxygène et d'eau pour le refroidissement pesaient 87 kilos, ce qui, ajouté à son propre poids, donnait un total de près de 162 kilos terrestres, qui n'en représentaient en réalité que 27 sur la lune.

Il s'avança vers le véhicule lunaire de cette bizarre démarche bondissante propre aux hommes qui se déplacent dans une pesanteur moindre. Il s'immobilisa à quelques mètres de l'engin.

L'Américain était adossé avec nonchalance à l'une des roues avant. Il se baissa pour écrire un chiffre dans la poussière couleur de plomb.

Leuchenko comprit aussitôt. Il régla son émetteur radio sur la fréquence indiquée, puis hocha la tête.

— Vous me recevez ? demanda l'Américain dans un mauvais russe.

— Je parle anglais, répondit le major.

— Bien. Ça évitera les malentendus. Je m'appelle Eli Steinmetz.

— Vous êtes le chef de la base des Etats-Unis sur la lune ?

— Je dirige le projet, oui.

— Major Grigory Leuchenko, Union soviétique.

Steinmetz fit quelques pas en avant et les deux hommes se touchèrent la main avec raideur.

— Il semble que nous ayons un problème, major.

— Un problème que ni vous ni moi ne sommes en mesure de régler.

— Vous pourriez faire demi-tour et réintégrer votre module lunaire, lança l'Américain.

— J'ai des ordres, répliqua Leuchenko d'un ton ferme.

— Vous allez attaquer et investir ma base ?
— Oui.
— Il n'y a aucun moyen d'éviter un bain de sang ?
— Si. Vous rendre.
— Amusant, fit Steinmetz. J'allais vous proposer la même chose.

Le major était certain que l'Américain bluffait, mais son visage derrière la visière aux reflets dorés demeurait indéchiffrable.

— Vous savez bien que vos hommes ne sont pas de taille à lutter contre les miens.

— Dans des conditions normales, sans doute, admit Steinmetz. Mais vous ne pouvez pas rester dehors plus de quelques heures sans regagner votre module pour vous réapprovisionner en air. Et il y a déjà deux heures que vous êtes sortis.

— Nous avons largement de quoi tenir le temps d'accomplir notre mission, affirma le Russe avec assurance.

— Je dois vous avertir, major, que nous possédons une arme secrète. Vos hommes et vous allez mourir.

— Un bluff grossier, monsieur Steinmetz. Je me serais attendu à mieux de la part d'un savant américain.

Leuchenko était un soldat et il n'était pas fait pour les négociations. Il avait soif d'action.

— Inutile de poursuivre plus longtemps cette conversation, reprit-il. Je vous demande une dernière fois de vous rendre. Je me porte garant de votre sécurité jusqu'à notre retour sur terre.

— Vous mentez, major. Vos hommes ou les miens doivent disparaître. Il ne peut y avoir de vaincus pour informer le monde de ce qui s'est passé ici.

— Vous vous trompez, monsieur Steinmetz. Rendez-vous et je vous promets que vous serez bien traités.

— Désolé, pas question.
— Alors, il n'y aura pas de quartier.
— Je m'y attendais, fit l'Américain d'une voix grave. La responsabilité de cette tuerie reposera sur vos épaules.

Leuchenko laissa éclater sa colère :

— Je n'ai pas de leçons d'humanisme à recevoir de la part d'un homme responsable de la mort de neuf cosmonautes soviétiques, monsieur Steinmetz !

Il n'en était pas sûr, mais il lui sembla bien avoir vu l'Américain tressaillir. Sans attendre de réponse, il tourna les talons et s'éloigna. Après quelques mètres, il regarda par-dessus son épaule. Steinmetz demeura quelques secondes immobile avant de remonter lentement à bord du véhicule lunaire qui démarra dans un nuage de poussière.

Le Russe sourit. D'ici deux heures, trois au maximum, l'affaire serait terminée. Il rejoignit ses hommes et examina à nouveau dans ses jumelles le paysage désertique qui s'étendait autour de la base lunaire. Puis, certain qu'aucun Américain ne se dissimulait parmi les rochers, il donna l'ordre aux membres de son commando de se déployer. L'unité d'élite soviétique se mit en marche sans se douter un instant que le piège de Steinmetz allait se refermer sur elle.

Chapitre 48

Steinmetz retourna vers la base, gara le véhicule lunaire et descendit lentement, sentant peser sur lui le regard de Leuchenko qui devait suivre tous ses mouvements à la jumelle. Dès qu'il fut hors de vue, il s'arrêta un peu avant le sas et se glissa dans un étroit tunnel creusé à l'intérieur du cratère, soulevant un nuage de poussière sur son passage.

Une cinquantaine de mètres plus loin, il déboucha devant une petite saillie camouflée par une large toile grise qui se fondait à l'environnement. Un homme en combinaison spatiale était allongé là, l'œil rivé au viseur téléscopique d'un fusil.

Willie Shea, le géophysicien de la colonie, ne remarqua la présence de Steinmetz que lorsque celui-ci vint s'agenouiller à côté de lui.

— Tu ne les as pas beaucoup impressionnés, fit-il alors dans son casque. Les Soviétiques vont passer à l'attaque.

Depuis cette position qui dominait toute la vallée, Steinmetz distinguait nettement le major Leuchenko et ses hommes. Ils avançaient comme des chasseurs qui traquent leur proie, courant en zigzag et se jetant à terre tous les dix ou quinze mètres en profitant du moindre rocher ou de la moindre inégalité de terrain. Ils formaient ainsi des cibles difficiles à atteindre.

— Place une balle à environ trois mètres devant l'homme de tête, ordonna Steinmetz. Je veux observer leurs réactions.

— S'ils sont branchés sur notre fréquence, ils vont connaître tous nos plans ! protesta Shea.

— Ils n'ont pas eu le temps de chercher. Tais-toi et tire.

Le géophysicien haussa les épaules, visa soigneusement, puis pressa la détente. Le coup partit dans un silence irréel en l'absence d'atmosphère pour propager les ondes sonores.

***

Un petit nuage de poussière jaillit à quelques pas de Leuchenko qui s'aplatit aussitôt au sol, imité par ses hommes. Ils se tinrent prêts à répliquer, mais il n'y eut pas d'autre coup de feu.

— Quelqu'un a vu d'où ça venait ? demanda le major.

Toutes les réponses furent négatives.

— Qu'est-ce que vous pensez de ces rochers colorés, major ? demanda un instant plus tard l'un des soldats de son commando.

Le Russe remarqua alors pour la première fois la présence de plusieurs grosses pierres peintes en orange disséminées dans la vallée.

— Probablement aucun rapport avec nous, fit-il. Une expérience quelconque.

— Je crois que le coup de feu est venu d'en haut, déclara alors Petrov.

Le major tira les jumelles de leur étui, les monta sur le trépied, puis scruta attentivement le flanc et le bord du cratère. Le soleil était d'un blanc éblouissant mais, sans air pour diffuser la lumière, un astronaute se tenant à l'ombre d'une formation rocheuse serait pratiquement invisible.

— Je ne vois rien, dit-il finalement.

— S'ils attendent qu'on approche, c'est qu'ils ne doivent pas avoir beaucoup de munitions.

— On saura dans trois cents mètres quel genre de réception ils nous ont préparée, fit Leuchenko entre ses dents. Une fois aux serres, nous serons à l'abri.

Il se redressa et ordonna :

— En éventail et restez sur vos gardes !

Les cinq commandos soviétiques se précipitèrent en avant. Lorsqu'ils arrivèrent aux rochers orange, une autre balle s'enfonça dans le sable fin juste devant eux et ils se jetèrent au sol, formant comme une ligne brisée de silhouettes blanches dont les visières étincelaient dans les rayons intenses du soleil.

Une centaine de mètres seulement les séparait des serres, mais leur énergie était minée par les nausées dont ils souffraient. C'étaient tous des combattants endurcis, mais ils avaient à affronter à la fois le mal de l'espace et un environnement auquel ils n'étaient pas préparés. Leuchenko savait qu'il pouvait compter sur eux pour lutter au-delà même de leurs forces. Le problème, compte tenu de leurs réserves d'air, c'était qu'ils n'avaient qu'une heure pour réussir à investir la base. Il accorda une minute de répit à ses hommes et examina à nouveau le terrain.

L'officier russe savait flairer les pièges. Il avait failli par trois fois se faire tuer dans des embuscades tendues par les rebelles afghans et avait appris à sentir le danger.

Ce n'était pas ce qu'il voyait, mais ce qu'il ne voyait pas qui l'inquiétait. Les coups de feu n'étaient pas dus au hasard. Ils avaient été délibérément tirés. Un avertissement ? Non, ils devaient signifier quelque chose d'autre. Un signal, alors ?

Pour la quatrième fois au moins, il eut un violent haut-le-cœur. La situation devenait infernale. Rien n'allait comme il le voulait. Ses hommes étaient à découvert et à part l'existence du lance-missiles, on ne lui avait fourni aucun renseignement sur les armes dont disposaient les Américains. Et voilà qu'on leur tirait dessus avec un fusil ou peut-être un pistolet. Heureusement, ils n'avaient sans doute pas d'armes automatiques sinon ils les auraient utilisées plus tôt. Et le lance-missiles ? Qu'est-ce qu'ils attendaient ?

Ce qui l'inquiétait le plus, c'était l'absence de mouvement. Les serres, les véhicules et les petits modules-laboratoires installés devant l'entrée de la caverne paraissaient déserts.

— Sauf nécessité, ne tirez pas avant d'être à couvert, ordonna-t-il. Ensuite on se regroupe et on fonce.

Le caporal Mikhaïl Yushchuk se trouvait à une trentaine de mètres à gauche derrière l'homme qui le précédait. Il se ramassa et s'élança. Il n'avait fait que quelques mètres quand il éprouva une sensation de brûlure au creux des reins. La douleur se répéta et il porta la main juste en dessous de son équipement de survie. Sa vision se brouilla et son souffle s'accéléra tandis que sa combinaison pressurisée commençait à fuir. Il tomba à genoux et contempla stupidement sa main. Le gant était rouge d'un sang qui déjà se coagulait sous la chaleur torride du soleil.

Yushchuk voulut avertir Leuchenko, mais la voix lui manqua. Il s'écroula dans la poussière grise et distingua vaguement une silhouette vêtue d'un étrange costume spatial qui se dressait au-dessus de lui, un couteau au poing. Puis son univers bascula.

*
**

Steinmetz assista à la mort du caporal Yushchuk depuis son poste d'observation. Il émit aussitôt une série d'ordres brefs dans l'émetteur de son casque :

— Dawson, ton homme est à trois mètres sur ta gauche et deux mètres devant toi. Gallagher, six mètres à droite et il avance. Doucement, doucement. Il se dirige droit sur Dawson. Allez-y, vous le tenez.

Il regarda les deux colons lunaires se matérialiser comme par enchantement pour se précipiter sur le Russe qui se trouvait à quelques pas derrière ses compagnons.

— Plus que trois, murmura Steinmetz pour lui-même.

— J'ai l'homme de tête dans mon viseur, annonça Shea. Mais je ne peux pas être sûr de l'avoir tant qu'il ne s'immobilise pas une fraction de seconde.

— Lâche une autre balle pour les obliger à se coucher et reste sur lui. Si on lui laisse le temps de réfléchir, il va descendre nos hommes avant qu'ils soient sur lui. Dès qu'il bouge un orteil, tu le tues.

Shea leva lentement son M-14 et tira. La balle s'écrasa à moins d'un mètre des bottes du major Leuchenko.

— Cooper ! Snyder ! s'écria Steinmetz. Votre type est à plat ventre à six mètres devant vous, un peu sur la gauche. Foncez ! (Il s'interrompit pour déterminer la position de l'autre Russe.) Même chose pour Russell et Perry. Neuf mètres droit devant. *Go* !

Le troisième membre du commando soviétique n'eut même pas le temps de se rendre compte de ce qui lui arrivait. Il mourut sur le coup. L'étau se refermait sur les arrières des Russes dont toute l'attention était fixée sur l'entrée de la base.

Steinmetz se figea. Le quatrième homme s'était retourné au moment où Russell et Perry bondissaient sur lui.

⁂

Le lieutenant Petrov aperçut les ombres au moment où il se relevait pour foncer vers les serres. Il pivota instinctivement alors que Russell et Perry se précipitaient sur lui. En froid professionnel qu'il était, il aurait dû tirer et les abattre sur-le-champ, mais la surprise le fit hésiter une fraction de seconde. Les Américains avaient jailli de la surface de la lune comme des démons. Il lâcha une rafale, touchant l'un de ses assaillants au bras. Puis la lame d'un couteau étincela.

Les yeux du major Leuchenko étaient rivés sur son objectif. Il ne prit conscience de ce qui se passait derrière lui qu'en entendant le cri de Petrov. Il se retourna d'un bloc et demeura paralysé par l'horrible spectacle qui s'offrait à son regard.

Ses quatre hommes gisaient comme des pantins désarticulés sur le sol lunaire tandis que huit Américains venus de nulle part commençaient à l'encercler. Une haine sauvage s'empara de lui et il leva son arme.

Une balle lui transperça la cuisse et il vacilla. Il tressaillit de douleur et tira. La plupart des balles se perdirent dans le désert lunaire, mais deux d'entre elles atteignirent leur cible. Un colon tomba et un autre porta la main à son épaule.

Un projectile le toucha alors au cou. La vue brouillée, il vida son chargeur dans les étoiles, puis s'écroula au sol.

— Maudits chiens de capitalistes ! cria-t-il dans son casque.

Il les considérait comme des tricheurs qui n'avaient pas joué le jeu selon les règles. Il était étendu sur le dos et distinguait les silhouettes sans visage qui l'entouraient.

Elles s'écartèrent tandis qu'un autre membre de la colonie s'avançait et venait s'agenouiller à côté de lui.

— Steinmetz ? demanda Leuchenko d'une voix affaiblie. Vous m'entendez ?

— Oui, je suis sur votre fréquence.

— Votre... votre arme secrète... vos hommes jaillis de nulle part ?

Steinmetz savait que le Russe n'avait plus que quelques instants à vivre.

— Une simple pelle, répondit-il. Nous avons tous des combinaisons pressurisées avec équipements de survie intégrés et il n'était guère difficile d'enfouir les hommes dans le sol meuble.

— Ils étaient marqués par les rochers orange ?

— Oui et je les dirigeais depuis une plate-forme dissimulée à flanc de cratère.

— Je ne veux pas être enterré ici, murmura Leuchenko d'une voix à peine audible. Dites aux gens de mon peuple de... de... nous ramener un jour chez nous.

— Vous retournerez tous dans votre pays, répondit Steinmetz. Je vous le promets.

⁂

Le général Yasenin, le visage défait, se tourna vers le président Antonov.

— Vous avez entendu, fit-il d'une voix tremblante. Ils sont morts.

— Morts, répéta mécaniquement le chef du Kremlin.

Les dernières paroles de Leuchenko résonnaient encore dans la pièce comme si la tragédie s'était jouée là.

— Les communications étaient relayées par les deux pilotes du module lunaire jusqu'à notre centre spatial, expliqua Kornilov.

Antonov s'écarta de la vitre qui donnait sur la salle de contrôle et s'assit lourdement dans un fauteuil. Il baissa les yeux sur ses mains et secoua tristement la tête.

— Opération ratée, fit-il. Nous avons sacrifié la vie du major Leuchenko et de ses hommes pour rien.

— Nous n'avions pas le temps de préparer correctement la mission, se défendit le général sans grande conviction.

Nous avons fait tout ce qu'il était possible de faire compte tenu des circonstances, ajouta Kornilov. Il nous reste la gloire d'avoir envoyé des Soviétiques marcher sur la lune.

— Une gloire déjà bien ternie, répliqua Antonov d'un ton accablé. L'incroyable réalisation américaine éclipsera tout.

— Nous pouvons peut-être encore les arrêter, affirma Yasenin.

Kornilov se tourna vers le général.

— En envoyant là-haut une équipe mieux préparée ?

— Exactement.

— J'ai une meilleure idée. Pourquoi ne pas attendre leur retour ?

Le numéro un soviétique considéra le directeur du programme spatial avec un regain d'intérêt.

— Qu'est-ce que vous avez en tête ?

— J'ai parlé à Vladimir Polevoï. Il m'a annoncé que le centre d'écoutes du GRU à Cuba avait intercepté et identifié des transmissions vocales et vidéo entre les colons américains sur la lune et un endroit situé non loin de Washington. Il nous envoie les copies des communications par courrier. L'une d'entre elles précise la date prévue pour le départ des colons.

— Ils rentrent donc sur terre ? s'étonna Antonov.

— Oui. D'après Polevoï, ils ont l'intention d'opérer la jonction avec les Américains de la station orbitale dans quarante-six heures, puis de regagner Cap Canaveral à bord de la navette *Gettysburg*.

Le visage du chef du Kremlin s'éclaira.

— Nous allons donc avoir une chance de les stopper ?

— Oui, acquiesça Yasenin. On pourra les éliminer dans l'espace avant qu'ils s'amarrent à la station. Les Américains n'oseront pas prendre de mesures de représailles après les crimes qu'ils ont commis.

— Il vaudrait mieux abattre notre atout un peu plus tard, fit Kornilov d'un ton songeur.

— Notre atout ?

Le Russe eut un sourire énigmatique.

— Les Américains disent toujours « la balle est dans notre camp ». Ce sont eux qui sont sur la défensive. La Maison-Blanche et le département d'Etat sont sans doute déjà en train de préparer une réponse à la protestation qu'ils s'attendent à recevoir de notre part d'un instant à l'autre. Je propose qu'on ne se conforme pas à la routine et qu'on garde le silence. Bref, qu'on ne se pose pas en victimes. A la place, on pourrait exploiter l'atout dont nous disposons et remporter une grande victoire.

— Quelle victoire ? lança Antonov avec une soudaine lueur dans le regard.

— Le détournement à notre profit de toutes les données scientifiques et militaires que les Américains ramènent de la lune.

— Et comment comptez-vous vous y prendre ? demanda le général Yasenin.

Le sourire de Kornilov s'effaça.

— En contraignant *Gettysburg* à se poser en catastrophe à Cuba.

QUATRIÈME PARTIE

GETTYSBURG

Chapitre 49

3 novembre 1989,
île de San Salvador.

Pitt devenait fou. Ces deux jours d'inaction constituèrent une terrible épreuve. A part manger, dormir et participer aux exercices, il n'avait pratiquement rien à faire. Il ne cessait de maudire le colonel Kleist qui accueillait ses protestations avec patience et stoïcisme, lui répétant qu'il ne pouvait pas expédier son commando de Forces spéciales cubaines sur Cayo Santa María avant que les hommes ne soient prêts pour cette dangereuse mission.

Pitt combattait sa frustration en parcourant des kilomètres à la nage et en escaladant une falaise à pic qui surplombait les eaux bleues de la mer des Caraïbes.

C'est à San Salvador, la plus petite des îles des Bahamas, que Christophe Colomb aurait débarqué au terme de son premier voyage en quête du Nouveau Monde. Avec son port pittoresque, ses lacs et sa végétation luxuriante, bien peu de touristes se seraient doutés qu'elle était aussi le siège d'un vaste camp d'entraînement militaire et d'une station d'observation.

La CIA s'était approprié une plage située à l'extrémité sud de l'île. Aucune route ne la reliait à Cockburn Town ou à l'aéroport, et on ne pouvait y accéder que par canot, entreprise rendue périlleuse par la présence de récifs, ou par hélicoptère.

Pitt, le matin du troisième jour, se leva peu avant l'aube et alla nager un bon kilomètre vers la pleine mer, puis revint tranquillement en direction du rivage en plongeant au milieu des coraux. Deux heures plus tard, il sortait enfin de l'eau et allait s'allonger sur le sable. Il se sentait envahi par un sentiment d'impuissance en pensant à l'étendue de cette mer qui le séparait de Cuba.

Une ombre tomba sur son visage et il se redressa. Un homme à la peau mate se tenait devant lui, vêtu d'une chemisette et d'un short. Ses cheveux lisses et son énorme moustache étaient du même noir de corbeau. Il avait des yeux tristes au milieu d'un visage buriné par le vent et le soleil et, lorsqu'il sourit, ses lèvres bougèrent à peine.

— Monsieur Pitt ?

— Oui.
— Nous n'avons pas encore été présentés. Je suis le major Angelo Quintana.
Pitt se releva et les deux hommes échangèrent une poignée de main.
— C'est donc vous qui allez diriger l'opération ?
— Oui, acquiesça Quintana. Le colonel Kleist m'a dit que vous étiez tout le temps sur son dos.
— J'ai laissé derrière moi des amis qui luttent peut-être encore pour rester en vie.
— Moi aussi, j'ai laissé des amis à Cuba, monsieur Pitt. Seulement eux, ils n'ont plus à lutter. Mon frère et mon père sont morts en prison après avoir été dénoncés pour activités contre-révolutionnaires par un voisin qui devait de l'argent à ma famille. Je comprends votre problème, mais vous n'avez pas le monopole du chagrin.
Pitt ne lui offrit aucune parole de consolation. Le major n'était pas de ceux qui se complaisaient dans la douleur.
— Tant qu'il y aura une lueur d'espoir, je continuerai à être sur le dos du colonel, comme vous dites.
Quintana sourit à nouveau. Pitt lui plaisait. C'était un homme sur lequel on pouvait compter en cas de coup dur. Un type qui ne savait pas ce que le mot échec voulait dire.
— C'est donc vous qui avez réussi cette spectaculaire évasion du quartier général de Velikov ? fit-il.
— J'ai surtout été servi par la chance.
— Comment décririez-vous le moral des soldats qui gardent la base ?
— Si vous voulez parler de leur condition psychologique, je dirais qu'ils avaient l'air de s'ennuyer à mourir. Les Russes ne sont pas habitués à la chaleur et à l'humidité des tropiques. Ils m'ont surtout paru apathiques.
— Combien de patrouilles dans l'île ?
— A ma connaissance, aucune.
— Le poste de garde à l'entrée, combien d'hommes ?
— Deux seulement.
— Un sacré malin, notre ami Velikov.
— Pour avoir réussi à faire croire que l'île était déserte, je suppose ?
— Vous supposez juste, répondit Quintana. Je me serais attendu à une armée de sentinelles et à toutes les mesures de sécurité habituelles que prennent les Russes. Mais Velikov ne raisonne pas comme un Russe. Cet homme est un fin tacticien.
— C'est ce qu'on raconte.
— On m'a dit que vous l'aviez rencontré ?
— Effectivement. Nous avons eu deux ou trois petites conversations.
— Quelle impression vous a-t-il faite ?
— Il lit le *Wall Street Journal.*
— C'est tout ?
— Il parle anglais mieux que moi et s'il a lu ne serait-ce que la moitié

des livres et magazines de sa bibliothèque, il en sait plus sur les Etats-Unis que les trois quarts des hommes politiques de Washington.

— Vous êtes probablement le seul Occidental vivant à avoir vu son visage.

— Croyez-moi, je m'en serais bien passé.

Quintana prit un air songeur.

— Laisser une telle installation aussi mal gardée, c'est une véritable invitation à s'y infiltrer.

— Pas si Velikov se doute qu'on va venir.

— C'est vrai. Les radars cubains et les satellites espions russes peuvent repérer tout avion ou bateau dans un rayon de quatre-vingts kilomètres. Un parachutage ou un débarquement par voie maritime seraient impossibles. Par contre, une approche sous-marine a toutes les chances d'échapper à leur réseau de surveillance. (Le major se tut un instant et sourit.) En ce qui vous concerne, votre bâtiment était trop petit pour apparaître sur un écran radar.

— Je n'avais pas d'autre yacht à ma disposition, répondit Pitt avec humour.

Puis, redevenant sérieux, il reprit :

— Vous avez négligé un élément.

— Lequel ?

— L'intelligence de Velikov. Vous avez dit vous-même que c'était un fin tacticien. S'il n'a pas construit une forteresse truffée de mines et de bunkers, c'est pour une seule et bonne raison : ce n'était pas nécessaire. Le colonel Kleist et vous, vous faites beaucoup d'illusions en imaginant qu'un submersible va pouvoir déjouer aussi facilement leur système de surveillance.

Quintana fronça les sourcils.

— Continuez.

— Les réseaux d'hydrophones, expliqua Pitt. Velikov a dû en disposer tout autour de l'île pour détecter la présence éventuelle d'un sous-marin.

— Le nôtre a été conçu pour se glisser au travers.

— Pas si Velikov a fait placer ses capteurs à intervalles réguliers d'une centaine de mètres. Un banc de poissons ne passerait pas au travers. J'ai vu les camions dans le garage. En moins de dix minutes, les Russes peuvent expédier une unité sur la plage et vos hommes seront abattus avant même d'être sortis de l'eau. Je vous conseillerais de reprogrammer votre petit jeu de stratégie militaire.

Le major, atterré, garda le silence. Son plan si soigneusement conçu venait de s'écrouler sous ses yeux.

— Nos ordinateurs auraient dû y penser, finit-il par lâcher d'un ton amer.

— Ils ne raisonnent qu'avec ce qu'on met dans leurs mémoires, répliqua Pitt avec philosophie.

— Dans ce cas, vous devez bien comprendre qu'il va falloir annuler la mission. Sans l'élément de surprise, nous n'avons pas la moindre chance de détruire la base et de sauver madame LeBaron et les autres.

— Pas d'accord.
— Vous vous croyez plus malin que nos ordinateurs ?
— Je me suis échappé de Cayo Santa María sans être repéré. Je peux y conduire vos hommes de la même façon.
— Dans une flottille de baignoires ? fit Quintana d'un ton sarcastique.
— Je pense à quelque chose de moins folklorique.
Le major le considéra un instant d'un air intrigué.
— Vous avez une idée pour contourner leur système de surveillance ?
— Certainement.
— On pourrait débarquer dans les délais prévus ?
— Oui.
— Et réussir ?
— Vous voulez que je m'y engage par écrit ?
Quintana perçut toute la conviction dont Pitt était animé. Il se retourna et partit vers le camp, lançant par-dessus son épaule :
— Venez, monsieur Pitt. Il est plus que temps qu'on vous mette au travail.

Chapitre 50

Fidel Castro, harnaché sur son siège à l'arrière du cruiser de 12 mètres, contemplait pensivement les flots bleus de la mer des Antilles. Il tenait entre ses mains gantées une lourde canne en fibre de verre dont le fil traînait dans le sillage du bateau. Un barracuda qui passait dévora l'appât, mais le chef d'Etat cubain ne parut pas s'en soucier. Il n'avait pas la tête à pêcher le makaire.

Son corps de sportif qui lui avait jadis valu le titre de « meilleur athlète de Cuba » s'était épaissi avec l'âge. Ses cheveux bouclés tout comme son épaisse barbe étaient maintenant gris, mais la flamme révolutionnaire brillait dans ses yeux noirs avec autant d'éclat que trente ans auparavant quand il était descendu de la Sierra Maestra.

Il était coiffé d'une casquette de base-ball et portait juste un maillot de bain, de vieilles tennis et des lunettes de soleil. Le mégot éteint d'un havane pendait au coin de ses lèvres. Il se tourna et lança d'une voix forte pour couvrir le bruit des deux moteurs diesel :

— Tu veux donc que j'abandonne *l'internacionalismo ?* Que je renonce à étendre l'influence de Cuba dans le monde ? C'est ça que tu veux ?

Raúl Castro était allongé sur une chaise longue, une bouteille de bière à la main.

— Pas que tu y renonces, mais que tu y mettes un frein.
— Mon frère, le révolutionnaire pur et dur ! Qu'est-ce qui a provoqué cette volte-face ?
— Les temps changent, répondit simplement Raúl.

Froid et hautain en public, le frère cadet de Fidel se montrait souvent drôle et chaleureux en privé. Il avait des cheveux noirs et raides coupés court et jetait sur le monde le regard aigu de ses petits yeux vifs qui brillaient dans un visage de lutin. Une fine moustache dont les extrémités recouvraient les commissures de sa bouche ornait sa lèvre supérieure.

Fidel essuya du revers de la main quelques gouttes de sueur qui perlaient sur son front.

— Je ne peux pas rayer d'un trait de plume une œuvre qui nous a coûté si cher en argent et en hommes. Et nos amis d'Afrique et d'Amérique ? Je fais aussi une croix dessus comme pour nos morts en Afghanistan ?

— Notre soutien aux mouvements révolutionnaires ne nous aura pas rapporté beaucoup, répondit Raúl. Nous nous sommes fait des amis en Angola et en Ethiopie. Et qu'est-ce que nous pouvons en attendre en retour ? Nous savons tous les deux que la réponse est *rien*. Il faut regarder la vérité en face, Fidel. Nous avons commis des erreurs. Et je suis le premier à reconnaître les miennes. Mais pour l'amour du ciel, arrêtons alors qu'il en est encore temps et consacrons-nous à faire de Cuba une grande nation socialiste que tout le tiers monde enviera. Nous gagnerons plus à les inciter ainsi à suivre notre exemple qu'en versant le sang de nos soldats.

— Ce que tu me demandes, c'est de jeter aux orties notre honneur et nos principes.

Raúl se passa la bouteille fraîche sur le front.

— Sois objectif, Fidel. Nous avons déjà envoyé promener certains de nos principes quand l'intérêt de la révolution l'exigeait. Si nous ne changeons pas bientôt de cap et si nous ne donnons pas un ballon d'oxygène à notre économie, le mécontentement pourrait grandir en dépit de tout l'amour que le peuple te porte.

Fidel cracha son mégot de cigare par-dessus bord, puis fit signe à un matelot de lui en apporter un autre.

— Le Congrès américain serait ravi de voir les Cubains se soulever contre moi, fit-il.

— Le Congrès ne m'inquiète pas autant que le Kremlin, répliqua son frère. Partout où je me retourne, je vois des traîtres à la solde d'Antonov. Je n'ai même plus confiance dans mes propres agents de sécurité.

— Dès que le Président et moi serons tombés d'accord sur le pacte américano-cubain et que nous l'aurons signé, nos excellents amis soviétiques seront bien obligés de relâcher leur étreinte.

— Comment peux-tu envisager cette signature alors que tu refuses de t'asseoir à la table des négociations ?

Fidel alluma le cigare qu'on venait de lui amener avant de répondre :

— A présent, il doit être convaincu que ma proposition de couper nos liens avec l'Union soviétique en échange d'une aide économique américaine et de traités commerciaux est sincère. Si j'ai l'air trop pressé de le rencontrer, il mettra des conditions impossibles. Laissons-le mariner encore un peu. Quand il s'apercevra que je ne suis pas disposé à ramper devant lui, il baissera ses prétentions.

— Le Président américain sera encore plus désireux de parvenir à un accord quand il apprendra que les hommes d'Antonov se sont infiltrés dans notre gouvernement.

— C'est précisément pour cette raison que j'ai laissé faire, expliqua Fidel en brandissant son cigare. Nous avons tout avantage à jouer sur la peur des Américains de voir s'installer un régime fantoche prosoviétique.

Raúl vida sa bière.

— N'attends pas trop longtemps, grand frère, fit-il. Sinon, on risque toi et moi de se retrouver au chômage.

— Impossible, répliqua Fidel avec un sourire. N'oublie pas que je suis le ciment de la révolution. Il me suffira de me présenter devant le peuple puis de dénoncer les traîtres et le complot soviétique portant atteinte à notre sacro-sainte souveraineté nationale. Et toi, en tant que président du Conseil des ministres, tu n'auras plus qu'à annoncer que nous coupons tous nos liens avec le Kremlin. Il y aura des réjouissances populaires et nous, nous aurons fait d'une pierre deux coups en nous débarrassant de notre dette vis-à-vis de Moscou et en amenant les Etats-Unis à lever leur embargo commercial.

— Le plus tôt sera le mieux.

— Lors de mon discours du Jour de l'éducation.

Raúl vérifia la date sur sa montre.

— Dans cinq jours, donc.

— C'est l'occasion rêvée.

— Je me sentirais plus rassuré si nous pouvions connaître les réactions du président américain envers ta proposition.

— Je te laisse le soin de contacter la Maison-Blanche et d'organiser une rencontre avec ses représentants au cours des festivités prévues pour le Jour de l'éducation.

— Avant ton discours, j'espère.

— Bien entendu.

— Tu ne crois pas que c'est tenter le diable que d'attendre ainsi jusqu'au dernier moment ?

— Le diable ne me fait pas peur, répliqua Fidel dans un nuage de fumée. Et toi, surtout pas d'erreurs. Ces trois cosmonautes soviétiques que je lui ai expédiés ont dû lui démontrer mes bonnes intentions.

Raúl fronça les sourcils.

— Il nous a peut-être déjà adressé sa réponse.

Fidel le dévisagea.

— Comment se fait-il que je ne sois pas au courant ?

— Je ne t'en ai pas parlé parce que ce n'est qu'une hypothèse, répondit Raúl avec nervosité. Je pense que le Président a utilisé le dirigeable de LeBaron pour nous envoyer un émissaire à l'insu des services de renseignements soviétiques.

— Nom de Dieu, mais il a été détruit par un de nos hélicoptères de patrouille !

— Une gaffe stupide, reconnut Raúl. Il n'y a pas eu de survivants.

Fidel était perplexe.

— Dans ce cas, pourquoi le département d'Etat nous accuse-t-il de détenir madame LeBaron et son équipage ?

— Je n'en ai pas la moindre idée.

— Pourquoi ne suis-je pas tenu informé de ce genre d'affaires ?

— Le rapport a été transmis, mais tu es devenu un homme bien difficile à atteindre, grand frère. Ton attention pour les détails n'est plus ce qu'elle était.

Fidel enroula sa ligne avec fureur et défit son harnais.

— Dis au capitaine de nous ramener au port, lança-t-il.

— Qu'est-ce que tu as l'intention de faire ?

Un large sourire s'arrondit autour du cigare.

— Aller chasser le canard.

— Quoi ? Aujourd'hui ?

— Dès qu'on débarque à terre, je vais me réfugier dans ma retraite à l'extérieur de La Havane et tu viens avec moi. Nous ne prendrons aucun appel et ne verrons personne avant le Jour de l'éducation.

— Tu crois que c'est prudent de laisser ainsi le Président dans l'attente et de nous isoler du monde avec cette menace de complot soviétique qui pèse sur nous ?

— Qu'est-ce qu'on risque ? Les rouages de la politique étrangère américaine tournent lentement. Son émissaire mort, le Président n'a pas d'autre solution que de patienter jusqu'à mon prochain message. Quant aux Russes, la situation n'est pas encore mûre pour eux. (Il assena une claque sur l'épaule de Raúl.) Allons, petit frère, ne t'inquiète pas ! Qu'est-ce qui pourrait bien arriver au cours de ces cinq jours que toi et moi ne soyons pas en mesure de contrôler ?

Raúl, lui aussi, se le demandait. Et il se demandait également comment il pouvait éprouver une sensation de froid sous le soleil éclatant des Caraïbes.

*
**

Peu après minuit, le général Velikov se tenait devant son bureau avec raideur tandis que les portes de l'ascenseur s'ouvraient sur Lyev Maisky.

Velikov l'accueillit fraîchement.

— Camarade Maisky. C'est un plaisir inattendu de vous voir ici.

— Je vous salue, camarade général.

— Je peux vous offrir quelque chose à boire ?

— Cette maudite humidité est un véritable fléau, répondit le visiteur en s'épongeant le front. Je prendrais volontiers une vodka glacée.

Velikov décrocha un téléphone et lâcha un ordre bref puis, désignant un fauteuil, il reprit :

— Je vous en prie, installez-vous.

Maisky, fatigué par le décalage horaire, se laissa tomber sur le siège.

— Je suis désolé d'être arrivé sans prévenir, général, mais le camarade Polevoï a pensé qu'il valait mieux ne pas courir le risque que les systèmes d'écoutes américains interceptent et décodent vos nouvelles instructions.

Velikov haussa les sourcils.

— Mes nouvelles instructions ?

— Oui, il s'agit d'une opération des plus complexes.

— J'espère que le chef du KGB ne va pas me demander de reporter le projet d'assassinat des Castro ?

— Non, pas du tout. En fait, on m'a chargé de vous dire que les bateaux avec la cargaison prévue pour l'opération seront au port de La Havane avec une demi-journée d'avance.

Le général parut soulagé.

— Ces quelques heures supplémentaires nous seront très précieuses.

— Vous avez rencontré des problèmes ?

— Non. Tout se déroule parfaitement bien.

— Tout ? s'étonna Maisky. Le camarade Polevoï n'a pourtant pas été très content d'apprendre l'évasion d'un de vos prisonniers.

— Il n'a pas à s'inquiéter. Un pêcheur a ramené le cadavre du fugitif dans ses filets. L'existence de cette installation est un secret bien gardé.

— Et les autres ? Vous savez sans doute que le département d'Etat réclame leur libération aux autorités cubaines.

— Un simple coup de bluff, répondit Velikov. La CIA n'a pas la moindre preuve qu'ils soient encore en vie. Le fait que Washington demande leur libération aux Cubains et non à nous prouve qu'ils sont dans le noir.

— Mais pourquoi bluffer dans ce cas ?

Maisky s'interrompit pour tirer une longue cigarette sans filtre d'un étui en platine et l'allumer. Il souffla un nuage de fumée vers le plafond, puis reprit :

— Rien ne doit retarder l'opération Rhum-Cola.

— Castro parlera comme convenu.

— Comment pouvez-vous être sûr qu'il ne va pas changer d'avis au dernier moment ?

— Si l'histoire se répète, on joue sur du velours. *El Jefe máximo* n'a jamais laissé passer une occasion de prononcer un discours.

— Sauf en cas d'accident, de maladie ou d'ouragan.

— Certains éléments échappent au contrôle humain, mais rassurez-vous, je n'ai pas l'intention d'échouer.

Un soldat apparut avec une bouteille de vodka frappée et un verre posé sur un lit de glace.

— Un seul verre, général ? Vous ne buvez pas avec moi ?

— Peut-être un brandy un peu plus tard.

Velikov attendit patiemment que son visiteur eût vidé un tiers de la bouteille, puis il se décida :

— Puis-je vous demander en quoi consiste cette nouvelle opération ?

— Naturellement, répondit Maisky avec amabilité. Nous allons utiliser votre équipement électronique pour amener la navette spatiale américaine à se poser en territoire cubain.

— J'ai bien entendu ? balbutia le général, abasourdi.

— Vos instructions, qui émanent du camarade président Antonov, sont de pirater le guidage informatisé de la navette *Gettysburg* entre son entrée dans l'atmosphère et Cap Canaveral pour la diriger sur notre base aérienne militaire de Santa Clara.

Complètement effaré, Velikov dévisageait le directeur adjoint du KGB comme s'il était soudain devenu fou.

— Si je peux me permettre, c'est le plan le plus extravagant dont j'aie jamais entendu parler !

— Ne vous en faites pas, nos spécialistes de l'espace ont tout mis au point, fit Maisky avec légèreté. (Il mit le pied sur un large attaché-case.) Vous avez là-dedans toutes les données pour programmer vos ordinateurs et préparer votre équipe.

— Mes hommes sont des ingénieurs des communications. (Velikov paraissait de plus en plus perdu.) Ils ne connaissent rien à la dynamique de l'espace !

— Aucune importance. Les ordinateurs s'en occuperont à leur place. L'essentiel, c'est que l'équipement installé sur cette île ait la capacité de se substituer au centre de contrôle spatial de Houston et de diriger la manœuvre de la navette.

— Quand doit avoir lieu cette opération ?

— Selon la NASA, *Gettysburg* doit effectuer sa rentrée dans environ vingt-neuf heures.

Velikov se contenta de hocher la tête. Il s'était enfin remis du choc initial et était redevenu le froid professionnel qu'il était.

— Vous pouvez naturellement compter sur moi, mais je n'hésite pas à affirmer qu'il faudrait plus qu'un miracle pour réussir l'inconcevable.

Maisky but un nouveau verre de vodka avant d'écarter d'un geste le pessimisme de Velikov.

— Il suffit de la foi, général, non dans les miracles, mais dans le génie des savants et techniciens soviétiques. C'est ça qui nous livrera le vaisseau spatial américain le plus avancé.

***

Giordino contemplait d'un air soupçonneux l'assiette posée sur ses genoux.

— D'abord ils nous refilent de la nourriture à cochons et maintenant du steak et des œufs. Je n'ai pas confiance en ces salopards. Ils les ont probablement assaisonnés à l'arsenic.

— Simple manœuvre psychologique, fit Gunn en se jetant sur la viande. Mais je refuse d'en tenir compte.

— Ça fait trois jours que le taré de la chambre 6 ne s'est pas manifesté. C'est bizarre.

— Tu préférerais une nouvelle côte cassée ? lâcha Gunn entre deux bouchées.

Giordino tâta les œufs du bout de sa fourchette, puis se décida à manger.

— Ils veulent nous engraisser avant de nous abattre !

— J'espère seulement qu'ils ont aussi laissé Jessie tranquille.

— Les sadiques comme Gly adorent frapper les femmes.

— Tu t'es déjà demandé pourquoi Velikov n'assistait jamais à ces interrogatoires musclés ?

— C'est bien des Russes de faire faire leurs sales boulots par des étrangers. A moins qu'il ne supporte pas la vue du sang. Comment veux-tu que je le sache ?

A cet instant, la porte s'ouvrit brusquement et Foss Gly entra dans la cellule. Ses lèvres épaisses s'écartèrent sur un sourire.

— C'est bon, messieurs ?

— Vous avez oublié le vin, répondit Giordino avec mépris. Et j'aime ma viande saignante.

La brute fit un pas en avant et, sans laisser le temps au petit Italo-Américain de réagir, le frappa vicieusement à la poitrine.

Giordino étouffa un cri en tressaillant de douleur. Il devint livide et pourtant il parvint à afficher un petit sourire provocant.

Gunn se souleva sur un coude et projeta le contenu de son assiette à la tête de Gly. L'œuf s'écrasa sur le visage du tortionnaire et le bout de viande qui restait l'atteignit en plein sur la bouche.

— Un geste stupide, cracha le colosse d'une voix tremblante de rage. Et que vous allez regretter.

Il se baissa, saisit la cheville blessée du prisonnier et la tordit sauvagement.

Gunn serra les dents et ne proféra pas un son. Gly se recula et l'étudia un instant.

— Vous êtes coriace, très coriace pour un homme aussi frêle, fit-il avec une trace d'admiration.

— Allez vous faire foutre, espèce de dingue ! s'écria Giordino, le souffle encore court.

— Allons, allons, des injures maintenant ? fit la brute avec un soupir.

Il se tut et une lueur de vie parut animer un instant ses yeux vides. Il reprit :

— Ah oui, vous avez failli me faire oublier. J'étais venu vous apporter des nouvelles de votre ami Dirk Pitt.

— Où est-il ?

— Il a tenté de s'échapper et s'est noyé.

— Vous mentez ! s'exclama Gunn.

— Un pêcheur des Bahamas l'a remonté dans ses filets. Le consulat américain a déjà identifié le corps, du moins ce qui en restait après le passage des requins.

Gly s'essuya alors la figure, prit le steak dans le plat de Giordino, le laissa tomber par terre, puis l'écrasa de la pointe de sa botte avant de lancer :

— Eh bien, bon appétit, messieurs.

Il sortit en refermant la porte derrière lui.

Giordino et Gunn se regardèrent un long moment sans parler tandis qu'une certitude se faisait jour en eux. Leurs visages s'éclairèrent d'un sourire qui se transforma en rire.

— Il a réussi ! s'écria Giordino avec une joie qui lui fit oublier ses souffrances. Dirk est sain et sauf !

Chapitre 51

Parmi les expériences fascinantes qui se déroulaient à bord de la station spatiale *Columbus*, il y avait la fabrication de médicaments rares, la mise au point de cristaux parfaitement purs pour les semi-conducteurs destinés aux ordinateurs et l'observation des rayons gamma. Mais l'activité principale de cette installation de quarante tonnes qui orbitait aux frontières de l'inconnu était la réparation et la mise en service de satellites.

Jack Sherman, le commandant de la station, se trouvait dans le module de maintenance en compagnie de techniciens chargés de récupérer un satellite en panne quand une voix grésilla dans le haut-parleur principal.

— Vous avez un moment, Jack ?

— Oui, pourquoi ?

— Vous pourriez venir dans le module de commandement ?

— Qu'est-ce qui se passe ?

— On a un rigolo sur le canal de communication.

— Passez-le-moi ici.

— Il vaudrait mieux que vous veniez.

— Okay, j'arrive.

Une fois le satellite rentré et le sas refermé, Sherman se débarrassa de sa combinaison pressurisée, puis glissa ses bottes dans des rails encastrés au sol pour se laisser glisser en état d'apesanteur vers le centre nerveux de la station.

Son chef des communications et l'ingénieur en électronique l'accueillirent d'un simple signe de tête.

— Ecoutez ça, fit ce dernier. (Il se pencha au-dessus d'un micro installé sur la console.) Identifiez-vous à nouveau, je vous prie.

Il y eut un silence, puis une voix répondit :

— *Columbus,* ici Colonie Jersey. Nous demandons l'autorisation de nous amarrer à votre station.

L'ingénieur se tourna vers Sherman.

— Qu'est-ce que vous en pensez ? Sûrement un petit plaisantin qui s'amuse sur terre.

Le commandant s'approcha de la console.

— Colonie Jersey, qui que vous soyez, vous êtes sur un canal de la NASA. Vous gênez les communications spatiales. Veuillez vous retirer.

— Pas question, répliqua cette étrange voix. Notre véhicule de transfert lunaire sera au rendez-vous dans deux heures. Pouvez-vous nous indiquer les procédures d'arrimage ?

— Votre quoi ? lança Sherman dont le visage s'était crispé de colère. Houston, vous êtes là ?

— Oui, répondit quelqu'un depuis le centre spatial de Houston.

— Qu'est-ce que vous en dites ?

— On essaye de le localiser, *Columbus.* Restez à l'écoute.

— Je ne sais pas qui vous êtes, mon vieux, fit alors Sherman d'un ton sec. Mais vous allez avoir de sérieux ennuis.

— Je m'appelle Eli Steinmetz. Nous avons besoin d'une assistance médicale. J'ai deux blessés à bord.

Sherman frappa du poing le dossier du siège devant lui.

— C'est une histoire de fous ! s'écria-t-il.

— Avec qui suis-je en communication ? demanda Steinmetz.

— Ici Jack Sherman, le commandant de la station *Columbus.*

— Navré pour cette intrusion, Sherman, mais je pensais que vous aviez été mis au courant de notre arrivée.

Houston intervint au moment où le commandant allait répondre :

— *Columbus,* les signaux ne proviennent pas de la Terre. Je répète, les signaux ne proviennent pas de la Terre. Ils viennent de l'espace derrière vous.

— Très bien, les gars, si on arrêtait la plaisanterie ?

La voix du directeur des Opérations en vol de la NASA s'éleva alors :

— Il ne s'agit pas d'une plaisanterie, Jack. Ici Irwin Mitchell. Préparez-vous à recevoir à votre bord Steinmetz et ses colons.

— Ses colons ?

— Il était temps qu'un « membre fondateur » intervienne, déclara Steinmetz. Je croyais qu'on allait devoir carrément forcer la porte.

— Désolé, Eli. Le Président pensait qu'il valait mieux garder le secret jusqu'à votre arrivée sur *Columbus.*

— Est-ce que quelqu'un va enfin m'expliquer ce qui se passe ? demanda Sherman avec exaspération.

— Eli vous mettra au courant quand vous le verrez, répondit Mitchell. Puis il s'adressa à Steinmetz :

— Comment vont les blessés ?

— Ils sont confortablement installés, mais l'un d'eux a besoin d'une intervention chirurgicale majeure. Il a une balle logée près du cerveau.

— Vous avez entendu, Jack ? fit Mitchell. Prévenez l'équipage de la navette. Il faudra peut-être avancer l'heure du départ.

— Je m'en occupe, répondit Sherman d'une voix qui trahissait sa perplexité. Mais qu'est-ce que... d'où débarquent ces gens de la Colonie Jersey ?

— Vous me croiriez si je vous disais que c'est de la lune ? lança Mitchell.

— Certainement pas !

***

Les murs et la moquette de la salle Theodore Roosevelt, située dans l'aile ouest de la Maison-Blanche, étaient de différentes nuances de brun. Theodore Roosevelt à cheval, ainsi que l'avait peint à Paris Tade Styka, semblait regarder un tableau représentant la Déclaration d'indépendance. Le Président préférait l'intimité de cette pièce pour les entretiens importants, d'autant plus qu'elle était dépourvue de fenêtres.

Assis au bout de la table de conférence, il était en train de prendre des notes. A sa gauche, il avait le secrétaire à la Défense Jess Simmons, puis le directeur de la CIA Martin Brogan, Dan Fawcett et Leonard Hudson. En face d'eux, on trouvait Douglas Oates le secrétaire d'Etat, le conseiller pour les Affaires de sécurité Alan Mercier et enfin le général de l'Air Force Allan Post qui dirigeait le programme spatial militaire.

Hudson avait consacré une heure à raconter aux hommes du Président l'histoire de la Colonie Jersey. Ils étaient d'abord demeurés muets de stupéfaction, puis l'excitation les avait gagnés et ils avaient posé un déluge de questions auxquelles Hudson s'était efforcé de répondre. Ensuite le Président avait fait servir le déjeuner.

L'incrédulité avait cédé la place à un enthousiasme bientôt tempéré par le récit du combat avec les Soviétiques.

Le Président prit la parole :

— Quand les hommes de la base lunaire seront de retour sains et saufs à Cap Canaveral, je pourrai peut-être calmer Antonov en lui proposant de partager une partie de la somme des connaissances ramenées par Steinmetz et son équipe.

— Pourquoi leur donner quoi que ce soit ? s'étonna Simmons. Ils ont déjà bien assez pillé notre technologie !

— Je ne le nie pas, répliqua le chef de l'exécutif. Mais si j'étais Antonov, je ne laisserais pas impunie la mort de mes cosmonautes.

— Je suis d'accord avec vous, monsieur le Président, fit Douglas Oates. Mais si vous étiez vraiment à sa place, quelle mesure de représailles prendriez-vous ?

— C'est bien simple, répondit le général Post. Je détruirais la station *Columbus*.

— Ce serait horrible, mais il nous faut bien envisager cette hypothèse, intervint Brogan. Les dirigeants soviétiques doivent se sentir le droit moral de faire sauter la station et son équipage.

— Ou la navette, ajouta Post.

Le Président se tourna vers le général.

— On peut protéger *Columbus* et *Gettysburg* ?

Post secoua la tête.

— Notre réseau de défense laser ne sera pas opérationnel avant quatorze mois. Dans l'espace, aussi bien la station que la navette sont exposées aux attaques des satellites tueurs Cosmos 1400. Nous ne pouvons fournir de protection à *Gettysburg* qu'une fois entrée dans l'atmosphère terrestre.

Le Président interrogea alors Brogan :

— Qu'en pensez-vous, Martin ?

— Je ne crois pas qu'ils s'en prendront à *Columbus*. Ce serait ouvrir la porte à des mesures de rétorsion que nous pourrions prendre contre leur nouvelle station orbitale Salyout 10. Je parierais pour la navette.

Un silence de mort s'abattit sur la salle Roosevelt tandis que chacun se plongeait dans ses pensées. Soudain, le visage de Hudson s'éclaira et il tapota sur la table avec son stylo pour attirer l'attention.

— On oublie quelque chose, fit-il.

— Quoi ? demanda Fawcett.

— Le véritable but de leur attaque contre la Colonie Jersey.

Brogan comprit aussitôt :

— Sauver la face en détruisant toute trace de notre exploit, c'est ça ?

— Pas en détruisant, mais en s'appropriant, répondit Hudson. L'assassinat des colons ne correspondait pas essentiellement à un désir de vengeance. Jess Simmons a mis le doigt dessus. Pour le Kremlin, il était indispensable de récupérer la base intacte pour s'emparer de la technologie, des données et de tous les résultats d'un programme qui nous a coûté des milliards de dollars et vingt-cinq années de travail. Leur véritable objectif, c'était ça.

— Le raisonnement se tient, fit Oates. Seulement, avec les colons en route pour la Terre, la Colonie Jersey est abandonnée.

— En utilisant notre véhicule de transfert lunaire, nous pouvons déposer une nouvelle équipe dans moins de deux semaines, expliqua Hudson.

— Et les deux cosmonautes de Selenos 8 ? demanda Simmons. Qu'est-ce qui les empêche de prendre tout simplement possession de la base ?

— Excusez-moi, dit Hudson. J'ai oublié de vous préciser que Steinmetz avait transporté les corps des cinq Russes dans le module lunaire et contraint l'équipage à décoller pour regagner la Terre en les menaçant de les faire sauter avec le dernier projectile de son lance-missiles.

— Le shérif qui nettoie sa ville ! s'exclama Brogan avec une pointe d'admiration. J'ai hâte de faire la connaissance de ce type.

— Oui, mais le bilan est lourd, fit Hudson. Steinmetz revient avec deux blessés graves et un mort.

— De qui s'agit-il ? s'enquit le Président.

— Du docteur Kurt Perry. Un brillant biochimiste.

Le chef de la Maison-Blanche se tourna vers Fawcett.

— Veillez à ce que les honneurs lui soient rendus.

Il y eut un court silence, puis le général Post ramena la discussion sur le sujet principal :

— Bon, alors si les Soviétiques n'ont pas la Colonie Jersey, qu'est-ce qui leur reste ?

— *Gettysburg*, répondit Hudson sans hésiter. Les Russes ont encore la possibilité de récupérer un véritable trésor scientifique.

— Comment ? En arraisonnant la navette en plein vol ? fit Simmons avec sarcasme. Je ne savais pas que Buck Rogers était de leur côté.

— Ils n'ont pas besoin de lui, répliqua Hudson. Il est techniquement tout à fait possible de pirater le système de guidage. On peut contraindre les ordinateurs à envoyer de faux signaux aux équipements de contrôle de

Gettysburg. Il existe des centaines de moyens pour infléchir de quelques degrés la trajectoire de descente de la navette. On pourrait très bien l'amener à se poser à des milliers de kilomètres de Cap Canaveral.

— Mais les pilotes peuvent débrancher les systèmes automatiques et passer en manuel, protesta Post.

— Pas si on leur fait croire que c'est toujours Houston qui contrôle le vol.

— Et c'est réalisable ? demanda le Président, effaré.

— Oui, répondit Alan Mercier. A condition que les Russes disposent d'émetteurs locaux capables de prendre en charge les circuits électroniques internes de la navette et de brouiller toutes les communications émanant du centre de contrôle de Houston.

Le Président et Brogan échangèrent un regard atterré.

— Cayo Santa María, murmura ce dernier.

— Une petite île au nord de Cuba sur laquelle est installée une station d'écoute et de transmission assez puissante pour organiser une telle entreprise, expliqua le chef de la Maison-Blanche à l'intention des autres.

— Ils ne savent peut-être pas que nos colons ont quitté la lune, fit Fawcett avec espoir.

— Si, ils le savent, le détrompa Hudson. Leurs satellites espions étaient tournés vers la base et ils ont sans aucun doute intercepté toutes nos communications.

— Il va falloir élaborer un plan pour neutraliser cette île, suggéra Post.

Brogan sourit.

— Il se trouve justement qu'une opération de cet ordre est en cours.

Le général lui rendit son sourire.

— Si vous êtes bien en train de préparer ce que je pense, j'aimerais beaucoup savoir quand ça doit se produire.

— On dit, mais ce n'est qu'une rumeur, que les forces militaires cubaines vont lancer une attaque cette nuit même.

— Et quelle est l'heure de départ prévue pour la navette ? demanda Alan Mercier.

— Cinq heures demain matin, répondit Post.

— Alors tout va bien, fit le Président. Ordonnez au commandant de *Columbus* de garder *Gettysburg* sur sa plate-forme d'amarrage jusqu'à cc qu'on puisse lui garantir un retour sans problèmes.

Tous les hommes autour de la table parurent satisfaits, à l'exception de Hudson qui avait l'air d'un petit garçon qui vient de perdre son jouet préféré.

— Je voudrais bien que tout soit aussi simple, murmura-t-il, ne s'adressant à personne en particulier.

Chapitre 52

Du haut d'un balcon dominant le centre d'écoutes électroniques, Velikov et Maisky regardaient la petite armée d'hommes et de femmes s'activer devant les rangées d'appareils tous plus sophistiqués les uns que les autres. Vingt-quatre heures sur vingt-quatre, les antennes géantes installées sur le territoire cubain interceptaient les appels téléphoniques des Etats-Unis, de même que les signaux radio militaires, puis les relayaient vers Cayo Santa María où ils étaient analysés et décodés par les ordinateurs.

— Une remarquable réalisation, général, fit Maisky.

— Il ne se passe pas un jour sans que nous n'apportions des améliorations, répondit Velikov avec fierté. Nous avons aussi une salle à manger, un gymnase bien équipé avec un sauna et même une salle de jeu ainsi qu'une boutique de coiffeur.

Le directeur adjoint du KGB leva les yeux sur deux écrans de trois mètres sur quatre qui occupaient chacun un mur. Sur celui de gauche figuraient des données informatiques et sur celui de droite une série de graphiques complexes.

— Vos hommes ont-ils déjà la position exacte des colons américains ?

Le général décrocha un téléphone et prononça quelques mots tout en continuant à observer ce qui se passait dans la salle en dessous de lui. Un technicien assis devant une console leva la main. Les deux écrans s'éteignirent un instant, puis affichèrent une nouvelle série d'informations.

— Tout est là, expliqua Velikov en désignant l'écran de droite. Nous sommes en mesure de contrôler pratiquement tous les échanges entre les astronautes et le centre de Houston. Comme vous pouvez le constater, le transporteur lunaire des hommes de la base s'est arrimé il y a trois heures à la station spatiale.

Maisky, fasciné, regardait s'inscrire cette succession de données. Il ne pouvait se résoudre à admettre que les Américains étaient sans doute au courant de la même façon des expériences spatiales soviétiques.

— Ils émettent en code ? demanda-t-il.

— De temps en temps, quand il s'agit d'une mission militaire. Mais la NASA s'entretient en général avec ses astronautes en clair. Vous voyez, le centre de Houston a ordonné à *Gettysburg* de remettre son départ à demain matin.

— Je n'aime pas ça.

— Il n'y a pas de raison de s'inquiéter. Le Président veut probablement avoir un peu plus de temps pour préparer l'annonce de ce nouveau triomphe spatial américain.

— A moins qu'ils n'aient deviné nos intentions !

L'homme du KGB se tut, plongé dans ses pensées. Il prit une expression soucieuse et se tordit nerveusement les mains.

Velikov l'étudiait avec une lueur amusée dans le regard.

— Si ce retard bouleverse à ce point vos plans, je peux me brancher sur la fréquence de Houston et leur donner d'autres directives.

— Vous pourriez vraiment faire ça ?

— Oui.

— Ordonner à la navette de quitter la station orbitale pour effectuer sa rentrée dans l'atmosphère ?

— Absolument.

— Et faire croire aux commandants de la station et de la navette qu'ils entendent une voix familière ?

— Je vous garantis qu'ils ne s'apercevront pas de la différence. Nos synthétiseurs informatisés ont en mémoire suffisamment d'enregistrements pour imiter à la perfection les voix de plus de vingt officiels de la NASA.

— Et comment empêcher Houston de lancer un contrordre ?

— Je peux brouiller leurs transmissions jusqu'à ce qu'il soit trop tard pour arrêter la navette. Ensuite, si les renseignements que vous ont communiqués nos spécialistes de l'espace sont corrects, nous prendrons le contrôle des systèmes de vol de la navette pour la poser sur notre base de Santa Clara.

Maisky dévisagea un long moment Velikov, puis lâcha :

— Allez-y !

***

Le Président dormait profondément quand le téléphone à côté de son lit sonna. Il roula sur le dos et regarda sa montre. Il était 1 h 10 du matin. Il décrocha.

— Oui, j'écoute.

La voix à l'autre bout du fil était celle de Dan Fawcett.

— Désolé de vous réveiller, monsieur le Président, mais je pense que c'est urgent.

— De quoi s'agit-il ?

— Je viens de recevoir un appel d'Irwin Mitchell à la NASA. *Gettysburg* s'est détachée de la station et est en orbite de préparation de rentrée.

Le Président se redressa dans son lit.

— Qui a donné cet ordre ?

— Mitchell ne sait pas. Toutes les communications entre Houston et *Columbus* sont interrompues en raison d'une étrange interférence.

— Alors comment a-t-il été informé du départ de la navette ?

— Le général Fisher suit la station orbitale à partir du centre d'opérations spatiales de Colorado Springs depuis que Steinmetz a quitté la Colonie Jersey. Les caméras ultra-sensibles ont détecté un mouvement quand *Gettysburg* s'est désarrimée. Il m'a appelé dès qu'il a eu confirmation.

— Nom de Dieu ! jura le Président.

— J'ai pris la liberté d'alerter Jess Simmons. Il a déjà envoyé deux escadrilles de l'Air Force avec pour mission d'escorter et protéger la navette quand elle aura effectué sa rentrée.

— Combien de temps nous reste-t-il avant l'atterrissage de *Gettysburg ?*

— Environ deux heures.

— Ce sont les Russes qui sont derrière cette histoire !

— C'est ce que tout le monde pense, admit Fawcett. Nous n'en sommes pas encore sûrs, mais tout semble indiquer que les problèmes d'interférences de Houston viennent de Cuba.

— Quand le commando de Brogan doit-il débarquer sur Cayo Santa María ?

— A 2 heures.

— Qui le dirige ?

— Un instant, que je consulte le rapport de la CIA. (Le secrétaire général de la Maison-Blanche revint en ligne moins de trente secondes plus tard.) La mission est commandée par le colonel des Marines Ramon Kleist.

— Le nom ne m'est pas inconnu. Il me semble qu'il a reçu la médaille du Congrès.

— Il y a autre chose.

— Oui ?

— Les hommes de Kleist sont guidés par Dirk Pitt.

Le Président poussa un soupir presque triste.

— Il a déjà tant fait. Sa présence était-elle indispensable ?

— C'était Pitt ou personne, répondit Fawcett.

— Pourront-ils détruire la station de brouillage à temps ?

— En toute franchise, je crois que ça va se jouer sur un coup de dés.

— Dites à Jess Simmons de se tenir prêt dans la Salle de guerre, déclara le Président d'un ton solennel. Si les événements tournent mal, je crains bien que la seule solution pour empêcher *Gettysburg* et sa précieuse cargaison de tomber entre les mains des Russes soit de la détruire en vol. Vous m'avez compris, Dan ?

— Oui, monsieur, répondit Fawcett d'une voix blanche. Je vais lui transmettre votre message.

Chapitre 53

— Stoppez les machines, ordonna Kleist.

Il vérifia sa position sur les instruments reliés au satellite Navstar, puis se pencha sur une carte avec un compas avant de reprendre :

— Nous sommes à sept milles plein est de Cayo Santa María. Impossible d'approcher plus avec le sous-marin.

Le major Quintana, en treillis gris et noir, regarda la petite marque jaune sur la carte.

— Il devrait nous falloir à peu près quarante minutes pour contourner l'île et débarquer du côté cubain.

— Le vent est presque nul et la mer belle. En plus, il n'y a pas de lune et il fait nuit noire.

— On sera difficiles à repérer, mais on risque aussi de ne pas voir les sentinelles s'il y en a, répliqua Quintana. Le problème, c'est qu'on ne connaît pas l'emplacement exact de la base. On peut très bien atterrir à plusieurs kilomètres.

Kleist se tourna alors vers un homme à la haute silhouette vêtu d'un treillis identique à celui du major, qui était adossé à une cloison. Il soutint de ses yeux verts le regard du colonel.

— Vous n'arrivez toujours pas à la localiser ? demanda ce dernier.

Pitt se redressa, affichant son habituel sourire indifférent, et répondit simplement :

— Non.

— Vous n'êtes pas très encourageant, lança Quintana d'un ton sec.

— Non, mais au moins je suis honnête.

— Nous sommes navrés, monsieur Pitt, que les conditions de visibilité n'aient pas été idéales lors de votre évasion, intervint Kleist. Nous vous serions toutefois infiniment reconnaissants de vous montrer un peu plus précis.

Le sourire de Pitt s'évanouit.

— Ecoutez, j'ai débarqué là-bas au milieu d'un ouragan et j'en suis reparti en pleine nuit. En outre, ça s'est produit du côté opposé à celui où nous sommes censés arriver. Je n'avais pas de chaîne d'arpenteur et je n'ai pas semé de petits cailloux pour retrouver mon chemin. Le terrain est plat, sans collines ou cours d'eau pour se repérer. Il y a juste des palmiers, des buissons et du sable. L'antenne est à environ huit cents mètres à l'ouest du village et la base à près de deux kilomètres de là. En arrivant sur la route encaissée, elle se trouve sur la gauche. Voilà, je n'ai rien d'autre à vous offrir.

Quintana hocha la tête d'un air résigné.

— Compte tenu des circonstances, nous ne pouvons pas en exiger plus.

Un homme d'équipage entra dans le poste de commande, remit en silence une communication décodée à Kleist, puis ressortit.

— J'espère que ce n'est pas l'ordre de reporter l'opération ! fit Pitt d'un ton cassant.

— Non, murmura le colonel. Mais de nouvelles difficultés.

Les sourcils froncés, il relut le message, puis le passa à Quintana qui le déchiffra avec une expression contrariée avant de le tendre à Pitt. Il disait ceci :

NAVETTE GETTYSBURG A QUITTÉ STATION ET ORBITE POUR PRÉPARER ENTRÉE DANS ATMOSPHÈRE. TOUS CONTACTS INTERROMPUS. SYSTÈMES ÉLECTRONIQUES DE VOTRE CIBLE ONT PRIS CONTRÔLE ORDINATEURS DE GUIDAGE. PENSONS DÉVIATION DE TRAJECTOIRE POUR POSER NAVETTE À CUBA À 0340. URGENCE ABSOLUE. SITUATION EXTRÊMEMENT GRAVE SI BASE PAS DÉTRUITE À TEMPS. BONNE CHANCE.

— Très gentil de leur part de nous prévenir si longtemps à l'avance, dit Pitt sombrement. 3 h 40, c'est dans moins de deux heures !

Quintana se tourna vers Kleist.

— Les Russes peuvent vraiment faire ça et s'en tirer ?

Le colonel n'écoutait pas. Son regard était fixé sur la carte et il traçait une ligne partant du sud de Cayo Santa María.

— Où situez-vous approximativement l'antenne ? demanda-t-il.

Pitt désigna un point vers l'extrémité sud de l'île.

— Sans garantie, fit-il.

— Bien. Nous allons vous équiper d'un petit émetteur-récepteur radio étanche. Je m'occupe de convertir la position sur la carte pour la programmer dans l'ordinateur Navstar et ensuite, je reste branché sur votre signal pour vous guider.

— Vous croyez que c'est possible ?

— Je l'espère. C'est un risque à courir, mais qui peut nous économiser un temps précieux. Vous devriez être en mesure de faire sauter l'antenne et de couper ainsi leurs communications avec *Gettysburg* plus rapidement que si vous deviez investir la base pour en détruire le centre nerveux.

— Ça me paraît logique.

— Dans ce cas, puisque vous êtes d'accord, je vous suggère, messieurs, de vous magner le train ! conclut le colonel Kleist.

***

Ce bâtiment ne ressemblait à aucun sous-marin que Pitt connaissait. C'était un engin à propulsion nucléaire entièrement automatisé qui avait été conçu pour les opérations d'infiltrations d'armes ou d'agents de la CIA. Il pouvait filer 50 nœuds à une profondeur de 250 mètres, mais aussi débarquer sur une plage pour vomir de ses entrailles une force de 200 hommes équipés de plusieurs véhicules.

Le submersible fit surface. Le commando d'exilés cubains monta sur le pont et commença aussitôt à décharger les Dasher.

Pitt avait déjà piloté un de ces engins dans une station balnéaire du Mexique. Il s'agissait d'un véhicule à propulsion hydraulique fabriqué en France et destiné surtout aux jeux de plage. Baptisée « la voiture de sport de la mer », la petite machine profilée avait l'apparence de deux torpilles soudées ensemble et on la dirigeait à l'aide d'un volant comparable à celui d'une voiture. Une puissante batterie lui permettait d'atteindre une vitesse de vingt nœuds et lui assurait trois heures d'autonomie.

Pitt avait proposé de les utiliser pour échapper aux radars cubains et Kleist avait passé une commande spéciale qui avait été acheminée par un avion de l'Air Force jusqu'à l'île de San Salvador dans un délai de quinze heures.

Il faisait chaud et une petite averse tomba. Les hommes s'installèrent dans les Dasher et les membres d'équipage du sous-marin les déposèrent dans l'eau. Des petites lampes bleues avaient été montées à l'arrière de chaque machine pour aider les hommes à se repérer dans l'obscurité.

Pitt s'immobilisa un instant pour scruter les ténèbres en direction de Cayo Santa María. Il espérait de toutes ses forces qu'il n'était pas trop tard pour sauver ses amis.

Quintana le saisit par le bras.

— A vous, fit-il. (Il marqua une hésitation.) Qu'est-ce que vous emportez ? Pitt montra ce qu'il tenait à la main.

— Une batte de base-ball.

— Pour quoi faire ? On vous a donné un AK-74, non ?

— C'est un cadeau pour un ami.

Le major secoua la tête sans comprendre.

— Allez-y, fit-il. Passez devant. Moi, je reste à l'arrière.

Pitt ajusta un minuscule écouteur dans son oreille et se prépara à partir. Le colonel Kleist se pencha, puis lui serra la main.

— Conduisez-les droit sur la cible, fit-il d'une voix tendue.

Pitt lui adressa un petit sourire.

— Comptez sur moi !

Il s'éloigna lentement du submersible, puis accéléra en surveillant le cadran lumineux de la boussole fixée à son poignet. Il se dirigea plein est jusqu'à ce que la voix de Kleist annonce :

— Cap au 270.

Pitt effectua la correction et conserva ce cap pendant une dizaine de milles en restant à quelques nœuds en dessous de la vitesse maximum pour permettre aux hommes de se rapprocher en cas de besoin. Il était sûr que les capteurs sous-marins ultra-sensibles allaient détecter leur approche, mais il espérait que les Russes mettraient cela sur le compte d'un banc de poissons.

Au sud, à quatre milles peut-être de Cuba, le faisceau lumineux du projecteur d'un patrouilleur perça les ténèbres et balaya les flots noirs. Heureusement, ils étaient trop loin et trop bas sur l'eau pour être repérés.

Pitt reçut de nouvelles instructions de Kleist et modifia son cap en conséquence. Il faisait toujours nuit noire et il ne pouvait pas être certain que les trente hommes du commando le suivaient. Le Dasher plongea au milieu des vagues et l'écume salée lui aspergea le visage.

Il commençait à se sentir plus détendu quand la voix de Kleist s'éleva à nouveau dans son oreille :

— Vous êtes à environ deux cents mètres du rivage.

Il ralentit, puis coupa le moteur en se laissant dériver. Il attendit, scrutant désespérément les ténèbres. Cinq minutes passèrent. La masse noire et sinistre de Cayo Santa María se dessina enfin devant lui. Il n'y avait pratiquement pas de ressac et on entendait pour seul bruit le clapotis des vagues sur la plage.

Pitt remit tout doucement les gaz et s'approcha, prêt à faire demi-tour en accélérant à fond si nécessaire. Quelques secondes plus tard, le Dasher raclait le sable et son passager sautait aussitôt dans l'eau pour tirer la légère machine sur la plage et la dissimuler au milieu des broussailles sous une rangée de palmiers. Les hommes de Quintana apparurent alors un par un comme des fantômes et vinrent se regrouper en silence autour de lui, soulagés de retrouver la terre ferme.

Le major consacra un temps précieux à compter ses hommes et vérifier leurs équipements, puis, satisfait, il se tourna vers Pitt et murmura :

— Après vous, *amigo*.

Le directeur des Projets spéciaux de la NUMA consulta sa boussole, puis prit légèrement à gauche en agitant sa batte de base-ball devant lui comme un aveugle sa canne. Il avait à peine parcouru une cinquantaine de mètres que le bout de la batte rencontrait la clôture électrifiée. Il s'arrêta pile et l'homme qui le suivait vint buter contre lui.

— Chut ! souffla-t-il. Nous sommes à la clôture. Faites passer.

Deux hommes munis de pelles s'avancèrent et entreprirent de creuser le sable. Il ne leur fallut que quelques minutes pour obtenir un trou assez large. Pitt s'y glissa le premier. Il hésita, ne sachant pas de quel côté se diriger. Il renifla et, soudain, il sut où il était.

— On s'est plantés, chuchota-t-il à Quintana. La base n'est qu'à quelques centaines de mètres sur notre gauche. L'antenne, elle, est à plus d'un kilomètre dans la direction opposée.

— Comment le savez-vous ?

— Vous n'avez qu'à sentir. C'est l'odeur de la fumée des diesels qui font tourner les générateurs.

Le major inspira profondément.

— Vous avez raison. Le vent l'apporte. Elle vient du nord-ouest.

— Pour une opération ultra-rapide, c'est raté. Vos hommes auraient besoin d'au moins une demi-heure pour atteindre l'antenne et placer les charges.

— Dans ce cas, on fonce sur la base.

— Mieux vaut mettre le maximum d'atouts de notre côté. Envoyez vos hommes les plus rapides faire sauter l'antenne et avec le reste, on attaque le centre électronique.

Quintana se décida en moins d'une seconde. Il sélectionna cinq hommes et revint vers Pitt en compagnie d'une petite silhouette indistincte qui lui arrivait tout juste à l'épaule.

— Voici le sergent Lopez. Il a besoin de vos indications pour localiser l'antenne.

Pitt détacha la boussole de son poignet et la tendit au sergent. Lopez ne parlait pas anglais et Quintana devait traduire. Le petit Cubain avait l'esprit vif. Il répéta en espagnol les instructions de Pitt sans commettre la moindre erreur, puis sourit, donna un ordre bref à ses hommes et disparut dans la nuit.

Pitt et les autres membres du commando s'élancèrent au pas de course. Le temps commençait à se gâter. D'épais nuages vinrent occulter les étoiles tandis que de lourdes gouttes de pluie s'écrasaient sur les feuilles des palmiers dont les troncs se courbaient avec grâce sous l'assaut du vent. Les hommes, essoufflés, transpiraient dans leurs treillis, mais Pitt ne ralentissait pas, poussé par le fol espoir de retrouver Jessie, Gunn et Giordino vivants. L'idée des tortures que Foss Gly avait dû leur infliger le hantait. Il déboucha sur la route et ces sinistres pensées le quittèrent un instant.

Il tourna à gauche et se dirigea vers le complexe militaire sans chercher à se dissimuler, marchant sur la chaussée pour aller plus vite. Le terrain lui paraissait à présent familier. Il ralentit et demanda à voix basse à parler à

Quintana. Lorsqu'il sentit une main sur son épaule, il désigna une petite lueur à peine visible à travers les arbres.

— Le poste de garde à l'entrée, murmura-t-il.

Le major lui donna une petite claque dans le dos pour indiquer qu'il avait compris, puis chuchota ses instructions en espagnol à l'homme à côté de lui qui partit en rampant vers la lumière.

Pitt n'avait pas besoin de poser de question. Il savait que les gardes qui surveillaient le portail n'avaient plus que quelques minutes à vivre.

Il longea le mur d'enceinte et se glissa dans le fossé. Ils écartèrent les barreaux de la grille, puis arrivèrent enfin à la bouche d'aération qui permettait d'accéder au garage. Pitt n'était pas censé aller plus loin. Les instructions de Kleist étaient claires. Il devait guider Quintana et ses hommes jusqu'ici, puis retourner sur la plage et y attendre le repli du commando.

Le colonel aurait dû deviner à l'absence de réaction de Pitt que ses ordres ne seraient pas suivis, mais il avait trop de problèmes en tête pour concevoir de tels soupçons. Et Pitt s'était montré si coopératif en dessinant le plan des accès à la base !

Sans laisser à Quintana le temps de réagir, il sauta par le conduit, courut sur la poutrelle, bondit au sol au milieu des véhicules et s'enfonça comme une ombre dans le puits de secours qui menait aux cellules enfouies quelques étages plus bas.

Chapitre 54

Dave Jurgens, le commandant de la navette *Gettysburg,* était légèrement inquiet. Certes, il partageait avec tous les hommes de la station orbitale la joie qu'avait provoquée l'arrivée inopinée de Steinmetz et de ses colons lunaires et il n'avait rien trouvé à redire à l'ordre de ramener ceux-ci sur terre dès qu'on aurait fini de charger tout ce qu'ils avaient accumulé pendant leur séjour.

Ce qui le perturbait, c'est que Houston leur avait brusquement demandé de se poser à Cap Canaveral en pleine nuit. Il avait exprimé le souhait d'attendre quelques heures jusqu'au lever du soleil, mais s'était vu opposer un refus plutôt sec. Les officiels de la NASA n'avaient fourni aucune explication justifiant la raison qui, pour la première fois depuis près de trente ans, les amenait à renoncer à leur politique d'atterrissages de jour.

Il se tourna vers Carl Burkhart, son copilote, un vétéran avec vingt années de programme spatial derrière lui.

— On n'aura pas une très belle vue sur les marais de Floride avec cette approche, lança-t-il.

— Rien ne ressemble plus à un alligator qu'un autre alligator, répliqua le laconique Burkhart.

— Nos passagers sont bien installés ?

— Comme des sardines en boîte.

— Ordinateurs programmés pour rentrée ?

— Oui.

Jurgens examina les trois écrans devant lui. L'un indiquait l'état des systèmes mécaniques tandis que les deux autres fournissaient les données de la trajectoire et des contrôles de guidage. Son copilote et lui entamèrent la check-list.

— Prêts quand vous voudrez, Houston.

— Okay, Don, répondit le contrôle au sol. Allumage pour dé-orbite.

— Loin des yeux, loin du cœur, murmura le commandant de la navette.

— Pardon ?

— Quand j'ai quitté la terre, je m'appelais Dave.

— Désolé, Dave.

— Qui êtes-vous ? demanda Jurgens, sa curiosité éveillée.

— Merv Foley. Vous n'avez pas reconnu ma voix ?

— Après toutes nos brillantes conversations, vous avez oublié mon nom ? Honte à vous !

— Simple lapsus, répondit la voix familière de Foley. Bon, si on cessait de bavarder pour en revenir aux procédures de rentrée.

— Comme vous voudrez, Houston. (Jurgens pressa la touche de l'interphone.) Prêt pour le grand retour, monsieur Steinmetz ?

Dans les quartiers situés sous le pont et le poste de pilotage, l'équipage de la navette et les hommes de la Colonie Jersey étaient littéralement entassés les uns sur les autres. Derrière eux, la soute était aux trois quarts pleine de dossiers, d'échantillons géologiques et de caisses contenant les résultats de milliers d'expériences chimiques et médicales que les savants mettraient une vingtaine d'années à analyser. La soute contenait aussi le corps du Dr Kurt Perry.

Gettysburg fonçait à travers l'espace à quinze mille nœuds. Les petits réacteurs de contrôle s'allumèrent et modifièrent l'orbite de la navette tandis que des fusées la faisaient pivoter pour que les tuiles absorbent la chaleur lors de la pénétration dans l'atmosphère. Au-dessus de l'Australie, les deux moteurs auxiliaires ramenèrent la vitesse orbitale du vaisseau spatial à vingt-cinq fois la vitesse du son. Une demi-heure plus tard, il entrait dans l'atmosphère terrestre non loin de Hawaii.

L'atmosphère devenait de plus en plus dense et le ventre de la navette était maintenant rouge vif. Les ailerons et le gouvernail mordirent l'air. C'étaient les ordinateurs qui dirigeaient le vol. Jurgens et Burkhart n'avaient pratiquement rien à faire sinon surveiller les données qui s'inscrivaient sur les écrans devant eux.

Soudain, une sonnerie d'alarme retentit dans leurs écouteurs tandis qu'une lampe rouge s'allumait sur le tableau de bord. Jurgens réagit aussitôt en pianotant sur un clavier d'ordinateur pour avoir des détails pendant que son copilote avertissait le sol.

— Houston, nous avons une alerte.

— Ici nous n'avons rien, *Gettysburg*. Tous les systèmes paraissent fonctionner.

— Il se passe sûrement quelque chose, Houston, insista Burkhart.

— Sans doute une erreur des ordinateurs.

— Négatif. Tous les trois confirment.

— Ça y est, j'ai trouvé ! s'écria le commandant. C'est une modification de cap.

— Impossible, Dave, répondit la voix calme au centre spatial. Vous êtes sur la bonne trajectoire. Bien reçu ?

— Bien reçu, Foley, mais restez en communication le temps que je vérifie sur l'ordinateur de secours.

— Si ça peut vous faire plaisir, mais je vous assure, tout marche normalement.

Jurgens interrogea l'ordinateur de secours et, moins de trente secondes plus tard, il déclarait à Houston.

— Merv, c'est quand même bizarre. Tous les ordinateurs indiquent qu'on va se poser à six cents kilomètres au sud et quatre-vingts kilomètres à l'est de Canaveral.

— Croyez-moi, Dave, toutes les stations de guidage vous montrent sur le bon chemin, répondit Foley d'un ton las.

Le commandant jeta un coup d'œil par le hublot et ne vit que les ténèbres. Il éteignit sa radio, puis se tourna vers Burkhart.

— Je m'en fous de ce que raconte Houston. On n'est pas sur la trajectoire d'approche normale. Il n'y a que de l'eau en dessous de nous alors qu'on devrait apercevoir les lumières de basse Californie.

— Je ne comprends pas, fit le copilote en se tortillant nerveusement sur son siège. A quoi ça rime ?

— En tout cas, on se prépare à passer en manuel. C'est peut-être ridicule, mais je suis prêt à jurer que Houston est en train de nous diriger sur Cuba.

⁂

— Elle vient vers nous comme un cerf-volant au bout de son fil, fit Maisky avec un sourire de carnassier.

— Oui, acquiesça Velikov. Encore trois minutes et la navette *Gettysburg* aura atteint le point de non-retour.

— Le point de non-retour ?

— Oui, le moment où elle ne pourra plus virer pour aller se poser à Cap Canaveral.

Maisky se frotta les mains.

— Une navette spatiale américaine détournée par les Soviétiques. Ce sera le coup du siècle.

— Washington va pousser des hurlements et exiger sa restitution.

— On la leur rendra, leur précieuse navette. Mais pas avant que nos spécialistes l'aient examinée sur toutes les coutures et en aient photographié chaque centimètre carré.

— Sans compter la moisson d'informations ramenées par leurs colons lunaires, lui rappela Velikov.

— Un formidable succès, général. Et qui vous vaudra sans aucun doute l'Ordre de Lénine.

— Nous ne sommes pas encore tirés d'affaire, camarade Maisky. Nous ne pouvons pas prévoir la réaction du président américain.

L'envoyé du KGB haussa les épaules.

— Dès que nous aurons proposé d'entamer les négociations, il aura les mains liées. A mon avis, notre seul problème, c'est les Cubains.

— Il n'y a pas à s'inquiéter. Le colonel Kolchak a disposé une force de quinze cents hommes autour de la piste de la base de Santa Clara. Et dans la mesure où ce sont nos conseillers qui assurent la défense aérienne de Cuba, la navette aura le champ libre pour atterrir.

— Alors, c'est comme si nous la tenions déjà !

Le général hocha la tête.

— En effet.

*
**

Le Président, en robe de chambre, était installé derrière son bureau, la tête basse. Il avait les traits tirés.

Il leva brusquement les yeux et son regard parcourut un instant le Bureau ovale.

— Vous êtes sûr que Houston a perdu le contact avec *Gettysburg ?* demanda-t-il.

— Oui, fit Martin Brogan. C'est ce que confirme Irwin Mitchell à la NASA. Leurs signaux sont couverts par une interférence extérieure.

— Jess Simmons est au Pentagone ?

— Nous l'avons sur une ligne directe, répondit Dan Fawcett.

Le Président hésita un instant, puis quand il prit la parole, ce fut pour lâcher dans un murmure :

— Alors dites-lui que les pilotes des chasseurs doivent se tenir prêts.

Fawcett hocha la tête avec gravité, décrocha le téléphone, prononça quelques mots, puis demanda :

— Des nouvelles de vos hommes, Martin ?

— Tout ce que je sais, c'est qu'ils ont débarqué sur la plage, répondit le directeur de la CIA. Depuis, rien.

Le chef de l'exécutif était accablé.

— Mon Dieu, nous sommes dans une situation infernale.

L'un des quatre téléphones sonna. Fawcett se précipita.

— Oui, fit-il. Oui, il est là. Très bien, je vais le lui dire.

Il reposa l'appareil, l'air catastrophé.

— C'était Mitchell. *Gettysburg* a dévié au sud et ne peut plus se poser à Cap Canaveral.

— Il lui reste encore la possibilité d'amerrir, fit Brogan sans beaucoup de conviction.

— A condition qu'on puisse prévenir l'équipage à temps, ajouta le secrétaire général de la Maison-Blanche.

Le Président secoua tristement la tête.

— N'y comptez pas. Sa vitesse au moment de l'atterrissage est de plus de trois cents kilomètres-heure. Elle se désintégrerait sous le choc.

Tous demeurèrent un long moment silencieux, puis le chef de l'exécutif se tourna vers les hommes réunis dans la pièce et conclut d'une voix étranglée :

— J'espère que Dieu me pardonnera un jour pour avoir signé l'arrêt de mort de ces hommes en tout point dignes d'éloges.

Chapitre 55

Pitt s'extirpa du puits d'aération et déboucha dans le couloir. Il se précipita vers la cellule où Gunn et Giordino avaient été détenus et ouvrit la porte d'un coup de pied.

La petite pièce était vide.

Le bruit l'avait trahi. Un garde tourna le coin et resta muet de stupéfaction en l'apercevant. Cette hésitation lui fut fatale. Il n'avait pas encore levé son arme que la batte de base-ball le frappait à la tempe. Pitt le rattrapa, puis le tira vers l'une des cellules où il l'allongea sur le lit. C'était le jeune soldat qui l'avait escorté jusqu'au bureau de Velikov. Il respirait normalement et ne devait souffrir que d'une légère commotion.

— Tu as de la chance, murmura Pitt. Je ne tue jamais les enfants.

Quintana apparut dans le couloir au moment où Pitt refermait la porte derrière lui. Il se précipita, ne cherchant pas à dissimuler sa présence. Il n'aurait été que trop heureux d'assommer un autre de ses ennemis. Il arriva devant le réduit où Jessie avait été enfermée et entra.

Elle aussi avait disparu.

Il appréhendait le pire. Il se rua à travers les couloirs jusqu'à la chambre 6. Il n'y avait rien à l'intérieur sinon l'odeur de la torture.

L'angoisse qui l'étreignait fit place à une rage incontrôlable. Il était soudain devenu quelqu'un d'autre, un homme sans plus de conscience ni de code moral, un homme pour qui le mot *danger* ne signifiait plus rien. La peur de mourir avait disparu.

Quintana qui l'avait rejoint l'agrippa par le bras.

— Retournez immédiatement sur la plage ! Vous aviez l'ordre...

Il n'alla pas plus loin. Pitt lui enfonça le canon de son AK-74 dans l'estomac et le repoussa lentement contre le mur. Le major avait déjà affronté la mort en de multiples occasions, mais devant l'expression inhumaine de ce visage buriné et la lueur meurtrière qui dansait dans ces yeux verts, il réalisa qu'il était à deux doigts de la tombe.

Pitt ne prononça pas un mot. Il abaissa son arme, mit sa batte de base-ball à l'épaule et se fraya un passage au milieu des membres du commando. Il fit brusquement halte et se retourna d'un bloc.

— L'ascenseur est par là, fit-il avec naturel.

Quintana, d'un geste, ordonna à ses hommes de le suivre. Pitt les compta. Lui compris, ils étaient vingt-cinq. Il se dirigea à grandes enjambées vers l'ascenseur qui conduisait aux niveaux supérieurs. Une fois les prisonniers abattus, se disait-il, Velikov n'avait sans doute pas jugé utile de poster plus d'une sentinelle dans cette zone réservée aux stocks.

Ils allaient appeler la cabine quand le moteur se mit en marche. Pitt fit signe à tous de se plaquer contre la cloison. L'ascenseur s'arrêta à l'étage au-dessus et ils entendirent un murmure de voix et de rires. Puis la cabine descendit.

Tout fut expédié en moins de dix secondes. Les portes s'ouvrirent. Deux techniciens en blouse blanche sortirent et moururent sans un cri, un poignard plongé dans le cœur. L'efficacité de cette action stupéfia Pitt lui-même. Aucun des Cubains ne paraissait éprouver le moindre remords.

— Vite, fit-il. L'ascenseur ne peut contenir que onze personnes.

— Plus que quatorze minutes avant l'atterrissage de la navette, annonça Quintana. Il faut trouver les générateurs de la base et les mettre hors circuit.

— Il y a quatre niveaux au-dessus de nous. Le bureau de Velikov est au dernier, avec les appartements. Restent les trois autres. Je vous suggère de vous séparer en trois groupes et que chacun prenne un étage. Vous irez plus vite.

— D'accord, acquiesça le major après une seconde de réflexion. On est arrivés jusqu'ici sans encombre et je ne pense pas qu'ils s'attendront à voir des visiteurs débarquer simultanément dans trois secteurs différents.

— Je vais accompagner les huit premiers hommes au niveau 2 et renvoyer l'ascenseur pour la deuxième équipe, et pareil pour la suivante.

— Okay.

Quintana ne perdit pas de temps à discuter. Il choisit huit hommes auxquels il ordonna de monter dans la cabine avec Pitt. Juste avant que la porte se referme, il lança :

— Et vous, tâchez de rester en vie, nom de Dieu !

La montée parut durer une éternité. Ils évitaient de se regarder. Certains s'épongeaient le visage, d'autres grattaient des démangeaisons imaginaires, mais tous avaient le doigt sur la détente.

L'ascenseur s'immobilisa enfin. La porte s'ouvrit en silence et les Cubains débouchèrent dans une salle occupée par une vingtaine d'officiers soviétiques du GRU dont quatre femmes, tous en uniforme. La plupart moururent à leurs bureaux, fauchés par la première salve sans se rendre compte de ce qui leur arrivait. La pièce, avec ses murs éclaboussés de sang, se transforma aussitôt en un véritable charnier.

Pitt ne prit pas le temps d'en voir plus. Il appuya sur le bouton et, seul, se prépara à affronter Velikov. Il se plaqua contre la paroi du fond, l'arme au poing. Les portes s'écartèrent. Le spectacle qui l'attendait dans le bureau du général le remplit d'un mélange de joie sauvage et de rage folle.

Sept officiers du GRU, installés en demi-cercle, regardaient avec fascination Foss Gly donner libre cours à son sadisme. Ils paraissaient ne même pas entendre le bruit étouffé de la fusillade qui se déroulait à l'étage en dessous, leurs sens émoussés, semblait-il, par le contenu de plusieurs bouteilles de vin.

Rudi Gunn était allongé au sol. Son visage n'était plus qu'une plaie et il s'efforçait désespérément, dans un dernier sursaut de fierté, d'afficher une expression de mépris. L'un des Russes braquait un petit automatique sur Giordino, ensanglanté, qui était attaché à une chaise métallique. Le petit Italo-Américain, tassé sur lui-même, secouait lentement la tête comme pour essayer de s'éclaircir la vue et de soulager ses souffrances. L'un des hommes lui décocha un violent coup de pied dans les côtes, le renversant par terre. Raymond LeBaron, lui, était assis près de Gly, légèrement en retrait. Le financier jadis si dynamique, n'était plus qu'une sorte de zombie au regard vide. Gly en avait fait sa chose.

Quant à Jessie LeBaron, elle était à genoux au milieu de la pièce et dévisageait son tortionnaire d'un air de défi. Ses cheveux avaient été grossièrement coupés et elle serrait une couverture autour d'elle. D'horribles balafres zébraient ses jambes et ses bras, mais elle paraissait au-delà de la douleur, l'esprit comme ailleurs et, en dépit de sa pitoyable apparence, elle demeurait incroyablement belle, affrontant cette épreuve avec une admirable dignité.

Gly et les autres s'étaient retournés à l'arrivée de l'ascenseur, mais le croyant vide, avaient repris leur infâme jeu.

Au moment où les portes allaient se refermer, Pitt bondit dans la pièce et, avec un calme surhumain, le AK-74 à l'épaule, il ouvrit le feu.

La première rafale fut pour le Russe qui avait frappé Giordino. La seconde hacha la poitrine de l'officier couvert de médailles assis près de Gunn. La suivante faucha un groupe de trois hommes. Le canon de l'arme décrivit alors un arc de cercle pour se braquer sur Foss Gly, mais celui-ci avait réagi plus rapidement que les autres.

Le colosse s'était précipité sur Jessie et la tenait devant lui comme un bouclier. Pitt, dans son mouvement, avait permis au septième Soviétique de dégainer son automatique.

La balle fit voler en éclats la crosse de son arme et ricocha vers le plafond. Pitt brandit le AK-74 devenu inutilisable et fit un bond sur le côté au moment où l'automatique crachait pour la deuxième fois. Puis, tout sembla se dérouler au ralenti. L'officier du GRU pressa la détente, mais le coup n'eut pas le temps de partir. Le AK-74 fendit l'air et lui fracassa le crâne.

Pitt avait d'abord cru que le second projectile l'avait manqué, mais il sentit le sang couler d'une entaille à son oreille gauche. Il demeura figé sur place. La fureur bouillonnait en lui. Gly repoussa brutalement Jessie qui tomba sur la moquette.

Un sourire satanique naquit alors sur le visage pervers de la brute.

— Vous êtes donc revenu, fit-il avec une mine gourmande.

— Je ne vous savais pas si observateur et intelligent !

— Je vous avais promis que lors de notre prochaine rencontre vous alliez mourir lentement, très lentement, fit Gly d'un ton menaçant. Vous avez oublié ?

— Non, je n'ai pas oublié, répondit Pitt. J'ai même pensé à amener de quoi me défendre.

Il ne faisait aucun doute à son esprit que le colosse avait l'intention de le tuer à mains nues. Et il savait que son seul avantage, en dehors de la batte, était une absence totale de peur. Gly ne connaissait que des victimes impuissantes terrorisées par sa force brutale. Les lèvres de Pitt se tordirent à leur tour sur un sourire machiavélique et il s'avança sur le tortionnaire, voyant avec une froide satisfaction apparaître une lueur troublée dans le regard de son ennemi.

Il s'accroupit soudain et, avec l'agilité d'un félin, frappa de toutes ses forces. La batte atteignit Gly au genou et lui brisa la rotule. Le colosse gémit, mais ne tomba pas. Il récupéra sur-le-champ et se rua sur son adversaire, stoppé par un nouveau coup à la poitrine. Il étouffa un cri en tâtant ses côtes cassées.

Pitt se recula d'un pas.

— Le nom de Brian Shaw vous dit quelque chose ? demanda-t-il tranquillement.

L'expression de haine sur le visage de Gly fit place à la stupeur.

— L'agent britannique ? Vous le connaissiez ?

— Il y a six mois, je lui ai sauvé la vie à bord d'un remorqueur sur le Saint-Laurent. Vous vous rappelez ? Vous alliez l'achever quand je suis arrivé par-derrière et vous ai assommé*.

Pitt se réjouit en constatant qu'un éclair de rage brillait dans le regard de la brute.

— C'était donc vous ?

— Je tenais à ce que vous le sachiez avant de mourir, répliqua Pitt avec un sourire diabolique.

— C'est vous qui allez mourir !

Il n'y avait aucune trace de mépris ou de provocation dans la voix de Gly. Seulement une conviction absolue.

Les deux hommes commencèrent alors à tourner l'un autour de l'autre comme des boxeurs, Pitt brandissant sa batte et Gly traînant sa jambe blessée. Un silence irréel régnait dans la pièce. Gunn, noyé dans un océan de souffrance, voulut ramper vers l'automatique tombé au sol, mais son tortionnaire qui avait surpris le mouvement du coin de l'œil envoya l'arme hors de sa portée d'un coup de pied. Toujours attaché à sa chaise, Giordino se débattait entre ses liens, saisi d'une fureur impuissante tandis que Jessie, comme tétanisée, contemplait la scène avec une fascination morbide.

Pitt fit un pas en avant et il allait balancer sa batte quand il glissa dans une flaque de sang. Le coup qui aurait dû frapper Gly à la tempe dévia et le colosse, par réflexe, leva le bras pour amortir le choc avec ses biceps de lutteur.

* Voir *l'Incroyable Secret, op. cit.*

L'arme improvisée trembla entre les mains de Pitt comme si elle avait heurté un sac de sable. Gly s'empara de l'extrémité de la batte et la souleva, tel un haltérophile. Pitt s'agrippa de toutes ses forces et s'envola en l'air, projeté à travers le bureau contre une bibliothèque. Il s'écroula dans une avalanche de volumes reliés de cuir.

Jessie et les autres, désespérés, comprirent que le combat était perdu. Gly lui-même sembla se détendre et il prit tout son temps pour s'approcher de sa victime allongée au sol, savourant déjà son triomphe.

Soudain, il se figea. Pitt, en effet, se levait au milieu de la montagne de livres, un peu sonné et désorienté, prêt cependant pour la seconde manche. Les livres avaient amorti le choc. Il avait mal partout, mais ne souffrait d'aucune fracture. Il leva sa batte et la lança vers la figure grimaçante du colosse.

Il avait sous-estimé l'agilité de son adversaire, qui fit un pas sur le côté, écarta la batte du poing et parvint à saisir Pitt déséquilibré dans l'étau de ses bras puissants. Ce dernier se débattit et décocha un coup de genou dans l'entrejambe de Gly, un coup d'une rare violence qui serait venu à bout de tout autre homme que le colosse qui suffoqua un instant, cligna des yeux, puis accentua sa pression pour l'écraser contre lui.

Le visage de Gly était à quelques centimètres de celui de Pitt. L'homme ne paraissait pas le moins du monde éprouvé par cette lutte sans merci et sa bouche était tordue sur un ricanement sardonique. Il continuait à serrer.

Pitt avait les poumons en feu et il étouffait. Sa vision se brouilla. Il entendit Jessie pousser un hurlement, Giordino lui crier quelque chose. Sa poitrine menaçait d'exploser, mais son esprit demeurait étrangement clair et lucide. Il se refusait à accepter la mort et établissait froidement un moyen de lui échapper.

Il avait un bras libre tandis que l'autre, au bout duquel pendait toujours la batte de base-ball, était pris dans l'étreinte impitoyable du colosse. Le rideau noir tombait devant ses yeux pour la dernière fois. Il comprit que la fin n'était plus qu'une question de secondes quand il joua son va-tout.

Il leva la main à la hauteur du front de Gly et enfonça toute la longueur de son pouce dans l'œil de son tortionnaire, le lui vrillant dans le crâne jusqu'au cerveau.

Le ricanement du colosse s'effaça. Ses traits bestiaux se figèrent en un masque d'angoisse et de souffrance indicibles tandis qu'instinctivement il relâchait son étreinte pour porter la main à son visage avec un horrible cri.

Agonisante, la brute était encore debout, tournant dans la pièce comme un animal enragé. Pitt commençait à croire que le monstre était indestructible quand un bruit assourdissant vint couvrir les hurlements.

Une fois, deux fois, trois fois, calmement, froidement presque, Jessie pressa la détente du petit automatique. Les balles s'enfoncèrent dans le ventre de Gly qui recula sous l'impact en titubant, puis resta un instant immobile, pareil à une marionnette au bout d'un fil, avant de s'abattre enfin au sol comme un chêne vaincu. Son œil unique était ouvert, aussi noir et maléfique dans la mort qu'il l'avait été dans la vie.

Chapitre 56

Le commandant Gus Hollyman avait peur, horriblement peur. Pilote de carrière de l'US Air Force avec près de trente mille heures de vol derrière lui, il était tenaillé par le doute, et le doute était le pire ennemi du pilote. Le manque de confiance en soi, en son appareil, ou en les hommes au sol pouvait provoquer des catastrophes.

Il ne parvenait pas à imaginer que la mission d'abattre la navette spatiale *Gettysburg* fût autre chose qu'un exercice imaginé par quelque général fanatique des jeux de stratégie les plus insensés. Une simulation, se répéta-t-il pour la dixième fois. Ce ne pouvait être qu'une simulation et on le lui apprendrait à la dernière minute.

Hollyman contempla les étoiles par le cockpit de son chasseur F-15E et se demanda s'il obéirait vraiment à l'ordre de détruire la navette et son équipage.

Son regard revint se poser sur les cadrans qui luisaient devant lui. Son altitude dépassait juste 50 000 pieds. Il aurait moins de trois minutes pour s'approcher du vaisseau spatial en descente rapide et tirer un missile Modoc guidé par radar. Il révisa instinctivement la procédure, espérant de toutes ses forces qu'il n'aurait jamais à l'utiliser.

— Toujours rien ? demanda-t-il à son opérateur radar, un lieutenant du nom de Regis Murphy qui mâchouillait continuellement du chewing-gum.

— Non, répondit celui-ci. Les dernières données du centre spatial du Colorado la situaient à une altitude de 42 kilomètres, vitesse environ 9 600 kilomètres-heure, décroissante. Elle devrait atteindre notre secteur dans 5 minutes 40 secondes à une vitesse de 1 900 kilomètres-heure.

Le commandant se tourna pour scruter le ciel noir derrière lui. Il repéra la faible lueur des réacteurs des deux avions qui le suivaient.

— Bien reçu, Fox 2 ?

— Roger, Fox leader.

— Fox 3 ?

— Bien reçu.

Hollyman se sentait oppressé. Il n'avait pas consacré sa vie à défendre son pays et passé tant d'années à s'entraîner pour détruire d'un simple geste un vaisseau spatial désarmé transportant à son bord d'innocents savants. C'était impossible.

— Colorado Contrôle, ici Fox leader.

— Je vous écoute, Fox leader.

— Je demande l'autorisation de mettre fin à l'exercice. Terminé.

Il y eut un long silence, puis une voix s'éleva :

— Commandant Hollyman, ici le général Allan Post, vous me recevez ?

C'est donc lui, le général amateur de jeux de stratégie, se dit Hollyman.

— Oui, général, je vous reçois.

— Il ne s'agit pas d'un exercice. Je repète, il ne s'agit pas d'un exercice.

Le commandant ne mâcha pas ses mots :

— Vous réalisez ce que vous me demandez de faire, monsieur ?

— Je ne vous le demande pas, commandant. Je vous ordonne d'abattre *Gettysburg* avant qu'elle se pose à Cuba.

L'ordre de décoller avait dû être exécuté si rapidement qu'il n'y avait pas eu de temps pour un briefing complet. Cette révélation le laissa totalement abasourdi.

— Pardonnez-moi, général, mais vous agissez sur ordres supérieurs ? A vous.

— Des instructions venant du chef d'Etat-Major de la Maison-Blanche vous suffisent-elles ?

— Oui, répondit lentement Hollyman. Je pense que oui.

Mon Dieu, songea-t-il avec désespoir, c'est bien réel ?

***

— Altitude 35 kilomètres, 9 minutes avant atterrissage, lut Burkhart sur ses instruments à l'intention de Jurgens. Il y a des lumières sur notre droite.

— Qu'est-ce qui se passe, Houston ? demanda le commandant de la navette, les sourcils froncés. Où allez-vous nous poser ?

— Calmez-vous, répondit la voix impassible du directeur de vol Foley. Vous êtes sur la bonne trajectoire. On s'occupe de tout.

— Le radar et les instruments de navigation indiquent qu'on va droit sur Cuba. Vérifiez, je vous prie.

— Inutile, *Gettysburg,* vous êtes en approche finale.

— Houston, j'insiste. Je répète, où allez-vous nous poser ?

Pas de réponse.

— Ecoutez-moi, fit Jurgens avec détresse. Je passe en manuel.

— Pas question, Dave. Restez en auto. Tous les systèmes sont branchés sur le site d'atterrissage.

Le commandant serra les poings de frustration.

— Pourquoi ? s'écria-t-il. Pourquoi faites-vous ça ?

A nouveau pas de réponse.

Jurgens se tourna vers son copilote.

— Remettez les décélérateurs à zéro pour cent, ordonna-t-il. On passe en TAEM*. Je veux que ce vaisseau demeure en l'air le plus longtemps possible tant qu'on n'aura pas obtenu de réponses satisfaisantes.

— Vous ne faites que retarder l'inévitable de quelques minutes, répliqua Burkhart.

— On ne peut quand même pas rester là sans rien faire !

— La situation nous échappe, fit le copilote d'un air abattu. Nous n'avons pas d'autre endroit où nous poser.

* *Terminal aeria energy management :* manœuvre permettant de conserver la vitesse et l'altitude *(N.d.T.)*

***

Le vrai Merv Foley était assis devant une console du centre spatial de Houston, étouffant de rage. Son visage livide affichait une expression de totale incrédulité.

— On est en train de les perdre, balbutia-t-il en frappant du poing sur le bord de la console.

Irwin Mitchell, l'un des « membres fondateurs », était debout derrière lui.

— Nos spécialistes des communications font de leur mieux pour essayer de les contacter, dit-il.

— Mais c'est déjà trop tard, nom de Dieu ! s'écria Foley. Ils sont en approche finale. (Il se retourna et agrippa Mitchell par le bras.) Je vous en supplie, Irv, demandez au Président de les laisser se poser. Que les Russes s'emparent de la navette et de tout ce qu'ils trouveront à l'intérieur, mais pour l'amour du ciel, ne laissez pas ces hommes mourir !

Le regard de Mitchell erra sur les écrans de contrôle.

— Il n'y a pas d'autre solution, murmura-t-il.

— Ces colons, ce sont vos amis. Après tout ce qu'ils ont accompli, après toutes ces années passées à lutter pour survivre dans un environnement hostile, vous ne pouvez pas faire ça !

— Vous ne connaissez pas ces hommes, Merv. Jamais ils ne permettraient que les fruits de tous ces efforts tombent entre des mains ennemies. Si Eli Steinmetz était à ma place, il n'hésiterait pas un instant à détruire *Gettysburg*.

Foley considéra Mitchell un long moment sans parler. Puis, accablé de douleur, il se tourna et enfouit son visage dans ses mains.

Chapitre 57

Jessie leva la tête, les yeux noyés de larmes. Elle tremblait à la fois de soulagement et d'horreur devant ce spectacle de mort. Pitt se contenta de l'enlacer sans rien dire, puis de lui ôter doucement le petit automatique des mains. Ensuite, il la relâcha, alla couper les liens de Giordino, donna une tape rassurante sur l'épaule de Gunn, et se dirigea vers la grande carte murale.

Il sonda le mur du poing, puis se recula et décocha un violent coup de pied à la hauteur de l'océan Indien. La porte dérobée céda et se rabattit avec fracas contre le mur.

— Je reviens tout de suite, lança-t-il avant de disparaître par le passage secret.

Le couloir était bien éclairé et tapissé d'une épaisse moquette. Il se rua en avant, pistolet au poing. La climatisation marchait, mais la sueur ruisselait sur son visage. Sans cesser de courir, il s'épongea le front.

Le sol des couloirs qui partaient sur la gauche comme sur la droite était en ciment et Pitt continua à longer le passage principal. Il vérifia le chargeur de l'automatique. Il était vide et il ne restait plus qu'une balle dans la chambre.

C'est alors qu'il aperçut un flot de lumière et entendit un murmure de voix devant lui. Il ralentit, s'approcha en silence d'une grille et passa la tête.

A quelques pas de lui se trouvait une sorte de balcon surplombant une vaste salle bourrée d'ordinateurs et de consoles au-dessus desquelles se dressaient deux larges écrans. Une dizaine de techniciens et d'ingénieurs surveillaient les équipements électroniques alors que cinq ou six autres semblaient engagés dans une conversation animée.

Quelques gardes en uniforme, les seuls présents, étaient tapis à un bout de la pièce, leurs armes braquées sur une lourde porte en acier. Un tir de barrage se déclencha de l'autre côté. Pitt comprit que Quintana et ses hommes étaient sur le point d'effectuer leur percée. Une formidable explosion retentit, suivie d'une pluie de débris tandis que la porte déchiquetée était arrachée de ses gonds.

Le nuage ne s'était pas encore dissipé que les Cubains chargeaient, lâchant rafale sur rafale. Les trois premiers tombèrent sous le feu des gardes soviétiques qui, aussitôt après, semblèrent se volatiliser sous un véritable déluge de balles. Le bruit était assourdissant, mais on entendait les cris des blessés. La plupart des techniciens s'étaient cachés sous les consoles dès le début de l'assaut. Ceux qui tentèrent de résister furent abattus sans pitié.

Pitt, le dos plaqué à la cloison, se glissa le long du balcon. Il aperçut à quelques pas de lui deux hommes accoudés à la balustrade qui, horrifiés, contemplaient le carnage. Il reconnut en l'un d'eux le général Velikov et s'approcha. Il n'avait parcouru qu'un ou deux mètres quand Velikov se retourna brusquement. Il dévisagea un instant Pitt d'un air interdit, puis ses yeux s'agrandirent et, chose incroyable, il sourit. Décidément, cet homme paraissait avoir des nerfs d'acier.

Pitt leva son automatique et visa soigneusement.

Velikov réagit avec la vivacité d'un chat. Une fraction de seconde avant que le coup parte, il projeta devant lui le personnage qui l'accompagnait.

La balle atteignit Lyev Maisky en pleine poitrine. Le directeur adjoint du KGB se raidit sous le choc, demeura un instant comme pétrifié de surprise, puis recula en titubant et bascula par-dessus la rambarde.

Pitt pressa machinalement la détente une seconde fois, mais l'arme était bien vide. En un geste dérisoire, il la lança en direction de Velikov qui n'eut aucun mal à l'écarter du bras.

Le général fit un petit signe de tête. Il semblait plus intrigué qu'alarmé.

— Vous êtes un homme très étonnant, monsieur Pitt, dit-il.

Puis, sans laisser à l'Américain le temps de répliquer, il plongea par l'ouverture d'une porte qu'il claqua derrière lui. Pitt se jeta contre le battant, mais trop tard. Velikov avait déjà tiré le verrou et celui-là, pas question de le faire sauter à coups de pied. Il réfléchit une fraction de seconde, puis pivota et dévala l'escalier descendant dans la salle.

Il traversa la pièce où régnait encore la confusion, enjambant les cadavres, et s'arrêta devant Quintana qui vidait le chargeur de son AK-74 sur une rangée d'ordinateurs.

— Laissez tomber ! lui hurla-t-il à l'oreille en désignant la console radio. Si vos hommes n'ont pas encore détruit l'antenne, je vais tenter d'entrer en contact avec la navette.

Le major abaissa son arme et le regarda.

— Les commandes sont en russe. Vous saurez vous en servir ?

— On peut toujours essayer, répondit Pitt.

Il s'installa devant la console et examina la forêt de lampes et de boutons marqués de caractères cyrilliques.

Quintana se pencha par-dessus son épaule.

— Vous ne trouverez jamais la bonne fréquence à temps.

— Vous êtes croyant ?

— Oui, pourquoi ?

— Alors, priez pour que ce truc soit déjà réglé sur la fréquence de la navette.

Pitt mit un des petits écouteurs dans son oreille, tourna une série de boutons jusqu'à obtenir une tonalité, puis régla le micro avant d'enfoncer une touche qu'il espérait de toutes ses forces être celle de transmission.

— Allô, *Gettysburg,* vous me recevez ? A vous.

Puis il appuya sur le bouton qui, là il en était sûr, commandait la réception.

Rien.

Il recommença une fois, deux fois.

— *Gettysburg,* vous me recevez ? A vous.

Il pressa une quatrième touche.

— *Gettysburg, Gettysburg,* je vous en conjure, répondez ! fit-il d'un ton suppliant. Vous me recevez ? A vous.

Un long silence, puis :

— Ici *Gettysburg*. Qui êtes-vous, nom de Dieu ? A vous.

Cette voix qui lui parvenait si clairement désarçonna un instant Pitt. Il lui fallut près de trois secondes avant de répondre :

— Peu importe. Je m'appelle Dirk Pitt, mais pour l'amour du ciel, *Gettysburg*, changez de cap. Je répète, changez de cap. Vous vous dirigez en plein sur Cuba.

— Comme si on ne le savait pas ! répliqua Jurgens. Je ne peux pas garder ce coucou en l'air plus de quelques minutes et il faut qu'on se pose sur la piste la plus proche. Nous n'avons plus le choix.

Pitt ne réagit pas tout de suite. Il ferma les yeux et s'efforça de réfléchir. Une idée émergea.

— *Gettysburg,* vous pourriez atteindre Miami ?

— Négatif. A vous.

— Alors, essayez la base navale de Key West à la pointe de la Floride.

— Bien reçu. Nos ordinateurs la donnent à seize kilomètres au nord-est. Pratiquement aucune chance. A vous.

— Mieux vaut atterrir dans l'eau qu'entre les mains des Russes.

— Facile à dire pour vous. J'ai plus d'une dizaine de passagers à bord. A vous.

Pitt hésita un instant. Le sort de ces hommes dépendait de lui. Il trancha :

— *Gettysburg,* allez-y ! Droit sur Key West !

Il ne pouvait pas le savoir, mais le commandant de la navette était sur le point de prendre la même décision.

— Pourquoi pas ? Après tout, à part la vie, on n'a rien à perdre. Croisez les doigts.

— Je vais couper la liaison et vous pourrez à nouveau entrer en communication avec Houston, annonça Pitt. Bonne chance, *Gettysburg.* Terminé.

Il demeura un long moment sans bouger, complètement vidé. Un étrange silence planait dans la salle dévastée, brisé seulement par le gémissement des blessés. Il leva les yeux sur Quintana et eut un faible sourire. Son rôle dans l'affaire était achevé. Il ne lui restait plus qu'à récupérer ses amis et rentrer à Washington.

Un coin de son esprit, pourtant, demeurait fixé sur La Dorada.

Chapitre 58

Gettysburg glissait dans la nuit et formait une cible parfaite. Ses moteurs coupés ne dégageaient aucune lueur, mais elle était éclairée par ses feux de navigation. Elle ne se trouvait qu'à quelques centaines de mètres devant le chasseur de Hollyman, légèrement en dessous. Le commandant savait à présent que plus rien ne pouvait sauver la navette et les hommes à son bord. D'ici une poignée de secondes, elle exploserait dans un geyser de flammes.

Hollyman vérifia ses instruments. Tout était prêt. L'ordinateur de bord suivait le vaisseau spatial en affichant sa trajectoire et il ne lui restait pratiquement plus qu'à appuyer sur un bouton.

— Colorado Contrôle, suis verrouillé sur cible.

— Compris, Fox leader. Quatre minutes avant atterrissage. Commencez votre attaque.

Le commandant était déchiré par le doute. Il éprouvait un tel sentiment de révolte qu'il était dans l'incapacité physique de bouger, bloqué par l'horreur de l'acte qu'il allait commettre. Il avait conservé dans un coin de son esprit l'espoir absurde que tout cela n'était qu'une monstrueuse erreur et que *Gettysburg*, pareille à un condamné sur le point d'être exécuté, dans quelque vieux film, serait sauvée à la dernière minute par une grâce présidentielle.

Sa carrière dans l'US Air Force prendrait fin aujourd'hui même. Certes, il ne faisait qu'obéir aux ordres, mais il demeurerait pour tout le monde celui qui avait descendu *Gettysburg* et son équipage. Il éprouvait un mélange de peur et de rage, se refusant à accepter ce tour du destin qui l'avait fait choisir comme bourreau. Il maudit à voix basse tous ces civils qui prenaient les décisions militaires et l'avaient amené à ce terrible instant.

— Répétez, Fox leader. La communication n'était pas claire.

— Rien, Contrôle, rien.

— Qu'est-ce que vous attendez ? demanda le général Post. Passez immédiatement à l'attaque.

La main de Hollyman effleura le bouton de tir.

— Que Dieu me pardonne, murmura-t-il.

Soudain, les chiffres indiquant la trajectoire de la navette changèrent. Le commandant les étudia un instant, puis regarda en direction de *Gettysburg*. Elle paraissait rouler sur elle-même.

— Colorado Contrôle ! hurla-t-il dans son micro. Ici Fox leader. *Gettysburg* a modifié son approche. Vous me recevez ? *Gettysburg* vire sur la gauche et prend au nord !

— Bien reçu, Fox leader, confirma Post avec un immense soupir de soulagement. Nous avons le changement de trajectoire sur nos écrans. Prenez position et continuez à suivre la navette. Ces hommes vont avoir besoin du maximun de soutien moral.

— Avec plaisir, fit Hollyman d'une voix joyeuse. Avec plaisir.

*
**

Un lourd silence s'était abattu dans la salle de contrôle du centre spatial de Houston. Ignorants du drame qui avait failli se jouer avec l'intervention de l'Air Force, les quatre contrôleurs ainsi qu'une foule croissante de savants et d'administrateurs de la NASA sentaient peser sur leurs épaules tout le poids de la défaite. Les écrans indiquaient bien le brusque virage au nord de la navette, mais il s'agissait sans doute d'une simple préparation en vue de l'atterrissage.

Soudain, la voix de Jurgens s'éleva en grésillant. Tous sursautèrent.

— Houston, ici *Gettysburg*. Vous me recevez ? A vous.

Les vivats et les applaudissements éclatèrent alors dans la salle de contrôle. Merv Foley réagit aussitôt pour répondre :

— Bien reçu, *Gettysburg*. Vous voilà donc de retour au bercail.

— C'est au vrai Merv Foley que je parle ?

— S'il y en a un autre, j'espère qu'on va bientôt lui mettre la main dessus avant qu'il signe une flopée de chèques à mon nom !

— Okay, vous êtes bien Foley.

— Où en est la situation, Dave ?

— Vous nous avez sur vos écrans ?

— Tous les systèmes à part les communications et le guidage ont continué à fonctionner depuis votre départ de la station orbitale.

— Vous savez donc que notre altitude est de 44 000 pieds et notre vitesse de 1 800 kilomètres-heure. On va tenter de se poser sur la base navale de Key West. A vous.

Foley, le visage tendu, se tourna vers Irwin Mitchell.

Celui-ci hocha la tête, puis lui donna une petite tape sur l'épaule en déclarant :

— Allez, on va tout faire pour ramener nos gars à la maison.

— Elle est à près de 600 kilomètres de nous, fit Foley d'une voix accablée. On se retrouve avec un vaisseau de 100 tonnes qui descend de 10 000 pieds à la minute avec une trajectoire sept fois plus abrupte que celle de n'importe quel avion de ligne. On n'y arrivera jamais.

— En tout cas, on va essayer, répliqua Mitchell. Bon, dites-leur qu'on s'en occupe. Et tâchez de paraître confiant.

— Confiant ? (Foley respira un grand coup, puis appuya sur la touche de transmission.) Okay, Dave, on va vous poser sur Key West. Vous êtes en TAEM ? A vous.

— Affirmatif. On fait des miracles pour garder de l'altitude. Il va falloir retarder notre procédure normale d'approche pour tenir compte de la distance supplémentaire. A vous.

— Compris. Toutes les unités aériennes et maritimes de la région sont mises en état d'alerte.

— Ce ne serait peut-être pas une mauvaise idée de prévenir la Navy qu'on débarque pour le petit déjeuner.

— On s'en occupe, fit Foley. Restez à l'écoute.

Il regarda sa console. *Gettysburg* était descendue à moins de 39 500 pieds et il lui restait encore 130 kilomètres à parcourir.

Mitchell s'avança, les yeux rivés sur l'écran géant qui affichait la trajectoire de la navette. Il mit ses écouteurs et appela Jurgens.

— Dave, ici Irwin Mitchell. Repassez en auto. Compris ? A vous.

— Compris, Irv, mais ça ne me plaît pas.

— Il vaut mieux que ce soit les ordinateurs qui prennent l'approche en charge. Vous pourrez repasser en manuel à quinze kilomètres de l'atterrissage.

— Okay, terminé.

Foley leva la tête.

— Ils peuvent réussir ? demanda-t-il simplement.

— Si le vent n'est pas trop capricieux, ils ont une chance infime. Mais s'il tourne ne serait-ce qu'un tout petit peu, ils se crashent.

***

Tout était calme dans le poste de pilotage de *Gettysburg*. Le temps manquait pour la peur. Jurgens suivait attentivement la trajectoire de descente sur les écrans des ordinateurs. Il faisait jouer ses doigts comme un pianiste avant un concert, prêt à prendre le contrôle manuel des opérations pour les ultimes manœuvres.

— On a une escorte, annonça Burkhart.

Pour la première fois depuis des heures, le commandant quitta ses instruments des yeux pour regarder par le hublot. Il aperçut un F-15 qui volait à côté d'eux à environ deux cents mètres. Le pilote, à ce moment-là, alluma ses feux de navigation et fit basculer ses ailes. Deux autres appareils suivaient à courte distance. Jurgens régla sa radio sur une fréquence militaire.

— Vous venez d'où, les gars ? demanda-t-il.

— On se baladait dans le coin à la recherche d'une boîte sympa et on est tombé sur votre machine volante, répondit Hollyman. On peut vous aider ? A vous.

— Vous avez un câble de remorquage ? A vous.

— On vous le lance tout de suite !

— En tout cas, merci pour votre présence. Terminé.

Le commandant de la navette se sentit un peu réconforté. S'ils n'arrivaient pas à atteindre Key West et devaient se payer un petit plongeon dans la mer, les pilotes des chasseurs pourraient au moins indiquer leur position aux équipes de sauvetage. Il reporta son attention sur les écrans en se demandant vaguement pourquoi Houston ne les avait pas encore mis en communication avec la base navale.

⁂

— Qu'est-ce que ça veut dire, Key West est en panne ? hurla Mitchell au technicien livide qui se tenait à côté de lui, le téléphone à la main.

Sans attendre sa réponse, il s'empara de l'appareil.

— Qui êtes-vous ? aboya-t-il.

— Capitaine de corvette Redfern.

— Vous vous rendez bien compte de la gravité de la situation ?

— On nous a expliqué, monsieur, mais nous n'y pouvons rien. Un camion-citerne s'est écrasé dans l'après-midi contre un pylône et les lignes sont coupées. Nous sommes dans le noir.

— Et les générateurs de secours ?

— Ils ont fonctionné six heures et se sont arrêtés à la suite d'ennuis mécaniques. On est en train de les réparer et ils devraient repartir d'ici une heure.

— Ce sera bien trop tard ! s'écria Mitchell. *Gettysburg* est à moins de deux minutes. Comment pouvez-vous les guider pour l'approche finale ?

— Nous ne le pouvons pas, répondit Redfern. Tous nos équipements sont en panne.

— Dans ce cas, éclairez la piste avec les phares des voitures et des camions, tout ce que vous trouverez.

— Nous ferons de notre mieux, monsieur, mais nous n'avons que quatre hommes disponibles à cette heure de la nuit. Désolé.

— Vous n'êtes pas le seul à être désolé, répliqua Mitchell en raccrochant brutalement.

⁂

— On devrait voir la piste, déclara Burkhart avec une pointe d'inquiétude. J'aperçois les lumières de la ville, mais aucun signe du terrain d'aviation.

Pour la première fois, une goutte de sueur perla sur le front de Jurgens.

— Bizarre quand même qu'on n'ait pas de nouvelles de leur tour de contrôle.

A cet instant, la voix tendue de Mitchell s'éleva :

— *Gettysburg,* la base de Key West a une panne de courant. Ils vont essayer de baliser la piste avec des phares. On dirige votre approche par l'est. Votre piste fait 2 100 mètres. Si vous êtes trop longs, vous terminez dans un parc d'attractions. Compris ? A vous.

— Compris, Houston.

— Vous êtes à 11 300 pieds, Dave. Vitesse 650. Une minute, 10 secondes et 9 600 mètres avant atterrissage. Passez en pilotage manuel. A vous.

— Okay, passons en manuel.

— Vous avez la piste en visuel ?

— Toujours rien.

— Pardon de vous interrompre, *Gettysburg.*(C'était Hollyman qui intervenait sur la fréquence de la NASA.) Mais je pense que mes gars et moi pouvons jouer les ouvreurs. On passe devant et on vous montre le chemin.

— Merci, vieux, fit Jurgens avec soulagement.

Il regarda les F-15 accélérer, puis pointer leur nez vers Key West. Ils restèrent bien en ligne et allumèrent leurs projecteurs. Les puissants rayons n'éclairèrent tout d'abord que de l'eau, puis des salants, et enfin accrochèrent la piste de la base navale.

Le visage de Jurgens se crispa de concentration. La navette obéissait à ses instructions, mais elle n'avait pas été conçue pour glisser dans l'air comme un planeur. Burkhart lui annonçait la vitesse et l'altitude à haute voix pour lui permettre de se consacrer au seul pilotage.

— *Gettysburg,* vous êtes à 300 pieds en dessous du minimum, déclara alors Foley.

— Si j'essaye de remonter, elle décroche.

La piste semblait ne devoir jamais arriver. Le vaisseau spatial n'en était plus qu'à six kilomètres, mais elle paraissait infiniment plus éloignée. Jurgens croyait pouvoir réussir. Il fallait qu'il réussisse. Toute sa volonté était tendue vers cet unique objectif.

— Vitesse 510, altitude 1 600, piste à 3 milles, signala Burkhart d'une voix un peu rauque.

Jurgens distinguait maintenant les gyrophares des ambulances et des voitures de pompiers. Les chasseurs étaient au-dessus de lui, éclairant de leurs projecteurs le ruban de béton large de 60 mètres.

La navette descendait trop vite. Son commandant la redressa autant qu'il l'osa. Les feux d'atterrissage illuminèrent le rivage à moins de 90 pieds en dessous. Il attendit la dernière seconde pour sortir le train et retint son souffle, espérant contre toute attente que les roues allaient mordre le béton.

Les salants défilèrent sous la navette. Burkhart s'agrippa à son siège et énuméra comme une litanie les chiffres qui allaient en décroissant :

— Vitesse 330. Altitude 10 pieds... 5 pieds... 3 pieds... 2 pieds... un, contact !

Les quatre énormes pneus s'écrasèrent sur la piste dans un nuage de fumée à tout juste une dizaine de mètres de l'endroit où elle commençait. Jurgens abaissa alors lentement le nez de la navette jusqu'à ce que la roue avant touche à son tour le béton, puis il enclencha les freins. Le vaisseau spatial s'immobilisa à moins de trois cents mètres du bout de la piste.

— Ils ont réussi ! s'écria Hollyman dans sa radio.

— *Gettysburg* à Houston Contrôle, déclara Jurgens avec un profond soupir de soulagement. Atterrissage terminé.

— Formidable ! Formidable ! s'exclama Foley.

— Félicitations, Dave, ajouta Mitchell. Personne n'aurait pu mieux faire.

Burkhart se tourna vers Jurgens et se contenta de lever le pouce en l'air. Le commandant de la navette resta immobile, savourant cette victoire acquise contre toute probabilité. Il laissa un instant son esprit vagabonder et se surprit à se demander qui était ce Dirk Pitt. Puis il pressa la touche de l'interphone.

— Monsieur Steinmetz ?

— Oui, commandant ?

— Bienvenu sur la terre. Nous sommes arrivés.

Chapitre 59

Pitt regagna le bureau de Velikov et comprit aussitôt qu'il se passait quelque chose. Tout le monde entourait Raymond LeBaron, étendu par terre. Jessie lui tenait la main en lui parlant doucement. Gunn leva les yeux en voyant Pitt approcher et secoua la tête.

— Qu'est-ce qui est arrivé ?

— Il a voulu bondir sur ses pieds pour t'aider et a reçu la balle qui t'a entaillé l'oreille, répondit Giordino.

Pitt examina le milliardaire mortellement blessé. Ses vêtements, à la hauteur de l'abdomen, étaient imbibés de sang. Il y avait encore une étincelle de vie dans ses yeux qui étaient fixés sur le visage de sa femme, mais son souffle se faisait de plus en plus court et rauque. Il tenta de se soulever pour dire quelque chose, mais n'y parvint pas et retomba.

Pitt vint lentement s'agenouiller à côté de Jessie. Elle se tourna vers lui. Les larmes ruisselaient sur ses joues. Il la regarda un instant, trop épuisé pour trouver les mots qui convenaient.

— Raymond a essayé de vous sauver la vie, fit-elle d'une voix étranglée. Je savais qu'ils ne parviendraient pas à le soumettre entièrement. Il a fini par réagir.

LeBaron eut une quinte de toux. Il leva sur Jessie des yeux déjà voilés et, le visage exsangue, lâcha dans un murmure :

— Prends soin d'Hilda.

Il n'eut pas le temps d'en dire plus. Des explosions retentirent, venant des niveaux inférieurs, et les murs de la pièce se mirent à trembler. Le commando de Quintana avait commencé à détruire les équipements électroniques de la base. Ils devraient bientôt avoir tous quitté l'île et il n'était pas question d'emmener LeBaron avec eux.

Pitt pensa aux nombreux articles de journaux et de magazines qui avaient présenté cet homme en train d'agoniser sur la moquette du bureau comme un financier puissant capable de faire ou de défaire les dirigeants des grandes entreprises ou les hommes politiques proches du pouvoir, un sorcier des marchés boursiers, un homme froid et vindicatif dont l'ascension était pavée des cadavres des concurrents qu'il avait ruinés et de leurs milliers d'employés jetés à la rue. Il avait tout cela en mémoire, mais il ne voyait plus qu'un homme vieillissant, au bord de la tombe, un type qui avait volé la femme de son meilleur ami avant de l'assassiner pour s'emparer de sa part d'un trésor. Il n'éprouvait pas le moindre sentiment de pitié pour ce personnage.

Le fil qui maintenait encore LeBaron en vie allait se rompre. Pitt se pencha et plaça ses lèvres contre son oreille.

— La Dorada, chuchota-t-il. Qu'est-ce que vous en avez fait ?

Le mourant tourna un peu la tête et une lueur brilla une fraction de seconde dans son regard tandis que son esprit déjà lointain se reportait au passé. Il rassembla ses forces pour murmurer quelques mots qui furent ses dernières paroles.

— Qu'est-ce qu'il a dit ? demanda Giordino.

— Je ne suis pas sûr, répondit Pitt, perplexe. Une phrase comme « le site même ».

***

Pour les Cubains de l'autre côté de la baie, les détonations devaient ressembler à des coups de tonnerre et personne n'y prêta attention. Il n'y avait ni colonnes de fumée, ni flammes pour éveiller leur curiosité. Les bruits parvenaient étrangement étouffés pendant que le complexe était systématiquement démoli de l'intérieur. Même la destruction tardive de la grande antenne passa inaperçue.

Pitt aida Jessie à marcher jusqu'à la plage. Il était en compagnie de Giordino et de Gunn que les Cubains portaient sur une civière. Quintana les rejoignit et, abandonnant toute prudence, braqua une petite torche sur le visage de l'Américain.

— Vous feriez mieux de mettre un pansement à cette oreille.

— Vous savez, je crois que je survivrai.

— J'ai laissé deux hommes derrière moi. Ils sont enterrés à un endroit où on ne les retrouvera jamais. Mais on est quand même plus nombreux qu'à l'aller. Il va falloir que certains d'entre nous prennent des passagers sur leur Dasher. Dirk, vous vous occupez de madame LeBaron. Monsieur Gunn peut venir avec moi. Et le sergent López peut...

— Le sergent peut partir seul, le coupa Pitt.

— Seul ?

— Nous aussi, nous laissons un homme derrière nous.

Le major examina le petit groupe à la lueur de sa lampe.

— Raymond LeBaron ?

— Oui.

Quintana haussa les épaules avec fatalisme, s'inclina légèrement devant Jessie et se borna à un « désolé » avant de rassembler ses hommes pour le voyage de retour.

Pitt attira Jessie contre lui et murmura :

— Ainsi, il vous a demandé de prendre soin de sa première femme, Hilda, qui est toujours en vie.

Il ne put lire la surprise sur son visage, mais il la sentit sursauter.

— Comment pouvez-vous être au courant ? lança-t-elle d'un ton incrédule.

— Je lui ai parlé il y a quelques jours.

Elle ne réclama pas de détails, se contentant d'expliquer :

— Raymond et moi avons joué notre rôle de mari et femme, mais il n'a jamais pu ni divorcer, ni abandonner complètement Hilda.

— Un homme qui aimait deux femmes.

— D'une certaine façon, oui. Raymond était un requin dans le domaine des affaires, mais un agneau dans celui du cœur. Quand Hilda est tombée malade, il s'est senti perdu. Il avait besoin d'une femme sur laquelle s'appuyer. Il s'est servi de son influence pour simuler sa mort et la placer dans une maison de retraite sous le nom de son premier mari.

— Le signal de votre entrée en scène.

Pitt n'avait pas l'intention d'être tendre.

— J'étais déjà dans sa vie, répliqua-t-elle sans paraître blessée. J'étais rédactrice au *Prosperteer*. Raymond et moi avions une liaison depuis des années. Nous étions bien ensemble. Sa proposition sonnait comme une association financière, un faux mariage pour les apparences, mais qui est bientôt devenu beaucoup plus que ça. Vous me croyez ?

— Je n'ai pas à juger, répondit calmement Pitt.

Quintana se détacha de l'ombre et posa la main sur son bras.

— On y va, murmura-t-il. Je prends le récepteur radio et j'ouvre le chemin.

Il s'approcha de Jessie et reprit :

— D'ici une heure, vous serez en sûreté. Vous tiendrez le coup ?

— Oui, ça ira, merci.

On tira les Dasher des broussailles pour les mettre à l'eau. Sur l'ordre du major, les hommes enfourchèrent les machines et glissèrent sur les flots noirs. Cette fois, c'était Pitt qui fermait la marche tandis que Quintana, coiffé d'un casque, se dirigeait selon les instructions transmises depuis le sous-marin par le colonel Kleist.

Ils laissaient derrière eux une île dévastée. La base ultra-secrète n'était plus qu'un amas de blocs de béton. Les équipements électroniques et le mobilier fumaient encore au cœur d'un volcan agonisant enfoui sous le sable blanc des plages tropicales. L'antenne géante, irréparable, était réduite en milliers de morceaux de métal tordus. D'ici quelques heures, des centaines de soldats russes conduits par les agents du GRU viendraient fouiller les ruines à la recherche de preuves permettant d'identifier les responsables de la destruction du complexe. Et tout ce qu'ils allaient trouver désignerait Fidel Castro et non la CIA.

Pitt ne quittait pas des yeux la lumière bleue du Dasher qui le précédait. La petite embarcation se soulevait sur les vagues et le poids de Jessie les ralentissait de sorte qu'il devait accélérer à fond pour garder le contact.

Ils avaient parcouru environ un mille quand Pitt sentit l'étreinte de Jessie se relâcher autour de sa taille.

— Ça va ? demanda-t-il.

Pour seule réponse, il y eut le contact froid d'un objet métallique contre son dos. Il baissa lentement la tête pour regarder sous son bras. C'était bien d'un automatique qu'on le menaçait, un 9 mm Makarov, et la main qui le tenait ne tremblait pas.

— Puis-je savoir ce qui vous prend ? demanda-t-il avec une surprise non feinte.

— Un changement dans nos plans, répondit-elle d'une voix basse et tendue. Vous n'avez fait que la moitié du boulot.

***

Kleist arpentait le pont du submersible pendant qu'on hissait à bord les hommes du commando et que les Dasher disparaissaient par une large écoutille. Quintana attendit qu'il n'y eût plus personne dans l'eau pour rejoindre le colonel.

— Comment ça s'est passé ? demanda anxieusement celui-ci.

— Le succès de l'année, comme on dit sur Broadway. La base est entièrement détruite. Vous pouvez informer Langley que le GRU est hors circuit.

— Bon travail, le félicita Kleist. Vous aurez droit à une belle prime et à de longues vacances. Cadeau de Martin Brogan.

— C'est à Pitt que revient presque tout le mérite de l'opération. Il nous a conduits droit au but sans laisser le temps aux Russes de réagir. Et c'est également lui qui a réussi à prévenir la navette par radio.

— Pas mal pour un civil, fit le colonel, laconique. Et le général Velikov ?

— Présumé mort. Disparu sous les décombres.

— Des pertes ?

— Deux hommes. (Le major marqua une pause.) Et aussi Raymond LeBaron.

— Le Président ne va pas être content en apprenant cette nouvelle.

— C'était plutôt un accident. Il a fait une tentative désespérée pour sauver la vie de Pitt et a reçu la balle qui lui était destinée.

— Ainsi ce vieux bandit est mort en héros. (Kleist s'avança au bord du pont et son regard se perdit dans les ténèbres.) Et Pitt ?

— Légèrement blessé. Rien de grave.

— Madame LeBaron ?

— Quelques jours de repos, un peu de maquillage pour cacher ses bleus et il n'y paraîtra plus.

Le colonel se retourna brusquement.

— Quand les avez-vous vus pour la dernière fois ?

— En partant de la plage. Pitt l'avait prise sur son Dasher. J'ai été assez doucement pour leur permettre de suivre.

Une lueur d'angoisse apparut dans le regard de Kleist.

— Pitt et madame LeBaron ne sont pas à bord, fit-il d'une voix qui trahissait son inquiétude.

— C'est impossible ! s'exclama Quintana. Je suis monté le dernier !

— Ils doivent être encore quelque part entre l'île et nous, affirma le colonel. Mais Pitt n'a pas de radio et nous ne pouvons pas le guider.

Le major s'épongea le front.

— C'est de ma faute. J'étais responsable d'eux.

— Peut-être, ou peut-être pas. S'il avait eu un pépin, si son Dasher était tombé en panne, il aurait appelé et vous n'auriez pas manqué de l'entendre.

— On pourrait essayer de les localiser avec le radar, proposa Quintana sans trop y croire.

Kleist serra les poings.

— Il faut se dépêcher. C'est du suicide de traîner plus longtemps dans le coin !

Le Cubain et lui se précipitèrent vers la salle de contrôle. L'opérateur radar était assis devant un écran vide. Il leva les yeux sur les deux officiers qui s'approchaient, le visage inquiet.

— Déployez l'antenne, lui ordonna le colonel.

— Mais on va se faire repérer par tous les radars de la côte cubaine ! protesta l'opérateur.

— Obéissez !

Au-dessus d'eux, une section du pont s'ouvrit et une antenne directionnelle se déplia au bout d'un mât télescopique qui se dressait à près de quinze mètres dans les airs.

Les trois hommes avaient les yeux rivés sur l'écran qui s'allumait.

— Qu'est-ce qu'on cherche ? demanda l'opérateur.

— Deux personnes portées manquantes, répondit Quintana.

— Elles donneraient un écho trop petit pour apparaître à l'écran.

— Et un agrandissement par ordinateur ?

— On peut tenter le coup.

— Alors, allez-y.

Trente secondes plus tard, l'opérateur secouait la tête.

— Rien dans un rayon de deux milles.

— Passez à cinq.

— Toujours rien.

— Dix.

L'opérateur n'étudiait plus l'écran radar, mais l'image fournie par l'ordinateur.

— J'ai un petit objet qui pourrait correspondre, annonça-t-il soudain. Neuf milles par sud-ouest.

— Ils ont dû se perdre, murmura Kleist.

— Il faudrait qu'ils soient aveugles ou vraiment stupides, fit l'opérateur. Le ciel est clair et n'importe quel boy-scout sait où se trouve l'étoile polaire !

Quintana et Kleist échangèrent un regard stupéfait, incapables d'admettre ce que tous deux pourtant savaient être la vérité. Le colonel fut le premier à poser la question qui leur brûlait les lèvres :

— Pourquoi ? fit-il d'une voix sourde. Pourquoi auraient-ils choisi de se rendre délibérément à Cuba ?

[illegible]

— [illegible] pas [illegible] pouvait correspondre [illegible] [illegible] passé [illegible]

— Ils ont dû se parler, murmura Kent.

— Il faudrait qu'ils soient [illegible] [illegible]

Quintana et Silva échangèrent un regard stupéfait, incapables d'admettre que tous deux [illegible] [illegible] premier à poser la question qu'il [illegible] les lèvres :

— Pourquoi [illegible] ? [illegible]

CINQUIÈME PARTIE

L'AMY BIGALOW

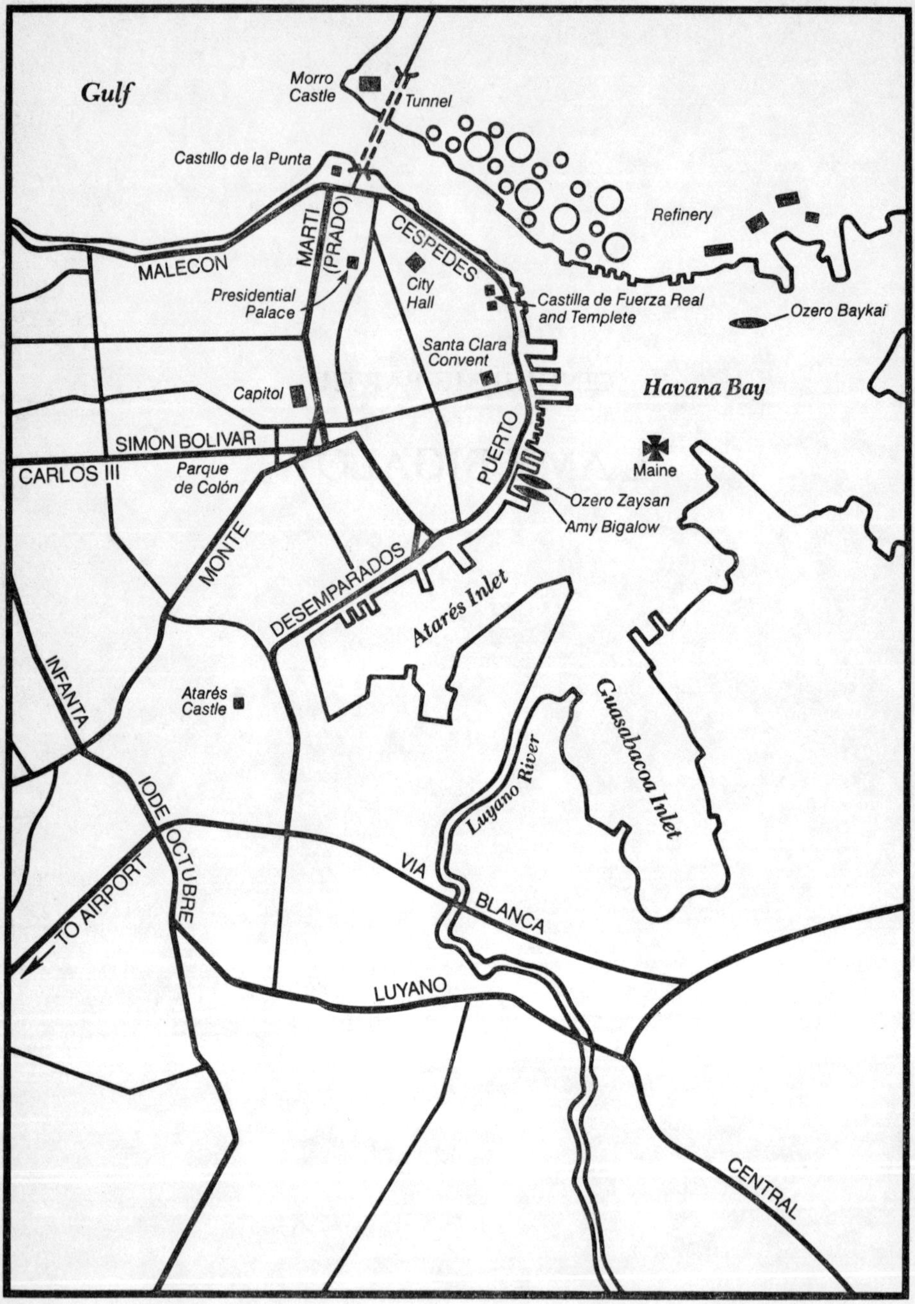

Gulf
Morro Castle
Tunnel
Castillo de la Punta
Refinery
MARTI (PRADO)
CESPEDES
MALECON
Presidential Palace
City Hall
Castilla de Fuerza Real and Templete
Ozero Baykai
Santa Clara Convent
Capitol
Havana Bay
SIMON BOLIVAR
PUERTO
Maine
CARLOS III
Parque de Colón
Ozero Zaysan
Amy Bigalow
MONTE
DESEMPARADOS
Atarés Inlet
INFANTA
Atarés Castle
Guasabacoa Inlet
Luyano River
IODE OCTUBRE
VIA BLANCA
TO AIRPORT
LUYANO
CENTRAL

Chapitre 60

6 novembre 1989,
côte nord de Cuba.

Pitt et Jessie évitèrent un patrouilleur cubain et se trouvaient à environ un demi-mille de l'île lorsque la batterie du Dasher les lâcha. Pitt ôta les bouchons des flotteurs et ils s'éloignèrent à la nage tandis que le scooter marin s'enfonçait et ne tardait pas à couler. Il garda aux pieds ses bottes de combat car il savait qu'elles lui seraient indispensables une fois à terre.

L'eau était chaude et la mer belle. Un croissant de lune brillait encore dans le ciel alors que le soleil allait se lever dans deux heures et la clarté était suffisante pour permettre à Pitt de distinguer Jessie. La jeune femme toussa comme si elle avait bu la tasse, mais elle semblait suivre sans trop d'efforts.

— On a la marée pour nous, lui lança-t-il. Dépêchons-nous avant qu'elle commence à descendre.

— Il va bientôt faire jour.

— Raison de plus pour atteindre le rivage le plus vite possible et nous cacher.

— Et les requins ?

— Ils ne prennent jamais leur petit déjeuner avant 6 heures du matin, répondit-il avec impatience. Maintenant, nagez et économisez votre souffle.

Ils adoptèrent un crawl puissant. Jessie était une excellente nageuse et Pitt s'émerveilla de sa faculté de récupération après toutes les épreuves qu'elle avait subies ces six derniers jours.

Elle n'avait pas dit pourquoi elle voulait se rendre à Cuba et Pitt ne lui avait rien demandé. Elle n'était pas folle et devait avoir une bonne raison de le faire. Cette femme avait des idées bien arrêtées et tout l'entêtement nécessaire pour les mettre en application. Il aurait facilement pu la désarmer en virant à fond sans prévenir et, de toute façon, il était à peu près sûr qu'elle n'aurait pas tiré s'il avait refusé de la conduire.

La situation amusait Pitt, et puis Jessie l'attirait. Sa curiosité avait été éveillée et il ne savait pas résister à la tentation de l'inconnu. Sans parler du trésor de La Dorada. En dépit des derniers mots plutôt sibyllins de

LeBaron, il était persuadé que la statue se trouvait quelque part à Cuba. Le seul petit problème, c'est qu'il risquait d'y laisser sa peau.

Il cessa de nager pour plonger. Il estima qu'il y avait à peu près trois mètres de fond. En remontant, il toucha sans le vouloir la jambe de Jessie. Elle poussa un hurlement, se croyant sans doute attaquée par un monstrueux requin.

— Chut ! souffla-t-il. Vous allez alerter toutes les patrouilles cubaines dans un rayon de dix kilomètres !

— C'était vous ! lâcha-t-elle avec un gémissement rauque.

— Parlez tout bas, lui chuchota-t-il à l'oreille. La voix porte beaucoup plus sur l'eau. On va se reposer un peu.

Elle se contenta de lui effleurer l'épaule pour indiquer qu'elle avait compris. Elle fit la planche pendant que Pitt, nageant sur place, scrutait les ténèbres. Le littoral cubain avec son étroite bande de sable blanc luisait dans le clair de lune. A environ trois kilomètres sur la droite, on apercevait les phares des voitures qui circulaient sur une route longeant la côte. A quelque distance de là brillaient les lumières d'un petit port.

Pitt ne distingua pas le moindre mouvement. Il fit signe à Jessie de le suivre, puis repartit, en brasse cette fois pour mieux regarder devant lui. Les silhouettes et les ombres prirent forme. Son pied toucha le fond et il se mit debout. L'eau lui arrivait à la poitrine.

— On a pied, chuchota-t-il.

Après un instant de silence, la jeune femme murmura avec un soupir de soulagement :

— Ouf, j'ai des bras et des jambes de plomb.

— Dès qu'on sera au bord de la plage, vous vous taisez et vous restez allongée pendant que je vais explorer les environs.

— Surtout, soyez prudent.

— Ne vous inquiétez pas, fit-il avec un large sourire. Je commence à être habitué. C'est la deuxième plage ennemie sur laquelle je débarque cette nuit.

— Ça ne vous arrive donc jamais d'être sérieux ?

— Si, quand la situation l'exige. Maintenant, par exemple. Passez-moi le pistolet.

Elle hésita.

— Je crois que je l'ai perdu.

— Vous croyez ?

— Quand on s'est mis à l'eau...

— Il vous a échappé.

— Il m'a échappé, reconnut-elle.

— Vous ne pouvez pas savoir quel plaisir c'est de travailler avec vous, fit Pitt, proprement exaspéré.

Ils parcoururent en silence la courte distance qui restait. Quand il n'y eut plus que quelques centimètres d'eau, Pitt demanda d'un geste à Jessie de demeurer sur place. Pendant une bonne minute, il scruta les alentours, tous les sens en alerte, puis, sans un mot, bondit sur ses pieds, courut sur le sable et disparut dans les ténèbres.

Jessie lutta pour ne pas s'endormir. Epuisée, elle constata avec plaisir que ses souffrances dues aux tortures de Foss Gly commençaient à s'atténuer. La caresse du ressac sur son corps noué agissait comme un tranquillisant.

Soudain, elle se figea. Ses ongles griffèrent le sable mouillé et son cœur cogna à tout rompre dans sa poitrine.

Un mouvement s'était produit au milieu des buissons. A une dizaine de mètres d'elle, une masse sombre se détacha et s'avança le long de la plage, juste au bord de l'eau.

Ce n'était pas Pitt.

Le pâle clair de lune révéla la présence d'une silhouette en uniforme, un fusil à l'épaule.

Elle était comme paralysée, consciente de son impuissance. Elle chercha à s'incruster dans le sable, reculant dans l'eau millimètre par millimètre.

Le faisceau lumineux d'une puissante torche déchira brusquement la nuit. La sentinelle cubaine s'approcha, examinant le sol. Jessie eut alors la certitude que l'homme suivait des empreintes de pas. Elle en voulut terriblement à Pitt pour l'avoir ainsi abandonnée et avoir laissé derrière lui une piste qui conduisait droit sur elle.

Le Cubain n'était plus qu'à dix pas et il lui aurait suffi de tourner la tête pour l'apercevoir. Il cessa de balancer sa lampe afin de la braquer devant lui et étudier les traces que Pitt avait faites en s'élançant sur la plage. Il s'accroupit, dirigeant le rayon vers les broussailles puis, sans raison, pivota d'un bloc. La violente clarté éblouit Jessie.

Le Cubain, stupéfait, demeura une fraction de seconde immobile avant d'agripper le fusil automatique qu'il tenait en bandoulière et de mettre la jeune femme en joue. Trop terrifiée pour même crier, elle ferma les yeux comme si, par ce seul acte, elle allait effacer l'horreur de la situation et échapper à l'impact des balles.

Elle entendit un choc sourd, puis un gémissement. Les balles ne vinrent pas. Il régna un étrange silence et elle devina que la lumière s'était éteinte. Elle ouvrit les paupières et ne vit d'abord que deux jambes plantées dans l'eau avec, entre elles, le corps inanimé de la sentinelle allongé sur le sable.

Pitt se baissa et la releva doucement. Il lui caressa les cheveux en murmurant :

— Alors, je ne peux pas vous laisser une seconde sans que vous vous précipitiez dans les ennuis !

— Je me suis crue morte, balbutia-t-elle, calmant les battements de son cœur.

— Vous avez dû le croire au moins une dizaine de fois depuis que nous avons quitté Key West.

— Il faut du temps pour vaincre sa peur de la mort.

Pitt ramassa la torche du Cubain et entreprit de le déshabiller.

— Heureusement qu'il est plutôt petit. A peu près votre taille. Vous allez probablement flotter dans ses bottes, mais ça vaut mieux que l'inverse.

— Il est mort ?

— Non. Juste le cuir chevelu entaillé par la pierre. Il se réveillera dans quelques heures.

Elle fronça le nez en rattrapant le treillis que Pitt lui lançait.

— Il doit y avoir au moins une semaine qu'il n'a pas pris de bain !

— Lavez-le dans la mer et mettez-le mouillé. Et dépêchez-vous. Ce n'est pas le moment de jouer les grandes dames. La sentinelle du prochain poste de garde va commencer à s'inquiéter. La relève et le sergent ne vont pas tarder à arriver.

Cinq minutes plus tard, Jessie était en tenue de combat des forces armées cubaines. Pitt avait eu raison. Les bottes étaient trop grandes d'au moins deux pointures. Elle ramena ses cheveux mouillés sous la casquette, puis se tourna pour regarder Pitt qui revenait vers elle avec l'arme du Cubain et une feuille de palmier.

— Qu'est-ce que vous en avez fait ? demanda-t-elle.

— Je l'ai caché sous les buissons. (Il montra une lumière un peu plus loin sur la plage.) Les voilà. Ce n'est pas le moment de faire des châteaux de sable. Allez, venez !

Il la poussa vers les arbres et effaça leurs traces à l'aide de la feuille de palmier. Ils firent ainsi environ soixante-dix mètres, puis se mirent à courir au milieu de l'épaisse végétation, tenant à s'éloigner le plus possible du rivage avant le lever du jour.

Ils avaient parcouru près de huit kilomètres quand le ciel se teinta d'orange. Un champ de canne à sucre se dressait devant eux et ils le longèrent jusqu'à une route à deux voies. Ils marchèrent sur le bas-côté, se jetant dans les taillis chaque fois qu'une voiture ou un camion s'annonçait. Jessie faiblissait visiblement et sa respiration se faisait de plus en plus courte. Pitt s'arrêta, enroula son mouchoir autour de la torche et la dirigea sur le visage de la jeune femme. Nul besoin d'être un spécialiste de la médecine sportive pour s'apercevoir qu'elle était à bout. Il la prit par la taille et la guida en direction d'un fossé qui bordait la route.

— Reprenez votre souffle, je reviens tout de suite.

Il dégringola la pente vers le lit à sec d'une rivière qui serpentait au travers de basses collines couvertes de rochers et de pins rabougris. Le cours d'eau passait sous la chaussée à travers un tuyau de près d'un mètre de diamètre qui débouchait de l'autre côté dans une prairie clôturée. Il remonta sur la route et, prenant en silence Jessie par la main, il l'aida à descendre, puis braqua sa lampe à l'intérieur de la conduite.

— La seule chambre de libre en ville, fit-il d'un ton aussi enjoué que possible.

C'était certes loin de valoir un 4 étoiles, mais le fond incurvé de la conduite était tapissé d'une bonne couche de sable et constituait une cachette relativement sûre. Si les gardes lancés à leurs trousses parvenaient à suivre leurs traces jusqu'à la route, ils supposeraient qu'ils avaient été récupérés par une voiture qui les attendait.

Ils réussirent à trouver une position confortable dans cet espace réduit. Pitt installa le fusil et la lampe à portée de main, puis se détendit enfin.

— Bien, madame. Et si maintenant vous daigniez m'expliquer ce qu'on fait ici ? demanda-t-il.

Les mots résonnèrent contre les parois de ciment. Jessie ne répondit pas.

Oubliant son uniforme mouillé, ses pieds et ses articulations douloureuses, elle s'était endormie.

Chapitre 61

— Comment, tous morts ? s'exclama le chef du Kremlin, Georgi Antonov. La base entièrement rasée et aucun survivant ?

Polevoï hocha lourdement la tête.

— Le commandant du sous-marin qui a détecté les explosions et le colonel à la tête des forces de sécurité débarquées sur l'île ont confirmé qu'il n'y en avait aucun. Ils ont identifié le cadavre de mon adjoint Lyev Maisky, mais celui du général Velikov n'a pas encore été retrouvé.

— Est-ce que des documents ou nos codes secrets ont été emportés ?

Le patron du KGB n'allait pas se sacrifier et endosser la responsabilité de ce désastre. Il sentait qu'il était au bord de la disgrâce et pouvait d'un instant à l'autre se voir offrir un poste d'obscur bureaucrate dans un camp de travail.

— Tous les dossiers top secrets ont été détruits par les hommes du général Velikov avant qu'ils ne meurent l'arme au poing.

Antonov accepta ce mensonge.

— La CIA, murmura-t-il sombrement. C'est elle qui est derrière cette odieuse provocation.

— Je ne crois pas qu'on puisse l'impliquer dans cette affaire. Les premiers résultats de l'enquête désigneraient plutôt les Cubains.

— Impossible ! répliqua le numéro un soviétique. Nos amis à l'état-major de Castro nous auraient avertis de l'élaboration d'un plan aussi ambitieux. Et puis, une opération d'une telle envergure exige trop de moyens.

— Peut-être, mais selon tous nos meilleurs spécialistes, la CIA n'était pas au courant de l'existence de notre centre de communications sur Cayo Santa María. Nous n'avons détecté aucun signe de surveillance. La CIA est très forte, mais ses agents ne sont pas des dieux. Ils n'auraient jamais pu préparer et exécuter ce raid dans les quelques heures qui ont séparé le décrochage de la navette de la station orbitale et le moment où elle a brusquement échappé à la trajectoire qui devait l'amener sur Cuba.

— Parce que nous avons aussi perdu la navette ?

— Nos écoutes du centre spatial Johnson confirment qu'elle s'est posée sans incident à Key West.

— Avec les colons lunaires américains, je suppose ?

— Oui, ils étaient à bord.

Etouffant sa rage, Antonov demeura quelques secondes silencieux, les yeux dans le vide.

— Comment ont-ils pu faire ? grogna-t-il enfin. Comment ont-ils pu sauver leur précieuse navette à la dernière minute ?

— Un vrai coup de chance, répondit Polevoï, soucieux de rejeter la faute sur quelqu'un d'autre. Ils ont bénéficié de l'aide des Castro.

Le regard du secrétaire général du PC se fixa soudain sur son interlocuteur.

— Comme vous me l'avez si souvent rappelé, camarade directeur, les frères Castro ne peuvent pas faire un pas sans que le KGB soit au courant. Et maintenant, vous me racontez qu'ils déjeunent pratiquement tous les jours avec le président des Etats-Unis sans que vos agents le sachent !

Polevoï chercha à réparer sa gaffe en changeant de sujet.

— En tout cas, l'opération Rhum-Cola continue. Nous avons peut-être perdu la navette spatiale et une source importante de données scientifiques, mais ce n'est rien à côté de ce que nous rapportera la mainmise totale sur Cuba.

Antonov réfléchit un instant et mordit à l'hameçon.

— Je ne suis pas tranquille. Sans Velikov pour diriger l'opération, ses chances de réussite sont diminuées de moitié.

— Le général n'est plus indispensable pour Rhum-Cola. Tout est au point. Les bateaux vont entrer dans le port de La Havane demain soir et le discours de Castro est prévu pour le lendemain matin. Le général Velikov a tout réglé à la perfection depuis la base. Les rumeurs d'un nouveau complot de la CIA pour assassiner Castro ont déjà été répandues dans les pays occidentaux et nous avons préparé toutes les preuves de l'implication américaine. Il ne reste plus qu'à appuyer sur le bouton.

— Nos hommes de La Havane et de Santiago sont prévenus ?

— Ils sont prêts à former un nouveau gouvernement dès que la nouvelle de la mort des Castro sera confirmée.

— Et qui sera le prochain leader ?

— Alicia Cordero.

Antonov demeura un instant stupéfait.

— Une femme ! s'exclama-t-il. Vous me dites bien que nous avons désigné une femme pour diriger Cuba après Fidel Castro ?

— Le choix idéal, expliqua Polevoï. Elle est secrétaire du comité central et du Conseil de l'Etat. Et surtout, c'est une proche confidente de Fidel que le peuple adore pour le succès de ses programmes familiaux et ses talents d'oratrice. Elle possède presque autant de charisme que Castro. Sa loyauté vis-à-vis de l'Union soviétique est incontestable et elle aura le soutien des militaires.

— Qui travaillent pour nous.

— Qui sont à nous, corrigea le directeur du KGB.

— Nous ne pouvons donc plus reculer ?

— Non, camarade président.

— Et ensuite ? demanda Antonov.

— Ensuite le Nicaragua, le Pérou, le Chili et puis l'Argentine, répondit Polevoï en s'échauffant. Plus de révolutions désordonnées, plus de sanglants mouvements de guérilla. Nous infiltrerons les gouvernements et les minerons de l'intérieur en faisant très attention à ne pas éveiller l'hostilité des Etats-Unis. Et quand ils réagiront, ce sera trop tard. Les pays d'Amérique du Sud et d'Amérique Centrale seront tous dévoués à l'Union soviétique.

— Et pas au parti ? lança le chef du Kremlin avec reproche. Auriez-vous oublié la gloire de notre héritage communiste, Polevoï ?

— Le parti est certes la pierre angulaire, mais nous ne pouvons plus nous reposer sur une philosophie marxiste archaïque qui a mis un siècle à faire la preuve de son inefficacité. Le XXIe siècle est à notre porte et nous sommes entrés dans la période du réalisme. Je vous cite, camarade président. « Je vois une nouvelle ère du socialisme qui débarrassera la terre du joug capitaliste. » Cuba est le premier pas vers la réalisation de votre rêve d'un monde dominé par le Kremlin.

— Et Castro est la barrière qui se trouve en travers de notre chemin.

— Oui, répondit le chef du KGB avec un sourire venimeux. Mais seulement pour quelques heures encore !

***

Air Force One décolla de la base d'Andrews et vira au sud, survolant les collines historiques de Virginie. Le ciel matinal était d'un bleu limpide avec seulement quelques nuages blancs au loin. Le colonel de l'US Air Force qui pilotait le Boeing présidentiel depuis plus de dix ans amena l'avion à son altitude de croisière de 34 000 pieds, puis annonça l'heure d'arrivée prévue à Cap Canaveral à ses passagers.

— Petit déjeuner, messieurs ? proposa le Président en désignant un compartiment repas récemment aménagé. Nous avons même du champagne si vous désirez fêter l'événement.

— Je prendrais bien un café, répondit Martin Brogan.

Il s'installa et tira un dossier de son attaché-case avant de glisser celui-ci sous la table.

Dan Fawcett s'assit à côté de lui tandis que Douglas Oates prenait place en face, près du Président. Un sergent de l'Air Force en veste blanche servit du jus de goyave et du café. Chacun passa sa commande, puis tous se détendirent, attendant que le chef de la Maison-Blanche engage la conversation.

— Eh bien, fit celui-ci en souriant, nous avons un tas de choses à examiner avant de nous poser à Cap Canaveral et de féliciter tout le monde. Alors ne perdons pas de temps. Dan, dites-nous où nous en sommes avec *Gettysburg* et nos colons lunaires.

— J'ai passé la matinée au téléphone avec les gens de la NASA, commença Fawcett. Ainsi que nous le savons tous, Dave Jurgens a réussi d'extrême justesse à poser la navette à Key West. Un remarquable exploit de pilotage. La base a été fermée à tout trafic aérien et interdite à tous véhicules. Les accès en sont gardés par des Marines. Le Président a ordonné un black-out total sur les événements en attendant de pouvoir annoncer officiellement l'existence de notre colonie lunaire.

— Les journalistes doivent pousser des hurlements, intervint Oates. Et exiger de savoir pourquoi la navette a effectué cet atterrissage inattendu.

— Je m'en doute.

— Quand pensez-vous faire cette déclaration ? demanda Brogan.

— Dans deux jours, répondit le Président. Il nous faut un peu de temps pour réfléchir aux conséquences et interroger Steinmetz et ses hommes avant de les abandonner aux médias.

— Où sont-ils en ce moment ?

— Ils subissent des analyses dans les laboratoires médicaux du centre spatial Kennedy, répondit Fawcett. Ils se sont envolés de Key West en compagnie de Jurgens et de son équipage peu après l'atterrissage de *Gettysburg*.

Le directeur de la CIA se tourna vers le secrétaire d'Etat.

— Des nouvelles du Kremlin ?

— Pas jusqu'à présent.

— Il sera intéressant de voir comment ils réagissent pour une fois que ce sont leurs ressortissants qui se font tuer.

— Antonov est un vieux renard, expliqua le Président. Je pense qu'il va renoncer à une opération de propagande et à nous accuser d'avoir assassiné ses cosmonautes, au profit de négociations au cours desquelles il exigera sans doute que nous partagions les découvertes scientifiques.

— Et vous allez accepter ?

— Le Président est moralement tenu de le faire, répondit le chef de la diplomatie.

Brogan de même que Fawcett parurent abasourdis.

— Il ne s'agit pas d'un problème politique ! se récria le directeur de la CIA. Rien ne nous oblige à livrer des secrets touchant à notre défense nationale.

— Seulement, dans cette affaire, les méchants c'est nous, affirma Oates. Nous sommes sur le point de conclure les accords SALT IV qui mettront fin au déploiement de tous nouveaux missiles nucléaires. Si le Président rejette la demande d'Antonov, les négociateurs soviétiques quitteront la salle quelques heures avant la signature du traité comme ils ont l'habitude de le faire.

— Peut-être, répliqua Fawcett. Mais tous ceux qui ont participé au projet Colonie Jersey ne se sont pas battus pendant vingt ans pour voir le Kremlin s'emparer du fruit de leur travail.

Le Président, qui avait suivi cette discussion sans intervenir, leva la main pour prendre la parole :

— Allons, messieurs, je n'ai nullement l'intention de céder sur tout. Il n'en demeure pas moins qu'il y a une énorme somme d'informations que nous pouvons partager avec les Russes et le reste du monde dans l'intérêt de l'humanité. Les données médicales, géologiques et astronomiques doivent être mises à la disposition de tous. Mais rassurez-vous, je ne suis absolument pas disposé à compromettre nos programmes spatiaux et militaires. Ces deux domaines nous appartiennent. Me suis-je bien fait comprendre ?

Le silence régna dans le petit salon tandis que le steward arrivait avec des œufs, du jambon et des toasts fumants. Il remplit à nouveau les tasses de café et, dès qu'il fut sorti, le Président se tourna vers Brogan.

— Et maintenant, Martin, si vous nous parliez de l'opération Cayo Santa María ?

Le directeur de la CIA but une gorgée, ouvrit le dossier posé devant lui et le résuma en quelques phrases :

— Un commando spécial placé sous le commandement du colonel Ramon Kleist et conduit par le major Angelo Quintana a débarqué sur l'île à 2 heures ce matin. A 4 h 30 la station de brouillage et d'écoute soviétique était détruite et tout son personnel éliminé. Nous avons eu beaucoup de chance dans la mesure où l'opération a également permis de contacter *Gettysburg* à la dernière seconde et de l'empêcher de se poser à Cuba.

— Qui les a prévenus ? demanda Fawcett.

Brogan leva la tête et sourit :

— Quelqu'un qui s'est présenté sous le nom de Dirk Pitt.

— Décidément, cet homme est partout ! s'exclama le Président.

— Jessie LeBaron et deux collaborateurs de la NUMA de l'amiral Sandecker ont été délivrés, reprit le directeur de la CIA. Raymond LeBaron a été tué.

— Vous en avez eu confirmation ? demanda le chef de la Maison-Blanche avec un visage grave.

— Oui, monsieur.

— Une grande perte pour la nation. Il mérite notre reconnaissance pour la contribution qu'il a apportée au projet Colonie Jersey.

— La mission n'en a pas moins été un succès, fit Brogan. Le major Quintana a ramené un tas de documents secrets ainsi que les derniers codes soviétiques. Nos analystes de Langley sont déjà en train de les examiner.

— Vous aussi méritez des félicitations, déclara le Président. Vos agents ont accompli un véritable exploit.

— Attendez d'abord d'avoir entendu toute l'histoire, monsieur le Président.

— Allez-y, Martin, je vous écoute.

— Dirk Pitt et Jessie LeBaron...(le directeur de la CIA se tut et eut un geste d'impuissance)...ils ne sont pas rentrés au sous-marin avec le major Quintana et ses hommes.

— Ils ont été tués sur l'île en même temps que Raymond LeBaron ?

— Non, monsieur. Ils sont partis avec les autres, mais leur ont faussé compagnie pour se diriger vers Cuba.

— Cuba, murmura le Président.(Il regarda Oates et Fawcett qui semblaient interloqués.) Mon Dieu, Jessie essaye encore d'apporter notre réponse à la proposition de pacte américano-cubain !

— Vous croyez qu'elle pourrait réussir à prendre contact avec Castro ? demanda le secrétaire général de la Maison-Blanche.

Brogan secoua la tête d'un air de doute.

— L'île grouille de forces de sécurité et d'unités de la milice qui quadrillent chaque kilomètre carré de terrain. Même si par miracle ils étaient parvenus à échapper aux patrouilles qui surveillent le littoral, ils se seraient fait arrêter dans l'heure qui suit.

— Pitt aura peut-être la chance de son côté, déclara Fawcett.

— Non, affirma le Président en fronçant les sourcils. Cet homme a déjà usé tout son capital chance.

*
**

Dans une petite pièce du siège de la CIA à Langley, Bob Thornburg, le chef de l'équipe des analystes, les pieds posés sur son bureau, étudiait la pile de documents qu'il venait de recevoir de l'île de San Salvador. Il tirait sur sa pipe tout en traduisant les phrases rédigées en russe.

Il avait déjà feuilleté les trois premiers dossiers et s'attaquait au quatrième. Le titre l'intrigua aussitôt. Il était typiquement américain et dissimulait une opération secrète sous le nom d'un cocktail. Il alla rapidement à la fin et ne put retenir un mouvement de surprise. Il mit sa pipe dans le cendrier, ôta ses pieds du bureau, et examina le contenu du document avec plus d'attention en prenant de nombreuses notes.

Environ deux heures plus tard, il décrochait son téléphone et composait un numéro intérieur pour demander le directeur adjoint.

— Eileen, Bob Thornburg à l'appareil. Henry est là ?

— Oui, je vous le passe.

Il y eut un déclic.

— Je vous écoute, Bob.

— Je peux vous voir tout de suite ? J'ai analysé une partie des dossiers ramenés de Cayo Santa María.

— Des choses intéressantes ?

— Une véritable bombe, oui.

— Vous pouvez m'en dire un peu plus ?

— Il s'agit de Fidel Castro, répondit Thornburg.

— Quelle vacherie est-il encore en train de nous préparer ?

— Il va mourir après-demain.

Chapitre 62

Pitt se réveilla et regarda sa montre. 12 h 18. Il se sentait reposé, presque optimiste.

En y réfléchissant, il trouvait même la situation amusante tellement elle était désespérée. Il n'avait ni papiers d'identité, ni argent cubain et était dans un pays communiste sans contact ou excuse pour justifier sa présence. Et en plus, il portait un uniforme cubain ! Il aurait encore de la chance s'il finissait la journée sans se faire fusiller comme espion.

Il tendit le bras et secoua doucement Jessie par l'épaule avant de se glisser en rampant hors de la conduite. Il scruta les alentours, puis se livra à quelques exercices d'assouplissement pour soulager ses muscles raides.

Jessie ouvrit les yeux et émergea lentement, comme avec langueur, de son profond sommeil. Elle s'étira, pareille à un chat. Ses bras et ses jambes étaient toujours douloureux et elle gémit, heureuse en un sens de reprendre pied dans la réalité.

Un tas de futilités lui vinrent d'abord à l'esprit, puis des images de son mari l'assaillirent. Elle ferma les paupières très fort pour échapper au souvenir de sa mort. Pense à autre chose, se disait-elle. Pense à quelqu'un d'autre, au moyen de survivre dans les heures qui viennent. Pense à...à Dirk Pitt.

Qui était-il ? se demanda-t-elle. Quel genre d'homme était-ce ? Elle le regarda par l'ouverture, qui faisait ses mouvements, et, pour la première fois, éprouva une attirance physique envers lui. C'était ridicule ! Elle avait au moins dix ans de plus que lui et il n'avait jamais manifesté le moindre intérêt pour elle. Pitt, conclut-elle, était une énigme, le genre d'homme qui plaisait aux femmes, mais qui ne se laissait jamais prendre dans leurs filets ou leurs intrigues.

Elle fut tirée de sa rêverie lorsqu'il se pencha pour lancer :

— Comment vous sentez-vous ?

Elle détourna le regard.

— Pleine de courbatures, mais prête à repartir.

— Désolé pour le petit déjeuner, fit-il avec un sourire. Mais le service laisse quelque peu à désirer dans le coin.

— Je donnerais n'importe quoi pour une tasse de café !

— A en croire un panneau que j'ai repéré un peu plus haut, nous sommes à dix kilomètres de la ville la plus proche.

— Quelle heure est-il ?

— Une heure moins vingt.

— La moitié de la journée est déjà passée, fit-elle en se redressant. Il faut partir.

— Restez où vous êtes.

— Pourquoi ?

Il ne répondit pas et revint s'asseoir à côté d'elle sans parler. Alors, il lui prit doucement le visage entre ses mains et l'embrassa sur la bouche.

Les yeux de Jessie s'agrandirent de surprise, puis elle lui rendit avidement son baiser. Après un long moment, il se recula. Elle attendit, mais il se contenta de la regarder.

— J'ai envie de vous, murmura-t-elle.

— Oui.

— Tout de suite.

Il l'attira contre lui et l'embrassa de nouveau. Puis il s'écarta.

— Les choses importantes d'abord.

Elle le considéra avec une expression étonnée, un peu blessée.

— Lesquelles ?

— Par exemple m'expliquer pourquoi vous m'avez détourné sur Cuba.

— Vous avez un drôle de sens des priorités.

— Je n'ai pas non plus l'habitude de me livrer à des ébats amoureux dans les conduites d'écoulement.

— Qu'est-ce que vous voulez savoir ?

— Tout.

— Et si je refuse ?

— On se serre la main et on part chacun de notre côté, répondit-il en riant.

Elle resta un instant adossée à la paroi incurvée, se demandant jusqu'où elle irait toute seule. Probablement pas plus loin que le prochain village. Pitt était un homme plein de ressources et elle devait s'avouer qu'elle avait plus besoin de lui que lui d'elle.

Elle réfléchit à la façon de présenter les choses pour les rendre compréhensibles, mais ne trouvant rien de satisfaisant, elle lâcha sans préambule :

— Le Président m'a envoyé contacter Fidel Castro.

Il l'examina de ses yeux verts avec une franche curiosité.

— Bon début. J'aimerais bien connaître la suite.

Jessie inspira profondément, puis expliqua toute l'affaire.

Elle parla de la proposition de Fidel Castro d'établir un traité et de la curieuse manière dont il avait fait parvenir son offre afin de déjouer la surveillance des services de renseignements soviétiques.

Elle lui raconta sa rencontre secrète avec le Président après le retour inattendu du *Prosperteer* et comment le chef de la Maison-Blanche lui avait demandé d'apporter sa réponse à Castro en refaisant le même trajet que son mari à bord du dirigeable, un signal que le leader cubain n'aurait pas manqué de comprendre.

Elle admit les avoir trompés en les engageant, Giordino, Gunn et lui, puis s'excusa pour ce plan qui avait échoué à la suite de l'attaque surprise de l'hélicoptère cubain.

Enfin, elle évoqua les soupçons du général Velikov qui s'était douté du véritable objet de leur présence et avait eu recours aux méthodes de Foss Gly pour tenter de leur faire avouer la vérité.

Pitt l'écouta sans l'interrompre.

Ce qu'elle craignait le plus, c'était sa réaction maintenant qu'il savait qu'on lui avait menti, qu'on s'était servi de lui et qu'il avait plusieurs fois failli se faire tuer pour une mission dont il ignorait tout. Elle lui reconnaissait au moins le droit de l'étrangler !

Elle ne trouva rien d'autre à dire que :

— Je suis désolée.

Pitt ne l'étrangla pas. Il avança la main. Elle la prit et il l'attira vers lui.

— Ainsi, vous m'avez possédé sur toute la ligne, fit-il simplement.

Mon Dieu, ces yeux verts ! Elle aurait voulu s'y noyer.

— Je ne peux pas vous en vouloir d'être en colère.

Il l'étreignit un long moment en silence.

— Alors ? demanda-t-elle enfin.

— Alors quoi ?

— Vous ne dites rien ? Vous n'êtes pas furieux ?

Il déboutonna la chemise de son uniforme et lui caressa doucement les seins.

— Vous avez de la chance que je ne sois pas rancunier.

Ils firent l'amour avec, au-dessus d'eux, le grondement du trafic sur la route.

***

Jessie se sentait étrangement calme. L'impression de chaleur demeurait en elle tandis qu'ils marchaient le long de la route sans plus chercher à se cacher, se diffusant dans ses veines comme un anesthésique pour émousser sa peur et restaurer sa confiance. Pitt avait accepté son histoire et promis de l'aider à prendre contact avec Castro. Il affichait une incroyable assurance qui déteignait sur elle après ces tendres moments qu'ils avaient vécus ensemble.

Pitt cueillit quelques mangues, un ananas et deux tomates à moitié mûres. Ils mangèrent tout en marchant, dépassés de temps à autre par des camions chargés de canne à sucre et d'agrumes. Jessie baissait alors nerveusement les yeux sur ses bottes alors que son compagnon levait son fusil en l'air en criant : « *Saludos amigos !* »

— Heureusement qu'ils n'entendent pas bien, fit la jeune femme.

— Et pourquoi donc ?

— Parce que votre espagnol est détestable.

— A Tijuana je m'en sors, pourtant.

— Oui, mais pas ici. Vous feriez mieux de me laisser parler.

— Votre espagnol serait meilleur que le mien ?

— Je le parle couramment. De même que le russe, le français et l'allemand.

— Vous ne cessez de m'étonner, déclara Pitt avec sincérité. Velikov savait que vous parliez russe ?

— Nous serions tous morts s'il l'avait seulement deviné.

Pitt allait dire quelque chose quand il fit signe à la jeune femme de continuer à marcher. Ils venaient de déboucher d'un virage et une voiture était immobilisée sur le bas-côté. Le capot était levé et le conducteur penché sur le moteur.

Jessie hésita, mais Pitt la prit par la main et l'entraîna à sa suite.

— A vous de jouer, murmura-t-il. N'ayez pas peur. Nous sommes en uniforme et le mien est celui d'une troupe d'élite.

— Qu'est-ce que je dois dire ?

— Improvisez. Avec un peu de chance, il nous prendra avec lui.

Elle n'eut pas le temps de protester. Le Cubain avait entendu le bruit de leurs pas et s'était retourné. C'était un homme plutôt petit d'une cinquantaine d'années aux épais cheveux noirs et à la peau mate. Il était torse nu, ne portant qu'un short et des sandales. Il y avait tant de militaires sur l'île qu'il ne fit pratiquement pas attention à eux. Il se contenta de sourire en lançant :

— *Hola.*

— Vous êtes en panne ? demanda Jessie dans un espagnol parfait.

— La troisième fois en quinze jours. (Il haussa les épaules.) Elle s'est arrêtée d'un seul coup.

— Vous avez une idée d'où ça vient ?

Il montra un morceau de fil complètement pourri.

— C'est celui qui va de la bobine au delco.

— Vous devriez en monter un neuf.

Il la considéra d'un air soupçonneux.

— Les pièces détachées pour ce genre de vieilles voitures sont impossibles à trouver. Vous devez bien le savoir.

Jessie réalisa son erreur et, souriant avec coquetterie, elle s'efforça de la rattraper en tablant sur le *machismo* latin.

— Je ne suis qu'une femme. Je ne connais rien à la mécanique.

— Mais une fort jolie femme !

Pitt ne suivait guère la conversation. Il faisait le tour de la voiture, l'examinant sur toutes les coutures. Il étudia un moment le moteur, puis se recula.

— Une Chevrolet 57, déclara-t-il en anglais sur un ton admiratif. Une sacrée bagnole. Demandez-lui s'il a un couteau et du chatterton.

Jessie resta muette de stupéfaction.

Quant au Cubain, il le regarda sans trop savoir quoi faire, puis il demanda en anglais avec un fort accent :

— Vous ne parlez pas espagnol ?

— Par le Christ non ! rugit Pitt. Vous n'avez donc encore jamais vu un Irlandais ?

— En uniforme cubain ?

— Major Paddy O'Hara de l'Armée républicaine irlandaise, en mission de conseiller auprès de votre milice.

Le visage du Cubain s'éclaira et Pitt vit avec soulagement qu'il paraissait impressionné.

— Herberto Figueroa, se présenta l'homme en tendant la main. J'ai appris l'anglais quand les Américains étaient là il y a longtemps.

Pitt lui serra la main, puis désigna Jessie d'un signe de tête.

— Caporal Maria López, mon ordonnance et mon guide. Elle me sert aussi d'interprète.

Figueroa s'inclina et remarqua l'alliance de la jeune femme.

— Señora López. (Il se tourna vers Pitt.) Elle comprend bien l'anglais ?

— Assez bien, oui. Et maintenant, si vous me trouviez un couteau et un bout d'adhésif, je crois que je pourrais réparer votre voiture.

Le Cubain tira un canif de la boîte à gants et trouva un petit rouleau de chatterton dans la trousse à outils rangée dans le coffre.

Pitt trifouilla quelques instants dans le moteur, coupa des longeurs de fils inutiles qui partaient des bougies et les réunit jusqu'à obtenir un morceau assez grand pour remplacer celui qui avait lâché.

— Bon, essayez, fit-il après l'avoir installé.

Figueroa appuya sur le démarreur. Le gros V-8 toussa une fois, deux fois, puis partit.

— *Magnífico !* s'écria le Cubain, ravi. Je peux vous déposer quelque part ?

— Où allez-vous ?

— La Havane. C'est là que je vis. Le mari de ma sœur est mort à Nuevitas. J'ai été l'aider pour l'enterrement et je rentre chez moi.

Pitt regarda Jessie. Décidément, c'était leur jour de veine. Il tâcha de se représenter la carte de Cuba et estima que La Havane devait se trouver à environ trois cents kilomètres du nord-est de l'île à vol d'oiseau, soit probablement près de cinq cents par la route.

Il monta devant et Jessie derrière.

— Merci beaucoup, Herberto. Notre voiture d'état-major a eu une fuite d'huile et le moteur a lâché il y a deux ou trois kilomètres. Nous nous rendions dans un camp d'entraînement à l'est de La Havane. Si vous pouviez nous laisser au ministère de la Défense, je veillerais à ce qu'on vous dédommage pour votre peine.

Jessie en demeura bouche bée. Il se doutait qu'elle devait intérieurement le traiter de salaud.

— Ce sera avec plaisir, fit le Cubain, enchanté à l'idée de se faire quelques pesos supplémentaires.

Il démarra en trombe et monta rapidement à 100. Le moteur ronronnait en souplesse, mais la carrosserie tremblait de partout tandis que des gaz d'échappement s'infiltraient à l'intérieur au travers du plancher rongé par la rouille.

Pitt se sentait bien. Son amour des vieilles voitures lui faisait oublier le danger de leur situation.

— Elle a combien de kilomètres ? demanda-t-il.

— Plus de 680 000, répondit Figueroa avec fierté.

— Elle marche encore bien.

— Si les Américains levaient leur embargo, je pourrais peut-être acheter des pièces détachées pour la prolonger encore un peu, mais de toute façon elle ne durera pas l'éternité.

— Il y a souvent des barrages sur les routes ?

— Oui, mais on me laisse passer sans problèmes.

— Vous devez avoir beaucoup d'influence. Qu'est-ce que vous faites à La Havane ?

Le Cubain éclata de rire.

— Je suis chauffeur de taxi.

Pitt ne dissimula pas sa satisfaction. C'était encore mieux que ce qu'il avait pensé. Il s'installa confortablement dans son siège pour jouir du paysage comme un vulgaire touriste. Il essaya de se concentrer sur la dernière phrase prononcée par LeBaron à propos de La Dorada, mais un sentiment de remords l'empêchait de réfléchir.

Il savait qu'à un moment ou un autre, il devrait dépouiller Figueroa du peu d'argent qu'il avait sur lui et lui voler sa voiture. Mais surtout, il espérait qu'il n'aurait pas à tuer ce petit homme si serviable.

Chapitre 63

Le Président rentra tard du centre spatial Kennedy. Il n'avait pas envie de dormir et se rendit dans le Bureau ovale. Après avoir rencontré en secret Steinmetz et les colons lunaires et avoir entendu le récit enthousiaste de leurs exploits, il se sentait fier d'eux. Il alluma l'un de ces coûteux cigares cubains qu'il se faisait envoyer par un vieil ami canadien pour contourner l'embargo commercial qui touchait toutes les marchandises en provenance de l'île. Il se trouva ainsi ramené à ses préoccupations immédiates. La perspective d'un accord avec Castro s'éloignait. Pitt et Jessie LeBaron étaient probablement morts ou en prison. La seule solution était d'envoyer un autre émissaire pour tenter de contacter Castro.

L'interphone bourdonna.

— Oui ?

— Excusez-moi de vous déranger, monsieur le Président, annonça une standardiste de la Maison-Blanche. Monsieur Brogan est au téléphone et il dit que c'est urgent.

— Très bien, passez-le-moi.

Il y eut un déclic et Martin Brogan vint en ligne.

— Je ne vous réveille pas, j'espère ?

— Non. Je n'étais pas encore couché. Qu'est-ce qui se passe ?

— Je suis encore à la base d'Andrews. Mon adjoint m'y attendait avec un document provenant de Cayo Santa María. C'est plutôt grave.

— Allez-y, je vous écoute.

— Les Russes vont renverser Castro après-demain. Le nom de code de l'opération est « Rhum-Cola ». Des agents soviétiques prendront ensuite le contrôle de tout le gouvernement cubain.

Le Président regarda la fumée bleue de son havane s'élever vers le plafond.

— Ils agissent plus tôt que nous ne l'avions cru, fit-il d'un ton pensif. Et comment comptent-ils se débarrasser de Castro ?

— C'est la partie la plus démentielle du plan, répondit Brogan. Le GRU, le bras militaire du KGB, a l'intention de faire sauter la moitié de la ville avec lui.

— La Havane ?

— Oui.

— Ils ne vont quand même pas lancer une bombe atomique !

— Le dossier ne précise pas le moyen envisagé. Il ressort simplement de sa lecture qu'un système d'explosifs capable de raser un quartier entier doit être introduit dans le port par bateau.

Le chef de la Maison-Blanche était effondré.

— Le document donne le nom de ce bateau ?

— En réalité, il fait référence à trois bâtiments, mais sans autres précisions.

— Et quand doit se produire l'explosion ?

— Au cours d'une cérémonie pour le Jour de l'éducation. Les Russes pensent que Castro y fera une apparition plus ou moins inattendue et se lancera dans sa harangue habituelle de deux heures.

— Je n'arrive pas à imaginer qu'Antonov puisse cautionner une abomination pareille. Pourquoi ne pas envoyer un commando de tueurs abattre Castro ? Qu'est-ce qu'il aurait à gagner en massacrant des milliers d'innocents ?

— Les Cubains vouent un véritable culte à Castro, répondit le directeur de la CIA. Pour nous, ce n'est peut-être qu'un communiste de papier, mais pour eux, c'est presque un dieu. Un simple assassinat engendrerait une vague de ressentiment à l'égard de l'équipe prosoviétique qui doit s'emparer du pouvoir. Par contre, un désastre majeur permettrait aux nouveaux dirigeants de faire appel à l'unité nationale, surtout s'il était prouvé que le coupable est les Etats-Unis par l'intermédiaire de la CIA.

— Je ne parviens toujours pas à croire à quelque chose d'aussi monstrueux.

— Je vous assure, monsieur le Président, tout figure noir sur blanc dans ce dossier. (Brogan s'interrompit un instant pour étudier une page du document.) Bizarre, c'est assez vague en ce qui concerne le mécanisme de l'explosion, mais en revanche très précis en ce qui concerne la campagne de propagande destinée à en rejeter sur nous la responsabilité. Il y a même les noms des unités soviétiques et les positions qu'elles doivent occuper après la prise de pouvoir. Vous serez peut-être désireux d'apprendre que le nouveau leader cubain sera Alicia Cordero.

— Le ciel nous en préserve ! Elle est encore deux fois plus fanatique que Fidel.

— En tout cas, ce sont les Russes qui gagnent et nous qui perdons.

Le chef de la Maison-Blanche posa son cigare dans un cendrier et ferma les yeux. Les problèmes, décidément, ne s'arrêtaient jamais. L'un chassait l'autre et les triomphes étaient éphémères. La pression et les frustrations, tel était le lot des hommes d'Etat.

— La Navy pourrait intercepter ces navires ? demanda-t-il enfin.

— D'après les dates mentionnées, deux d'entre eux sont déjà ancrés dans le port de La Havane, répondit Brogan. Et le troisième doit y entrer d'un moment à l'autre. J'y avais bien pensé, mais nous arrivons un peu tard.

— Il nous faut absolument les noms de ces bâtiments !

— J'ai déjà demandé à mes agents de vérifier les mouvements de bateaux. On devrait avoir le renseignement dans l'heure qui vient.

— Et c'est le moment que Castro choisit pour disparaître, fit le Président avec un soupir.

— On a réussi à le localiser.

— Où ?

— Dans sa retraite campagnarde. Il s'est coupé du monde extérieur. Ses conseillers les plus proches et les huiles soviétiques eux-mêmes ne peuvent entrer en contact avec lui.

— Qui avons-nous qui soit en mesure de l'approcher ?

— Personne, répondit Brogan, les dents serrées.

— Enfin, il doit bien y avoir quelqu'un qu'on puisse lui envoyer, non ?

— Si Castro était d'humeur communicative, j'aurais bien une demi-douzaine de nos agents à La Havane à ma disposition, mais là, impossible.

Le Président réfléchit un instant en jouant avec son cigare.

— Combien de vos hommes sur place ont accès aux docks et possèdent une expérience de la mer ?

— Il faudrait que je vérifie.

— Donnez-moi une estimation.

— Comme ça, je dirais quinze ou vingt au maximum.

— Bien, fit le chef de la Maison-Blanche. Rassemblez-les et débrouillez-vous pour qu'ils montent à bord de ces bateaux et découvrent lequel transporte la bombe.

— Ensuite, il faudra trouver quelqu'un prêt à se sacrifier pour la désamorcer.

— On en reparlera à ce moment-là.

— Il nous reste un jour et demi, constata sombrement le directeur de la CIA. Ce n'est pas beaucoup. Nous ferions mieux de penser en priorité aux conséquences de la catastrophe et à la façon de nous en tirer sans trop de dommages.

— Pour l'instant, faites ce que je vous ai dit. Tenez-moi informé toutes les deux heures et mettez tous vos hommes disponibles sur cette affaire.

— Et pour avertir Castro ?

— Je m'en charge.

— Alors, bonne chance, monsieur le Président.

— Vous aussi, Martin.

Le chef de l'exécutif raccrocha. Son cigare s'était éteint. Il le ralluma, reprit le téléphone, puis appela Ira Hagen.

Chapitre 64

Le garde était encore un adolescent, tout dévoué à Fidel Castro et à la révolution. Il arrêta la voiture et demanda à voir les papiers.

— Ça devait arriver, souffla Pitt.

Les trois premiers barrages, pourtant, avaient été franchis sans encombre.

Figueroa tendit son permis de circuler.

— L'autorisation n'est valable que pour les limites de La Havane, fit le jeune soldat. Qu'est-ce que vous faites dans cette région ?

— Mon beau-frère est mort, expliqua patiemment le chauffeur de taxi. J'étais à son enterrement.

Le garde se pencha.

— Et qui sont ces gens qui vous accompagnent ?

— Vous êtes aveugle ? Ce sont des militaires comme vous.

— Nous avons ordre de rechercher un homme portant un uniforme de la milice volé. Il est soupçonné d'être un espion impérialiste débarqué sur une plage à cent cinquante kilomètres à l'est d'ici.

— C'est elle qui est en uniforme de la milice, répliqua Figueroa en désignant Jessie. Vous croyez donc que les Yankees envoient des femmes envahir le pays ?

— Je veux examiner leurs papiers, insista le soldat.

Jessie baissa sa vitre.

— J'accompagne le major O'Hara de l'Armée républicaine irlandaise, en mission de conseiller auprès de la milice, déclara-t-elle. Je suis la caporal López, son aide de camp. Cessez ces absurdités et laissez-nous passer.

Pitt, qui était demeuré immobile durant tout cet échange, se tourna lentement, fixa le garde droit dans les yeux et sourit avant de déclarer d'une voix calme mais pleine d'autorité :

— Prenez le nom et le grade de cet homme. Je tiens à ce qu'il soit cité pour la façon remarquable dont il accomplit son devoir. Le général Raúl Castro a souvent déclaré que Cuba avait besoin d'hommes de sa trempe.

Jessie traduisit et vit avec soulagement le Cubain se mettre au garde-à-vous avec une lueur de fierté dans le regard.

Pitt reprit alors d'un ton glacial :

— Maintenant, dites-lui de dégager le passage sinon je m'arrange pour le faire expédier comme volontaire en Afghanistan.

Le jeune soldat parut se tasser sur lui-même tandis que Jessie lui répétait ces paroles en espagnol. Il hésitait encore sur la conduite à tenir quand une longue voiture noire vint se ranger derrière l'antique Chevrolet. C'était une Zil, une luxueuse limousine fabriquée en Union soviétique et réservée aux officiels de haut rang.

Le chauffeur de la Zil klaxonna avec impatience. Le Cubain ne savait plus quoi faire. Il se tourna et lança un coup d'œil suppliant en direction de l'autre garde, mais celui-ci était occupé avec la circulation venant en sens inverse. Le chauffeur klaxonna à nouveau, puis passa la tête par sa vitre et hurla :

— Garez cette épave sur le côté et laissez-nous passer !

Figueroa se mit alors de la partie.

— Va te faire foutre, sale Russe ! s'écria-t-il.

Le Soviétique ouvrit sa portière, descendit et repoussa le jeune soldat. Il était bâti en athlète et portait un uniforme de sergent. Il dévisagea le Cubain avec une expression de rage froide.

— Espèce de crétin, gronda-t-il. Bouge ton tas de boue immédiatement !

Figueroa brandit le poing.

— Je le ferai quand mon compatriote me le dira !

— Je vous en prie, je vous en prie, intervint Jessie en le secouant par l'épaule. Nous ne voulons pas d'ennuis.

— La discrétion n'est pas une vertu cubaine, murmura Pitt.

Il empoigna le fusil pris au milicien qu'il avait assommé sur la plage et, le braquant négligemment sur le Russe, se prépara à sortir de la voiture.

Jessie se retourna pour regarder la limousine par la vitre arrière au moment où un officier soviétique suivi de deux gardes du corps armés en descendait et contemplait avec un petit sourire amusé l'altercation qui avait lieu près du taxi. Ses yeux s'agrandirent de surprise et elle sursauta.

Le général Velikov, l'air épuisé et hagard, vêtu d'un uniforme d'emprunt trop petit pour lui, s'avançait vers l'antique Chevrolet alors que Pitt s'était déjà extirpé de son siège et qu'il était trop tard pour l'avertir.

L'attention de Velikov était fixée sur son chauffeur et sur Figueroa et il remarqua à peine cet autre soldat cubain qui apparaissait du côté opposé de la voiture. La discussion s'envenimait.

— Que se passe-t-il ? demanda-t-il dans un espagnol parfait.

La réponse ne lui arriva pas du sergent russe, mais d'une source totalement inattendue.

— Rien que nous ne puissions régler entre gentlemen, lança Pitt en anglais d'un ton acide.

Velikov le dévisagea un long moment, plus insondable que jamais, tandis que le sourire se figeait sur ses lèvres. Son regard se durcit.

— Nous serions donc indestructibles, vous et moi, monsieur Pitt ? fit-il simplement.

— Disons que nous avons tous les deux de la chance.

— Je vous félicite d'avoir réussi à vous évader de l'île. Comment vous y êtes-vous pris ?

— Une embarcation de fortune. Et vous ?

— Un hélicoptère dissimulé près de notre installation. Heureusement, il avait échappé à vos amis.

— Personne n'est parfait.

Velikov jeta un coup d'œil en direction de ses gardes, irrité par leur attitude nonchalante.

— Et pour quelle raison êtes-vous à Cuba ?

La main de Pitt se crispa sur la crosse de son arme. Le canon était pointé vers le ciel, juste au-dessus de la tête du Russe et son doigt était posé sur la détente.

— Pourquoi vous donner la peine de me le demander puisque vous m'avez catalogué comme menteur professionnel ?

— Je sais surtout que vous ne mentez que lorsque c'est nécessaire. Vous n'êtes certainement pas venu à Cuba pour boire du rhum et lézarder au soleil.

— Et alors, général ?

— Regardez autour de vous, monsieur Pitt. Vous n'êtes guère en position de force. Les Cubains n'aiment pas beaucoup les espions. Vous auriez tout intérêt à lâcher votre fusil et à vous placer sous ma protection.

— Non, merci. Je connais votre protection. Elle s'appelle Foss Gly. Vous ne l'avez pas oublié ? Vous savez, ce type qui prenait son plaisir à taper sur les gens. Je suis heureux de vous annoncer qu'il est à présent retiré du monde du sadisme. L'une de ses victimes lui a logé quelques balles à l'endroit où ça fait le plus mal.

— Mes hommes peuvent vous abattre sur place !

— Je ne crois pas. Il est évident qu'ils ne comprennent pas l'anglais et n'ont aucune idée de ce qui se passe. N'essayez pas de les avertir. Au moindre geste suspect, je vous transperce le crâne.

Pitt lança un regard autour de lui. Le jeune soldat cubain et le chauffeur russe contemplaient la scène avec des yeux ronds, Jessie était tassée sur le siège arrière de la Chevrolet et les deux gardes du corps de Velikov examinaient le paysage avec indifférence, les automatiques bien rangés dans leurs étuis.

— Montez dans la voiture, général. Vous venez avec nous.

Velikov le considéra froidement.

— Et si je refuse ?

— Vous mourrez sur-le-champ. Après, c'est au tour de vos anges gardiens, puis des sentinelles cubaines. Je suis préparé à tuer. Eux pas. Maintenant, si vous voulez bien...

Les Russes, stupéfaits, virent Velikov s'installer sur le siège avant de la vieille américaine. Il se tourna un instant et étudia la passagère avec curiosité.

— Madame LeBaron ?

— En effet, général.

— Vous êtes avec ce fou furieux ?

— Oui.

— Mais pourquoi ?

Figueroa ouvrit la bouche pour intervenir, mais Pitt repoussa brutalement le chauffeur soviétique, prit le petit Cubain par le bras et l'écarta de son taxi.

— Vous n'allez pas plus loin, *amigo*. Racontez qu'on vous a menacé et qu'on vous a volé votre voiture.

Il passa son fusil à Jessie par la vitre ouverte, se glissa au volant et reprit :

— Si le général bouge ne serait-ce qu'un cil, vous lui tirez une balle dans le crâne.

La jeune femme hocha la tête et plaça le canon de l'arme contre la nuque de Velikov.

Pitt démarra lentement, observant les silhouettes dans le rétroviseur. Il vit avec satisfaction les hommes s'agiter dans toutes les directions sans savoir quoi faire. Le chauffeur et les gardes du corps parurent enfin comprendre ce qui se passait et ils s'engouffrèrent dans la limousine noire pour se lancer à leur poursuite.

Pitt freina pile, arracha le fusil à Jessie et visa les isolateurs en haut d'un poteau téléphonique. Les fils sectionnés n'avaient pas encore touché le sol que la Chevrolet repartait dans un hurlement de pneus.

— Ça devrait nous assurer une demi-heure de répit, fit-il simplement.

— La limousine n'est qu'à une centaine de mètres derrière nous et elle se rapproche, annonça Jessie d'une voix pleine d'appréhension.

— Vous n'arriverez jamais à les semer, déclara alors Velikov avec calme. Mon chauffeur est un as et la voiture est bien plus puissante que la vôtre.

Mais Pitt savait ce qu'il faisait. Il se tourna vers Velikov et, un sourire insouciant aux lèvres, il affirma :

— Aucune voiture russe n'est capable de rivaliser avec une Chevrolet 57.

Et, comme pour appuyer ses dires, il écrasa l'accélérateur. La vieille voiture sembla alors puiser dans ses réserves et, propulsée par son fidèle V-8, bondit en avant.

Pitt se concentrait sur la conduite. La Zil s'accrochait. Il prit une série de virages en épingle à cheveux tandis que la route s'engageait au flanc d'une colline boisée. Il avait conscience de friser la catastrophe à chaque instant car les freins étaient en très mauvais état. A 140, la direction se mit à vibrer dangereusement. Les amortisseurs n'existaient plus depuis longtemps et l'antique Chevrolet se couchait dans les courbes en dérapant.

Velikov se tenait raide sur son siège, les yeux fixés droit devant lui, agrippant la poignée de la portière comme pour se préparer à sauter au moment du choc final.

Jessie, quant à elle, était franchement terrifiée. Elle avait coincé ses genoux contre le dossier du siège de devant pour éviter d'être déportée par les mouvements brusques de la voiture et continuait à presser le canon du fusil contre la nuque de Velikov.

Pitt ne manifestait pas le moindre signe d'inquiétude. Pourtant, il savait qu'il ne faudrait plus très longtemps aux sentinelles cubaines pour avertir leurs supérieurs de l'enlèvement du général soviétique dont seule la présence à bord du véhicule pourrait leur éviter de se faire massacrer.

Le chauffeur de la Zil n'était effectivement pas un amateur. Il gagnait du terrain dans les virages pour en reperdre seulement dans les lignes droites. Du coin de l'œil, Pitt aperçut un panneau indiquant qu'ils étaient proches du port de Cárdenas. La route se bordait de maisons et de hangars tandis que la circulation augmentait.

Il regarda le compteur. L'aiguille oscillait autour de 140. Il ralentit à 110, continuant à tenir la limousine à distance en se faufilant au milieu du trafic, avertisseur bloqué. Un policier tenta en vain de l'arrêter quand, les pneus hurlant, il fit le tour de la Plaza Colón au milieu de laquelle se dressait une imposante statue en bronze de Christophe Colomb. Par chance, les rues étaient larges et il n'avait pas trop de problèmes à éviter les piétons et les autres véhicules.

L'agglomération était située au fond d'une petite baie circulaire et Pitt se disait que tant qu'il gardait la mer sur sa droite, il restait dans la direction de La Havane. Il parvint par miracle à ne pas se perdre et, moins de dix minutes plus tard, il filait à nouveau à travers la campagne avec toujours sur ses talons la Zil qu'il n'avait pas réussi à semer. L'un des gardes du corps se pencha par la vitre et leva son pistolet.

— Ils nous tirent dessus, déclara Jessie avec la voix de quelqu'un qui est allé au-delà de ses émotions.

— Ne vous inquiétez pas, la rassura Pitt. Ils ne visent que les pneus.

La voiture s'envola sur un dos d'âne et retomba brutalement. Le silencieux s'arracha sous le choc et le rugissement du moteur devint assourdissant. La fumée avait envahi l'intérieur de la Chevrolet, qui était devenu une véritable étuve dans la chaleur environnante.

Le vieux taxi allait bientôt rendre l'âme. La transmission protestait de plus en plus à haut régime tandis que des bruits inquiétants s'élevaient du moteur. Pitt avait légèrement ralenti pour permettre aux Russes de se rapprocher et il zigzaguait sur la route pour offrir une cible plus difficile. Il relâcha encore un tout petit peu la pression de son pied sur l'accélérateur jusqu'à ce que la Zil ne soit plus qu'à quelques mètres de lui.

Puis, il écrasa le frein.

Le conducteur de la limousine ne put rien faire. Il braqua bien sur la gauche, mais une fraction de seconde trop tard. La Zil heurta l'arrière de la Chevrolet dans un fracas de tôles tordues et de verre brisé, puis partit en dérapage.

La grosse voiture pesant près de trois tonnes échappa au contrôle du sergent russe, heurta un arbre et traversa la route pour aller se fracasser contre la carcasse d'un bus renversée sur le bas-côté. Une flamme orange suivie d'une épaisse fumée noire jaillit de la limousine qui fit deux tonneaux avant de s'immobiliser enfin sur le toit avec ses quatre roues qui tournaient dans le vide. Les Soviétiques étaient prisonniers à l'intérieur.

La bonne vieille Chevrolet roulait encore. Un nuage d'huile et de vapeur fusait du capot, la seconde avait lâché en même temps que les freins et le pare-chocs arrière à moitié arraché traînait par terre, soulevant une gerbe d'étincelles.

La fumée ne manquerait pas d'alerter les patrouilles. Le filet se resserrait et Pitt savait qu'il pouvait à tout moment tomber sur un barrage. Sans compter qu'un hélicoptère allait sans doute apparaître d'une minute à l'autre au-dessus des arbres qui bordaient la route. Il était temps d'abandonner la voiture.

Il ralentit en arrivant dans les faubourgs de la ville de Matanzas et, après avoir repéré une usine d'engrais, il tourna pour aller se garer dans le parking. Il rangea la Chevrolet agonisante sous un arbre touffu, puis, ne remarquant personne aux alentours, coupa le moteur.

— Et maintenant ? demanda Jessie dans le silence revenu. J'espère que vous avez un autre atout dans votre manche ?

Pitt lui adressa un sourire rassurant.

— Restez là. Et si notre ami le général fait mine de bouger, abattez-le.

Il descendit et s'avança dans le parking. On était en semaine et il était bourré de voitures. L'usine dégageait une odeur nauséabonde qui contaminait l'atmosphère à plusieurs kilomètres à la ronde. Il s'approcha du portail d'entrée que franchissait un défilé ininterrompu de camions chargés de produits chimiques. Une idée germa dans son esprit et il prit le chemin de terre qui conduisait à la route. Il attendit environ un quart d'heure. Un camion de fabrication soviétique rempli de fumier tourna alors pour se diriger vers les bâtiments de l'usine. Pitt se planta au milieu du chemin et agita les bras.

Le chauffeur était seul. Il lança un regard interrogateur du haut de sa cabine. Pitt lui désigna vigoureusement le dessous de son véhicule. L'homme s'extirpa de son siège et vint s'accroupir à côté de cet inconnu qui examinait la transmission. Ne constatant rien d'anormal, il allait protester quand Pitt le frappa à la nuque du tranchant de la main.

Il transporta le Cubain inconscient dans la cabine et s'installa au volant, puis démarra tranquillement et roula en direction de la Chevrolet dissimulée aux hélicoptères par l'épais feuillage de l'arbre.

— En voiture tout le monde, lança-t-il en sautant à terre.

Jessie se recula en fronçant le nez.

— Qu'est-ce que c'est ?

— On appelle ça du fumier.

— Vous ne croyez tout de même pas que je vais accepter de me vautrer là-dedans ! s'écria Velikov.

— Non seulement vous allez vous y vautrer, répliqua Pitt, mais vous allez vous y enfouir. (Il prit le fusil des mains de Jessie et lui enfonça le canon dans les reins.) A vous l'honneur, général.

Velikov lança à Pitt un regard meurtrier, puis grimpa à l'arrière du camion. Jessie suivit à contrecœur pendant que Pitt déshabillait le chauffeur pour enfiler ses vêtements. Ils étaient bien trop petits pour lui et il ne parvint à boutonner ni la chemise ni le pantalon. Il passa rapidement son treillis au Cubain et l'installa avec les autres. Il rendit alors le fusil à Jessie qui, aussitôt, l'appliqua sur la tempe du Russe. Pitt trouva une pelle à l'arrière et entreprit de les recouvrir de fumier.

Jessie retint à grand-peine son envie de vomir et entre deux hoquets, parvint à balbutier :

— Je ne vais pas pouvoir supporter ça.

— Vous avez encore de la chance que ça vienne des chevaux et du bétail et non des égouts de la ville.

— Facile à dire, vous n'êtes pas à notre place !

Quand ils furent tous bien cachés sous le fumier, mais capables de respirer, Pitt grimpa dans le camion et se dirigea vers la route. Il s'arrêta avant de tourner. Trois hélicoptères survolaient les environs tandis qu'un convoi de troupes fonçait en direction de la Zil accidentée.

Il attendit un peu, puis prit à gauche. Il entrait dans la ville de Matanzas quand il tomba sur un barrage constitué d'un véhicule blindé et de près de cinquante soldats à l'air déterminé.

Il stoppa et tendit les papiers qu'il avait pris au chauffeur. Son plan fonctionna encore mieux qu'il ne l'avait imaginé. Les militaires cubains se gardèrent bien d'approcher du camion et lui firent aussitôt signe de passer, trop heureux de pouvoir à nouveau respirer de l'air pur.

Une heure et demie plus tard, le soleil se couchait et les lumières de La Havane apparaissaient au loin. Pitt pénétra dans la ville et remonta la Via Blanca. Il se sentait plus en sécurité avec la tombée de la nuit, protégé par un certain anonymat au milieu du trafic intense.

Sans passeport ni argent, la seule solution était de contacter la mission américaine à l'ambassade de Suisse. Là, on pourrait s'occuper de Jessie et le cacher jusqu'à l'arrivée de son passeport et de son visa par courrier diplomatique. Dès qu'il serait devenu un touriste officiel, il pourrait s'attaquer au mystère du trésor de La Dorada.

Velikov ne posait aucun problème. Vivant, le général était une menace, un homme qui continuerait sans répit à tuer et torturer. Mort, il ne serait plus qu'un souvenir. Pitt décida de l'éliminer d'une balle dans la tête dans un coin discret.

Il tourna dans une ruelle bordée d'entrepôts déserts près des docks et s'arrêta. Il laissa le moteur tourner et se dirigea vers l'arrière du camion. Il grimpa sur la ridelle. Les cheveux et les bras de Jessie émergeaient du fumier. Le sang coulait d'une entaille qu'elle avait à la tempe et son œil droit était fermé. De Velikov et du chauffeur cubain, il ne restait plus que l'empreinte laissée par leurs corps.

Ils avaient disparu.

Il la tira du fumier et lui nettoya la figure. Elle ouvrit lentement les paupières et, le reconnaissant, secoua la tête en murmurant :

— Je suis désolée, j'ai tout gâché.

— Qu'est-ce qui s'est passé ?

— Le chauffeur est revenu à lui et s'est jeté sur moi. Je n'ai pas crié parce que j'avais peur d'attirer l'attention sur nous. On s'est battus pour la possession du fusil qui a fini par tomber sur la route et le général m'a maintenue pendant que le Cubain m'assommait. (Elle regarda soudain autour d'elle.) Mais où sont-ils ?

— Ils ont dû sauter du camion, répondit Pitt. Vous avez une idée du moment où ça s'est produit ?

Son visage se plissa de concentration.

— Je crois que c'était en arrivant en ville. Je me rappelle le bruit de la circulation.

— Ça ferait donc un peu moins de vingt minutes.

Il l'aida à descendre et la reposa doucement par terre.

— On ferait mieux d'abandonner le camion ici et de prendre un taxi.

— Je ne peux aller nulle part avec cette odeur, protesta-t-elle. Et regardez-vous ! Vous avez l'air ridicule avec ces vêtements trop petits. Et puis, comment prendre un taxi ? On n'a pas d'argent cubain.

— La mission américaine à l'ambassade de Suisse le réglera. Vous savez où c'est ?

— Ça s'appelle Section des intérêts spéciaux. Cuba a la même combine à Washington. Le bâtiment se trouve face à la mer sur le boulevard Malecón.

— On va se cacher jusqu'à ce qu'il fasse complètement nuit. On trouvera peut-être une fontaine où vous pourrez vous laver un peu. Velikov va sans doute faire quadriller la ville et l'ambassade sera surveillée. Il va falloir qu'on réfléchisse au moyen d'entrer. Vous vous sentez assez forte pour marcher ?

— Vous savez, fit-elle avec un petit sourire froissé, vous commencez à me fatiguer à poser toujours la même question !

Chapitre 65

Ira Hagen descendit la passerelle de l'avion et se dirigea vers le terminal de l'aéroport José Martí. Il s'était attendu à un tas de tracasseries de la part des officiers de l'immigration, mais ceux-ci se contentèrent de jeter un coup d'œil sur son passeport diplomatique avec un minimum de formalités. Il entrait dans la zone de livraison des bagages quand un homme en costume clair l'interpella :

— Monsieur Hagen ?

— Oui.

— Tom Clark, chef de la Section des intérêts spéciaux. Douglas Oates en personne m'a prévenu de votre arrivée.

Hagen examina son interlocuteur. Le diplomate était un athlète d'environ trente-cinq ans au visage bronzé et aux yeux bleus. Il avait une fine moustache à la Errol Flynn, des cheveux roux qui commençaient à s'éclaircir et un nez qui avait à l'évidence été cassé plus d'une fois. Il serra vigoureusement la main de l'envoyé de la Maison-Blanche.

— Vous ne devez pas accueillir souvent des Américains ici, fit ce dernier.

— Non, surtout depuis que le président Reagan a mis un embargo touristique et commercial sur l'île.

— Je suppose que vous avez été informé des raisons de ma visite ?

— Nous en parlerons dans la voiture, répondit Clark en désignant discrètement une grosse femme assise dans un coin avec une petite mallette sur les genoux.

Hagen avait aussitôt compris qu'un récepteur enregistrant chacune de leurs paroles était logé à l'intérieur.

La valise de Hagen arriva après presque une heure d'attente et les deux hommes se dirigèrent enfin vers la voiture de Clark, une limousine Lincoln avec chauffeur. Celui-ci mit le bagage dans le coffre, puis ils partirent en direction de l'ambassade de Suisse qui abritait la Section des intérêts spéciaux américains.

Hagen avait passé sa lune de miel à La Havane plusieurs années avant la révolution et il trouva que la ville n'avait pas beaucoup changé. Il ressentit une pointe de nostalgie. Les rues grouillaient de voitures des années 50, des Studebaker, des Packard et des Chevrolet auxquelles se mêlaient des Fiat et des Lada plus récentes.

La ville palpitait, mais pas des mêmes passions qu'à l'époque de Batista. Les mendiants, les prostituées et les taudis avaient disparu, remplacés par cette austérité et cette apparence de pauvreté qui étaient la marque des pays communistes.

Il se tourna vers Clark.

— Depuis combien de temps appartenez-vous aux services diplomatiques ?

— Je n'y ai jamais appartenu. Je suis de la maison.

— CIA ?

— Si vous préférez.

— Cette histoire à propos de Douglas Oates ?

— A l'usage des oreilles indiscrètes de l'aéroport. J'ai été mis au courant de votre mission par Martin Brogan.

— Où en êtes-vous ? Vous avez repéré l'engin ?

Clark eut un sourire sans joie.

— Vous pouvez l'appeler une bombe, et probablement nucléaire. Un truc assez puissant pour faire sauter la moitié de La Havane et déclencher des incendies qui vont se propager et réduire en cendres toutes les cabanes des faubourgs de la ville. Non, nous ne l'avons pas encore découverte. Nous avons une équipe de vingt hommes qui fouillent les docks et les trois bateaux en question, mais jusqu'à présent ils n'ont rien trouvé. Autant chercher une aiguille dans une meule de foin ! Les cérémonies et le défilé vont avoir lieu dans moins de dix-huit heures et il faudrait une armée de spécialistes pour passer la zone au peigne fin. Et pour couronner le tout, mes agents doivent travailler au milieu des mesures de sécurité renforcées prises par les Russes et les Cubains. Si vous voulez mon avis, la catastrophe est inévitable.

— Pas si je parviens à prévenir Castro à temps...

— Castro ne veut parler à personne, le coupa Clark. Nos amis cubains les plus dignes de confiance, et nous en avons cinq dans les cercles très proches du pouvoir, n'ont pas réussi à entrer en contact avec lui. Désolé, mais votre mission me paraît encore plus désespérée que la mienne.

— Vous allez évacuer vos agents ?

Une expression de profonde tristesse envahit le visage du responsable local de la CIA.

— Non, répondit-il. Nous allons rester jusqu'au bout.

Hagen demeura silencieux tandis que la limousine tournait sur le Malecón et arrivait devant l'ancienne ambassade des Etats-Unis, aujourd'hui occupée par la Suisse. Deux gardes en uniforme de l'armée helvétique ouvrirent le portail.

A cet instant précis, sans le moindre avertissement, un taxi bondit juste derrière la Lincoln et se retrouva dans l'enceinte de l'ambassade avant que les gardes, trop surpris pour réagir, n'aient eu le temps de refermer la grille. La voiture roulait encore qu'une femme en uniforme de la milice et un homme en haillons sautaient à terre. Les soldats, revenus de leur stupeur, se précipitèrent vers eux. L'homme les attendait, accroupi en position de judoka. Les deux Suisses s'immobilisèrent et portèrent la main à leurs armes demeurées dans leurs étuis. Cette fraction de seconde d'hésitation permit à la femme d'ouvrir brusquement la portière arrière de la limousine et de monter à l'intérieur.

— Vous êtes américains ou suisses ? lança-t-elle.

— Américains, répondit Clark aussi étonné par cette soudaine apparition que par l'odeur qu'elle dégageait. Qu'est-ce que vous voulez ?

Sa réaction fut des plus inattendues. Elle éclata d'un rire hystérique et répondit en s'étouffant à moitié :

— Mon Dieu, américains ou suisses ! On dirait que je suis en train d'acheter des chocolats !

Le chauffeur qui avait fait le tour de la Lincoln saisit l'inconnue par la taille pour la faire descendre.

— Attendez ! ordonna Hagen en constatant que le visage de la femme était tuméfié. Qu'est-ce qui se passe ?

— Je suis américaine, fit-elle après avoir repris son sang-froid. Je m'appelle Jessie LeBaron. Je vous en supplie, aidez-moi.

— Bon sang, balbutia Hagen. Vous n'êtes tout de même pas la femme de Raymond LeBaron ?

— Si, si, c'est bien moi. (Elle tendit frénétiquement le bras en direction des hommes qui se battaient dans l'allée de l'ambassade.) Arrêtez-les ! C'est Dirk Pitt, le directeur des projets spéciaux de la NUMA.

— Je m'en occupe, intervint Clark.

Quand il arriva sur les lieux, Pitt s'était déjà débarrassé d'un garde et il luttait avec le second. Le chauffeur de taxi cubain, lui, courait dans tous les sens en réclamant à cor et à cri le prix de sa course. Plusieurs policiers en civil apparus de nulle part vinrent alors ajouter à la confusion en s'accrochant aux barreaux de la grille et en exigeant que Jessie et Pitt leur soient remis. Clark les ignora, mit fin au combat, paya le Cubain, puis conduisit Pitt vers la Lincoln.

— Mais enfin, d'où débarquez-vous ? s'écria Hagen. Le Président vous croyait morts ou en prison...

— Plus tard ! l'interrompit le représentant de la CIA. D'abord, il faut nous mettre à l'abri avant que la police oublie que nous nous trouvons dans une ambassade.

Il s'empressa de les faire tous entrer à l'intérieur et de les diriger par une succession de couloirs vers la partie américaine du bâtiment. Pitt put prendre une douche et se raser tandis qu'un des membres de l'équipe, qui était à peu près de sa taille, lui prêtait des vêtements. On brûla l'uniforme de Jessie qui put enfin se débarrasser de l'odeur du fumier dans un bon bain chaud. Un médecin de l'ambassade suisse vint examiner et soigner ses blessures, puis lui ordonna de se reposer quelques heures avant de répondre aux questions des hommes de la Section des intérêts spéciaux.

Pitt fut conduit dans une petite salle de conférence. A son entrée, Hagen et Clark se levèrent pour se présenter. Ils lui offrirent un siège et tous trois s'installèrent autour d'une table en pin massif.

— Nous n'avons pas le temps de nous lancer dans de longues explications, déclara Clark sans préambule. Il y a deux jours, mes supérieurs de la CIA m'ont informé de votre raid sur Cayo Santa María pour qu'en cas d'échec je sois prévenu des retombées qu'il risquait d'y avoir ici à La Havane. Je n'ai connu le succès de l'opération qu'au moment où monsieur Hagen...

— Ira, le coupa l'homme du Président.

— Donc, au moment où Ira m'a montré un document top secret provenant de la base de l'île. Il m'a également transmis des instructions de Martin Brogan et du Président vous concernant, madame LeBaron et vous. Je devais vous faire rechercher et j'avais ordre de les prévenir immédiatement dans l'hypothèse où vous auriez été pris et arrêtés.

— Ou exécutés, ajouta Pitt.

— Effectivement.

— Dans ce cas, vous savez sans doute pourquoi Jessie et moi avons pris la direction de Cuba.

— Oui. Elle est porteuse d'un message urgent du Président pour Fidel Castro.

Pitt se détendit et s'enfonça dans son fauteuil.

— Bien, fit-il. Mon rôle est donc terminé. Je vous serais très reconnaissant d'organiser mon retour à Washington seulement dans quelques jours, le temps que je m'occupe d'une petite affaire personnelle.

Clark et Hagen échangèrent un regard gêné.

— Désolés de bouleverser vos plans, se décida enfin le premier. Mais nous sommes à quelques heures d'événements extrêmement graves et votre connaissance des bateaux pourrait nous être très utile.

— Je ne vous servirais à rien. Je suis complètement lessivé.

— Voulez-vous quand même écouter un bref résumé de la situation ?

— Allez-y.

Le chef de l'antenne locale de la CIA poussa un petit soupir de soulagement.

— Ira a été envoyé directement par le Président. Il est plus qualifié que moi pour vous exposer le problème. (Il se tourna vers Hagen.) Je vous passe le relais.

Hagen ôta son veston et s'épongea le front avec un mouchoir.

— Voilà où nous en sommes, Dirk... ça ne vous dérange pas que je vous appelle Dirk ?

— Pas du tout.

L'émissaire du Président savait juger les gens et cet homme-là lui plaisait. Ce n'était pas le genre de type à qui on racontait des histoires, et tout indiquait qu'on pouvait lui faire confiance. Il décida de jouer cartes sur table. Il parla donc du complot soviétique en vue d'assassiner les frères Castro, puis de prendre le contrôle du gouvernement cubain. Il décrivit l'opération en termes concis, expliqua comment une bombe, sans doute atomique, avait été introduite dans le port et précisa le moment prévu pour son explosion.

Quand il eut terminé, Clark résuma l'état actuel des recherches. Il n'était plus temps de faire appel à des spécialistes de la détection nucléaire et, de toute façon, les Cubains n'auraient pas autorisé leur venue. Il n'avait à sa disposition qu'une vingtaine d'hommes équipés de matériel très primitif. La responsabilité de l'opération lui incombait et il ne pouvait que constater la futilité de ses efforts. Il se tut et demanda :

— Vous me suivez, Dirk ?

— Oui, répondit lentement Pitt. Parfaitement.

— Des questions ?

— Un tas, mais il y en a une qui me préoccupe un peu plus que les autres. Qu'est-ce qui va nous arriver si on ne trouve pas et ne désamorce pas cet engin ?

— Je crois que vous connaissez la réponse, non ?

— Oui, mais j'aimerais l'entendre de votre bouche.

Clark prit une tête d'enterrement.

— Nous mourrons tous, fit-il avec simplicité.

— Vous allez nous aider ? demanda alors Hagen.

Pitt se tourna vers l'homme de la CIA.

— Il nous reste combien de temps ?

— En gros, seize heures.

Il se leva de son fauteuil et se mit à arpenter la pièce en réfléchissant. Une minute plus tard, il se penchait brusquement au-dessus de la table et lançait :

— Il me faut un plan de la zone des docks.

Un assistant de Clark en apporta aussitôt un.

Pitt l'étala et l'examina attentivement.

— Vous dites que vous ne pouvez pas prévenir les Cubains, c'est bien ça ?

— Oui, répondit Hagen. Leur gouvernement est truffé d'agents soviétiques. Si on les avertissait, ils n'en tiendraient aucun compte et s'opposeraient au contraire à nos recherches.

— Et Castro ?

— Le contacter, c'est mon boulot, déclara l'homme du Président.

— Et la responsabilité de la catastrophe sera attribuée aux Etats-Unis.

— Les spécialistes soviétiques de la désinformation y veilleront, n'en doutez pas.

— Je peux avoir un stylo ?

On lui en tendit un et Pitt traça un cercle sur le plan.

— Je pense que le bateau avec la bombe est à quai quelque part le long de l'anse Antarès.

Clark haussa les sourcils.

— Comment pouvez-vous le savoir ?

— C'est l'endroit où une explosion provoquera le maximum de dégâts. L'anse s'enfonce pratiquement au cœur de la ville.

— Excellente déduction, en tout cas, approuva le responsable local de la CIA. Deux des bateaux suspects sont amarrés là et le troisième de l'autre côté de la baie.

— Parlez-moi de ces bâtiments.

Clark étudia la page du document traitant des entrées au port.

— Deux font partie de la flotte marchande de l'Union soviétique. Le troisième navigue sous pavillon panaméen et appartient à une compagnie maritime dirigée par des exilés cubains anticastristes.

— Ça, c'est la patte du KGB, fit Hagen. Ils vont affirmer que les exilés cubains sont des agents de la CIA et il n'y aura pas un pays au monde pour nous croire innocents de ce massacre.

— Un bon plan, déclara Clark. Ils n'ont peut-être même pas eu à utiliser un de leurs bateaux pour transporter la bombe.

— Oui, mais pourquoi détruire deux bâtiments et leurs cargaisons sans raison ? s'étonna Pitt.

— Je dois admettre que ça ne colle pas.

— Vous avez le nom des navires et leurs cargaisons ?

Clark consulta une autre page et lut :

— L'*Ozero Zaysan,* cargo soviétique transportant des fournitures et équipements militaires. L'*Ozero Baykai,* pétrolier de 200 000 tonnes. Quant au soi-disant bateau cubain, il s'appelle l'*Amy Bigalow*, transporteur de 25 000 tonnes avec un chargement de nitrate d'ammonium.

Pitt fixait le plafond, comme hypnotisé.

— Le tanker, c'est celui qui est mouillé de l'autre côté de la baie ? demanda-t-il lentement.

— Oui, devant la raffinerie.

— Les bateaux ont été déchargés ?

Clark secoua la tête.

— On n'a noté aucune activité autour des deux cargos et le pétrolier n'a pas bougé de place.

Pitt se rassit et dévisagea les deux hommes installés en face de lui avec une lueur glaciale dans le regard.

— Messieurs, on vous a possédés.

Le responsable de la CIA le considéra sans comprendre.

— De quoi voulez-vous parler ?

— Vous avez à la fois surestimé et sous-estimé les Russes, répondit Pitt. Il n'y a pas de bombe atomique à bord de l'un quelconque de ces bâtiments. Pour ce qu'ils projettent de faire, ils n'en ont pas besoin.

Chapitre 66

Le colonel Viktor Kolchak, chef des quinze mille soldats et conseillers soviétiques basés à Cuba, se leva de son bureau pour accueillir Velikov avec chaleur.

— Général, vous ne pouvez pas savoir combien je suis heureux de vous voir en vie.

— Le sentiment est réciproque, colonel, répondit Velikov.

— Asseyez-vous, asseyez-vous, nous avons beaucoup à parler. Les responsables de la destruction de nos installations sur l'île paieront, quels qu'ils soient. Le président Antonov m'a assuré qu'il ne laisserait pas cet affront impuni.

— Personne ne peut y être plus sensible que moi, fit le général. Mais nous avons un problème plus urgent à examiner.

— Une vodka ?

— Je m'en passerai, répondit sèchement Velikov. Rhum-Cola a lieu demain matin à 10 h 30. Tout est prêt ?

Kolchak se servit un petit verre de vodka.

— Nos diplomates et nos amis cubains ont commencé à quitter discrètement la ville par petits groupes. Le gros de nos forces militaires participe à des manœuvres qui se déroulent à une soixantaine de kilomètres de La Havane. A l'aube, tous les hommes, le matériel et les documents importants auront été évacués.

— Laissez-en un peu, fit Velikov négligemment.

Le colonel l'étudia un instant par-dessus ses lunettes.

— Laisser quoi, général ?

— Cinquante civils soviétiques avec leurs familles et deux cents de nos militaires.

— Vous vous rendez compte de ce que vous me demandez ?

— Parfaitement. Nous ne pouvons pas accuser la CIA d'avoir tué des centaines de milliers de gens sans subir nous-mêmes des pertes. Des Soviétiques mourant aux côtés des Cubains. Le nouveau gouvernement mis en place en retirera d'énormes bénéfices au niveau de la propagande.

— Je ne peux pas me résoudre à sacrifier ainsi deux cent cinquante de mes compatriotes.

— Votre père ne se posait pas de tels problèmes de conscience quand il nettoyait les champs de mines allemands en faisant passer ses hommes dessus.

— Mais c'était la guerre !

— Seul l'ennemi a changé, répliqua froidement Velikov. Nous sommes en guerre contre les Etats-Unis depuis 1945. Les vies humaines ne comptent pas quand il s'agit d'accroître notre influence au sein du monde occidental. Il n'y a pas à discuter, colonel. Vous ferez votre devoir.

— Ce n'est pas au KGB de me donner des leçons de devoir, fit Kolchak sans élever la voix.

Le général haussa les épaules avec indifférence.

— Nous avons tous notre utilité. Maintenant, revenons-en à Rhum-Cola. Après l'explosion, vos troupes regagneront la ville pour participer aux opérations de secours pendant que mes agents se chargeront de la passation du pouvoir politique. Je m'arrangerai par ailleurs pour que la presse internationale voie de nombreux soldats soviétiques porter assistance aux blessés.

— Précisément, en tant que soldat, je dois vous dire que je considère tout ce plan comme une véritable abjection. Je ne parviens pas à imaginer que le camarade Antonov puisse l'approuver.

— Il a ses raisons et ce n'est ni à vous ni à moi de les discuter.

Kolchak parut s'affaisser derrière son bureau.

— Je vais dresser la liste de ceux qui resteront, murmura-t-il.

— Merci, colonel.

— Je suppose que tout est en place ?

— Oui, acquiesça Velikov. Vous et moi accompagnerons les frères Castro à la tribune. Je serai équipé d'un émetteur miniature pour la mise à feu des explosifs du premier bateau. Quand Castro entamera son habituel discours marathon, nous nous éclipserons discrètement pour monter dans une voiture d'état-major qui attendra à côté. Dès que nous serons en sécurité, disons une trentaine de minutes pour parcourir vingt kilomètres, j'enverrai le signal radio et l'explosion suivra immédiatement.

— Et comment expliquerez-vous que nous ayons miraculeusement survécu ? demanda Kolchak avec une pointe de sarcasme.

— Nous serons d'abord portés morts ou disparus. Puis, on nous découvrira parmi les blessés.

— Et nous serons blessés ?

— Suffisamment pour être convaincants. Uniformes en lambeaux, un peu de sang et quelques plaies superficielles couvertes de bandages.

Le colonel se tourna pour regarder tristement par la fenêtre de son bureau qui surplombait la ville animée.

— Je ne peux pas croire que demain à la même heure, tout ne sera plus que ruines, mort et désolation, fit-il d'une voix étranglée.

⁂

Le Président travaillait encore. Rien n'était jamais ni blanc ni noir. La tâche du chef de l'exécutif se résumait souvent à une succession de compromis. Ses victoires sur le Congrès étaient tempérées par de nombreux amendements et sa politique étrangère se voyait décortiquée par tous jusqu'à être vidée de son véritable contenu. Et maintenant, il s'efforçait de sauver la vie d'un homme qui avait considéré les Etats-Unis comme son principal ennemi pendant plus de trente ans. Il se demandait si tout cela aurait encore de l'importance dans deux siècles.

Dan Fawcett entra avec du café et des sandwiches.

— Le Bureau ovale ne dort jamais, lança-t-il d'un ton faussement enjoué.(Il servit le Président.) Je peux vous être utile à quelque chose ?

— Non, merci, Dan. Je mets la dernière touche à mes déclarations pour la conférence de presse de demain.

— J'ai hâte de voir la tête des journalistes quand vous allez leur apprendre l'existence de la Colonie Jersey et leur présenter Steinmetz et ses hommes. J'ai visionné quelques-unes des bandes vidéo qu'ils ont ramenées. C'est sensationnel !

Le Président reposa son sandwich et but pensivement une gorgée de café.

— Le monde devient fou, murmura-t-il.

Fawcett le dévisagea.

— Pardon ?

— C'est absurde. Je vais annoncer à la terre entière l'une des plus grandes réalisations scientifiques de ce temps au moment même où La Havane va être rayée de la carte !

— Aucune nouvelle de Brogan depuis que Pitt et Jessie LeBaron ont réapparu par miracle ?

— Rien depuis une heure. Lui aussi est resté à son bureau.

— Je me demande comment ces deux-là ont pu faire !

— Près de cinq cents kilomètres en pays ennemi. Chapeau !

Le téléphone relié directement à Langley sonna.

— Oui ?

— Martin Brogan à l'appareil, monsieur le Président. La Havane dit qu'on n'a détecté aucune radioactivité autour des bateaux.

— Nos agents sont montés à bord ?

— Négatif. Les mesures de sécurité sont trop strictes. Ils n'ont pu que passer en voiture devant les deux bâtiments à quai. Le troisième, un pétrolier, est mouillé dans la baie et ils en ont fait le tour dans un canot.

— Vous voulez donc dire que la bombe a été débarquée et cachée quelque part en ville ?

— Les bateaux ont été placés sous étroite surveillance depuis leur arrivée au port. Rien n'a été déchargé.

— Les radiations ne traversent peut-être pas l'acier des coques ? suggéra le Président.

— Les experts de Los Alamos m'ont assuré que si. Le problème, c'est que nos hommes de La Havane ne sont pas des spécialistes et qu'ils n'ont à leur disposition que de simples compteurs Geiger qui ne sont pas assez sensibles pour détecter les faibles radiations.

— Alors pourquoi ne pas avoir envoyé des équipes avec le matériel nécessaire ?

— Parce qu'il y a une différence entre dépêcher discrètement un homme muni d'un passeport diplomatique et d'une petite valise comme votre ami Hagen et faire entrer clandestinement tout un commando équipé de deux cent cinquante kilos de matériel électronique. Si nous avions eu un mois devant nous, j'aurais peut-être pu y parvenir, mais certainement pas en quelques jours.

— Le malade est donc condamné ?

— C'est à peu près ça, monsieur le Président, répondit Brogan. Nous sommes impuissants.

— Je me refuse à l'admettre. Au nom de l'humanité, il faut faire quelque chose. On ne peut pas laisser tous ces gens mourir sans rien tenter. (Il avait la gorge nouée.) Mon Dieu, je n'arrive pas à imaginer que les Russes vont vraiment faire exploser une bombe atomique en plein milieu d'une ville. Antonov ne comprend donc pas qu'il nous précipite dans l'abîme ?

— Croyez-moi, monsieur le Président, nos analystes ont étudié toutes les possibilités avec l'aide de nos ordinateurs. Ils sont formels, il n'y a pas de solution. Demander par radio aux Cubains d'évacuer La Havane ne servirait à rien. Ils se contenteraient d'ignorer nos avertissements.

— Il reste l'espoir qu'Ira Hagen puisse contacter Castro à temps.

— Vous pensez sincèrement que Fidel Castro va croire votre émissaire sur parole ? C'est peu probable. Il va d'abord s'imaginer qu'il s'agit d'un complot destiné à le discréditer. Je suis désolé, monsieur le Président, mais il faut nous préparer à la catastrophe car il n'y a plus rien à faire pour l'empêcher.

Le chef de la Maison-Blanche n'écoutait plus. Son visage reflétait un intense désespoir.

— Je vais réunir mes conseillers demain matin à la première heure avant de dévoiler l'existence de la colonie lunaire, fit-il d'un ton très las. Nous allons tâcher d'élaborer un plan pour contrer les accusations soviétiques et cubaines et recoller les morceaux autant qu'il est encore possible de le faire.

Chapitre 67

Ils n'eurent aucun problème pour quitter l'ambassade de Suisse. Vingt ans auparavant, on avait en effet creusé un tunnel qui s'enfonçait à plus de trente mètres sous les rues et les égouts, bien trop profondément pour être repéré par les agents de sécurité cubains qui quadrillaient le quartier.

Clark descendit l'échelle suivi de Pitt, puis emprunta un passage qui courait sur plusieurs centaines de mètres et se terminait devant un conduit. Ils remontèrent pour déboucher dans le salon d'essayage d'un magasin de vêtements pour femmes.

Le magasin avait fermé six heures plus tôt et les mannequins de la vitrine dissimulaient efficacement ce qui se passait à l'intérieur. Dans l'arrière-boutique, il y avait trois hommes, l'air épuisés et hagards, qui ne se levèrent même pas quand Clark entra en compagnie de Pitt.

— Je vous présente Manny, Moe et Jack, fit le responsable local de la CIA. Pas besoin d'autres noms.

Manny, un grand Noir au visage creusé vêtu d'une chemise vert délavé et d'un pantalon kaki, alluma une cigarette et lança un regard indifférent en direction de Pitt. C'était à l'évidence un homme qui avait depuis longtemps perdu ses illusions.

Moe lisait un livre de conversation russe par-dessus ses lunettes. Il avait tout de l'intellectuel, une expression rêveuse, des cheveux longs et une barbe mal taillée. Il se contenta de sourire aux nouveaux arrivants.

Jack, lui, était le stéréotype du Latin tel qu'on le représentait dans les films des années 30, trapu, des yeux de braise, des dents éclatantes et une fine moustache. Il fut le seul à parler.

— *Hola,* Thomas. On est venu réconforter ses troupes ?

— Messieurs, voici... euh... Sam. Il nous apporte de nouvelles lumières sur l'affaire qui nous préoccupe.

— Elles ont intérêt à être bonnes ses lumières pour que vous nous ayez obligés à quitter les docks, grogna Manny. On n'a pas de temps à perdre avec des théories fumeuses.

— Vous n'avez guère progressé dans vos recherches depuis vingt-quatre heures, fit Clark avec patience. Alors je vous suggère au moins d'écouter ce qu'il a à dire.

— Des conneries, oui ! répliqua Manny. C'est juste au moment où on avait dégoté le moyen de se glisser à bord d'un de ces cargos que vous nous ordonnez de rappliquer !

— Vous aurez beau fouiller chaque centimètre carré, vous ne trouverez pas trace d'un quelconque engin nucléaire, intervint Pitt.

Le Noir se tourna vers lui et l'examina des pieds à la tête.

— Okay, gros malin, fit-il. Alors elle est où votre bombe ?

— Vos bombes, le corrigea Pitt. Trois pour être précis, et aucune d'entre elles n'est une bombe atomique.

Sa déclaration fut accueillie par un silence sceptique.

Il tira le plan qu'il avait glissé sous sa chemise, le déplia et le punaisa au mur. L'attitude des agents de la CIA ne le déconcertait pas. Il savait qu'il s'agissait d'hommes compétents qui n'acceptaient pas facilement la défaite.

— Le premier élément de cette chaîne de l'horreur est l'*Amy Bigalow*, commença-t-il. Son chargement de 25 000 tonnes de nitrate d'ammonium...

— C'est juste de l'engrais, l'interrompit Manny.

— Et aussi un composé chimique hautement volatil. Si tout ce nitrate d'ammonium explosait, sa force de destruction serait encore plus grande que celle des bombes lâchées sur Hiroshima et Nagasaki, dont une partie de la puissance s'est perdue dans l'atmosphère. L'*Amy Bigalow,* en revanche, va sauter au niveau du sol et la déflagration balayer La Havane comme une traînée de lave en fusion. Les cales de l'*Ozero Zaysan*, censé transporter du matériel militaire, sont probablement bourrées de munitions qui sauteront après l'*Amy Bigalow*. Ensuite, ce sera au tour de l'*Ozero Baykai* et de sa cargaison de pétrole. Les réservoirs, les raffineries et toutes les usines de produits chimiques exploseront les unes après les autres et la catastrophe pourra se poursuivre ainsi pendant plusieurs jours.

Les trois hommes de la CIA demeurèrent impassibles, mais au fond d'eux-mêmes, ils étaient épouvantés par cette vision d'enfer.

Moe se tourna vers Clark :

— Je crois qu'il a mis dans le mille.

— Je le crois aussi. Langley a mal interprété les intentions des Russes. Le même résultat peut être atteint sans avoir recours à l'arme nucléaire.

Manny se leva et sourit à Pitt.

— Mon vieux, vous au moins vous vous y connaissez en coups tordus !

Jack prit alors la parole pour la première fois.

— Impossible de décharger ces bateaux avant les festivités de demain.

— Mais on peut les déplacer, répliqua Pitt.

Le Noir réfléchit un instant.

— Les cargos sans doute, mais pour le tanker, rien à faire. Il nous faudrait un remorqueur pour le diriger vers le chenal.

— Chaque mille qu'on parviendra à mettre entre le port et ces bâtiments sauvera des centaines de milliers de vies humaines.

— Et on aura peut-être un peu plus de temps pour dénicher les détonateurs, fit Moe.

— Il vaudrait mieux pour nous qu'on les trouve avant d'être en pleine mer.

— Sinon, murmura Manny d'un ton sinistre, on saute avec.

— Ça économisera les frais d'enterrement, lança Clark avec un humour grinçant. Il ne restera pas grand-chose de nous !

Moe avait l'air perplexe.

— On manque de bras, dit-il.

— Combien de mécaniciens pouvez-vous réunir ? demanda Pitt.

— Manny était ingénieur en chef dans la marine, répondit Moe. Qui tu vois d'autre, Manny ?

— Enrico se débrouille dans une salle des machines. Et Hector aussi, quand il est à jeun.

— Ça fait trois, constata Pitt. Et pour les matelots ?

— Quinze. Dix-sept avec Moe et Jack, répondit Clark.

— Ça fait donc vingt, plus moi, vingt et un, compta Pitt. Les pilotes du port ?

— Tous à la botte de Castro, gronda Manny. Il faudra qu'on se débrouille tout seuls.

— Eh, attendez une seconde ! s'écria Moe. Même si on arrive à se débarrasser des forces de sécurité qui quadrillent les docks, il reste les équipages des bateaux.

Pitt se tourna vers Clark.

— Vous vous chargez des gardes, moi des équipages.

— Je commanderai moi-même une équipe, fit le responsable de la CIA. Mais je suis curieux de savoir comment de votre côté vous avez l'intention de vous y prendre ?

— C'est déjà réglé, répondit Pitt avec un large sourire. Les navires sont abandonnés. Je vous parie que les équipages ont déjà discrètement quitté le bord pour se mettre à l'abri.

— Les Soviétiques veulent sans doute épargner la vie des leurs, mais ils n'ont probablement rien à foutre des étrangers de l'*Amy Bigalow*.

— Oui, mais d'un autre côté, ils ne peuvent pas courir le risque qu'un matelot un peu trop curieux traîne encore dans le coin quand ils installeront le dispositif de mise à feu.

Jack considéra un instant la question, puis conclut :

— Deux et deux égale quatre. Décidément, ce type n'est pas bête.

Manny regarda Pitt avec une lueur de respect dans le regard.

— Vous êtes de la maison ?

— Non, NUMA.

— Dépassé par un amateur, soupira le grand Noir. Il est temps que je prenne ma retraite.

— Combien d'hommes pour surveiller ces bateaux ? lui demanda Clark.

— Environ une douzaine autour du *Bigalow*. Autant pour le *Zaysan*. Pour le pétrolier, une vedette est ancrée à côté. Vraisemblablement pas plus de six ou sept hommes à bord.

Clark se mit à arpenter la petite pièce.

— Bon, alors voilà. Mon groupe s'occupe des gardes et couvre l'opération. Manny, tes hommes et toi, vous investissez l'*Amy Bigalow*. Moe, tu prends l'*Ozero Zaysan*. Le remorqueur, c'est ton affaire, Jack. Surtout, fais bien attention à ce que l'alerte ne soit pas donnée quand tu t'en empareras. Il nous reste six heures de jour. Il n'y a plus une seconde à perdre. (Il s'arrêta de marcher.) Des questions ?

Moe leva la main.

— Quand on sera en pleine mer, qu'est-ce qu'on fait ?

— Vous prenez le canot à moteur du bateau et vous filez le plus loin possible avant l'explosion.

Personne ne parla. Ils savaient tous que leurs chances de s'en tirer étaient pratiquement nulles.

— J'aimerais accompagner Manny, fit Pitt. Je ne me débrouille pas trop mal à la barre.

Le Noir se leva pour lui assener une grande claque dans le dos.

— Sam, mon vieux, je crois que vous allez me plaire !

Pitt lui lança un regard pénétrant.

— Espérons qu'on vivra assez longtemps pour vous permettre de le vérifier !

Chapitre 68

L'*Amy Bigalow* était amarré le long d'un quai ultra-moderne construit par les Soviétiques. Quelques centaines de mètres plus loin, se dressait l'*Ozero Zaysan*, sombre et désert. Les lumières de la ville se reflétaient dans les eaux noires du port et de rares nuages flottaient dans le ciel, poussés vers la mer.

Le command-car de fabrication russe quitta le boulevard Desamparados, suivi de deux camions militaires. Le convoi traversa lentement la zone des docks et vint se garer devant la passerelle de l'*Amy Bigalow*. Un garde sortit de sa guérite pour s'approcher prudemment de la voiture.

— Vous avez un laissez-passer ? demanda-t-il.

Clark, en uniforme de colonel cubain, lança à l'homme un regard plein d'arrogance.

— Appelez-moi l'officier de service, aboya-t-il.

Ayant reconnu le rang de son interlocuteur à la lumière jaune des lampes qui éclairaient les quais, la sentinelle se mit au garde-à-vous et salua.

— Tout de suite, monsieur.

Le soldat retourna vers le poste et s'empara de son émetteur portatif.

Clark était tendu. Il fallait que son plan réussisse. S'ils avaient investi le cargo en tirant dans tous les coins, l'alerte aurait été aussitôt donnée et les Russes, placés au pied du mur, n'auraient pas eu d'autre solution que de déclencher l'explosion plus tôt que prévu.

Un capitaine de l'armée cubaine se découpa sur le seuil d'un entrepôt voisin. Il s'immobilisa un instant pour examiner la colonne, puis s'avança vers le command-car.

— Capitaine Roberto Herras, se présenta-t-il en saluant. Je peux vous être utile, monsieur ?

— Colonel Ernesto Pérez, répondit Clark. Je viens vous relever.

Herras sembla embarrassé.

— J'avais pour instructions de garder ces bateaux jusqu'à demain midi, fit-il.

— Vos ordres ont été changés, répliqua sèchement Clark. Rassemblez vos hommes et préparez-vous au départ.

— Si ça ne vous dérange pas, colonel, je voudrais prendre confirmation auprès de mon commandant.

— Et votre commandant devra appeler le général Melena. Or, le général est au lit. (Le faux colonel le considéra à travers la fente de ses yeux.) Un rapport pour insubordination ne contribuera guère à votre avancement.

— Je...je vous en prie, monsieur, je ne refuse pas d'obéir à un supérieur, je...

— Dans ce cas, je vous conseille de vous exécuter.

— Bien, colonel. Je...je ne voulais pas...(Il céda.) Je rassemble mes hommes tout de suite.

— Faites vite !

Dix minutes plus tard, le capitaine Herras avait fait mettre en rang les vingt-quatre soldats de sa patrouille. Les Cubains étaient ravis de regagner leur caserne pour y jouir d'une bonne nuit de sommeil. Leur officier ne parut pas remarquer que les hommes du colonel restaient dissimulés à l'intérieur du camion de tête.

— Vous avez toute votre unité ? demanda Clark.

— Oui, monsieur.

— Egalement ceux qui gardent l'autre bateau ?

— Pardonnez-moi, colonel. J'ai laissé des sentinelles devant la passerelle pour être sûr que personne ne monte à bord avant que vos hommes aient pris position. Nous les récupérerons au passage.

— Parfait, capitaine. Le deuxième camion est vide. Ordonnez-leur de monter. Vous pouvez prendre ma voiture. Mon aide de camp la récupérera à votre QG.

— C'est très aimable à vous, monsieur. Je vous remercie.

La main de Clark, durant tout ce temps, n'avait pas quitté le petit automatique calibre 25 équipé d'un silencieux qui se trouvait au fond de sa poche. Les Cubains grimpaient déjà à l'arrière du camion. Il laissa son siège à Herras et se dirigea d'un pas assuré vers l'autre véhicule à l'intérieur duquel se trouvaient Pitt et les matelots cubains.

Le convoi s'éloignait des quais quand une voiture d'état-major surgit et vint se ranger le long du quai. L'officier soviétique installé sur le siège arrière se pencha par la vitre et demanda d'un ton soupçonneux :

— Qu'est-ce qui se passe ici ?

Clark s'approcha lentement, s'assurant que les seuls occupants de la voiture étaient le Russe et son chauffeur.

— Relève de la garde.

— Je n'ai pas connaissance de tels ordres.

— Ils viennent du général Velikov en personne, répondit Clark en s'arrêtant à deux pas de la portière.

Il remarqua que son interlocuteur était également un colonel.

— J'arrive du QG du général pour effectuer une tournée d'inspection et il n'a pas été question d'une quelconque relève. (Le colonel se prépara à descendre.) Il doit y avoir une erreur.

— Non, répondit Clark.

Il referma la portière d'un coup de genou et abattit l'officier russe d'une balle entre les deux yeux, puis en logea froidement deux autres dans la nuque du chauffeur.

Une minute plus tard, la voiture d'état-major s'enfonçait dans les eaux glauques du port avec les deux cadavres dedans.

***

Manny se précipita sur la passerelle de l'*Amy Bigalow*, suivi de Pitt et de quatre hommes de la marine marchande cubaine. Ils se séparèrent aussitôt. Les Cubains descendirent à la salle des machines pendant que Pitt fonçait vers la timonerie. Il passa une demi-heure à examiner l'équipement électronique et le système de communication du cargo à l'aide de sa torche jusqu'à avoir assimilé toutes les fonctions des différents instruments de navigation.

Il décrocha le téléphone de bord et appela la salle des machines. Une minute entière passa, puis le Noir vint répondre.

— Qu'est-ce que vous voulez, nom de Dieu ?

— Simple vérification, répondit Pitt. Prêt quand vous voulez.

— Il va vous falloir patienter encore un peu, monsieur de la NUMA.

Pitt vit alors Clark apparaître à ses côtés.

— C'est Manny ? demanda celui-ci.

— Oui.

— Dites-lui de monter immédiatement.

Pitt transmit et eut droit à un chapelet de jurons en réponse.

Moins d'une minute plus tard, le grand Noir faisait irruption devant eux, couvert de graisse et de sueur.

— Dépêchez-vous, lança-t-il à Clark. J'ai un problème.

— Moe aussi en a un !

— Je suis déjà au courant. Les machines ont été arrêtées.

— Les vôtres sont en état de marche ?

— Bien sûr, pourquoi ?

— L'équipage soviétique de l'*Ozero Zaysan* a détruit à coups de marteau toutes les valves, répondit Clark d'un ton déprimé. Moe dit qu'il aurait besoin d'au moins deux semaines pour réparer.

— Il va falloir que Jack le tire en mer avec le remorqueur, fit Pitt.

Manny cracha par la porte ouverte.

— Il ne sera jamais de retour à temps pour s'occuper du tanker. Les Russes ne sont pas aveugles. Ils pigeront le truc dès qu'il fera jour.

Clark hocha lourdement la tête.

— Je crains qu'il n'ait raison.

— Où en êtes-vous, ici ? demanda Pitt à Manny.

— Si ce rafiot avait des diesels, on pourrait appareiller dans deux heures. Mais il marche avec des turbines à vapeur.

— Il vous faut combien de temps ?

Le Noir baissa les yeux pour réfléchir.

— Disons quatre heures, répondit-il enfin. A condition que tout se passe bien.

— Quatre heures ! s'exclama Clark, abasourdi.

— Dans ce cas, l'*Amy Bigalow* ne sera pas sorti du port avant le jour.

— Et voilà, c'est foutu, lança Clark avec découragement.

— Non, ce n'est pas foutu, répliqua Pitt. Même si on ne parvient à éloigner qu'un seul bateau, on épargnera des milliers de vies humaines.

— Mais nous, on mourra tous, fit Clark. C'est inévitable. Il y a deux heures, je nous donnais une chance sur deux de survivre, mais plus maintenant. Surtout quand votre ami Velikov va voir son plan monstrueux partir en fumée, si j'ose dire. Sans oublier le colonel soviétique au fond de la baie dont l'absence ne manquera pas d'être signalée, ce qui nous vaudra sous peu la présence d'un régiment entier.

— Et il y a aussi ce capitaine de la garde, ajouta Manny. Il va piger tout de suite après l'engueulade qui l'attend pour avoir quitté son poste sans les ordres appropriés.

Le bruit assourdi de puissants diesels se fit alors entendre.

Pitt regarda par les vitres de la passerelle.

— Jack arrive avec le remorqueur, annonça-t-il.

Il se tourna vers les lumières de la ville qui ruisselaient comme des diamants. Il se représenta les milliers d'enfants qui s'étaient endormis joyeux à la pensée du jour de vacances qui les attendait. Combien d'entre eux ne se réveilleraient jamais ?

— Il reste encore un petit espoir, déclara-t-il après un long silence.

Il exposa brièvement son plan qui devrait permettre de réduire l'ampleur de la catastrophe et de sauver la plus grande partie de La Havane. Quand il eut fini, il consulta ses deux compagnons du regard.

— Vous croyez que ça pourrait marcher ? demanda-t-il.

— Marcher ? fit Clark d'un ton désespéré. Trois hommes et moi pour retenir la moitié de l'armée cubaine pendant trois heures ? Ce n'est même plus du suicide !

— Manny ?

Le Noir fixa Pitt, essayant de déchiffrer l'expression de son visage plongé dans la pénombre. Pourquoi un Américain acceptait-il ainsi de risquer sa vie pour des gens prêts à l'abattre sans la moindre sommation ? Il savait qu'il n'aurait jamais la réponse et il haussa les épaules avec fatalisme.

— On perd du temps, fit-il simplement en se tournant pour rejoindre la salle des machines.

Chapitre 69

La longue limousine noire s'arrêta devant l'entrée du pavillon de chasse des Castro, situé dans les collines au sud-est de la ville. L'un des deux drapeaux accrochés au pare-chocs avant était celui de l'Union soviétique et l'autre indiquait que le passager était un militaire de haut rang.

La maison de gardien à l'extérieur de la propriété clôturée était occupée par une unité d'élite chargée d'assurer la protection du leader cubain. Un homme en uniforme sans insignes s'avança lentement vers la voiture. Il se pencha pour étudier l'imposante silhouette de l'officier soviétique installé à l'arrière, puis la carte que celui-ci lui tendit.

— Colonel Kolchak. Vous n'avez pas besoin de me prouver votre identité. (Il esquissa un salut.) Juan Fernández, chef des services de sécurité de Fidel Castro.

— Vous ne dormez donc jamais ?

— Je suis un oiseau de nuit, répondit Fernández. Qu'est-ce qui vous amène à cette heure inhabituelle ?

— Un problème urgent.

Le Cubain attendit des explications qui ne vinrent pas. Il se sentit brusquement inquiet. Il savait que seule une situation critique pouvait conduire un officier soviétique aussi important à venir ici à 3 h 30 du matin.

— Je suis désolé, monsieur, fit-il. Mais Fidel a laissé des consignes très strictes. Il ne veut être dérangé sous aucun prétexte.

— Je respecte le désir du président Castro. De toute façon, c'est Raúl que je souhaite voir. Pourriez-vous lui faire annoncer que je voudrais l'entretenir en tête à tête d'un sujet d'une extrême gravité ?

Fernández réfléchit un moment, puis hocha la tête.

— Je vais appeler le pavillon de chasse et prévenir son aide de camp que vous arrivez.

— Je vous remercie.

Le Cubain fit un signe en direction de la maison du gardien et le portail commandé par un système électronique s'ouvrit. La limousine s'engagea dans une allée qui serpentait à flanc de colline pendant environ trois kilomètres, puis se rangea devant une grande villa de style espagnol qui dominait le paysage vallonné criblé de quelques lointaines lumières.

Le chauffeur descendit et ses bottes crissèrent sur le gravier tandis qu'il faisait le tour de la voiture pour venir se planter à côté de la portière arrière et attendre. Il observa un instant les gardes qui patrouillaient tout autour. Le chef d'état-major de Raúl Castro finit par s'encadrer sur le seuil. Il s'avança en bâillant.

— Colonel, quel plaisir inattendu, fit-il sans grand enthousiasme. Entrez, je vous prie. Raúl descend tout de suite.

Sans un mot, l'officier soviétique s'extirpa de la limousine et suivit l'aide de camp à travers un large patio qui donnait sur l'entrée du pavillon. Il se moucha dans un large mouchoir qui lui dissimulait le visage. Le chauffeur se tenait à quelques pas en retrait. Le Cubain désigna le salon et déclara :

— Installez-vous, je vais aller chercher du café.

Restés seuls, les deux Russes, le dos tourné à la porte, examinèrent les murs couverts de trophées de chasse.

Raúl Castro, une robe de chambre passée sur son pyjama, entra peu après. Les deux visiteurs se retournèrent et il s'arrêta net. Il haussa les sourcils, à la fois surpris et intrigué.

— Mais enfin, qui êtes-vous ?

— Je m'appelle Ira Hagen et je suis porteur d'un message très important du président des Etats-Unis. (Il se tut et désigna son chauffeur qui avait ôté sa casquette pour libérer une masse de cheveux auburn.) Puis-je vous présenter madame Jessie LeBaron ? Elle a traversé de terribles épreuves pour apporter la réponse personnelle du Président à votre frère sur sa proposition de traité d'amitié américano-cubain.

Le silence qui s'abattit dans le salon était si profond qu'on entendait le tic-tac d'une vieille pendule dressée contre le mur opposé. Les yeux noirs de Raúl Castro allaient de Hagen à la jeune femme.

— Jessie LeBaron est morte, affirma-t-il enfin avec calme.

— J'ai survécu à l'explosion du dirigeable et aux tortures du général Peter Velikov, répliqua Jessie d'une voix assurée. Nous avons des documents prouvant qu'il a l'intention de vous faire assassiner, votre frère et vous, pendant les cérémonies du Jour de l'éducation, demain matin.

Le ton d'autorité sur lequel cette déclaration avait été faite ne manqua pas d'impressionner Raúl.

Il hésita quelques secondes, puis annonça :

— Je vais réveiller Fidel et lui demander d'écouter ce que vous avez à dire.

***

Velikov surveillait le déménagement de son bureau vers les sous-sols de l'ambassade soviétique. Son adjoint du KGB entra dans la pièce en désordre, débarrassa une chaise des papiers posés dessus et s'assit.

— C'est dommage que tout ça doive brûler, fit-il d'un ton las.

— Un bâtiment plus beau et plus neuf renaîtra des cendres, répondit Velikov avec un sourire retors. Cadeau du gouvernement cubain reconnaissant.

Le téléphone sonna et le général décrocha aussitôt.

— Oui ?

— Le major Borchev voudrait vous parler, annonça la voix de sa secrétaire.

— Passez-le-moi.

— Général ?

— Oui, Borchev. Je vous écoute.

— Le capitaine responsable des forces de sécurité des quais a quitté son poste en compagnie de ses hommes pour regagner sa caserne à l'extérieur de la ville.

— Ils ont laissé les bateaux sans surveillance ?

— Euh... c'est-à-dire, pas vraiment.

— Ils ont déserté leur poste, oui ou non ?

— Il prétend avoir été relevé par une patrouille placée sous le commandement d'un certain colonel Ernesto Pérez.

— Je n'ai donné aucun ordre de ce genre.

— Je m'en doute, général. Sinon, j'en aurais sans doute été avisé.

— Qui est ce Pérez et à quelle unité appartient-il ?

— Nous avons vérifié auprès des autorités militaires cubaines. Il ne figure dans aucun dossier.

— J'ai envoyé le colonel Mikoyan inspecter la zone des docks. Prenez contact avec lui et demandez-lui d'aller voir ce qui se passe.

— J'essaye de le joindre depuis une demi-heure, fit Borchev. Il ne répond pas.

Un autre téléphone bourdonna et Velikov mit le major en attente.

— Oui ? aboya-t-il.

— Juan Fernández à l'appareil, général. Je pensais que vous aimeriez savoir que le colonel Kolchak vient d'arriver pour voir Raúl Castro.

— Impossible !

— Je l'ai moi-même contrôlé devant le portail.

Cette nouvelle ne fit qu'accroître la confusion de Velikov. Il avait l'air effaré. Il n'avait dormi que quatre heures au cours de ces dernières trente-six heures et il avait l'esprit cotonneux.

— Vous êtes toujours là, général ? demanda Fernández avec anxiété.

— Oui, oui. Ecoutez-moi bien, Fernández. Montez au pavillon et voyez ce qui se trame entre Castro et Kolchak. Espionnez leur conversation et rappelez-moi dans deux heures.

Sans attendre la réponse du Cubain, il reprit Borchev.

— Major, formez un détachement et foncez vers les docks. Vous le conduirez vous-même. Vérifiez qui est ce Pérez et faites-moi votre rapport dès que possible.

Velikov appela ensuite sa secrétaire.

— Mettez-moi en ligne avec le QG du colonel Kolchak, ordonna-t-il.

Son adjoint s'était redressé sur sa chaise et le considérait avec curiosité. Il n'avait jamais vu le général dans un pareil état de nervosité.

— Quelque chose qui ne va pas ?

— Je ne sais pas encore, murmura Velikov.

La voix familière du colonel Kolchak s'éleva soudain dans l'écouteur.

— Alors Velikov, comment ça se passe avec le GRU et le KGB ?

Le général, stupéfait, mit quelques secondes à réagir.

— Où... où êtes-vous ?

— Comment où je suis ? s'étonna Kolchak. J'essaye de mettre à l'abri le maximum de documents, tout comme vous je suppose. Où pensiez-vous que j'étais ?

— Je viens de recevoir un rapport signalant votre présence au pavillon de chasse des Castro.

— Désolé, mais je n'ai pas encore le don d'ubiquité, répliqua le colonel, imperturbable. J'ai l'impression que vos agents commencent à avoir des visions.

— Bizarre, pourtant. Le rapport m'est parvenu d'une source habituellement fiable.

— Vous croyez que Rhum-Cola puisse être en danger ?

— Non. On continue comme prévu.

— Bien. Donc, tout va bien ?

— Oui, mentit Velikov avec une sensation d'angoisse. Tout va bien.

Chapitre 70

Le remorqueur s'appelait le *Pisto* d'après une spécialité espagnole à base de poivrons rouges, de courgettes et de tomates. Sa coque était couverte de rouille, mais le diesel de 3 000 chevaux logé dans ses entrailles tournait comme une horloge.

Les mains posées sur la roue du gouvernail, Jack regardait à travers la vitre couverte de buée s'approcher l'énorme masse sombre qui se découpait contre le ciel nocturne. Le pétrolier semblait aussi sinistre que les deux porteurs de mort amarrés le long des quais. Ses feux de navigation étaient éteints et seule la vedette qui patrouillait autour avertissait les autres bateaux de se tenir à l'écart.

Jack amena le *Pisto* tout près de l'*Ozero Baykai*, vers l'ancre arrière. Il coupa le moteur. La vedette l'avait déjà repéré et fonçait sur lui. Trois hommes se précipitèrent pour tirer une salve d'avertissement, puis un jeune lieutenant empoigna un mégaphone et cria :

— Vous êtes dans une zone interdite. Dégagez immédiatement !

Jack mit ses mains en porte-voix et répondit :

— Mes générateurs sont en panne et mon diesel vient de s'arrêter. Vous pouvez me remorquer ?

Le lieutenant secoua la tête avec exaspération.

— C'est un bâtiment militaire. On ne remorque personne.

— Je peux monter et utiliser votre radio pour prévenir mon patron ? Il m'enverra un autre remorqueur.

— Et vos batteries de secours ?

— A plat. (Jack fit un geste d'impuissance.) Pas les pièces nécessaires pour réparer. Je suis sur la liste d'attente, vous savez comment ça se passe.

Les deux bateaux étaient si proches l'un de l'autre qu'ils se touchaient presque. Le lieutenant reposa son mégaphone et lâcha d'une voix enrouée :

— Je ne peux pas vous y autoriser.

— Dans ce cas, je vais devoir rester ici jusqu'au matin, répondit Jack d'un ton désagréable.

Le lieutenant, furieux, leva les bras et céda :

— Bon, allez-y, mais faites vite.

Jack descendit sur le pont et sauta sur la vedette. Il regarda autour de lui avec une feinte indifférence, nota l'attitude décontractée des trois servants de la mitrailleuse, la présence du matelot de barre qui allumait un cigare et l'air fatigué du lieutenant. Il ne manquait que le mécanicien, occupé en bas.

Le lieutenant s'avança vers lui.

— Dépêchez-vous, fit-il. Vous entravez une opération militaire.

— Excusez-moi, mais je n'y peux rien.

Jack tendit la main comme pour serrer celle du lieutenant et lui logea deux balles dans le cœur à l'aide d'un petit automatique équipé d'un silencieux. Puis, tranquillement, il abattit l'homme de barre.

Les trois marins autour de la mitrailleuse moururent sur le coup, transpercés par des flèches tirées par les hommes de Jack depuis le remorqueur. Quant au mécanicien, il ne vit même pas partir le projectile qui lui fracassa le crâne.

Jack et son équipe transportèrent les cadavres dans la salle des machines, puis ouvrirent tous les robinets de prise d'eau et vannes de vidange. Ils regagnèrent ensuite le remorqueur sans plus prêter attention à la vedette en train de sombrer.

Ils lancèrent des grappins, puis Jack et deux hommes grimpèrent à bord du tanker sur lequel ils hissèrent deux bouteilles d'acétylène et un chalumeau.

Quarante-cinq minutes plus tard, les chaînes des ancres étaient coupées et le *Pisto*, pareil à une fourmi essayant de faire bouger un éléphant, enfouissait son avant camus contre l'énorme poupe de l'*Ozero Baykai*. Centimètre par centimètre, imperceptiblement d'abord, le petit bateau entreprit de pousser le gigantesque pétrolier vers le milieu de la baie.

***

Pitt observait le lent mouvement de l'*Ozero Baykai* avec des jumelles à infrarouges depuis l'*Amy Bigalow*. La marée, heureusement, jouait en leur faveur, contribuant à éloigner le monstre du centre de la ville.

Il avait trouvé à l'intérieur du cargo un scaphandre autonome qui lui avait permis d'examiner la coque à la recherche d'une éventuelle charge d'explosifs mais, n'ayant rien trouvé, il en avait conclu que les détonateurs avaient dû être dissimulés au milieu de la cargaison.

La montre de Pitt marquait 4 h 30 quand le *Pisto* revint. Il se dirigea droit vers le bateau contenant les munitions, l'*Ozero Zaysan*. Jack manœuvra rapidement et le remorqueur s'apprêtait déjà à tirer le cargo quand un convoi militaire composé de quatre camions déboucha sur le quai à vive allure.

Pitt se rua à terre, évita une caisse, et fonça vers l'amarre arrière. Il souleva le cordage graisseux enroulé autour du bollard et le lança à l'eau. Il n'avait plus le temps de faire la même chose à l'avant. Des hommes lourdement armés jaillissaient des camions et se plaçaient en formation de combat. Il grimpa la passerelle et mit en marche le treuil électrique permettant de la remonter.

Il s'empara du téléphone et appela la salle des machines.

— Manny, ils sont là, se contenta-t-il d'annoncer.

— J'ai assez de vapeur pour partir.

— Bon boulot. Vous nous avez fait gagner une heure et demie.

— Alors, magnez-vous !

Pitt commanda aussitôt la manœuvre de sorte que l'arrière se dégage du quai en premier.

Il sentit les machines vibrer sous ses pieds.

***

Clark se rendit compte avec consternation que leurs ennemis étaient beaucoup plus nombreux encore qu'il ne se l'était imaginé, que toute voie de retraite lui était coupée et qu'il n'allait pas avoir à combattre des soldats cubains ordinaires, mais des troupes d'élite soviétiques. En mettant les choses au mieux, il pourrait les retenir quelques minutes, le temps pour les bateaux de s'éloigner du quai.

Il plongea la main dans un sac de toile accroché à sa ceinture et en tira une grenade. Il sortit de l'ombre et la lança contre le dernier camion. Il y eut une sourde déflagration, puis un torrent de flammes jaillit tandis que le réservoir explosait. Le véhicule parut s'épanouir comme une fleur pourpre et les hommes roulèrent sur le quai, pareils à des quilles embrasées.

Il se précipita au milieu des Russes totalement désorganisés, enjambant les blessés qui se tordaient au sol. Il balança trois autres grenades vers les véhicules restants.

Les Marines soviétiques évacuèrent les camions pour chercher à échapper au massacre. Quelques-uns, cependant, commencèrent à tirer sur tout ce qui ressemblait à une silhouette humaine. Les bruits de la fusillade étaient accompagnés du fracas du verre brisé tandis que les vitres des entrepôts voisins volaient en éclats.

Les six hommes de Clark cessèrent le feu. Les rares balles lâchées dans leur direction passèrent au-dessus de leurs têtes. Ils regardaient leur chef qui, en uniforme d'officier cubain, se tenait au milieu de la mêlée, jurant en russe et ordonnant aux Marines de se regrouper pour charger en direction du quai.

— Vite ! Vite ! hurlait-il. Ils s'enfuient. Dépêchez-vous, bande de bons à rien ! Les traîtres vont s'échapper !

Il se trouva brusquement face à Borchev dont les yeux s'écarquillèrent de surprise et, sans lui laisser le temps de réagir, il l'empoigna par le bras et le poussa à l'eau. Par chance, personne n'avait rien remarqué.

— Suivez-moi ! s'écria-t-il alors en courant le long du quai vers l'endroit où celui-ci passait entre deux entrepôts.

Les Marines russes se lancèrent derrière lui, penchés en avant et zigzaguant tout en tirant rafales sur rafales. Ils paraissaient avoir surmonté le choc initial et ne cherchaient qu'à se venger de leurs ennemis invisibles sans se rendre compte qu'ils fonçaient tête baissée dans un nouveau piège. Les ordres de Clark n'étaient pas discutés. En l'absence d'instructions contraires de leur commandant, les gradés exhortaient leurs hommes à suivre l'officier en uniforme cubain qui conduisait l'attaque.

Quand les Marines se trouvèrent tous engagés entre les deux bâtiments, Clark se jeta au sol comme s'il venait d'être touché. C'était le signal destiné à ses hommes. Les Russes, pris entre deux feux, furent impitoyablement fauchés, d'autant qu'ils formaient des cibles parfaites à la lueur des camions en flammes. Les cris des blessés se mêlaient au crépitement des armes automatiques.

Le responsable de la CIA roula sur lui-même pour se mettre à l'abri derrière une caisse, mais une balle l'atteignit à la cuisse et une autre lui transperça les deux poignets.

Les quelques Soviétiques survivants commencèrent à se replier. Ils firent une vaine tentative pour atteindre un muret de ciment qui bordait le boulevard, mais deux des hommes de Clark leur coupèrent la retraite.

Clark, lui, gisait à côté de la caisse, se vidant de son sang par ses veines sectionnées. Ses mains pendaient, comme mortes, et il ne sentait plus rien dans ses doigts. Sa vue se brouillait déjà quand il réussit à se traîner au bord du quai.

La dernière vision qu'il emporta de ce monde fut la silhouette de deux cargos qui s'éloignaient des docks et se dirigeaient vers l'entrée du port.

Chapitre 71

Pendant que le combat faisait rage autour des docks, le petit *Pisto* poussait l'*Ozero Zaysan* sur les eaux noires. Le cargo de 20 000 tonnes s'ébranla lentement. Dès qu'il se fut éloigné du quai, Jack vira de 180 degrés pour pointer l'avant du bateau chargé de munitions vers l'entrée du port.

Sur la passerelle de l'*Amy Bigalow*, Pitt osait à peine respirer. L'amarre d'avant qu'il n'avait pas eu le temps de larguer se tendit en grinçant sous la formidable traction du navire en train de reculer, refusant obstinément de lâcher. Pareil à un chien tirant sur sa laisse, l'*Amy Bigalow* parut se cabrer. Le cordage tint bon, mais le bollard s'arracha du quai avec un sourd craquement.

La coque frémit et le bâtiment s'engagea au milieu du port, un panache de fumée s'élevant de sa cheminée.

Les docks n'étaient plus qu'un immense brasier. Les camions en flammes projetaient une lueur fantomatique à l'intérieur de la timonerie. Tous les hommes à l'exception de Manny étaient remontés de la salle des machines pour contempler le sinistre spectacle tandis que l'*Amy Bigalow* s'éloignait, maintenant libre de manœuvrer.

Les étoiles commençaient à se ternir lorsque la masse de l'*Ozero Zaysan* se dessina par le travers. Pitt fit stopper les machines tandis que le remorqueur venait se placer à l'avant. L'équipage du *Pisto* leur lança une série de cordages, puis on enroula le filin de halage autour d'un treuil pour l'accrocher solidement.

On renouvela la même opération à l'arrière, seulement cette fois avec la chaîne de l'ancre bâbord de l'*Ozero Zaysan* qui dérivait lentement. Les trois bateaux étaient à présent reliés les uns aux autres avec l'*Amy Bigalow* au milieu.

Jack actionna le sifflet du *Pisto*. Pitt était à la passerelle et quand l'un des hommes de Manny lui signala que la chaîne à l'arrière était tendue, il mit en avant toute.

La dernière étape de son plan s'achevait. Ils laissaient derrière eux le pétrolier près des immenses cuves de pétrole en face du port, mais à un bon mille des quartiers les plus peuplés de la ville. Les deux autres navires et leurs chargements de mort se dirigeaient vers la pleine mer, le remorqueur et l'*Amy Bigalow* conjuguant leurs efforts pour accélérer l'allure de cette étrange procession.

Derrière eux, des colonnes de fumée s'élevaient dans le ciel bleu sombre du petit matin. Clark avait réussi à retenir les troupes suffisamment longtemps, mais il l'avait payé de sa vie.

Pitt ne se retourna pas. Son regard était rivé sur le phare dressé au-dessus des murs grisâtres de la citadelle Morro, la sinistre forteresse qui gardait l'entrée du port de La Havane. Elle n'était plus qu'à trois milles, mais qui en paraissaient trente.

Les dés étaient jetés. L'*Amy Bigalow* fila bientôt deux nœuds. Puis trois, puis quatre.

***

Le major Borchev évita les débris enflammés qui retombaient autour de lui. Nageant entre les piliers, il entendait le crépitement des armes automatiques et voyait la lueur des incendies illuminer le ciel nocturne. L'eau stagnante sentait le poisson pourri et l'huile. Il eut un haut-le-cœur et vomit la gorgée qu'il avait avalée quand cet étrange colonel cubain l'avait précipité dans le port.

Il finit par atteindre une échelle qui donnait sur une jetée abandonnée. Il se rua aussitôt vers la colonne de véhicules qui brûlaient.

Des cadavres calcinés jonchaient le quai. Les tirs avaient cessé après que les survivants du commando de Clark se furent repliés à l'aide d'un petit hors-bord. Borchev parcourut prudemment la scène du massacre. Sauf deux blessés qui s'étaient réfugiés derrière un chariot élévateur, tous ses hommes étaient morts. Le détachement placé sous son commandement avait été anéanti.

Fou de rage, l'officier soviétique courut au milieu des victimes jusqu'à trouver le corps de Clark. Il le retourna et contempla le visage figé dans la mort.

— Qui êtes-vous ? demanda-t-il stupidement. Pour qui travaillez-vous ?

Les réponses s'étaient tues avec lui.

Il tira le cadavre par la ceinture et alla le jeter à l'eau.

Le major erra encore pendant une dizaine de minutes sur les lieux du carnage avant de reprendre ses esprits. Il fallait informer Velikov de la situation. Le seul émetteur dont il disposait avait brûlé avec le camion de tête. Il se précipita à la recherche d'un téléphone.

Il aperçut sur un hangar une plaque marquée *Foyer des dockers*. Il enfonça la porte d'un coup d'épaule, tâtonna le long du mur pour trouver l'interrupteur et alluma. La pièce était meublée de vieux divans affaissés. Il y avait des tables avec des jeux d'échecs et des dominos, ainsi qu'un petit réfrigérateur. Les murs étaient ornés de posters de Castro et de Che Guevara.

Borchev fila dans le bureau du fond, s'empara d'un téléphone et composa fiévreusement le numéro de l'ambassade soviétique.

Les nuages à l'est commençaient à se teinter d'orange et les voitures de pompiers, toutes sirènes hurlantes, convergeaient vers les quais.

***

Le capitaine Manuel Pinon se tenait sur la passerelle de la frégate classe Riga de fabrication soviétique, les jumelles braquées. Il avait été réveillé par son lieutenant de vaisseau peu après le début des tirs et des explosions. Il ne distinguait pas grand-chose car son bâtiment était mouillé assez loin dans le chenal et des immeubles lui bouchaient la vue.

— On devrait peut-être aller voir ? fit le lieutenant.

— C'est l'affaire de la police et des pompiers, répondit Pinon.

— On dirait des coups de feu.

— Probablement un entrepôt en flammes qui abrite des munitions. Il est préférable de ne pas gêner les bateaux-pompes. (Il tendit les jumelles à son second.) Continuez à surveiller. Je retourne me coucher.

Il était déjà arrivé à sa cabine quand le lieutenant déboucha en courant dans la coursive.

— Il faudrait mieux que vous remontiez à la passerelle, commandant. Il y a deux navires qui tentent de quitter le port.

— Sans autorisation ?

— Oui, monsieur.

— Ils cherchent peut-être un nouveau mouillage ?

Le second secoua la tête.

— Ils se dirigent vers le chenal principal.

— Décidément, il était écrit que je ne dormirais pas, grogna Pinon.

De retour à la passerelle, il bâilla et regarda à travers la brume matinale. Deux bâtiments tirés par un remorqueur allaient pénétrer dans le chenal *Entrada* en direction de la pleine mer.

— Qu'est-ce que ça veut dire ! s'exclama le capitaine en réglant ses jumelles. Pas de pavillons, pas de feux de navigation et pas de vigies...

— Et ils ne répondent pas à nos appels radio, comme s'ils ne voulaient pas se faire repérer.

— De la racaille de contre-révolutionnaires qui cherchent à gagner les Etats-Unis, gronda Pinon. Ça ne peut être que ça !

— Dois-je donner l'ordre d'appareiller ?

— Oui. Immédiatement. On va leur couper la route.

Dix minutes plus tard, le navire vieux de trente ans, un rebut de la marine soviétique, filait sur les eaux du chenal. Ses canons de 102 se braquèrent sur les vaisseaux fantômes qui approchaient.

***

Pitt étudiait les signaux lumineux envoyés par la frégate. Il était tenté d'allumer la radio, mais il avait été convenu que le convoi demeurerait silencieux pour éviter que les autorités portuaires ou militaires tombent par hasard sur leur fréquence. Son morse était un peu rouillé, mais il déchiffra assez facilement le message : « Stoppez les machines et identifiez-vous. »

Il se tourna vers le *Pisto*, conscient que toute tentative de fuite devait passer par Jack et son remorqueur. Il appela la salle des machines, avertit Manny de la présence de la frégate, mais ne réduisit pas la vitesse.

Le bateau cubain était maintenant si proche qu'on voyait flotter son drapeau dans le vent qui se levait. La lampe clignota à nouveau : « Stoppez sur-le-champ ou nous ouvrons le feu. »

Deux hommes apparurent à l'arrière du *Pisto* et entreprirent de dérouler du câble. Le remorqueur ralentit, vira brusquement sur tribord et se mit en panne. Jack sortit alors de la timonerie avec un porte-voix.

— Poussez-vous, espèces de marins d'eau douce, hurla-t-il en direction de la frégate. Vous ne voyez pas que j'ai des bateaux en remorque ?

Pinon ignora l'insulte.

— Vous n'avez pas de permis de sortie, répondit-il simplement. J'envoie une patrouille d'inspection.

— Pas question que je laisse un de vos matelots de pacotille poser le pied à mon bord !

— Sinon, je vous coule, lança le lieutenant avec un léger amusement.

Il ignorait s'il s'agissait d'une tentative d'évasion massive de dissidents, mais de toute façon, cet étrange convoi méritait d'être examiné de plus près.

Il se pencha pour ordonner qu'on mette le canot à la mer, surveilla un instant les opérations, puis se retourna vers le remorqueur et se figea d'horreur.

Dans la lumière sale de l'aube, il n'avait pas vu que le cargo derrière le remorqueur marchait au moteur. Et maintenant, celui-ci fonçait droit sur sa frégate à une vitesse d'au moins huit nœuds. Il demeura quelques secondes paralysé de surprise avant de comprendre.

— En avant toute ! hurla-t-il. Feu !

Les canons, aussitôt, entrèrent en action. Les obus s'abattirent sur la proue et la superstructure de l'*Amy Bigalow* et explosèrent dans un déluge de flammes et de tôles tordues. Le côté bâbord de la timonerie fut entièrement soufflé. Pitt se retrouva projeté au sol au milieu d'une pluie d'éclats de verre et de bois. Il se releva aussitôt pour agripper la roue avec une farouche détermination. Il avait eu de la chance et s'en tirait avec quelques coupures superficielles et une contusion à la cuisse.

La deuxième salve emporta la salle des cartes et coupa en deux le mât avant. La cheminée s'écrasa sur le pont et un projectile disloqua la chaîne de l'ancre de tribord.

Il n'y aurait pas de troisième salve.

Pinon, hypnotisé, les poings serrés, regardait grandir l'étrave menaçante de l'*Amy Bigalow*. Il était livide et son expression trahissait une terrible certitude. Il savait que son navire était perdu.

Les hélices de la frégate mordirent l'eau avec fureur, mais trop tard. L'*Amy Bigalow* était déjà sur elle. Les hommes d'équipage qui virent venir la catastrophe se jetèrent sur le côté. L'avant du cargo fracassa le flanc du bâtiment cubain à hauteur de la tourelle arrière, enfonçant sa coque sur près de six mètres. Le bateau du lieutenant Pinon aurait encore pu en réchapper, mais dans un horrible grincement, la proue de l'*Amy Bigalow* se souleva sous le choc. Le cargo demeura un instant suspendu en l'air, puis retomba brutalement, sectionnant littéralement la frégate en deux.

La mer s'engouffra aussitôt par l'ouverture béante et le bâtiment commença à couler. Son agonie ne dura pas longtemps. Lorsque l'*Ozero Zaysan*, tiré par le remorqueur, s'éloigna des lieux de la collision, il ne restait plus que quelques malheureux marins qui se débattaient dans l'eau.

Chapitre 72

— Vous êtes tombé dans un piège ?

Le ton de Velikov au téléphone était sec et tranchant.

Borchev se sentait terriblement mal à l'aise. Il lui était difficile d'avouer qu'il était l'un des trois seuls survivants d'une unité de quarante hommes et qu'il s'en tirait en outre sans la moindre égratignure.

— Une force composée d'au moins deux cents Cubains a ouvert le feu sur nous à l'arme lourde sans nous laisser le temps d'évacuer les camions.

— Vous êtes sûr que c'étaient des Cubains ?

— Oui, l'officier à leur tête portait bien un uniforme de l'armée cubaine.

— Pérez ?

— Je ne sais pas. Il nous faudra un peu de temps pour l'identifier.

— Il pourrait s'agir d'une erreur. D'hommes qui ont tiré par stupidité ou sous le coup de la panique.

— Ils étaient loin d'être stupides ou paniqués. Je sais reconnaître des troupes d'élite. Ils nous guettaient et nous ont tendu une embuscade.

Velikov devint livide. L'image de la catastrophe de Cayo Santa María s'imposa à son esprit et il eut du mal à contenir sa rage.

— Quel était leur objectif ? lança-t-il d'une voix blanche.

— Nous éliminer pour s'emparer des navires.

La réponse du major assomma Velikov. Il avait l'impression que son corps tout entier était pris dans les glaces. Les questions se bousculaient sur ses lèvres.

— Où sont les bateaux de l'opération Rhum-Cola ? Sont-ils encore à quai ?

— Non, un remorqueur a pris en charge l'*Ozero Zaysan* et l'*Amy Bigalow* est parti au moteur. Je les ai perdus de vue quand ils sont passés derrière la pointe et quelques minutes plus tard, j'ai entendu le bruit d'une canonnade venant de l'entrée du chenal.

Le général l'avait lui aussi entendue. Il fixa le mur devant lui avec une expression de profonde perplexité. Il ne parvenait pas à croire que des services de renseignements fidèles à Castro aient eu connaissance de ses plans et aient monté une telle opération. Seuls les Américains et la CIA pouvaient avoir détruit Cayo Santa María et maintenant se mettre en travers de son chemin pour sauver le régime Castro. Et un seul homme pouvait être responsable des fuites.

Dirk Pitt.

Son visage se plissa de concentration.

— Les bâtiments sont encore dans le port ? demanda-t-il à Borchev.

— S'ils essayent de gagner la pleine mer, ils devraient se trouver quelque part dans le chenal *Entrada*.

— Joignez l'amiral Chekoldin et dites-lui d'arraisonner ces bateaux et de les ramener au port.

— Je croyais que tous nos navires étaient partis ?

— Le vaisseau amiral ne doit pas appareiller avant 8 heures. Ne vous servez pas du téléphone. Allez vous-même lui faire part de mes instructions et insistez sur l'urgence.

Sans laisser au major le temps de répondre, Velikov raccrocha, puis se précipita dehors. Il écarta sans ménagement le chauffeur de la limousine officielle qui s'apprêtait à conduire l'ambassadeur en sécurité et s'installa au volant pour démarrer en trombe.

Il avait à peine parcouru une centaine de mètres qu'il freina pile. Un barrage militaire bloquait la route. Deux véhicules blindés et une compagnie de soldats cubains occupaient toute la largeur du boulevard. Un officier s'avança et braqua sa torche sur l'occupant de la voiture.

— Papiers, je vous prie.

— Je suis le général Peter Velikov, attaché à la mission militaire soviétique. Je dois me rendre immédiatement au QG du colonel Kolchak. Veuillez me laisser passer.

Le Cubain étudia un instant le visage de Velikov, puis éteignit sa lampe et fit signe à deux de ses hommes de monter à l'arrière tandis qu'il prenait lui-même place à l'avant.

— Nous vous attendions, général, fit-il d'un ton froid mais courtois. Suivez mes instructions et prenez la première à gauche.

***

Pitt regarda passer le phare qui marquait l'entrée du port. Chacune des fibres de son corps était tendue vers un seul et unique objectif : éloigner le plus possible le bateau des quartiers populeux de la ville avant que le nitrate d'ammonium n'explose.

La mer se teintait d'émeraude et le bâtiment commença à rouler dans les vagues. L'*Amy Bigalow* prenait l'eau, mais continuait à répondre au gouvernail, s'accrochant vaillamment au sillage du remorqueur qui le précédait.

Pitt était épuisé et il ne tenait le coup qu'au prix d'un énorme effort de volonté. Son visage creusé de fatigue était couvert de traînées de sang séché.

Il ferma un instant les yeux. Une rafale de vent s'engouffra par les vitres brisées de la passerelle et il rouvrit les paupières. Il examina les deux côtés du rivage. Les batteries de canons dissimulées autour du port demeuraient silencieuses et il ne vit aucun signe d'avions ou de vedettes de patrouille. Le combat naval avec la frégate n'avait apparemment pas déclenché l'alerte. Le manque de cohésion qui régnait au sein des forces de sécurité cubaines jouait en leur faveur.

La ville encore endormie semblait comme accrochée à l'arrière du navire. Le soleil s'était levé et illuminait le convoi.

Encore quelques minutes, encore quelques minutes, se répétait-il avec ferveur.

***

On ordonna à Velikov de s'arrêter près de la place de la Cathédrale, dans le vieux quartier de La Havane. On le conduisit alors vers un bâtiment délabré aux fenêtres couvertes de poussière et il entra dans un bar décoré de posters de stars des années 40.

Quatre personnes étaient installées au comptoir.

L'intérieur était sombre et dégageait une odeur de désinfectant. Velikov ne reconnut ceux qui l'attendaient que lorsqu'il ne fut plus qu'à quelques pas d'eux. Il se figea avec le sentiment que le monde s'écroulait autour de lui.

Jessie LeBaron était assise entre un homme corpulent et Raúl Castro. Quant au quatrième personnage, il le fixait avec des yeux de braise.

— Bonjour, général, dit Fidel Castro. Je suis ravi que vous puissiez vous joindre à nous.

Chapitre 73

Pitt surprit un bourdonnement. Il lâcha la roue du gouvernail et sortit de la timonerie.

Deux hélicoptères de combat survolaient le rivage au nord. Son regard se porta vers l'entrée du port. Un navire de guerre fonçait dans le chenal, soulevant un nuage d'écume. Et cette fois, il s'agissait d'un destroyer soviétique racé comme un lévrier dont les canons avant étaient braqués sur les bateaux sans défense. La chasse était lancée, une chasse qui ne ferait ni vainqueurs ni vaincus.

Jack apparut sur le pont du remorqueur et contempla ce qui restait de la passerelle de l'*Amy Bigalow*. Il se demanda par quel miracle il pouvait encore y avoir au milieu de ces décombres quelqu'un capable de manœuvrer le bâtiment. Il porta ostensiblement la main à son oreille et attendit un signe indiquant que son message avait été compris. Il vit un marin se précipiter vers l'arrière du cargo et répéta l'opération avec Moe à bord de l'*Ozero Zaysan*. Il retourna ensuite dans la timonerie et alluma la radio.

— Ici le *Pisto*, lança-t-il. Vous me recevez ? A vous.

— Cinq sur cinq, répondit Pitt.

— Moi aussi, ajouta Moe.

— Bien, je crois qu'il est temps de bloquer vos gouvernails et d'abandonner les navires, fit Jack.

— Bon débarras, répliqua Moe.

— On va mettre les machines à pleine puissance, dit Pitt. Et pour le *Pisto ?*

— Je vais rester encore quelques minutes à bord pour être sûr que les bateaux ne se dirigent pas vers le rivage.

— Ne traînez pas trop. Les Cubains rappliquent.

— Je les ai vus, répondit Jack. Bonne chance. Terminé.

Pitt bloqua la barre sur *Droit Devant* et appela Manny. Le grand Noir n'avait pas besoin d'une foule d'explications. Trois minutes plus tard, ses hommes et lui dégageaient le canot du bossoir. Ils grimpèrent dedans et entreprenaient déjà de le mettre à l'eau quand Pitt arriva en courant et bondit à l'intérieur.

— Un peu plus et on vous laissait derrière nous, cria Manny.

— J'ai appelé le destroyer par radio et lui ai dit de s'éloigner, sinon on faisait sauter le bateau contenant les munitions.

Le Noir n'eut pas le temps de répondre. Un véritable coup de tonnerre éclata et une fraction de seconde plus tard, un obus tombait à une cinquantaine de mètres devant le *Pisto*.

— Ils n'ont pas l'air d'avoir avalé vos salades, constata Manny.

Il fit démarrer le moteur du canot et enclencha la marche avant pour compenser la vitesse du cargo au moment où ils allaient toucher l'eau. On lâcha les garants et le petit bateau embarqua quelques paquets de mer. L'*Amy Bigalow*, déserté, s'éloigna pour son dernier voyage.

Manny se retourna. Moe et ses hommes étaient à leur tour en train de mettre à l'eau le canot de l'*Ozero Zaysan*. L'embarcation, heurtée par une vague, fut précipitée contre la coque du cargo avec tant de violence que l'arrière se disloqua, noyant le moteur.

— Il faut aller les aider, dit Pitt.

— On y va.

Mais Jack avait déjà réalisé la situation et, empoignant son porte-voix, il hurla :

— Laissez-les. Je les reprendrai au passage. Occupez-vous de vous et foncez vers le rivage.

Pitt prit la barre des mains de l'homme qui s'était fait écraser les doigts par les cordes du bossoir, puis il mit le cap sur les hauts immeubles qui bordaient le Malecón et tourna à fond la poignée des gaz.

Manny regardait toujours en direction du remorqueur et du canot à la dérive dans lequel avaient pris place Moe et son équipe. Son visage se crispa tandis que le destroyer faisait de nouveau feu et que deux geysers jaillissaient tout près du *Pisto*. Un paquet d'écume s'abattit sur le pont, mais apparemment sans provoquer de dommages.

Le Noir se retourna, la gorge nouée. Il avait le pressentiment qu'il ne reverrait jamais ses amis.

Pitt se livra à une rapide estimation de la distance qui séparait les bâtiments du rivage. Ils étaient encore trop près, bien trop près, et les explosions allaient ravager la plus grande partie de La Havane.

***

— Le président Antonov était d'accord avec ce plan visant à m'assassiner ? demanda Fidel Castro.

Velikov, debout, les bras croisés, fixait le leader cubain avec un mépris non dissimulé.

— Je suis un officier supérieur de l'armée soviétique et j'exige d'être traité avec les égards dus à mon rang.

Un éclair de colère brilla dans les yeux noirs de Raúl Castro.

— Ici vous êtes à Cuba et vous n'avez rien à exiger. Vous n'êtes qu'une vermine du KGB.

— Du calme, Raúl, du calme, intervint Fidel. (Il se tourna vers Velikov.) Ne jouez pas au plus fin avec nous, général. J'ai parcouru vos documents et l'opération Rhum-Cola n'est plus un secret pour moi.

Le Russe risqua alors le tout pour le tout :

— Cette affaire n'est qu'une nouvelle tentative de la CIA pour saper l'amitié entre Cuba et l'Union soviétique.

— Dans ce cas, pourquoi ne m'avez-vous pas averti ?

— Je n'ai pas eu le temps.

— Mais vous avez bien eu le temps d'évacuer vos compatriotes, répliqua Raúl. Et où alliez-vous à cette heure matinale ?

Velikov prit un air arrogant pour répliquer :

— Je ne répondrai pas à vos questions. Dois-je vous rappeler que je bénéficie de l'immunité diplomatique ? Vous n'avez aucun droit de m'interroger.

— Comment comptiez-vous provoquer les explosions ? demanda calmement Fidel Castro.

Le général soviétique garda le silence. Un petit sourire erra sur ses lèvres quand il entendit au loin le bruit de la canonnade. Les deux frères échangèrent un regard sans rien dire.

Jessie frissonna. La tension qui régnait dans le bar était devenue insoutenable. Elle avait envie de hurler en pensant aux secondes perdues.

— Je vous en prie, dites-leur ce qu'ils veulent savoir, supplia-t-elle. Vous ne pouvez pas laisser mourir des milliers d'enfants pour un combat politique dénué de signification.

Velikov demeura impassible.

— Je vais m'occuper de lui, murmura Hagen, les dents serrées.

— Inutile de vous salir les mains, monsieur Hagen, dit Fidel. Mes spécialistes attendent avec impatience de l'interroger.

— Vous n'oseriez pas ! s'écria le Soviétique.

— Je vous avertis solennellement, général, que si vous n'empêchez pas les explosions, vous serez torturé sans pitié.

Velikov ne céda pas.

— Vous gaspillez votre temps, fit-il. Vous êtes mort, je suis mort, nous sommes tous morts.

— Vous vous trompez. Les bateaux transportant les munitions et le nitrate d'ammonium ont été éloignés du port par ceux-là mêmes que vous accusez. A cet instant, des agents de la CIA les conduisent en pleine mer où l'explosion ne provoquera de dégâts que parmi les poissons.

Le général s'empressa de profiter de son mince avantage.

— Non, *Señor Presidente,* c'est vous qui vous trompez. Le canon que vous entendez est celui d'un bâtiment soviétique qui a ordre d'arrêter les cargos et de les ramener au port. Ils sauteront peut-être trop tôt pour votre discours, mais le but recherché sera atteint.

— Vous mentez, affirma Fidel en pâlissant.

— Votre règne s'achève, reprit Velikov d'une voix mordante. Je meurs avec joie pour ma patrie et vous, dès demain, vous ne serez plus qu'une photo sur un mur tandis qu'un nouveau président siégera à votre place. Quelqu'un d'entièrement dévoué au Kremlin.

Velikov se recula de quelques pas et tira de sa poche un petit étui. Hagen comprit aussitôt.

— Un émetteur électronique ! Il va envoyer le signal d'ici !

— Oh, mon Dieu ! s'écria Jessie avec désespoir. Il va vraiment le faire !

— Inutile d'appeler vos gardes du corps, fit le général. Ils arriveraient trop tard.

Fidel le considéra avec froideur.

— Donnez-moi l'émetteur et vous serez libre de quitter Cuba.

— Pour rentrer à Moscou comme un lâche ? Non merci.

— C'est à vous de décider, répliqua le leader cubain avec une expression où se mêlaient la peur et la colère. Vous savez ce qui vous attend si vous déclenchez l'explosion et que vous y surviviez.

— Hypothèse bien peu probable, ricana Velikov. Ce bâtiment est situé à moins de cinq cents mètres du chenal. Il ne restera rien de nous. (Il s'interrompit, le visage figé en un masque démoniaque.) Adieu, *Señor Presidente*.

Hagen bondit avec une incroyable agilité compte tenu de sa corpulence et il était déjà sur Velikov quand celui-ci pressa le bouton de l'émetteur.

Chapitre 74

L'*Amy Bigalow* se désintégra.

L'*Ozero Zaysan* en fit de même une fraction de seconde plus tard. Une monstrueuse colonne de débris et de fumée s'éleva dans le ciel tropical à plus de quinze cents mètres de hauteur. Un maelström s'ouvrit dans la mer et un geyser d'eau et de vapeur jaillit à son tour.

Le spectacle du vaillant petit *Pisto* projeté dans les airs par le souffle de l'explosion devait demeurer gravé à jamais dans la mémoire de Pitt. Fasciné, il regarda l'amas de tôles tordues qui contenait les restes de Jack et de son équipage retomber dans un déluge de feu.

Moe et ses hommes à bord du canot à la dérive disparurent tout simplement de la surface de la mer.

Les deux hélicoptères de combat furent détruits en vol et la déflagration anéantit toutes les mouettes dans un rayon de deux milles. L'énorme hélice de l'*Ozero Zaysan* alla s'écraser sur le château du destroyer soviétique, tuant tous les hommes sur la passerelle. Des morceaux de métal se mirent à pleuvoir sur la ville, crevant les murs et les toits comme autant d'éclats d'obus. Les poteaux téléphoniques et les lampadaires, sectionnés à la base, s'effondrèrent, pareils à un improbable jeu de quilles.

Des centaines de gens périrent dans leur sommeil. D'autres furent blessés plus ou moins grièvement par des éclats de verre ou écrasés par les plafonds qui s'effondraient. Les travailleurs matinaux et les rares passants furent soulevés par le souffle et plaqués avec une force inouïe contre les façades des immeubles.

L'onde de choc frappa la ville avec une violence deux fois supérieure à celle du plus terrible des ouragans, emportant les bâtiments en bois près du rivage comme des fétus de paille, éventrant les devantures des magasins, brisant toutes les vitres et projetant des voitures contre les murs.

Dans le port, l'*Ozero Baykai* explosa.

Les flammes s'échappèrent de ses flancs, puis le supertanker tout entier s'embrasa. L'incendie se propagea sur les quais à une vitesse fulgurante. Des débris enflammés retombèrent de l'autre côté du port sur les réservoirs de pétrole et de gaz qui sautèrent les uns après les autres. D'épais nuages noirs dérivèrent en direction de la ville.

Une raffinerie explosa, suivie d'une usine de produits chimiques, puis d'une entreprise de peinture et d'une fabrique d'engrais. Deux cargos qui sortaient du port se télescopèrent et prirent feu. Un torrent d'acier en fusion se déversa du pétrolier en flammes et retomba sur l'un des dix wagons-citernes d'un convoi qui s'embrasa aussitôt.

Une nouvelle explosion... puis une autre. Elles se succédaient maintenant à une cadence infernale.

Les six kilomètres de front de mer n'étaient plus que ruines fumantes. Une couche de cendres et de suie recouvrait la ville comme un noir linceul. Quelques rares dockers survécurent. Heureusement, les raffineries et l'usine chimique étaient pratiquement désertes au moment de la catastrophe. Les pertes auraient été bien plus importantes s'il ne s'était agi d'un jour férié.

Le pire était passé en ce qui concernait la zone portuaire, mais pour les autres quartiers de La Havane, le cauchemar ne faisait que commencer.

***

Une énorme lame de fond provoquée par les explosions déferla vers le rivage. Pitt et ses compagnons regardèrent avec épouvante cette montagne de vert et de blanc se précipiter sur eux. Ils savaient que le petit canot allait être réduit en miettes et qu'ils allaient mourir, mais ils n'eurent pas le temps d'avoir peur.

La digue qui bordait le Malecón n'était plus qu'à une trentaine de mètres quand l'avalanche s'écrasa sur la frêle embarcation. La crête de la vague balaya Manny et trois hommes et Pitt les vit s'envoler littéralement comme des tuiles emportées par la tempête. Le canot était sur le point de se fracasser contre le parapet quand la lame le souleva et le projeta de l'autre côté du large boulevard.

Pitt s'agrippa à la barre avec tant de force qu'il l'arracha et se trouva à son tour emporté. Plongé au milieu de cette masse d'eau bouillonnante, il se sentit étrangement détaché. Il se surprit à penser que c'était un comble de périr noyé dans les rues d'une grande ville. Son désir de vivre ne l'avait pas quitté, mais il savait qu'il était inutile de lutter et de gaspiller ses forces pour rien. Il relâcha ses muscles et essaya en vain de distinguer quelque chose au travers du rideau d'écume. Il était lucide et se rendait compte que si la lame l'envoyait contre un mur, il ressemblerait à une pastèque tombée d'un avion.

Il aurait peut-être eu un peu plus peur s'il avait vu le canot s'écraser au niveau du premier étage d'un immeuble qui abritait des techniciens soviétiques. Sous le choc, la coque se disloqua et le moteur diesel fut projeté par une fenêtre pour terminer sa course dans la cage de l'escalier.

Pitt, par miracle, fut précipité dans une étroite ruelle, pareil à un tronc d'arbre ballotté par les rapides. Le flot emportait tout sur son passage, mais commençait à perdre un peu de sa fureur. Encore quelques secondes, et la vague refluerait, entraînant les cadavres et les débris vers la mer.

Pitt était au bord de l'asphyxie. Il allait s'évanouir quand il ressentit une violente douleur au moment où son épaule heurtait un objet fixe. Il jeta un bras en travers pour tenter de s'accrocher, mais en vain. Il fut à nouveau précipité contre une surface plane et, cette fois, parvint à trouver une prise, l'enseigne au-dessus d'une boutique de bijoutier. Les tempes lui cognaient et les ténèbres menaçaient de l'engloutir. Il ne survivait plus que par instinct.

La lame de fond se retirait. Mais pour Pitt, c'était trop tard. Son cerveau, dans un ultime réflexe, lui envoya un dernier signal. Un bras se glissa maladroitement entre le panneau et la tige métallique qui le soutenait, puis resta coincé là.

Alors, ses poumons en feu le trahissant, il commença à se noyer.

*
**

L'écho des explosions se répercutait dans les collines et au-dessus de la mer. Le soleil était voilé par un épais nuage de fumée et le port tout entier était embrasé. Les quais, les bateaux, les réservoirs et même les eaux grasses projetaient des langues de feu dans ce ciel de fin du monde.

La ville blessée à mort se remettait lentement du choc. Les hurlements des sirènes s'ajoutaient aux sinistres craquements des incendies. Le raz de marée s'était retiré dans le golfe du Mexique, charriant des masses de débris et de cadavres.

Les survivants, hébétés, erraient dans les rues comme des fantômes, se demandant ce qui s'était passé. Certains contemplaient avec stupéfaction l'énorme gouvernail de l'*Amy Bigalow* qui s'était abattu sur la station d'autobus, écrasant quatre véhicules et plusieurs personnes qui attendaient.

On retrouva une partie du mât avant de l'*Ozero Zaysan* planté au milieu de la pelouse du stade de football de La Havane. Un treuil d'une tonne avait atterri sur une aile de l'hôpital de l'Université, broyant les trois seuls lits inoccupés d'un pavillon qui en comportait quarante. On en parla plus tard comme d'un des nombreux miracles qui eurent lieu au cours de cette terrible journée.

Les équipes de secours se formèrent tandis que les pompiers et la police convergeaient vers le front de mer. Des unités militaires arrivèrent avec la milice. Au début, ce fut la panique au milieu du chaos. Les soldats organisèrent des îlots de défense, croyant à tort à une invasion des Américains. Il y avait d'innombrables blessés. Les cris et les gémissements s'élevaient de partout tandis que ceux qui pouvaient encore marcher s'éloignaient lentement du port en flammes.

***

Le sol cessa de trembler. Le plafond du bar s'était effondré, mais les murs avaient tenu bon. L'intérieur n'était plus qu'un amas de poutres, de plâtre, de tables, de chaises et de bouteilles brisées. La porte battante avait été arrachée de ses gonds et pendait au-dessus des gardes du corps de Castro enfouis sous un tas de briques.

Ira Hagen se releva péniblement et secoua la tête pour chasser le bourdonnement qui lui emplissait les oreilles. Il se frotta les yeux et s'appuya à une cloison. Par l'énorme trou dans le plafond, on voyait les posters qui étaient restés accrochés au mur de la pièce au-dessus.

Sa première pensée fut pour Jessie. Elle était couchée, repliée sur elle-même, sous la seule table demeurée intacte au milieu de la salle. Il s'agenouilla à côté d'elle et la retourna doucement.

Elle paraissait sans vie, mais ne saignait pas ni ne présentait de blessures sérieuses. Elle ouvrit à moitié les yeux et gémit. Hagen poussa un soupir de soulagement, puis il ôta son manteau, le plia et le plaça sous sa tête.

Jessie se souleva et lui agrippa les poignets avec une force dont il ne l'aurait pas crue capable.

— Dirk est mort, balbutia-t-elle.

— Il a peut-être survécu, répondit l'homme du Président sans y croire. Ne bougez pas. Restez allongée pendant que je m'occupe des frères Castro.

Il se redressa en vacillant et commença à fouiller parmi les décombres. Il entendit tousser sur sa gauche et escalada une pile de débris jusqu'au bar.

Raúl Castro était accroché à l'extrémité du comptoir, l'air complètement sonné, se dégageant la gorge de la poussière qu'il avait avalée. Du sang coulait de son nez et d'une vilaine coupure au menton.

Hagen ramassa une chaise et l'aida à s'asseoir.

— Vous vous sentez bien ? demanda-t-il avec inquiétude.

— Oui, ça va, répondit Raúl d'une voix faible. Et Fidel ? Où est Fidel ?

— Restez là, je vais le chercher.

Il le découvrit presque tout de suite. Le leader cubain était étendu au sol, le visage à quelques centimètres de celui du général Velikov qui gisait sur le dos, les jambes prises sous une grosse poutre. Son expression reflétait un mélange de défi et d'appréhension. Il regardait Castro avec des yeux où se lisait l'amertume de la défaite.

Quant à Castro, il n'affichait pas la moindre émotion. Il était couvert de plâtre, pareil à une statue de marbre, et son visage formait un masque presque inhumain.

— Nous sommes vivants, général, murmura-t-il avec un accent de triomphe. Nous sommes tous les deux vivants.

— Ce n'est pas possible, répondit Velikov, les dents serrées. Nous devrions être morts.

— Dirk Pitt et les autres ont dû réussir à échapper à vos navires et diriger les cargos vers la pleine mer, expliqua Hagen. La force de destruction des explosions a été considérablement moindre que si les bâtiments étaient demeurés dans le port.

— Vous avez échoué, reprit Castro. Cuba reste Cuba.

— Nous étions pourtant si près du but... (Le Soviétique secoua la tête avec résignation.) Et maintenant, vous me tenez pour assouvir votre vengeance.

— Vous mourrez pour tous les gens de mon peuple que vous avez assassinés, affirma le leader cubain d'une voix à donner le frisson.

Velikov eut un sourire sardonique.

— Un autre jour, une autre occasion, et vous serez tué, Fidel. Je le sais. J'ai moi-même contribué à élaborer cinq plans différents au cas où celui-ci raterait.

SIXIÈME PARTIE

LA DORADA

Chapitre 75

8 novembre 1989,
Washington, D.C.

Martin Brogan entra. Il était en retard. Le Président et les hommes installés autour de la grande table en fer à cheval l'interrogèrent du regard.

— Les bateaux ont explosé quatre heures plus tôt que prévu, annonça le directeur de la CIA.

Sa déclaration fut accueillie par un profond silence. Chacun avait été informé du plan machiavélique des Soviétiques et la nouvelle les frappait comme une tragédie qu'ils avaient jugée inévitable.

— Quel est le premier bilan ? demanda Douglas Oates.

— Il est encore trop tôt pour le savoir. Le port tout entier est en flammes. Les morts se comptent sans doute par milliers, mais les dégâts ne sont pas aussi importants que nos estimations le laissaient supposer. Il semble que nos agents à La Havane aient réussi à s'emparer des deux cargos pour les éloigner du port avant l'explosion.

Brogan leur résuma alors les rapports qu'il avait reçus de la Section des intérêts spéciaux à La Havane. Il parlait encore quand l'un de ses adjoints pénétra dans la pièce et lui remit un papier. Il le parcourut un instant, puis déclara :

— Fidel et Raúl Castro sont vivants. (Il se tourna vers le Président.) Votre émissaire, Ira Hagen, dit qu'il est en contact direct avec eux et qu'ils ont demandé que nous leur apportions toute l'aide possible face à cette tragédie, équipes médicales, vivres, matériel, etc.

Le chef de la Maison-Blanche consulta le général Clayton Metcalf, le chef d'état-major des armées :

— Qu'en pensez-vous, général ?

— Après votre appel de la nuit dernière, j'ai fait placer nos transporteurs en alerte. Nous pouvons mettre en route le pont aérien dès que les personnes et le matériel seront sur les aérodromes.

— Il faut que l'arrivée de nos avions militaires soit bien préparée, sinon les Cubains vont les recevoir à coups de missiles sol-air, fit remarquer Jess Simmons, le secrétaire à la Défense.

— Je vais faire établir une ligne directe avec leur ministère des Affaires étrangères, le rassura le secrétaire d'Etat.

— Je pense qu'il est préférable de dire à Castro que notre aide est placée sous le signe de la Croix-Rouge, intervint Dan Fawcett. Ça évitera de l'effrayer.

— Très juste, approuva le Président.

— C'est presque un crime de profiter d'une pareille catastrophe, murmura Douglas Oates. Mais c'est l'occasion rêvée pour tisser de solides relations avec Cuba et étouffer cette fièvre révolutionnaire qui s'est emparée de tout le continent sud-américain.

— Je me demande si Castro a étudié Simón Bolívar, fit le chef de l'exécutif, ne s'adressant à personne en particulier.

— Le Libérateur est l'une de ses idoles, répondit Brogan. Pourquoi cette question ?

— Parce que dans ce cas, il a peut-être mis en pratique l'une de ses maximes.

— Laquelle, monsieur le Président ?

Le locataire de la Maison-Blanche dévisagea les uns après les autres les hommes assis autour de la table, puis cita :

— Celui qui sert la révolution lutte contre l'océan.

Chapitre 76

Les équipes de secours investirent les quartiers dévastés de La Havane. Le plan d'urgence prévu en cas de cyclone avait été déclenché. Les unités de l'armée et de la milice, assistées de médecins et d'infirmiers, dégageaient les morts et les blessés des décombres.

Le couvent de Santa Clara, une construction datant de 1643, avait été transformé en hôpital de fortune et l'ancien palais présidentiel, devenu le musée de la Révolution, servait de morgue provisoire.

Des blessés couverts de sang erraient dans les rues les yeux vides. Certains des habitants qui avaient fui au début de la catastrophe commençaient à revenir. D'autres qui avaient tout perdu, leurs maisons et leurs biens, partaient au hasard avec parfois un simple balluchon contenant ce qu'ils avaient pu sauver.

Tous les pompiers des environs avaient été réquisitionnés et luttaient en vain contre les incendies qui se propageaient sur le front de mer. Une citerne de chlore explosa, provoquant d'énormes ravages. Et deux fois déjà le vent avait tourné, obligeant les hommes à se mettre à l'abri.

Fidel Castro, pendant ce temps-là, procédait à une vaste épuration au sein de l'armée et du gouvernement, dirigée en personne par Raúl. La plupart des traîtres avaient abandonné la ville, prévenus de l'opération Rhum-Cola par Velikov et le KGB. Ils furent arrêtés les uns après les autres, refusant de croire que les deux frères étaient encore en vie.

A deux heures de l'après-midi, le premier avion-cargo de l'US Air Force se posait à l'aéroport international de La Havane, bientôt suivi par un ballet incessant d'appareils. Fidel Castro vint lui-même accueillir les médecins et infirmiers volontaires.

Au début de la soirée, les bâtiments des garde-côtes et les bateaux-pompes partis de Miami s'annonçaient à l'horizon. Bulldozers, équipements lourds et spécialistes anti-incendies venus du Texas débarquaient au milieu des ruines du port et se mettaient aussitôt au travail.

En dépit de toutes leurs divergences passées, Américains et Cubains luttèrent côte à côte.

***

L'amiral Sandecker et Al Giordino arrivèrent en fin d'après-midi à bord d'un jet de la NUMA. Ils se firent conduire par un camion chargé de médicaments jusqu'à un dépôt où Giordino « emprunta » une Fiat abandonnée.

Les flammes jetaient des lueurs rouges sur leurs visages tandis qu'ils contemplaient, incrédules, le gigantesque brasier qui faisait encore rage autour d'eux.

Après avoir demandé plusieurs fois leur chemin et évité les rues barrées par les décombres, ils finirent par atteindre l'ambassade de Suisse.

— Je crains que nous ne soyons venus pour rien, murmura l'amiral en regardant les ruines des bâtiments qui bordaient le Malecón.

Le petit Italo-Américain hocha tristement la tête.

— On ne le retrouvera sans doute jamais.

— Néanmoins, nous lui devons bien de tout tenter.

Ils franchirent ce qui restait du portail de l'ambassade, puis furent escortés jusqu'à la salle des communications de la Section des intérêts spéciaux.

La pièce était bondée de nouveaux correspondants de presse qui attendaient leur tour pour transmettre leurs articles. Sandecker se fraya un passage parmi la foule en direction d'un homme de forte corpulence qui dictait un rapport à un opérateur radio. Quand il eut fini, l'amiral lui posa la main sur le bras.

— Vous êtes bien Ira Hagen ?

— Oui, c'est moi. (Sa voix rauque s'accordait à ses traits creusés de fatigue.)

— C'est ce que je pensais, fit Sandecker. Le Président m'a donné une description assez fidèle.

Hagen tapota son ventre rebondi et se contraignit à sourire.

— Je dois reconnaître que je ne suis pas trop difficile à identifier. (Il s'interrompit et considéra un instant son interlocuteur.) Vous avez dit que le Président...

— J'étais en conférence avec lui à la Maison-Blanche il y a tout juste quatre heures. Je suis l'amiral James Sandecker et voici Al Giordino. Nous sommes de la NUMA.

— Mes respects, amiral. J'ai déjà entendu parler de vous. Que puis-je pour vous ?

— Nous sommes des amis de Dirk Pitt et de Jessie LeBaron.

Hagen ferma une seconde les paupières, puis fixa Sandecker droit dans les yeux.

— Madame LeBaron est une sacrée bonne femme. A l'exception de quelques coupures superficielles et hématomes, elle est indemne. Elle donne un coup de main dans un hôpital d'urgence pour enfants installé à l'intérieur de l'ancienne cathédrale. Mais si vous cherchez Pitt, je crains que vous ne perdiez votre temps. Il était à la barre de l'*Amy Bigalow* quand celui-ci a explosé.

Giordino sentit sa gorge se nouer.

— Aucune chance qu'il s'en soit tiré ?

— De tous les hommes qui ont affronté les Russes sur les quais, il n'y a que deux survivants. Tous ceux qui se trouvaient à bord des cargos et du remorqueur sont portés disparus. Il y a très peu d'espoir qu'ils aient eu le temps de se mettre à l'abri. Et s'ils ne sont pas morts dans l'explosion, ils auront sans aucun doute été emportés par le raz de marée.

Giordino serra les poings et tourna la tête pour dissimuler les larmes qui brillaient dans ses yeux.

Sandecker éprouvait un sentiment de profonde tristesse.

— Nous voudrions malgré tout visiter les hôpitaux, fit-il d'une voix lasse.

— Je ne voudrais pas paraître trop cruel, amiral, mais je crois que vous feriez mieux d'aller voir dans les morgues.

— Nous ferons les deux.

— Je vais demander aux Suisses de vous procurer des passeports diplomatiques pour que vous puissiez circuler librement en ville.

— Merci beaucoup.

Hagen étudia un instant les deux hommes avec une lueur de compassion dans le regard.

— Si ça peut vous consoler, sachez que votre ami a sauvé des centaines de milliers de vies humaines par son geste.

L'amiral Sandecker se redressa avec fierté.

— Si vous aviez connu Dirk Pitt, monsieur Hagen, vous ne vous seriez pas attendu à moins de sa part.

Chapitre 77

Sans beaucoup d'espoir, Sandecker et Giordino entreprirent la tournée des hôpitaux. Ils virent d'innombrables blessés allongés sur le sol que des infirmières soignaient de leur mieux pendant que des équipes de chirurgiens épuisés opéraient à la chaîne.

Ils ne découvrirent pas Pitt parmi les vivants.

Ils commencèrent alors à visiter les morgues de fortune devant lesquelles attendaient parfois des files de camions où s'entassaient des cadavres sur cinq ou six rangées. Certains étaient trop brûlés ou mutilés pour être identifiés et ils devaient être enterrés plus tard, au cours d'une cérémonie commune au cimetière de Colón.

On leur montra les restes déchiquetés d'un homme qui avaient été rejetés par la mer. Ce n'était pas Pitt et ils ne purent reconnaître le corps de Manny qu'ils n'avaient jamais vu.

Le soleil se leva sur la ville ravagée. Les blessés continuaient à affluer vers les hôpitaux et les corps vers les morgues. Des soldats en armes patrouillaient dans les rues pour prévenir le pillage. Les incendies faisaient toujours rage autour du port, mais les pompiers gagnaient du terrain. Un épais nuage noir flottait encore au-dessus de la ville.

Déprimés par les scènes dont ils avaient été les témoins tout au long de la nuit, Sandecker et Giordino étaient heureux de revoir la lumière du jour. Les rues étaient bloquées par les décombres et ils parcoururent à pied les quelques centaines de mètres qui les séparaient de la cathédrale.

Ils trouvèrent Jessie en train de consoler une petite fille qui pleurait pendant qu'un médecin lui plâtrait la jambe. La jeune femme leva les yeux sur eux tandis qu'ils s'approchaient et parut ne même pas les reconnaître.

— Jessie, fit doucement l'amiral. Vous vous rappelez, Jim Sandecker et Al Giordino.

Son regard erra un instant sur leurs visages, puis son esprit épuisé enregistra enfin leur présence.

— Amiral, Al. Dieu merci, vous êtes venus !

Elle glissa quelques mots à l'oreille de la fillette, puis se releva et étreignit les deux hommes en sanglotant sans retenue.

Le médecin se tourna vers Sandecker.

— Elle travaille comme une forcenée depuis vingt heures d'affilée. Emmenez-la donc se reposer un peu.

Ils la prirent chacun par un bras pour la conduire dehors et l'installèrent sur les marches de la cathédrale.

Giordino s'assit devant elle et l'examina. Elle portait encore son treillis maintenant taché de sang. Ses cheveux étaient collés sur son front par la transpiration et ses yeux rougis par la fatigue et la fumée.

— Je suis tellement soulagée que vous soyez là, murmura-t-elle enfin. Vous venez d'arriver ?

— Hier soir, répondit le petit Italo-Américain. On a cherché Dirk Pitt toute la nuit.

Le regard vide, elle fixait l'épais nuage noir qui dérivait dans le ciel matinal.

— Il est mort, fit-elle d'une voix mécanique. Ils sont tous morts, mon mari, Dirk, tant d'autres.

— Il y a du café quelque part ? demanda Sandecker pour changer de sujet. Je crois que ça nous ferait du bien.

Jessie désigna d'un geste las l'entrée de la cathédrale.

— Une pauvre femme dont les enfants sont grièvement blessés en prépare pour les volontaires.

— J'y vais, fit Giordino en se levant.

Jessie et l'amiral demeurèrent un moment silencieux, écoutant les hurlements des sirènes et regardant les flammes rougeoyer au loin.

— Quand nous serons de retour à Washington, si vous avez besoin... commença Sandecker.

— Je vous remercie, amiral, mais ça ira. (Elle hésita.) Il y a une chose pourtant que vous pourriez faire. Vous croyez qu'il est possible de récupérer le corps de Raymond et de le ramener aux Etats-Unis ?

— Je suis persuadé qu'après tout ce que vous avez fait pour lui, Castro sera heureux de vous aider.

— C'est bizarre, la façon dont nous avons été mêlés à toute cette histoire à cause d'un trésor.

— La Dorada ?

Jessie regardait sans les voir des silhouettes qui s'avançaient dans leur direction.

— Les hommes l'ont recherchée pendant près de cinq cents ans et la plupart sont morts pour l'avoir désirée, fit-elle d'un ton monocorde. Comme il est stupide de mourir pour une simple statue !

— On la considère comme le plus inestimable trésor de tous les temps.

Jessie, épuisée, ferma les yeux.

— Dieu merci, elle est bien cachée. Qui sait combien d'hommes seraient encore prêts à tuer pour elle ?

Elle ouvrit les paupières et prit enfin conscience du groupe qui approchait. Elle ne distinguait pas très bien, mais l'une des silhouettes paraissait celle d'un géant.

Giordino revint avec trois gobelets posés sur un petit plateau. Il s'immobilisa et fixa un long moment ceux qui se frayaient un passage au milieu des décombres.

La silhouette du milieu n'était pas celle d'un géant, mais d'un homme qui portait un petit garçon sur ses épaules. L'enfant avait l'air effrayé et s'agrippait au front de l'inconnu dont il dissimulait en partie le visage. L'homme portait un bébé au creux du bras et tenait par la main une fillette de quatre ou cinq ans. Une dizaine d'autres enfants suivaient, encadrés par trois chiens qui aboyaient.

Sandecker considérait Giordino avec étonnement. Le petit Italo-Américain se frotta les yeux et contempla avec une expression de plus en plus songeuse ce tableau étrange et pathétique.

L'inconnu ressemblait à une apparition. Ses vêtements étaient en loques et il boitait légèrement. Il avait les yeux profondément enfoncés dans leurs orbites et son visage aux traits tirés était couvert de sang séché.

— Il faut que je retourne travailler, fit Jessie en se remettant péniblement sur pied. Ces enfants vont avoir besoin de soins.

Soudain, la bouche de Giordino s'ouvrit et ses yeux s'agrandirent. Il tendit le bras comme un automate. Puis il balança le plateau par-dessus son épaule et dévala les marches de la cathédrale en hurlant :

— C'est lui !

— Qu'est-ce qui se passe ? lui cria l'amiral. Qu'est-ce que vous avez dit ?

Jessie, oubliant soudain sa fatigue, se rua après Giordino.

Puis ce fut au tour de Sandecker.

Les enfants s'immobilisèrent et se serrèrent contre l'inconnu, terrifiés par l'apparition soudaine de ces trois personnes qui couraient vers eux en agitant les bras. Ils s'accrochèrent à lui de toutes leurs forces. Les chiens se mirent à geindre.

Giordino s'arrêta à quelques mètres. Il ne trouvait pas ses mots. Il se contenta de sourire avec une joie et un soulagement intenses.

— Bienvenue au royaume des vivants, Lazare, lança-t-il enfin.

Pitt sourit aussi.

— Salut, vieux, fit-il. Tu n'aurais pas un petit martini-dry sur toi, par hasard ?

Chapitre 78

Six heures plus tard, Pitt dormait profondément dans un coin de la cathédrale. Il n'avait accepté de s'allonger que lorsque les enfants eurent reçu les premiers soins, puis avait insisté pour que Jessie se repose aussi.

Ils étaient couchés tout près l'un de l'autre sur des couvertures étalées à même le sol. Le fidèle Giordino, installé dans un fauteuil en osier, veillait sur leur sommeil, éloignant parfois des enfants qui criaient trop fort.

Il se redressa en voyant Sandecker approcher en compagnie d'un groupe de Cubains en uniforme. Au milieu d'eux, il repéra Ira Hagen qui paraissait beaucoup plus vieux et épuisé que douze heures auparavant. L'homme qui marchait à côté de Hagen et juste derrière l'amiral, Giordino le reconnut aussitôt. Il se leva. Sandecker désigna les silhouettes endormies.

— Réveillez-les, fit-il simplement.

Jessie remua en gémissant. Giordino dut la secouer plusieurs fois par l'épaule pour l'empêcher de se rendormir. Emergeant des brumes du sommeil, elle s'assit et secoua la tête pour s'éclaircir les idées.

Pitt, lui, se réveilla presque instantanément, comme si son esprit avait été alerté par un déclic. Il se retourna et s'appuya sur un coude pour examiner le cercle d'hommes qui l'entourait.

— Dirk, annonça alors l'amiral. Voici le président Fidel Castro. Il inspectait les hôpitaux quand on lui a dit que Jessie et vous étiez ici. Il aimerait vous parler.

Sans laisser à Pitt le temps de réagir, le leader cubain s'avança, lui prit la main et le releva avec une force inattendue. Son regard magnétique se posa sur les yeux verts de l'Américain. Castro portait un simple treillis avec les insignes de commandant en chef alors que Pitt était encore vêtu des haillons avec lesquels il était arrivé à la cathédrale.

— Voici donc l'homme qui a ridiculisé mes services de sécurité et sauvé la ville, déclara Castro en espagnol.

Jessie lui traduisit et Pitt répliqua :

— J'ai seulement la chance d'être l'un des survivants. Plus d'une vingtaine d'hommes sont morts pour essayer d'empêcher cette tragédie.

— Si les bateaux avaient explosé quand ils étaient à quai, La Havane tout entière aurait été rasée et serait maintenant le tombeau d'un demi-million de personnes, moi compris. Cuba vous sera éternellement reconnaissant et désire vous faire Héros de la Révolution.

— Je vais avoir bonne mine à Washington, murmura Pitt.

Jessie lui lança un regard furieux et ne traduisit pas.

— Qu'est-ce qu'il a dit ? fit Castro.

La jeune femme s'éclaircit la gorge.

— Euh... il a dit qu'il en serait très honoré.

Le leader cubain demanda ensuite à Pitt de lui raconter l'opération.

— Donnez-moi tous les détails, dit-il. Depuis le début.

— Depuis le moment où nous avons quitté l'ambassade de Suisse ? fit Pitt avec une petite lueur dans le regard.

— Si vous voulez, répondit Castro qui avait compris l'avertissement.

***

Pitt raconta donc le combat désespéré sur les quais, puis leur acharnement à éloigner l'*Amy Bigalow* et l'*Ozero Zaysan* du port. Castro l'interrompit par un déluge de questions. La curiosité du leader cubain semblait insatiable.

Pitt rapportait les faits aussi exactement et objectivement que possible, sachant qu'il ne pourrait jamais rendre justice au formidable courage de ces hommes qui n'avaient pas hésité à se sacrifier pour sauver la vie de milliers d'étrangers. Il aurait voulu qu'ils soient tous là, Manny, Joe, Jack et les autres, et il se demandait ce qu'ils auraient dit.

Il en arriva enfin au raz de marée qui l'avait emporté et à l'épisode qui l'avait vu reprendre connaissance suspendu la tête en bas à l'enseigne d'une bijouterie. Il raconta comment, marchant en titubant au milieu des décombres, il avait entendu pleurer une petite fille, et comment il l'avait sauvée ainsi que son frère des ruines d'un immeuble qui s'était effondré. Ensuite, il avait paru attirer les enfants comme un aimant. Les équipes de secours avaient ajouté de nouveaux éléments à sa colonne et un policier l'avait dirigé vers l'hôpital de fortune installé dans la cathédrale où ses amis l'avaient retrouvé.

Pitt se tut et laissa ses bras retomber le long de son corps.

— Voilà, c'est tout, fit-il.

Castro le regarda un moment sans parler. Sur son visage, on lisait une profonde émotion. Il s'avança et l'étreignit.

— Merci, murmura-t-il d'une voix brisée. (Puis il embrassa Jessie sur les deux joues et serra la main de Hagen.) Cuba vous remercie tous. Nous n'oublierons jamais.

Pitt lui demanda alors :

— Est-ce que vous pourriez m'accorder une faveur ?

— Naturellement, s'empressa de répondre le leader cubain.

Pitt hésita, puis se décida :

— Je connais un chauffeur de taxi du nom d'Herberto Figueroa. Si je lui trouve aux Etats-Unis une Chevrolet 57 restaurée et que je la lui envoie, croyez-vous qu'il pourrait en prendre livraison ? Herberto et moi vous en serions infiniment reconnaissants.

— Mais bien sûr. Je veillerai personnellement à ce que votre cadeau lui parvienne.

— J'ai une autre faveur à vous demander, fit Pitt.

— Ne forcez pas trop votre chance, lui souffla Sandecker.

— Oui, je vous écoute ? dit Castro.

— J'aimerais beaucoup emprunter pour un jour ou deux un bateau équipé d'une grue.

Chapitre 79

Les cadavres de Manny et de trois hommes de son équipe furent identifiés. Clark fut remonté du chenal dans les filets d'un bateau de pêche. On expédia leurs restes à Washington pour y être enterrés. De Jack, de Moe et des autres, on ne retrouva jamais rien.

Les incendies furent enfin maîtrisés quatre jours après l'explosion des navires. Il ne demeura plus qu'un seul foyer qu'on ne parvint à circonscrire qu'une semaine plus tard. Et il fallut encore six semaines pour dégager tous les corps.

Le bilan définitif devait s'établir ainsi : 732 morts, 3 769 blessés et 197 disparus.

A la demande pressante du Président, le Congrès vota une aide d'urgence de 45 millions de dollars pour la reconstruction de la capitale cubaine. Le chef de la Maison-Blanche, en signe de bonne volonté, leva également l'embargo décrété trente-cinq ans plus tôt. Les Américains pouvaient enfin fumer des havanes en toute légalité.

Après leur expulsion, les Soviétiques ne furent plus représentés que par une Section des intérêts spéciaux logée à l'ambassade de Pologne. Les Cubains ne versèrent guère de larmes sur leur départ.

Castro était toujours un marxiste révolutionnaire, mais moins pur et dur. Après avoir accepté le principe d'un traité d'amitié américano-cubain, il se rendit sans hésiter à Washington sur l'invitation du Président, se contentant simplement de ronchonner lorsqu'on lui demanda de réduire à une vingtaine de minutes son discours devant le Congrès.

***

A l'aube du troisième jour qui suivit la tragédie, un vieux bateau à la coque tout écaillée jetait l'ancre au milieu du port parmi les navires qui circulaient sans lui accorder plus d'attention que s'il s'était agi d'une simple bouée. C'était un petit bâtiment trapu, équipé à l'arrière d'un mât de charge dont le bras s'étendait au-dessus de l'eau. Son équipage semblait se désintéresser totalement de l'activité qui régnait tout autour.

La plupart des incendies de la zone des docks avaient été éteints, mais les pompiers continuaient à déverser des tonnes d'eau sur les ruines fumantes des entrepôts. De l'autre côté du port, quelques réservoirs continuaient obstinément à cracher des flammes accompagnées d'une fumée âcre qui dégageait une odeur de caoutchouc brûlé.

Pitt, debout sur le pont du vieux bateau, examinait l'épave du pétrolier. Il ne restait plus de l'*Ozero Baykai* que sa superstructure qui dépassait des eaux grasses. Il reporta son attention sur le petit compas qu'il tenait à la main.

— C'est là ? lui demanda l'amiral Sandecker.

— Je crois, oui.

Giordino passa la tête par la vitre de la timonerie.

— Le magnétomètre s'affole, lança-t-il. On est au-dessus d'une grosse masse de fer.

Jessie était assise sur un panneau d'écoutille, vêtue d'un short gris et d'une chemise bleu clair. Elle jeta un regard curieux en direction de Pitt.

— Vous ne m'avez toujours pas expliqué pourquoi vous croyez que Raymond a caché La Dorada au fond du port et comment vous savez où chercher.

— J'ai été stupide de ne pas comprendre plus tôt, répondit Pitt. J'ai cru que ses derniers mots avaient été « le site même », mais en réalité, ce qu'il essayait de dire, c'est « le site du Maine ».

— Le site du Maine ?

— Rappelez-vous votre histoire. C'est ici qu'en 1898 le cuirassé *Maine* a explosé et déclenché la guerre entre l'Espagne et les Etats-Unis.

Jessie se redressa, soudain très intéressée.

— Raymond aurait jeté la statue sur une vieille épave ?

— Seulement sur le site, la corrigea Pitt. La coque du *Maine* a été renflouée et remorquée en mer où elle a sombré drapeau au vent en 1912.

— Mais pourquoi Raymond se serait-il délibérément séparé du trésor ?

— Il faut revenir à l'époque où avec Hans Kronberg, son associé, ils ont découvert le *Cyclope* et remonté La Dorada. Tout aurait dû se terminer par le triomphe de ces deux amis qui avaient réussi à trouver cet inestimable trésor envers et contre tous. Mais le conte de fées a tourné à la tragédie. Raymond LeBaron aimait la femme de Kronberg.

Jessie sursauta. Elle avait compris.

— Hilda, fit-elle simplement.

— Oui, Hilda. Il avait deux excellentes raisons de vouloir se débarrasser de Hans. Un trésor et une femme. Il est probablement parvenu à le convaincre de plonger encore une fois après avoir remonté La Dorada à bord, puis il a coupé la corde de communication de son scaphandre, le vouant à une mort horrible. Vous imaginez ce qu'a dû être son agonie à l'intérieur d'un tombeau en acier comme le *Cyclope ?*

Jessie évita son regard.

— Je n'arrive pas à y croire, murmura-t-elle.

— Vous avez vu le cadavre de Hans de vos propres yeux. La clé, c'était Hilda. Elle m'a livré les grandes lignes de cette sordide histoire et je n'ai eu que quelques détails à combler.

— Raymond n'aurait jamais pu commettre un meurtre.

— Eh bien, si. Et une fois Hans liquidé, il a franchi une étape supplémentaire dans le crime. Pour éviter la curiosité du fisc et un procès de la part du Brésil qui aurait certainement revendiqué la statue comme appartenant au patrimoine national, il a gardé le silence et mis le cap sur Cuba. Un malin, votre amant. Le problème, c'était de savoir ce qu'il allait en faire. Qui allait payer vingt ou cinquante millions de dollars pour un objet d'art ? Et puis, il se disait que si le dictateur qui régnait alors sur Cuba, Fulgencio Batista, un racketteur de première grandeur, apprenait l'existence de la statue, il la lui ferait confisquer. Et même si Batista ne s'en emparait pas lui-même, les huiles de la Mafia qu'il invitait constamment depuis la fin de la Seconde Guerre mondiale ne manqueraient pas de le faire.

Pitt s'interrompit un instant, puis reprit :

— Raymond a donc décidé de vendre La Dorada morceau par morceau. Malheureusement pour lui, les événements n'ont pas tourné comme il l'espérait. Il est arrivé devant La Havane le jour où Castro et ses rebelles déferlaient sur la ville pour chasser le gouvernement corrompu de Batista. Les forces révolutionnaires ont aussitôt fermé tous les ports et les aérodromes de l'île pour empêcher les petits copains du dictateur de s'enfuir en emportant d'inestimables richesses.

— LeBaron a tout perdu ? demanda Sandecker.

— Pas tout à fait. Il a compris qu'il était coincé et que les révolutionnaires finiraient par fouiller son bateau et découvrir La Dorada. La seule solution qui lui restait, c'était de prendre avec lui tout ce qu'il pouvait et d'attraper le premier avion pour les Etats-Unis. J'imagine que, sous couvert de la nuit, il a réussi à se glisser dans le port et à faire passer la statue par-dessus bord à l'endroit où le cuirassé *Maine* avait explosé soixante-dix ans plus tôt. Naturellement, il avait prévu de revenir et de la récupérer quand les choses se seraient calmées, mais Castro n'a pas joué le jeu que LeBaron avait escompté. La lune de miel de Cuba avec les Etats-Unis a très vite pris fin et il n'a jamais pu remettre les pieds dans l'île pour remonter ces trois tonnes de trésor à la barbe des services de sécurité de Castro.

— Quelle partie de la statue a-t-il emportée ? fit Jessie.

— Selon Hilda, le cœur de rubis. Ensuite, il l'a fait discrètement couper et tailler pour le revendre par l'intermédiaire de différents courtiers, ce qui lui a procuré suffisamment de fonds pour se lancer dans la haute finance avec Hilda à ses côtés. Raymond LeBaron avait débarqué dans le domaine des affaires.

Ils demeurèrent un long moment sans parler, chacun plongé dans ses pensées, tentant de se représenter LeBaron en train de faire basculer la femme en or dans les eaux du port trente ans auparavant.

— La Dorada, murmura enfin Sandecker, brisant le silence. Etant donné son poids, elle a dû s'enfoncer très profondément dans la vase.

— L'amiral a raison, dit Giordino. LeBaron n'avait pas envisagé qu'il serait presque impossible de la retrouver.

— Je dois reconnaître que je me suis posé la même question, fit Pitt. Il devait sans doute savoir que le coin était truffé de tas de ferrailles enfouis dans la boue et que le meilleur des détecteurs de métaux est incapable de repérer un objet en particulier au milieu d'un cimetière d'épaves.

— Alors la statue restera perdue pour l'éternité, déclara Sandecker. A moins qu'un jour on ne drague la moitié du port, et encore.

— Peut-être pas, fit Pitt d'une voix songeuse. Raymond LeBaron était un vieux renard, et aussi un professionnel du renflouage. Je crois qu'il savait exactement ce qu'il faisait.

— A quoi songez-vous ? demanda l'amiral.

— Il a bien fait passer la statue par-dessus bord, mais je parierais qu'il l'a descendue lentement en position verticale pour qu'elle repose debout sur le fond.

Giordino, les yeux fixés sur le pont, réfléchissait.

— Peut-être, murmura-t-il. Peut-être. Elle mesure combien ?

— Environ deux mètres quarante, socle compris.

— Trente ans pour trois tonnes dans la vase... fit pensivement Sandecker. Il est possible que le haut émerge encore de quelques centimètres.

Pitt eut un sourire lointain.

— Nous le saurons quand Al et moi aurons plongé, conclut-il.

Chapitre 80

Pitt, en équipement de plongée, regardait les bulles crever la surface. Il consulta sa montre. Giordino était en bas depuis près de quinze minutes, à une profondeur de douze mètres. Il lui restait encore assez d'air comprimé pour un dernier cercle autour de la ligne accrochée à une bouée qui flottait à une trentaine de mètres du bateau.

Les quelques Cubains que Sandecker avait recrutés étaient penchés par-dessus le bastingage, fixant comme hypnotisés les eaux grasses du port.

Pitt se tourna vers Jessie qui se tenait à ses côtés. La jeune femme n'avait pas prononcé une parole depuis cinq minutes et ses yeux brillaient d'excitation. Elle tendit soudain le bras en s'écriant :

— Là !

Une forme sombre se dessina sous la surface, puis la tête de Giordino apparut près de la bouée. Il roula sur le dos et, en quelques coups de palmes, atteignit l'échelle. Il tendit sa ceinture de plomb et ses bouteilles avant de monter sur le pont. Puis il ôta son masque et secoua ses cheveux trempés.

— Comment ça se présente ? lui demanda Pitt.

— Assez bien. J'ai fait huit cercles complets autour du point où est ancrée la ligne de descente. La visibilité est de moins d'un mètre. On aura peut-être de la veine. Le fond est un mélange de sable et de boue, donc pas trop meuble. Il est possible que la statue ne se soit pas entièrement enfoncée.

— Le courant ?

— Environ un nœud. Ça devrait aller.

— Des obstacles ?

— Juste quelques vestiges d'épaves qui dépassent. Fais attention à ne pas t'accrocher.

Sandecker s'avança vers Pitt et vérifia une dernière fois son équipement. Le directeur des Projets spéciaux de la NUMA enjamba alors le bastingage.

Jessie lui serra doucement le bras à travers le caoutchouc de sa combinaison.

— Bonne chance, dit-elle simplement.

Il lui fit un clin d'œil derrière son masque, puis se laissa glisser le long de l'échelle. Il nagea jusqu'à la bouée sous un ciel d'un bleu limpide, puis commença à descendre en suivant la ligne. La corde de nylon jaune se perdait quelques mètres plus bas dans la masse verdâtre.

Pitt prit tout son temps. Il s'arrêta une fois pour se déboucher les oreilles. Moins d'une minute plus tard, le fond parut monter vers lui et il se reçut avec les mains tendues. Il vérifia sa montre, sa boussole et la pression de l'air dans les bouteilles, puis saisit la ligne de distance que Giordino avait attachée à celle de descente et commença à décrire un arc de cercle.

Après avoir nagé environ sept ou huit mètres, il repéra le nœud que son ami avait fait pour indiquer le périmètre du premier balayage qu'il avait effectué. Il en passa un autre, puis entreprit à son tour d'explorer le fond au milieu de la semi-obscurité.

L'eau était presque stagnante et dégageait une odeur de produits chimiques. Le sol était jonché des cadavres d'animaux marins tués par le choc des explosions, qui ondulaient doucement sous le faible courant. Pitt avait transpiré dans sa combinaison sous le chaud soleil des tropiques et il continuait à le faire à douze mètres sous la surface. Il percevait le son des bateaux qui sillonnaient le port avec le bruit des hélices et des moteurs amplifié par la densité de l'eau.

Centimètre par centimètre, il examina le fond jusqu'à avoir accompli un tour complet. Il fit un autre nœud à la corde de distance et entama un cercle en sens contraire.

Les plongeurs connaissaient souvent une impression de terrible solitude quand ils ne distinguaient presque rien et, parfois, leurs perceptions se déformaient au point qu'ils se mettaient à fantasmer. Pitt, lui, n'éprouvait rien de tout cela, sauf peut-être une légère excitation. Il était tellement pris par l'ivresse de la chasse, s'imaginant déjà voir apparaître la statue dans toute sa splendeur, qu'il faillit ne pas remarquer une forme vague qui se dessinait dans la pénombre sur sa droite.

Il nagea dans cette direction. C'était une chose ronde et indistincte, à moitié enfoncée dans la boue.

Pitt s'était de nombreuses fois demandé comment il réagirait quand il se trouverait enfin face à la femme en or. Ce qu'il ressentit, en fait, ce fut un sentiment de peur, la crainte qu'il ne s'agisse que d'une fausse alerte et que sa quête ne prenne jamais fin.

Lentement, la gorge nouée, il entreprit de dégager l'objet, soulevant un tourbillon de particules d'algues et de limon. Il attendit dans un silence fantomatique que le nuage se dissipe au milieu des eaux glauques.

Il s'approcha alors, flottant à quelques centimètres du fond, et amena son visage tout près du mystérieux objet. Et soudain, sa bouche devint sèche et son cœur se mit à cogner dans sa poitrine.

Avec une expression d'infinie mélancolie, deux yeux vert émeraude le contemplaient.

Pitt venait de trouver La Dorada.

Chapitre 81

4 janvier 1990,
Washington, D.C.

L'annonce par le Président de l'existence de la Colonie Jersey ainsi que le récit des exploits d'Eli Steinmetz et de ses hommes causèrent une véritable sensation dans le monde entier.

Chaque soir pendant une semaine, les chaînes de télévision présentèrent des images spectaculaires de la lune. On passa également de nombreux films qui montraient la lutte des colons lunaires pour leur survie dans cet environnement hostile.

Steinmetz et les autres étaient les héros du jour. Ils furent fêtés à travers tout le pays, interviewés par tous les médias et eurent droit à la parade traditionnelle dans les rues de New York. Après les échecs et les drames, on voyait enfin se dessiner quelque chose au-delà des sauts de puce dans l'espace, une certaine permanence avec la preuve que l'homme pouvait vivre loin de sa planète natale.

Le Président donna une réception pour les « membres fondateurs » et les colons lunaires. Il n'était plus du tout dans les mêmes dispositions d'esprit que le jour où il avait convoqué pour la première fois ceux qui avaient conçu et réalisé le projet de base lunaire. Il leva une coupe de champagne en l'honneur de Hudson, qui regardait droit devant lui comme s'il était loin de ces salons mondains.

— Vous avez l'esprit ailleurs, Leo ? Dans l'espace, peut-être ?

Les yeux de Hudson se fixèrent un instant sur le Président, puis il hocha la tête.

— Excusez-moi. C'est une fâcheuse habitude que j'ai en société.

— Je parie que vous êtes déjà en train de réfléchir à l'implantation d'une nouvelle base.

Hudson sourit.

— En fait, je pensais à Mars.

— Ainsi la Colonie Jersey n'est pas la fin de vos projets ?

— Il n'y aura jamais de fin.

— Le Congrès suivra le courant et votera sans problème des fonds pour le développement de la base. Mais Mars...

— Si ce n'est pas nous, c'est la génération d'après qui le fera.

— Vous avez déjà un nom pour ce programme ?

Hudson secoua la tête.

— A vrai dire, je ne me suis pas penché sur la question.

— Justement, fit le chef de la Maison-Blanche, je me suis souvent demandé d'où venait ce nom de « Colonie Jersey » ?

— Vous ne voyez pas ?

— Il y a l'Etat du New Jersey, l'île de Jersey, le point de jersey...

— Et aussi une race bovine.

— Pardon ?

— Une race de vaches. Mes parents avaient une ferme et en faisaient l'élevage.

Le Président resta un instant muet, puis il éclata de rire.

— Mon Dieu, fit-il. Quand je pense que l'une des plus belles réalisations de l'homme porte le nom d'une vache !

***

— Elle est vraiment superbe, murmura Jessie.

— Oui, acquiesça Pitt. On ne se lasse pas de la regarder.

Fascinés, ils contemplaient La Dorada qui se trouvait maintenant dans la National Gallery de Washington. Son corps d'or poli et sa tête d'émeraude brillaient sous les rayons du soleil qui filtraient par la grande verrière. Le spectacle était de toute beauté. Le sculpteur indien inconnu l'avait parée d'une grâce et d'une beauté à couper le souffle. Elle était représentée dans une pose pleine de naturel, une jambe un peu en avant de l'autre, les bras légèrement pliés avec les paumes ouvertes.

Le socle en quartz rose reposait sur un bloc de bois de rose du Brésil et le cœur disparu avait été remplacé par du verre taillé qui rivalisait de splendeur avec le rubis original.

Les visiteurs, émerveillés, l'admiraient en silence. La file d'attente à l'extérieur du musée s'étendait sur près d'un kilomètre.

Tout ce qui comptait à Washington avait tenu à rendre hommage à La Dorada. Le Président et son épouse avaient accompagné Hilda Kronberg-

LeBaron lors de l'inauguration officielle. La vieille dame, installée dans une chaise roulante, avait écouté avec des yeux brillants le chef de la Maison-Blanche faire l'éloge des deux hommes de sa vie.

— C'est bizarre, déclara Jessie. Quand je pense que tout a commencé avec l'épave du *Cyclope* et s'est achevé avec celle du *Maine*.

— Pour nous seulement, dit Pitt d'une voix lointaine. Pour elle, ça a commencé il y a quatre cents ans dans la jungle brésilienne.

— Difficile d'imaginer qu'un objet d'une telle beauté ait été la cause de tant de tragédies.

Pitt ne répondit pas. Il n'écoutait plus.

Jessie le considéra avec curiosité. Il avait les yeux rivés sur la statue, l'esprit ailleurs, dans un autre temps, un autre lieu.

Elle lui effleura le bras.

Il se tourna lentement vers elle, ramené à la réalité. Le charme était rompu.

— Excusez-moi, fit-il.

Jessie ne put s'empêcher de sourire.

— Vous n'êtes pas pressé ? demanda-t-elle.

— De quoi ?

— De partir à la recherche de la cité perdue de La Dorada ?

— Inutile de se presser, répondit Pitt en éclatant de rire. Elle ne s'envolera pas !

Cet ouvrage a été réalisé sur
Système Cameron
par la SOCIÉTÉ NOUVELLE FIRMIN-DIDOT
Mesnil-sur-l'Estrée
pour le compte des Éditions Grasset
le 17 avril 1987

Imprimé en France
Dépôt légal : avril 1987
N° d'édition : 7290 – N° d'impression : 6717
ISBN : 2-246-38021-9